SUPERNOVA

- **Título original:** *Supernova*
- **Dirección editorial:** Marcela Aguilar
- **Edición:** Melisa Corbetto con Stefany Pereyra Bravo
- **Coordinación de diseño:** Marianela Acuña
- **Armado**: Tomás Caramella sobre maqueta de Silvana López
- **Diseño de tapa:** Rich Deas · Arte de tapa © 2019 Robert Ball

www.vreditoras.com

Publicado originalmente por Feiwel and Friends. El acuerdo de traducción fue gestionado por Jill Grinberg Literary Management LLC y Sandra Bruna Agencia Literaria, SL. Todos los derechos reservados.

MÉXICO: Dakota 274, colonia Nápoles
C. P. 03810, Del. Benito Juárez, Ciudad de México
Tel.: 55 5220 6620 · 800 543 4995
e-mail: editoras@vreditoras.com.mx

ARGENTINA: Florida 833, piso 2, oficina 203 (C1005AAQ), Buenos Aires
Tel.: (54-11) 5352-9444
e-mail: editorial@vreditoras.com

Primera edición: enero de 2020

ISBN: 978-607-8712-14-4

Impreso en México en Litográfica Ingramex, S. A. de C. V.
Centeno No. 195, Col. Valle del Sur, C. P. 09819
Delegación Iztapalapa, Ciudad de México.

LIBRO TRES

MARISSA MEYER

SUPERNOVA

Traducción:
María Victoria Echandi

PARA MI TÍO BOB, QUIEN ME AYUDÓ
A SER YO MISMA.

LISTA DE PERSONAJES

LOS RENEGADOS:

MONARCA: Danna Bell
Se transforma en un enjambre de mariposas.

SKETCH: Adrian Everhart
Puede darles vida a sus dibujos e ilustraciones.

ASESINA ROJA: Ruby Tucker
Cuando la hieren, su sangre se cristaliza en armamento; el arma característica es un gancho formado a partir de un heliotropo.

CORTINA DE HUMO: Oscar Silva
Crea humo y vapores cuando lo desea.

BANDIDO: Max Everhart
Absorbe el poder de cualquier prodigio que se le acerque. Pasó la mayor parte de su corta vida en cuarentena.

MARAVILLA: Callum Treadwell
Eterno optimista. Puede alterar la percepción de otros al hacerlos sentir una sensación de asombro.

CONGELINA: Genissa Clark
Crea armas de hielo a partir de moléculas de agua en el aire.

LOS ANARQUISTAS

PESADILLA: Nova Artino
No duerme nunca y puede hacer dormir a otros con solo tocarlos.

ACE ANARQUÍA: Alec Artino
Líder de los Anarquistas y el villano más temido del mundo. En algún momento fue el prodigio telequinético más poderoso de la historia. Es el tío de Nova.

PHOBIA: Se desconoce su nombre verdadero
Transforma su cuerpo y su guadaña en la encarnación de varios temores.

EL TITIRITERO: Winston Pratt
Convierte a las personas en marionetas mecánicas que cumplen sus órdenes.

LA ABEJA REINA: Honey Harper
Ejerce el control sobre todas sus abejas, avispones y avispas.

CIANURO: Leroy Flinn
Genera venenos ácidos que rezuman de la piel.

EL CONSEJO DE LOS RENEGADOS

DREAD WARDEN: Simon Westwood
Puede volverse invisible.

CAPITÁN CHROMIUM: Hugh Everhart
Tiene superfuerza y es casi inmune a los ataques físicos; es capaz de generar armas de cromo.

TSUNAMI: Kasumi Hasegawa
Genera el agua y la manipula.

THUNDERBIRD: Tamaya Rae
Genera rayos y truenos; es capaz de volar.

BLACKLIGHT: Evander Wade
Crea la luz y la oscuridad y las manipula.

Capítulo 1

Todos tienen una pesadilla.

Nova estaba bastante segura de que su peor pesadilla era regresar al Cuartel General de los Renegados en su uniforme, menos de veinticuatro horas después de que su alter ego se hubiera infiltrado en el edificio y robado el arma más peligrosa de todos los tiempos. Además de privar a tres Renegados de sus poderes con dosis robadas de la sustancia llamada Agente N, iniciar una pelea que destruyó la mayor parte del vestíbulo del edificio y presenciar cómo Max Everhart casi muere desangrado en medio del vidrio estallado de su área de cuarentena demolida.

Para empezar, no solo era surreal volver al desastre, sino que lo estaba haciendo por voluntad propia. Nova creyó que nunca regresaría. Tras trabajar durante meses como espía entre los Renegados, había logrado robar con éxito el casco de Ace Anarquía. Tenía lo que necesitaba para devolverle a Ace su poder y juntos verían la organización desmoronarse.

Pero las cosas nunca salían según el plan y Nova nunca supo que mientras luchaba por su vida en este mismo vestíbulo, un vigilante enmascarado

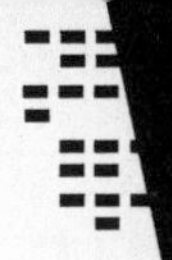

conocido como el Centinela había descubierto y arrestado a Ace Anarquía: el líder de los Anarquistas y el tío que la había criado.

Rayos, odiaba al Centinela. Siempre aparecía en los momentos más inoportunos, hacía esas poses ridículas de cómics y espetaba frases absurdas como "no soy tu enemigo" y "puedes confiar en mí".

Salvo que, según lo que sabía Nova, nadie confiaba completamente en el Centinela. Los vigilantes no encajaban en el código de los Renegados y, a pesar de sus intentos de capturar criminales y auxiliar a los Renegados, sus intervenciones hicieron que la organización luciera incompetente e inefectiva en varias ocasiones. Tal vez lo único que a Nova le gustaba del vigilante era su insólita habilidad para alterar al Consejo. Mientras tanto, su determinación para rastrear a Pesadilla y la captura de Ace Anarquía no le había generado muchos amigos entre los villanos tampoco. Las únicas personas que apreciaban los esfuerzos del Centinela eran Adrian, quien parecía tener una apreciación rebelde por el tipo, y el público, que lo veía como un héroe verdadero, uno que creía en la justicia y que no respondía a nadie más que a él mismo. Esa reputación se solidificó cuando capturó a Ace Anarquía.

A pesar de que Nova sabía que nada era sencillo, el arresto de Ace casi fue suficiente para que lanzara las manos al aire y sucumbiera ante lo inevitable. Los Anarquistas y los prodigios como ellos seguirían siendo odiados, demonizados y oprimidos por toda la eternidad. Casi estaba lista para rendirse.

Casi.

Eso había sucedido horas atrás y ahora Nova había vuelto porque… ¿a dónde más podía ir? Por lo que sabía la gente aquí presente, ella seguía siendo Nova McLain, alias Insomnia, una Renegada de pies a cabeza. Sus secretos continuaban siendo su mejor ventaja y ahora que sus enemigos tenían a Ace, sabía que necesitaría toda la ventaja que pudiera conseguir.

Nova no se había percatado de la extensión de los daños en el cuartel general hasta que se encontró avanzando temblorosamente entre los escombros. Estaba rodeada de Renegados, pero nadie le estaba prestando atención. Hasta los miembros del Consejo estaban examinando los restos de vidrio del área de cuarentena que había caído desde la segunda planta y se había hecho añicos contra los azulejos de mármol del vestíbulo principal. Desde su lugar, Nova podía ver al Capitán Chromium sosteniendo la torre del reloj de cristal que, en algún momento, había coronado los tribunales de la réplica en miniatura de Gatlon City de Max.

Ahora estaba destruida. Todo estaba destruido.

Los rastros de la batalla estaban en todos lados. Había vigas de metal dobladas en ángulos extraños, cables colgando del techo en dónde solían estar los soportes de los candelabros de techo. El escritorio de información estaba arrumbado en un costado. Yeso, mesas, sillas, baldosas, vidrio; tanto vidrio del área de cuarentena destruida. Los fragmentos brillantes eran casi hipnotizantes, la manera en que capturaban la luz que ingresaba por la puerta principal.

Y había sangre.

La mayor parte se había secado en un charco en donde Max había caído. Donde Congelina lo había atravesado con la lanza.

Nova arrancó sus ojos de ese punto y vio a Adrian abriéndose camino hacia ella. Sus hombros estaban hundidos y su gracia habitual estaba ausente en su postura. Su rostro ensombrecido era un recordatorio de que Max, lo más cercano a un hermano que Adrian tendría alguna vez, estaba en el hospital. Los médicos le indujeron un estado de coma para estabilizar sus signos vitales, pero no alimentaban la mente de nadie con falso optimismo. Su vida pendía de un hilo. Solo había una leve posibilidad: en los últimos instantes de la batalla, Max logró absorber todo el poder de Congelina, adquirió su control sobre el hielo y lo utilizó para contener la hemorragia, para congelar su propia herida.

Puede que le haya salvado la vida.

Pero también, puede que no.

Nova tragó el nudo en su garganta a medida que Adrian se acercaba. Su expresión sombría no era solo por Max. Estaba lleno de un nuevo odio ardiente que Nova nunca había presenciado... por lo menos no en el tranquilo y alegre Adrian.

Un odio ardiente hacia Pesadilla. Estaba convencido de que ella había atacado a Max. Nadie más que Congelina y sus compañeros habían visto lo que había sucedido y no planeaban corregir las creencias equívocas de todos los demás. Pesadilla era un blanco demasiado sencillo para culpar.

Y Nova, cuya identidad secreta permanecía oculta por milagro, no podía justamente limpiar el nombre de su alter ego, sin importar cuánto deseara defenderse cada vez que los ojos de Adrian brillaban con hostilidad contenida.

–Cuando dijiste que Pesadilla se había infiltrado en el cuartel general –dijo Nova una vez que Adrian se acercó lo suficiente–, esto no es lo que me había imaginado.

Mintió descaradamente, como siempre. Estos días, no paraba de mentir. Ya casi no se daba cuenta de que lo estaba haciendo.

–Sí, es bastante malo –la atención de Adrian estaba distante mientras evaluaba la destrucción–. Encontraron la Lanza de Plata por allí. Creemos que Pesadilla la tomó de la bóveda y la utilizó para robar el casco. Y... –su voz se quebró y tosió para aclarar su garganta–. Estamos bastante seguros de que es el arma que utilizó contra Max. Estaba manchada con sangre, le harán algunas pruebas.

Nova apretó los dientes.

Adrian suspiró y bajó la mirada. Por primera vez, Nova notó algo en sus manos. Una esfera con una pequeña corona en un costado y una costura abierta en su circunferencia. Nova lo reconoció de inmediato: era uno de los misiles de niebla de Fatalia, o eso había sido antes de que ella lo robara del departamento de artefactos. Con la ayuda de Leroy, los habían transformado en dispositivos para liberar una forma gaseosa del Agente N, la sustancia destructora que había sido desarrollada utilizando la sangre de Max Everhart. Aunque era inofensiva para los civiles, era venenosa para los prodigios. Si la inhalaban, la bebían o recibían una inyección del Agente N, perdían instantáneamente sus poderes.

Como Pesadilla, Nova había detonado dos de los dispositivos en este vestíbulo que, junto a un dardo de Agente N robado, causaron que Gárgola y Temblor perdieran sus poderes. También orquestó la neutralización de Congelina, aunque no necesitó el Agente N para eso. Simplemente arrastró a la chica cerca de Max y dejó que el Bandido hiciera lo que necesitaba hacer.

Ahora, se encontró mirando la carcasa del dispositivo en tanto su cerebro pensaba una lista de mentiras que podría decir cuando alguien se molestara en buscar huellas digitales. Había tocado los misiles de niebla trabajando en la bóveda... eso debe haber sido antes de que Pesadilla los robara...

Pero las mentiras eran frágiles.

Cuantas más mentiras acumulaba, más precarias se tornaban. A veces sentía que, si se atreviera a exhalar con libertad, todo se desmoronaría.

–Luce como uno de los misiles de niebla de Fatalia –dijo en un tono de voz parejo.

–Eso es lo que dijo Callum –respondió Adrian.

–¿Callum? ¿Está aquí? –la cabeza de Nova volvió a la noche anterior cuando había dejado a Callum inconsciente en la bóveda.

–Volvió a subir para chequear si estaban los misiles –Adrian asintió.

–Tal vez Pesadilla los tomó cuando robó la lanza.

–No lo creo –las cejas de Adrian se arrugaron sobre el marco oscuro de sus gafas–. Mack Baxter dijo que Pesadilla tenía una especie de bomba con el Agente N. Así fue como pudo neutralizar a Trevor. Creo que esta es una de esas bombas.

Nova maldijo internamente a Temblor y a Gárgola, incluso si no podía culparlos por decir la verdad.

–Bueno, quizás se inspiró en el diseño de los misiles. Se supone que es una especie de genio inventora, ¿no? Debe haberlos creado ella misma.

Adrian dudó y Nova podía ver que estaba luchando con sus propios pensamientos. Finalmente accedió.

–Puede ser. Veremos qué encuentra Callum.

No estaba convencido. Nova tampoco lo estaría. Sin importar cuánto intentara desviar la atención lejos de ella, sus argumentos no eran muy convincentes estos días.

–El asunto es –dijo Adrian lanzando el dispositivo vacío al aire y volviéndolo a atrapar con su palma– que si Pesadilla hubiera activado bombas con el Agente N... también la hubiera afectado a ella. ¿Por qué no tenía miedo de perder sus poderes?

–¿No usa una máscara?

–Sí, pero estoy bastante seguro de que no es una máscara de gas.

–No sabemos eso –Nova encogió los hombros.

–Está bien, pero también estaba justo al lado de Max cuando... –Adrian se interrumpió y sus ojos se dispararon hacia la sangre en el suelo–. Cuando absorbió los poderes de Genissa. También debería haber drenado los de Pesadilla, pero salió corriendo de aquí como si todo estuviera bien. Nadie es inmune a Max.

–Tu papá es inmune.

–Nadie además del Capitán Chromium –frunció el ceño.

–Solo digo que puede haber maneras de evitar las habilidades de Max y al Agente N. Tal vez Pesadilla encontró algo... como cuando tú te tropezaste con el Talismán de la Vitalidad –el artefacto que Adrian había descubierto y podía proteger a una persona de enfermedades, venenos y de casi todo lo que pudiera debilitarlos, incluyendo sustancias como el Agente N. De hecho, en ese momento, ese artefacto se encontraba escondido entre el colchón viejo y los tablones de madera del suelo de la casa de Nova en Wallowridge.

»Podría haber docenas de artefactos que protejan las habilidades de alguien y simplemente no los conocemos.

–¿Y crees que Pesadilla y yo encontramos uno de esos artefactos al mismo tiempo?

–Seguro. Tal vez.

–O… –la voz de Adrian se transformó en un susurro, a pesar de que todos los Renegados a su alrededor estaban demasiado ocupados barriendo vidrios y recogiendo los escombros del desastre como para preocuparse por su conversación–. Quizás Pesadilla tiene el Talismán de la Vitalidad.

Nova había esperado esta refutación. Después de todo, tenía mucho más sentido que su propio argumento, pero mantuvo su expresión neutral.

–¿No lo tienes *tú*?

–No –Adrian hizo una mueca–. Papá lo tuvo por última vez. Se lo di para que pudiera visitar a Max. Ya sabes, fuera del área de cuarentena para variar. Pero ahora, no sabemos en dónde está.

–Entonces… ¿crees que también lo robó de la bóveda?

–No estaba en la bóveda. Simon jura que lo llevó a casa. Ese es el último lugar en dónde lo hemos visto.

–¿Entonces crees que Pesadilla entró a tu casa a la fuerza? –Nova inclinó la cabeza hacia un costado.

–Sí. No. No lo sé. En teoría, podría haberlo robado cuando todos estábamos en la gala, pero no hay nada en nuestras cámaras de seguridad. Y tampoco explica cómo supo del talismán en primer lugar. No le he contado sobre él a nadie más que a Max y a ti y sé qué mis papás tampoco se lo dijeron a nadie –se frotó la nuca y Nova pudo notar que él se sentía un poco culpable por siquiera preguntar–. Tú no se lo mencionaste a nadie, ¿no?

–Por supuesto que no –dijo–. Pero Tina y Callum también sabían del talismán y Callum no puede mantener la boca cerrada. Tal vez se les escapó algo sin que se dieran cuenta de cuán importante era.

–Sí, puede ser. De hecho, esperaba que el equipo se reuniera más tarde para discutir lo que sabemos de Pesadilla. Tal vez pasamos algo por alto. Es solo... parecen haber algunas coincidencias bastante extrañas.

–Es una Anarquista –dijo Nova, atreviéndose a apoyar una mano sobre el antebrazo de Adrian. Sintió sus músculos tensarse brevemente debajo de la tela de su uniforme–. Es retorcida y astuta y probablemente tenga muchas conexiones en el mundo de los... *villanos* que desconocemos. Si pudo hacer todo esto, si pudo incluso robar el casco de Ace Anarquía, ¿quién sabe qué más puede hacer? Encontrar el talismán o descubrir otra manera de evadir al Agente N. Nada parece descabellado.

Adrian miró la mano de Nova por un momento, antes de que se asomara una leve sonrisa en sus labios y apoyó sus dedos sobre los de ella. Su otra mano, que seguía aferrándose al misil de niebla, cayó a su lado.

–Me alegra que estés aquí –dijo. Pero apenas el corazón de Nova comenzó a revolotear, Adrian agregó–. Me alegra que estés de mi lado.

–¿De qué otro lado estaría? –se permitió una pequeña sonrisa como respuesta.

–¡Adrian! ¡Nova!

Se voltearon y vieron a Ruby y a Oscar atravesando la multitud. Ruby se pegó al otro codo de Adrian.

–¿Cómo está Max?

–Sigue en estado crítico –su mandíbula se tensó.

–Lo lamento tanto –Ruby sacudió la cabeza–. Ella es un monstruo, Adrian. ¡Cómo alguien podía hacerle eso a Max...!

Nova hizo una mueca.

–Odio decirlo, pero no me sorprende –respondió Adrian como si el ataque hubiera sido inevitable–. Por supuesto que Pesadilla intentaría matar a Max. Cualquiera de los Anarquistas lo haría. Por él los derrotaron en primer lugar. Probablemente, han estado planeando matarlo durante los últimos diez años.

Las mejillas de Nova se encendieron. Cuánto más escuchaba sobre el intento de Pesadilla de matar a Max, más quería gritar la verdad. Fue Genissa quien apuñaló al niño, no Pesadilla. Ella nunca lo lastimaría. Diablos, ¡había intentado salvarlo!

Pero se mordió la lengua. No tenía sentido intentar defender la inocencia de Pesadilla. No le creerían y solo levantaría sospechas.

–La encontraremos –dijo Ruby–. Le pondremos punto final a esto. Y Max… estará bien. Es un niño fuerte.

–Lo sé –replicó Adrian. Sonaba agradecido y como si quisiera creerle. Como si se hubiera estado repitiendo lo mismo toda la noche. Pero había un eco de duda debajo de sus palabras.

Nova exhaló lentamente. Adrian había pasado por su casa esa mañana, después de que las cosas se calmaran un poco, para contarle que Max estaba en el hospital y que Pesadilla había robado el casco. Parecía tan derrotado y, sin embargo, al mismo tiempo, impulsado por un nuevo deseo de venganza.

Se estremeció al recordar las palabras que pronunció mientras ella lo abrazaba en su mejor intento de confortarlo.

Encontraré a Pesadilla y la destruiré.

Capítulo 2

–Escuché que Pesadilla realmente aplastó a Congelina y a su banda –dijo Oscar mientras asimilaba el nivel masivo de destrucción del vestíbulo.

–Más o menos –replicó Adrian–. Congelina, Gárgola y Temblor fueron neutralizados.

–Odio decirlo, pero… quiero decir, eso es una especie de punto a favor de Pesadilla, ¿no?

–Casi mata a Max, ¡idiota! –Ruby golpeó a Oscar en el hombro.

–Sí, lo sé. Pero si alguien tenía que ser neutralizado, no puedo decir que lamento que hayan sido Genissa y sus secuaces.

–Está bien –dijo Adrian–. Tampoco estoy muy molesto por eso. Y, como dijiste, Max estará bien –pausó antes de añadir en voz baja–. Tiene que estarlo.

–Santos humos, ¿qué es *eso*? –ladró Oscar. Levantó su bastón como preparándose para apuñalar a algo entre las baldosas destrozadas.

Una pequeña criatura corría de prisa hacia ellos entre yeso y concreto quebrado: un velocirraptor feroz y pequeño como el pulgar de Nova.

–No puede ser –balbuceó Adrian–. ¡Turbo! –se acuclilló y tomó a la criatura con su mano.

La criatura chilló y lo mordió.

–¡Ay! –gritó Adrian dejándolo caer. Aterrizó en el suelo y salió disparado entre las piernas de Oscar.

Nova saltó hacia él, sujetó a la criatura por la parte de atrás de su cuello. Emitió un maullido patético y agitó sus garras hacia ella, dejando pequeños cortes en sus dedos.

–¿Cómo puede ser que esta cosa siga viva? –preguntó.

Sentía como si hubieran pasado siglos desde que había dibujado a la pequeña bestia en la palma de Nova para mostrarle que sus poderes no habían sido absorbidos por Max cuando entró al área de cuarentena para rescatarla.

Adrian se inclinó para inspeccionar al pequeño dinosaurio mientras se retorcía en los dedos de Nova.

–Está vivo, pero no ileso. Mira, se está poniendo gris. Y sus movimientos son un poco extraños ahora, como los de una máquina. Eso siempre sucede cuando dibujo animales. De todos modos, duró mucho más de lo que hubiera imaginado.

–Disculpa –intervino Oscar observando a la criatura con inquietud–. Pero *¿qué* es?

–Es un velocirraptor –explicó Adrian–. Lo dibujé hace un tiempo y Max lo estaba conservando como mascota. Se llama Turbo. Un momento.

Adrian se encorvó, tomó su marcador y dibujó una jaula del tamaño de su palma en una baldosa blanca. Con un movimiento de sus dedos, la jaula se hizo real. Un transporte tridimensional para un dinosaurio muy pequeño. Abrió la puerta mientras Nova dejaba caer la criatura adentro.

–Se lo llevaré a Max al hospital. Estará feliz de verlo cuando despierte.

Cuando. Nova no pudo evitar notar que, por primera vez, Adrian sonaba verdaderamente optimista sobre la posibilidad de que Max saliera del coma. Tal vez veía la supervivencia de Turbo como una buena señal.

–De seguro tiene hambre –dijo Ruby–. Quiero decir, tus dibujos también tienen que comer, ¿no?

–Supongo que sí –Adrian lucía como si nunca hubiera pensado mucho en ello–. Max solía compartir bocadillos con él.

–Iré rápido al comedor y le traeré… no sé, pollo o algo –asintió Ruby–. Volveré en seguida.

Antes de que alguien pudiera decir algo, Ruby desapareció entre los Renegados que se acumulaban alrededor del vestíbulo destrozado.

–Mmm… –dijo Adrian demasiado tarde–. No creo que hayan reabierto el comedor todavía…

–Encontrará algo –replicó Oscar–. Tienen pavo deshidratado en las máquinas expendedoras.

En el segundo en que se cerraron las puertas del elevador, Oscar giró en su lugar con entusiasmo hacia Nova y Adrian.

–Muy bien, ahora que se fue, necesito hablar con ustedes. Quiero decir, sé que con lo de Max y Pesadilla y todo lo demás, este tal vez no sea el mejor momento, pero estuve despierto toda noche pensando en lo que dijiste en la gala y tengo un plan –fijó su atención en Nova y ella se paralizó como respuesta, preguntándose qué rayos había dicho. Aunque la gala había sido la noche anterior, solo un par de horas antes de que irrumpiera en la bóveda del cuartel general, sentía que habían pasado semanas desde entonces.

–¿Un plan para qué? –preguntó.

–Ya sabes –dijo Oscar con insistencia–. Para decirle a Ruby cómo… cómo me siento respecto a ella. Nova tenía razón. Soy increíble y estoy listo para conquistarla.

–Ah, eso –Nova le echó un vistazo a Adrian quien parecía igualmente aliviado de que el plan de Oscar fuera para algo tan mundano–. Es genial.

–Sí, anímate, Oscar –agregó Adrian–. Anímate a correr el riesgo.

–Gracias, amigo. Así que, la llamaré… –Oscar alzó su mano como si estuviera resaltando palabras invisibles en el aire–. Operación joyas de la corona.

Nova y Adrian lo miraron boquiabiertos, anonadados. Luego, Adrian se aclaró la garganta.

–Mmm… ¿qué?

–Ya sabes. Joyas de la corona… rubíes… ¿entienden?

–¿Eso no es un eufemismo para…? –Nova entrecerró los ojos con escepticismo. Oscar esperó a que ella terminara la oración y lucía tan adorablemente decidido que Nova desistió–. No importa. Solo… ¿por qué hay un nombre de operación?

–Porque tengo ideas –dijo Oscar–. Como un millón de ideas. Esta será una estrategia planeada con varias etapas.

–¿Así que no la invitarás a salir simplemente? –indagó Adrian.

–Por favor –resopló Oscar–. Ruby merece más que eso. Habrá serenatas, regalos, mensajes en el cielo… ya sabes, algunos grandes gestos. Las cosas por las que las chicas enloquecen, ¿no? –miró a Nova, pero ella solo pudo encoger los hombros y él suspiró.

»Bien, pensé que podría empezar con un poema. Lo escribí como a las cinco de la mañana, así que tengan eso en mente. Pero pensaba en dejarle una tarjeta en la puerta de su casa alguna mañana de esta semana. Esto es lo que tengo hasta ahora –se aclaró la garganta–. Los rubíes son carmesí, tus ojos son azules…

–Detente –lo interrumpió Nova.

–¿Qué? –Oscar se congeló.

–Sus ojos son de color avellana –dijo–. Además, este no es momento indicado para poemas –gesticuló hacia la destrucción a su alrededor.

–Pero ni siquiera… –Oscar resopló.

Una explosión de chispas rojas y azules estalló sobre sus cabezas. Nova se zambulló y la invadió el pánico. Adrian estrujó su mano y la miró casi riéndose.

–Es solo Blacklight.

En el frente del vestíbulo, los cinco miembros del Consejo estaban de pie en el balcón al nivel de la calle y el sol de la tarde levemente cubierto reflejaba sus siluetas sobre una pared de vidrio. Podían ver las sombras de periodistas y civiles curiosos en la acera, contenidos por una cinta de precaución y por un puñado de Renegados que habían recibido la tarea de mantener a distancia a cualquiera que no fuera parte de la organización.

Mientras los vestigios de los fuegos artificiales se disolvían, Blacklight apuntó su palma hacia las puertas y arrastró sus dedos en el aire como si estuviera cerrando unas persianas imaginarias. Un velo de oscuridad cayó sobre las ventanas, ocultando la luz del sol y la ciudadanía.

–Gracias, Evander –dijo el Capitán Chromium dando un paso hacia el frente del balcón y el resto del Consejo formó un semi círculo a su alrededor.

Nova escudriñó al Capitán y a Dread Warden, los padres adoptivos de Adrian y Max. Aunque podía darse cuenta de que ninguno de ellos había dormido la noche anterior, la extenuación que era evidente en Dread Warden estaba completamente ausente en el Capitán. Su piel resplandecía como siempre, sus ojos azules estaban brillantes y llamativos como de costumbre. Solo su cabello ligeramente desaliñado sugería que estaba menos tranquilo de lo normal.

Pero Dread Warden no era el único que lucía exhausto. Las alas negras de Thunderbird caían desganadas desde sus omóplatos y la serenidad característica de Tsunami había sido reemplazada por cejas y labios tensos. Hasta Blacklight, quien suele ser el más relajado de todos, estaba con los brazos cruzados sobre su pecho.

–Compañeros Renegados –dijo el Capitán, su voz resonó en el vestíbulo–. Hemos recibido un gran golpe la pasada noche. No me molestaré en endulzar los detalles. Ustedes mismos pueden ver la verdad de los

eventos de ayer. Es... –su voz se tensó mientras buscaba una palabra– desalentador, como mínimo. Que pueda infiltrarse a semejante nivel una sola villana. Que Pesadilla haya sido capaz de desactivar nuestro sistema de seguridad y de derrotar a una de nuestras mejores unidades de patrullaje. Que haya podido robarnos. Que haya podido –su voz trastabilló– herir a uno de los nuestros de una manera tan cruel y sin sentido. Y no solo a un Renegado, a un *niño*, uno que es bueno, inteligente y amable. Es impensable. Es un recordatorio para todos los que estamos aquí de que existe maldad en el mundo y es nuestra responsabilidad enfrentarla.

Los puños de Nova se cerraron con fuerza mientras reprimía los deseos de gritar: *¡No herí a Max!*

–Pero somos Renegados –continuó el Capitán Chromium–, y no nos acobardamos ante la maldad. Cuando la enfrentamos, ¡lo hacemos con la cabeza en alto! ¡Luchamos con más intensidad! La adversidad solo fortalece nuestra determinación de ser los protectores de este mundo. ¡Los defensores de la justicia! –se escucharon algunas hurras entre la gente.

»No lamentaremos nuestras pérdidas, en cambio, miraremos hacia el futuro y pensaremos cómo podemos avanzar hacia un mañana mejor. Porque ayer sufrimos pérdidas, pero también hubo una gran victoria. Quiero confirmar que los rumores que han oído son ciertos –hizo una pausa y su atención examinó a la habitación–. Ace Anarquía, quien creímos muerto durante los últimos diez años, está vivo. Y bajo nuestra custodia.

Si esperaba aplausos de aprobación, debe haberse decepcionado. En todo caso, el conocimiento de que su mayor enemigo había sobrevivido en la Batalla de Gatlon causó un murmullo de preocupación sin importar su captura.

–¿Qué pasa con su casco? –gritó el Alquimista–. Nos dijeron que había sido destruido, pero ahora dicen que fue lo que Pesadilla vino a buscar.

El Capitán encerró sus manos en la baranda que los dividía.

–Eso también es cierto.

Nova tragó saliva.

–Después del Día del Triunfo, hice mi mejor esfuerzo por destruir el casco de Ace Anarquía –siguió el Capitán–, pero era indestructible. El Consejo y yo decidimos que lo mejor sería decirle al mundo que el casco había sido destruido para apaciguar las preocupaciones de nuestra gente mientras trabajábamos en reconstruir la sociedad. Me convencí a mí mismo de que el casco estaría seguro aquí, en el cuartel general –una ráfaga de resentimiento curvó sus labios–. Pero parece que estaba equivocado. Pesadilla vino por el casco y logró escapar con él –la habitación se inundó de murmullos, pero el Capitán alzó sus manos–. Escúchenme. Debemos permanecer tranquilos. Permítanme recordarles que puede que anoche los Anarquistas hayan conseguido el casco, pero perdieron a su líder. Sin Ace Anarquía ese casco no es más que el accesorio de un disfraz.

Nova se preguntó si el Capitán creía eso y cuántos Renegados le creerían a *él*.

No sabía mucho sobre el casco de Ace, pero siempre había asumido que amplificaría el poder de cualquier prodigio, de la misma manera en que había amplificado el de Ace. Si no fuera así, ¿por qué los Renegados habían estado tan determinados a destruirlo una vez que creyeron que Ace había muerto?

Sin embargo, las palabras del Capitán tuvieron un efecto inmediato. La multitud se calló.

–Les imploro –continuó–, por ahora, las noticias de este robo no pueden llegar al público general. No hablen con los medios. No le cuenten a nadie. Lo último que necesitamos es que se propague el pánico entre las masas cuando estamos a punto de contener finalmente la amenaza de los villanos. En este momento, tenemos que ocuparnos de dos asuntos. El primero es reparar el daño causado a nuestro cuartel general e iniciar nuevos protocolos de seguridad. Para ello, mis compañeros del Consejo y yo nos comunicaremos con sindicatos internacionales para solicitar la ayuda de prodigios con habilidades para la construcción y reparación. También, en los próximos días, les asignaremos tareas según sus habilidades a los miembros de nuestra organización. Agradecemos toda su cooperación durante la reconstrucción. Si tienen alguna idea para este proyecto, por favor, coméntenselas a Kasumi, encargada de liderar esta tarea –gesticuló hacia Tsunami, quien asintió con la cabeza como respuesta.

»Y en segundo lugar –continuó el Capitán–, antes de que finalice el día, habremos definido una fecha para develar el Agente N al público. Luego de la revelación, todas las unidades activas de patrullaje estarán equipadas con la sustancia. Esto nos permitirá defendernos de futuros ataques y les hará saber a nuestros ciudadanos cuán en serio lidiaremos con los prodigios que elijan no seguir nuestro código de protección y honor.

Nova estrujó el antebrazo de Adrian, aunque no se dio cuenta de que lo había hecho hasta que él tomó su mano y entrelazó sus dedos.

–Adicionalmente, hemos decidido que la revelación incluirá la neutralización pública de todos los prodigios que han sido condenados hasta este momento de comportamiento delictivo... incluyendo el mismísimo Ace Anarquía.

A pesar de que un escalofrío recorrió la espalda de Nova, esta declaración fue recibida con aplausos previsibles, aunque levemente nerviosos. A la mayoría de la organización el Agente N le había parecido una novedad emocionante cuando lo develaron, pero eso fue antes de que la sustancia cayera en manos de Pesadilla. Antes de que tres de los suyos hubieran sido neutralizados en este mismo vestíbulo.

Ahora parecía que todos estaban un poco más inquietos por el arma más nueva de los Renegados.

–¿Y qué pasará con las unidades de patrullaje que se rehúsen a cooperar? –gritó una voz aguda y cargada de enojo.

Una ráfaga de interés atravesó la multitud mientras Genissa Clark, conocida como Congelina, se abría camino entre los escombros.

En vez del uniforme clásico de los Renegados, vestía pantalones de tela y una camiseta holgada del ala médica. Sus brazos desnudos estaban cubiertos de moretones y cortes de su pelea con Pesadilla.

Nova se tensó al ver uno de los prodigios con los que había luchado la noche anterior. Aunque había vestido su máscara y su capucha, su corazón seguía palpitando al pensar que Genissa podría haberla reconocido.

Genissa no estaba sola. El resto de su equipo la seguía mientras avanzaba: Trevor Dunn, quien había sido Gárgola antes de que sus poderes fueran neutralizados. Seguía siendo más alto que el hombre promedio, pero no tan gigantesco como antes y su piel no mostraba ningún rastro de piedra. Luego estaba Mack Baxter, anteriormente Temblor. Se movía con un ritmo particular, era como si estuviera tan acostumbrado a que el suelo temblara por sus pasos que ahora tendría que volver a aprender a caminar sin que suelo se ajustara a sus pies.

De su equipo, solo Mantarraya, Raymond Stern, seguía siendo prodigio. Nova lo había dejado durmiendo en la sala de vigilancia antes de desactivar las cámaras de seguridad y el chico se había perdido el resto de la batalla. Su cola con púas apartaba los fragmentos de vidrio mientras se agitaba de un lado a otro.

–¿Qué me perdí? –susurró Ruby, apareciendo detrás de ellos. Tenía una bolsa abierta de pavo deshidratado.

–Mmm… te explicaremos más tarde –respondió Adrian, tomó algo de la comida que Ruby le ofreció y la colocó entre las barras de la jaula de Turbo.

–Genissa –dijo Thunderbird, dando un paso hacia el frente del balcón–. Todavía no has recibido el permiso de los médicos para…

–Al diablo con los médicos –gritó Genissa–. ¿Qué harán? ¿Devolverme mis poderes? –chasqueó los dedos como si fragmentos de hielo fueran a materializarse en sus yemas, pero, por supuesto, no sucedió nada. Su mueca se intensificó–. Tú misma lo dijiste. Los efectos del Agente N son irreversibles. Así que no tiene mucho sentido que descanse en una sala de espera sofocante solo para que alguien me dé palmaditas en la cabeza y me diga que podría haber sido peor. Podría estar *muerta* –se detuvo en el medio de la habitación, donde la R en baldosas rojas había sido destruida por uno de los terremotos de Temblor y dejó que su mirada viajara entre los Renegados reunidos–. Pero detengámonos y hagámonos esta pregunta... en serio, ¿eso hubiera sido peor? –volvió a concentrarse en el Consejo–. No estoy convencida.

–Genissa... –empezó a decir el Capitán.

–*Congelina* –lo interrumpió Genissa, echaba fuego por la nariz. Se irguió tanto como pudo, su corto cabello rubio casi blanco se agitó sobre sus hombros–. Estábamos aquí trabajando, protegiendo su organización. A su cuartel general. Creía en los Renegados. Hubiera hecho cualquier cosa para proteger lo que representamos. Y miren cómo terminé. ¡Cómo terminamos! –gesticuló hacia atrás, hacia Mack y Trevor–. Nos enfrentamos a Pesadilla. Arriesgamos nuestras vidas porque eso es lo que hacen los superhéroes. Pero no fue una pelea justa precisamente, ¿no? Porque, de alguna manera, ella tenía el Agente N. Tenía *su* arma.

La mandíbula de Nova se tensó y la inundó la irritación. Qué conveniente para Genissa omitir el hecho de que ella también tenía el Agente N a su disposición, ilegalmente, ya que se suponía que los Renegados todavía no tenían acceso a la sustancia. Nova supuso que Congelina había robado algunas dosis durante las sesiones de entrenamiento y no había dudado en dispararle a Pesadilla un dardo lleno de esa cosa la noche anterior. Si Nova no hubiera tenido el Talismán de la Vitalidad, hubiera perdido sus poderes al igual que ellos.

–Quiero saber cómo –continuó Genissa–. Cómo es posible que lograran desarrollar una sustancia que puede privar a nuestros enemigos de sus poderes solo para que caiga en sus manos antes de anunciarlo públicamente.

El Capitán Chromium aclaró su garganta sonoramente.

–Gen... Congelina plantea una pregunta válida e investigaremos este hecho con profundidad.

–Ah, ¿lo *investigarán*? –Genissa dejó caer sus brazos al costado del cuerpo y enfrentó a la multitud. Aunque los Renegados más cercanos a ella retrocedieron, era claro que escuchaban cada una de sus palabras. Las expresiones de la gente estaban repletas de pena hacia los tres ex prodigios. Perder sus dones era lo que todos habían temido desde el principio.

»¿De la misma manera en que investigaron la muerte de Pesadilla después de que la Detonadora supuestamente la hiciera estallar? –replicó Genissa–. ¿O de la manera en que investigaron la muerte de Ace Anarquía? Discúlpenme si cuestiono su habilidad para descifrar cómo Pesadilla accedió al Agente N, mucho menos cómo planean evitar que otros lo obtengan y lo utilicen en nuestra contra como lo hizo ella –su voz se agudizó mientras el vidrio crujía debajo de sus pies–. Es hora de que enfrentemos la verdad. Nuestros líderes son incompetentes. ¡El Consejo está jugando con cosas que no comprende, cosas que en realidad no controla y lo peor es que están arriesgando nuestras vidas y nuestras habilidades para hacerlo!

Nova intercambió miradas de asombro con Adrian. Pero mientras imaginaba que Adrian estaba sorprendido de que alguien se atreviera a hablarle al amado Consejo de esa manera, ella estaba sorprendida por concordar con Genissa en algo.

–¡Suficiente! –ladró Blacklight, pero fue silenciado por el brazo del Capitán sobre su pecho, bloqueando sus posibilidades de moverse del balcón.

–No, déjala hablar –dijo el Capitán. Si bien su mandíbula estaba tensa, su mirada tenía compasión mientras se posaba en Genissa, Mack y Trevor–.

Tenemos cierta responsabilidad por lo que sucedió aquí la noche pasada. Dime, ¿qué podemos hacer para reparar el daño?

–¿Reparar el daño? –Genissa rio con sequedad–. Muy gracioso –sacudió su cabeza y tomó la banda de su antebrazo–. Honestamente, no me importa lo que hagan los Renegados después de esto. Ya no soy una de ustedes. Mi tiempo como superhéroe se acabó –arrancó la banda de su piel y la lanzó a sus pies. Mack y Trevor hicieron lo mismo y lanzaron sus bandas sobre los escombros.

»Espero que todos aquí se den cuenta de que no son más que peones para ustedes. Solo un grupo de soldados rasos que cumplen sus órdenes para que ustedes no tengan que preocuparse por que un grupo patético de villanos aparezcan y les roben sus poderes. O peor… esos inoportunos vigilantes. Pero, enfrentémoslo, no nos convertimos en superhéroes para seguir las reglas. Lo hicimos porque creíamos en nuestra habilidad para cambiar este mundo para mejor, a cualquier precio. Bueno… –agitó sus dedos–. Casi a cualquier precio.

Genissa marchó a través del vestíbulo hacia la escalera principal. La multitud se dividía para que pasaran ella y su séquito.

–Solo sé –gritó sobre su hombro– que cualquier prodigio que ande por allí con el Agente N en su cinturón es un maldito idiota.

Nadie se movió para detener a Genissa, a Mack o a Trevor mientras se acercaba al balcón. Genissa se detuvo una vez, parecía sorprendida de que solo la siguieran dos secuaces. Vio a Raymond Stern, Mantarraya, en el vestíbulo, en el mismo lugar dónde había estado parado a su lado.

Una mueca de desdén vibró en su rostro y luego ella y sus compañeros empujaron las puertas de vidrio y dejaron entrar una explosión enceguecedora de luz. Los recibió el rugido emocionado de la multitud que esperaba afuera, que se apagó en el momento en que la puerta se cerró detrás de ellos.

Capítulo 3

Nova había estado en la casa de Adrian una vez antes y todavía no se había recuperado completamente de la experiencia. No solo porque allí fue donde él la había besado por primera vez, un recuerdo que seguía debilitando sus rodillas, sino porque era dolorosamente inquietante estar de pie en frente de una mansión palaciega y saber en lo profundo de su ser que no pertenecía allí en absoluto.

Adrian vivía en la vieja mansión del alcalde de Gatlon City, tenía más metros cuadrados que todas las casas de Wallowridge juntas y su césped se extendía por casi una manzana entera.

Intentó no pensar demasiado en ello mientras se acercaba a la reja y tocaba timbre. Un dispositivo en una columna de ladrillos escaneó su brazalete de comunicación y confirmó su identidad. Luego, se abrieron las rejas de hierro.

Cuando llegó al final del camino de la entrada, Adrian la estaba esperando en el porche delantero, enmarcado por columnas griegas y grandes urnas con arte topiario. La última vez que Nova había estado aquí,

Adrian vestía prendas de entre casa. Ahora tenía puesto su uniforme de Renegado y la diferencia en su postura era alarmante.

Esta era una reunión de negocios.

Sin embargo, Adrian sonreía mientras ella se acercaba.

–Los demás ya están abajo. Entra –estiró su mano hacia la puerta abierta, escoltándola hacia el vestíbulo.

Dentro de la casa, estaba cálido. Era casi incómodo. Del tipo de calor que generan las chimeneas en pleno invierno: primero atacan al frío del aire antes de hacer que todos olviden que hacía frío en primer lugar. Efectivamente, cuando Nova atravesó el salón formal, detectó un fuego furioso dentro de un hogar de baldosas. Las gotas de sudor ya comenzaban a brotar de su nuca, desabrochó su chaqueta con capucha.

–Mis papás creen que hace el lugar más acogedor –explicó Adrian casi pidiendo disculpas–. Abajo está mucho más fresco. Andando.

Lo acompañó por unas escaleras angostas hasta su habitación en el sótano y se quedó congelada en el último escalón. Oscar y Ruby estaban allí, Ruby ubicada en el sofá y Oscar estaba de espaldas en la silla del escritorio de Adrian.

Pero lo que hizo vacilar a Nova fue que Danna también estaba presente en forma de cientos de mariposas doradas y negras. Ocupaban cada estante y mesa disponible y los cantos angostos de las altas ventanas de la pared sur.

A Nova se le secó la boca.

Ver tantas mariposas al mismo tiempo y no en el ajetreo de la batalla, como siempre las había observado, podría haber sido una vista hermosa. Salvo que no se estaban moviendo. Ni una sola agitaba las alas o movía una antena. Y, aunque era imposible saberlo con seguridad, Nova tuvo la clara sensación de que todos los pequeños ojos de insecto estaban fijos sobre *ella*.

–Ha estado siguiéndome desde que encontramos a Ace –dijo Ruby–. No vino conmigo al cuartel general, pero fuera de eso… –su mirada preocupada se posó en las mariposas.

–¿Alguien habló con su padre para ponerlo al tanto? –preguntó Adrian.

–Se lo mencioné a Thunderbird –replicó Ruby–, y dijo que se ocuparía de que alguien se pusiera en contacto con él para decirle que Danna está bien... o algo así. Supuse que iría a su casa, pero tal vez cree que, si la ve atascada en esta forma, se preocupará todavía más.

–O tal vez no quiere perderse nuestro emocionante trabajo de investigación –propuso Oscar–. Sigue siendo parte del equipo, incluso en modo enjambre, ¿no?

–Absolutamente –replicó Adrian–. Fue ella quien nos guio hasta Ace Anarquía. Tal vez podrá colaborar... de la manera en que pueda.

–¿Por qué...? –Nova pausó para aclarar su garganta y se atrevió a dar el último paso para entrar en la habitación–. ¿Por qué no volvió a transformarse todavía?

–Suponemos que no puede por algún motivo –explicó Adrian–. Necesita a todas sus mariposas para transformarse. Si falta solo una... no tiene que estar muerta, pero si está atrapada en algún lugar o muy lejos, entonces las otras quedan atascadas en esta forma.

–Lo que no puedo comprender –dijo Ruby jugando con el alambre en su muñeca– es por qué no nos guía hacia la mariposa perdida... o mariposas, si hay más de una. Si está atrapada en algún lugar, ¿por qué no nos ayuda a descubrir cómo ayudarla como hizo con Ace?

–Tal vez no sabe en dónde está –Oscar encogió los hombros.

–Pero todas se comunican entre sí, incluso cuando están en esta forma –dijo Adrian–. Como... una especie de mente de colmena. Parece poco probable que no sepa en dónde están las otras.

Nova se sentó con rigidez al lado de Ruby pensando en la noche en que una de las mariposas de Danna había estado espiándola a ella y al resto de los Anarquistas dentro de las catacumbas. La habían capturado en una funda de almohada y la tomaron prisionera. Finalmente, la llevaron a la casa en Wallowridge y la pusieron en un frasco de vidrio.

Como un rehén con los ojos vendados, esa mariposa no sería capaz de ver a dónde la estaban llevando. Supuso que tenía sentido que todavía no supiera en dónde estaba y, por lo tanto, no pudiera llamar al resto de las criaturas hacia ella.

De todos modos, se imaginó que podía sentir el asco que emanaban los insectos que la rodeaban, lo que erizó el pelo de sus antebrazos.

Puede que Danna no pudiera hablar con los demás, pero sabía la verdad. Sabía el secreto de Nova. Era solo una cuestión de tiempo antes de que descubriera una manera de comunicárselo al resto del equipo.

–Me alegra que al menos esté aquí –dijo Adrian, luego pausó y estudió al enjambre–. Me alegra que *estés* aquí –se corrigió, porque era grosero hablar de alguien como si no estuviera allí, aunque Nova no estaba segura de que Danna pudiera escuchar algo en esa forma–. Encontraremos una manera de ayudar a Danna. Tiene que haber algún motivo por el cuál sabía la ubicación del escondite de Ace Anarquía –tamborileó sus dedos sobre su muslo–. No lo sé con seguridad, pero sospecho que... si encontramos a Pesadilla y a los Anarquistas, puede que logremos descifrar cómo ayudar a Danna también.

–Espera, espera, espera –lo interrumpió Oscar–. Presiento que se avecina una transición a trabajo real, pero antes de comenzar... –se estiró detrás de él y tomó una vieja caja de lata con forma de corazón–. ¡Traje galletas!

Quitó la tapa y le ofreció a Ruby primero. La chica podía ver que las galletas eran caseras. Algunos bordes estaban chamuscados, otros tenían centros pegajosos por falta de cocción. Todas descansaban sobre una base de papel para hornear.

–Gracias, Oscar –dijo Ruby mientras tomaba una. La alzó y pausó–. ¿Estas son...?

–Galletas de manteca con sabor a limón y coco con centros de chocolate blanco –dijo Oscar y sus orejas se sonrojaron–. Sí. Sí, lo son.

Ruby lo miró boquiabierta.

–Son… mi mamá las hace … ¡Son mis preferidas!

–Sí, lo sé –Oscar aclaró su garganta de manera extraña y le ofreció la lata a Nova–. Yo, mmm, le pedí la receta a tu madre.

Con poco apetito, Nova rechazó las galletas, pero Adrian tomó tres. Ruby seguía mirando fijamente a Oscar, la galleta olvidada seguía a medio camino a su boca. Oscar no le devolvió la mirada, en cambio, volvió a tapar la lata y asintió mirando a Adrian, como si estuviera ansioso por dejar atrás lo que puede haber sido la confesión más obvia de adoración que Nova haya presenciado alguna vez.

–Okey, entonces. Genial. Hagamos esto. ¿Por dónde empezamos?

Adrian metió la primera galleta en su boca y se acercó a una pizarra blanca. La tomó por uno de sus costados, la alejó de la pared y la volteó para que pudieran ver el reverso. Nova sintió un vacío en el estómago.

Era una tabla de corcho repleta de notas, diagramas y evidencia. Un mapa de Gatlon City cubría casi toda la pizarra, había círculos en los lugares donde Pesadilla había sido vista. Los edificios en donde ella y el Centinela se habían enfrentado durante el desfile. El Parque Cosmópolis y su casa de la risa abandonada. El Cuartel General de los Renegados. Varias entradas a los túneles subterráneos. La Biblioteca de Cloven Cross también estaba resaltada y tenía notas sobre la Detonadora y el Bibliotecario. También había marcado la catedral, a su lado había un reciente recorte periodístico sobre la captura de Ace Anarquía.

Había una foto granulosa de Pesadilla lanzando al Titiritero de su globo aerostático. Un círculo rojo sobre su rostro y una línea que lo conectaba con el cuartel general y otra con Cosmópolis. Además de esa línea, en letras mayúsculas, Adrian había escrito: *¿MÁSCARA?*

Otra línea conectaba al cuartel general con la casa de Adrian junto con las palabras garabateadas: *¿¿¿TALISMÁN DE LA VITALIDAD???*

Otra línea unía el desfile con la biblioteca. *¿ARMAMENTO?* Y entre paréntesis (*buena tiradora*).

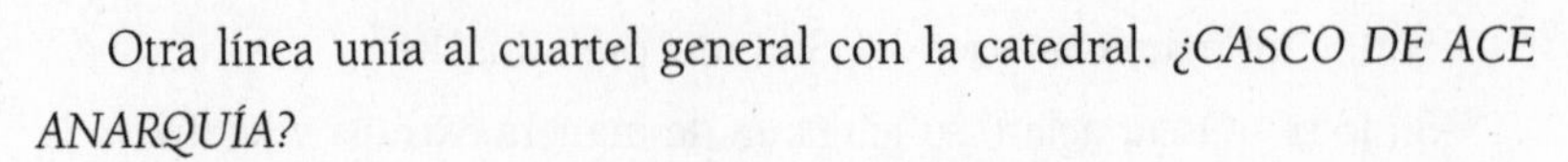

Otra línea unía al cuartel general con la catedral. *¿CASCO DE ACE ANARQUÍA?*

En un costado del mapa había una serie de notas sueltas y desprolijas.

¿Cómo es inmune al Agente N y a Max? ¿Talismán de la Vitalidad? ¿Pero cómo supo de él? ¿Cómo lo CONSIGUIÓ?

¿Cómo logró sacar el casco de la caja de cromo?

¿Cómo supo que el casco no había sido destruido? ¿En dónde lo conservaban?

¿Acceso al Agente N?

Bombas de Agente N. ¡Misiles de niebla de Fatalia!

Cada pregunta tenía una línea que llevaba hacia el Cuartel General de los Renegados.

Nova tragó saliva con fuerza. Sentía picazón en la piel y sus piernas se retorcían por la necesidad imperiosa de salir corriendo por la puerta. Se sentía como una trampa, pero nadie la estaba mirando.

Ruby se puso de pie sacudiendo las migas de galleta de sus dedos y se acercó a la tabla.

–Okey –murmuró balanceándose sobre sus talones–. ¿Qué significa todo esto?

La expresión de Adrian estaba ensombrecida mientras inspeccionaba el mapa, como si estuviera esperando que una pista le llamara la atención y alineara todos los demás elementos. Pero ya había unido suficientes piezas. Nova supo lo que iba a decir antes de que lo dijera. Su corazón palpitaba mientras esperaba las palabras.

–Tengo una teoría –empezó en voz baja con las cejas arrugadas.

–Estamos escuchando –dijo Oscar. En ese momento, una docena de las mariposas de Danna levantaron vuelo del escritorio de Adrian y bordearon la pizarra antes de ubicarse sobre ella.

–Para empezar, Pesadilla sabe demasiado: sobre el Agente N y Max, hasta incluso sobre el Talismán de la Vitalidad.

–Pausa –dijo Ruby alzando una mano hacia él–. ¿Qué es el Talismán de la Vitalidad?

–Es… –Adrian aclaró su garganta y volvió a vacilar. Nova podía ver cómo se formaban sus pensamientos mientas intentaba decidir la mejor manera de contarles sobre el objeto increíble que había descubierto–. Es un viejo amuleto que fue encontrado en el departamento de artefactos. Quien lo tenga puesto, está protegido de enfermedades, venenos y hasta… de algo como el Agente N. O Max.

–Estás bromeando –dijo Oscar inclinando su cabeza–. ¿Por qué no hemos oído hablar de él antes?

–Quería contarles, pero mis padres me pidieron que lo mantuviera en secreto hasta que supieran más sobre el talismán y sus limitaciones. Les preocupaba que su existencia pudiera interferir con el lanzamiento del Agente N. Y ahora está desaparecido.

–¿"Desaparecido"? –preguntó Ruby.

–Lo tenía Simon. Pudo visitar a Max con él, pero no lo hemos visto desde antes que Pesadilla irrumpiera en el cuartel general.

–¿Entonces Pesadilla le robó esa cosa a Dread Warden? –dijo Oscar–. ¿Qué? ¿Cómo… una carterista?

Adrian golpeó su rotulador sobre su palma.

–Papá dice que lo dejó aquí en casa, pero no lo sé. Tal vez se olvidó y en realidad estaba en el cuartel general. Porque, escuchen: todas estas cosas –señaló a la tabla con el marcador– estaban en el cuartel general. El casco, la Lanza de Plata, hasta esas bombas que tenía. El Talismán de la Vitalidad, si es que lo tenía… tal vez también estaba allí. Y, ah, ¡la máscara! –señaló hacia la foto granulosa de Pesadilla, mostrando la máscara de metal en la parte inferior de su rostro.

»El equipo de Congelina dijo que la tenía puesta esa noche y que era idéntica a la que solía usar. Estoy convencido de que *es* la máscara que solía usar.

Nova se hundió todavía más en el sofá.

–¿Entonces? –dijo Oscar.

–Entonces –siguió Adrian–, su máscara fue encontrada en los escombros de la casa de la risa en Cosmópolis. Yo mismo la vi después de la explosión que supuestamente la había matado. Hablé con Urraca y jura que la recolectaron durante la limpieza y que la entregó al departamento de artefactos, pero no hay ningún registro de la máscara. Según la declaración de Mantarraya, Pesadilla vestía su traje completo cuando lo atacó en la sala de seguridad, aunque eso fue *antes* de que se dirigiera a la bóveda –señaló a una línea de tiempo del ataque al cuartel general en la parte inferior de la tabla. Allí, indicaba que Pesadilla había utilizado el brazalete de comunicación de Mantarraya para acceder a la puerta de la bóveda.

»Lo que nos lleva a otro punto –continuó Adrian–. Pesadilla se ocupó especialmente de atacar la sala de seguridad y desactivar todas las cámaras antes de ir por el casco. ¡Pero usa una máscara! Por qué le importaría aparecer en video a menos que le preocupara que alguien pudiera reconocerla.

Nova alzó su dedo, feliz de que por lo menos podía ofrecer un contraargumento decente.

–Si hubiera ido a la bóveda con las cámaras activas, un equipo de seguridad la hubiera perseguido. Tenía que desactivar las cámaras para tener tiempo de completar el robo antes de que alguien se diera cuenta de lo que estaba haciendo.

Adrian consideró esto y luego encogió levemente los hombros.

–Tal vez. Pero también está lo del Agente N –le dio un golpe a la tabla con entusiasmo–. Recibí el informe hace unas horas. Esos dispositivos que encontraron en el vestíbulo definitivamente eran los misiles de niebla de Fatalia, bombas de gas que se almacenaban en la bóveda, y Pesadilla definitivamente los modificó para que liberaran una forma gaseosa del Agente N. Esto no solo significa que tenía las bombas antes de atacar, tal vez por

semanas, sino que también tenía provisiones del Agente N, que está en un depósito seguro, detrás de los laboratorios. O Pesadilla logró acceder al depósito *antes* de su ataque o logró conseguir el Agente N por otros medios.

–Pero ¿quién más tiene acceso a él? –dijo Ruby, robando otra galleta de la lata.

–*Nosotros* –Adrian la miró con seriedad.

–Ey –masculló Oscar–. Acabas de causarme escalofríos. Pero ¿qué significa eso exactamente?

–Tenemos acceso al Agente N –dijo Adrian–. Al igual que todas las unidades de patrulla. Cada persona que ha estado entrenando las últimas semanas. Y, obviamente, el Consejo. Y todos los que trabajan en los laboratorios.

Oscar hizo girar su silla hacia adelante, impulsándose con sus pies.

–Continua. Siento como si estuviera a punto de ponerse muy bueno.

–Puede parecer improbable –Adrian rascó su nuca–, pero tengo una teoría y responde a tantas preguntas. Cómo sabía sobre el Agente N y cómo logró robar un poco antes de que lo anunciáramos. Cómo tiene acceso a la bóveda. Cómo supo sobre Max, sobre el equipo que estaría a cargo de la seguridad esa noche y el casco, todo. Creo… –pausó para respirar profundamente–. Creo que Pesadilla se ha estado haciendo pasar por una Renegada. Creo que es una espía.

Nova hizo una mueca. Cerró los ojos con fuerza, solo por un segundo. Allí estaba. La observación que aclararía todo. De todos modos, forzó una máscara de sorpresa sobre su rostro mientras las puntas de sus dedos se hundían en sus muslos.

–¿Una espía? –dijo atreviéndose a hablar y deseando que el leve temblor en su voz sumara a su aparente desconcierto–. ¿En los Renegados?

Al mismo tiempo, los cientos de mariposas que los rodeaban abrieron sus alas en perfecto unísono y las volvieron a cerrar antes de quedarse quietas otra vez.

Fue una confirmación, como si Danna hubiera estado sentada en el sofá entre Nova y Ruby, lista para alzar su dedo acusatorio en dirección a Nova.

–Rayos –murmuró Oscar–. Eso fue raro.

–Danna –dijo Adrian–. ¿Tengo razón? ¿Sabes quién es o cómo podemos encontrarla?

Y aunque Nova había estado segura de que se suponía que Danna no era capaz de escuchar, mucho menos comprender lenguaje hablado en modo enjambre, debe haber comprendido lo suficiente. Como si fueran una sola, las mariposas se alzaron, dieron una vuelta debajo del techo y luego se posicionaron.

Directamente sobre Nova.

Ella chilló y se tensó mientras las mariposas y sus pies refinados se ubicaban sobre sus hombros, su cabello, sus brazos, sus rodillas y sus pies. Aquellas que no lograron caber en su cuerpo, la rodearon y se acomodaron en los almohadones del respaldo del sofá.

Nova contuvo la respiración, de repente tenía demasiado miedo de moverse. No era la única que se había quedado inmóvil. Adrian la miraba anonadado con la boca abierta.

Las mariposas permanecieron allí solo un momento antes de volver a despegar y encontrar su lugar en esquinas distantes de la habitación.

Con el corazón palpitando, Nova se atrevió a mirar a Ruby. Luego a Oscar. Y finalmente a Adrian. Todos la miraban... no de manera acusatoria, todavía no. Pero definitivamente con incertidumbre.

El cerebro de Nova luchaba por conseguir palabras... cualquier palabra y...

–¡La bóveda! –dijo poniéndose de pie tan rápido que Adrian dio un paso dubitativo hacia atrás–. Creo que es lo que Danna me está diciendo... a nosotros. Tiene tanto sentido. Tantas pistas sobre Pesadilla terminan en la bóveda. ¡Y yo trabajo allí! –forzó la sonrisa más radiante que se atrevió a esbozas–. Puedo revisar los registros. Hablar con Tina y Callum. Si Pesadilla sabía sobre los misiles de niebla y… sobre las otras cosas… entonces debe haber dejado algún tipo de rastro. O en papel o en las cintas de seguridad… –golpeó su palma con un puño–. Si estuvo allí en los últimos seis meses, puedo averiguarlo. Si es una espía, entonces puedo descubrir su identidad. Lo sé.

–Tienes razón –Adrian se relajó–. Danna tiene razón. Al precisar exactamente los ítems que utilizó y robó, deberíamos poder rastrear quién es.

–Además –dijo Ruby–, podemos compararlos con los registros de ingresos. Probablemente, Pesadilla no ha estado en la organización por mucho. Puede que se haya unido en las últimas pruebas… o tal vez el año pasado. Podemos comparar lo que encuentre Nova con los reclutas más nuevos.

El corazón de Nova comenzó a oscilar como si ya no estuviera unido a su cuerpo.

–Genial. Sí. Excelente. No los decepcionaré.

Su cabeza no dejaba de palpitar. El pánico invadía sus venas.

Se estaba quedando sin tiempo. Sería descubierta en cualquier momento, en cualquier *minuto*. ¿Cómo podría liberar a Ace antes de que sucediera?

Capítulo 4

–Esto es lo que sabemos –dijo Nova, al mismo tiempo que quitaba frascos llenos de miel de la pequeña mesa del comedor. Leroy, Honey y Phobia la miraban de pie mientras removía una banda elástica de un gran tubo de papel y lo expandía sobre la mesa. Colocó algunos de los frascos de miel en las esquinas para que se mantuviera estirado.

El papel, que había impreso en una gráfica de veinticuatro horas de poca monta la noche anterior, mostraba viejos planos de la Penitenciaría Cragmoor. Los había descargado de la base de datos de los Renegados. Sin embargo, eran planos muy antiguos y Nova sabía que no eran precisos. En todo caso, parecía que los Renegados intencionalmente habían mantenido los registros de la remodelación en un lugar seguro y secreto… tal vez para evitar fugas.

–Estas paredes exteriores no cambiaron –indicó señalando los límites de las celdas de la prisión y la pared de piedra que las bordeaba–. Las imágenes satelitales lo confirman, al igual que la ubicación de estas torres con guardias y el muelle. Todavía hay edificios aquí y aquí… –señaló dos

estructuras casi pegadas a la pared–. Pero no puedo saber con seguridad qué contienen. Solían ser oficinas administrativas, alojamiento para los guardias, una pequeña sala médica y el comedor, pero no podemos confirmar nada de eso.

»Lo que sí sabemos es que los prisioneros son transportados hasta vehículos terrestres apenas pisan el muelle y los llevan por este camino hasta la isla, donde atraviesan este punto de seguridad, administrado por Renegados. Asumamos que están altamente armados.

–Es posible –dijo Leroy. Estaba recostado sobre la encimera de la cocina, bebía una copa llena de brandy. No bebía con frecuencia, pero parecía que conservaba esta botella desde hacía años y Nova notó que la vació más rápido de lo normal–. Pero es más probable que hayan elegido prodigios con poderes que pueden funcionar como armas de larga distancia, en vez de armarlos con elementos que potencialmente podrían ser utilizados en su contra.

–Esperemos que así sea –replicó Honey–. Unas pocas dosis del Agente N resolverán ese problema.

Nova no respondió. Había pensado lo mismo, pero no quería ser arrogante. Después de haberse infiltrado en el Cuartel General de los Renegados, ellos sabían que Pesadilla y los Anarquistas tenían acceso a, por lo menos, cierta cantidad del Agente N. Dudaba que tuviera la oportunidad de volver a sorprenderlos con su propia sustancia.

–¿Y dónde está Ace en todo esto? –preguntó Honey. Inclinándose sobre la mesa, acarició la línea de celdas dentro del sector con una uña roja como la sangre–. ¿En algún lugar por aquí?

–Lo dudo –murmuró Phobia. Giró la hoja de su guadaña sobre su capucha antes de señalar con ella un punto en el plano–. Lo tendrán aquí.

Debajo del filo de la hoja había un pequeño pasillo ubicado en el edificio detrás de lo que podría ser el comedor. Solo había cuatro pequeñas celdas en ese lugar, junto con la palabra "solitario".

–Si es que las celdas de confinamiento en solitario siguen ubicadas allí –replicó Nova–. Sabemos que los Renegados renovaron gran parte de la prisión, pero no puedo encontrar ningún registro de lo que hicieron –tocó el puente de su nariz, sintió que se avecinaba una jaqueca–. Y en lo que respecta a los protocolos de seguridad actuales, la ubicación de celdas y las áreas de acceso restringido… –encogió los hombros–. Podemos especular, pero solo serán eso. Especulaciones.

–Entonces, si sacáramos a Ace de allí –dijo Honey–, lo haríamos a ciegas.

–Exactamente.

Honey tarareó mientras evaluaba el plano.

–Empiezo a comprender el valor de la habilidad de nuestra pequeña amiga mariposa cada vez más.

La mejilla de Nova se retorció, aunque intentó que los demás no notaran su incomodidad. Tendía a hacer una mueca cada vez que mencionaban a Danna. Había hecho su mejor esfuerzo por ignorar el frasco de vidrio ubicado sobre el tocador de Honey en su habitación compartida, con una tapa perforada para el oxígeno y la ocasional flor para que no muriera de hambre. La culpa que Nova sentía por mantener a Danna encerrada era profunda. Se preguntaba con frecuencia si la conciencia de Danna estaba en algún lugar del cerebro de ese pequeño insecto y sentía todo lo que la mariposa sentía.

Atrapada y sofocada.

Pero Danna sabía demasiado y no podían permitir que escapara. Mientras tuvieran una mariposa separada de las demás, sería incapaz de volver a transformarse en su forma humana y contarle a todos la verdadera identidad de Nova y la ubicación de los Anarquistas.

Lógicamente, Nova sabía que no tenía otra opción. Por su propia seguridad y la de los demás, no podía liberar a Danna. Pero, de todos modos, considerando su propia aversión a los espacios reducidos, no podía negar la culpa que pesaba sobre ella al pensar en la pequeña mariposa atrapada en ese frasco. Ni siquiera la mantenían como a una mascota. Era más como… un experimento de ciencias.

–Sería útil tener, bueno, cualquier tipo de idea de lo que enfrentaremos –dijo Leroy, la mitad de su rostro se arrugó con una sonrisa conocedora–. ¿Hay alguna esperanza de lograrlo, *Insomnia*?

Insomnia. Su alias de Renegada.

–Yo…. No lo sé –admitió–. He intentado pensar en alguna razón válida para ir allí. Para entrevistar a Ace o a alguno de los otros prisioneros. De realizar algún tipo de búsqueda… o… –sus hombros se desmoronaron–. No se me ocurre nada que no sea sospechoso. Pero, tal vez, la oportunidad se presentará sola.

–No tenemos tiempo de esperar una oportunidad –los labios de Honey se curvaron.

–¿Cuánto tiempo crees que tenemos? –Leroy miró a Nova con una expresión de preocupación.

–¿Antes de que neutralicen a Ace? Es difícil saberlo. Todavía están intentando decidir…

–Eso no –la interrumpió–. ¿Cuánto tiempo crees que tenemos antes de que descubran quién eres?

Nova se tensó. Esa pregunta aparentemente inocente causó una ola de pánico en todo su cuerpo.

Cada paso en falso.

Cada error arrogante.

Cada rastro de evidencia que se había acumulado detrás de ella durante los últimos meses.

Todo se borroneaba en su mente. Mil tropiezos pasaron por su mente al mismo tiempo.

La vez que dejó a Danna dormida en el ala médica. Cómo Winston pareció haberla reconocido cuando Adrian lo interrogó, al igual que la nieta del Bibliotecario, Narcissa Cronin. Todas las cosas que había tomado de la bóveda. Cómo había alardeado de sus habilidades como tiradora en más de una ocasión. Haberse marchado antes de la gala, en la misma noche en que Pesadilla robó el casco de Ace.

Y, tal vez, lo más condenatorio de todo, cómo había ayudado a Max cuando estaba muriendo.

Después de ver la pizarra en la casa de Adrian y de escuchar su teoría, Nova se dio cuenta de que, de cierta manera terrible, tenía suerte de que Max estuviera en coma. Puede que a Congelina le conviniera mentir y decir que Pesadilla había atacado al niño, pero ¿Max contaría una historia distinta al despertar? Nova quería que despertara, por supuesto que sí, pero también esperaba que sus recuerdos de esa noche fueran demasiado confusos como para comprender.

Porque no tenía ningún sentido que Pesadilla lo ayudara y, sin embargo, eso fue lo que había hecho. En vez de dejar que muriera, había intentado detener la hemorragia, hasta obligó a Genissa Clark a darle sus poderes para que pudiera congelar la herida.

Nova había repasado esos instantes en su cabeza un millón de veces. Sabía que debería haber abandonado a Max. Debería haber tomado el casco y correr.

Pero se estaba *muriendo*.

No podía solo dejarlo allí. Incluso ahora, empapada de la racionalidad de la perspectiva, sabía que había tomado la decisión correcta.

La verdad se sabría en algún momento. Y sería su ruina.

–Tal vez este momento amerita un poco de fría honestidad –dijo Honey tamborileando sus uñas sobre la mesa–. Quiero rescatar a nuestro pobre Acey tanto como cualquiera de ustedes, pero nada de esto es muy prometedor. Incluso si lográramos entrar en esa prisión, nuestras posibilidades de encontrarlo y *salir* de allí son relativamente escasas y, en el momento en que los Renegados se den cuenta de quién es Nova, lo que, juzgando por el te-

rror en su rostro, sospecho podría suceder en los próximos cinco minutos, rodearán este lugar y estaremos acabados –agitó su cabello mientras sus ojos se posaron en Nova, luego en Leroy y en Phobia una y otra vez–. ¿Alguien consideró tal vez la posibilidad de no rescatar a Ace y en cambio robar un lindo yate y vivir el resto de nuestros días en una isla tropical en algún lugar?

Phobia emitió un sonido de fastidio.

Honey agitó sus dedos hacia él.

–No te preocupes, querido. Estoy segura de que podemos encontrar una isla con un cementerio.

–No abandonaremos a Ace –dijo Nova.

–Es tiempo de considerar otras opciones –Honey suspiró.

–Honey tiene un punto –murmuró Leroy–. Odio admitirlo, pero… –gesticuló hacia el plano–. Esto no nos sirve demasiado para elaborar un plan, mucho menos para ejecutarlo.

–*No abandonaremos a Ace* –repitió Nova, con más dureza esta vez–. Él no nos abandonaría.

Los demás intercambiaron miradas de incertidumbre y Nova se enfureció.

–Bueno, no me abandonaría *a mí*. Y, además, incluso si… –tragó el nudo en su garganta–. Incluso si no lográramos rescatar a Ace a tiempo, eso no significa que hemos perdido. Él tenía una visión y esa visión vive en nosotros. El control de los Renegados sobre esta ciudad se debilita cada día y las personas están tomando conciencia de sus fallas y de su hipocresía. Sin importar lo que le pase a Ace, ¡tenemos que seguir luchando por el mundo que él imaginaba!

Nova cerró la boca en el momento en que lágrimas comenzaron a obstruir su visión. Se sentía irritablemente melodramática, volteó su rostro, pero todavía quedaban cosas por decir. Todavía ardía el odio en su pecho.

No era solo sobre lo que Ace deseaba para el mundo, sobre la libertad y la autonomía que merecían todos los prodigios. El derecho de no ser perseguido y asesinado por ser lo que eran, sino también el derecho de utilizar sus poderes como quisieran, sin miedo a ser perseguidos, incluso por otros prodigios como los Renegados. Eso era parte del motivo, siempre había sido parte del por qué ella había peleado al lado de Ace.

Pero el motivo más profundo por el que odiaba a los Renegados y siempre los había odiado era que no la rescataron cuando más los necesitó. Habían jurado proteger a su familia y fallaron. Sus padres estaban muertos. Su hermana pequeña, Evie, estaba muerta. Nova también estaría muerta si no hubiera utilizado sus poderes para dormir al asesino. Ace la había encontrado de pie sobre ese cuerpo inconsciente mientras intentaba, sin éxito, jalar del gatillo en dirección al asesino de su familia.

Todo por los Renegados y sus promesas vacías.

No lo olvidaría. Y no dejaría que le sucediera lo mismo a nadie más. La gente creía que los Renegados podían salvarlos, pero estaban equivocados. Los Renegados cometían errores. Rompían promesas. Mentían.

Y no deberían poder gobernar el mundo sin ningún control.

–Está bien –dijo Honey una vez que el silencio mutuo se alargó demasiado–. Lo intentaremos a tu manera, pequeña Pesadilla –inclinó su mentón hacia el plano–. Pero todos sabemos que tus secretos no durarán mucho más tiempo. Probablemente deberíamos tener un plan de contingencia para cuando te descubran.

–También he pensado en eso –asintió Leroy–. Si descubren a Nova, tendremos que abandonar esta casa y destruir tanta evidencia de que estuvimos aquí como nos sea posible. Y para ese caso, he estado trabajando en algo. Un cóctel de químicos que, al combinarse, diezmarán todo lo que toquen. Por lo menos, evitará que los Renegados registren nuestras cosas una vez que nos marchemos.

–Está bien –dijo Nova–. De ser necesario, tomaremos lo que necesitemos, destruiremos todo lo demás y nos esconderemos.

Un golpe seco en el segundo piso llamó su atención hacia el techo con manchas de humedad. El cuerpo se Nova se tensó y sintió que el resto de sus compañeros se inmovilizaron, excepto por Phobia, quien se disolvió en una nube de humo negro y se arremolinó como un huracán hacia las escaleras.

Ella tomó el arma más cercana, un cuchillo con poco filo de un cajón de la cocina, y lo siguió acompañada por Leroy y Honey. Pero cuando llegó a la habitación que compartía con Honey, solo vio que Phobia la esperaba entre las abejas y las avispas. Las criaturas siempre entraban y salían por la pequeña ventana que estaba apenas abierta para permitirles su libertad, incluso cuando llovía torrencialmente. Hecho que sucedía con más frecuencia a medida que el otoño se transformaba en invierno.

La presencia encapuchada de Phobia se sentía como un agujero negro en el centro de la habitación. Estaba frente al tocador de Honey, una mano esquelética hacía girar la hoja de su guadaña.

Los pies de Nova se detuvieron en la alfombra apelmazada. Honey y Leroy se amontonaron detrás de ella.

Nada en el tocador parecía haber sido alterado, aunque era difícil saberlo ya que el maquillaje y las joyas de fantasía solían estar desordenados. Entre ellos estaba el frasco de vidrio, su tapa estaba cubierta de horquillas para el pelo y un arete con un diamante de imitación.

Dentro del frasco estaba la mariposa monarca, en este momento colgaba boca abajo de la tapa. Había rastros de polvo en el interior por el movimiento de sus alas al intentar liberarse. Cuatro avispas amarillas intentaban abrir la tapa para llegar al bocadillo sabroso que había adentro.

Pero no fue la mariposa ni las chucherías de Honey lo que llamaron la atención de Nova. Fue el espejo que reflejaba sus expresiones de sorpresa. En su superficie, escrito con letras mayúsculas negras, decía:

TRÁEME EL CASCO
HABITACIÓN DE AR - BLACKMIRE
48 HORAS
O TODOS SABRÁN
QUIÉN ERES EN REALIDAD

Nova apenas comenzó a digerir la amenaza cuando Leroy pasó por al lado de ella y asomó la cabeza por la ventana para escanear el jardín y el callejón detrás de la casa. Sin embargo, incluso si el perpetrador siguiera allí, merodeando en las sombras, Nova dudaba que Leroy lograra verlo en la oscuridad.

Volvió a leer las palabras. Sabía que muchos Renegados, entre ellos Adrian, se habían acercado a su secreto en los últimos meses. ¿Alguno de ellos lo había descifrado finalmente? Pero la mayoría de los Renegados transmitirían esa información directamente al Consejo. Dudaba que muchos de ellos tuvieran las agallas para chantajearla a cambio del casco de Ace, a pesar de que se tratara de uno de los objetos más poderosos de todos los tiempos.

¿Quién podría ser?

–Bueno –dijo Honey–, sin Ace, no podemos darle mucho uso al casco de todos modos.

Nova le frunció el ceño al reflejo de Honey en el espejo cubierto con las palabras garabateadas.

–No entregaremos el casco. Arriesgué demasiado para conseguirlo. Además, encontraremos la manera de liberar a Ace y, cuando lo hagamos, necesitará el casco para recuperar su fuerza. No presenciaré cómo se marchita porque entregamos lo único que podría ayudarlo.

–Estoy de acuerdo –dijo Leroy, aparentemente no vio nada, ni a nadie, por la ventana–. Pero no creo que debamos tomar esto como una amenaza vacía. Alguien sabe tu identidad, Nova. No solo eso, saben en dónde estás. En dónde estamos.

–Sí –Nova se cruzó de brazos–, pero es un cobarde. Quien quiera que sea. Dejar un mensaje amenazador y no atreverse a enfrentarme en persona. ¿Quién hace eso?

–A veces, los cobardes pueden ser los más peligrosos de todos –intervino Phobia.

–Phobia tiene razón –coincidió Leroy–. No podemos ignorar esto.

Nova le echó un vistazo a su rostro, cubierto de cicatrices y desfigurado y pensó en los matones adolescentes que le habían arrojado ácidos después de la clase de química. Cobardes, todos ellos. Pero peligrosos de todos modos.

Sin embargo, no le entregaría el casco a alguien que no tuviera el valor de luchar por él y tampoco tenía tiempo para hacer mandados y entregas para acosadores anónimos.

Pero necesitaba más tiempo para descifrar cómo liberar a Ace de esa prisión. Su pared de mentiras estaba lista para colapsar sin ayuda de nadie, pero no dejaría que alguien la derrumbara con una bola de demolición.

La amenaza en el vidrio se tornó borrosa.

48 HORAS

O TODOS SABRÁN

Capítulo 5

Adrian estaba contemplando la invisibilidad. En lo que se refiere a superpoderes, era uno con usos infinitos. Particularmente si uno pasa gran parte de su tiempo escabulléndose y espiando, como él durante estos últimos días. Su papá Simon, Dread Warden, podía hacerse invisible. Al igual que Max, quien absorbió algo de la habilidad de Simon cuando era un bebé, aunque solo podía desaparecer por cortos períodos de tiempo. Hubo un Renegado que entrenó en Gatlon City unos cuantos años atrás que *siempre* era invisible, lo que a Adrian le pareció levemente desconcertante cuando estaba cerca. (Al día de hoy, todavía no estaba seguro de su género y su alias, Espectro, tampoco ofrecía ninguna pista). Pero lo enviaron a un sindicato del otro lado del océano y Adrian no había pensado mucho en ese Renegado o en su poder desde entonces.

Ahora, pensaba mucho en eso. Ninguno de los poderes que se había otorgado a si mismo, tatuándose, le ofrecía sigilo. Al contrario, la armadura que surgía del cierre en su esternón era grande y voluminosa, brillante y reflectante. Se sentía invencible al usarla, pero también *muy* visible.

No podía imaginar qué tipo de tatuaje podría permitirle invisibilidad completa. Concluyó que un tatuaje de ese estilo tendría que cubrir su cuerpo de pies a cabeza para ser efectivo, pero tal vez necesitaba pensar de manera menos convencional. Tal vez solo necesitaba inspiración.

Se preguntó si Nova tendría algunas ideas, salvo que ella no sabía sobre el Centinela o los tatuajes y Adrian no sabía cómo debía contárselo, o siquiera si quería hacerlo, especialmente, considerando el desprecio manifiesto que Nova expresaba hacia su alter ego vigilante.

Pero, de pie en una cornisa fuera de una ventana de hospital, a cinco pisos de altura, plena luz del día y en su armadura pesada y reluciente, decidió que era hora de comenzar a considerar otras maneras de escabullirse para visitar a Max. Y la invisibilidad facilitaría todo eso.

Muy pegado contra el lateral del edificio, posicionó un pequeño espejo de mano hacia la ventana, siguió los movimientos de una enfermera que monitoreaba los signos vitales de Max y tomaba nota de la información en una tableta. Ajustó algo en el suero intravenoso al costado de la cama, alisó la manta sobre sus hombros finos y firmó con sus iniciales una hoja de papel al lado de la puerta.

Finalmente, se marchó y dejó la puerta levemente abierta detrás de ella.

En el momento en que la enfermera salió de la habitación, Adrian se inclinó y ubicó las puntas de sus dedos cubiertas por guantes debajo de la ventana. Se abrió con la misma facilidad y el mismo silencio de las últimas dos veces.

Entró a la habitación e hizo una mueca por el golpe seco de sus botas. Presionó su pecho con un dedo y la armadura se retrajo dentro del bolsillo debajo de su piel. Con pies mucho más sigilosos, atravesó la habitación y cerró completamente la puerta. No tenía una traba, pero los movimientos de las enfermeras seguían un cronograma estricto y, a esta altura, Adrian ya estaba familiarizado con sus métodos y sabía que nadie volvería a revisar a Max por un par de horas.

Y, tristemente, el chico no podía esperar muchas visitas. Tras vivir en el área de cuarentena del Cuartel General de los Renegados la mayor parte de su vida, no tenía amigos o conocidos más allá de los Renegados, y solo dos de ellos podían acercase a Max sin que él absorbiera sus poderes.

Uno era el Capitán Chromium: inmune a todo, incluso al Bandido.

El otro era Adrian, aunque nadie más que Max lo sabía.

Después de descubrir el Talismán de la Vitalidad y lo que podía hacer, Adrian se inspiró y diseñó un tatuaje que podía ofrecer las mismas medidas de protección, incluso contra un poder como el de Max. Y había funcionado. Finalmente podía estar cerca de su hermano pequeño sin una barrera de vidrio entre ellos.

Pero hasta que encontrara una manera de explicarles los tatuajes a todos, especialmente a sus padres, tenía que mantenerlo en secreto. Y ahora que el Talismán de la Vitalidad había desaparecido, no podía utilizarlo como excusa para visitar al niño.

Pero no había forma de que pudiera permanecer alejado por completo. Solo tenía que ser cuidadoso al respecto.

Con la puerta y las persianas cerradas, avanzó hacia el costado de la cama y bajó la cabeza para mirar a su hermano pequeño. Al menos, pensaba en Max como su hermano, y siempre lo había considerado de esa manera desde el día en que conoció al niño.

Sus papás habían rescatado a Max cuando era un bebé, después de que sus padres biológicos –miembros de las Cucarachas– intentaran lanzarlo al río. Es probable que Max ya hubiera absorbido sus poderes para ese entonces, y sin lugar a duda, el resto de la banda habría amenazado con expulsarlos si no se deshacían del pequeño bandido antes de que causara un mayor daño. Para muchos padres prodigios, Max hubiera sido visto como una amenaza en vez de un niño que valía la pena amar. Durante algunos meses, Max había vivido con una familia de civiles que cuidaron de él hasta que Hugh y Simon pudieron dilucidar qué hacer.

Desde un principio, Hugh había sentido que era importante mantenerlo cerca, no solo porque era un prodigio y merecía estar rodeado de otros prodigios, sino también porque dejarlo solo en el mundo lo convertiría en un gran blanco para los villanos o en un arma que podrían utilizar algún día en contra de los Renegados.

En ese momento, comenzaron a considerar un área de cuarentena.

La construcción comenzó tan pronto ganaron la Batalla de Gatlon y, algunos meses después, Adrian conoció a su hermano bebé abandonado a través de una pared de vidrio. Para ese entonces ya caminaba, se tambaleaba en el espacio abierto y exploraba el juego de bloques de madera y los trenes que Hugh le llevaba.

Adrian había utilizado su marcador rojo para dibujar su mejor versión de un tiburón en la pared de vidrio. No era una criatura viva, sino un juguete con el que Max podía jugar. El dibujo era rudimentario y desprolijo, pero rápidamente se convirtió en el juguete preferido del niño.

Adrian adoró a su hermanito inmediatamente.

Colocó una silla de plástico junto a la cama y se dejó caer en ella mientras inspeccionaba el rostro de Max, casi diez años mayor que ese bebé inocente y casi cien años más sabio. Se dijo a sí mismo que el chico estaba menos pálido que la noche anterior, aunque podría haber sido más un deseo que la realidad. Su respiración era estable como siempre, su cabello estaba igual de despeinado. Un leve tono azul cubría sus párpados y hacía que su piel pareciera estar hecha de papel de arroz.

Siempre había sido pequeño para su edad y ahora lucía como si pudiera desvanecerse entre las sábanas blancas de la cama de hospital.

Adrian intentó no pensar de esa manera. Puede que se sintiera como si Max hubiera estado aquí durante semanas, pero no era verdad. Tuvo que contar enérgicamente el tiempo que había transcurrido.

Tres días. Tres noches. Algunas personas estaban en coma por años y lograban despertar.

Además, Hugh había hablado con los médicos y ellos creían que, de hecho, Max estaba progresando a un ritmo sorprendente. En especial, si uno considera que pocas personas hubieran sobrevivido sus lesiones para empezar. La lanza había atravesado completamente su abdomen, justo debajo de sus costillas. Acreditaban su supervivencia parcialmente al hielo que se había formado sobre su herida y contuvo la sangre de manera interna y externa. Poder que absorbió de Congelina durante la batalla.

Si un prodigio sanador lo hubiera podido curar, puede que se hubiera recuperado en una semana o dos, completamente sano salvo por un par de cicatrices desagradables. Pero no podía ser tratado por prodigios. De hecho, cualquier prodigio remotamente relacionado con el hospital había recibido instrucciones de mantenerse alejado de la habitación, incluso del ala entera en dónde cuidaban de Max.

Sin embargo, estaba bajo el cuidado de los mejores médicos civiles que el hospital podía ofrecer y parecía estar recuperándose. Eran cautelosamente optimistas.

Esas eran las palabras que seguían utilizando y que Hugh les repetía a Adrian a Simon. *Cautelosamente optimistas*. Era algo, pero no era suficiente.

Si tan solo Adrian hubiera capturado a Ace Anarquía antes. Si hubiera recibido el mensaje de Max. Si hubiera sido un poquito más rápido cuando volvió al cuartel general hubiera podido detener a Pesadilla. Hubiera podido salvar a Max.

–No te preocupes, niño –susurró–. La encontraré. Pagará por esto.

Luego inhaló profundamente y comenzó a contarle a Max todo lo que el equipo había discutido. Sus sospechas de que Pesadilla podía ser una espía entre los Renegados y la evidencia que confirmaba esa teoría. Deseaba tener alguna sospechosa en mente, pero la única Renegada que le parecía lo suficientemente villana era Genissa Clark y ella no podía ser Pesadilla por motivos obvios.

Parte del problema era que los poderes eran información pública y nadie en los Renegados tenía habilidades como las de Pesadilla: dormir a la gente con el contacto. Lo más parecido que Adrian pudo encontrar fueron registros de una prodigio que se hacía llamar Lullaby y que tenía el don, envidiado solo por padres con bebés, de conseguir que los niños se duerman con su suave voz. Sin embargo, nunca había sido una Renegada, solo una prodigio popular como niñera entre los padres que querían permanecer en las patrullas.

Lo que significaba que Pesadilla estaba escondiendo su habilidad. Pensó que probablemente estuviera haciéndose pasar por uno de sus empleados civiles. Un diez por ciento de los empleados de los Renegados no eran prodigios, incluyendo la mayor parte del personal del laboratorio y los administrativos.

De hecho, tenía sentido que fuera uno de ellos. No tenían que pasar pruebas. Aunque sí eran sujetos a una extensa verificación de antecedentes...

De todos modos, parecía un lugar tan bueno para comenzar como cualquier otro.

–Gracias, Max –dijo recostándose sobre su silla mientras sus palabras y sus ideas se entremezclaban–. Hablar de esto contigo realmente me ayudó.

Aunque Max no podía responder, Adrian se sintió reconfortado por poder ordenar sus pensamientos de esta manera. Max había sido su consejero, sus ideas y perspectivas eran mucho más maduras que las de alguien de su edad.

Adrian no sabía que haría sin él.

Un ruido llamó su atención e irguió su cabeza. Podía escuchar voces acercándose a la habitación y una resonaba más que las demás.

Hugh Everhart, también conocido como Capitán Chromium, y su padre.

Maldiciendo, Adrian se puso rápidamente de pie y colocó la silla en su lugar en la esquina. Otra vez. Invisibilidad. Realmente tenía que trabajar en ello.

Trepó el alféizar y se deslizó hacia la cornisa externa del edificio, una pose que le era demasiado familiar. Salvo que nunca había estado allí sin la armadura del Centinela. Era sorprendente cuán diferente se sentía. Cuán vulnerable se sintió cuando las ráfagas de viento abofetearon su piel y la piedra áspera de la pared del edificio rasguñó sus palmas. No le tenía miedo a las alturas, pero era imposible no imaginar qué sucedería si cayera y su cuerpo impactara contra el pavimento cinco plantas más abajo.

Se atrevió a echar un vistazo hacia abajo y vio con un fragmento de alivio que, de hecho, aterrizaría en una cama de flores. No es igual de genial que un trampolín, pero seguía siendo mejor que el pavimento.

Sintió la voz resonante de Hugh, aunque apenas era audible sobre el silbido del viento en sus oídos. ¿Era su imaginación o había escuchado a su papá mencionar al Centinela?

Uno de los extremos de su boca se retorció hacia abajo. Adrian sacudió su muñeca para alcanzar el rotulador que mantenía dentro de un bolsillo de su manga. Lo desatapó con sus dientes y comenzó a esbozar sobre la pared del edificio, pero la piedra con textura era demasiado áspera como para que el rotulador formara líneas limpias. Fragmentos de piedra seguían atascándose en la punta de fieltro.

Frunciendo el ceño, Adrian se inclinó hacia adelante e ignoró la caída libre a centímetros de sus talones y dibujó en el muslo de sus pantalones.

Había aprendido durante sus años como Sketch, el Renegado que podía transformar cualquier dibujo en realidad, que los diseños complejos con detalles podían ser impresionantes, pero eran los más simples los que solían funcionar mejor. Podría haber dibujado algún tipo de dispositivo auditivo de alta tecnología con una radio antena y funciones de aislamiento de sonido, pero ¿por qué molestarse en hacer todo eso?

En cambio, dibujó una anticuada trompetilla con una punta en un extremo y muy ancha en el otro para captar las olas de sonido y redirigirlas a su canal auditivo. Era algo que los ancianos podrían haber utilizado hace cientos de años. No lo hizo sentir extremadamente sexy extraer el dibujo de la tela de denim y sostenerlo contra su oreja.

Pero funcionó. Repentinamente, escuchó la voz de su padre como si estuviera parado al lado de él.

–... una gran deuda –estaba diciendo Hugh, en un tono más calmo que cuando había entrado a la habitación–, lo que nos coloca en una situación muy complicada. ¿Está seguro de que hubiera muerto si el Centinela no lo hubiera traído aquí tan rápido?

–Nada es seguro –replicó otra voz masculina que Adrian reconoció como el doctor Sutner. El médico civil que había cuidado de Max cuando ninguno de los sanadores Renegados pudo acercarse a él–. Puede que hubiera sobrevivido por su cuenta, especialmente con el hielo conteniendo la hemorragia. Pero... –no terminó la oración. No era necesario.

Adrian sintió una ola de calor en su pecho al saber que, por lo menos, había hecho algo bien. Esa noche había estado tentado, muy tentado, a perseguir a Pesadilla cuando huyó. Pero, en cambio, eligió a Max. Eligió intentar salvar a su hermano pequeño en vez de vengarse de quien lo había atacado.

La venganza podía esperar.

–Bueno... si alguna vez lo conozco, tendrá mi gratitud –añadió Hugh, aunque había cierta pesadumbre en sus palabras–. A pesar de que tenga que ser detenido.

–¿Detenido, Capitán? –dijo el doctor–. Pero... ¿no trabaja para usted?

–Por supuesto que no. Es un vigilante... se ha apartado de nuestro código desde que apareció.

–Cierto. Sí. La prensa dice eso. Solo asumí que... –la voz del doctor Sutner perdió intensidad.

–No es un Renegado. No es uno de nosotros –la voz de Hugh tenía cierto filo de resentimiento–. Quizás haya hecho algunas cosas buenas por nosotros, pero... es difícil no juzgar sus métodos. Debería haberse unido a la organización en vez de actuar por su cuenta. Le ha dado a la gente muchas ideas sobre el heroísmo y la lucha contra el crimen y eso es peligroso cuando no se deja en las manos de profesionales. Hubo personas heridas y solo empeorará.

Adrian desearía poder tomar su espejo para ver la expresión de su padre, pero no podía utilizar el espejo y la trompetilla al mismo tiempo. Se habló mucho de la captura del villano más temido del mundo a manos del Centinela. Se sentía un poco injusto ya que Oscar, Ruby y Danna lo habían ayudado a capturarlo y deberían recibir algo del crédito. Pero después de descubrir que Adrian era el Centinela, había sido idea de Ruby dejar una nota a los Renegados para cuando vinieran a buscar a Ace Anarquía. Decía:

TÓMENLO COMO UNA OFRENDA DE PAZ

-EL CENTINELA

De esa manera, había explicado Ruby, sabrían que el Centinela estaba de su lado, que no era un villano. Que debían dejar de intentar atraparlo.

A pesar de sus buenas intenciones, la nota solo pareció haber irritado al Consejo todavía más. Las personas pensaron que quizás el Centinela estaba burlándose de ellos al rastrear a su peor enemigo. Un enemigo que los Renegados creían muerto hace tiempo.

Además, el incremento de vigilantes se había disparado estos últimos meses, a medida que las noticias de las victorias del Centinela se difundían. La gente comenzaba a sentir que los Renegados y su código no eran suficientes. Se necesitaban medidas más drásticas si querían erradicar el crimen de su ciudad en algún momento.

Adrian se hubiera sentido halagado, de no ser porque no todos estaban hechos para ser superhéroes y varias buenas intenciones habían concluido con civiles seriamente heridos. Un hombre ambicioso casi pierde la vida mientras intentaba detener un robo de vehículos y una mujer inocente recibió un disparo en un brazo cuando un vigilante entusiasta asumió incorrectamente que estaba intentando entrar a la fuerza al apartamento de su vecino. En realidad, el vecino le había pedido que cuidara de su perro por un par de días.

Cuántas más personas intentaban intervenir, más historias como estas aparecían.

No es que los Renegados nunca cometieran errores, pero por primera vez desde que Adrian vistió la armadura del Centinela, comenzó a comprender por qué el Consejo le daba tanta importancia a su código.

–¿Su personal está advertido de que debe mantener los ojos abiertos? –preguntó Hugh, llamando la atención de Adrian de vuelta a la conversación.

–Tal como usted indicó. No hubo ningún rastro de él. Aunque... si viniera al hospital, probablemente no lo reconoceríamos.

–Lo sé, pero tengo el presentimiento que lo hará... Es comportamiento heroico clásico querer ver a las personas que has rescatado. Lo veo en los Renegados todo el tiempo, cómo quieren mantener conexiones con quienes han ayudado personalmente. Algo me dice que el Centinela intentará volver a ver a Max.

–Lo que lleva a la siguiente pregunta, Capitán –dijo el doctor sonando un poco dubitativo–. ¿Cómo pudo traer a Max hasta aquí sin ser afectado por los poderes del niño?

Hugh guardó silencio por un largo rato, aunque Adrian percibió que era porque estaba debatiéndose sobre qué información revelar y no por estar considerando la pregunta.

–No lo sabemos –admitió finalmente–. Hay muchas cosas sobre él que no sabemos. Supongo que sí sabemos que, en el transcurso de una noche, logró capturar a Ace Anarquía y salvar la vida de mi hijo. A pesar de todo… de cuán peligroso es… de cuán equivocado… No puedo evitar desear tener la oportunidad de agradecerle algún día.

Capítulo 6

Era la primera vez que Nova volvía al departamento de armas y artefactos desde la noche en que había robado el casco de Ace. Sintió nudos en el estómago durante el viaje en elevador hacia el depósito cariñosamente llamado la bóveda. Sentía que su uniforme de Renegada estaba asfixiándola, la tela se ajustaba alrededor de sus extremidades y se incrustaba en sus costillas y en su garganta hasta que casi no pudo moverse.

Las palabras en el espejo estaban grabadas en sus pensamientos y, una parte de ella, una gran parte, se preguntaba si tal vez Honey tenía razón. Tal vez era hora de rendirse. En realidad, no creía que pudiera salvar a Ace, ¿o sí? Especialmente, no antes de que la descubrieran. Y ahora, tener a un idiota desconocido acechándola y amenazándola hizo que se preguntara si todo esto valía la pena.

Aunque jugaba frecuentemente con su destino, aborrecía la idea de que alguien más tuviera su destino en sus manos. Eso simplemente no era aceptable.

La noche anterior, analizó muchos escenarios en su cabeza, la mayoría de ellos terminaban con ella descubriendo al chantajista y rociándolo con una de las mezclas más dolorosas de Leroy. Porque la idea de ceder ante sus demandas, incluso solo para apaciguarlo temporalmente, le daba asco. Ella era una Anarquista. Era una de las villanas más temidas de Gatlon City.

Ella *no* retrocedía.

Y ciertamente, no seguía órdenes de fantasmas que entraban a escondidas a su habitación y dejaban mensajes anónimos. Pero cada vez que se dejaba llevar por su enojo, apretaba los dientes y volvía a contenerlo. No necesitaba venganza en este momento. Necesitaba tiempo.

El elevador emitió un pitido, Nova irguió sus hombros e inhaló hasta que sintió que sus pulmones podrían explotar.

Seguía conteniendo la respiración cuando las puertas se abrieron y revelaron la pequeña área de recepción del depósito: el escritorio de Snapshot, cubierto de cosas como siempre, y el escritorio que era mayormente de Nova, vacío como siempre. Snapshot no estaba allí y tampoco estaba el Chico Maravilla, como Nova había comenzado a llamar a Callum en su cabeza. Exhaló y avanzó hacia el escritorio.

No estaba lista para ver a Callum, aunque sabía que tendría que hacerlo en algún momento. No solo porque trabajaban juntos casi todos los días, sino porque necesitaba pretender que intentaba sonsacarle información sobre Pesadilla. Tendría que actuar con delicadeza. Contarle las sospechas de Adrian y hacerle creer que sí, Pesadilla podría llegar a ser una espía entre ellos y que hasta quizás tenía acceso a la bóveda. Al mismo tiempo en que evitaba que cayeran sospechas sobre ella.

No estaba segura de poder lograrlo. Se había convertido en una buena mentirosa, pero no sabía si era *tan* buena.

Tal vez eso no importaría hoy. Tal vez no lo vería. Tal vez no tendría que mirarlo a los ojos y forzar una sonrisa mientras recordaba el momento en el que Callum había intentado impedir que robara el casco y ella lo hizo dormir por ello.

Generalmente, no sentía culpa al utilizar su poder, especialmente en Renegados, pero sí la sintió con Callum. Él había usado sus habilidades en ella para que Nova viera cómo el mundo podía ser diferente, si ella elegía un camino distinto. Cómo tal vez su vida podría ser diferente. Y la peor parte era saber que no fue Callum quien puso esas ideas en su cabeza, era saber que habían estado allí todo el tiempo.

Y saber que ella no haría nada al respecto.

Cuando eligió continuar con su plan y tomar el casco, se sintió como una traición a Callum y a toda su molesta bondad. También se había sentido como una traición a una pequeña parte de ella. La parte que todavía soñaba con vivir una vida sin venganza. Una vida donde ella y Adrian tenían un futuro. Quizás, incluso una vida de paz.

Pero ese sueño, ahora lo sabía más que nunca, jamás podría realizarse. La verdad estaba encerrándola. Sus mentiras no podrían durar para siempre. Además, la paz y la aceptación no le devolverían la familia que había perdido.

No importa, se dijo una y otra vez. Se suponía que tomar el casco implicaría el fin de esta treta. En ese momento, estaba segura de que nunca volvería a enfrentar a Callum. O a Adrian.

Pero nunca nada salía según el plan y ahora había consecuencias. Siempre había consecuencias y no podía dejar de pensar en ello. Tenía que seguir avanzando. Seguir actuando por inercia. Mentir. Robar. Traicionar.

Porque así era como liberaría a Ace.

Así destruiría a los Renegados.

Así terminaría la batalla constante en su cabeza. La guerra entre Pesadilla e Insomnia. Heroína y villana. Ya había tomado su decisión.

Nova se dejó caer en la silla de su escritorio y encendió la computadora. Abrió una plantilla de memorándum y rápidamente tipeó la nota que ya había planeado en su cabeza. Cuando terminó, escaneó el texto y decidió añadir un pequeño error de tipeo porque Tina, la directora del departamento de artefactos, siempre era un poco despistada y la nota parecía más auténtica de esa manera.

Después de imprimirla, Nova cruzó hasta el segundo escritorio vacío y tomó una pluma de tinta violeta con una margarita gigante en un extremo de la taza de café junto al teclado. Garabateó una firma al final de la hoja.

Tina Lawrence

Snapshot

Directora

Devolvió la pluma a su lugar y pasó un momento hurgando entre los cajones del escritorio buscando el sello que Tina a veces utilizaba para documentación oficial del departamento de armas y artefactos.

Revisó cada cajón dos veces antes de rendirse con un gruñido, cerró el último cajón con violencia. Exhaló e inspeccionó el desorden en la superficie del escritorio con mayor atención, pero el sello no estaba.

Con el papel en mano, se dirigió a la sala de archivo. No había llegado a dar dos pasos antes de encontrar el sello detrás de una pila de sobres de papel madera vacíos.

–En serio –mascullό marchando hacia la pila y estampando el sello en el memo, debajo de la firma falsificada.

–Hola, Nova.

Su corazón saltó hacia su garganta, maldijo y giró sobre sus talones. Callum también se sobresaltó, sorprendido por su reacción exagerada.

–¡Por todos los diablos, me asustaste!

–Lo lamento –dijo con una sonrisa avergonzada–. No sabía que había alguien aquí.

–Cierto. Está bien –Nova aclaró su garganta–. Es solo que no estoy acostumbrada a que la gente me sorprenda.

Eso era decirlo de manera sutil. ¿Cómo no lo había escuchado acercarse detrás de ella?

La respuesta llegó a su mente un segundo después. Desde que conoció a Callum, hace unas semanas, nunca *no* lo había escuchado. Si no estaba empujando un carro con ruedas chirriantes cargado de artefactos, entonces estaba parloteando incesantemente. Lograba ser encantador y odioso al mismo tiempo.

–No estaba seguro de si vendrías hoy –Callum inclinó su cabeza y Nova se percató de que estaba intentando ver la nota doblada en su mano.

–¿Por qué no vendría? Estaba en el cronograma.

Callum la miró a los ojos por un segundo demasiado largo antes de que regresara su sonrisa.

–Debo haberlo olvidado.

La expresión de Callum no era prejuiciosa en sí misma, pero había algo fuera de lugar. Algo sospechoso.

Algo muy poco típico en él.

Nova se aferró a su propia sonrisa como un arma, ya estaba preparando una mentira sobre la carta en su mano. Pero él no preguntó nada al respecto.

Eso fue más extraño que todo lo demás. El hecho de que *todavía* no estuviera hablando.

–¡Oh! –dijo, fingiendo quedarse sin aire–. Escuché sobre tu encuentro con Pesadilla, ¿estás bien?

–Sí, sí –se retorció un costado de su boca–. Utilizó su poder de hacer dormir a la gente en mí. ¿Sabes?, escuché que muchas personas tienen dolores de cabeza demoledoras después de que ella los hace dormir, pero estuve bien. De hecho, me sentí muy descansado al día siguiente.

–Ah… bueno, eso es bueno –Nova esperó sonar confundida–. Tal vez eres más resistente que el resto de nosotros.

O tal vez estaba siendo amable.

–Lo dudo seriamente –arrugó sus cejas y su sonrisa se desvaneció de verdad esta vez–. ¿Es raro pensar que tal vez se contuvo cuando me atacó?

Nova soltó una carcajada. Sonó tan falsa como ella temía que sonara.

–Pesadilla, ¿contenerse con alguien? No suena como ella.

–Sí, lo sé –entrecerró los ojos inspeccionando a Nova como si supiera algo. El pulso de Nova se disparó–. Sé que suena raro –añadió Callum–, pero parecía familiar.

Las cejas de Nova encontraron su camino hasta su cabello.

–Es interesante que digas eso –replicó bajando su voz en lo que esperaba sonara como una seguridad conspiratoria–. Puede que no sea tan extraño como crees.

Callum parpadeó y, por un momento, lució como un conejo asustado listo para huir. Nova sabía que sospechaba de ella. Que sabía bien por qué Pesadilla podría parecerle familiar. Pero tenía que convencerlo de lo contrario.

–Mi unidad de patrullaje tuvo una reunión ayer –dijo, cruzando la habitación hacia él. Su postura era una mezcla de curiosidad y nervios. Debería estar en alerta a tan poca distancia de ella. Si realmente pensaba que ella era Pesadilla, entonces sabía cuán peligrosa podía ser. Con qué facilidad podría ponerlo a dormir otra vez. Aunque tal vez, eso era lo que él esperaba que ella hiciera.

Ciertamente probaría sus sospechas.

–Adrian tiene una teoría –continuó–. Al principio, pareció un poco inverosímil, pero ahora no estoy tan segura.

Los hombros de Callum se hundieron cuando fue claro que esto no sería una confesión.

–¿Qué tipo de teoría?

–Sobre Pesadilla. Ha estado investigándola por meses, desde el ataque al desfile. Compiló una cantidad sorprendente de información y… bien –su voz se transformó en un susurró. Callum se acercó–. Cree que ella podría *ser* una Renegada.

No respondió nada. Después de otro extraño momento de silencio, Nova vio cómo las sospechas del chico reaparecían. Intentaba descifrarla.

–Ah, ¿sí? –dijo finalmente.

–Al principio, no estaba segura, pero cuando Adrian comenzó a enumerar todas las coincidencias… como que supiera del casco y tuviera acceso al Agente N… y, ¡ah! ¿Los misiles? Comienza a tener sentido, ¿no? ¿Y si es una espía?

–¿Qué pasa si es una espía? –Callum inclinó su cabeza hacia un costado.

–Explicaría muchas cosas.

–Sí. Es verdad.

–Entonces…, ¿crees que Adrian podría tener razón?

Callum abrió la boca, pero vaciló. La seguridad que Nova había percibido antes, ahora se estaba tambaleando. Una falla en su propio optimismo. Su fe en la humanidad. Se dio cuenta de que Callum no quería que ella fuera Pesadilla. Estaba buscando una razón para dudar de sus propias sospechas.

Era la grieta que ella necesitaba.

–¿Callum? –repitió–. ¿Crees que podría ser una espía?

–Creo que es posible, sí.

Nova se dejó lucir preocupada.

–Entonces debería ser fácil descubrir quién es, ¿no? –gesticuló hacia la recepción–. Podemos revisar los registros de préstamos. Descubrir quién puede haber mostrado interés en esos misiles de niebla. Podemos revisar las cintas de seguridad. Quienquiera que sea tiene que haber dejado algún rastro. Algunas pistas que podamos seguir. Ruby sugirió que podría ser un recluta reciente, pero creo que es más probable que sea un civil. Alguien pretendiendo que no tiene superpoderes.

–Es bajita –dijo Callum.

Las palabras de Nova, lo que fuera que pensara escupir luego, se evaporaron en su lengua.

–¿Disculpa?

Callum medía casi lo mismo que Adrian y Nova nunca se había percatado cuántos centímetros le llevaba, literalmente, hasta ese momento. Pero eso no era inusual. Prácticamente, todos eran más altos que ella.

–Es bajita –repitió–. Como tú.

Nova abrió la boca. La cerró. Volvió a intentarlo.

–Eso es… buena información. Eso ayudará a descartar gente. Veré si puedo conseguir más detalles de Genissa Clark y de su equipo. Comparar notas. Mmm… ¿notaste algo más de Pesadilla? ¿Algo que podría ayudarnos a … identificarla…?

Callum la miró. Realmente la *miró*.

Y ella pudo sentir las palabras que pesaban entre ellos. *Eres tú, eres tú, tienes que ser tú.* Pero estaba eclipsado con dudas.

–No lo sé –sonrió cohibido–. Estaba bastante oscuro y… todo sucedió muy rápido.

–Por supuesto. Pero si piensas en algo…

–Te lo haré saber –la interrumpió–. Definitivamente te lo haré saber.

–Okey, genial. Le mencionaré lo de la altura a Adrian. Creo que tienen buenos registros de salud de todas las unidades de patrullaje y puede que incluyan datos de estaturas, así que podemos comenzar allí. Gracias, Callum. Eso nos ayuda.

Nova comenzó a alejarse con la hoja de papel arrugándose entre sus dedos.

Pero antes de deslizarse por la puerta, pausó y se volteó. Su expresión se suavizó.

–¿Sabes? Me alegra mucho que estés bien.

▮▮▮

En el piso más alto del Cuartel General de los Renegados, debajo de un candelabro de techo gigante hecho de vidrio soplado, al lado de una

enorme pintura que capturaba la falsa muerte de Ace Anarquía, Nova le entregó el memo a Prisma, la recepcionista personal del Consejo. Luces con los colores del arcoíris danzaban en su escritorio, se refractaban en los dedos de cristal de Prisma mientras desdoblaba el papel y leía la nota.

Frunció el ceño. No con sospechas, sino con confusión.

–¿Snapshot quiere que lleves la réplica al departamento de artefactos?

–Le preocupa que su exposición al público en este momento cree drama innecesario –explicó Nova–. Considerando el robo del verdadero casco, la gente comenzará a sentir curiosidad por la réplica. Algunos podrían sentir que el Consejo ha estado mintiéndoles todo este tiempo al decirles que lo habían destruido.

Porque eso han hecho, pensó Nova.

–Snapshot siente que sería prudente alejar la réplica de la atención del público hasta que recuperen el casco real… o hasta que el Consejo tenga tiempo de decidir el mejor plan de acción.

Prisma consideró la petición durante no más de tres segundos antes de encoger los hombros.

–Está bien, hazlo entonces. La caja no está cerrada.

Capítulo 7

Nova ansiaba dejar esta farsa en el pasado. A penas salió del cuartel general con el casco falso en un bolso liso, marchó directamente hacia la estación Blackmire, una de las estaciones abandonadas del viejo metro de Gatlon City. Los Anarquistas y ella habían vivido allí durante años después del Día del Triunfo y Nova nunca se había percatado de cuánto detestaba los túneles húmedos y sofocantes hasta que fueron perseguidos por los Renegados y encontraron su santuario dentro de la casa decrépita en Wallowridge.

Aunque no se habían marchado por elección propia y nunca hubiera dejado a Ace solo de poder evitarlo, Nova no podía negar que las condiciones de su alojamiento habían mejorado. No estaba entusiasmada por regresar a los túneles, pero las instrucciones del chantajista solo podían significar una cosa.

HABITACIÓN DE AR - BLACKMIRE

La habitación de la Abeja Reina. Estación Blackmire.

Honey, conocida por gran parte de la sociedad como la Abeja Reina, había transformado un viejo armario de mantenimiento de la línea principal del metro en sus aposentos privados. No era acogedor –nada en los túneles podría ser calificado como *acogedor*–, pero lo había decorado tan lindo como pudo: pañuelos cubrían las paredes y la pantalla de una lámpara vintage emitía un brillo placentero sobre las paredes de concreto. Y tenía colmenas. Por todos lados había colmenas y el zumbido constante de abejas que volaban agitadamente hacia la superficie todos los días en búsqueda de polen, solo para regresar, de mal humor, con su reina de manera obediente cuando el sol se ponía.

Nova tenía los nervios de punta mientras avanzaba por el túnel, el camino se iluminaba por el brillo de su linterna. Sus botas de Renegada resonaban contra los rieles del tren. Algunas ratas chillaban, sus ojos se sorprendían por la luz antes de escurrirse en sus agujeros. Aromas familiares la acosaron. El aire mohoso. El aroma rancio de agua estancada. El leve olor de orina de una década pasada. También había nuevos aromas. Sulfuro, humo y el olor penetrante a ácido de los venenos de Cianuro que permanecían desde el día en que los Renegados los habían atacado.

Más allá del aroma de la guerra y del hecho de que todas sus pertenencias habían sido confiscadas por los Renegados, no mucho había cambiado.

Sus nervios se agitaban a medida que se acercaba a la habitación de Honey. La pesada puerta de hierro estaba levemente abierta, pero solo se asomaban sombras de su interior.

Nova posó su mano sobre su pistola de ondas de choque, medio esperando una trampa. No le sorprendería que el chantajista la abordara en el momento en que entrara a la habitación porque ese es el tipo de cosas que un villano sin nombre haría. Su dedo se deslizó sobre el gatillo mientras abría la puerta con una patada y alumbraba la habitación con su linterna.

Vacía.

No solo no estaba el chantajista, sino que tampoco estaban las cosas de Honey. Lo que era inquietante, pero esperable. Nova sabía que todas las pertenencias que los Anarquistas no pudieran llevar con ellos habían sido empacadas y transportadas al Cuartel General de los Renegados y, en este momento, descansaban en un depósito temporal en el fondo del departamento de artefactos, esperando a ser catalogadas. Había visto los vestidos de Honey, cajas de joyas y hasta su hermosa lámpara vintage.

Lo único que los Renegados habían dejado atrás era un viejo tocador sobre el cuál había un espejo con una punta rota y la pintura que se levantaba de su marco de madera. Faltaban todos sus cajones y estaba alejado algunos metros de la pared, sin duda para que los Renegados pudieran buscar detrás de él pistas y evidencias que pudiera ser utilizadas en contra de los Anarquistas. Debieron haber pensado que transportar el tocador por todos esos escalones sería demasiado trabajo. Nova no estaba segura de cómo Honey había logrado meterlo aquí en primer lugar.

Con la mano en la funda de su pistola, tomó el casco falso del bolso. En la luz tenue, el agujero en el cráneo era casi imperceptible y nadie podría notar la leve diferencia de colores, ignorada por la mayoría de la gente. Fue la falta de brillo lo que hizo que Nova notara que era un fraude. Muchos artefactos de prodigios, incluyendo todo lo que su padre había fabricado, tenían un brillo único. Una luminiscencia que era difícil de detectar a menos que alguien estuviera buscándola.

Últimamente, Nova había comenzado a buscar.

–Es todo tuyo –mascullό a las sombras y apoyó el casco en el tocador. Probablemente su chantajista estaba esperando en alguna de las curvas de los túneles, esperando a que se marchara para poder escabullirse y reclamar su premio.

Lo que a ella no le molestaba. No podía salir de allí con suficiente velocidad. Pero en el momento en que volvió a atravesar la puerta, la

arremetió un cuerpo, una mano la tomó por la nuca y la empujó contra la pared arenosa.

–¡Sabía que regresarías! –bramó su atacante–. Sabía… –se interrumpió rápidamente–. ¿No…?

Nova hundió su talón en el arco del pie de su atacante y escuchó su chillido mientras se alejaba de ella. Con la pistola en su mano, Nova se volteó, su dedo ya posaba sobre el gatillo…

–No-va…

Se congeló. Su brazo de desplomó a su lado.

–¿*Adrian*?

–Lo lamento –gruñó mientras se dejaba caer en el suelo y cruzaba su pie herido sobre su rodilla. Se desató los cordones de sus tenis–. Pensé que eras Pesadilla.

Nova lo miró anonadada mientras se quitaba el calzado y frotaba su pie en dónde ella lo había pisado.

–No eres… –volvió a mirar dentro de la habitación, donde el casco seguía reposando inocentemente sobre el tocador. ¿*Adrian* era el chantajista?

No. Eso no tenía sentido, ¿o sí?

Sus pensamientos se agitaron y sacudió su cabeza, intentando acomodarlos.

–¿Qué estás haciendo aquí? –preguntó y guardó el arma.

Adrian flexionó sus dedos y frotó su pie mientras lo hacía.

–He venido aquí abajo un par de veces desde la redada, buscando alguna pista olvidada. Quiero decir, los equipos de limpieza son buenos, pero nunca se sabe –comenzó a colocarse su zapato otra vez–. Realmente lamento haberte sujetado así. Vi la linterna y en la oscuridad luces parecida a…

–Está bien. Supongo que eso es lo que me pasa por merodear por túneles oscuros.

Cerró levemente la puerta detrás de ella, deseando que Adrian no se molestara en entrar. No estaba segura de cómo explicaría qué estaba haciendo con la réplica del casco allí, de todos los lugares, o por qué lo estaba abandonando.

–Entonces, ¿qué haces aquí abajo? –preguntó Adrian.

–Lo mismo que tú. Después de nuestra reunión del otro día. Me pregunté si tal vez habría algo aquí que pudiera indicar… ya sabes, una cosa u otra.

–De hecho –Adrian se puso de pie–, hay algo que el equipo de limpieza pasó por alto.

–¿Oh? –sus cejas se alzaron.

–Sí. No estoy seguro de cuánto nos ayude en esta instancia, pero ven conmigo. Te lo mostraré.

Sacó una linterna de su bolsillo y, para alivio de Nova, la guio en dirección contraria a la habitación de Honey, hacia la intersección de túneles en dónde *su* vagón yacía sobre la pared. Había hojas de papel pegadas por todo el túnel y en las ventanas de su vagón, "evidencia" dejada atrás por los Renegados que indicaba todo lo que podría haberles parecido digno de atención en el momento.

Para su sorpresa, Adrian no se dirigió hacia el vagón de Pesadilla, sino hacia el túnel adyacente. El brillo de su linterna bailó sobre una pared de viejos carteles publicitarios alineados uno al lado del otro, cada uno era más alto que otro. El aire abandonó los pulmones de Nova cuando se dio cuenta de lo que Adrian había descubierto.

El chico se acercó al último póster, una publicidad de una novela de suspenso, y hundió sus dedos debajo de la esquina del marco. El póster osciló hacia ellos, como lo había hecho hacia Nova cientos de veces cuando visitaba a Ace.

–Guau –reflexionó, dio un paso hacia adelante y pretendió examinarlo. Iluminó con su linterna dentro del túnel angosto, los laterales mostraban las marcas y rasguños en donde ella y los otros Anarquistas habían pasado–. ¿A dónde lleva?

–Hasta las catacumbas debajo de la catedral –respondió Adrian.

–¿En serio? Eso tiene que ser por lo menos a un kilómetro y medio.

–Solo es un poco menos de un kilómetro –replicó–. El túnel es un camino directo. Se tardaría mucho más en la superficie. Creo que este túnel puede haber sido utilizado después de la Batalla de Gatlon. Seguramente los Anarquistas lograron huir por aquí. También lo deben haber utilizado para visitar a Ace y llevarle comida y suministros –sacudió su cabeza–. Sabes, vine aquí hace semanas, cuando estaba intentando encontrar la marioneta que quería Winston Pratt. Vi este cartel y… tuve un presentimiento. Estuve tan cerca de encontrarlo hace semanas. Podríamos haber encontrado a Ace Anarquía.

Nova forzó una pequeña risa a pesar de la acidez que sentía en su estómago.

–Qué bueno que no lo hiciste. ¿Encontrarse a Ace Anarquía de esa manera? Te hubiera… –no terminó la oración, no quería herir los sentimientos de Adrian. Pero ambos sabían que no hubiera tenido ninguna oportunidad en contra de Ace, a pesar de que se encontrara mucho más débil que hace diez años. Al menos, esperaba que Adrian supiera eso. Era talentoso, pero no *tan* talentoso–. Me sorprende que el Centinela lograra capturarlo.

La boca de Adrian de transformó en una mueca y Nova podía darse cuenta de que quería decir algo, probablemente para defender sus habilidades, pero se resistió.

–Bueno –dijo finalmente–, dicen que Ace Anarquía estaba bastante débil cuando lo encontró. Sin el casco, es solo otro telequinético.

–Si me lo preguntas a mí –ahora era su turno de resistir los deseos de discutir–, el Centinela tuvo suerte.

Adrian gruñó, pero Nova no creyó que concordara con ella.

–Entonces… –comenzó a decir, meciéndose sobre sus pies–. Has ido a las catacumbas, ¿eh?

–Solo una vez. Pero no aprendí nada que no supiéramos ya. He venido aquí un par de veces. Sigo pensando que Pesadilla volverá a aparecerse aquí en algún momento, ¿no?

–Tal vez no –encogió los hombros–. Tal vez saben que los Renegados están vigilando con cuidado.

–Tal vez –volvió a colocar el cartel en su lugar. Su expresión cambió en ese momento, el comienzo de una sonrisa juguetona se asomó en la comisura de sus labios. Nova se tensó inmediatamente.

»Lindo brazalete, por cierto.

Nova parpadeó. Luego, lo hizo otra vez.

Tomó su manga y jaló de ella instintivamente, pero era demasiado tarde para cubrir la estrella que estaba alojada inexplicablemente en el engarce de su brazalete. Brillaba de manera obvia en estos túneles tenues.

–No la robé –dijo de manera precipitada–. Por lo menos… no quise robarla. Solo como que….

–No estoy enojado –Adrian rio–. Puedes quedártela –inclinó su cabeza, sus ojos seguían resplandeciendo debajo de sus gafas–. Me di cuenta de que no estaba después de que marcharas, pero no dijiste nada, así que pensé que tal vez, tampoco debería decir nada. Pero la curiosidad me está matando –tomó su mano y jaló con gentileza de su manga, revelando no solo la estrella sino el delicado brazalete que su padre había hecho años atrás, lo último que había creado–. Encaja perfectamente. Como si hubiera sido fabricada a medida –el rostro de Adrian expresaba fascinación.

Nova estaba más fascinada por la ola de electricidad que sintió ante su contacto. Difícilmente era la primera vez que la tocaba, ¿por qué seguía afectándola de esta manera?

–¿Sabías que encajaría en el brazalete? Quiero decir, ¿el brazalete era parte de tu sueño?

–No –respondió–. No tenía idea de que iba a… –le echó un vistazo a la estrella sin saber con seguridad qué había sucedido–. Volví a la habitación para verla, después de que te quedaras dormido. Solo quería tocarla, ver si pasaría algo. Y… brilló, o algo así. Y lo próximo que supe fue que allí estaba, en mi brazalete –sonrió como pidiendo disculpas–. Probablemente debería habértelo contado, es solo que… estaba en tu casa. Se sintió un poco como robar.

–En lo que a mi concierne, esa habitación fue hecha para ti –dijo Adrian–. Eres dueña de todo lo que está allí. Las aves, las flores salvajes, los auriculares anti ruido.

Nova se sonrojó, recordaba demasiado bien el sonido de sus latidos sincronizándose mientras se quedaba dormida por primera vez en diez años. Posiblemente, fue el momento más mágico de su vida. Todavía había momentos en los que se preguntaba si lo había imaginado todo, segura de que había sido demasiado fantástico, demasiado surreal como para haber sucedido en realidad.

Pero Adrian estaba aquí, sus dedos entrelazados con los de ella, las puntas de sus pies casi se tocaban y *sí* había sucedido.

–Bueno, gracias –dijo acercándose un centímetro hacia él–. Desarrollé cierto apego hacia la estrella, y… realmente parece que hubiera sido hecha para este brazalete.

–Me alegra que te guste. Es la primera vez que le regalo una joya a una chica, lo que es importante, así que…

–No me regalaste una joya. Me regalaste una jungla –Nova lo miró con ojos entrecerrados.

–Eso –Adrian rio– y casi un día entero de sueño ininterrumpido.

–Okey, deja de buscar cumplidos. Admitiré que haces muy buenos regalos –se inclinó hacia adelante poniéndose en puntitas de pie.

–Lo intento –replicó Adrian inclinándose para encontrarla.

El beso fue todo lo que Nova recordaba. Calidez cosquilleando sus extremidades. Estrellas fugaces brillando detrás de sus párpados. De cierta manera estaba perfectamente satisfecha y al mismo tiempo, anhelaba más.

Un estruendo los sorprendió a los dos, algo cayó con fuerza sobre el suelo. Se separaron de un salto y corrieron hacia los túneles oscuros del metro desde dónde el sonido había provenido.

El pulso de Nova se aceleró debajo de su piel y *supo* que había sido el casco. ¿El chantajista se había dado cuenta de que era una réplica? ¿Lo lanzó al suelo?

–De seguro, solo es una rata –dijo, sin aire por más de un motivo.

–No creo que eso haya sido una rata –todavía sosteniendo la mano de Nova, Adrian comenzó a avanzar hacia la habitación de Honey.

Nova clavó sus talones. Lo último que necesitaba era un encuentro con alguien que sabía sus secretos y no dudaría en ventilarlos, especialmente al mismísimo Adrian Everhart.

–¡Aguarda! ¿Y si… y si es Pesadilla? ¿U otro Anarquista? ¿No deberíamos pedir refuerzos?

Adrian la miró anonadado, incluso en la luz tenue, Nova podía ver su confusión.

–¿*Tú* quieres esperar refuerzos?

Tenía razón. No sonaba como ella en absoluto.

–Es solo que… –lo señaló con su mano libre–. ¡No tienes puesto tu uniforme!

Adrian inclinó su cabeza hacia un costado brevemente, luego la sacudió y comenzó a jalar de ella otra vez.

–Vamos.

Nova maldijo para sus adentros y lo acompañó. Se haría la tonta. Negaría todo lo que dijera el chantajista. Si llegara a ser necesario, tomaría medidas desesperadas y lo silenciaría antes de que pudiera revelar algo.

O tal vez podría noquear a Adrian, en este momento, antes de que lo viera y pudiera enterarse de algo. Le echó un vistazo a la piel desnuda de su nuca. Podría inventar una historia. Digamos que Pesadilla *sí* estaba en los túneles y que los atacó desde las sombras y los hizo dormir a ambos antes de que Nova pudiera detenerla.

Sí... podría funcionar...

Sus dedos se retorcieron. Ya casi llegaban al armario de mantenimiento donde había dejado el casco. Adrian estaba doblando la esquina. Todavía no había señales de nadie, ni siquiera el brillo de una linterna o los golpes secos de alguien corriendo. Solo el sonido de sus propios pies sobre los rieles.

¿El chantajista seguía estando en la habitación de Honey?

La puerta seguía cerrada, tal como Nova la había dejado. Adrian la abrió de par en par con su rotulador en mano. Nova no lo había visto tomarlo.

Mordiendo su labio inferior, se estiró hacia la nuca de Adrian. Pero algo la detuvo. Un movimiento en la habitación. Una sombra moviéndose hacia ellos.

Adrian se inclinó y luego voló hacia adelante con su puño en alto hacia el atacante.

Un estruendo resonó en la habitación. Adrian soltó un río de insultos. Nova lo iluminó con la linterna.

No había ningún atacante, ningún chantajista. El agresor había sido el mismo reflejo de Adrian en el espejo del tocador, que se había partido por el golpe.

–Está bien –gruñó Adrian, apoyando su mano contra su pecho con el rostro contorsionado por el dolor–. Oficialmente dejaré de atacar a la gente antes de poder verlos bien.

–Puede que sea mejor –respondió Nova, pero estaba distraída.

Su atención se concentró en la cima del tocador, donde algunos fragmentos del espejo roto habían caído.

El casco había desaparecido.

Capítulo 8

Adrian caminaba de un lado al otro de la sala de espera. Simon estaba sentado al borde de uno de los sofás con las manos unidas, sus dedos se retorcían contra sus nudillos. No hablaron mucho desde que llegaron al hospital. Hugh había ido a ver a Max, ya que era el único inmune a el. O eso se suponía. La confesión de Adrian estuvo en la punta de su lengua desde entonces.

Era tan frustrante estar aquí afuera cuando no había ningún motivo por el cual no podía estar en la habitación con Max en este momento. Su tatuaje lo protegería. Lo único que tenía que hacer era contarle a sus padres de sus tatuajes y explicarles que, en realidad, también era inmune al poder de Max y que podía estar allí con su hermano.

Pero las palabras no llegaban. Harían demasiadas preguntas. Explicaciones que no estaba listo para dar.

Entonces, en cambio, caminaba de un lado a otro. Pasaba por delante de las macetas con plantas falsas y de las mesas cubiertas con revistas de moda y famosos. Notó en una de ella los rostros de sus padres en un pequeño recuadro, pero no leyó el título. Nada importaba en este momento salvo Max.

Cielos, ¿por qué no estaba allí con él?

Sintió que habían pasado horas antes de que finalmente, *finalmente*, Hugh apareciera detrás de las puertas dobles con una sonrisa estampada en su rostro. La esperanza brotó en las venas de Adrian. Simon se incorporó de un salto.

–Estará bien –dijo Hugh.

Fue todo lo que logró decir antes de que todos se abrazaran. Hugh jaló de Adrian hacia él y lo estrujó con fuerza alrededor de sus hombros, luego él y Simon se abrazaron. Adrian luchó para contener las lágrimas de alivio que amenazaban con derramarse por todos lados. Se alejó con la cabeza baja y dejó que sus padres se abrazaran un momento más mientras él se recomponía.

–El doctor dice que ya superó lo peor –continuó Hugh, su voz era áspera por la emoción–. Esperan que se recupere completamente, aunque tendrá una cicatriz que mostrará con orgullo por el resto de su vida. Y Max está... Está bien. Todavía débil, pero bien. Con el espíritu en alto. Si las cosas no fueran tan caóticas en el cuartel general, probablemente podríamos llevarlo de vuelta a fin de mes.

–¿Al cuartel general? –dijo Adrian, girando para enfrentarlos–. No puede regresar al cuartel general.

–Obviamente no en un futuro cercano –replicó Hugh, pasando una mano por su cabello rubio–. Reconstruir el área de cuarentena demorará un tiempo. Tendrá que esperar hasta entonces, pero sé que el personal aquí se asegurará de que esté cómodo. Dicen que podrán moverlo a una nueva habitación en algunos días, una habitación pensada para pacientes con tratamiento prolongado.

–Aguarda –dijo Adrian–. ¿La cuarentena? ¿Reconstruirán el área de cuarentena? –Hugh y Simon lo miraron anonadados.

–Bueno... por supuesto que sí –respondió Simon–. No puede quedarse en el hospital para siempre.

–No. ¡No pueden! –Adrian sacudió su cabeza.

–¿De qué estás hablando? –dijo Hugh–. ¿Qué pensabas que sucedería?

–Solo pensé… –Adrian retrocedió.

¿*Qué* había pensado que sucedería una vez que Max pudiera abandonar el hospital? ¿Que iría a la mansión con ellos? ¿Que podría compartir el sótano con él y que serían hermanos de verdad?

Eso no era posible. No con Simon viviendo bajo el mismo techo. Pero ¿volver al área de cuarentena?

–No puede ser la única opción. Odia el área de cuarentena. Y ahora que no lo necesitamos para el Agente N…

–Todavía tenemos que protegerlo –dijo Simon–. Es una amenaza para todos los prodigios, lo que significa que puede ser atacado en cualquier momento.

–O ser utilizado como un arma en nuestra contra –añadió Hugh–. Y es peligroso para él estar en el mundo exterior. Ya has visto los problemas que hemos tenido que enfrentar solo para asegurarnos de que ningún prodigio sanador se acercara accidentalmente a su habitación mientras está aquí. No. Es más seguro para él estar en el cuartel general, en donde podemos cuidarlo.

El corazón de Adrian le dio un golpe como si le estuviera recordando el símbolo de inmunidad tatuado en su pecho. Tragó fuerte. Sus papás todavía no sabían sobre sus tatuajes. Le harían preguntas, querrían saber más y todas esas preguntas y demandas podrían acercarse demasiado a la verdad de su alter ego.

Pero una idea se había estado gestando en su cabeza desde hace meses y se estaba tornando difícil ignorarla. ¿Y si podía tatuar a otros prodigios? ¿Y si podía darle a Simon inmunidad ante Max? No solo a Simon, sino también a sus amigos. A Nova, Ruby, Oscar, Danna…

No sabía si funcionaría, pero había una posibilidad. ¿No le debía a Max averiguarlo?

Solo pensar en ello hizo que su pulso se acelerara. ¿Y si sus padres descubrían su secreto? ¿Qué harían si supieran que él era el Centinela?

Se le revolvía el estómago por su egoísmo, pero, de todas formas, no podía lograr contárselos.

Lo haré pensó. *Si no hay otra manera para mantener a Max fuera del área de cuarentena, les contaré.*

–Puede que esté más seguro en el cuartel general –admitió Adrian–, pero no está mejor. Es un niño de diez años. Merece tener una vida.

Simon suspiró mientras Hugh se frotaba la sien.

–Lamento que esto sea tan perturbador para ti, no sé qué más esperas que hagamos. Y, honestamente, Adrian, ya hemos tomado nuestra decisión.

–¡Es mi hermano! Merezco ser parte de esta conversación. Diablos, *él* merece ser parte de esta conversación.

–Ambos son demasiado jóvenes como para comprender todo lo que está en juego aquí –dijo Hugh.

–¿Pero no somos demasiado jóvenes como para arriesgar nuestras vidas y enfrentar criminales todos los días? ¿Max no era demasiado joven para ser llevado a la batalla contra Ace Anarquía cuando tenía *un año*? Lo han estado controlando toda su vida, y esto… No pueden hacerle esto otra vez.

–También lo amamos, lo sabes –dijo Simon con cautela–. Estamos intentando hacer lo mejor para él. ¿Tienes idea de cuántas personas quieren herirlo? ¿O usarlo? Esto es por su propio bien.

–Además, sigue siendo el mismo Max –añadió Hugh–. Puede que luzca débil y frágil estos días, pero sigue siendo… peligroso.

La mandíbula de Adrian se tensó, pero asintió con la cabeza, pretendiendo comprender.

Simon se volvió a hundir en el sofá y miró a Hugh.

–Dime todo lo que dijo el doctor. Palabra por palabra.

–Iré a caminar un rato –dijo Adrian antes de que Hugh pudiera zambullirse en términos médicos–. Los veré en casa más tarde.

No intentaron detenerlo. Adrian empujó las puertas del hospital y abandonó el edificio por una salida lateral, ya que las puertas principales de vidrio de la sala de emergencia seguían cubiertas con tablones. El Centinela había destruido las puertas cuando trajo a Max.

En minutos, Adrian corría a toda velocidad hacia la terraza adyacente y se precipitaba sobre el callejón hacia el quinto piso. Después de asegurarse de que nadie estuviera adentro, abrió la ventana de la habitación de su hermano.

Max estaba sentado en la cama reclinable, reposando sobre almohadas blancas. Cuando vio a Adrian trepar por la ventana, gritó y dejó caer estrepitosamente una bandeja de plástico con comida.

–¡Adrian! ¿Qué...?

Adrian lo calló y se ocultó al costado de la cama, solo en caso de que alguien en el pasillo hubiera escuchado la conmoción de Max. Aguardó tres inhalaciones y exhalaciones completas antes de tomar la bandeja de comida y apilar los platos con macarrones con queso, rodajas de manzana y un brownie de chocolate.

–Lo lamento. No quise asustarte, pero la gente todavía no sabe sobre los tatuajes así que tuve que escabullirme.

Max inspeccionó los macarrones con queso y notó partículas del suelo pegados a los fideos amarillentos. Su nariz se arrugó con asco. Pero tomó el brownie, le quitó una misteriosa pelusa blanca y metió la mitad en su boca.

Que estuviera más interesado en comer que en darle a Adrian el abrazo que estaba seguro se merecía era evidencia de su recuperación.

–Estoy tan feliz de que estés despierto –dijo Adrian, sentándose en la silla al costado de la cama de Max–. Pensé... –dudó y cambió lo que iba a decir–. Realmente nos asustaste.

Max utilizó una servilleta de tela blanca que venía con la comida para limpiar el chocolate de su boca, aunque todavía tenía algo metido entre los dientes cuando le sonrió a Adrian.

–Sí, el doctor dijo que estuve bastante grave por un tiempo. Dicen que soy afortunado.

–Lo eres. Todos lo somos.

La expresión de Max se tornó desafiante.

–Nah, me rescató el Centinela, ¿no? Así que supongo que debo agradecerle. Ya sabes, si alguna vez conociera al tipo.

Adrian rio. Durante semanas, Max fue la única persona que conocía su identidad secreta. Desde la pelea en las catacumbas, también se sintió forzado a contarle a Ruby y a Oscar, y sospechaba que Danna también sabía, aunque no sabría sus sentimientos al respecto hasta que pudiera descifrar cómo ayudarla a volver a transformarse en humana.

Sabía que tendría que contarle a Nova en algún momento. Oscar y Ruby no eran los Renegados más discretos y quería asegurarse de que se enterara por él.

–Sí, el rumor dice que es posible que el Centinela te tenga cariño, niño –se estiró y agitó el cabello de Max. Solo experimentó esa sensación una vez en las últimas semanas, seguía sorprendido de lo esponjoso que era su cabello–. El equipo estará encantado cuando le cuente las noticias y puede que tengas una visita sorpresa la próxima vez que venga.

Max lo miró con más sospecha que emoción.

–Está bien, te lo diré. ¿Adivina a quién encontramos arrastrándose entre los escombros en el cuartel general? Te daré una pista. Es así de alto –separó sus dedos unos centímetros–, se extinguió hace millones de años y rima con… –Adrian pausó–. Mmm… Burbo.

Max estaba sacudiendo la cabeza a pesar de que su sonrisa había regresado.

–Esas fueron las peores pistas de la historia. Podrías haber dicho algo como que utilizaba sus piernas para correr y destripar a sus presas, pero solo si la presa era más pequeña que un ratón. O que probablemente son los únicos de su tipo en haber tenido escamas en vez de plumas. O tal vez que sus bebés nacían de huevos, aunque en realidad no nacían de huevos.

–¿Acabas de inventar eso? –la ceja de Adrian se alzó.

Max encogió los hombros y le dio otro bocado al brownie.

–No, en serio, eso es muy bueno. Tal vez pensar en acertijos es otro superpoder que todavía no has descubierto. Salvo que… ¿a qué te refieres por "plumas"?

–*Denían glumas* –dijo Max con la boca llena.

–¿Los velocirraptores? –Max asintió y tragó.

–¿No sabes de dónde vienen los pájaros?

–Sí, bueno, pero… –Adrian frunció el ceño, se imaginó a una miniatura de velocirraptor que era más una mezcla entre un tiranosaurio rex y un pollo–. Las plumas lo harían mucho menos intimidante, ¿sabes? Aunque, Danna les teme a los pájaros, así que supongo que todo es subjetivo. Igual. Plumas. ¿Quién lo hubiera dicho?

Max terminó el brownie e inspeccionó la bandeja, intentando determinar qué más sería seguro consumir. Adrian consideró contarle que Danna había estado atascada en modo mariposa desde la noche del ataque y que no estaban completamente seguros por qué, pero pensó que el niño probablemente debería concentrarse en su propia recuperación por ahora.

–De todos modos –dijo–, traeré a Turbo la próxima vez que venga. He estado cuidando bien de él. Descubrí que realmente le gusta el pavo deshidratado.

–No estoy seguro de que sea muy quisquilloso –respondió Max–. Una vez lo vi intentando comerse un lápiz.

Adrian rio.

–En serio, estoy muy feliz de que estés bien. Cuando llegué al cuartel general y vi a Pesadilla inclinada sobre ti… –se detuvo, quería mantener el ambiente relajado, pero fue imposible no pensar en cuán pálido y débil Max había estado. Y había tanta sangre…

Max se limpió los dedos con su servilleta.

–Sí. Fue raro, ¿no? Sé que tengo suerte de estar vivo, pero también sé que no debería estarlo. Vivo, quiero decir. Debería haberme matado. No tiene sentido que no lo hubiera hecho.

–No porque no lo intentara –masculló Adrian–. Salió corriendo apenas me vio. La hubiera perseguido, pero… bueno, tú eras más importante. Obviamente.

Max frunció el ceño.

–Pero la encontraré –continuó Adrian y apoyó sus codos en sus rodillas–. Lo juro. El equipo y yo ya estamos trabajando en una nueva investigación y tenemos algunas pistas muy prometedoras. Encontraré a Pesadilla y la haré pagar por esto. Nunca podrá volver a herirte.

El rostro de Max solo mostró más confusión. Miró a Adrian y parpadeó algunas veces, luego empujó lentamente la bandeja. Adrian se paró de un salto, la tomó y la apoyo en la pequeña mesa junto a la cama.

–¿Quieres agua o algo?

–Adrian…

El tono de la voz de Max hizo que Adrian se detuviera. Miró hacia abajo, pero Max estaba concentrado en la sábana blanca entre sus piernas. Sus dedos se hundieron en la tela.

–¿Sí? –dijo Adrian volviéndose a hundir la silla–. ¿Qué pasa?

Max se lamió los labios y por primera vez, Adrian notó cuán secos estaban. Tendría que mencionárselo al personal de enfermería. Tal vez podrían darle alguno de esos bálsamos labiales naturales que vendían en algunas farmacias de lujo.

–Pesadilla no intentó matarme.

Adrian miró a Max fijamente. Seguía tan pálido. Los moretones se acumulaban en sus brazos en dónde le habían quitado sangre y colocado vías intravenosas. La ropa de hospital azul pálido colgaba sobre sus pequeños hombros.

–Max –dijo lentamente–, te apuñaló en el estómago con una lanza gigante de cromo. El único motivo por el cuál no te mató fue porque aparecí a tiempo para detenerla.

Max sacudió la cabeza.

–Congelina me apuñaló, no Pesadilla.

El mundo pareció callarse mientras Adrian intentaba comprender las palabras.

–¿*Congelina*?

Max todavía no lo miraba a los ojos y Adrian vio cómo se movían sus pupilas. Estaba recordando la noche en su mente, veía la batalla, no la manta.

–Congelina tenía la lanza de papá y apuntó a Pesadilla, pero ella se inclinó. Estaba de pie detrás de ella, me había vuelto invisible, y Congelina me dio a mí. Me atravesó completamente. Pesadilla no lo hizo.

Adrian abrió la boca y luego la volvió a cerrar. Su conocimiento de lo que había sucedido en el vestíbulo del cuartel general comenzó a reacomodarse en una nueva serie de eventos. Una nueva realidad.

–Pero igual. Pesadilla no…

–Intentó ayudarme –Max lo interrumpió. Sus dedos se aferraron a la manta–. Le pedí que me quitara la lanza y, al principio, no quería hacerlo porque no es bueno remover el arma, ¿no? Pero le rogué que lo hiciera y lo hizo y cuando se dio cuenta de que el hielo me estaba ayudando, ella… forzó a Congelina a darme su poder. La arrastró cerca de mí para que pudiera absorber todo su poder. Estaba intentando salvarme.

La mandíbula de Adrian se desencajó mientras intentaba imaginarlo, pero lo único que podía ver era a Pesadilla inclinada sobre el cuerpo de Max. El vidrio roto y la sangre en sus manos.

–Eso… no tiene sentido.

–Lo sé –finalmente Max se atrevió a levantar la vista. Sus ojos brillaban.

–¿Estás seguro? Perdiste mucha sangre, pudiste estar delirando. Tal vez estás confundiendo lo que sucedió…

–Estoy seguro. Pregúntale a Congelina.

–Congelina ya... –Adrian pausó. Congelina ya había dado su declaración oficial y aseguró que Pesadilla había sido quien apuñaló al Bandido, como todos habían asumido. Admitir que, en realidad, había lastimado a Max por error no le hubiera resultado favorable.

Y Genissa Clark nunca hacía nada que no fuera favorable para ella.

Adrian volvió a recostarse sobre su silla, quería creerle a Max, pero no comprendía completamente lo que le estaba diciendo. Pesadilla era una Anarquista. Tenía motivos para querer matar a Max: la fuente del Agente N y el catalizador de la derrota de Ace Anarquía durante la Batalla de Gatlon.

¿Qué motivo podría tener para intentar ayudarlo? ¿Había alguna razón siniestra por la cual los Anarquistas querrían mantener vivo al Bandido? ¿Era posible que pretendieran utilizarlo en beneficio propio?

No era completamente increíble, pero un plan de ese estilo era demasiado retorcido para la mente de Adrian.

–Lo que realmente no tiene sentido –dijo Max lentamente– es por qué no se debilitó por mi poder. La vi dormir a Congelina y eso fue justo después de haber intentado detener el sangrado. Debería haber estado débil, o completamente neutralizada, pero parecía estar bien. ¿Así que cómo...?

–No lo sé con seguridad –dijo Adrian–, pero creo que puede que tenga el Talismán de la Vitalidad.

Los ojos de Max se abrieron con sorpresa, pero frunció el ceño con rapidez.

–Qué lástima. No me molestaría tener su poder.

–¿En serio? –Adrian inclino la cabeza–. ¿Cuándo harías dormir a la gente?

–Solo creo que podría ser útil. Ya sabes, como cuando esos científicos vienen a extraer más muestras de sangre. Sería lindo noquearlos por un rato cuando no tenga ganas de cooperar.

Adrian sonrió con una mueca.

–¿Sabes? Tienes más de rebelde en ti que lo que la gente quiere admitir.

–Sí… –la boca de Max se crispó, apenas revelando el hoyuelo en su mejilla derecha–. Lo heredé de mi hermano.

Capítulo 9

Nova examinó el viejo plano de la Penitenciaría Cragmoor, sus puños descansaban sobre sus caderas y un dolor de cabeza latía en su sien.

Honey y Leroy se habían marchado horas atrás para dormir un poco y no vio a Phobia en toda la noche. Estaba determinada a resolver este rompecabezas antes de ver a los demás en la mañana.

Tenía que haber una manera de salvar a Ace. Tenía que existir una manera. Y tenían la única arma que podía darles una gran ventaja, aunque pareciera casi incorrecto utilizarla: tenían el casco de Ace Anarquía.

El padre de Nova había creado el casco utilizando hilos de energía que moldeaba en el aire. Creó un arma que podía amplificar los poderes de su hermano. Hasta donde sabía Nova, Ace era la única persona que había utilizado el casco.

Pero Nova sospechaba que el casco no era solo para su tío. Existía la posibilidad de que pudiera amplificar cualquier poder, lo que explicaría por qué los Renegados habían estado tan determinados a mantenerlo oculto por la eternidad.

Nova irguió su columna, preguntándose hacía cuánto tiempo estaba parada sin moverse. Su atención se concentró en el armario de abrigos del pequeño vestíbulo ubicado entre la sala de estar y la cocina. Era algo irónico que lo que podría ser el artefacto más temido y respetado entre los prodigios, ahora estuviera relegado a un mero armario para abrigos en una casa venida abajo en Wallowridge. Se merecía algo mucho mejor.

Pero sus opciones eran limitadas.

Nova no había tocado el casco desde que lo había escondido en el armario la noche que lo robó. Todos los días, cuando llegaba a casa, abría la puerta solo para comprobar que siguiera allí y luego la cerraba rápidamente.

Al verlo sentía un dolor en el pecho.

Pero ahora se obligó a abrir la puerta. La luz azulada de la cocina caía sobre el casco, pero no podía disminuir su brillo dorado natural. Parecía estar observándola a través de los orificios vacíos para los ojos. Esperando.

Antes de que pudiera cambiar se opinión, Nova se estiró hacia el casco y lo tomó con ambas manos. La estrella en su muñeca saltó y brilló con un poco más de intensidad, el brazalete jalaba hacia el casco como si se atrajeran entre sí magnéticamente.

Exhalando todo el aire de sus pulmones, Nova giró el casco, cerró los ojos y lo colocó sobre su cabeza.

Era demasiado grande para ella. Podía darse cuenta de que, si se movía solo unos milímetros, el casco se tambalearía como la cabeza rota de una muñeca. Pero no se movió. Solo esperó. Olió el aroma ligeramente metálico del interior. Sintió su propia respiración contra la superficie, no como cuando vestía la máscara de metal de Pesadilla.

No sucedió nada.

Abrió los ojos y jadeó, trastabillándose contra la pared. El casco se sacudió en su cabeza, pero rápidamente lo sujetó para enderezarlo.

La habitación resplandecía detrás del casco. Olas de una luz cobriza bailaban delante de ella, como una aurora boreal dorada en la deslucida sala de estar. Sentía como si estuvieran arremolinándose hacia afuera. Desde el casco, desde *ella*.

Sus ojos comenzaron a humedecerse. Se quitó el casco de la cabeza.

Las luces desaparecieron. No todas al mismo tiempo, como si apagaras una lámpara, sino con un lento desvanecimiento, como si ella estuviera olvidando cómo ver.

Parpadeó para aclarar los remanentes de su visión.

Esas luces, esas olas de energía... ¿podían ser las mismas bandas de energía que había visto conjurar en el aire a su padre todos esos años atrás? De niña, había asumido que las creaba de la nada, pero estas eran tan familiares. ¿Era posible que siempre estuvieran allí, invisibles en el éter, esperando a que alguien con un poder como el de su padre las jalara hacia la realidad y creara algo brillante con ellas?

Lo que también era extraño era que sabía que había visto esos rayos de luz antes, cuando había tomado la estrella de la habitación pintada en el sótano de Adrian. Y no tenía el casco en ese momento.

Apoyó el artefacto sobre su cabeza una vez más. Las luces reaparecieron, tan constantes y deslumbrantes como antes. Entrecerrando los ojos por el brillo, Nova estiró la mano. La estrella en su brazalete latía. Se preguntó si tal vez podría tocar los hilos de energía, quizás podría manipularlos como hacía su padre. Estiro un dedo hacia un hilo de energía que bailaba a solo unos centímetros delante de ella.

Su mano lo atravesó completamente. La luz brilló, inmutable. Tan efímera como una sombra.

Intentó una y otra vez. Pero, por más que estos hilos de energía hubieran respondido a las órdenes de su padre, parecían ignorarla completamente.

Frunciendo el ceño, volvió a quitarse el casco de su cabeza y observó mientras la visión se desvanecía.

La empapó la decepción. ¿No debería sentirse diferente de alguna manera? ¿Más fuerte? ¿Más poderosa? ¿Invencible? Así es como Ace siempre parecía sentirse cuando ella era una niña. Después de que confiscaran el casco, prácticamente se derrumbó por su pérdida. ¿No debería haber sido *mayor* el efecto del casco sobre ella?

Nova nunca dormía. ¿El casco no debería haber amplificado su energía ilimitada e inagotable?

Podía hacer que la gente se durmiera al taco. ¿El casco no debería haber...? No sabía. ¿Lograr que pudiera hacer dormir a la gente a una mayor distancia? ¿O... hasta quizás, matarlos con su toque?

Se sorprendió por el escalofrío que sintió ante ese pensamiento. Ese sería un poder increíble y, ciertamente podría ayudarla a atacar la prisión, pero la idea le generó más rechazo que tentación.

Resoplando, lanzó el casco de vuelta en el armario y cerró la puerta.

Una figura estaba en el pasillo con una máscara sobre su rostro. Nova aulló y dio un paso hacia atrás. Su mano instintivamente buscó un arma, pero no tenía puesto su cinturón.

No importaba. No dependía de las armas. Ella *era* un arma.

Se preparó para una pelea, pero la figura dio un paso hacia atrás y alzó una palma hacia ella.

–He tomado medidas para garantizar mi seguridad –dijo una voz femenina.

Nova vaciló. La voz sonaba levemente familiar.

–Uno de mis aliados espera mi regreso. Si no vuelvo ilesa dentro de los próximos veinte minutos, alertarán al Capitán Chromium y al resto de los Renegados de tu identidad y la ubicación de tu guarida secreta.

Los ojos de Nova se entrecerraron mientras inspeccionaba la máscara de tono blanco. Le recordó la armadura del Centinela, lo que la molestó más de lo que debería.

–¿"Guarida secreta"? ¿Qué es esto? ¿Un cómic?

–Esto no es un juego –replicó la chica–. Quiero el casco de Ace, ¡y lo quiero ahora!

–Ya te lo di.

–Me diste uno falso y tienes suerte de que no haya ido directamente a los Renegados cuando lo descubrí. Esta es tu última oportunidad, Nova *Artino*.

–No soy un servicio de entregas y no respondo bien a las amenazas.

Nova se lanzó hacia adelante y pegó su codo contra el cuello de la chica, sujetándola contra la pared. Con la otra mano arrancó la máscara soldada y la lanzó al suelo.

–*¿Narcissa?* –jadeó.

Estaba más delgada que antes y tenía marcas oscuras debajo de sus ojos. Narcissa Cronin, la nieta de Gene Cronin, el Bibliotecario, quien había muerto en la pelea en la Biblioteca de Cloven Cross. Ingrid le había disparado para proteger la identidad de Nova.

Esta información se acomodó en los pensamientos de Nova y muchas cosas comenzaron a tener sentido. Narcissa podía viajar entre espejos. Así logró meterse en la habitación de arriba y en la habitación de Honey en los túneles, sin ser vista y sin dejar rastros. Así supo la identidad de Nova.

Narcissa la empujó y Nova, debilitada por la sorpresa, dio un paso hacia atrás.

–Narcissa –repitió otra vez, sin comprender completamente que esta chica que siempre había sido tan tranquila, tan mansa, tan… *opuesta* a una villana, podía ser quien la había chantajeado.

–¿Cómo me encontraste? –dijo Nova.

Una sombra de arrogancia se infiltró en el rostro de Narcissa.

–Sabía que estabas pretendiendo ser una Renegada así que te esperé a la salida del cuartel general y te seguí a casa.

–Me hubiera dado cuenta de que me estaban siguiendo –Nova sacudió la cabeza.

–¿Estás segura? –replicó Narcissa, casi desafiándola–. ¿Revistaste cada reflejo que pasabas? Hay muchos espejos entre el Cuartel General de los Renegados y Wallowridge. Una vez supe en qué calle estabas, fui de casa en casa, tocador en tocador hasta que te encontré. Y ahora que estoy aquí, ¡me entregarás ese casco! –con el rostro retorcido por el enojo, Narcissa tomó una pistola que tenía guardada en la cintura.

El instinto y el entrenamiento quebraron las rodillas de Nova. Se encogió y luego apuntó con su pierna a los tobillos de Narcissa. La chica gritó, cayó de espaldas y aterrizó con un aullido de dolor. Intentó volver a ponerse de pie, pero luego se desmoronó y soltó un chillido estridente. Dejó caer el arma y llevó un brazo a su hombro, apenas eludió a la avispa amarilla mientras se escapaba entre las puntas de sus dedos. Aterrizó en los tenis negros de la chica y comenzó a aventurarse debajo del dobladillo de sus jeans cuando Nova espetó:

–¡Honey, no! ¡Déjala en paz!

La avispa se detuvo, sus alas batían contra los cordones de la chica.

Nova alzó la mirada, agitada. Honey estaba en la base de las escaleras, su cabello en ruleros gigantes y una bata de seda atada con soltura en su cintura. Leroy estaba detrás de ella, observaba con interés mudo mientras Narcissa se retorcía en el suelo. Una nube de abejas circulaba sobre sus cabezas, su zumbido rebotaba en los confines de la escalera.

Nova se incorporó y tomó el arma, notó que el seguro seguía puesto. Conteniendo un suspiro, no se molestó en quitarlo cuando apuntó la pistola en la frente de Narcissa. La chica tenía demasiado dolor para notarlo. Las lágrimas caían por sus mejillas mientras presionaba una mano sobre el ardor de su hombro.

–¿Puedes detener el dolor? –Nova le preguntó a Honey.

–¿Por qué debería hacerlo? Intentó matarte –respondió con una ceja en alto.

–No lo hizo muy bien.

–No hace falta ser competente para ser un enemigo –gruñó Honey.

–*Honey*.

–El ardor del veneno pasará en uno o dos minutos –revoleó los ojos–, pero estará adolorida por un par de días. A menos que sea alérgica, entonces morirá –Honey movió un dedo y la avispa volvió a ella–. ¿La conocemos?

–Más o menos –Nova bajó la mirada hacia la chica otra vez y vio que la larga trenza pelirroja se asomaba por el cuello de su camiseta–. Es la nieta del Bibliotecario. Puede viajar entre espejos.

–¿El Bibliotecario? –replicó Honey–. ¿Te refieres al vendedor de armas?

–Tenía un nombre –Narcissa gruñó a través del dolor–. Y era más que un vendedor de armas. ¡Era más que el villano que todos dicen que era! –resopló–. Era un buen hombre. Un académico. Alguien que se preocupaba por su comunidad. ¡Y lo mataste! ¡Solo para salvarte a ti misma!

Nova tragó saliva. No conocía bien a Narcissa, pero durante sus pocos y breves encuentros, siempre le había caído bien. Parecía tan modesta. Tan poco interesada en todo lo relacionado a los villanos o a los héroes. Solía tener su nariz enterrada en un libro y parecía satisfecha de mantenerla allí.

Ahora no había nada de eso. Narcissa estaba demasiado delgada, pálida y hostil. Claramente los sentimientos cálidos que Nova tenía por ella no eran recíprocos.

–No lo maté –dijo Nova–. Fue la Detonadora.

–Sí, lo hizo por *ti* –Narcissa utilizó su manga para limpiar los mocos de su nariz–. Pero ustedes los Anarquistas siempre fueron egoístas. Nunca se preocuparon por nadie más que por ustedes mismos –se impulsó para ponerse de rodillas, hizo una mueca cuando apoyó peso sobre su brazo e inclinó el mentón hacia arriba–. Por su culpa mi abuelo está muerto. La biblioteca está destruida. ¡Tomaron todo lo que tenía!

–¡La Detonadora hizo todo eso! –repitió Nova, más fuerte esta vez–. ¡Estaba intentando detenerla!

–Si no fuera por ti, no nos hubiera atacado en primer lugar. Pretender ser una Renegada… Utilizar a mi abuelo y la biblioteca como peones en tu juego… ¡Deberías haber muerto tú! ¡No él, *tú*!

Apretando la mandíbula, Nova dejó caer el arma en el regazo de Narcissa. La chica se sorprendió y comenzó a alejarse como si el arma fuera una serpiente mortal. Luego recuperó la compostura y envolvió la empuñadura con sus dos manos temblorosas. No volvió a apuntarla a Nova, aunque su expresión seguía destilando muerte.

–Tu abuelo –dijo Nova– era uno de los contrabandistas del mercado negro más famosos de la ciudad. Los Renegados finalmente llegaron a él e Ingrid vio una oportunidad de usar su operación como una trampa. Nada de eso es culpa mía.

Aferrándose a la pistola, Narcissa trastabilló hasta ponerse de pie.

–¿Los Renegados finalmente llegaron a él? Sí, porque *te* vendió un arma y fuiste lo suficientemente imprudente como para intentar asesinar al Capitán Chromium con ella.

–De hecho –intervino Leroy–, me vendió el arma a mí.

–¡Entonces todos ustedes deberían estar muertos! –Narcissa giró hacia él–. Pero aquí están. ¡Siguen jugando mientras más prodigios sufren! Bueno, prometí que llevaría ese casco devuelta a los Rechazados y que lo usaríamos para restaurar el balance en este mundo. El balance que ha sido destruido por personas desesperadas por el poder como los Anarquistas y los Renegados y no me marcharé de aquí sin él.

Plantó sus pies y aunque había empalidecido por la picadura o por sus propias lágrimas, se paró erguida cuando enfrentó a Nova.

–¿Quiénes son los Rechazados? –consternada, Nova lanzó sus manos al aire.

–Rechazados por la sociedad por ser prodigios –resopló Narcissa–.

Rechazados por los Renegados por no encajar en sus perfectos estándares heroicos. Pero juntos, somos más que marginados. Somos poderosos. ¡Ya no toleraremos este abuso!

Nova esperó. Era claro que Narcissa había repetido este discurso antes. Lo extraño era que sonaba muy parecido a algo que Ace diría.

Estaba a punto de sugerir que tal vez el odio de Narcissa estaba mal dirigido cuando la viajante de espejos continuó.

–Tienes una elección –continuó, lanzando su trenza sobre su hombro–. Matarme y que mi gente se asegure de que tus enemigos sepan todos sus secretos antes de la mañana o darme el casco, dejarme ir y vivir otro día como Pesadilla o Insomnia o como quien creas que eres.

El silencio fue breve.

–Muy bien, entonces –dijo Honey acariciando el lomo de una abeja regordeta que estaba sobre su meñique con su uña puntiaguda–. ¿Puedo hacer los honores?

–Encenderé el motor del coche –Leroy bostezó–. ¿Crees que será mejor lanzar el cuerpo en la bahía o en el río?

–El río está más cerca –replicó Honey–. Y no creo que nadie vaya a extrañarla, a pesar de todo esto de los Rechazados –su sonrisa se tornó malvada–. Me doy cuenta del engaño.

La rebeldía de Narcissa se extinguió mientras su atención se disparaba hacia el enjambre de abejas.

Era necesario mucho veneno, incluso de las avispas más peligrosas, para matar a una persona que no era alérgica a ellas, pero podía pasar. Era una manera horrorosamente dolorosa de morir.

–La *muerte* –chirrió una voz–. Y las abejas, por lo menos en este momento.

Phobia se solidificó desde las sombras y cubrió la entrada a la cocina. Entraba un poco de luz de luna por las ventanas, un halo de luz resplandeció sobre la hoja de la guadaña.

–También las arañas, serpientes, cucarachas, ratas –Phobia siguió enumerando los miedos que podía detectar dentro de las profundidades de la mente de Narcissa–. Escorpiones. Humillación pública. Ahogamiento –rio por lo bajo–. Ace Anarquía.

–Grandes maravillas –murmuró Leroy–. Por lo menos, es decente fingiendo coraje.

–Pero, en lo más profundo –prosiguió Phobia y su voz gruesa se tornó burlona–. Tiene un miedo casi paralizante de que nunca experimentará el amor verdadero.

–Ah, es una de *esas* –gruñó Honey con dramatismo–. Desafortunadamente, parece que ese miedo se materializará.

–Aguarda –dijo Nova alzando una mano–. Narcissa, nunca te daremos ese casco, pero tal vez podemos ayudarnos mutuamente. Tus… *Rechazados*… parece que su problema es con los Renegados, no con nosotros. No tienes que morir por eso.

Narcissa la fulminó con una mirada fría.

–Deberías preocuparte por ti misma, Pesadilla. ¿Estás preparada para que los Renegados sepan quién eres después de haber trabajado tan duro para mantenerlo secreto?

Las palmas de Nova estaban sudando. La respuesta era "no", por supuesto que no estaba lista. Todavía necesitaba rescatar a Ace. Todavía tenía que destruir a sus enemigos.

Luego, sus pensamientos llegaron a Adrian. La manera en que le sonreía. La manera en que la *besaba*. Todo terminaría.

No estaba lista.

–No importa –replicó Nova–. Lo sabrán pronto. No es un gran secreto para negociar como crees, Narcissa. Y necesitamos el casco. Tenemos que liberar a Ace Anarquía y, cuando lo hagamos, utilizaremos el casco para terminar con los Renegados y su tiranía de una vez por todas –extendió sus dedos, casi como una súplica–. ¿Por qué no nos ayudas a hacerlo?

Se miraron a los ojos por un largo rato. Lentamente, Narcissa focalizó su atención en Phobia. Tragó saliva y luego sus ojos se posaron sobre Honey y a Leroy. Finalmente, volvió a mirar a Nova.

Nova podía darse cuenta de que sus paredes estaban derrumbándose. A pesar del odio que sentía hacia los Anarquistas y lo que había sucedido en la biblioteca, debe haber comprendido la lógica en las palabras de Nova porque parecía estar vacilando con tentación e incertidumbre.

Lo que fuera que iba a decir fue interrumpido por el chirrido de llantas en la calle. Los labios de Narcissa se curvaron con alivio.

–Se acabó el tiempo, Pesadilla.

Algo golpeó la ventana principal. El vidrio estalló. Nova bajó la cabeza instintivamente incluso mientras Narcissa la empujaba.

Una gran roca rodó unos centímetros antes de detenerse junto al sillón al mismo tiempo que la trenza pelirroja de Narcissa desaparecía en la escalera.

Alguien vitoreó afuera. Había gritos de celebración y alguien gritaba "¡Rechazados para siempre! ¡El poder a los prodigios!" antes de que las llantas chirriaran otra vez y el vehículo escapara.

Maldiciendo, Nova se lanzó hacia las escaleras y subió de a dos escalones a la vez. Vio a Narcissa inclinada sobre el tocador de Honey. Una mano sostenía el marco del gran espejo, la otra se aferraba a un frasco de mermelada. La mariposa negra y dorada agitaba sus alas frenéticamente.

Nova se congeló al mismo tiempo que los ojos de Narcissa se llenaban de intriga.

–Últimamente, han estado hablando de esa Renegada en las noticias, *Monarca*. La que guio a su equipo hacia la guarida de Ace Anarquía –inclinó la cabeza–. Qué coincidencia interesante.

Movió su brazo hacia atrás y lanzó el frasco contra la otra pared de la habitación.

Nova gritó. En el mismo instante en que Narcissa desapareció sobre la superficie del espejo, Nova se lanzó hacia el frasco, pero sabía que no lo alcanzaría a tiempo. Parecía moverse en cámara lenta mientras volaba en el aire.

Se estrelló contra la pared y explotó en docenas de pedacitos.

La mariposa se lanzó hacia arriba volando en espirales en dirección al techo. Salió disparada, apenas eludió la mano de Nova, y partió hacia la ventana que había sido dejada abierta para las abejas.

Maldiciendo, Nova la persiguió. La mariposa perdió altura y Nova se agazapó con el brazo y los dedos extendidos.

La mariposa estaba volando directamente hacia la ventana. Las abejas comenzaron a rodearla al notar una nueva presa en las cercanías. La mariposa atravesó la apertura.

Nova se zambulló. Una rodilla en el descanso de la ventana y la otra apenas sujetaba el marco para evitar la caída, una mano estirada encerrada en un puño. Quedó allí colgada, inmóvil salvo por su respiración errática. Aunque avispas y avispones la rodeaban, e incluso algunos se atrevían a posarse en sus nudillos e inspeccionar sus dedos, no la picaron.

Temblando por la adrenalina, Nova volvió a meterse en la habitación.

Boquiabierta, Nova miro hacia abajo y vio una colmena con una pisada en su fino caparazón en el centro de la habitación. Se había movido tan rápido que ni siquiera había notado que la pisoteó. Las abejas que perdieron su hogar revoloteaban en la habitación rabiosas, su zumbido era ensordecedor, pero no le preocupaban los insectos.

Exhalando, Nova abrió sus dedos.

Las alas de la mariposa estaban rotas. Su cuerpo peludo seguía contorsionándose.

Con el estómago revuelto, dejó caer la criatura el suelo. Fue atacado instantáneamente por las abejas.

No quedaría nada de ella.

Se limpió el polvo de las manos. Le temblaba el cuerpo.

Esta mariposa estaba muerta y, si bien Danna no tendría los recuerdos de lo que había visto, había cientos de mariposas que ahora podrían transformarse para contar lo que sea que hayan descubierto. ¿Qué más había descubierto Danna al seguirla antes de que fuera capturada?

El corazón de Nova palpitaba en su pecho. Se sintió vacía. Aterrorizada.

No sabía si Narcissa o Danna le informaría primero a los Renegados, pero, en realidad, no importaba. Nova sabía una cosa con seguridad.

Se le había acabado el tiempo. Danna podría convertirse en humana en cualquier momento. Tal vez ya lo había hecho. ¿Cuánto tiempo tendría antes de que todos supieran la verdad?

–¡Leroy! ¡Honey! –gritó, bajando las escaleras a las corridas–. Espero que el explosivo del que hablabas esté listo. Tenemos que marcharnos ahora.

Leroy y Honey estaban parados entre el vidrio roto de la ventana del frente. Leroy examinaba la piedra que la había destrozado.

–Una simple roca vieja –dijo Honey consternada mientras sacudía la cabeza–. Prácticamente fue un espectáculo de amateurs.

–¿No me oyeron? –dijo Nova, su voz estaba teñida de pánico–. La mariposa está muerta. Si Monarca todavía no volvió a transformarse, lo hará pronto. No sé cuánto sabe, pero… –no terminó la oración.

–Pero es casi seguro que es suficiente para incriminarte –dijo Leroy soltando la roca. Aterrizó con un golpe seco en la alfombra–. Y los guiará hasta nosotros. En el peor de los casos, estarán aquí en… ¿diez minutos?

–Tal vez antes si envían a la unidad de patrullaje más cercana –replicó Nova–. Tal vez más si… si el Consejo decide ocuparse de este asunto personalmente. Pero no mucho más.

Leroy asintió.

–Prepararé el explosivo y estaré listo para detonarlo ante la primera señal de los Renegados. Solo tomen lo que necesitemos. No se preocupen por dejar evidencia atrás, no quedará nada cuando termine.

Capítulo 10

La última vez que Adrian había atravesado las terrazas de Gatlon City a toda velocidad y en la armadura del Centinela, estaba cargando a Max medio muerto en sus brazos. En este momento, solo estaba levemente menos asustado. El mensaje de Ruby había sido muy enfático y carente de explicaciones. Respondió inmediatamente, desesperado por saber por qué estaba convocando al equipo, pero todavía no había recibido una respuesta.

Así que corrió.

O saltó.

Algunos hasta podrían decir que voló. Era lo más cerca que estaría de volar, por lo menos hasta que descubriera una manera de tatuarse alas en la espalda.

Los resortes tatuados en las plantas de sus pies lo impulsaban hacia arriba, planeaba sobre las calles y los rascacielos. No estaba siendo particularmente discreto, descubrió que no muchas personas en la ciudad se detenían para alzar la mirada y, si lo hacían, esperaba que creyeran que

el brillo de su armadura no era nada más que una ilusión en el sol de mediodía.

Incluso si reconocían al vigilante infame, ya se habría marchado mucho antes de que alguien pensara en detenerlo.

Ruby vivía con su familia en un departamento con tres habitaciones en el vecindario de Shademont. Muchas personas en la ciudad creerían que tres habitaciones es bastante espacioso, pero seguía siendo un alojamiento ajustado para Ruby y su familia: sus hermanos gemelos –Sterling y Jade–, sus padres y su abuela. Adrian no recordaba haber escuchado alguna vez a Ruby quejarse por compartir habitación con los chicos, que cumplirían doce años en pocos meses, pero tampoco cuestionó jamás por qué no invitaba al equipo a su casa. En las extrañas ocasiones en las que se reunían en la casa de alguien, siempre había sido en la de Adrian.

Cuando llegó al techo del edificio de Ruby, estaba muy agitado. Un último salto y aterrizó con un golpe seco en el callejón. Un gato callejero aulló y siseó antes de huir por la esquina.

Adrian presionó una mano sobre su pecho y el traje se retrajo, se dobló sobre sí mismo hasta que pudo guardarlo debajo de su piel sobre su esternón. Se acostumbró a utilizar camisetas de mangas largas con tres botones en el cuello para tener fácil acceso al traje y luchó para cerrar los botones mientras caminaba hacia el frente del edificio. Sus piernas se sentían un poco inestables después de todos esos saltos, pero las ignoró.

Cuando llegó al apartamento de los Tucker en el segundo piso, ya estaba recuperado. La puerta se abrió antes de que pudiera golpear. No era Ruby, sino su abuela, una pequeña mujer con mechones grises entre su cabello pelirrojo. Sus manos estaban encorvadas por la artritis, Ruby había mencionado que era el resultado de años en el oficio de las joyas y de utilizar sus dedos para las tareas más pequeñas y detallistas. De todos modos, todavía tenía una elegancia y una fortaleza en su expresión que Adrian había admirado desde el momento en que la conoció.

–Están en la habitación de los niños –dijo dando un paso atrás para dejarlo entrar–. La última puerta a la izquierda.

Le agradeció y se apresuró por el pasillo. La puerta estaba levemente abierta y podía escuchar voces dentro: sus hermanos gritaban excitados y Ruby los callaba, sonaba frenética.

Adrian abrió la puerta. Los gemelos, sentados juntos en el colchón superior de sus camas marineras, dejaron de hablar inmediatamente para mirarlo boquiabiertos. Oscar estaba allí, sus piernas también colgaban de la cama superior, su bastón descansaba en uno de los peldaños de la escalera.

Al principio, Adrian se sorprendió de que Oscar hubiera llegado antes que él hasta que recordó que no vivía muy lejos mientras que él tuvo que atravesar los kilómetros que lo separaban del hospital.

–Al fin llega el holgazán –dijo Oscar resplandeciendo.

Esa sonrisa ayudó a calmar el corazón agitado de Adrian.

Entró en la habitación. Ruby estaba sentada en la cama de una plaza que estaba paralela a las camas marineras. Los únicos otros muebles que cabían en la habitación eran una cómoda y un pequeño escritorio que había sido encastrado en el pequeño espacio entre las camas.

Y había otra persona acostada sobre la cama de Ruby.

–¡Danna! –gritó y dio dos zancadas hasta llegar al lado de ella.

Estaba inconsciente, aunque en un sueño espasmódico. Sus párpados se contraían y había pequeñas gotas de sudor en su frente. Vestía su uniforme de Renegada, su cabello rubio estaba desparramado sobre la almohada.

–¿En dónde… cómo?

–No lo sé –respondió Ruby–. Ha estado quedándose conmigo desde que encontramos a Ace Anarquía, ya sabes, en modo enjambre.

Adrian asintió. Las mariposas se habían convertido en la sombra de Ruby desde la noche en que Danna los guio hacia las catacumbas donde habían descubierto a Ace Anarquía.

–Y estaba aquí en casa, a punto de prepararme para la patrulla de esta noche. Las mariposas estaban en todas partes, reposando como siempre, cuando, de la nada, comenzaron a agitarse. Ya sabes como ella hace eso del ciclón y luego volvió a formarse. Lucía *terrible*, agotada y temblorosa. Dijo "llama a Adrian, *solo* a Adrian". Sé que quería decir más, pero luego colapsó.

–Es una experta en hacer entradas asombrosas –dijo Oscar.

–Mamá cree que solo tiene hambre –acotó Sterling, ¿o era Jade? Adrian todavía no sabía cómo distinguirlos. Tendría que preguntarle a Ruby si tenían alguna diferencia.

–O está deshidratada –añadió el otro.

Adrian se inclinó junto a Danna.

–Probablemente nunca ha estado en modo enjambre por tanto tiempo. Debe tener algún impacto en su cuerpo –estrujó la mano de Danna–. ¿Por qué a mí? ¿Y qué hace Oscar aquí entonces?

Ruby desvió la mirada, levemente avergonzada.

–Bueno, no podía *no* llamar a Oscar. Pero te envié el mensaje a ti primero.

–¡Aquí vamos! –anunció la mamá de Ruby y entró en la habitación con una bandeja de madera.

–Sí –dijo Oscar–. ¡Refrigerios!

La señora Tucker lo fulminó con la mirada.

–Estos son para Danna. Pero ese es un buen punto. Jade, Sterling, ¿por qué no buscan algunos bocadillos para nuestros invitados?

Los chicos no se molestaron en usar la escalera, solo saltaron al suelo y salieron corriendo de la habitación.

Oscar los miró sonriendo.

–Amo a esta familia.

La mamá de Ruby bajó la bandeja que tenía un recipiente con caldo, algo de pan, un gran vaso de agua y un paño humedecido.

–¿Algún cambio? –preguntó colocando el paño sobre las cejas de Danna.

–Yo haré eso, mamá –Ruby tomó el paño y lo posó sobre Danna, su rostro estaba contorsionado por la preocupación–. ¿Es raro que esté... moviéndose tanto? Quiero decir, la gente no suele soñar cuando está desmayada así, ¿o sí?

–No lo sé –dijo Adrian, frunciendo el ceño por la manera en que el pecho de Danna se alzaba esporádicamente.

–Ha atravesado una dura experiencia –dijo la señora Tucker–. Pero es una Renegada. Estará bien. Y debo decir, que no extrañaré tener a nuestras amigas mariposas por todo el apartamento. Siempre es bienvenida, pero fue un poquito desconcertante –guiñó un ojo–. Dejaré la bandeja aquí. Díganme si hay algún cambio.

–¿Deberíamos llevarla al cuartel general? –dijo Oscar una vez que la señora Tucker se marchó–. ¿O al hospital? ¿O llamar un sanador?

–Sí –dijo Adrian–. El Consejo también querrá saber que regresó.

Adrian hizo un gesto hacia su brazalete de comunicación, pero Ruby lo detuvo.

–No sé. Dijo que te llamara a ti y a nadie más. Parecía... la manera en que lucía... parecía realmente importante.

–¿Por qué a mí? ¿Qué puedo hacer por ella?

Ruby no tenía una respuesta. Frunció sus labios con indecisión. De repente, Danna jadeó temblorosamente. Todos se concentraron en ella.

–¿Danna? –dijo Ruby, pasando el paño por sus mejillas–. ¿Puedes oírme?

Los párpados de Danna se agitaron y se abrieron lentamente. Su respiración seguía irregular, pero parecía ralentizarse mientras sus ojos evaluaban la habitación, primero concentrándose en Ruby, luego en Adrian y en Oscar. Una pequeña sonrisa apareció en su rostro.

–Cielos hermosos –dijo, luego se encogió mientras una ola de tos subía por su garganta. Tomó el brazo de Ruby e intentó sentarse, pero Ruby y Adrian presionaron sus hombros.

–Está bien –dijo Ruby–. Tienes que calmarte. Y descansar.

El ataque de tos pasó y Danna colapsó sobre la almohada, seguía jadeando.

–Pensé que nunca… –aclaró su garganta una vez más–. Es tan bueno verlos a través de un solo par de ojos.

–¿Qué sucedió? –Ruby sonrió por encima de sus lágrimas contenidas.

Danna se puso seria e intentó volver a pararse, empujó la mano de Adrian cuando le pidió que se relajara.

–¿Hay alguien más? –dijo y su voz rasposa descendió hasta casi un susurro.

–Solo mamá, la abuela y mis hermanos –dijo Ruby–. De hecho, tengo que decirle a mamá que estás bien. Quería… –comenzó a pararse, pero Danna sujetó su muñeca.

–Espera –dijo–. Cierra la puerta. Necesito decirles algo.

–Puede esperar, Danna –Ruby la miró–. Tienes que comer y descansar y…

–*No* puede esperar.

Adrian cerró la puerta.

–¿Qué pasa, Danna?

–Adrian… –murmuró y fijó su atención en él. Había un destello de compasión que hizo que el chico se quedara inmóvil. Vio que intensificaba su agarre sobre el brazo de Ruby–. ¿Dónde está Nova?

Adrian se paralizó, inmediatamente nervioso por la manera en que dijo el nombre de Nova, con algo parecido a miedo.

–No lo sé, supongo que en su casa. O tal vez en el cuartel general –volvió a la cama. Oscar bajó por la escalera y se paró junto a Danna–. ¿Por qué? ¿Pasó algo malo? ¿Está en peligro?

–Adrian –repitió y sonaba como si le doliera decirlo. El pecho de Adrian se cerró. Ya estaba planeando la ruta en su cabeza, la manera más rápida de llegar a la casa de Nova–. Estaba siguiéndola. Pensé… es solo que se había estado comportando de manera extraña, sospechosa. Tenía que saberlo con seguridad, la seguí y…

–Danna, ¿qué está sucediendo? –preguntó, su tono sonó más duro de lo que pretendía–. ¿Qué viste?

El rostro de Danna de desmoronó pidiendo disculpas.

–Lo lamento tanto, Adrian, pero… es ella –su voz apenas era un susurro–. Nova es Pesadilla.

Capítulo 11

Aunque habían discutido un plan de contingencia para cuando se descubrieran los secretos de Nova, la chica tenía la esperanza de que nunca tuvieran que implementarlo. Esperaba dejar a los Renegados cuando estuviera lista y no porque finalmente descubrieran quién era.

Ahora no tenía tiempo para lamentarse. Tenía que concentrarse en tomar todas las cosas que necesitaría y en salir de esta casa antes de que llegaran los Renegados.

En su habitación compartida, Honey abrió la ventana y comenzó a gritarle a las abejas: "¡Sean libres, sean libres!" Y las abejas acataron sus órdenes y se dirigieron como una gran nube hacia la ventana, en donde se les unieron las avispas y los avispones del pequeño jardín en la planta baja. Juntos, sobrevolaron la casa del vecino y desaparecieron. Nova no sabía cómo o cuándo lograrían encontrar a su reina otra vez, pero Honey no parecía preocupada mientras tomaba una caja de joyas y una pila de vestidos y los lanzaba en una maleta. No salvó los nidos y las colmenas dispersos por la habitación, pero no importaba. Nova confiaba en Leroy cuando dijo que todo quedaría destruido. Dudaba que siquiera quedaran las cenizas de estas estructuras finas como el papel.

Mientras Honey se concentraba en los cosméticos de su tocador, Nova tomó su bolso que descansaba olvidado en una esquina hacía semanas. Había conservado pocas de sus pertenencias de los túneles del metro, así que no había mucho para empacar. Guardó su traje de Pesadilla, hundió la máscara entre las telas y luego guardó sus estrellas termodirigidas y los misiles de tiniebla modificados, el bolígrafo de fuente con la cámara escondida para dardos, su pistola de ondas de choque y los guantes especialmente diseñados para trepar paredes, la bazuca lanza redes, los binoculares que había tardado meses en perfeccionar…

Pausó y escaneó la habitación, incluso mientras oía el rugido del motor del coche deportivo de Leroy en el callejón trasero.

¿Qué más había allí?

A través de la ventana, vio a Leroy bajándose del coche. Dejó la puerta del conductor abierta para un escape rápido y abrió la pequeña cajuela. Phobia también estaba allí, parado entre las colmenas abandonadas. Si tenía alguna expresión en su rostro, Nova no pudo verla debajo de las sombras de su capucha.

–¡Atrápenlo! –gritó lanzando el bolso.

En realidad, no esperaba que ninguno de los dos se moviera para atraparlo, pero se sorprendió cuando, en el último instante, Phobia agitó su guadaña y enganchó las manijas del bolso en su hoja.

–Aquí tienes, lanza la mía también –dijo Honey lanzando su maleta hacia ella–. Comenzaré a empacar las cosas de química de Leroy.

Nova intentó no pensar en el tiempo que estaba escapándose entre sus dedos. No podrían dejar pasar más de unos pocos minutos antes de reunirse detrás del coche deportivo y estrujar sus pertenencias en el maletero. Nova colocó el casco de Ace dentro del cesto de plástico que contenía los recipientes y las herramientas de medición de Leroy antes de taparlo.

–¿Eso es todo? –preguntó jadeando. Le echó un vistazo a lo que pudo haber sido su hogar.

–Tendrá que serlo –respondió Leroy y tomó un pequeño dispositivo de su bolsillo–. Aprendí este truco de Ingrid. Algunos días la extraño –ajustó un dial que debe haber pertenecido a un simple temporizador con forma de huevo–. ¿Qué dicen? ¿Dos minutos?

Incluso mientras lo decía, sintieron el sonido de sirenas a la distancia que se acercaban.

A Nova se le hundió el estómago. Tal vez los Renegados estaban respondiendo a un robo cercano o a un gatito en un árbol. Pero sabía que era mejor no tener esperanzas.

–Sugiero treinta segundos –dijo Honey deslizándose en el asiento del acompañante y se colocó sobre la consola del centro para hacerle lugar a Nova.

–Treinta segundos serán –dijo Leroy y presionó un botón en el dispositivo detonador.

A Nova se le erizó el cabello de la nuca, estiró la mano para abrir la puerta del vehículo, pero se congeló.

–Un momento, el Talismán de la Vitalidad. Honey, ¿lo tomaste?

La Abeja Reina se inclinó hacia adelante para mirar a Nova por debajo del marco del coche.

–¿Te refieres a ese collar? No, pero, Nova, no hay tiempo…

Nova maldijo y giró hacia la casa.

–¡Vayan sin mí! ¡Los alcanzaré!

–¡Nova! –gritó Leroy, pero lo ignoró mientras corría a toda velocidad hacia la casa. Atravesó la cocina, bordeó la barandilla de la escalera y subió por los escalones por última vez. El lugar entero apestaba a los químicos que Leroy había rociado sobre el suelo y las paredes solo unos minutos atrás. La pequeña bomba en la cocina sería detonada de manera remota desde el dispositivo de Leroy y la explosión causaría una cadena en reacción de químicos precisamente diseñados para incendiarse uno tras otro. Según Leroy, causaría una ola de calor que derretiría la estructura y destruiría todo lo que tocara.

Incluyéndola a ella si no se apuraba.

En la habitación, voló por arriba del fino colchón sobre el suelo y hundió su mano debajo de él. Su puño encerró la cadena y jaló de ella. Se abalanzó sobre la ventana, se asomó justo cuando el coche deportivo amarillo estaba saliendo del callejón hacia la calle.

Con ambas manos en el marco de la ventana, se subió al alféizar y evaluó el pequeño jardín. Apuntaría a los nidos y las colmenas vacías, lo que por lo menos amortiguaría su caída. Con el pendiente encerrado en su mano, evaluó el área y se preparó mentalmente para el salto cuando escuchó golpes abajo. Alguien estaba llamando a la puerta.

Su corazón subió hasta su garganta. ¿Cuánto tiempo había pasado desde que Leroy había activado el dispositivo? ¿Diez segundos? ¿Doce?

La puerta principal se astilló cuando alguien la abrió con una patada. Podía escuchar pasos pesados en la sala de estar.

–¡Nova! –alguien gritó.

Se quedó si aire.

Adrian.

–¡Nova, soy yo! ¡Tenemos que hablar!

La bomba. Los químicos.

No quedará nada cuando termine.

Le llamó la atención un humo negro en el callejón. Phobia apareció en dónde el vehículo había estado segundos atrás.

Todavía asomada por la ventana, Nova estiró su brazo y le lanzó el Talismán de la Vitalidad. Lo atrapó con sencillez con una de sus manos esqueléticas. Su capucha onduló antes de desaparecer en la nada.

Nova salió a toda velocidad y bajó las escaleras corriendo. Saltó casi todo un tramo y aterrizó en el pasillo de la planta baja con un solo salto.

Adrian se congeló al lado del armario de abrigos, sorprendido.

–Nova…

–Tenemos que irnos –prácticamente gritó, tomó su codo y lo arrastró hacia la puerta. El chico comenzó a resistirse, pero Nova gritó–. ¡*Ahora*, Adrian! ¡Tenemos que salir de aquí ahora!

Tal vez fue el tono de su voz, o quizás solo había ido allí por ella y no por otro motivo, pero le permitió que lo empujara por la puerta hasta la calle antes de plantar sus pies y envolver una mano en su muñeca.

–¡Nova, detente! Danna volvió y ella… Estoy aquí para…

–¡*Vamos!* –gruñó Nova, jalando de su brazo. Adrian se movió, pero solo le permitió moverlo al otro lado de la calle antes de volver a detenerse.

–¡Nova, detente! –gritó–. ¡Escúchame! Estás…

La explosión los golpeó por detrás y los tumbó sobre el suelo. El cuerpo de Nova rebotó un par de veces contra el concreto y luego terminó de espaldas. Sentía un silbido en sus oídos y todo su cuerpo se sentía como si hubiera sido golpeado por una máquina excavadora. Lo único que podía ver eran borrosos puntitos blancos bloqueando el cielo, mientras una estática ensordecedora rugía entre sus oídos.

No tenía idea de cuánto tiempo yació allí. Cuánto tiempo estuvo incapacitada, sin poder moverse ni pensar, hasta que la realidad de su entorno volvió a cobrar forma lentamente.

La estática disminuyó lo suficiente para darle la bienvenida al estruendo de sirenas y voces gritando. Sus pulmones comenzaron a inhalar aire gradualmente y tenía sabor a sulfuro y cenizas. Cuando su visión se aclaró, solo vio una nube de humo negro cubriendo el vecindario.

Logró posicionar una mano debajo de ella y la utilizó como palanca para despegar su cuerpo del asfalto. Adrian estaba a solo unos metros, ya estaba sentándose y miraba atónico hacia la casa.

O lo que quedaba de la casa, que parecía ser un poco más que el ladrillo exterior y hasta una buena cantidad de eso estaba desparramado en bloques de escombros por la calle. El fuego provenía mayormente de las casas adyacentes. Nova apenas tenía los medios suficientes para estar agradecida de que las dos estuvieran abandonadas.

Volteó su cabeza al mismo tiempo que Adrian quitó su atención de la casa destruida y la miró a ella, seguía boquiabierto, la espalda de su uniforme de Renegado estaba manchada con hollín.

–¿Estás bien? –le preguntó. Sabía que de seguro estaba gritando y, sin embargo, apenas podía escuchar su propia voz.

Él no respondió. Solo la seguía mirando, como si le hubiera hablado en otro idioma.

Luego, para su sorpresa, Adrian se acercó a ella y extendió una mano. Nova exhaló y deslizó su palma en la de él y juntos se pusieron de pie.

–Adrian… Yo…

Sus palabras se interrumpieron cuando los dedos de Adrian se ajustaron alrededor de los de ella. Su otra mano se ocupó del broche de su brazalete. Nova intentó alejarse, incluso mientras el brazalete caía de su muñeca. Adrian lo atrapó y la miró a los ojos, su expresión era de determinación y perturbación.

–¿Qué estás haciendo? Devuélvemelo.

Intentó abalanzarse sobre él, pero su cuerpo no cooperaba completamente y sus movimientos eran demasiado torpes y lentos. Adrian retrocedió y Nova volvió a estirarse hacia el brazalete cuando sintió el frío metal encerrándose sobre su ahora desnuda muñeca.

Una esposa. Del tipo que cubría toda la mano. Una esposa para prodigios.

Para villanos.

Su otra mano estaba doblada detrás de su espalda y en segundos esa mano también quedó aprisionada. Miró sobre su hombro, un veneno subía por su pecho dolorido, pero el enojo se disipó cuando vio a Ruby allí

parada y a Oscar no muy lejos. Ambos la miraban con la misma angustia y determinación. Nova estaba esposada y Ruby no podía alejarse de ella lo suficientemente rápido.

–Confisco este brazalete como posible evidencia –dijo Adrian volviendo a llamar su atención hacia él.

–¿Evidencia? –dijo, sorprendida de que su voz siquiera funcionara–. Pero eso es… Lo hizo mi papá. Es lo único que tengo. No puedes… ¡Adrian! ¿Evidencia de qué?

–Evidencia de tus crímenes contra la sociedad y los Renegados –hizo una mueca como si sintiera dolor físico cuando dijo–. Estás arrestada… Pesadilla.

Capítulo 12

Para cuando Tsunami y Torrente dominaron las llamas en Wallowridge, la casa estaba en ruinas al igual que la mayoría de las construcciones vecinas. Ruby les había enviado un mensaje a los padres de Adrian para contarles el regreso de Danna y lo de Nova… lo de *Pesadilla*.

El estómago de Adrian seguía repleto de nudos y no pudo evitar el impulso de negación que eclipsó sus pensamientos, incluso ahora. Después de haber dicho las palabras él mismo. *Estás arrestada, Pesadilla.* Incluso después de haber ordenado toda la evidencia que había estado almacenando en su mente, de alguna manera, parecía ser tan obvio una vez que ubicaron la última pieza del rompecabezas y sin embargo…

No tan obvio.

Tenía que ser Nova. Por supuesto. ¿Quién más tenía semejante conocimiento interno sobre el Agente N, el Talismán de la Vitalidad, el casco y la seguridad del cuartel general? ¿Quién más era tan observadora, inteligente y determinada?

Nova adoraba a Max. Pesadilla había intentado salvarlo.

Pesadilla aborrecía al Centinela. Nova había hecho poco para disimular sus sentimientos similares hacia el vigilante.

Nova estuvo en la casa de Adrian la noche en que el Talismán de la Vitalidad desapareció y… cielos, *él se había quedado dormido*. La estaba besando y luego se había quedado dormido. Era un idiota fantástico por no hacer la conexión antes.

Hasta sus superpoderes estaban relacionados. Nova nunca dormía. Pesadilla podía hacer dormir a los demás. Existía un balance armonioso que no era poco común en el mundo de los prodigios.

Eran tan obvio.

Y aun así.

Aun así.

La negación seguía allí, gritaba dentro de su cráneo. Su puño encerraba con tanta fuerza el brazalete que le había quitado que la filigrana estaba dejando pequeñas marcas en su palma.

Nova no. No podía ser Nova. La chica que había irrumpido en el área de cuarentena para ayudar a Max cuando se lastimó. La chica que había estudiado el arte de Adrian con tanta fascinación. La chica que se había quedado dormida en sus brazos.

La chica que lo había besado y él sabía *–sabía–* que ese beso no había significado nada. No podía haber sido simplemente una mentira, una manipulación. No, él lo había sentido. Había estado tan seguro de que ella sentía lo mismo por él que él por ella.

Pero luego… lo había hecho dormirse.

Había sido ella. Su poder. Su toque.

Gruñó, frotando una mano sobre su cabello mientras caminaba de un lado a otro en frente de los restos chamuscados de la casa.

Nova… no, *Pesadilla*. Tenía que empezar a pensar en ella como Pesadilla. Ni siquiera sería retenida temporalmente en el cuartel general o en la prisión de mediana seguridad que estaba a unos kilómetros afuera de la ciudad, como hacían con algunos criminales cuando se decidía que era el mejor lugar para ellos. No. Había sido llevada en un vehículo blindado directamente hacia el muelle, donde un barco estaría esperando para llevarla a la Penitenciaría Cragmoor.

Ya había demasiada evidencia acumuladas en su contra, a pesar de que, hasta ahora, solo tenían testimonios de oídas y elementos circunstanciales. La acusación de Danna y muchas coincidencias. Demasiadas coincidencias.

Lo único que necesitaban ahora era un rastro de evidencia. Una prueba real. El casco de Ace Anarquía entre los escombros de su casa. O el Talismán de la Vitalidad o la máscara de Pesadilla, su uniforme o cualquiera de las armas que había utilizado durante los últimos años. O algo que la conectara con los demás Anarquistas. Prueba de que estaba involucrada con Cianuro o la Abeja Reina, el Titiritero o Phobia, o incluso con el propio Ace Anarquía.

Se dio cuenta que deseaba que Danna estuviera allí. Ella tenía inteligencia sobre los Anarquistas con la que el resto del equipo solo podía especular y su perspectiva podría ser invaluable. Pero Ruby había insistido en que Danna fuera al cuartel general para que la revisaran los sanadores mientras el resto del equipo buscaba a Pesadilla. Había sido la decisión correcta –Danna había estado a punto de volver a colapsar cuando les dijo la verdad de la identidad de Nova–, pero eso no cambiaba el hecho de que Adrian quería a todo su equipo trabajando en este momento.

Necesitaba estar rodeado de personas en las que sabía que podía confiar.

Cuando las últimas llamas finalmente se extinguieron. Tsunami junto a Torrente y a otro elemental de fuego que era inmune a las quemaduras, se abrieron paso hacia los restos esqueléticos del edificio. Les pidieron que esperaran afuera hasta que se declarara que era seguro entrar.

Molesto, Adrian volvió a caminar de un lado a otro en la acera, haciendo su mejor intento para ignorar las miradas compasivas de sus amigos.

No necesitaba poner un pie en las ruinas de la casa para saber que esta no había sido una explosión normal o un incendio común. Había visto los efectos que el fuego había causado en la Biblioteca de Cloven Cross, pero esto era completamente distinto. Había intenso olor a humo mezclado con el aroma punzante de compuestos químicos. Las marcas en los ladrillos de las paredes de los vecinos brillaban con una capa nacarada y la destrucción era mucho más amplia de lo que Adrian hubiera esperado. No solo los materiales inflamables perecieron ante las llamas. Las cortinas, los suelos de madera, los muebles tapizados y las paredes interiores con marcos de madera.

La mezcla de sustancias que estuvo involucrada con esta explosión había causado una ola de calor tan extrema que incluso parte del frente de piedra se había derretido con la explosión. Las ventanas estallaron, pero parte del vidrio roto se había fundido en charcos plateados en el pavimento, que comenzaban a solidificarse a medida que se enfriaban.

Puede que Adrian no tuviera permitido entrar, pero por lo que podía ver, no quedaba mucho. El techo ya no estaba –supuso que se había desintegrado–, aunque había evidencia de algunos restos de tejas y ladrillos de la chimenea dispersos por la calle. No quedaba nada de las paredes interiores, solo una nube espesa de polvo y uno que otro fragmento de yeso. Donde había estado el suelo, ahora había un cráter vacío desde donde se asomaban los cimientos de la casa.

Si en la casa había alguna evidencia que probara la identidad de Pesadilla o su conexión con los Anarquistas, Adrian no era muy optimista. No creía que siguiera allí.

Pensó que su única esperanza sería encontrar el casco. Estaba seguro de que podría sobrevivir incluso este trauma. Si lo encontraban en la casa de Nova, tendrían toda la prueba que necesitaban.

Sería el fin de Pesadilla, la villana que los había atormentado todos estos meses.

¿Y si el casco no estaba allí?

Bueno, todavía había suficiente evidencia en su contra. Hasta esta explosión parecía probar su culpabilidad. Pesadilla debe haber sabido que su identidad estaba comprometida y entonces ella o alguno de sus aliados había preparado esta explosión para evitar que los Renegados incautaran sus pertenencias.

Tenía sentido.

Pero Adrian no podía alejar sus pensamientos del momento en que Nova bajó corriendo por las escaleras y lo empujó por la puerta. El pánico en su expresión había sido palpable. El terror que sentía mientras lo arrastraba lejos de la casa era innegable.

Podría haber estado pensando en salvar su propia vida, pero… Adrian no creía que fuera el caso. También intentaba salvarlo a él.

No podía lograr convencerse de que era todo un acto.

¿Y si Nova –no, *Pesadilla*– se preocupaba por él? ¿Si realmente se preocupaba?

No importaría.

Porque ella era una villana y una Anarquista. Era su enemigo. Le había mentido todo el tiempo.

Contuvo la bilis que quemó repentinamente su garganta.

Odiaba a Pesadilla. La despreciaba con todo su ser.

Se repitió esos pensamientos una y otra vez, esperando que desapareciera la molesta punzada en sus entrañas si solo seguía recordándose la verdad.

La odio. La odio. La odio.

–¿Sketch?

Alzó la cabeza. Tsunami estaba parada en el marco oscurecido de la puerta principal de la casa, sus guantes blancos estaban manchados con una ceniza plateada.

–Hemos decidido que es seguro que los forenses y el equipo de limpieza comiencen a inspeccionar la casa. También eres bienvenido a mirar adentro. Pero... estoy segura de que has notado que no hay mucho para ver.

Exhalando le hizo un gesto con la cabeza a Ruby y Oscar. Tsunami desapareció en el interior de la casa, pero Adrian no llegó a dar dos pasos cuando sintió una mano sobre su brazo.

–¿Sabes? No tienes que entrar –dijo Ruby.

–Escuchaste a Tsunami –su mandíbula se tensó–. Es seguro –había un claro dejo de resentimiento en su voz, pero no le importó. *Estaba* resentido. Y enojado. Y dolido.

–No me refiero a eso –Ruby inclinó su cabeza, su rostro estaba empapado de compasión–. Deja que se ocupe el equipo de limpieza. No tienes que hacerlo tú.

–De hecho, sí tengo que hacerlo yo –reprochó–. La conocía mejor que nadie. Debería haber descubierto la verdad.

–Nos engañó a todos, Adrian, no solo a ti. Era mi amiga. Vino a ver a mis hermanos competir en esa estúpida Olimpiada de Acompañantes. Bailó con Oscar en la gala. Ella...

–Me besó –la interrumpió–. Me hizo creer que... –su voz perdió intensidad, justo antes de confesar las brutales palabras que habían estado aferrándose a él desde el momento en que descubrió la verdad. *Podría estar enamorado de ella.*

Pero no era cierto. No era real. Nunca había sido real. Ruby se tensó.

–Adrian...

–Además –continuó–, no nos engañó a todos. Danna la descubrió hace semanas.

–Lo que sigue siendo mucho tiempo después de que se uniera a nuestro equipo. ¿Recuerdas que Danna le llevó un paquete con cosas que podría necesitar cuando estuvo en el ala médica? ¿Y no cenó en tu casa, con tus papás? Honestamente, si pudo engañar al Consejo, entonces...

–Debería haberlo sabido –Adrian liberó su brazo de un tirón–. Es tan obvio, ¿no?

Cerró los ojos con fuerza mientras sus recuerdos lo invadían. La biblioteca. El carnaval. Su propio sótano. Tuvo un escalofrío cuando pensó en esa noche y, por primera vez, no fue un buen escalofrío.

–Debería haberme dado cuenta antes y todos lo sabrán –dolía demasiado ver la lástima de Ruby, así que se volteó hacia Oscar. Tristemente, su expresión no era mucho mejor–. Ahora no importa. Finalmente sabemos quién es Pesadilla. Fue capturada al igual que Ace Anarquía. El bien contra el mal. Los Renegados vuelven a ganar –gesticuló hacia la casa–. Ahora entremos y veamos qué más podemos aprender de nuestros enemigos.

En el momento en que Adrian atravesó la entrada de la casa, supo que no descubrirían mucho. La casa no era más que un esqueleto de paredes de piedra y hasta esas superficies parecían marchitas, como si se hubieran acercado demasiado al sol. Tsunami y los otros estaban en el sótano, de pie sobre ceniza y tierra ennegrecida entre los cimientos. Podía ver por su consternación que solo cumplían con el procedimiento. En realidad, nadie esperaba encontrar algo útil en esta investigación.

Adrian se adentró unos pasos, avanzó con cuidado por el costado de una pared. Se sorprendió al ver un pasillo y un baño a su izquierda, todavía podía ver los restos del papel tapiz sobre el yeso y una barra para toallas colgando de un tornillo, hasta que se dio cuenta de que estaba viendo la casa abandonada del vecino. La pared que una vez las había separado había desaparecido.

Avanzó unos pasos más, aunque no estaba seguro de por qué se molestaba. En algún punto, se dio cuenta de que Ruby y Oscar no lo seguían. Seguían en la entrada, asomándose al espacio hueco que había sido el hogar de Nova. No había nada allí.

Detectó movimiento por el rabillo de su ojo, se volteó y miró al espejo ovalado que colgaba sobre el lavabo de un salón lejano.

El lavabo de cerámica tenía una gran grieta y medio espejo parecía haberse deformado por la explosión química. Su superficie ahora estaba distorsionada y ondulada. El movimiento había sido el propio reflejo de Adrian.

O eso es lo que pensó al principio, hasta que otro rostro apareció en el reflejo. Una chica, pálida, hechizante y casi familiar…

Se sacudió sorprendido, pero, antes de que pudiera gritar, el fantasma había desaparecido. Sus propios ojos lo miraban, muy abiertos y sin pestañear. Frotó sus palmas sobre sus ojos intentando aclarar su visión.

Genial. No solo tenía que soportar un corazón roto y una traición debilitante, ¿ahora tenía alucinaciones de Pesadilla?

Pesadilla. Se dio cuenta cuán apropiado era su alias.

Apretando los dientes, volvió a la entrada.

–Esto no tiene sentido –mascullό mientras pasaba al lado de Ruby y Oscar–. Volvamos al cuartel general y veamos cómo está Danna.

Casi se estrella con una figura en la calle. Retrocedió sorprendido.

–Oh, lo lamento, Urraca –dijo asimilando la máscara para polvo de la chica y su cejo fruncido permanente–. Estaba distraído –hizo un gesto de indiferencia hacia la casa–. Debería ser un trabajo sencillo. No hay mucho que revisar.

Con los hombros encorvados comenzó a bordearla.

–Debes sentirte como un tonto.

Adrian se congeló. Lo invadió una mezcla de enojo y vergüenza por el tono arrogante de Urraca. Quería tener una respuesta rápida, pero la verdad inevitable apagó ese deseo rápidamente.

–Sep –murmuró–. Entre otras cosas.

Urraca se apoyó sobre la baranda de la escalera. En la calle de enfrente, otros dos miembros del equipo de limpieza bajaban de un vehículo de los Renegados con montañas de elementos.

–Nunca me cayó bien –dijo Urraca.

Adrian apretó los dientes, recordando la manera en que se le ponían los pelos de punta a Nova cada vez que Urraca estaba cerca.

–Estoy seguro de que el sentimiento era mutuo.

–*Sí* me gustaba ese brazalete –Urraca se quitó la máscara de polvo y su mirada se fijó en el puño cerrado con fuerza de Adrian. Él retrocedió instintivamente–. ¿Qué piensas hacer con él?

Miró hacia abajo y con cierto desgano, extendió sus dedos. El brazalete de Nova brilló hacia ellos. El delicado metal cobrizo que había rodeado su muñeca desde el día que la conoció y, probablemente, desde mucho antes. El broche que una vez había arreglado él mismo, antes de que tuviera alguna idea sobre quién era ella, de qué era.

Lo que significaría para él.

Y allí estaba la estrella. Brillaba levemente, emitía su luz dorada sobre el polvo suspendido en el aire que lo rodeaba. Era cálida al tacto y desde que la quitó de la muñeca de Nova, podría jurar que vibraba, casi como si estuviera viva.

Quería saber por qué Nova la había tomado de la estatua en su sótano. Quería saber qué era, qué podía hacer y cómo era posible que existiera en primer lugar. No estaba en su mural, pero *sí* estuvo en el sueño de Nova, el que había intentado recrear con su mejor esfuerzo.

Todo hacía que le girara la cabeza.

Pero además de eso, una parte profunda de él quería deshacerse de esa cosa y no volver a verla nunca más. Incluso sostenerla ahora, recordar esa noche en su jungla hecha a mano y a Nova respirando suavemente mientras se quedaba dormida en sus brazos hizo que se le helara la sangre.

Ella era Pesadilla. Siempre había sido Pesadilla.

–No lo sé –respondió finalmente y volvió a cerrar su puño sobre el brazalete, bloqueando la luz de la estrella–. Supongo que se lo entregaré al departamento de artefactos.

–Puedes dármelo a mí –ofreció Urraca en un tono quizás demasiado apresurado, un poco insistente.

Adrian se tensó.

Al darse cuenta de que se había acercado demasiado, Urraca dio un paso hacia atrás precipitadamente.

–Quiero decir, para que lo lleve al cuartel general. Lo entregaré con el resto… ya sabes, con lo que sea que encontremos aquí hoy. Lo catalogaré y… lo que sea. Puedo ocuparme de eso por ti.

Los dedos de Adrian se tensaron. Un instinto sutil le advertía que no dejara ir el brazalete. Que tenía un significado que todavía no había descubierto.

También, algo en la expresión de Urraca, un dejo de desesperación, lo ponía nervioso. Un susurro de intuición le decía que estaba mintiendo. ¿Realmente lo entregaría en el cuartel general?

La esperanza de Urraca se ensombreció, frunció el ceño y extendió su mano con la palma hacia arriba.

–Por favor, Sketch. Es mi trabajo, no el tuyo.

Adrian la miró desde arriba y encontró su pequeño argumento sorprendentemente persuasivo. Era parte del equipo de limpieza. Era una Renegada.

Y detestaba la idea de cargar esta estrella por un minuto más.

–Dudo que encuentres algo más para entregar –dijo–. Pero supongo que no importa –ignorando su reticencia, dejó caer el brazalete en su palma. Su mano lo atrapó inmediatamente, como si estuviera asustada de que se arrepintiera.

»No lo pierdas. Ese brazalete significa algo para No… Pesadilla. Podría ser importante para nuestra investigación.

–¿Crees que soy nueva en esto? –la cara seria de Urraca no se relajó.

Guardó el brazalete en un bolsillo de su uniforme y avanzó hacia la casa desolada sin decir otra palabra.

El nudo en el estómago de Adrian se alivió apenas un poco al liberarse de esa cosa. Cuanto antes pudiera olvidar cada momento feliz que había compartido con Nova McLain, mejor.

Capítulo 13

Las olas de la bahía Harrow Bay se estrellaban contra el pequeño barco y enviaban rocíos de agua hacia el interior del bote. Dentro de la cabina con bancos de plástico atornillados al suelo, Nova observaba el goteo de la condensación en el vidrio. Intentaba ignorar a los dos guardias que estaban parados en cada punta de la cabina y que no quitaron sus ojos de ella ni una sola vez. Además de ellos, estaba sola, era la única prisionera en este viaje en ferry particular, con destino a la Penitenciaría Cragmoor. Vio el edificio erigirse entre la pesada niebla y las olas turbulentas como una fortaleza medieval, rodeada de acantilados dentados y de un mar implacable. Nova tembló al verla, pero podría haber sido por el aire glacial dentro del barco.

Cuando llegaron al viejo muelle, liberaron la cadena que conectaba sus esposas con el gancho de hierro en el suelo. Los guardias la sujetaron por los codos, con cuidado de no tocar su piel mientras la escoltaban fuera del barco. Uno de ellos asintió amistosamente como despedida al capitán del barco, quien tocó el ala de su sombrero como respuesta. Nova casi rio por cuán normal pareció esa interacción aquí, en esta isla brutal, donde nada podía ser normal.

Dos guardias más y el director de la penitenciaría estaban esperando al final del muelle. La metieron en un vehículo motorizado y una vez más, encadenaron sus manos, esta vez a un gancho en el techo del vehículo. Nadie habló mucho. El director conversó de cosas triviales con el guardia que conducía, pero hablaban demasiado bajo como para que Nova pudiera comprender algo por encima del rugido del motor. Celebró que la dejaran sola, inspeccionaba los muros de la prisión mientras el coche bordeaba las curvas angostas a la par del acantilado.

A medida que el terreno se nivelaba, vio las torres de guardias controladas por Renegados en uniformes grises familiares. Dos tenían armas, los demás no tenían armas visibles, pero sabía que eso solo significaba que sus superpoderes eran tan peligrosos que las armas eran innecesarias.

El muro que rodeaba la prisión era de piedra gruesa y estaba coronado con alambre de púas. No era ninguna sorpresa. Tampoco lo fue el portón que se abrió para dejar pasar al vehículo. El edificio principal de la prisión era una estructura rectangular en el centro del complejo, construido solo con una visión utilitaria en mente. Sin ventanas. Por lo que Nova podía ver, y por lo que sabía de los planos, solo había una puerta. Sabía qué esperar, pero, de alguna manera, la sorprendió de todas formas: la lúgubre desesperación del lugar.

No fue llevada directamente a las celdas sino a un edificio más pequeño que sí tenía ventanas, aunque eran muy angostas y estaban cubiertas de años de lodo impulsado por el viento incansable de la isla. Un hombre en un escritorio habló brevemente con el director antes de completar un registro. Volteó la página hacia Nova y le pidió que firmara en la caja.

Sintiéndose entumecida hasta los huesos, Nova miró las palabras en la página mientras uno de los guardias liberaba su mano derecha para que pudiera sostener el bolígrafo. La fecha y la hora estaban borroneadas, pero el nombre fue un profundo alivio: Nova McLain. Al verlo se sobresaltó y supo que todavía no habían descubierto su nombre real. Lo seguía un número de prisionero, 792, y su alias. *Pesadilla.*

Su mano temblaba cuando tomó el bolígrafo, que estaba atado al escritorio en caso de que alguien intentara apuñalar al empleado con ella.

Antes de que pudieran detenerla, tachó el *Pesadilla* y garabateó *Insomnia.*

–¡Ey! –dijo el hombre detrás del escritorio mientras intentaba alejar el libro de ella incluso mientras Nova firmaba su nombre en la caja en blanco apresuradamente. Él y el director intercambiaron miradas desaprobatorias.

–Está bien –dijo el director–. Solo terminemos con esto. ¿Ya le asignaron una celda?

–Tengo algunas opciones –respondió el empleado administrativo, todavía lucía molesto por el pequeño acto de rebeldía de Nova–. ¿Estará en solitario como el último?

–Por favor –resopló el director con desdén–. Hace que la gente *duerma.* Debe ser la habilidad menos amenazante que tenemos en esta isla.

–Entonces será la celda B-26 –gruñó el hombre detrás del mostrador.

Una vez que la registraron, llevaron a Nova a una pequeña habitación de concreto y le entregaron un mono a rayas. Le quitaron completamente las esposas y Nova frotó sus muñecas, no solo por el dolor que le causaron las medidas de seguridad, sino también para confirmar que el vacío que sentía era real. Su brazalete ya no estaba. Adrian realmente se lo había quitado, la única conexión que tenía con su padre.

Un guardia femenino la vigiló mientras se cambiaba y le instruyó que colocara sus pertenencias en un cesto que apareció en una pequeña apertura en la puerta. No importaba. Podían quemar sus prendas y las botas de Renegada. Lo único que le importaba, ya se lo habían quitado.

Bueno, lo único además de su libertad. Su familia. Su futuro.

Apretó los dientes, castigándose a ella misma por pensar en ello. Ni siquiera había estado allí un día. Ni siquiera había visto su celda. Era demasiado pronto para rendirse.

Se estaba poniendo el mono cuando sintió un pinchazo en la espalda, justo entre la columna y el omóplato izquierdo. Gritó y se volteó. La guardia estaba sosteniendo un dispositivo que se parecía a la pistola de ondas de choque casera de Nova.

–¿Qué fue eso? –gritó Nova mientras se estiraba hacia el punto ardiente en su espalda. Sintió algo duro incrustado en su piel.

–Un rastreador –respondió la guardia con voz aburrida, apoyando su arma en un costado–. Los prisioneros solían intentar escaparse. Ahora, casi les pedimos que lo hagan. No llegarán lejos con estos y puede que las cosas se pongan un poco interesantes por un día o dos.

Nova metió sus brazos en las mangas y cerró sus botones.

–Podrías haberme advertido.

–¿Ah? ¿Y te hubieras quedado quieta y dicho "gracias, señora" cuando terminara? Serías la primera.

Volvieron a esposarla, los mismos guardias la rodearon y guiaron a Nova finalmente a través de un campo enlodado hacia las celdas. Desde que capturaron a Ace, Nova pasó mucho tiempo intentando imaginar cómo sería el interior de la Penitenciaría Cragmoor y ahora intentó reírse de eso, después de todo, estaba recibiendo un tour VIP. Sabía que la estructura exterior del edificio original estaba relativamente intacta, pero el interior había sido demolido y reconfigurado un par de veces hasta que comenzaron a albergar prodigios. Sabía que la prisión era remodelada y alterada constantemente para contener a nuevos superpoderes y a las múltiples complicaciones que les causaban a sus captores.

Pero nada de lo que había leído le proporcionó mucha información sobre cómo era el interior de la prisión. Se había imaginado niveles de celdas a lo ancho del edificio, unidos por pasillos angostos y barandas altas.

La realidad no era nada como eso.

Al entrar al edificio fue recibida por un amplio espacio abierto que se extendía de una pared a la otra. Luego, su mirada viajó hacia arriba, hacia donde el techo estaba reforzado con vigas de acero casi cinco pisos sobre su cabeza. Las celdas, cada una en una caja solitaria, estaban suspendidas desde las vigas con cables gruesos.

De hecho, *había* un pasillo angosto, pero en vez de conectar las celdas, formaba un perímetro en la pared que los rodeaba, donde los guardias podían circular y vigilar a los reclusos.

Si había prisioneros dentro de las celdas suspendidas, no podía verlos desde abajo. El lugar estaba inundado por un silencio de muerte, el silencio se completaba con el aullido del viento contra las paredes exteriores y luego con sus propios pasos.

Los números de las celdas estaban marcados con aerosol en las paredes de piedra, se detuvieron delante de la B-26. Su guardia asintió con la cabeza hacia una habitación en el segundo nivel rodeada de vidrio teñido de negro. Un segundo después, el sonido de engranajes rechinando hizo eco a su alrededor y una de las celdas comenzó a descender. Nova observó su lento descenso, parte de ella deseaba que cayera, la aplastara y terminara esta experiencia horrible antes de que siquiera empezara. Una vez más, se maldijo a sí misma por sentirse tan desesperada. Era una Anarquista. Era la sobrina de Ace Anarquía. Nunca se desesperaba.

Pero era difícil convencerse de eso ahora. Cuando la celda golpeó el suelo con un sonido metálico, se encontró escaneando un ambiente que era un tercio del tamaño de su habitación en Wallowridge, y hasta eso se había sentido pequeño.

Uno de los guardias le dio un codazo en la espalda. Sus labios se tensaron y pensó en preguntar si pensaban permitirle quedarse con sus lindas esposas nuevas. Pero su boca estaba seca y su espíritu no la acompañaba.

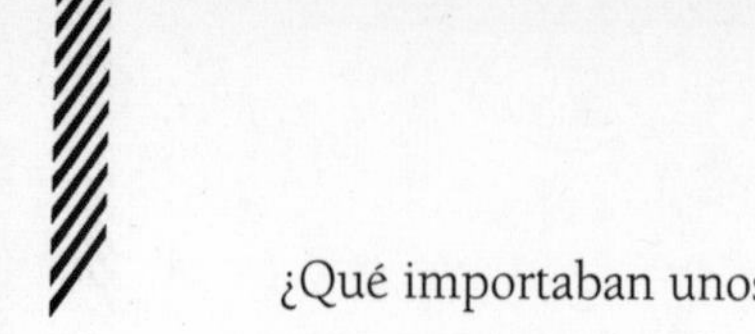

¿Qué importaban unos kilos de cadenas a esta altura?

Las cadenas sonaron estridentemente cuando ingresó en la celda. Oscura. Fría. Carente de comodidades. Se sentía un poco como regresar a los túneles subterráneos, pero, esta vez no habría escapatoria de la penumbra interminable.

Sus pies cruzaron la apertura y unas barras se cerraron detrás de ellas con un golpe seco reverberante. Se volteó y analizó las rejas metálicas horizontales, probablemente eran de hierro. Luego, una segunda serie de barras verticales, cayeron sobre las primeras. Nova tragó saliva. Fibra de carbón, adivinó. De seguro era una precaución extra para los reclusos que pudieran manipular metal. Luego, escuchó un zumbido y vio el destello de una luz roja en los bordes de su celda. Alzó las cejas. *¿También láseres?*

Por todos los diablos.

Repentinamente, a Nova le pareció graciosísimo haber soñado con irrumpir en este lugar. No solo había soñado con rescatar a Ace de aquí, de hecho, había creído que tendría éxito. No sabía *cómo*, pero fallar nunca había sido una opción.

Ahora se daba cuenta cuán inútil habían sido todas sus maquinaciones.

Nunca podrían rescatar a Ace. De la misma manera en que nadie la recataría.

A penas la celda estuvo asegurada, un mecanismo interno en sus cadenas se activó y las esposas cayeron de sus muñecas, aterrizaron en una pila en el suelo.

El ruido de engranajes retumbó a su alrededor y la celda comenzó a elevarse. Los guardias se alejaron y lo único que pudo ver a través de las barras era la pared exterior del bloque de celdas. Piedra gruesa y mortero.

Aunque sabía que había otras celdas suspendidas en el aire, a tan solo unos pocos metros de ella, no cambiaba nada que estuvieran allí, que estuvieran deshabitadas u ocupadas.

Estaba sola.

Solamente se había sentido sola *de verdad* una vez en su vida: en los momentos posteriores a las muertes de sus padres y de Evie. Después de que hizo que se durmiera su asesino y se paró sobre su cuerpo inconsciente sujetando el arma todavía caliente, ordenándose a ella misma matarlo. Mátalo. *Mátalo*. En ese momento, estaba sola y lo sabía. Sin familia. Nadie que cuidara de ella. Nadie que la ayudara a ser valiente. Nadie que la ayudara a atravesar esto.

Hasta que llegó Ace y Nova recordó que no, no estaba sola. Todavía tenía familia. Todavía tenía al tío Ace y era todo lo que tenía. Se había aferrado a ese pequeño consuelo con la misma intensidad con que temblaban sus pequeños puños.

Ahora, Nova evaluaba su celda. Paredes grises, hechas de un material que no podía descifrar, pero algo le dijo que podía ser cromo. En una esquina, había un colchón del grosor de un lápiz, un lavamanos contra la pared y un retrete con un pequeño depósito en la esquina. Era tan pequeño que sus pies estarían sobre el colchón cuando usara el retrete.

Sin saber qué más hacer, Nova se sentó en el colchón e intentó pensar en todas las decisiones que la llevaron hasta este momento. Todos los errores. Todas las fallas.

Había intentado asesinar al Capitán Chromium. Era una Anarquista y una villana. Hace no tanto tiempo, hubiera asumido que el castigo sería cadena perpetua, pero todavía recordaba lo que el Capitán había dicho la mañana después de su ataque al cuartel general.

Pronto, los Renegados le revelarían al público el Agente N y parte de la gran presentación incluiría la "neutralización pública de todos los prodigios que han sido condenados hasta este momento de comportamiento delictivo". Seguramente, a esta altura, ella también estaría incluida.

Sabía que los Renegados habían estado probando el Agente N en reclusos de Cragmoor, a su discreción. Ningún juez o jurado había aprobado la eliminación permanente de sus poderes. Los Renegados no necesitaban de esas prácticas anticuadas. hacían lo que más les convenía. De todos modos, ¿a quién le importaba lo que les sucediera a unos cuantos criminales? ¿A quién le importaba si los trataban como a ratas de laboratorio descartables?

Sus emociones eran una confusión de enojo y resentimiento que nublaban lo que podría ser dolor.

Nova se percató, en medio de sus ideas de auto compasión, de que sus dedos derechos estaban envueltos alrededor de su muñeca izquierda con tanta fuerza que las puntas de sus dedos comenzaban a cosquillear por la falta de circulación. Tragó saliva, bajó su cabeza y liberó su muñeca. Su piel tenía un aro blanco en donde había estado su mano, era más gruesa que la fina línea de bronceado que yacía dónde su brazalete había descansado durante casi toda su vida.

Estar sin su brazalete se sentía como si alguien le hubiera amputado una extremidad. Al igual que la estrella, aunque la había tenido por menos tiempo. De todos modos, la estrella se sentía como algo que *ella* había hecho. Algo que soñó y convirtió en realidad. Con la ayuda de Adrian, quizás, pero eso no cambiaba el intenso sentimiento de propiedad que sentía sobre ella. La manera en que se había acomodado en el engarce vacío del brazalete parecía confirmar que era suyo. Encajaba a la perfección.

No se había dado cuenta de cuánto confort le había dado la luz vibrante estas últimas semanas en tanto el resto de su vida se hundía cada vez más y más en la confusión.

Ahora ya no estaban. El brazalete. La estrella. Odiaba pensar que estuvieran en manos de los Renegados, siendo examinados e inspeccionados. Probablemente, terminarían con Callum en algún momento. Escribiría una descripción en la base de datos. Snapshot y él discutirían sobre cómo debería ser clasificado: ¿joya, artefacto histórico, misteriosa materia extraterrestre?

¿Sabrían que la estrella había sido cómplice en la destrucción de la caja de cromo que una vez protegió el casco de Ace Anarquía? Se estremeció al recordar el momento en que, en una explosión de furia, la estrella había emitido una ola de luz que la enceguecíó y transformó la lanza en lo que parecía ser un fragmento de pura energía.

Lo siguiente que supo fue que la caja indestructible yacía en pedazos a sus pies y el casco estaba libre.

Era un misterio que solo había podido contemplar en los momentos más tranquilos de las últimas semanas, habían sido pocos y distantes entre sí. Ahora, atrapada dentro de su propia caja indestructible, encontró consuelo en tener un misterio para contemplar en lugar de sus propios crímenes y traiciones.

Un sueño. Una estrella. Un mural traído a la vida. Hilos de energía dorada en el aire. El casco. Su padre. La lanza de cromo. Docenas de artefactos con un brillo levemente cobrizo.

Todo parecía estar conectado, pero ¿cómo? ¿Qué significaba?

Fantasmas de su familia flotaban en sus pensamientos. Las líneas de expresión alrededor de los ojos de su padre. Las manos gentiles de su madre. Las mejillas con hoyuelos de Evie. Y, por primera vez, pensar en ellos no la hizo querer arremeter contra las calles de Gatlon City y destrozar al primer superhéroe que se cruzara.

Por una vez, pensar en ellos solo la entristeció.

Les había fallado a todos.

Gruñendo, enterró su cabeza entre sus brazos. Esa palabra rebotó dentro de su cráneo.

Fracaso. Fracaso. Fracaso.

Le había fallado a su familia. A Ace. A los otros Anarquistas.

Incluso… a Adrian.

Siempre en la superficie de sus pensamientos, Adrian.

Esta vez, por primera vez en mucho tiempo, ni siquiera podía invocar el recuerdo de su amplia sonrisa. O la sensación de sus besos. O la manera en que su mano sostenía el rotulador cuando dibujaba. O cómo había tocado su muñeca cuando se encontraron en el desfile. O… Todo eso ya no estaba, quedó enterrado en una avalancha de angustia.

Ahora cuando pensaba en Adrian, solo recordaba la manera en que la había mirado con la traición, el disgusto y el odio que había temido por todos estos meses.

No se había percatado hasta ese preciso instante, pero ahora era demasiado claro: estaba viviendo su peor pesadilla.

Capítulo 14

–Nada –Adrian murmuró a sí mismo escaneando el informe digital–. No encontraron nada en los restos de Wallowridge 9416 que pueda confirmar de manera conclusiva que la casa fue visitada u ocupada por algún villano conocido con o sin afiliaciones Anarquistas incluyendo a Pesadilla –alzó la vista hacia sus compañeros–. Luego enumera todo lo que encontraron, que son mayormente ítems al azar que pudieron haber sido enterrados con los cimientos hace décadas. Un par de botellas de vidrio, horquillas para el cabello, cables. Etcétera, etcétera.

–No significa nada –dijo Oscar–. La casa estaba hecha cenizas. Por supuesto que no encontraron nada, no había nada que encontrar.

Adrian asintió, pero no podía superar su decepción. Le creía a Danna. En serio. No podía negar que, de cierta manera retorcida, tenía sentido que Nova fuera Pesadilla, por más que odiara admitirlo. Simplemente, existían demasiadas coincidencias. De todos modos, evidencia sólida hubiera sido de gran ayuda para apaciguar sus dudas. ¿Y si estaban equivocados? ¿Y si Danna se había confundido?

Pero eso solo era un deseo. Un deseo ardiente de no ser el Renegado seducido por uno de sus peores enemigos. Una necesidad desesperante de que Nova no fuera la mentirosa, la espía y la villana que ahora era de repente.

–¿Saben qué causó la explosión? –preguntó Ruby, asomándose sobre el brazo de Adrian para ver la pantalla. Estaban en la sala de entrenamiento en los niveles inferiores del cuartel general esperando para tener otra sesión obligatoria del Agente N. Pero, juzgando por las miradas de los otros equipos reunidos alrededor de las colchonetas y las líneas de tiro, nadie estaba hablando del Agente N.

Adrian hizo su mejor esfuerzo por ignorar a sus compañeros superhéroes, algunos con expresiones llena de lástima, otros con arrogancia y desprecio. Como si *ellos* fueran inmunes a ser engañados como él, ignoraban el hecho de que Nova McLain los había engañado a todos.

–Encontraron un número de compuestos químicos que casi seguro fueron los responsables, pero todavía siguen investigando qué son o cómo entraron en combustión –Adrian escaneó el documento.

–Nova definitivamente es capaz de fabricar una bomba –dijo Oscar.

–Sí, lo sé –replicó Adrian con las cejas enmarañadas. No estaba seguro de si se habían desenmarañado desde el momento en que Nova fue arrestada–. Y los químicos inusuales son obra característica de Cianuro. Podrían haber planeado esto por un largo tiempo.

–Solo esperaban que nos diéramos cuenta de que es una villana –añadió Ruby suspirando.

Adrian no respondió. Era como si no dejara de olvidarse voluntariamente de la verdad.

Es una villana.

–¡Danna! –Ruby jadeó y lo sorprendió.

Oscar y él se voltearon y vieron a Danna descender por una de las escaleras angostas. Los saludó con la mano. Aunque tenía círculos oscuros

debajo de sus ojos, lucía infinitamente mejor que cuando retomó su forma humana. El color había regresado a sus mejillas y sus rastas estaban peinadas en un rodete relajado en la base de su nuca. Lucía como la vieja Danna: feroz, segura y lista para trabajar.

–¿Cómo te sientes? –le preguntó Ruby cuando llegó a ellos.

Danna estiro sus manos con felicidad sobre su cabeza.

–Genial –respondió sin un rastro de sarcasmo–. No tienen idea lo bien se siente volver a tener diez dedos.

–¿Entonces sufriste heridas graves? –preguntó Adrian.

–Nop. Mayormente, estaba deshidratada. Haber estado en modo enjambre por tanto tiempo hizo que mis síntomas fueran erráticos, pero nada que una buena noche de descanso no pudiera solucionar.

–Escuché a Thunderbird decir que tal vez te darían algo de licencia –dijo Ruby–. No quieren forzarte a regresar a trabajar antes de que estés lista.

–Sí –resopló Danna–. Me arrinconó esta mañana para hablarme al respecto. Algo sobre prácticas laborales injustas y violaciones de los derechos humanos... no sé, creo que todos están un poco alterados por las quejas de Genissa Clark. Pero no hay forma de que me quede al margen ahora que estamos tan cerca de encontrar al resto de los Anarquistas. Quiero ser parte de esto.

–Pero ¿y si tienes que volver a transformarte? –indagó Ruby.

–¿Qué pasa?

–¿Estás... estás lista para eso? Tan pronto después...

En un abrir y cerrar de ojos, Danna desapareció, su cuerpo fue reemplazado por cientos de alas agitándose. Dieron una vuelta por el salón de entrenamiento y llamaron la atención de las otras unidades de patrullaje. Después de completar la vuelta, las mariposas formaron un ciclón y Danna reapareció.

–No le tengo miedo a mi súper poder –afirmó con los brazos cruzados.

Ruby la miró sonriente y envolvió el cuello de Danna con sus brazos.

–Bien, porque este equipo no es igual sin ti –pero apenas lo dijo, su sonrisa desapareció y se alejó, solo un poquito, y lanzó una mirada nerviosa en dirección a Adrian.

Él sabía que Ruby estaba pensando en Nova. Aunque no había formado parte del equipo por tanto tiempo como Danna, todavía se sentía que el equipo no era lo mismo sin ella tampoco.

Pero no tenía sentido que pensaran eso. Nunca había sido parte del equipo realmente.

–¿Entonces? –dijo Danna llamando la atención de ellos–. ¿Encontraron algo en la casa?

Adrian sacudió la cabeza y le contó sobre el informe. Los restos del incendio no proveían ninguna evidencia que pudiera conectar definitivamente a Nova con Pesadilla o indicar dónde podrían estar escondidos los demás Anarquistas. Ace Anarquía y Pesadilla estaban detenidos, el Titiritero había sido neutralizado y la Detonadora estaba muerta. Los tres restantes seguían en libertad: Cianuro, la Abeja Reina y Phobia.

Los Renegados tenían vigilantes cerca de la catedral desde el día en que Ace Anarquía había sido capturado, con la esperanza de que sus secuaces regresaran al sitio, y conducían búsquedas rutinarias en los túneles de la ciudad, pero hasta ahora, no había rastro de los villanos faltantes.

–¿Es posible que hayan abandonado la ciudad? –preguntó Oscar–. Digo, después de la captura de Ace, tal vez decidieron que ya había sido suficiente.

–Es demasiado pronto para determinar eso –replicó Adrian–. Y si no se marcharon de esos túneles en todos estos años, dudo que hayan escapado ahora.

–¿A menos que finalmente se hayan quedado sin opciones? –ofreció Ruby–. Quiero decir, la Abeja Reina, Cianuro y Phobia. Ninguno de ellos es exactamente un maestro del camuflaje. Uno creería que, si estuvieran merodeando por la ciudad, alguien, en algún lugar, los hubiera notado.

–Hay muchos edificios abandonados en esta ciudad –dijo Adrian–. Muchos lugares en dónde esconderse.

Danna gruñó y gesticuló hacia el reporte en la pantalla de Adrian.

–Lo que significa que podrían estar en cualquier parte y nada de esto nos dará una pista.

–Sí, pero en este momento, es lo mejor que tenemos –Adrian bajó la voz–. A menos que Ace Anarquía o Pesadilla nos den algo con qué trabajar.

–Atención, patrullas –gritó Blacklight avanzando entre los grupos dispersos en su chaqueta de cuero negra característica y pantalones ajustados. Cargaba una gran caja de plástico–. Acérquense, acérquense. Sé que han sido unas memorables veinticuatro horas, pero tenemos que ocuparnos de cosas importantes antes de que los libere para seguir chismoseando. Como saben, nuestra presentación pública del Agente N será en menos de cuatro semanas. Se llevará a cabo en la arena y la prensa de todo el mundo estará presente. Necesitamos estar completamente preparados para que todas las patrullas estén equipadas con el suero para entonces. Como el ataque reciente en el cuartel general, comprensiblemente ha alterado a algunos de nosotros, implementaremos algunas nuevas precauciones para asegurarnos de que el Agente N no pueda ser utilizado en contra de los nuestros.

–¿Precauciones? –dijo Wrecking Ball con los puños sobre su cadera–. ¿Cómo tal vez destruir a todo lo que queda del Agente N y nunca volver a mencionarlo?

Blacklight la fulminó con la mirada.

–Ja ja. Nada tan drástico como eso. Ahora bien, comprendo sus preocupaciones, todos lo hacemos y todos estuvimos devastados al perder a Congelina y su equipo. Pero esta arma ha sido una inversión importante para nosotros y sigue siendo nuestra mejor esperanza para eliminar a los villanos y prodigios peligrosos de nuestra ciudad. No estábamos preparados para que nuestro enemigo tuviera acceso al Agente N, es verdad, pero no cometeremos el mismo error otra vez.

–Inversión –se mofó otro Renegado, Coyote–. Comienzo a pensar que Genissa tiene razón, eso es lo único por lo que se preocupa el Consejo. De sus inversiones.

Adrian le frunció el ceño a la nuca de Coyote. Aunque había hablado por lo bajo, era claro que pretendía que los demás lo oyeran. El Consejo se preocupaba por ellos, por cada uno de ellos y por los ciudadanos de su ciudad. Pero, al mismo tiempo, se preguntó si el afán del Consejo los cegaba de los riesgos que implicaba avanzar con el Agente N.

Con todos los ataques de la prensa y las dudas crecientes del público sobre la habilidad de los Renegados de mantenerlos a salvo, estaban desesperados por aparentar que seguían en control.

Pero ¿a qué costo? ¿Realmente creían que podrían mantener a sus propios Renegados a salvo del Agente N después de lo que le había sucedido al equipo de Congelina?

Blacklight apoyó la caja sobre una mesa y tomó una máscara de gas voluminosa.

–Nuestros amigos del laboratorio de tecnología han modificado estas máscaras y, después de una serie de pruebas, podemos confirmar que protegerán a un prodigio del Agente N en forma gaseosa, como saben, fue uno de los métodos que Pesadilla utilizó para neutralizar a Congelina y a los demás. A partir de este momento, todas las unidades de patrullaje estarán equipadas con una máscara de gas durante sus rondas.

Comenzó a lanzar las máscaras a la multitud. Los Renegados las atraparon, casi involuntariamente. El disgusto se plasmaba en sus rostros a medida que inspeccionaban las incómodas máscaras.

Blacklight le lanzó una a Adrian y el chico rápidamente comprendió la irritación de sus pares. La banda que debía rodear su cabeza era de goma elástica y el filtro bulboso que debía ir sobre su boca era pesado y odioso.

–¿Esperan que utilicemos esto durante los patrullajes? –inquirió Shot Blast.

–Solo si creen que están en peligro ante un enemigo que podría tener acceso al Agente N.

Ruby alzó la mano.

–¿Cómo se supone que sepamos quién podría tener acceso al Agente N? ¿O a quién Nov... Pesadilla pudo haberle dado esas bombas?

–En este momento –respondió Blacklight–, no tenemos motivos para sospechar que otros villanos además de los socios de Pesadilla, los Anarquistas, tengan el Agente N.

–Está bien, pero ¿qué pasa con los dardos envenenados? –preguntó Zodiac–. Ese es el método que nosotros íbamos a utilizar para neutralizar a nuestros enemigos, entonces, ¿cómo sabemos que los Anarquistas seguirán utilizando el Agente N en forma gaseosa? ¿Cómo se supone que evitemos que nos disparen con esa cosa? Nuestros uniformes no nos protegerán –jaló de su manga elástica para enfatizar su punto.

–Esa es una preocupación –respondió Blacklight y Adrian pudo darse cuenta de que estaba cansado de sus preguntas, a pesar de que eran válidas–. Estamos discutiendo el desarrollo de armaduras de cuerpo completo que reemplazarán a sus uniformes en el futuro.

–¿Armaduras? –ladró Coyote–. ¿Cómo el Centinela?

–No... no exactamente –respondió Blacklight con un filo extra en su voz. Adrian tenía la sensación de que los uniformes que estaban diseñando eran exactamente iguales al que vestía su alter ego.

Oscar le dio un codazo, sonriendo con orgullo y Adrian lo fulminó con la mirada.

–¿Cuánto tiempo pasará hasta que estén listos esos trajes? –preguntó Mondo-Man–. Algo me dice que no será antes de la presentación pública.

–¿Y cómo se supone que utilice mis poderes si estoy atrapado dentro de una armadura? –añadió el Camaleón.

–Recuerdo que la doctora dijo que el Agente N también podía ser ingerido. ¿Y si los villanos comienzan a envenenar nuestra comida?

Una catarata de preguntas comenzó a brotar por toda la habitación. Las mejillas de Blacklight se sonrojaron casi tanto como su barba mientras alzaba las manos intentando detenerlos.

Un rayo atravesó el cielo y se estrelló en una de las luces superiores. Explotó con el impacto y emanó chispas, en el mismo momento el rugido de un trueno sacudió el suelo debajo de ellos. Había sido tan ruidoso que hizo que Adrian retrocediera unos pasos, sentía como si un tambor gigante hubiera sido golpeado dentro de su cráneo.

–*¡Suficiente!*

Mientras el silencio llenaba el espacio dejado por el trueno, todos alzaron la mirada y vieron a Thunderbird en la pasarela, su rostro estaba tenso por el enojo.

–Ninguno de ustedes tiene la autoridad para cuestionar las decisiones del Consejo de manera tan irrespetuosa.

Adrian tragó saliva, incapaz de recordar haber visto a Tamaya Rae tan lívida. ¿Y todo porque un grupo de Renegados se había atrevido a cuestionar al Consejo? Seguramente tenían permitido hacerlo, ¿no?

Blacklight aclaró su garganta.

–Que conste que tengo todo bajo control.

–Tenemos que lidiar con asuntos más urgentes –espeto Thunderbird–. Hay una situación en el vestíbulo. Se requiere tu presencia de inmediato –con la mandíbula aún tensa, escudriñó a las unidades de patrullaje–. Pueden seguir con sus asuntos –sin esperar una respuesta, atravesó la pasarela, sus alas tocaban las barandas a cada lado.

–Correcto –dijo Blacklight–. Continuaremos en otro momento –dejando atrás la caja casi vacía se apresuró a seguir a Thunderbird, avanzó hacia los elevadores con tanta dignidad como logró retener.

Las unidades de patrullaje que quedaron atrás intercambiaron miradas de desconcierto por un minuto antes de ir detrás de los miembros del Consejo. Adrian encogió los hombros en dirección a su equipo y los siguió.

Capítulo 15

El vestíbulo seguía en reconstrucción y, en este momento, estaba repleto de bloques de piedra y cinta de precaución. Parecía que cada Renegado en servicio estaba allí. Habían formado un círculo alrededor del suelo de baldosa destrozado, donde todavía podían ver una gran grieta sobre la *R* roja en el centro del vestíbulo donde se había derrumbado el área de cuarentena del entrepiso.

Ya habían removido la pila de vidrios y escombros y las vigas de acero que encuadraban el balcón habían sido ubicadas en su lugar. En la segunda planta, alejados del borde de la pasarela, yacía un marco de agujas de acero como si fuera una jaula de pájaro incompleta. A su lado, enormes paneles de vidrio curvo estaban recostados sobre las paredes del laboratorio.

Adrian hizo una mueca al verlos, al imaginarse en qué se convertirían. La idea de volver a poner a Max en esa prisión de vidrio le daba asco, pero no había podido volver a hablar con sus padres al respecto desde que Max había despertado.

El sonido de voces alteradas llamó su atención de vuelta hacia la multitud. Incluso la voz del Capitán Chromium sonaba tensa, aunque Adrian no podía comprender sus palabras.

El enjambre de Danna levantó vuelo para observar lo que sucedía desde el nivel superior, mientras que Oscar y Ruby se treparon sobre el escritorio de información curvo para poder ver sobre las cabezas de la gente. Adrian se paró a su lado.

El Consejo estaba de pie cerca de la R de baldosas. Los cinco tenían sus puños sobre sus caderas o estaban de brazos cruzados. Una docena de pasos delante de ellos, iluminados desde atrás por las ventanas masivas del frente del edificio, estaban Genissa Clark, Trevor Dunn y Mack Baxter, previamente conocidos como Congelina, Gárgola y Temblor.

Mantarraya estaba junto a ellos, agitando su cola de púas.

–¿Qué está sucediendo? –preguntó Adrian.

Un prodigio que estaba cerca lo silenció, pero Pyrotechnic, desde su otro costado, susurró:

–Clark cree que el Consejo está en deuda con ella.

–... absolutamente ridículo –dijo Blacklight, su voz fue lo suficientemente alta como para que lo escuchara toda la multitud y Adrian volvió a concentrarse en el Consejo–. Por supuesto que no pueden regresar a patrullar. ¡Ya no son prodigios!

Dread Warden lo miró encolerizado, pero Blacklight lo ignoró y agitó un brazo hacia Genissa y su grupo.

–Bueno, ¡no pueden! ¡Es absurdo siquiera considerarlo! –dio un paso hacia adelante–. Lamento decirlo, pero estás comportándote como una princesa malcriada, señorita Clark. Además, tú fuiste quién dijo que tus días de superheroína habían terminado. Nadie aquí te obligó a renunciar, pero todos sabemos que fue la decisión correcta. Entonces, ¿por qué no vas a casa y comienzas a pensar una manera más productiva de utilizar tu tiempo? Tenemos que ocuparnos de asuntos más importantes.

El Capitán Chromium apoyó una mano sobre el hombro de Blacklight y lo empujó hacia atrás. Murmuró algo, pero no fue lo suficientemente fuerte como para que Adrian pudiera oírlo.

Sin embargo, no tenía ningún problema en escuchar a Genissa Clark, quien parecía encantada de tener una audiencia.

–Cambié de parecer. Y ahora que volvimos, ¿piensan escondernos debajo de la alfombra? ¿Simplemente pretenderán que ni siquiera existimos? Como si no hubiéramos sacrificado nuestros poderes en servicio de esta organización. ¡No pueden pretender que lo que nos sucedió no es su culpa!

–¡Somos superhéroes! –bramó Blacklight–. ¿Qué esperaban? ¿Creían que tendríamos fiestas de té todo el día?

–Eso es suficiente, Evander –gruñó Thunderbird.

–Ridículo –murmuró con los brazos cruzados al mismo tiempo en que resoplaba.

–Exigimos una retribución por lo que nos sucedió –dijo Genissa quien se había colocado delante de su grupo. Parecía relativamente igual por fuera: el mismo cabello rubio, los mimos ojos azules, aunque su piel parecía tener un leve rubor que nunca había visto antes. Sin embargo, la frialdad de su mirada era igual que siempre.

»Nos unimos a los Renegados como prodigios, con habilidades que nos pertenecían. Pero gracias a su irresponsabilidad al desarrollar el Agente N y a su fracaso para mantenerlo alejado de nuestros enemigos, nosotros somos los que están sufriendo. No pueden reemplazar nuestras habilidades perdidas, pero esperamos una retribución. ¡Están en deuda con nosotros!

–Deberíamos, tal vez, ir a algún lugar privado para discutir esto –propuso Tsunami, gesticulando hacia los elevadores–. Nuestras oficinas están…

–Estamos bien aquí –la interrumpió Genissa–. Mis pares necesitan escuchar lo que tengan que decir. Después de todo, cualquiera de ellos podría ser el siguiente.

–Genissa, lamentamos lo que les sucedió –intervino Dread Warden–. Detestamos profundamente haberte perdido a ti y a tu equipo. Eran una de nuestras unidades más fuertes. Pero eligieron ser Renegados. Eligieron los riesgos que implica esta vida.

–De hecho –replicó Genissa colocando sus manos sobre sus caderas con aires de suficiencia–, cuando nos unimos a los Renegados, este *riesgo* no existía. Criminales, está bien. Villanos, no hay problema. Pero el Agente N existe porque *ustedes* lo crearon. ¿Cómo podríamos haber elegido eso?

–Además –agregó Trevor Dunn, cuya piel solía fluctuar con compuestos de piedra, pero ahora estaba cubierto de parches de piel rosa descamada–, nunca firmé un contrato entregando mi vida y mis poderes al servicio de los Renegados. ¿Y ustedes? ¿Firmaron algo? –gesticuló hacia la habitación y encontró muchos ceños fruncidos.

–Por supuesto que no –respondió Genissa–. Un contrato sugeriría que, si las cosas no salen bien, podríamos recibir algún tipo de compensación por el trauma y el sufrimiento. Pero, ah no. Esperan que luchemos para los Renegados, que defendamos a las personas de esta ciudad, que nos involucremos todo el tiempo en situaciones peligrosas en nombre del *heroísmo*. Y somos héroes. Juramos proteger a los débiles y a defender la justicia. Pero ¿quién nos defenderá? No puedo contar con que *ellos* lo hagan –gesticuló hacia el Consejo–. Apenas dejaron de necesitarnos, nos hicieron a un lado y no lo soportaré –alzó los brazos–. Y tampoco debería hacerlo ninguno de ustedes. Los Renegados no son nada sin nosotros. Somos el corazón y el músculo de la organización y nos necesitan más de lo que nosotros a ellos. Quiero que el Consejo reconozca que no somos basura descartable. ¡Somos Renegados! ¡No pueden quitarnos eso también!

–Mira, Genissa –comenzó el Capitán–, queremos tratar a todos de manera justa, especialmente a los nuestros. Pero no pueden regresar a la fuerza como unidad de patrullaje. ¡No sería seguro! Estoy seguro de que podemos encontrarles otro rol en la organización que los satisfaga. A decir verdad, no tenemos protocolos establecidos para este tipo de situaciones. Y lo lamento, pero, en este momento, no es una prioridad.

–Tal vez debería serlo –replicó Genissa–. Y sugiero que se convierta en una prioridad pronto porque mi agenda está repleta de entrevistas en la prensa esta semana y puedo contarles qué tan bien cuidan los Renegados de los suyos... o puedo decirles la verdad. Y con todo el esfuerzo que han destinado a este gran anuncio del Agente N, bueno, sería terrible que el secreto se filtrara antes..., ¿no?

–Santo cielo –masculló Blacklight–. ¿Saben qué...? ¡Está bien! ¡Dejemos que vuelvan al equipo! ¡Dejemos que se maten si es lo que quieren! –sacudió la cabeza–. Superhéroes no prodigios. No pueden...

–No los... –el Capitán gruñó por lo bajo, pero parecía relativamente tranquilo mientras concentraba su atención en Genissa–. No puedo permitir, con la conciencia tranquila, que sigan arriesgando sus vidas cuando no tienen superpoderes con los que defenderse. Lo lamento –extendió sus dedos–. ¿Qué más podemos ofrecerles?

Esto, para la sorpresa de Adrian, pareció ser la pregunta mágica. Genissa le sonrió victoriosa a sus compañeros.

–De hecho –dijo lentamente–, hay algo que *podría* satisfacer nuestra necesidad de... bueno, si bien no es una compensación, por lo menos un poco de venganza.

El Consejo intercambió idénticas miradas con sospechas, pero Genissa continuó.

–Hubo rumores de que la presentación del Agente N también incluirá una ejecución pública.

–Es verdad –el Capitán Chromium entrecerró los ojos–. Por sus crímenes contra la humanidad, Ace Anarquía ha sido sentenciado a muerte.

–¿Por qué detenernos allí? –dijo Genissa–. Podría argumentar que sus cómplices merecen el mismo destino –alzó su mentón, sus ojos azules brillaban–. Pesadilla merece el mismo destino. Pesadilla debe morir… y quiero ser quien la mate.

Las palabras parecieron perderse en el vacío. Adrian sintió que el suelo se hundía debajo de él. Como si el mundo se hubiera reducido a un alfiler.

Pesadilla debe morir.

Estaba seguro de que sus papás se reirían de la sugerencia, pero sus rostros estaban estoicos e imposibles de interpretar. Blacklight habló primero.

–¿Eso es lo que hará que dejen de quejarse? –soltó una carcajada silenciosa–. Por mí está bien.

–Estamos hablando de vidas –Simon lo fulminó con la mirada.

–Vidas de villanos –replicó Blacklight–. Pesadilla no merece piedad, al igual que Ace Anarquía. *Ella* fue quien los neutralizó, así que me parece justo.

–Piénsenlo –continuó Genissa–. La gente está perdiendo la fe en ustedes rápidamente. Cada día, escuchamos a los ciudadanos preguntarse si los Renegados son realmente capaces de protegerlos, de satisfacer las necesidades crecientes de esta ciudad. Como el Consejo, deben mostrar un frente unido. No pueden tolerar a ningún prodigio que se rehúse a comportarse según el código. Y, siendo honestos, no quieren que ex Renegados como nosotros –gesticuló hacia Mack y Trevor– vayan por ahí y les cuenten a todos cuán débiles son en realidad cuando se trata de verdaderas amenazas como Pesadilla y los Anarquistas.

La visión de Adrian se nubló, los límites se oscurecieron hasta que lo único que pudo ver fue la sonrisa irritante de Genissa Clark. Ya estaba deleitándose en la idea de que ella sería quien terminara con la vida de Pesadilla. Quería venganza por haber perdido sus poderes.

Pero el Consejo no lo permitiría… ¿o sí?

Una mano sujetó su codo y Adrian se despabiló, Ruby le ofrecía su apoyo. No era Nova. Era Pesadilla. Era una villana.

Pero igual, ¿pena de muerte? ¿Sin un juicio? ¿Sin ninguna esperanza de redención?

–Capitán –dijo Tsunami–. No estoy segura de que este sea un plan sabio. El Consejo tiene que discutir...

–Ay, vaya, odio tener que interrumpir –se disculpó Genissa revisando un reloj imaginario–, pero ¡tenemos que irnos! No quisiéramos perdernos nuestra entrevista en el noticiero, ¿no?

Se volteó sobre sus talones, pero apenas se movió antes de que el Capitán Chromium gritara.

–Aceptamos.

–No –susurró Adrian, sacudiendo la cabeza. La mano de Ruby estrujó con más fuerza su brazo–. No pueden dejarla...

Su voz perdió intensidad mientras, en el centro del vestíbulo, Genissa Clark volvía a enfrentar al Consejo con una sonrisa retorcida.

–¿Qué dijo?

–Habrá una doble ejecución en el anuncio del Agente N –dijo el Capitán con los puños cerrados mientras hablaba–. Tú, Congelina, lidiarás con Pesadilla, quien ha sido nuestra enemiga por un largo tiempo y una amenaza persistente a los Renegados y a los civiles que hemos jurado proteger. La ejecución se llevará a cabo como castigo por sus crímenes en contra de la sociedad y de los Renegados.

–Bueno –dijo Genissa inclinándose con parsimonia ante el Consejo–, gracias por ser tan comprensivos. Pensaremos su oferta y nos pondremos en contacto con ustedes.

Guiñando un ojo, Genissa y su equipo desfiló hacia las puertas giratorias y empujaron hasta llegar a la calle, donde fueron abordados inmediatamente por reporteros que habían estado acampando en la acera desde que el casco había sido robado.

–¡Todos ustedes vuelvan a trabajar! –ladró el Capitán, su voz era atípicamente furiosa. La multitud comenzó a moverse en el acto, aunque

Adrian dudaba que muchos fueran a "trabajar". Ya podía ver a la multitud dividirse en grupos que se dirigían a las salas y al área de entrenamiento para discutir lo que acaba de suceder.

–¿Adrian? –dijo Oscar, tocando el pie el Adrian con la punta de su bastón–. ¿Estás bien?

–¿Por qué no lo estaría?

Oscar vaciló y luego le susurró a Ruby.

–Eso es un "no", ¿verdad?

–Discúlpenme –dijo Adrian y bajó del escritorio de un salto. Se abrió camino entre la multitud hasta donde estaban los cinco miembros del Consejo. Subían por las nuevas escaleras que llevaban al entrepiso.

–¡Papá!

El Capitán se tensó y su expresión estaba levemente derrumbada cuando enfrentó a Adrian.

–Lo lamento. No tuvimos...

–¿Pena capital? ¿En serio? –Adrian posó su mirada sobre cada miembro del Consejo.

–¿Por qué no? –bramó Blacklight–. ¿Tienes idea de cuántos miles de personas murieron a manos de Ace Anarquía y sus secuaces? Es hora de que comencemos a pagar con la misma moneda. Si no muestras piedad, no mereces piedad.

–¿Y a cuántas personas mató Pesadilla? –replicó Adrian–. Además de la Detonadora.

–Podrías recordar que intentó matarme –dijo Hugh.

–No lo olvidé –respondió en voz baja, su rostro comenzaba a arder–. Pero también salvó a Max.

Sus padres retrocedieron sorprendidos. Simon fue el primero en recuperarse.

–¿"Salvó a Max"? ¡Lo atravesó con una lanza!

Adrian sacudió su cabeza con vehemencia. Podría sentir cómo se acercaba peligrosamente a revelar sus propios secretos: sus padres todavía no sabían que era capaz de estar cerca de Max, no sabían de sus tatuajes, pero no podía dejar que Nova siguiera siendo culpada por esto.

–Genissa lo apuñaló por accidente, mientras era invisible. Fue Nova... Pesadilla quien intentó asistirlo. Lo ayudó a tomar el poder de Genissa para que pudiera detener la hemorragia.

–Eso no fue lo que Genissa nos dijo –Hugh dio un paso hacia Adrian.

–Lo sé. Pero es la verdad. Habla con Max.

–¿Y cómo sabes tú todo esto? –indagó Simon y Adrian tragó saliva.

–Es una larga historia –respondió intentando esconder el hecho de que estaba evadiendo la pregunta–. Pero, si es verdad, entonces tal vez le debamos algo. Además, seguimos siendo los buenos, ¿no? No ejecutamos a la gente.

–Exactamente –intervino Thunderbird, las plumas de sus alas se agitaron. Adrian se dio cuenta de que no concordaba con la decisión. Y ambos, Tsunami y hasta Dread Warden, tenían dudas en sus rostros.

–Hay elementos políticos en juego que no comprendes –dijo Hugh, pero la furia de antes había abandonado su voz–. La prensa y nuestros detractores están intentando dividirnos en cada oportunidad. Todo lo que hacen es criticarnos y cuestionarnos. ¿Cómo podemos gobernar una ciudad, mucho menos al mundo, si estamos ocupados lidiando con cada tontería burocrática que surge? –pasó una mano por su cabello–. Esto resuelve dos problemas al mismo tiempo: pacifica a Genissa y a su equipo y le muestra al mundo que actuaremos contra nuestros enemigos rápida y efectivamente. Necesitamos eso en este momento. Y –miró a su alrededor, deteniéndose en los ojos de cada uno– tenemos que estar unidos en esta decisión.

–¿Por qué exactamente? –replicó Adrian, sentía veneno en su garganta–. ¿No queremos que el mundo sepa que esto en realidad es una dictadura?

Los ojos de Hugh brillaron dolidos.

Adrian sintió una ola de culpa, pero se rehusó a mostrarlo. Esperaba un contraargumento, pero en cambio, su padre simplemente sacudió su cabeza.

–Esta decisión no te involucra –dijo antes de voltearse y marcharse. El resto del Consejo lo acompañó, menos Simon quién apoyó una mano sobre el hombro de Adrian.

Antes de que pudiera decir las palabras de consuelo precarias que estuviera planeando, Adrian se liberó de la mano bruscamente y bajó las escaleras dando zancadas. La sangre le hervía en las venas, la sentía caliente y vibrante cerca de su piel. Estaba listo para una pelea. Quería una. O tal vez solo quería gritarle a alguien, necesitaba una excusa para explotar. Solo una vez.

Pero ¿con quién pelearía?

Pesadilla, quien creyó que era su mayor enemiga, ya estaba en prisión. Y en unas pocas semanas, estaría muerta.

Capítulo 16

Nova se acostumbró a la rutina en la Penitenciaría Cragmoor rápidamente. A la mañana, no la sabía la hora exacta, bajaban las celdas hasta la planta baja y, abrían las rejas una por una. Los guardias les gritaban a los prisioneros que salieran de sus celdas y formaran una línea. Siempre estaban gritando, aunque Nova solo vio reos completamente obedientes. Se preguntó por qué los guardias nunca se quedaban sin voz.

Luego, los hacían marchar fuera del pabellón hacia lo que llamaban instalaciones sanitarias, donde tenían noventa segundos para ducharse debajo de agua fría y sesenta segundos para lavarse los dientes y peinarse en frente de un lavabo. Una vez a la semana, recibían monos limpios.

Luego, tenían veinte minutos para "estirar las piernas" en el jardín, aunque la mayoría de los reclusos permanecía en grupos cerca de la pared para evitar el lodo. Casi siempre llovía –un rocío frío y con neblina– e incluso cuando no llovía, el viento atravesaba sus monos como dagas.

Nova no hablaba con nadie, no solo porque los guardias siempre estaban observando y tenía la impresión de que desalentaban las conversaciones en

el jardín, sino también porque cuando se atrevía a acercarse a otro prisionero, siempre la miraban con mala cara y le daban la espalda. No fueron necesarios muchos rechazos para que Nova decidiera que, de todos modos, era mejor que se mantuviera abstraída. No sabía de dónde se originaba el desprecio universal hacia ella, tal vez era porque pensaban que le era fiel a los Renegados o tal vez porque sabían que era una villana que había fallado en derrotar a sus enemigos. No sabía si quería averiguarlo.

Se estaba acostumbrando a estar sola.

Después de la breve instancia de recreación, les servían su única comida del día dentro del comedor. Las mesas angostas y las banquetas estaban atornilladas al suelo y la cocina se ubicaba detrás de una pared de piedra, había solo una apertura angosta por donde deslizaban las bandejas con comida.

La calidad de los alimentos era exactamente lo que Nova había esperado. Es decir, no mucho peor de lo que consumió en los túneles la mayor parte de su vida. Casi todos los días el menú consistía en un trozo de pan duro, un vegetal irreconocible hecho puré, una patata al horno y pescado. Nova no sabía qué tipo de pescado, pero supuso que sería lo que el cocinero consiguiera a buen precio. Los domingos, si el prisionero había superado la semana sin ningún problema, también recibían una rodaja de queso.

Luego volvían a enviarlos a sus celdas, unas dos horas después de haber sido liberados, para pasar el resto del día en solitario hasta que apagaran las luces.

Unos pocos prisioneros que habían estado allí el suficiente tiempo como para ganarse un poco de confianza eran enviados a trabajar a la lavandería o a la cocina. Al principio, eso parecía un castigo extra, pero no le tomó mucho tiempo a Nova reconocer que las largas horas de soledad eran mucho peor.

Por primera vez en su vida, su inhabilidad para quedarse dormida se sintió más como una maldición que como un don. Qué no daría por poder pasar ocho horas menos cada noche sola con sus pensamientos arremolinados.

Y los días pasaron, monótonos e insoportablemente aburridos.

Cada día, Nova esperaba ver algún signo de Ace, pero nunca estaba en el jardín o en el comedor. Asumió que estaba en confinamiento en solitario, pero cuando intentó preguntarle a otra de las prisioneras, la mujer la miró como si le hubiera hablado en otro lenguaje y simplemente respondió: "Ace Anarquía está muerto".

Nova esperaba que eso significara que estuvieran manteniendo en secreto la captura de Ace y su confinamiento y no que hubiera llegado aquí… ya muerto.

No podría soportar eso. No después de todo lo que sucedió.

Con su sanidad apenas intacta, pensó que sería mejor no preguntarle a nadie más, incluso si solo era un signo patético de autopreservación. Sencillamente, no podía soportar más pérdidas.

En el decimoséptimo día de su reclusión, Nova estaba en frente de los lavabos con la boca llena de bicarbonato de sodio y espuma mientras se lavaba los dientes, intentaba ser lo más rigurosa que podía en el tiempo asignado. Los músculos en su espalda en donde habían inyectado el rastreador, finalmente dejaron de doler.

Estaba haciendo su mejor esfuerzo por apreciar estas pequeñas cosas, cuando, por primera vez desde que había llegado, hubo una alteración en su rutina. El director entró en las instalaciones sanitarias y habló en voz baja con uno de los guardias.

Fue tan inusual alejarse de su rutina que todos los reclusos se congelaron.

Luego, la atención del guardia se posó sobre *ella*, encontró la mirada de Nova en el espejo sucio.

Nova se inclinó hacia adelante y escupió. Lavó su boca rápidamente y un segundo después, el mismo guardia de siempre le quitó el cepillo de dientes porque era evidente que un cepillo de dientes era un arma potencial.

Supuso que era por un buen motivo. Definitivamente podría hacer algo de daño con uno si quisiera hacerlo.

Mientras se ponía de pie, un rostro en el espejo llamó su atención. No era *su* rostro y tampoco el del prisionero de al lado.

Se le revolvió el estómago. *Narcissa.* Seguía detrás del espejo, observaba a Nova con una intensidad inquietante. Se llevó un dedo a los labios y sacudió rápidamente la cabeza. Luego, despareció.

Nova se quedó mirando a su propia expresión de sorpresa, preguntándose si lo había imaginado. ¿Por qué Narcissa se mostraría ante ella aquí y ahora? ¿Y qué quiso decir con ese gesto de silencio? ¿Qué creía que Nova iba a decir?

–¡Siete, nueve, dos! –ladró el guardia.

Nova se sorprendió y lo enfrentó, fulminándolo con la mirada.

–Nova –dijo entre dientes–. Mi nombre es Nova.

Además del guardia, el director la miró evaluándola.

–Tienes una visita... Siete, nueve, dos.

El resto de los reclusos la estudiaron, era más atención de la que había recibido desde el día en que llegó. Se preguntó cuáles serían los rumores. Se preguntó qué significaría tener una visita en este lugar. ¿Estarían celosos de ella o una visita significaba problemas?

Utilizó la manga de su entero para secar su boca y su cabello todavía húmedo por la lluvia y caminó hacia el director. Los guardias la encontraron a medio camino y encerraron las esposas familiares alrededor de sus manos.

Los pensamientos de Nova seguían revolviéndose por la aparición de Narcissa y no fue hasta que llegó a la mitad del patio, hacia el edificio que todavía no había conocido, que se le ocurrió que su visita podría ser Adrian.

Repentinamente, a sus pulmones le costaba retener el aire.

Sus palmas comenzaron a sudar dentro de los guantes huecos.

Esperaba que fuera Adrian.

Y, de la misma manera, esperaba que no fuera él.

Porque, ¿cómo lo enfrentaría? ¿Cómo podría mirarlo a los ojos y mentir *otra vez*? ¿Mentir más de lo que ya había mentido? ¿Mentir frente a tantas verdades?

Pensó en Narcissa y el dedo sobre sus labios. La negación con su cabeza.

El momento era demasiado oportuno, debería saber sobre la visita de Nova. ¿Qué había intentado decirle? ¿Qué se mantuviera callada? ¿Qué conservara sus secretos incluso ahora?

Sus pensamientos se apantanaron. Si ese era el caso, Narcissa no tendría que haberse molestado. Nova había decidido desde el momento en que había sido arrestada –no, desde el momento en que decidió presentarse en las pruebas para unirse a los Renegados– que nunca admitiría su engaño. No les daría nada que pudieran utilizar en contra de ella o de los Anarquistas.

En lo que a Nova concernía, ella seguía siendo Nova Jean McLain y lo único que siempre había querido era ser una Renegada.

Sabía que las mentiras aparecerían con la misma facilidad de siempre. Podría enfrentar al Capitán Chromium sin siquiera pestañear. Hasta podría mirar a sus propios compañeros –Oscar, Ruby e incluso Danna, a pesar de todo lo que le había hecho– e insistir en que era inocente con un labio tembloroso y ojos suplicantes. Podría hacer tambalear su convicción, incluso si no podía destruirla por completo.

Por lo menos, hasta que supiera lo que tenían en contra de ella.

Pero si era Adrian…

Por favor que no sea Adrian.

Y sin embargo…

Por favor, por favor que sea Adrian. Déjenme verlo una vez más.

Los guardias la guiaron hasta una habitación en la que había una silla atornillada en el centro de una plataforma circular metálica rodeada de un abismo. Solo había una pequeña pasarela que la conectaba con la puerta con rejas para mantener a los prisioneros alejados del negro brillante de las paredes.

Además de Nova y sus guardias, la habitación estaba vacía.

La silla aparentaba ser poco cómoda, no solo por el frío metal, sino por los soportes para los brazos y las cadenas para las piernas.

No se resistió mientras los guardias la empujaban en la silla. Ataron sus tobillos a las patas de la silla y encerraron sus manos en los capullos del reposabrazos. Sus dedos apenas tenían espacio para moverse.

Se sentía un poco como si estuviera siendo llevada a su fin y se preguntó si la historia de la visita había sido una trampa. Tal vez aquí sería donde sucedería, tan pronto. Era fácil imaginar que aparecía alguien en una bata de laboratorio blanca e insertaba una jeringa llena con el Agente N en su brazo.

Los guardias desaparecieron detrás de ella, donde no pudo verlos detrás del alto respaldo de la silla.

Directamente en frente de ella, del otro lado del abismo había una pared negra resplandeciente. La base de la pared desaparecía debajo de la plataforma, así que no tenía idea de cuán profunda era la caída. No había nada destacable de la pared, más que cuán suave y traslúcida era. Imposible de escalar, o por lo menos, ese era el efecto. No que tuviera mucho sentido escalarla. El techo, a unos nueve metros de altura, no tenía nada más que algunas filas de tubos fluorescentes.

Escuchó un clic y la pared frente a ella, ya no era solo una pared. Una parte, de tres metros de alto y que se estiraba de pared a pared se encendió revelando que, de hecho, era una ventana.

Nova vio directamente el rostro de Adrian Everhart.

Tuvo un escalofrío, abrumada por la mezcla de alivio y pavor que la invadió.

Pudo darse cuenta, en el instante en que sus ojos se encontraron, que él había podido verla desde el momento en que la metieron en la habitación y había tenido tiempo para endurecerse. Su rostro estaba neutral y frío de una manera que no encajaba para nada con él. Pero detrás de sus gafas, sus ojos revelaron lo que sus facciones inflexibles escondían.

Desconfianza. Dolor. Traición.

Odio.

Nova sintió que su mentón temblaba, pero no era parte de su acto.

–Adrian… –susurró.

Su única reacción fue tensar brevemente la mandíbula.

Había otras dos personas del otro lado del vidrio. Los papás de Adrian; el Capitán Chromium y Dread Warden. Los tres vestían sus atuendos tradicionales de Renegados, capa negra, armadura negra y esa desagradable R roja en el uniforme de Adrian. Lucían como un equipo intimidante. Pero el miedo no estaba siquiera cerca de las emociones arremolinadas de Nova.

Dread Warden comenzó a hablar y le sorprendió a Nova darse cuenta de que no podía oírlo. Su instinto la hizo inclinarse hacia adelante lo más que pudo sobre su silla, pero no hizo mucha diferencia.

Adrian alejó su mirada de ella y asintió. Dijo algo y Nova intentó leer sus labios, pero no tenía sentido. El Capitán Chromium colocó una mano sobre el hombro de Adrian, pero fue breve. Gesticuló hacia la parte trasera de la habitación.

Adrian volvió a asentir. Habló, miró brevemente a sus padres. Sus expresiones eran serias, pero amables.

Luego, los dos miembros del Consejo se marcharon y Adrian quedó solo en la habitación.

El corazón de Nova galopaba. Por la tensión que sentía en su pecho, su corazón podría estar cubierto de cadenas.

–¿Adrian? –dijo, el nombre fue apenas más audible que un susurro.

El chico hizo una mueca, confirmando que *podía* escucharla. Su nuez subió y bajó mientras se estiraba y tocaba un botón.

Nova escuchó un clic y la cámara se llenó de sus silencios.

Sus ojos se taladraban mutuamente y no sabía si él esperaba que ella dijera algo o si estaba intentando hayar coraje para hablar primero.

Antes de darse cuenta, Nova comenzó a llorar. Las lágrimas invadieron su visión y comenzaron a caer rápidamente por sus mejillas. Jadeó ante la sensación de las lágrimas cálidas cayendo hacia su mandíbula y quiso fregarlas, pero no podía moverse. Nova esnifó sonoramente, deseando poder volver a inhalar las lágrimas, pero era demasiado tarde.

Adrian se movió más cerca de la ventana, había renunciado a intentar mostrarse implacable. El dolor era visible ahora: en la tensión entre sus cejas, en la rigidez de su mandíbula, en sus ojos café entrecerrados ante la amenaza de sus propias lágrimas.

–¿Cómo pudiste hacer esto? –dijo Adrian, su tono era despiadado y filoso. El sonido de semejante furia desenfrenada sorprendió a las lágrimas y cedieron temporalmente.

Nova lo miró anonadada, con la boca abierta, y se dio cuenta de que no tenía ninguna respuesta. Su mente estaba en blanco. Estaba vacía salvo por el sonido del odio de Adrian.

Recordó todo. Cada mentira. Cada traición. El peso del arma entre sus manos mientras se preparaba para matar al Capitán Chromium. Su felicidad cuando consiguió el casco. La imagen de la mariposa de Danna golpeando sus alas contra el frasco de vidrio.

Nova se recompuso mientras caía una última lágrima y hacía le mismo recorrido que las que había derramado antes. Habló con tanta convicción que hasta podría haberse convencido a ella misma:

–Adrian, soy inocente.

Capítulo 17

La carcajada de Adrian fue tan ruidosa e inesperada que solo logró apuntalar la resistencia de Nova. Podía convencerlo de su inocencia. Tenía que hacerlo.

El chico abrió la boca para hablar, pero Nova insistió e inyectó su voz con desesperación real.

–Hablo en serio, Adrian. No sé qué está sucediendo, pero ¡no soy Pesadilla!

–¡Danna te vio! –gritó–. Te siguió hasta esas ruinas… la catedral. Nos guio hasta Ace Anarquía y nos hubiera guiado hasta ti también, si no hubieras… –vaciló conflictuado por una incertidumbre fugaz–. ¡Si no hubieras hecho lo que sea que hiciste para evitar que volviera a transformarse en humana!

Nova lo estudió, su mente trabajaba a toda máquina, devoraba y disecaba cada palabra.

Danna la había visto entrar a las ruinas de la catedral… pero ¿no a la casa?

Y no sabían sobre la mariposa en el frasco de vidrio, lo que tenía que significar que Nova tenía razón. Los recuerdos de la mariposa se perdieron cuando ella la mató. Por lo menos esa mariposa –la que había visto a Nova y a los otros Anarquistas en la casa– no podía incriminarla.

Tragó saliva. Podía trabajar con eso.

Eso esperaba.

–No sé lo que Danna cree que vio–dijo–, pero no era yo. No sé si estoy siendo incriminada o qué, pero…

–Ay, por favor, Nova –la interrumpió Adrian–. ¿Los inventos? ¿El acceso al departamento de artefactos? ¿El conocimiento sobre Max y el Agente N? No puedo creer que no nos dimos cuenta antes. ¿"Nova" es siquiera tu verdadero nombre?

–¡Por supuesto que es mi nombre verdadero! ¡Pero no soy Pesadilla! ¡No soy una Anarquista! Adrian, ¡tú me conoces!

–Sí –el chico hizo una mueca–. Eso es lo que pensaba yo también.

–Por favor, solo dime lo que te dijo Danna y puedo…

–¿Puedes qué? ¿Mentir un poco más? ¿Inventar más historias extravagantes sobre tu tío y su afición por la *apicultura*? ¿O sobre cuando estabas tan preocupada por tu tío enfermo que tuviste que abandonar la gala convenientemente antes de que Pesadilla atacara al cuartel general? ¡O qué dices del hecho que tu casa entera fue destruida la noche en que estábamos yendo a arrestarte! ¿También piensas decirme que fue una coincidencia?

–Estaba diseñando un arma nueva –dijo Nova, había tenido mucho tiempo para ingeniar esta explicación en particular–. Estaba trabajando con unos químicos nuevos, intentaba construir un explosivo que pudieran usar las patrullas. Pero se salió de control y… bueno, tú lo viste. ¡Pero, piénsalo Adrian! Si sabía que venías a arrestarme, ¿por qué me hubiera quedado? ¿Por qué no hui cuando tuve la oportunidad?

–Porque necesitabas destruir la evidencia –replicó Adrian–. Todo tiene sentido. Lo único que no encaja es…

Vaciló y el pulso de Nova se aceleró. Esperó, segura de que sus próximas palabras tendrían que ver con él, con *ellos*, pero sus ojos volvieron a fulminarla con la mirada y rápidamente evaporaron cualquier esperanza.

–Estás buscando evidencia que no existe –sacudió la cabeza–. Tal vez… tal vez haya algunas coincidencias, pero lo juro, no soy…

–No sigas, Nova.

–Pero, Adrian…

–No sigas.

Nova presionó sus labios entre sí. Adrian alzó sus gafas y las apoyó sobre el puente de su nariz.

–No estoy aquí para escuchar tus mentiras y tus excusas… Ni siquiera espero una confesión. Yo solo… –dejó caer sus manos a los costados–. Necesito respuestas. Por favor, Nova. Si alguna vez… Si algo de todo lo que pasó fue real, entonces por favor… solo dime… ¿Quién mató a mi madre?

Nova parpadeó. Abrió la boca, pero no encontró palabras.

Si algo de todo lo que pasó fue real…

Había sido real, quería decirle. Había sido más real para ella de lo que él podía imaginarse.

Pero ¿esto? ¿Su mamá? ¿El asesinato?

No tenía respuestas para él.

–No lo sé –susurró.

Las manos de Adrian se cerraron en puños.

–Adrian, sé que no me crees en este momento, pero verdaderamente no tengo idea de quién mató la Lady Indómita. Si lo supiera, te lo hubiera dicho hace mucho tiempo atrás, pero no soy…

–Pesadilla –la interrumpió, escupiendo el nombre como si tuviera gusto a cloacas–, dime quién la mató.

–Adrian…

–¡Dime! –gritó golpeando el vidrio con una mano.

Nova jadeó y se hundió en su silla.

Adrian estiró su palma sobre la ventana como si lo único que quisiera hacer fuera arrancarle las cadenas a Nova y sacudirla.

–Sabes sobre la nota. Pesadilla dijo... Te escuché decir...

Nova arrugó las cejas, pero Adrian pareció incapaz de continuar.

–¿Qué? –indagó, la curiosidad superó su preocupación–. ¿De qué estás hablando?

–"Sin miedo, no hay coraje".

Adrian se quedó callado y dejó que las palabras ocuparan la fría cámara.

Nova lo miró boquiabierta tanto tiempo que su boca comenzó a secarse. *¿Sin miedo, no hay coraje?*

Lo que más le sorprendió y nunca esperó fue que, de hecho, conocía esas palabras. Las había escuchado docenas de veces durante los últimos diez años, hasta incluso las había pronunciado ella misma ocasionalmente.

Pero ¿cómo se relacionaban con Lady Indómita? ¿Y *cuándo* Pesadilla dijo esas palabras cerca de *Adrian*?

Finalmente, cuando su silencio se tornó insoportable, Nova lamió sus labios y habló con gentileza y lentitud.

–Lo lamento, Adrian, pero no tengo idea de qué significa.

El chico pareció derrumbarse por dentro ante esta declaración. Tal vez estaba perdiendo las esperanzas de recibir algunas respuestas hoy. Tal vez este interrogatorio estaba desgastándolo más de lo que quisiera admitir.

–Esas palabras fueron encontradas en un trozo de papel al lado del cuerpo de mi madre –dijo aguardando una reacción.

Nova no tenía motivos para esconder su sorpresa. ¿Por qué nunca le había contado esto antes?

Y en ese momento, Nova se dio cuenta de que le había vuelto a mentir a Adrian, aunque, esta vez, de manera involuntaria.

Quizás, solo quizás, sí sabía quién había asesinado a su madre.

El solo pensamiento hizo que sus venas se sintieran frías y quebradizas.

Si algo de todo lo que pasó fue real…

La tristeza se apoderó de ella, la envolvió como una manta. Sus sentimientos por él habían sido reales. Seguían siéndolo.

Pero… era claro que no eran lo suficientemente reales.

–Lo lamento –susurró casi ahogándose con las palabras–, pero no soy Pesadilla. No sé quién mató a tu madre. Lo lamento tanto, Adrian. Quiero ayudarte, pero…

–Está bien –replicó Adrian e hizo que dejara de hablar.

Nova se encogió de miedo. Lágrimas volvían a acumulares. Era más de lo que había llorado en años. A este ritmo, terminaría derramando más lágrimas en esta silla que lo que había llorado desde que le arrebataron a su familia, pero no podía evitarlo. Sus paredes estaban derrumbándose. Todos los años de construir fortalezas de defensa alrededor de su corazón estaban bajo ataque. Era una ofensiva formada por la tensión en la mandíbula de Adrian, cada arruga en sus cejas, cada mirada de repulsión que le lanzaba.

Y luego, repentinamente, cambió. Sus emociones se endurecieron en la misma neutralidad que lo cubría al principio. Irguió los hombros, alzó el mentón. Subió con un nudillo sus gafas sobre el puente de su nariz y la miró con indiferencia practicada.

Nova tuvo un escalofrío.

–Tenía la esperanza de que me dijeras la verdad, pero no estoy aquí solo para preguntarte por mi madre. Vine en representación de los Renegados y tenemos una oferta para ti.

La sospecha comenzó a secar rápidamente las piscinas en los ojos de Nova.

–¿Una oferta?

–Ya sabes que los villanos encarcelados en este momento aquí en Cragmoor serán neutralizados como parte de nuestro anuncio público del Agente N. Sin embargo, el Consejo ha decidido… –bajó la cabeza, buscando palabras o tal vez preparándose para lo que sabía que tenía que decir. Con voz estable, pero ronca, continuó– que la neutralización pública también incluirá una ejecución pública.

–¿Disculpa? –las cejas de Nova se dispararon hacia arriba.

–Los villanos conocidos como Ace Anarquía y su cómplice, Pesadilla, serán ejecutados en una transmisión mundial como consecuencia de sus crímenes en contra de la sociedad.

¿Pena capital? ¿Los *Renegados*? No sabía por qué se sorprendió tanto y, sin embargo, era difícil asimilar su tangibilidad. Seguía luchando por imaginar que le arrebataran sus poderes y ahora ¿iban a matarla?

El rostro de Adrian casi mostraba compasión al terminar su anuncio.

–El Capitán Chromium ejecutará a Ace Anarquía –vaciló, aclaró su garganta y continuó–. Genissa Clark ha sido asignada para ejecutar a Pesadilla.

Nova lo estudió, esperaba que sus palabras cobraran sentido.

Luego, se rio. No pudo evitarlo.

¿Genissa Clark? ¿Genissa Clark la *ejecutaría*? Era tan absurdo, tan inesperado.

Pero la expresión de Adrian transformó su risa abrupta en una tos poco natural.

–Los Renegados no ejecutan criminales –tartamudeó Nova y se aceleró su respiración–. Nunca…

–Sienten… –Adrian dudó–. Sentimos que esta es una circunstancia especial. El Consejo quiere enviarle un mensaje a nuestros ciudadanos de que nunca volverán a ser amenazados por Ace Anarquía o sus seguidores.

La mirada de Nova estudió la pared transparente y brillante detrás de la ventana, cómo se desvanecía en el olvido de sombras. Supuso que era lógico que Congelina se ofreciera como voluntaria para semejante responsabilidad. Sin duda, ansiaba venganza por haber perdido sus habilidades y claramente no podía atacar a Max.

Nova no le temía a la muerte. Por lo menos, eso se dijo. Quizás sería menos doloroso que vivir sabiendo que le había fallado a Ace y a los demás. Que había traicionado al amable y confiado Adrian. Que nunca lograría vengar a sus padres, a Evie.

Esnifó una vez y volvió a concentrarse en Adrian.

–¿Dijiste que había una oferta?

Las manos de Adrian formaban puños, todos los rastros de lástima habían desaparecido.

–Le conté a mis padres que salvaste a Max… o, por lo menos, cómo lo ayudaste después de que fue apuñalado.

Los pulmones de Nova se ensancharon. No sabía que Adrian sabía que Pesadilla había hecho eso. Genissa felizmente dejó que todos creyeran que había sido Pesadilla quién había apuñalado al niño. ¿Cómo podría Adrian haber descubierto la verdad?

A menos…

–¿Está despierto? –tartamudeó–. ¿Max está bien?

La expresión de Adrian se relajó como siempre lo hacía cuando hablaba de su hermano pequeño.

–Salió del coma. Él… me contó todo lo que sucedió. Cómo intentaste detener el sangrado. Cómo obligaste a Genissa a darle sus poderes para ayudarlo.

Se hundió en la silla de metal, sobrecogida por el alivio.

Luego, recordando quién era, quién se suponía que era, modificó su expresión para volver a expresar confusión y dudas.

–¿Pesadilla lo *ayudó*? Pensé que ella lo había apuñalado. ¿Por qué haría eso?

Adrian no se movió por un largo minuto y Nova se preguntó si esa era la primera pizca de duda que se asomaba por sus ojos. Luego, el chico se rio, aunque no tan agresivamente como antes.

–El punto es que estamos… agradecidos –parecía dolerle decir esa palabra y no la miró cuando lo hizo–. Mis padres y yo. Y, por haber ayudado a Max, acordamos darte una oportunidad de intercambiar tu ejecución por una cadena perpetua y neutralización.

Una respuesta sarcástica se asomó en los labios de Nova. No estaba completamente segura de qué opción prefería en este momento.

Pero pensó en Genissa Clark, quien de seguro estaba regocijándose por ser la verdugo de Pesadilla y se tragó el sarcasmo.

–Hay una condición –agregó Adrian–. Tendrás que decirnos en dónde encontrar el casco de Ace Anarquía, el Talismán de la Vitalidad y al resto de los Anarquistas. Dime en dónde están y te perdonaremos la vida.

Se miraron a los ojos mientras el corazón de Nova se estremecía en su caja torácica. Sus pensamientos la abandonaron y dejaron dentro de su cabeza el eco de las palabras de Adrian.

El dulce y compasivo Adrian Everhart.

Sketch.

Un Renegado y ahora verdaderamente su enemigo.

–Solo dime en dónde están, Nova. Por favor. No quiero… –su rostro se derrumbó y fue como si pudiera verlo luchar con él mismo. La batalla entre su desprecio por Pesadilla y lo que fuera que había sentido por Nova McLain.

Odio batallando contra afecto. Furia luchando contra compasión.

Una y otra vez.

–No quiero ver cómo te matan… Nova –el susurro fue tan leve que apenas lo pudo escuchar por el comunicador que los conectaba–. A pesar de todo lo que has hecho… No quiero…

El corazón de Nova se detuvo sorprendido por una esperanza injustificada.

No porque podría llegar a escapar del castigo, sino porque Adrian tal vez todavía se preocupaba por ella. A pesar de que creía que ella era Pesadilla. Todo este tiempo, había estado segura de que cualquier sentimiento que Adrian sintiera por ella se desvanecería en el momento que supiera la verdad. ¿Era posible que hubiera una espina de cariño todavía alojada en su corazón?

–Porque ayudaste a Max –repitió con firmeza después de sacudirse levemente–. Y porque, incluso si eras una espía, de hecho, ayudaste a gente como Renegada. Mataste a la Detonadora y protegiste a las personas en Cosmópolis. Rescataste a ese niño del incendio en la biblioteca. Incluso si era todo un acto, vale algo. Así que solo... dinos en dónde escondiste el casco y el Talismán de la Vitalidad. Dinos qué sabes del resto de los Anarquistas. Eso es todo lo que tienes que hacer y no morirás.

Aunque estaba negociando por su vida, a pesar de que Nova sabía cuáles serían sus próximas palabras, la leve chispa de esperanza persistía. Había llegado a conocer a Adrian Everhart lo suficientemente bien como para saber que había más detrás de esta oferta que las explicaciones prácticas que estaba enumerando. La verdad era evidente detrás del marco oscuro de sus gafas e hizo que su pecho se hinchara hasta casi explotar.

Por lo menos, una pequeña e ínfima parte de Adrian todavía sentía algo por ella.

No cambiaba nada. Y cambiaba todo.

Mirando a los ojos que la habían cautivado estos últimos meses, Nova estaba feliz, tan feliz de no tener que volver a mentirle.

–Gracias, Adrian –susurró–. Gracias por al menos... querer que tenga una oportunidad. No sabes lo que significa eso para mí. Pero la verdad es que no tengo idea de dónde está el talismán o el casco o los demás Anarquistas. Lo lamento, pero no lo sé.

La expresión de Adrian se desmoronó y después de un largo silencio, Adrian asintió solemnemente y comenzó a voltearse.

–¿Adrian?

El chico se detuvo y la miró a los ojos luego de una leve vacilación.

Nova tragó saliva.

–Fue real –susurró–. Espero que sepas eso.

Adrian la miró inmutable, inexpresivo. Finalmente, dijo:

–Desearía poder creerlo, Nova. Pero ambos sabemos que solo es una mentira más.

Capítulo 18

–¿Cuándo comenzaste a sospechar de ella? –preguntó Adrian. Sus pies estaban sobre la cama de hospital de Max con un cuaderno de dibujo sobre su regazo.

Estaba trabajando en el diseño de un nuevo tatuaje. Un corazón rodeado por las defensas impenetrables de una torre de piedra.

Todavía no había descifrado qué poderes le otorgaría este tatuaje, pero el calvario con Nova –no, con Pesadilla– lo había dejado impactado, drenado y vulnerable. Había considerado transformarse en el Centinela solo para sentir la seguridad de la armadura sobre su cuerpo. La protección del anonimato. Una barrera entre el mundo y él.

–No estoy seguro –dijo Max. Había deshecho una servilleta de papel para crear un nido en la palma de su mano, donde Turbo dormía acurrucado, sus pequeñas respiraciones producían un silbido cada tantos segundos. Turbo estaba enfermo y ambos podían notarlo. Max parecía estar lidiando con el desvanecimiento de la criatura con coraje, a pesar del cariño que sentía por él.

Max estaba más fuerte cada día. Sanaba radicalmente rápido, tal vez en parte por la mezcla de superpoderes que contenía su pequeño cuerpo. El color había regresado a sus mejillas. El brillo a sus ojos. Su cabello estaba descontrolado como siempre.

–Hubo un momento en el cuartel general, cuando seguía en el área de cuarentena y observaba a Pesadilla luchar contra Congelina y los otros. Se sintió tan familiar, era como si estuviera viendo las pruebas otra vez. Y, en un momento Pesadilla alzó la vista y me miró directamente y podría haber jurado… pero luego lo ignoré porque ya sabes. Es *Nova*.

–Es Nova –murmuró Adrian. El lápiz rasguñó el papel mientras hacía el trabajo de sombras en los detalles de piedra. Estaba tentado a añadir algunas hendiduras para flechas sobre el lateral de la torre, como un verdadero castillo medieval, pero no. Quería que esta pared fuera impenetrable. Sin puntos débiles. Sin maneras de atravesarla.

–Pero entonces, cuando desperté y comencé a pensar en todo lo que había sucedido, creo que una parte de mí lo supo. Seguí preguntándome ¿por qué Pesadilla me protegería? Lo único que tenía sentido era… ya sabes, que fuera alguien conocido. Y Nova era la única persona…

Cuando no terminó la oración, Adrian alzó la vista. La boca de Max estaba arrugada hacia un costado mientras consideraba la culpa de Nova, el secreto de Pesadilla. Luego sacudió la cabeza y extendió su mano libre hacia el cartón de leche con chocolate que le había llevado una de las enfermeras con su cena más temprano. Bebió un largo sorbo a través de un popote corto y rojo. Volvió a apoyar el cartón sobre la bandeja e inclinó su cabeza sobre la pila de almohadas.

–No la matarán, ¿o sí?

Adrian hizo una mueca y volvió a concentrarse en su dibujo.

–No lo sé. Tal vez. No confiesa. No nos da ninguna información y el Consejo está convencido de que esto les mostrará a todos que tenemos controlados a los Anarquistas. La gente se alteró en serio al descubrir que

Ace Anarquía había estado vivo y escondido todos estos años. Todos se preguntan si puede que haya más villanos libres, esperando el momento adecuado para impulsar otra Era de la Anarquía. Necesitamos dejar nuestra postura clara, demostrarles a todos que no tenemos piedad hacia los criminales. Por lo menos, eso es lo que estuvo diciendo el Consejo.

–Supongo que comprendo su punto –dijo Max–, pero… es Nova.

–No, Max –Adrian suspiró–. Es Pesadilla.

–¿Cómo crees que lo hará Genissa? –susurró Max con el ceño fruncido.

Adrian sintió un escalofrío. Esa pregunta había estado merodeando en sus pensamientos desde que Genissa Clark había sugerido que le permitieran ejecutar a Pesadilla. No podía sacarse de la cabeza las imágenes de ella y su equipo cerca del muelle torturando a la villana Espina. La estaban torturando literalmente. No quería creer que el Consejo permitiría que sucediera algo como eso, en especial con todo el mundo observando, y, sin embargo… no hubiera creído que considerarían la pena capital en absoluto, sobre todo sin un juicio, o que le permitieran participar a alguien como Genissa.

Ya no sabía qué creer.

–No lo sé –respondió finalmente–. Pero no creo que se haya ofrecido para ser misericordiosa.

Los envolvió el silencio, solo se oía el lápiz de Adrian sobre la hoja.

Después de un largo momento, Max comenzó a comer uvas, una por una, el crujido era ensordecedor en la pequeña habitación. El niño miraba fijamente hacia la pared y masticaba como un robot. Cuando la bandeja se vació, sus dedos no encontraron nada más que tallos, se conformó por acariciar la espalda de Turbo con su dedo. La criatura gimoteó mientras dormía.

–¿En qué estás trabajando?

–Una idea nueva para un tatuaje –Adrian inclinó su cuaderno para mostrarle.

Max lo estudió por un momento, pero no ofreció ningún comentario sobre el diseño. En cambio, un brillo inesperado iluminó sus ojos.

–Eso me recuerda, también tengo una idea para un tatuaje para ti. ¿Me prestas tu rotulador?

Adrian sacó su rotulador del bolsillo y se lo entregó. Max pensó durante un momento con el rotulador en su mano derecha y el dinosaurio en la izquierda. Finalmente, deslizó a Turbo y al nido de papel en el espacio entre sus rodillas. El dinosaurio se despertó y chilló, intentando rasgar los dedos de Max con sus garras puntiagudas.

–Oh, cálmate –masculló Max ahuecando la servilleta de papel. Todavía enfurruñado, el dinosaurio hurgó en su nido un par de veces más, ajustó la fina manta debajo de él con sus dientes antes de acostarse y volver a quedarse dormido.

Con ambas manos libres, Max garabateó algo en las puntas de sus dedos. Adrian se inclinó hacia adelante, pero no pudo ver qué era. Después de tapar el rotulador, Max sonrió de modo travieso, chasqueó los dedos y estallaron pequeñas chispas blancas y doradas.

–¿Sabes? –Adrian alzó las cejas–. Sigo olvidándome que robaste algo de mi poder.

–Diría que lo tomé prestado, pero... –encogió los hombros y luego extendió la mano para mostrarle a Adrian los pequeños rayos que había dibujado en su piel–. Solo puedo hacer chispas, pero pensé que tú podrías disparar rayos reales con tus manos. Genial, ¿no?

Adrian comenzó a sonreír, pero luego, la idea de los rayos lo hizo pensar en Thunderbird, lo que le recordó a...

–Es una buena idea –dijo mientras se desvanecía su sonrisa–, salvo que intento mantener los tatuajes discretos. Nuestros padres podrían comenzar a preguntarse por que tengo rayos en mis manos.

–Buen punto –Max se desanimó–. No sería lo mismo que salieran de tus codos.

–Desafortunadamente –Adrian colocó la goma de borrar del lápiz sobre el papel–. ¿Has estado practicando con tus nuevos poderes de manipulación de hielo?

–Meh. Hice algunos cubitos de hielo para mis bebidas. No estoy seguro de si es porque nunca me cayó bien Congelina, pero… ese poder no me interesa. ¿Quién sabe? Quizás algún día comience a patinar sobre hielo.

Adrian se rio, divertido por la idea de Max deslizándose en patines para hielo. Pero luego pensó en la construcción que se estaba llevando a cabo en el cuartel general y, una vez más, el momento relajado se desvaneció.

–Ey, Max… ¿Hugh habló contigo sobre… qué sucederá después de que abandones el hospital?

–En realidad, no. Sé que no puedo ir a vivir con ustedes, por lo menos hasta que aparezca el Talismán de la Vitalidad para Simon. Y, ya sabes, hasta que tú puedas contarles que, técnicamente, también eres inmune a mí.

Adrian hizo una mueca, aunque Max no lo hubiera dicho de mala manera. De todos modos, sabía que sería más sencillo para él visitar a Max si les dijera a sus padres la verdad sobre sus tatuajes y sobre cómo era capaz de otorgarse esta invencibilidad particular. Pero no estaba seguro de que pudiera hacer eso sin dar pistas sobre sus otros tatuajes. Sus otros poderes. Su otra identidad.

–¿Recuerdas cuando me llevaste a escondidas al piso treinta y nueve del cuartel general para que pudiéramos estar todos juntos fuera del área de cuarentena? –Adrian asintió–. Estuve pensando, tal vez podríamos, remodelar ese piso en un apartamento para mí. Podríamos poner carteles bien grandes que digan "NO ENTRAR" y hacerle saber a todos que no es seguro para los prodigios venir a verme. Tal vez podría funcionar.

Max sonaba dubitativo y Adrian no logró mentirle y decirle que tal vez sí, podría funcionar. Sabía que el Consejo nunca le permitiría a Max deambular libre por el cuartel general. Él era demasiado peligroso.

Pero, pensar en las paredes de vidrio siendo posicionadas en su lugar para formar la nueva prisión de Max hizo que se revolviera el estómago.

–¿Qué sucede?

Adrian se sobresaltó de sus pensamientos, Max lo miraba con el ceño fruncido.

–Hay algo que no me estás diciendo –afirmó. No era una pregunta.

Adrian tragó saliva y necesitó un par de intentos antes de lograr hablar.

–Están reconstruyendo el área de cuarentena.

Max se quedó inmóvil. No parecía precisamente sorprendido. En todo caso, parecía apenas decepcionado cuando se estiró hacia el brownie en la bandeja. Pero luego, lo volvió a apoyar sin probarlo y, en cambio, limpió el chocolate en sus dedos con sus dientes.

–Me lo preguntaba –fue todo lo que dijo, cuando habló al fin.

–Hablaré con ellos al respecto –replicó Adrian, dejando su cuaderno en el suelo y bajando los pies de la cama. Se inclinó hacia adelante, determinado–. Quiero decir, ya lo intenté una vez, pero volveré a intentarlo. No pueden hacerte esto, Max. No pueden mantenerte encerrado para siempre. Eres su hijo, no un prisionero. Y eres un Renegado. Después de la forma en que luchaste para proteger el casco, nadie puede negarlo.

–No protegí el casco –una sonrisa fantasmal se asomó en sus labios–. Pesadilla huyó con él y por mi culpa, perdimos a Congelina.

–¿A quién le importa Congelina? Estamos mejor sin ella.

Max resopló escéptico.

–Eres el Bandido. Ayudaste a derrotar a Ace Anarquía.

–Apenas podía caminar cuando sucedió.

–No importa. El punto es que no pueden encerrarte como a un animal. No es justo y ahora que puedo acercarme a ti, puedo hacer algo al respecto.

–A veces –dijo Max jugando con la servilleta de tela que colgaba sobre el

borde de la bandeja–, pienso en estar allí afuera, caminando por la ciudad. O en ser parte de un equipo de patrulla, como tú. Deteniendo a los tipos malos. Siendo increíble. Pero luego, pienso en lo que sucedería si me cruzara con otro prodigio y, antes de que alguien supiera qué está sucediendo, drenaría sus poderes. Ellos no estarían haciendo nada malo, solo... estar en el lugar equivocado en el momento equivocado. Estar cerca de *mí* –suspiró–. Y eso tampoco sería justo.

–Podemos pensar alguna manera para asegurarnos de que eso no suceda. Tiene que haber otro lugar al que puedas ir. Algún lugar donde no estés rodeado de prodigios.

–Intentarás convencer al Consejo de esto, ¿no? ¿De que liberen a su peor amenaza y a su arma más poderosa?

Adrian parpadeó. Nunca había pensado en Max de esa manera y se preguntó si así era como él se veía a sí mismo en realidad. Como una amenaza. Un arma.

Era solo un niño. Merecía hacer cosas niños. Merecía una vida.

–Desearía que pudieras venir a casa conmigo –dijo Adrian–. La mansión es tan grande...

–Simon –replicó Max y Adrian suspiró.

Simon.

Si tan solo tuvieran el Talismán de la Vitalidad, Max podría vivir en la Mansión y los tres estarían protegidos de sus poderes. Podrían ser una familia finalmente. Una familia real.

–¡Ay! –ladró Max de repente sacudiendo la cabeza.

El velocirraptor lo había mordido.

–Honestamente, si quieres comida, te daré comida –masculló Max, buscando entre las sobras de su bandeja y eligiendo algunas tiras de jamón.

Adrian se acomodó las gafas y observó a Turbo devorar el festín. Sus movimientos eran más lentos cada día, su coordinación más torpe. Algún día, pronto, simplemente dejaría de moverse. De comer. De morder. Dejaría de existir, se convertiría en uno de esos dinosaurios que los niños ganan en las máquinas de monedas en la sala de espera del hospital, esos que vienen en huevos transparentes de acrílico.

–Digamos –empezó a decir Max, su atención fija casi de manera nerviosa en la pequeña bestia–. ¿Alguna vez pensaste en…? –dudó.

–¿Qué?

Max se aclaró la garganta e intentó actuar despreocupado, agitó sus hombros sobre la almohada.

–¿Crees que los tatuajes funcionarían si los hicieras en otras personas? Quiero decir… ¿Podrías hacer a Simon inmune a mí?

Adrian tamborileó la punta de su lápiz sobre su sien.

–Se me cruzó por la cabeza, pero no sé si fun…

–Lo sé, lo sé –lo interrumpió Max–. Puede que no funcione en otras personas. Y… entonces tendrías que contarles sobre los tatuajes y eso podría llevar a muchas preguntas y…

–Pero lo he pensado –repitió Adrian–. Tal vez podría intentarlo en Oscar primero, o en Ruby o Danna. Podría probar con ellos. Y si funciona…

Max lo observó y Adrian pudo ver que estaba intentando contener sus propias esperanzas. Su mirada lo invadió de culpa. ¿Valía la pena preservar el secreto del Centinela si significaba que Max estaría atascado para siempre en una vida casi completa y al resguardo del mundo?

–Si funciona –continuó con más seguridad ahora–, entonces les contaré a Hugh y Simon y le ofreceré un tatuaje a Simon también. Entonces podrías venir a vivir con nosotros.

–No es necesario –insistió Max–. No quiero que descubran quién…

–No, *sí* es necesario –replicó Adrian–. Si el tatuaje funciona en otras personas, entonces es un hecho. Eres más importante que el Centinela.

Max volvió a inclinarse, aunque parecía más preocupado que emocionado mientras su mente comenzaba a maquinar todos los posibles resultados en caso de que el tatuaje no funcionara, y en caso de que lo hiciera.

–De acuerdo –accedió finalmente–. ¿Cuánto tiempo pasará hasta que lo sepamos?

–Hablaré con el equipo mañana y determinaremos quién será el conejillo de Indias y encontraremos un momento para hacerlo. El tatuaje necesita curar algunos días y luego… tendremos que probarlo.

–Entonces, ¿tal vez una semana?

Adrian lo sopesó. Parecía optimista. Necesitaba estar extremadamente concentrado cuando tatuaba el diseño, caso contrario, se arriesgaba a que su poder fuera debilitado por su distracción. Y la concentración era algo que no lo acompañaba últimamente.

Pero ¿qué más podía decir?

–Seguro, una semana, tal vez.

¿Max seguiría en el hospital o ya estaría lista la cuarentena? ¿Ya lo habrían mudado al cuartel general? Tenía la sensación de que la nueva área de cuarentena tendría medidas de seguridad mucho más estrictas que la anterior. Podría ser más difícil probar la efectividad del tatuaje una vez que hubiera sanado.

Pero una idea estaba propagándose en sus pensamientos. Una que tal vez era un poco imprudente. Una idea que ciertamente sus padres desaprobarían.

No sería la primera vez.

–¿*Ahora* qué? –preguntó Max mirándolo con desconfianza.

–¿Por qué esperar a la próxima semana? –Adrian se inclinó hacia adelante–. ¿Y si en cambio pudiéramos escabullirte de aquí?

–¿Y llevarme a dónde? –rio–. ¿A una isla desierta?

Mientras se rascaba detrás de la oreja con su lápiz, Adrian sintió cómo se asomaba una sonrisa en su rostro. Lo que parecía ser la primera sonrisa real desde que Danna le había contado la verdad.

–Tengo en mente un lugar más acogedor.

Capítulo 19

–¿En qué momento debería recordarte que esto es una terrible idea? –susurró Max.

–Estará bien –dijo Adrian apoyado contra la pared. Estaban escondidos en un pequeño rincón, a la vuelta de la estación de las enfermeras.

Bueno, Adrian estaba escondido. Max era invisible.

Turbo estaba en su pequeña jaula, sostenida por Max para también mantenerla invisible.

Había dos personas de enfermería: un hombre de pie al lado de un escritorio hojeando un archivo y una mujer sentada frente a una computadora, clavando distraídamente un tenedor de plástico en un contenedor con una ensalada jardinera. Cada tanto, el hombre intentaba involucrar a la mujer en algún chisme sobre uno de los doctores del hospital, pero la mujer parecía completamente desinteresada.

Finalmente, tras revisar algo en un portapapeles, el hombre guardó el archivo debajo de su brazo y se perdió en el pasillo. Adrian presionó su espalda contra la pared, conteniendo la respiración hasta que se marchara.

–Okey. ¿Recuerdas lo que tienes que decir?

–Esto no funcionará nunca –respondió Max.

–Ese es el espíritu.

Adrian se acomodó el cuello de su camisa mientras se acercaba al escritorio.

–Hola –saludó con una sonrisa brillante.

La mujer alzó la vista y sus ojos se ensancharon.

–¿Hola? –tartamudeó–. ¿No eres…?

–Adrian Everhart –extendió una mano y la mujer la sujetó sorprendida.

–¡Sí! –replicó–. He estado ayudando a cuidar de Max. Encantada de conocerte. Guau, luces igual que en las revistas.

–Supongo que sí –respondió Adrian con una risa extraña.

–Lamento tanto que no puedas visitar a Max por su… –luchó por encontrar la palabra adecuada– condición. Pero te aseguro que ha estado respondiendo muy bien al tratamiento y…

–De hecho, esperaba poder hablar contigo un poco sobre Max y su tratamiento –se inclinó hacia adelante y bajó la voz–. De manera privada, si es posible.

–Ah. Mmm –le frunció el ceño a la computadora, insegura–. Se supone que siempre debe haber alguien…

–Solo por un segundo. Es sobre… ya sabes… cosas de Renegados. Y es importante.

–Por supuesto –un rastro de curiosidad se asomó en su rostro–. Déjame cerrar esto…

Se desconectó de la computadora, luego apoyó el tenedor sobre el manto de lechugas y se puso de pie. Adrian la guio, pasaron por el rincón donde sabía que Max estaba esperando y, con discreción, alzó el pulgar derecho. Luego, se detuvo y enfrentó a la enfermera. Creyó escuchar el movimiento silencioso de un traje de hospital a unos metros de ellos, pero era difícil estar seguro por los constantes pitidos de las máquinas del hospital.

–Bueno… –comenzó Adrian–. En primer lugar, quiero que sepas cuán impresionada está mi familia por el cuidado que Max ha recibido aquí. Es claro que el personal es de primera calidad y solo… realmente apreciamos cuán atentas han sido todas las enfermeras y los doctores, los fisioterapeutas, a decir verdad, todos. Es evidente cuánto se preocupan por sus pacientes.

–Bueno, hacemos nuestro mejor esfuerzo –la mujer se sonrojó.

–Se nota –Adrian le sonrió.

Detectó movimiento en la estación de las enfermeras. Alguien estaba levantando el micrófono del sistema de intercomunicación.

–Y sabemos que el tratamiento de Max ha sido poco convencional –continuó Adrian intentando mantener su atención en la enfermera–. Sé que los sanadores prodigios que trabajan aquí cargan con mucha responsabilidad, pero el personal civil realmente se esforzó para ayudar a Max a recuperarse y se aseguró de que reciba… solo… el mejor cuidado posible, incluso sin un sanador prodigio.

–Gracias –dijo la enfermera mientras ciertos rastros de dudas se inyectaban en su voz–. Pero ¿había algo que necesitabas discutir…? –comenzó a girar para mirar a su escritorio.

–¡Medicina! –dijo Adrian y la enfermera saltó, sorprendida.

»Nosotros, eh… sabemos que ha habido escasez de ciertos medicamentos últimamente, sobre todo después del robo que salió en todas las noticias hace un tiempo y queríamos saber si… están bien abastecidos con todo lo que necesitan para…

Un parlante crepitó sobre sus cabezas, seguido por una voz que brotó en el pasillo. La voz de Max –más grave en un intento de sonar mayor– repetía las palabras que Adrian le había indicado; las había escuchado un par de veces durante sus visitas.

–¡Tres-dos-uno! ¡Tres-dos-uno! ¡Personal de emergencia disponible repórtese en la habitación dieciséis inmediatamente! Necesitamos que *todos* los sanadores prodigios se reporten inmediatamente. Repito ¡esta es una alerta tres-dos-uno!

–Me pregunto quién habló –reflexionó la enfermera inclinando la cabeza–. Debe ser un nuevo residente.

–Eso sonó realmente importante –dijo Adrian mientras veía por el rabillo de su ojo cómo el micrófono volvía a colocarse en el intercomunicador–. Será mejor que salga de tu camino. Podemos discutir esto más tarde.

–Ah, esa alerta solo se aplica a los sanadores pro…

–¡Sigan con el buen trabajo! –Adrian le dio una palmadita en el brazo y luego pasó por al lado de ella hacia el escritorio–. ¿Ves? –susurró, esperando que Max estuviera a su lado mientras doblaba hacia el próximo pasillo–. Ningún sanador, ningún prodigio, ninguna preocupación. Ven, por aquí –se dirigió al elevador en el sector sur.

–Okey, esto es un poco divertido –susurró Max–. Me siento como un espía de esas viejas películas de acción.

Las mejillas de Adrian se contorsionaron por la risa y se preguntó si era más impresionante ser un espía o un superhéroe. Tal vez eran un poco de ambos.

–Serías un espía excelente.

–Lo sé. Nunca nadie sospecha del niño.

–Y con todo eso de la invisibilidad –rio Adrian.

–De eso ni hablar.

Adrian escuchó el sonido de pasos apresurándose hacia ellos. Se acercó a la pared con el brazo estirado para colocar a Max detrás de él –lo que probablemente lució extraño–, pero ninguno de los hombres en los ambos azules pareció prestarle atención.

Pero cuando estuvieron a unos veinte pasos de distancia, el hombre más bajo de los dos se trastabilló inesperadamente y casi colapsa sobre un carrito con bandejas del comedor vacías y vasos descartables.

–¿Estás bien? –su compañero se congeló.

–Sí. De repente, me sentí... raro –dijo el doctor, presionando una mano sobre su pecho–. No fue como un... infarto, exactamente, pero...

–*Mierda, mierda, mierda* –susurró Max–. Soy yo. Es un prodigio. Estoy...

Adrian estiró su mano en el aire y encontró el brazo de Max. Lo arrastró hacia adelante, aunque el chico luchó levemente intentando jalar a Adrian en la dirección contraria, lejos de los doctores. Adrian lo sostuvo con firmeza. Al darse cuenta de que era inútil, Max dejó de objetar y se apresuraron por el pasillo.

Los doctores ignoraron a Adrian, el más alto intentaba ayudar a su amigo a sentarse en una silla en un pequeño escritorio con una computadora.

Antes de doblar en la siguiente esquina, Adrian echó un vistazo atrás. El sanador prodigio estaba sentado un poco más erguido y asentía con la cabeza como respuesta a lo que su compañero le estaba diciendo.

–¡*Todos* los sanadores se dirigirán directamente al primer piso! –gritó Max, titilando, tornándose visible, de seguro para Adrian pudiera ver su mirada encolerizada–. Eso fue lo que me dijiste. Una alerta tres-dos-uno nos garantizará que *no* haya prodigios...

–Okey, okey –lo interrumpió Adrian alzando las manos–. Ese estaba tomándose su tiempo.

–Justamente por esto no debería haberte permitido convencerme de hacer esto. ¡Ese tipo tiene que salvar vidas! ¡Tiene pacientes! ¡Responsabilidades! Y ahora...

–Está bien –dijo Adrian dirigiéndose al elevador. Max fue detrás de él, todavía cargaba la jaula de Turbo con ambas manos–. Apenas estuviste cerca de él. Estoy seguro de que solo tomaste una ínfima parte de su poder.

–Pero ¿qué pasa si esa ínfima parte es la diferencia entre una cirugía de corazón exitosa y una aorta mutilada?

–¿Qué es una aorta? –Adrian fingió una mirada confundida.

–Es la gran arteria que… –hizo una pausa–. Estás evitando la pregunta.

Turbo chilló enojado.

Riendo, Adrian hundió su pulgar en el botón superior.

–Está bien. Y tú también. No deberíamos cruzarnos con más sanadores prodigios.

–¿Y qué hay sobre pacientes prodigios? –preguntó indignado–. ¿Enfermeras? ¿Familiares de visita? Y, además, ¿por qué estamos subiendo? Pensé que la idea era abandonar el hospital.

–Tengo un plan. Escucha, sé que has estado rodeado de prodigios toda tu vida, pero no son tan comunes fuera del cuartel general. Las probabilidades de que nos crucemos con alguien más ahora son muy bajas. Confía en mí, ¿sí?

Max lo miró de mala manera, pero no discutió mientras el elevador llegaba y las puertas se abrían. Salió una enfermera, Max se congeló y se paró más erguido.

–¿Señor Everhart? ¿Qué estás haciendo aquí? ¿Qué es…? –notó la jaula en las manos de Max, pero Turbo se había quedado dormido otra vez y tal vez asumió que era uno de esos dinosaurios de plástico de juguete. Sin esperar una respuesta, la enfermera entrecerró los ojos, estiró una mano y sujetó el codo de Max. Lo hizo girar hacia el pasillo–. Sé qué probablemente estás cansado de estar en la cama todo el día, pero no podemos dejar que pasees por los pasillos sin supervisión. Comprendes eso, ¿no? –le frunció el ceño a Adrian expresando desaprobación–. Estoy segura de que tu amigo lo comprenderá. Ahora, vamos. Los acompañaré… a ambos…

Su voz perdió intensidad. Seguía concentrada en Adrian cuando sus ojos comenzaron a cerrarse. Dio medio paso hacia adelante y luego comenzó a caer al suelo, de cara hacia el linóleo.

Adrian apenas logró sujetarla. La sostuvo por debajo de sus antebrazos mientras su cabeza chocaba con el pecho de él.

Miró a Max boquiabierto, luego a los brazos delgados y pálidos del niño. El interior de sus codos estaba cubierto de moretones nuevos y viejos.

Adrian supo inmediatamente qué había sucedido. Juzgando por la expresión de Max, ambos sabían.

–No creí que hubieras recibido ningún poder de Pesadilla.

–Yo tampoco –dijo Max–. Recién entré en pánico. En realidad, no lo pensé… solo sucedió. Pero… Pesadilla no pareció para nada afectada cuando… –no terminó la oración, pero sus ojos se ensancharon–. *Ah*.

–¿Ah?

–El área de cuarentena. Debo haberlo adquirido cuando Nova entró al área de cuarentena.

Adrian tragó con fuerza. Era verdad. Por supuesto. La noche en que Pesadilla robó el casco no fue la primera vez que cruzó caminos con Max. Solo era una prueba más en contra de ella y, aunque un recordatorio más de quién y qué era no debería dolerle, todavía lo hacía.

Pensó otra vez en el tatuaje que estaba planeando e imaginó poner otra piedra en la pared alrededor de su corazón.

–De todos modos, buen trabajo –felicitó a su hermanito.

La puerta del elevador comenzó a cerrarse y Adrian la detuvo con su pie. Volvió a abrirse y sonó una campanita. Vio una camilla contra la pared y alzó a la enfermera para acostarla allí.

–Dudo que tengas mucho del poder de Pesadilla, así que probablemente no se quedará dormida por mucho tiempo. Andando.

Subieron al elevador justo cuando las puertas comenzaron a emitir un zumbido molesto indicando que comenzarían a cerrarse con o sin ellos adentro.

–Si fuera tú, volvería a hacerme invisible.

Max guiñó un ojo y desapareció mientras Adrian tocaba el botón del último piso.

Segundos después, llegaron a una sala de espera serena. Los envolvió el olor a talco y oyeron el llanto de un bebé de un pasillo cercano.

–No –dijo Max enfáticamente jalando de la manga de Adrian–. ¿El sector de maternidad? ¿Estás demente? No me importa lo que digas, definitivamente podría haber una prodigio mamá, ¡o un bebé! No puedo…

–¿Podrías relajarte? –susurró Adrian y recibió una mirada extraña de la enfermera sentada detrás del escritorio. El chico le sonrió, tomó de manera clandestina el traje de hospital de Max y lo arrastró hacia adelante.

»Hola –saludó a la enfermera apoyando su codo libre sobre el mostrador al lado del registro de vistas–. ¿Hay alguna manera de acceder al techo desde este piso?

Su rostro, ya sospechoso, se ensombreció todavía más.

–El techo no está abierto al público –respondió como si fuera algo obvio.

–Oh, lo sé –respondió con una leve sonrisa–. Soy Adrian Everhart. Mis padres son Hugh Everhart y Simon Westwood.

Sus palabras causaron un reconocimiento inmediato. Su boca formó una *O* de sorpresa.

–Cierto –continuó–. Estoy seguro de que sabe que mi hermano, Max, es un paciente aquí y, bueno, los otros miembros de Consejos vendrán a ver cómo evoluciona la situación de manera periódica. En el cuartel general somos como una gran familia feliz de superhéroes y todos están verdaderamente preocupados por el niño –un resoplido se sintió en el lugar dónde Max estaba parado.

»*Entonces* –insistió Adrian–. Tamaya… Thunderbird, llegará en cualquier momento para recibir un informe completo del estado de Max y ya conoce a Thunderbird, siempre anda volando por los tejados. Nunca usa la entrada principal. Es algo de superhéroes. Quiero decir, si yo tuviera alas…

Max le dio un fuerte codazo a Adrian y el chico reprimió un gruñido.

–En conclusión… ¿Cómo se puede acceder al techo desde aquí?

La enfermera los guio hasta una puerta lisa e ingresó un código en un teclado de seguridad mientras Adrian le aseguraba que no sería ningún problema conseguir un autógrafo del Capitán Chromium. Hizo una nota mental para cumplir esa promesa y él y Max subieron los escalones y se abrieron camino hacia el techo del hospital.

El viento los golpeó desde el este. Desde aquí arriba, Adrian podría ver el Sentry Bridge, la Merchant Tower… hasta el estacionamiento donde Nova y él habían estado vigilando el hospital cuando intentaban detener a Espina y a su banda.

Pasó sobre el helipuerto en el centro del techo y se dirigió hacia la pared norte.

Max, ahora visible, se paró a su lado y escaneó los techos de la ciudad: las torres de agua, las escaleras de emergencia, las ventanas resplandeciendo con el sol del atardecer.

–¿Nos pediste un helicóptero?

–Nada tan glamoroso –Adrian esbozó una sonrisa torcida.

–Entonces, ¿qué estamos haciendo en el techo?

–Querías evitar a toda costa estar cerca de prodigios, ¿no? Bueno, como dijiste, en la calle nunca sabes a quién te podrías cruzar. Pero aquí, el cielo es nuestro.

Max dio un paso hacia atrás con las manos en alto.

–Ahhhh, no. Sé que tuviste que cargarme como una bolsa de patatas cuando me trajiste aquí y eso ya es suficientemente vergonzante. No te convertirás en mi método común de transporte. Gracias, pero no gracias.

–Estabas medio muerto. No hay nada vergonzoso en eso.

–Sí, bueno, veremos cómo te sientes la próxima vez que casi te mueras y *yo* tenga que cargarte por media ciudad.

–Suena relajante. Escucha, no te cargaré a ningún lugar. No necesitas que lo haga. Déjame sostener a Turbo para que puedas concentrarte.

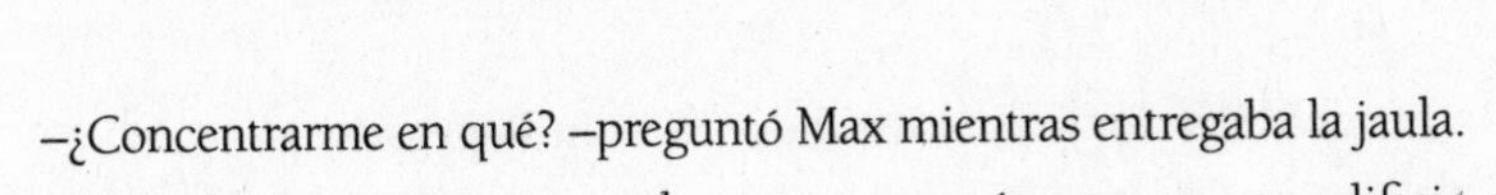

–¿Concentrarme en qué? –preguntó Max mientras entregaba la jaula.

–Solo observa –inspeccionó la estructura más cercana, un edificio de oficinas con ocupas ilegales del otro lado de la calle, Adrian sostuvo la jaula con su brazo y se inclinó. Sintió los tatuajes en las plantas de sus pies activarse y saltó.

El aire acarició sus oídos y, por un breve momento, sintió que estaba volando.

Aterrizó en el próximo techo de cuclillas y con una mano sobre el áspero concreto.

El velocirraptor despertó una vez más y rasguñó enojado las barras de su confinamiento, intentando escapar. Adrian lo ignoró, se limpió los dedos en su pantalón y se volteó hacia Max.

El chico lucía desconcertado. Con los brazos extendidos gritó del otro lado del abismo.

–¡No tengo tanto de tu poder! ¡No puedo hacer lo que tú haces!

–Lo sé –respondió Adrian–. Pero puedes hacer lo mismo que Ace Anarquía.

Los brazos de Max se desplomaron y dio un paso hacia atrás, confundido.

–Tiene telequinesis –le recordó Adrian–. Sé que puedes levitar, lo que significa que puedes *volar*.

La mandíbula de Max trabajó en silencio por un momento, luego sacudió su cabeza.

–Nunca he hecho nada más que flotar algunos metros en el aire.

–Es lo mismo –Adrian encogió los hombros.

–Sí, ¡salvo por la caída de veinte pisos!

–Si caes, te atraparé.

Max evaluó la calle debajo con las cejas arrugadas. Comenzó a frotar sus brazos. No estaba vestido para el clima frío, mucho menos para los vientos intensos que avanzaban desde la bahía.

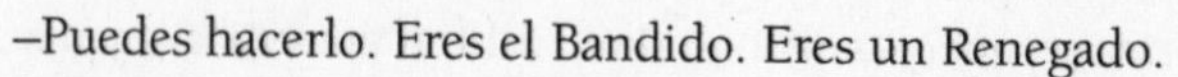

–Puedes hacerlo. Eres el Bandido. Eres un Renegado.

Max cerró los ojos y estiró las manos con las palmas hacia arriba. Sus pies abandonaron la cornisa del edificio y llegó a flotar a unos treinta centímetros del techo.

Adrian esbozó una sonrisa. Al igual que la habilidad de Ace Anarquía, el control de Max sobre la telequinesis generalmente solo se aplicaba a objetos inanimados, no funcionaba sobre personas o animales. La única excepción era él mismo. Se había enterado hace un tiempo que Max era capaz de levitar, pero era diferente verlo con sus propios ojos.

–Eso es –Adrian murmuró para sí mismo, sin querer distraerlo.

Una alarma sonó en algún lugar dentro del hospital.

Max se quedó sin aire y volvió a caer al suelo.

–¡Vamos! ¡Ahora o nunca! –gritó Adrian.

Max parecía estar inmovilizado, congelado por la indecisión.

Luego, para el horror de Adrian, su hermanito sacudió la cabeza y comenzó a caminar hacia las escaleras. Hacia la seguridad de su habitación de hospital. Hacia la seguridad entumecedora del área de cuarentena.

–¡Max!

Luego, Max volvió a voltearse y empezó a correr. Esta vez, no vaciló. Se lanzó por la cornisa del techo con los brazos extendidos.

Adrian contuvo la respiración y se preparó, estaba listo para saltar hacia adelante y atrapar a su hermano ante la primera señal de peligro.

Pero no fue necesario.

Una risa orgullosa brotó de la boca de Adrian, al mismo tiempo que Max gritó de alegría.

Adrian tenía razón. El Bandido podía volar.

Capítulo 20

El comedor de la cafetería estaba escalofriantemente silencioso como siempre. No se escuchaba nada más que personas esnifando sus mocos, narices que goteaban por estar afuera en el viento helado y ruiditos de cubiertos de plástico sobre bandejas del mismo material.

Nova estaba última en la fila, envidiaba cómo le quedaba el mono a la persona delante de ella. El suyo era demasiado largo y tenía que doblarlo.

La línea avanzó y ella avanzó con la fila.

Su atención se posó en la mesa más cercana, donde un par de reclusos estaba sentado del mismo lado, de frente a la pared trasera del comedor. Para desalentar todavía más las conversaciones, todos los asientos estaban ubicados a un solo lado de las mesas para que todos los reclusos enfrentaran a la misma dirección mientras comían. Nova observó sus bandejas, aunque no sabía para qué se molestaba. A esta altura, ya tenía memorizado el menú. Pan. Vegetal misterioso. Patata. Pescado. No debería ser domingo porque no vio a nadie con una codiciada rebanada de queso.

Un gesto extraño llamó su atención. Uno de los reclusos que estaba sentado golpeó el mango de su tenedor dos veces antes de tomar algo de vegetales. Un segundo después, el prisionero al lado de ella utilizó los dientes de su tenedor para raspar la esquina de su bandeja.

Nova no sabía qué significaba, pero estaba segura de que se estaban comunicando.

Alguien le gruñó y se dio cuenta de que la línea había avanzado, se movió hacia adelante y pidió su propia bandeja.

Se sentó en su lugar de siempre, entre los reos de siempre que, como siempre, no intentaron hablar con ella. Escudriñó la habitación con un interés renovado. Ahora que había notado ese astuto intercambio, comenzó a ver más gestos como ese. Por lo menos, los que pensó que podrían ser un lenguaje secreto entre los reclusos. Algunos movimientos eran tan sutiles –rascarse la nariz, mover un zapato, girar la cuchara sobre la mesa en sentido de las agujas del reloj– que muchos de ellos podrían ser accidentales.

Pero estaba segura de que muchos de ellos no lo eran. Los reclusos habían encontrado maneras de comunicarse entre ellos después de todo.

Se preguntó cuánto tiempo tendría que estar allí antes de comenzar a comprenderlos.

–¿Conoces al Titiritero?

La pregunta fue hecha con tanta rapidez que Nova casi pensó que lo había imaginado.

Echó un vistazo a su costado y se encontró a un hombre calvo cuya piel y ojos eran amarillo fluorescente. Entre eso y las anchas líneas del mono, era difícil mirarlo sin entrecerrar los ojos.

Por su parte, el hombre mantuvo su atención en su comida.

Nova enterró su tenedor en el pescado, separándolo. Justo antes de meterlo en su boca, simplemente murmuró.

–Sí.

Por un largo rato, mientras el vecino estuvo callado y Nova pensó que ese podría ser el final de la conversación. Pero luego…

–¿Está bien?

Se quedó quieta con un trozo de pan medio destruido en su boca. ¿Winston estaba bien?

–No lo sé –respondió después de tragar–. No lo veo hace un tiempo.

Consideró contarle que Winston había sido neutralizado, que los Renegados le habían quitado sus poderes. Pero no sabía si los reclusos aquí sabían sobre el Agente N y no creía que pudiera explicarlo con oraciones sofocadas.

Su vecino continuaba llevándose comida a la boca.

Nova disminuyó su ritmo. Generalmente, comía rápido como para poder tragar la mayor cantidad de comida sin tener que saborearla. Pero era tan lindo hablar con alguien y tener una interacción humana que ya estaba sufriendo el momento en que terminara.

–Vinieron a buscarlo hace semanas –dijo el hombre finalmente–. Supuse que ya habría regresado.

Nova pensó en eso. ¿A *dónde* habían llevado a Winston después de su neutralización? Supuso que tenía sentido que no volvieran a enviarlo a Cragmoor, ya no era un prodigio. ¿Lo habrían enviado a una prisión para civiles al norte? ¿O a una institución psiquiátrica? ¿O seguía en el cuartel general de los Renegados y era sujeto de más experimentos para los que no se había ofrecido?

–Dijo que lo entregaste a los héroes –continuó el hombre.

Nova tardó un momento en darse cuenta de que hablaba del desfile, cuando había arrojado a Winston de su propio globo aerostático y lo entregó a los Renegados para salvarse a ella misma. No fue la primera vez que su estómago se revolvió por la culpa.

Pero cuando se atrevió a echar un vistazo al extraño vio que estaba sonriendo.

–Dijo que nunca te rendías. Dijo que eso era lo que le gustaba de ti –sus ojos se deslizaron a un costado y encontraron los de Nova. Eran tan brillantes que mirarlo era algo parecido a mirar dos soles.

Los hombros de Nova se desmoronaron. Winston había sido atroz. Como el Titiritero había hecho cosas horribles, cosas que hasta los otros Anarquistas desaprobaban. Y aun así, no pudo evitar sentir la calidez que la invadió al pensar en Winston en este lugar frío y brutal diciendo cosas amables sobre ella, incluso después de lo que le había hecho.

De repente, una mano tomó la nuca de Nova obligándola a desviar la mirada de su vecino.

–¡Ojos hacia adelante! –ladró el guardia–. ¡Nada de charla!

Apretó los dientes. Supo que hubo un momento en el que la mano de guardia estaba tocando *justo* lo suficiente de su cuero cabelludo como para poder utilizar su poder con él. Estaba casi tan enojada como para hacerlo.

Pero se resistió. No dijo nada, ni siquiera fulminó la espalda del guardia con la mirada mientras se alejaba. Sus nudillos estaban blancos por aferrarse a su cuchara, pero no perdería el control. No les daría la satisfacción de poder castigarla por ello.

Nova concentró su furia en su mandíbula, rechinó los dientes y comió otro trozo de pan.

Sintió el cambio en vez de escucharlo. La habitación estaba silenciosa naturalmente y, sin embargo, de repente, el silencio era palpable. La gente masticando, los roces de cubiertos. Era casi como si hasta hubieran dejado de respirar.

Nova alzó la cabeza.

El director de la prisión estaba abriéndose camino hacia el fondo de la habitación para que todos los reclusos sentados lo miraran. Vestía un traje gris, idéntico al que tenía puesto cada vez que lo había visto.

–Todos escuchen –ladró el director–. Tengo un anuncio y no pretendo explicar esto más de una vez –se detuvo en el centro de la habitación y miró a los reclusos con el ceño fruncido, luego enfrentó a uno de los guardias–. Nos falta uno.

–Lo están trayendo del aislamiento en este momento –respondió el guardia.

El director exhaló, exasperado, pero no tuvo que esperar por mucho. Momentos después, se abrió una puerta cerca de la esquina de la habitación, una puerta que Nova siempre había visto cerrada.

Y allí estaba Ace.

Estaba rodeado por dos guardias, lo guiaban lentamente hacia el comedor.

Nova se quedó helada. Estaba casi irreconocible. Ace se había desvanecido todavía más desde la última vez que lo había visto y ya no se parecía en nada a él. Su piel colgaba de sus pómulos. Sus ojos estaban hundidos, la piel que los rodeaba era prácticamente traslúcida. Arrastraba los pies como si apenas pudiera caminar y era claro que le dolía cada paso que daba.

Y, sin embargo, los otros prisioneros lo reconocieron. Por lo menos, muchos de ellos parecían reconocerlo. Se dio cuenta no solo por su silencio cargado de respeto, sino por la manera en que los más cercanos a él asentían casi imperceptiblemente cuando se arrastraba a su lado, mostrando su respeto por el hombre que una vez había guiado a tantos de ellos hacia una revolución.

Los guardias, por otro lado, estaban alertas con sus manos en sus armas o con los dedos estirados en caso de que necesitaran utilizar sus poderes de ser necesario. Estaban en un extremo de la habitación con Ace, lo observaban como uno miraría a un tigre con la suficiente fuerza como para, tal vez, liberarse de su correa.

Su miedo era injustificado. ¿No se daban cuenta? Ace estaba enfermo, se estaba muriendo.

Los guardias lo hicieron bordear el grupo de mesas y lo guiaron hacia una separada de las demás. Estaba solo a unas pocas mesas de distancia cuando los ojos de Ace repentinamente brillaron al reconocerla. Su mirada encontró la de Nova y ensanchó los ojos. Su pie se detuvo, sorprendiendo a los guardias a su lado.

La miró atónito y Nova podía ver cómo lo aplastaba comprender lo que había sucedido. Había sido capturada. Era una prisionera, como él. La tristeza arqueó su ceja y Nova sintió su propia desesperación crecer dentro de ella.

Quería pedirle disculpas por haberle fallado otra vez. Quería decirle cuánto lo quería todavía. Que no se había rendido.

Ace comenzó a toser. No era una tos educada originada por el clima frígido, sino una tos áspera, seca que pronto hizo que se inclinara hacia adelante y luchara por erguirse. Nova jadeó y comenzó a ponerse de pie, pero el tenedor de plástico fue repentinamente arrancado de su mano. Con un movimiento, se movió y los dientes presionaron su manga, sosteniéndola contra la mesa. Frunció el ceño y sujetó el cuchillo. El mango se partió en dos, y quedaron dientes clavados en la tela.

Lanzó un resoplido, alzó los ojos y vio que no era la única que había querido ayudar a Ace. Tres de los reclusos más cercanos a él también habían intentado ponerse de pie. Uno de ellos hasta logró sujetar un brazo de Ace para evitar que cayera hacia adelante y golpeara su cabeza antes de que los guardias comenzaran a gritar y lo empujaran hacia atrás.

Durante el revuelo, Ace se apoyó sobre la pared y se deslizó hacia el suelo con una mano hundida en el pecho mientras la tos se transformó en una respiración jadeante dolorosa.

Más reclusos ahora estaban de pie, les gritaban a los guardias. *Hagan algo. Ayúdenlo. Necesita un médico.*

Uno de los guardias golpeó las palmas de sus manos entre sí y una ola de presión derrumbó a todos en su camino. Un número de prisioneros

cayeron al suelo. Uno se golpeó la cabeza con un asiento. Aunque Nova no recibió el mayor impacto, el ataque inesperado la empujó sobre su asiento de todos modos.

Solo entonces la presión en los dientes del tenedor desapareció. Arrancó su brazo de la mesa y quitó los restos de plástico de la tela con furia.

–¿Cuál es su problema? –gritó el hombre junto a ella, el que había conocido a Winston. No se había parado con los demás, pero Nova podría ver la ira en su rostro. Gesticuló hacia Ace con su cuchara–. No es una amenaza para ustedes, todos pueden verlo. ¡Necesita ayuda!

–¿Sí? –replicó otro guardia, incluso mientras se inclinaba para tomar una manga de Ace. Jaló de él hasta ponerlo de pie de manera brusca a propósito–. Ha asesinado a mucha gente. ¿Quién los ayudó a ellos?

Nova mordió el interior de su mejilla. Todavía estaba sujetando el mango del tenedor roto y se vio tentada a saltar sobre la mesa y apuñalar a uno de esos guardias en el ojo. Ni siquiera le importaba cuál de ellos.

Pero un movimiento llamó su atención. Lo que quedaba de comida en su plato estaba reacomodándose. Las migas de pan, la piel de la patata, unos hilos de lo que creía que seguramente era repollo hervido. Se arrastraron y formaron en figuras familiares, deletrearon un mensaje.

Solo decía: "No".

Nova tragó saliva y alzó la cabeza.

Ace no la estaba mirando. En todo caso, mantuvo su atención lejos de ella con determinación durante todo el trayecto que fue arrastrado por el comedor hasta que lo obligaron a sentarse en la mesa alejada.

El director aplaudió tres veces de manera lenta y sonora.

–Siempre sabes cómo hacer una entrada –se burló con desdén.

Ace lo ignoró. Todavía respiraba con dificultad, casi colapsado sobre su mesa. La manera en que los guardias lo apuntaban con las armas era casi cómica.

Hasta que Nova bajó la mirada a la palabra en su plato y recordó que, incluso en este estado, Ace no estaba desesperado.

–Me han informado desde el Cuartel General de los Renegados –dijo el director– que a fin de mes todos haremos una excursión juntos.

Un murmullo de interés atravesó a los reclusos, acompañado de sospechas.

–Durante esta excursión, esperamos cooperación total. Estarán esposados los unos a los otros durante el viaje. Todos tendrán las manos incapacitadas. Hemos desarrollado máscaras y vendas especiales para aquellos de ustedes con habilidades que funcionan más allá del límite de sus extremidades. Se tomarán medidas especiales para aquellos que tengan talentos particularmente incontenibles –su voz se tornó más grave con una mirada de advertencia hacia Ace. Podría haber estado viendo a un cadáver por la reacción que sus palabras causaron en él.

Nova se mordió el interior de su mejilla.

El anuncio público del Agente N. La neutralización. Su ejecución. Todo sucedería y pronto.

–Traeremos refuerzos que nos asistirán con dicha seguridad extra –continuó el director–. Si en algún momento, alguno de ustedes parpadea de una manera que no nos gusta –hizo una pausa dramática y los miró de manera fulminante–, no vacilaremos en matarlos en el lugar.

Nadie habló. Nadie se movió.

–Admitiré –continuó el director con una sonrisa desagradable– que tengo la leve esperanza de que alguno de ustedes pondrá a prueba esa promesa –asintió con la cabeza a los guardias y comenzó a salir del comedor.

–Pero ¿a dónde iremos? –preguntó uno de los reclusos–. ¿Y para qué?

El director pausó, regocijándose.

–Ya lo verán. Odiaría arruinarles la sorpresa.

Se marchó y los guardias no perdieron tiempo en arrastrar a Ace fuera de la habitación. La respiración de Nova se aceleró mientras lo observaba marcharse.

Cuando la puerta se cerró con fuerza detrás de él, Nova se hundió en su asiento, otra vez, se sentía miserable, sola y desesperada.

El silencio cubría las mesas mientras los reclusos intercambiaban miradas de sorpresa y curiosidad.

–¡Dos minutos! –ladró un guardia–. Si terminaron, traigan sus bandejas. ¡Vamos!

–Tal vez quieras comer un poco más –murmuró su vecino. Nova gruñó y quiso decirle que había perdido el apetito. Pero sus ojos amarillos se posicionaron en la bandeja y se dio cuenta a qué se refería. El mensaje seguía allí.

Todavía sosteniendo el tenedor con una fuerza mortal, empujó la comida hasta que la palabra desapareció.

Algunos reclusos se pusieron de pie y comenzaron a apilar sus bandejas, pero la mayoría se quedó quieta, pretendían terminar sus comidas. Nova notó más de esos gestos minúsculos, casi al mismo tiempo, mientras los guardias hablaban de manera distraída entre ellos.

Nova observó a los prisioneros con amargura, deseando saber lo que estaban diciendo todos a su alrededor.

–Ey –murmuró su vecino.

–¿Qué? –replicó con demasiada fuerza. Un guardia la fusiló con la mirada antes de asentir a lo que decía su compañero.

A su lado, el hombre con ojos neón tomó su cuchara y golpeó la parte trasera una vez en la mesa al lado de su bandeja.

Nova fulminó con la mirada primero a la cuchara y luego a él.

El hombre tenía una ancha sonrisa un poco torcida.

–Significa que estamos unidos –dice–. Villanos hasta el final.

Capítulo 21

–¿Estás seguro de que Ruby no está en casa? –dijo Max, manteniéndose cerca de Adrian mientras avanzaban por la calle. No paraba de pisar los talones de su hermano mayor.

–Por supuesto que no está en casa. Le envié un mensaje hace dos horas –respondió Adrian–. No la pondría en peligro.

–Está bien, pero… ¿y si alguno de sus hermanos es secretamente un prodigio y todavía no lo saben? ¿O alguno de sus vecinos? ¿O…?

–No lo son –lo interrumpió Adrian–. Sus hermanos idolatran a los Renegados. Si hubieran percibido una mínima señal de superpoderes, se hubieran asegurado de que todos lo supieran. Y en cuanto a sus vecinos, una vez que entres al apartamento, estarás bien. Ningún prodigio se acercará a ti, así que no tienes que preocuparte por robar sus poderes accidentalmente, ¿está bien?

Max no dijo nada y Adrian podía imaginar con facilidad su expresión de vacilación.

–Ey, todo estará bien –insistió, envolvió el cuello de Max con su brazo

y lo jaló hacia él. El niño gruñó y luchó sin mucho entusiasmo–. La familia de Ruby accedió a este acuerdo. Nadie quiere volver a verte encerrado en un área de cuarentena. Y, una vez que lo discuta con Hugh y con Simon, estoy seguro de que estarán de acuerdo.

–Estarán furiosos.

–Lo sé. Pero luego se repondrán y... –Adrian se detuvo delante de un complejo de apartamentos de cinco plantas con un frente de ladrillo expuesto–. Aquí estamos. La famosa residencia Tucker.

–¿Famosa cómo? –indagó Max observando con cautela las filas de altas ventanas, las escaleras de emergencia y los pocos balcones que era lo suficientemente anchos como para albergar algunas macetas.

–Porque es el hogar de la Asesina Roja y de sus acompañantes, sus hermanos mellizos. Andando.

Max siguió sus pasos dentro del edificio y por unas escaleras. Papel tapiz envejecido pero elegante y candelabros de pared iluminados cubrían las paredes del estrecho pasillo. Adrian se detuvo en la puerta del apartamento de Ruby y estaba a punto de llamar a la puerta cuando se abrió de par en par. Allí estaban dos muchachos idénticos, solo un poco mayores que Max. Sus rostros brillaban por el entusiasmo, vestían el disfraz de uniforme de Renegado que su madre y su abuela habían hecho para ellos para las Olimpiadas de Acompañantes.

Finalmente, Adrian se había acordado de preguntarle a Ruby cómo distinguir a los mellizos, y aunque necesitó un momento para recordarlo, su explicación tuvo sentido de repente. El cabello de Jade era más largo y desprolijo cerca de sus orejas, mientras que Sterling mantenía su cabello un poco más corto. Comenzó a referirse a él como Sterling el bajito, aunque los chicos tenían la misma estatura.

–¡Lo lograron! –dijo Jade mientras Sterling gritaba sobre su hombro.

–¡Mamá! ¡Abuela! ¡Están aquí!

–Entren, entren –Jade agitó una mano, indicándoles que entraran.

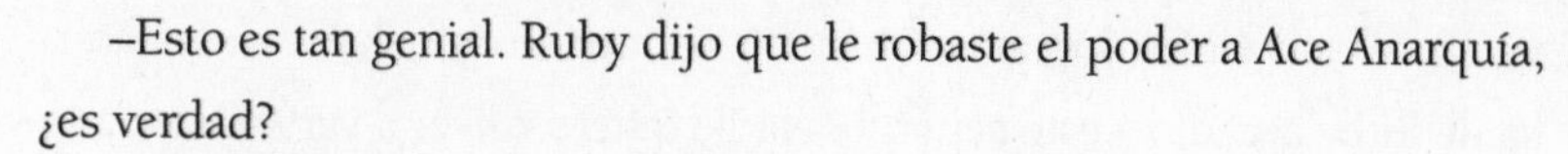

–Esto es tan genial. Ruby dijo que le robaste el poder a Ace Anarquía, ¿es verdad?

–¿Y puedes levitar?

–Y hacerte invisible, como Dread Warden, ¿no es así? –añadió Jade.

–¿Tienes super fuerza como el Capitán? Si te dispararan en el corazón, ¿morirías?

–Amigo –Jade le dio un golpe en el hombro a su hermano–, acaba de salir del hospital por haber sido apuñalado. ¿Qué crees?

–Ey, ¿qué es esto? –ignorando a su hermano, Sterling señaló a la pequeña jaula a la que Max se estaba aferrando.

–Chicos, chicos, ¡denles un poco de espacio! –dijo su mamá mientras salía de una habitación trasera. Le sonrió pidiéndole disculpas a Adrian–. Por si no lo notaron, se emocionaron un poco cuando les contamos de nuestro nuevo huésped. Debes ser Max. Ruby nos ha hablado mucho de ti. Es un placer conocerte finalmente. Y un placer volver a verte a ti, Adrian.

Max aceptó su mano con gracia, pero Adrian podía darse cuenta de que estaba nervioso y azorado por la atención de los mellizos.

–Chicos, ¿por qué no le muestran a Max su habitación para que pueda acomodarse? Puedes dormir en la cama de Ruby o luchar con estos salvajes por la cama de arriba. La cena estará lista en unos veinte minutos. Adrian, ¿nos acompañarás?

–Podría... –hizo una mueca y le echó un vistazo a Max–. Pero se supone que me encontraré con el resto de equipo para comenzar la próxima fase de nuestra investigación sobre los Anarquistas.

–Estaré bien –dijo Max, seguía nervioso, pero hacía su mejor esfuerzo para pretender que no lo estaba–. ¿En dónde se quedará Ruby mientras esté aquí?

–Con Danna –respondió a señora Tucker–, y la mamá de Oscar dijo que también será bienvenida allí de ser necesario.

–También tenemos muchas habitaciones para invitados en la mansión –añadió Adrian–. Y siempre hay habitaciones disponibles en el cuartel general.

–Ella estará bien –la señora Tucker entrelazó sus manos delante de su cuerpo–. Estamos muy felices de tenerte aquí, Max, y puedes quedarte por el tiempo que necesites. ¿Jade, Sterling? –inclinó su mentón hacia la parte trasera del apartamento.

–¡Sí, andando! –gritó Jade girando hacia el corredor–. La habitación es por aquí.

–¿Esa cosa es *real*? –preguntó Sterling, quien no dejó mirar a Turbo boquiabierto.

–Ah, mmm, sí –Max extendió la jaula para que lo vean–. Está un poco enfermo ahora, pero… este es Turbo. Es un velocirraptor. O algo así. Adrian lo hizo para mí.

–No puede ser –murmuró Sterling y luego gritó–… ¡Jade! ¡Tienes que ver esto!

Corrió detrás de su hermano. Max soltó una carcajada extraña y lo siguió. Dudó solo una vez, se volteó hacia Adrian con una pregunta en los ojos.

–Vendré a visitarte todo el tiempo –dijo Adrian–. Si necesitas algo, solo envíale un mensaje a Ruby y ella me lo hará saber –Max asintió con la cabeza.

–¿Les dirás en dónde estoy?

Adrian sabía que se refería al Capitán Chromium y a Dread Warden.

–No de inmediato –admitió–. Encontraré la manera de informarlos una vez que el área de cuarentena esté oficialmente desmantelada.

Max fue tras los chicos con una leve sonrisa. Cuando desapareció por la puerta, Adrian escuchó a uno preguntarle:

–¿Es verdad que te dicen el Bandido? Ese es un alias genial. Si fuera un Renegado, mi nombre sería Serpiente de Plata y tendría la lengua partida y colmillos venenosos. Y mi hermano...

Adrian exhaló, aliviado por la conversación sin sentido de los chicos. Max no tenía muchos amigos. Ninguno de su edad. Era normal que fuera tímido, pero algo le dijo a Adrian que esos tres se llevarían muy bien.

–¿Debería preocuparme por la furia del Consejo?

–Probablemente no tanto como yo –hizo una mueca y enfrentó a la señora Tucker.

–Estará bien –la mujer estrujó su brazo–. Ruby nos contó sobre el área de cuarentena y las pruebas para hacer ese... suero en el que estuvieron trabajando.

–Se supone que eso es altamente secreto.

–No tenemos secretos en nuestra familia –encogió los hombros–. Mi punto es que es solo un niño. No merece tener que cargar con todo eso sobre sus hombros.

–Siento exactamente lo mismo.

–Estoy segura de que el Capitán y Dread Warden se preocupan por él, de la misma manera en que se preocupan por ti. Lo comprenderán. Y, mientras tanto, prometo que cuidaremos bien de él.

–Muchas gracias, señora Tucker.

La mamá de Ruby se inclinó hacia él y le dio un abrazo inesperado.

–Ve –le dijo–. Ve a hacer cosas de héroes. Y dile a esa hija mía que espero llamadas todos los días. Solo porque no viva bajo este techo, no significa que no sea mi responsabilidad, superpoderes o no.

–Me aseguraré de transmitir el mensaje –sonrió.

■■■

Adrian no había caminado ni tres cuadras cuando recibió un mensaje en su brazalete de comunicación. Sus palmas comenzaron a sudar por la anticipación incluso antes de bajar la mirada para ver de quién era.

Tenía razón.

Se preparó mentalmente y aceptó la llamada.

–¿En dónde está? –ladró el Capitán Chromium–. Adrian, ¿qué has hecho?

–Entonces… ¿recibiste la nota? –respondió Adrian intentando mantener su tono relajado. No querían que sus papás entraran en pánico y pensaran que Max había sido secuestrado por una banda de villanos así que dejaron una nota para que encontrara el personal del hospital; explicaba que Max estaba con su hermano y que los Renegados no deberían preocuparse por él.

–¡Sí, recibimos la nota! ¿Qué está sucediendo? ¿En dónde está Max?

–Está en un lugar seguro –dijo Adrian. Se detuvo en la calle y se apoyó sobre un farol–. Confía en mí.

–¿*Confiar* en ti? ¿Qué significa…?

Algo interrumpió a Hugh, luego se oyeron movimientos del otro lado de la línea y apareció la voz de Simon.

–Adrian, confiamos en ti. Y confiamos en Max. Pero esto es serio. Necesitamos saber en dónde está. Tú mejor que nadie deberías comprender cuán peligroso es para él estar solo en este mundo.

–No está solo –replicó Adrian–. Ningún prodigio correrá peligro. Está cómodo, seguro y hasta quizás feliz. Lo que es mucho mejor de lo que sería volver a ponerlo en esa área de cuarentena.

Hubo un breve silencio. Hugh volvió a la línea, su pánico estaba bajo control esta vez.

–¿Cómo lograste siquiera sacarlo del hospital? ¿Encontraste el Talismán de la Vitalidad?

–No, papá. Pero yo… –Adrian vaciló y, por un momento, consideró contarles la verdad, en vez de la historia que había estado elaborando todo el día. Pero no, no era el momento indicado–. Tomé prestado uno de los trajes para materiales peligrosos del cuartel general y se lo puse a Max.

La barrera me protegió de sus poderes el tiempo suficiente para llevarlo a dónde teníamos que ir.

–¿Un traje para materiales peligrosos? –preguntó Simon–. ¿Y nadie notó a un niño de diez años paseando por el pasillo con semejante traje?

Adrian esperó un segundo y escuchó un leve jadeo de Simon, seguido de un gruñido.

–Cierto, invisibilidad. Sabes, me olvido de que también tiene ese poder.

–Tú se lo diste –dijo Adrian–, así que, técnicamente, *tú* lo ayudaste a escapar.

–No te hagas el gracioso –intervino Hugh–. Y no necesitaba *escapar*. ¡No es un prisionero!

–¿No lo es? –replicó Adrian–. Escuchen, sé que lo aman, pero no les permitiré volver a ponerlo en esa cuarentena, fin de la historia. Por ahora, está a salvo en dónde está hasta que encontremos una solución más permanente.

–No, Adrian, nos dirás en dónde está en este instante para que podamos llevarlo al hospital y asegurarnos…

–Hablaremos de esto más tarde –lo interrumpió Adrian–. En este momento estoy llegando tarde a una reunión con mi equipo. ¿Sí? Los quiero, ¡adiós!

El otro lado de la línea se colmó de voces enfurecidas, pero fueron silenciadas por su pulgar. Adrian hizo una mueca y se preguntó si era demasiado grande para ser castigado. Cuando era un niño y actuaba en contra de las reglas, siempre lo amenazaban con quitarle sus cómics o sus video juegos, pero esas cosas ya no tenían la misma influencia sobre él como antes. ¿Qué podrían quitarle ahora que le importara?

Tranquilizó su respiración. Todo estaría bien. De todas las cosas que había hecho en los últimos meses y que podrían enojar o decepcionar a sus papás, escabullir a Max a una casa segura, difícilmente era la peor de ellas. Una parte de él hasta tenía la esperanza de que reconocieran que había hecho lo correcto por Max y por su familia.

Aunque, técnicamente, no haya sido lo mejor para los Renegados.

Como si el centro de llamadas del cuartel general supiera de alguna manera que Adrian estaba rompiendo más reglas del Consejo, su brazalete de comunicación emitió una alarma. Casi se había olvidado de que debía patrullar esa noche, hasta que vio su misión en la pequeña pantalla.

> Ingreso a la fuerza en centro comercial Dallimore's, 29th y Merchant, robo en progreso, reportarse inmediatamente.

Adrian sonrió.

Hacer un poco de justicia a la antigua era exactamente lo que necesitaba.

Capítulo 22

–¡Ahh, se siente tan bien ser heroica! –dijo Ruby estirando un brazo sobre su cabeza para estirar sus músculos. Estaba de pie sobre dos ladrones esposados e inconscientes que habían sido capturados mientras robaban la joyería en el centro comercial Dallimore's.

Adrian no pudo evitar concordar. Se sentía bien ser heroico. Por lo menos, el arresto lo había ayudado a olvidarse de Max por un rato. Y de Nova también.

Oscar se dejó caer estrepitosamente sobre una mesa entre pilas de camisetas de mujer de varios colores.

–Y Sketch ni siquiera tuvo que recurrir a sus habilidades *especiales* para variar –apuntó con su bastón en dirección a Adrian–. Fue lindo verte trabajar a la antigua.

Adrian lo fulminó con la mirada, pero sabía que las bromas no tenían malas intenciones.

–En caso de que lo hayas olvidado, defendí a la justicia por años antes de… –hizo una pausa y les echó un vistazo a los ladrones, aunque

aparentaban estar completamente inconscientes, de todos modos, terminó la oración en voz baja–. Tú sabes.

Mientras balanceaba las piernas, Oscar evaluó la tienda, tenuemente iluminada por un par de luces fluorescentes en el techo a dos pisos de altura y por las luces de la vidriera que, incluso ahora, hacían que resplandecieran las vitrinas con joyas, incluyendo la que había sido destrozada en pequeños pedazos.

–¿Creen que haya alguna máquina expendedora por aquí?

–¿Por qué? ¿Cortina de Humo tiene hambre? –dijo Ruby fingiendo sorpresa mientras envolvía su cable en su cintura. Lo había utilizado para derribar a los ladrones cuando corrieron hacia la salida de emergencia y Adrian pudo ver una línea roja en su mano donde el cable casi la corta.

–Ey, soy un superhéroe en crecimiento. Necesito sustento.

Un espiral de mariposas cayó en cascada desde el balcón superior, donde Danna había estado revisando que la caja fuerte de la oficina no hubiese sido adulterada.

–Todo está asegurado –dijo, su cuerpo volvió a formarse al lado de Ruby–. Y no vi máquinas expendedoras, pero hay un lugar que vende hamburguesas a dos calles. Podríamos ir allí cuando terminemos aquí.

Oscar le ofreció la Danna su puño y ella lo chocó con entusiasmo.

–Muy bien –afirmó Adrian, marcando un código en su brazalete de comunicación–. La tienda ha sido asegurada, los sospechosos están bajo custodia, aguardamos extracción y limpieza.

Tomó el maletín con los bienes robados y se lo lanzó a Oscar, quien lo abrió y comenzó a explorar el surtido de joyas. Apoyó cada pieza en la mesa para que la tienda pudiera corroborar con sus registros y asegurarse de que no faltara nada.

–No es un mal botín –dijo Oscar alzando un collar con un pendiente adornado con fina gema roja colgando de su cadena–. Ey, Asesina Roja, creo que los diseñadores están comenzando a imitarte.

–Awww –sonrió Ruby y agitó su heliotropo como un péndulo–. ¡Marco tendencia! Y es tan lindo.

–Supongo –Oscar alzó el collar a la luz–. No es tan lindo como tú… los tuyos –sonrojándose volvió a concentrarse en el maletín precipitadamente–. Además, los tuyos son mil veces más letales. Oh, guau, ¿estos son aretes? –sacó un par de aretes colgantes, cada piedra era casi tan larga como su mano–. Estos serían como… pesas para los lóbulos.

Las mejillas de Ruby se sonrojaron levemente. Lucía como si quisiera decir algo, pero Oscar parecía determinado a pasar por alto el cumplido que pudo haber sido intencional o no. Así que volvió a envolver el cable en su muñeca y se volteó hacia Adrian.

–¿Cómo está Max?

–Bien, creo –respondió–. No puedo agradecerte a ti y a tu familia lo suficiente por hacer esto.

–Haría cualquier cosa por Max –Ruby agitó su mano–. Y deberías haber visto cómo enloquecieron mis hermanos cuando se enteraron de que, cito: "un Renegado *real*" pronto viviría con ellos. Porque evidentemente, yo no cuento –hizo a un lado una pila de camisetas dobladas y se sentó en la mesa al lado de Oscar.

–Estaban muy entusiasmados –dijo Adrian–. Será un gran ajuste para Max, pero también será bueno para él. Nunca ha tenido amigos de su propia edad. Solo desearía… –se contuvo, encerró a sus pensamientos antes de que pudieran escapar.

Los otros lo observaron, inmediatamente inquietos.

–¿Qué? –lo alentó Ruby.

–Nada –se acobardó, odiaba la mentira casi tanto como odiaba la verdad–. Iba a decir que… Solo desearía poder contárselo a Nova. Creo que estaría muy feliz de verlo libre para variar.

Todo el equipo se quedó callado por un largo rato, hasta que la pequeña voz de Ruby preguntó:

–¿Hablaste con tus papás sobre… sobre la ejecución? En realidad, no la… ¿o sí?

–Parece que sí –Adrian miró al suelo con el ceño fruncido–. A menos que nos diga algo útil.

–¿Y todavía no confesó? –indagó Ruby.

Adrian sacudió la cabeza.

–¿Irás? –preguntó Oscar–. A… ya sabes.

Adrian lo miró sobre el marco de sus gafas.

–No solo es una ejecución. Es la presentación al público del Agente N. Así que, sí. Creo que se espera que esté allí.

–Sí, pero… la gente comprendería si decidieras no ir –dijo Ruby y, aunque estaba intentando ser gentil, esta conversación estaba haciendo que el estómago de Adrian se revolviera con cada momento que pasaba.

–¿Por qué? –preguntó–. Me traicionó de la misma manera en que los traicionó a ustedes, y a todos los demás.

Los demás intercambiaron miradas.

–Quiero decir –replicó Oscar–. En realidad, no. Ella era como tu novia.

–Ya no hablaré más de esto –Adrian tensó la mandíbula. Sintió la mano de Danna en su antebrazo. Se tensó, pero no se alejó.

–Lo lamento mucho –dijo–. Nos caía bien a todos, lo sabes. No fuiste solo tú. No puedo decir que confiaba en ella completamente, pero sí me agradaba. Solo… lamento mucho que fuera ella.

Adrian abrió la boca para responder, aunque no estaba seguro de qué quería decir. ¿Él también lo lamentaba? ¿No era culpa de Danna? ¿En realidad no importaba?

Se aclaró la garganta, ansioso por cambiar de tema.

–Ruby, antes dijiste que harías cualquier cosa por Max. ¿Hablabas en serio?

–Cualquier cosa razonable –respondió con suspicacia–. ¿Por qué?

Adrian se enderezó.

–Sabes que me he estado tatuando para poder…

Fue interrumpido por el sonido de aplausos: golpes lentos y metódicos resonaron por el centro comercial.

Adrian se volteó y detectó a una figura oscura bajando de una plataforma de maniquíes que vestían jeans rasgados y tops con lentejuelas, pero la figura estaba vestida completamente de negro.

Botas y pantalones negros. Guantes y cinturón negros.

Capucha negra.

Y una máscara de plata que cubría la mitad inferior de su rostro.

Adrian se congeló.

Sintió a su equipo tensarse a su alrededor. Ruby y Oscar ya habían abandonado la mesa, vestigios de humo se asomaban por los pies de Oscar y el cable de Ruby estaba tirante entre sus dedos.

–Sus sentimientos son tan *dulces* –dijo… dijo… ¿*Pesadilla*?

Estaba a unos cien pasos, las luces de la ciudad que brillaban detrás de la ventana resplandecían sobre su máscara de metal y las armas familiares que colgaban de sus caderas. La capucha negra cubría su rostro de sombras e imposibilitaba ver sus ojos. Adrian parpadeó, resistiendo el impulso de quitarse las gafas y limpiar los cristales.

–A todos les caía *bien* –los burló Pesadilla–. Todos *lamentan* mucho que haya sido ella –chasqueó la lengua un par de veces–. Bueno, odio ser inconformista, pero, siendo honesta, no lo lamenté tanto. Nova McLain merece todo lo que le sucedió.

La boca de Adrian estaba tan seca que no creyó que pudiera hablar, a pesar de que quisiera decir algo. A pesar de que la única palabra que resonaba en sus pensamientos era simplemente "imposible".

Imposible. Imposible. Imposible.

No era Nova. Eso estaba claro, pero no solo porque Nova estaba recluida en una isla a tres kilómetros de la cosa, sino también porque la voz no coincidía. Ahora que estaba de pie justo en frente de Pesadilla. Ahora

que podía tomarse un momento para comparar lo que solo eran vagos recuerdos, la diferencia era clara.

Seguía siendo sardónica. Áspera.

Pero no era Nova.

–Los felicito por la impresionante captura de esas dos escorias –dijo Pesadilla y Adrian necesitó un momento para acordarse de los ladrones inconscientes–. Dudo que fuera muy complicados capturar a dos no prodigios, pero, de todos modos, es lindo presenciar una de las raras ocasiones en las que los Renegados no son completamente incompetentes.

–¿Quién eres? –preguntó Danna, su voz interrumpió la niebla en los pensamientos de Adrian y le recordó en dónde estaban, quiénes eran. Renegados. Héroes.

Enfrentándose a una villana.

La misma villana. Siempre Pesadilla. Una y otra vez.

Comenzó a preguntarse si tal vez estaba soñando, pero una leve presión sobre su último tatuaje, que todavía era doloroso al tacto, le aseguró que estaba muy despierto.

–Saben quién soy –respondió Pesadilla arrastrando las palabras. Luego se rio y posó una mano sobre el estuche en su cadera desde dónde Adrian la había visto quitar esas estrellas en batallas pasadas.

»Oh, espera, supongo que no saben quién soy porque piensan que esa *chica* es Pesadilla. De hecho, gracias por finalmente unir todas las pistas que he estado dejando por allí. Les tomó bastante tiempo resolver el rompecabezas, pero aquí estamos una vez más ante su famosa incompetencia. Admitiré que incriminarla fue más difícil de lo que había pensado, pero eso es lo que recibo por depender de las habilidades de observación de unos *héroes*. Chicos, no podrían ser más despistados.

–Termina la actuación –dijo Danna, acercándose un paso. Su cuerpo estaba tenso, sus manos formaban puños y Adrian podía darse cuenta de que estaba preparándose para transformarse en mariposas–. Sabemos que no eres Pesadilla. La verdadera Pesadilla está en prisión, donde pertenece.

–¿Están seguros de eso? –los desafió tamborileando los dedos sobre su estuche.

Adrian tragó saliva, odiaba la confusión que enmarañaba sus pensamientos. Pero no… no. Repentinamente, no estaba seguro de nada.

–Nova McLain es Pesadilla –dijo Danna entre dientes–. Entonces, ¿quién eres tú?

–Nova McLain es una Renegada –replicó Pesadilla, su tono derrochaba desdeño–. *Insomnia* –escupió–. Pero no era una heroína muy buena, ¿no es así? Merece estar en prisión por no haber logrado salvar a mi abuelo. Merece que el mundo la vea como una mentirosa y un fraude. Ustedes, los superhéroes, siempre prometen salvar a la gente. Pero ¿ella intervino para salvar a mi abuelo cuando le disparó la Detonadora? ¡No! Observó cómo sucedía –la postura de Pesadilla cambió de relajada a lívida, sus manos formaron puños.

»Nunca me arrepentiré de lo que le hice. Necesitaba un señuelo y ella era una oportunidad demasiado perfecta como para dejarla pasar. Como ustedes no me dejaban en paz después del incidente del desfile, necesitaba a alguien que asumiera la culpa por mí.

–Estás mintiendo –gruñó Danna y se transformó. La masa de mariposas se disparó hacia Pesadilla.

La villana inclinó la cabeza, la capucha se movió y la luz de las vitrinas de las joyas iluminó un costado de su rostro, pero Adrian no pudo distinguir si estaba sorprendida o divertida.

Luego, Pesadilla dio un solo paso a la izquierda y desapareció.

Ruby jadeó. Tal vez todos jadearon. Adrian avanzó, su corazón rugía mientras las mariposas de Danna formaban un espiral alrededor de la columna en donde Pesadilla había entrado aparentemente.

La columna espejada.

Danna volvió a transformarse, una mano sobre el vidrio, su rostro expresaba incredulidad.

–¿Qué diablos?

–Y yo que pensaba que nuestra conversación iba tan bien.

Se voltearon. Pesadilla reapareció en un cambiador con los brazos cruzados mientras se inclinaba sobre el marco de la puerta.

Adrian intercambió miradas con su equipo. Aunque no se sentía menos atolondrado que cuando Pesadilla emergió de esa plataforma de maniquíes, estaba comenzando a darse cuenta de que quedarse de pie boquiabierto no respondería ninguna de sus preguntas. Y, para el caso, tampoco haría que el mundo fuera un lugar más seguro.

–Les diré que mi plan estaba funcionando tan bien –continuó Pesadilla como si no hubiera habido ninguna interrupción–. Quiero dejar en claro que no lamento que Nova McLain esté en prisión. *Bien*. Nadie busca a Pesadilla. *Perfecto*. Pero no, su hermoso Consejo no podía dejar las cosas tranquilas, ¿no es así? Arruinan todo –suspiró con pesadumbre–. Hay rumores que dicen, y corríjanme si me equivoco, que los Renegados ejecutarán a Nova McLain en un futuro cercano. ¡La matarán de verdad! –puso un dedo en su mandíbula como si estuviera pensando–. ¿Aunque toda la evidencia que tienen en contra de ella es puramente circunstancial? Oh... eso no suena como algo que harían los Renegados, ¿o sí?

»Pero eso es lo que escuché. Y, al principio, pensé *genial, todavía mejor*. Si Nova McLain muere, ya no podrá proclamar su inocencia. Y sí fracasó en salvar a mi abuelo, así que uno recibe lo que da...

Abuelo.

Por lo menos una pieza cobró sentido en la mente de Adrian.

La chica que atravesaba los espejos. Esta era la chica que habían visto en la Biblioteca de Cloven Cross... ¡La nieta de Gene Cronin!

Pero... ¿cómo también podía ser Pesadilla?

–Sin embargo, soy una villana con principios –continuó Pesadilla, su voz volvió a endurecerse–, por mucho que les cueste creerlo.

»Y por más que aborrezca a ese intento de superhéroe por sus fallas, no puedo permitir que ustedes imbéciles la maten porque crean que es Pesadilla. Puede que sea una villana, pero no soy un monstruo –se alejó de la puerta y extendió las manos–. Así que aquí estoy, contándoles un gran secreto. He vuelto a engañar a los Renegados. Yo *soy* Pesadilla. Tienen a la chica equivocada.

–¿Y cómo sabemos que no eres una impostora? –gritó Danna, pero se volvió a transformar en mariposas antes de que la villana tuviera una oportunidad de responder.

Esta vez, Adrian también se movió activando los resortes en las plantas de sus pies para impulsarse sobre una serie de mesas cubiertas de bolsos y bufandas.

Pesadilla se volvió a refugiar en el vestidor.

Danna y Adrian fueron a toda velocidad tras ella, las mariposas estaban a unos pocos metros delante de él. La puerta se transformó en un corredor corto. A su izquierda, un tríptico de espejos de gran tamaño estaba ubicados alrededor de una plataforma alfombrada.

Pesadilla estaba de pie sobre la plataforma, inclinada sobre el espejo central. Las luces estaban apagadas, de no ser por el brillo de su máscara, Adrian podría no haberla visto. Danna debe haberla notado al mismo tiempo porque el enjambre repentinamente giró en dirección a ella.

Pesadilla los saludó con la mano.

Las mariposas comenzaron a unificarse.

Adrian se lanzó hacia ella mientras el cuerpo de la villana se deslizaba sobre el espejo, su superficie se agitaba como un estanque negro. La mano de Danna se abalanzó en el aire, las puntas de sus dedos apenas rozaron la capucha de Pesadilla antes de que desapareciera en el espejo y la tela se escabullera de su agarre. El impulso de Adrian hizo que pasara

a Danna de largo. Logró cubrir su brazo en el último instante y chocó contra el espejo. El vidrio se quebró, una telaraña de grietas apareció por el impacto junto con el ardiente dolor en su brazo. Volvió a ponerse de pie mientras maldecía y se frotaba el hombro.

Del otro lado del espejo, todavía podían verla, una chica ahora fracturada en una docena de fragmentos. Su capucha había sido removida de su cabeza liberando a una larga trenza pelirroja. Aunque no podía ver su boca, Adrian sabía que se estaba riendo de forma burlona. Alzó dos dedos hacia su máscara y pretendió lanzarles un beso antes de que su imagen se desvaneciera y se quedaran mirando a ellos mismos en el espejo.

Reflejos que estaban igualmente furiosos y mistificados.

–¿Qué diablos está sucediendo? –dijo Danna.

–No lo sé –admitió Adrian, todavía examinaba el punto en donde Pesadilla había estado. Pesadilla podía atravesar espejos. Pesadilla tenía cabello largo pelirrojo–. Pero conozco a esa chica.

–¿Qué? –se sobresaltó Danna.

–No estuviste con nosotros en la Biblioteca de Cloven Cross –explicó–, cuando fuimos a averiguar si el Bibliotecario seguía en el mercado negro de armas.

–¿Y?

–Esa era su nieta. Estaba trabajando en la biblioteca ese día –comenzó a caminar hacia la puerta, aunque su piel todavía cosquilleaba por la sensación de sentirse observado. Se preguntó si Pesadilla seguía en algún lugar detrás del vidrio, esperando para ver qué harían después.

Casi colisiona con Ruby a la salida, Oscar no estaba muy lejos de ella, aunque se movía más lento con su bastón después de haber perseguido a los ladrones antes y Adrian podía ver que ya estaba agitado por la persecución en el centro comercial.

–Volvió a marcharse –les dijo–. Se mueve a través de los espejos.

–¿Espejos? –replicó Oscar–. ¿Cómo esa chica de la biblioteca?

–*Es* la chica de la biblioteca –respondió y Adrian necesitó un momento para recordar su nombre–. Narcissa Cronin.

–¿La nieta del Bibliotecario? –ladró Ruby–. Pero ella era… ella… ¡No puede ser que esa chica sea Pesadilla!

–¿Por qué no? –preguntó Adrian.

Su pregunta hizo que todos se quedaran inmóviles. Se miraban los unos a los otros en la oscuridad y Adrian podía ver la lucha de emociones en sus rostros.

–Pero ella era tan… –empezó Ruby, sin encontrar la palabra indicada.

–¿Poco villana? –sugirió Oscar.

–¡Sí! Quiero decir, solo la conocimos por un minuto, pero parecía tan tímida y… ¡Y estaba leyendo una novela romántica!

–¿Qué tienen de malo las novelas románticas? –dijo Danna.

–¡Nada! –resopló Ruby–. Es solo que…

–¿Es solo que los villanos solo leen manuales de muerte y destrucción? –preguntó Danna alzando una ceja.

–¿Entonces admites que podría ser ella? –Adrian cruzó los brazos.

–¡No estoy admitiendo nada! –Danna lo miró anonadada–. Solo no creo que las preferencias de lectura de una persona los descarten automáticamente como enemigos.

–Es verdad que tiene conexiones con villanos… –reflexionó Oscar–. Incluyendo conexiones con los Anarquistas, si su abuelo comerció con ellos durante años. Y supongo que tiene motivos para odiar a Nova si realmente cree que podría haber detenido a la Detonadora ese día.

–Nada de eso importa –replicó Danna– porque ella *no* es Pesadilla. ¡Es una imitadora!

–¿Cómo lo sabes? –preguntó Adrian.

Danna lo miró, primero con frustración, pero también con un poco de lástima. Adrian se enfureció.

–¿Cuál es el superpoder de Pesadilla? –preguntó y Adrian frunció el ceño.

–Hacer dormir a la gente –respondió Oscar.

–Hacer dormir a la gente –Danna extendió los brazos como si eso fuera evidencia suficiente–. *No* caminar a través de espejos.

–Sí… –empezó a decir Ruby mientras tamborileaba sus dedos contra la punta de su heliotropo de manera inconsciente–. Pero Adrian tiene múltiples superpoderes. Al igual que Max. No es completamente inaudito.

–Chicos, seguí a Nova –dijo Danna–. La *vi*.

–¿Qué viste exactamente? –indagó Adrian–. Nunca nos contaste los detalles.

–No hay muchos detalles para contar –gruñó–. Sospechaba de Nova, entonces comencé a seguirla. En algún momento, me guio hasta la catedral y así fue como supe a dónde llevarlos, pero no lo recuerdo en realidad porque el lepidóptero que la estaba siguiendo murió.

Una vez que terminó, los cubrió el silencio y Adrian sabía que no era el único que lo estaba pensando. Hasta podía ver la duda asomarse en el rostro de Danna. Incertidumbre. Tal vez una punzada de horror.

–No fue un truco –insistió–. No pudo haberme…

–Engañado –completó Oscar–. *Engañarnos*.

–¿Es posible que…? –dijo Adrian lentamente porque no quería que Danna pensara que la estaba acusando de algo–. ¿Es posible que mientras estuvieras siguiendo a Nova, tu… lepidóptero… encontrara otra pista y siguiera a la Pesadilla real hasta la catedral?

–Pero… –Danna sacudió su cabeza–. No. Esto es absurdo. Es una imitadora. Una impostora.

–Pero ¿por qué? –replicó Adrian–. ¿Por qué Narcissa Cronin pretendería ser Pesadilla? No estaba en nuestro radar antes de todo esto y ahora es como si quisiera que volviéramos a perseguirla.

Danna lo fulminó con la mirada, pero Adrian no pudo evitarlo. Con cada tic del gran reloj en la pared de la tienda, sus percepciones de Pesadilla, Nova y Narcissa Cronin cambiaban. Se fundían y volvían a separarse.

–No lo sé –respondió Danna–. Pero ¿realmente creemos que cambió de parecer y decidió que se pondría en riesgo para prevenir la muerte de una Renegada? ¡Una Renegada que odia!

–No querría la muerte de una persona inocente en mis manos, incluso si la odiara –Oscar encogió los hombros.

–¡Tú no eres un villano! –exclamó Danna.

Apenas Adrian escuchó las palabras de Oscar, lo impactaron más de lo que su amigo había pretendido probablemente. O, una palabra en particular. Una palabra que la misma mente de Adrian había estado evitando, negándose a detenerse y contemplar lo que significaría.

Nova era…

No. Nova no era inocente. No podía serlo. No después de todo. Sacudió su cabeza intentando eliminar el pensamiento antes de que pudiera aferrarse a él. Había demasiada evidencia en su contra, pero ahora, de alguna manera, esa evidencia que había parecido tan condenatorias horas atrás le pareció… ¿cuál fue la palabra que Pesadilla había utilizado?

Circunstancial.

¿Qué pruebas tenían en realidad?

¿Era posible que se hubieran equivocado?

Inocente.

Si eso era verdad, si habían capturado a la Pesadilla equivocada… entonces Nova era inocente.

Pero también significaba que habían fallado al capturar a Pesadilla, a la verdadera.

Seguía libre, burlándose de ellos, burlándose de *él.* El misterio no estaba resuelto. Ella seguía libre, era un peligro para la sociedad, para la organización y para todos por quienes él se preocupaba. Estas eran noticias terribles. Era un error mortificante. Era otra mancha negra en la historia de los Renegados.

Y, sin embargo, su pecho se expandía con cada segundo que pasaba.

–¿Cómo podemos estar seguros? –susurró interrumpiendo una discusión entre Danna y Oscar que no había estado escuchando–. ¿Cómo podemos probar que Nova no es Pesadilla? ¿Qué la verdadera Pesadilla sigue allí afuera?

–No nos dejemos llevar. Sé que quieres que esto sea real, todos ustedes, pero... –Danna se frotó la frente.

–Ah, me olvidé de mencionar una cosa.

Todos se sobresaltaron por la voz de Pesadilla sobre ellos.

–Por todos los diablos –mascullló Oscar, una frase que Adrian apostaba, había incorporado por Nova, lo que hizo que su corazón volviera a doler.

Oscar la señaló con su bastón y gritó:

–¡Desearía que dejaras de hacer eso!

Sentada en el barandal del segundo piso, no muy lejos del elevador, Pesadilla lo ignoró.

–Sigan con su plan y ejecuten a Ace Anarquía si realmente piensan que matar a un viejo débil e indefenso tendrá algún impacto en sus niveles de popularidad. Ustedes, Renegados, hagan lo que les parezca mejor –se estiró para tomar algo detrás de ella y lo alzó. Como respuesta recibió un jadeo colectivo de Adrian y su equipo: era el casco de Ace Anarquía.

–Ah, ¿reconocen esto? –gorgojó–. Entonces sabrán que ya no necesitamos a Ace. Ya tenemos todo lo que necesitamos para destruirlos.

Y luego de esa declaración, balanceó sus piernas hacia el otro lado del barandal y se marchó. Unos instantes después, el ruido de sus botas fue silenciado cuando se desvaneció detrás de otro espejo.

El sonido fue casi inmediatamente seguido por el de sirenas resonando en el exterior. Adrian estuvo confundido por un momento hasta que recordó los ladrones, el arresto, la gente de extracción que venía a llevar a los criminales a prisión.

No le importaba nada de eso.

Esperanza y claridad crecían dentro de él. Nova era inocente.

Capítulo 23

Inocente.

Ella era inocente. Según los Renegados, Nova Jean McLain era inocente.

Las emociones de Nova fluctuaban a cada segundo; de euforia a desconcierto, a la certeza absoluta de que esto era una trampa. Nadie le había dicho qué habían descubierto. Qué nueva evidencia habían encontrado para probar su repentina inocencia. Escarbó en su cerebro para pensar qué evidencia falsa los Anarquistas podrían haber plantado para que los Renegados llegaran a esta conclusión, pero no se le ocurría nada que tuviera sentido. No después de que todos estuvieran tan seguros de su culpabilidad. No mientras la verdad de que ella, de hecho, era culpable revoloteaba sobre su cabeza.

Y, sin embargo, aquí estaba. Le estaban entregando una caja con sus prendas y botas originales y le decían que era libre de irse. La misma guardia que le había inyectado el pequeño rastreador entre sus omóplatos utilizó un dispositivo todavía más doloroso para extraerlo. Nova apretó los dientes y no se quejó.

La dieron una gasa gruesa y una menta.

¿Esto era un truco?

Esta vez, la dejaron cambiarse sola. Exhalando por la nariz, se puso sus prendas y luego golpeó la puerta para hacerles saber que estaba lista.

Otros dos guardias estaban apostados a la salida, aunque la ignoraron mientras pasaba. Escuchó el chirrido de los engranajes rugir dentro de las masivas paredes. Observó mientras se abría el portón y los dos guardias de Cragmoor la guiaron hacia las ráfagas heladas de aire de mar. Los guardias estaban armados, como siempre, pero esta era la primera vez que Nova había estado afuera de su celda sin tener las manos esposadas.

Los guardias no dijeron mucho. Una de ellos, una mujer con ojos negros que no tenían ni un rastro blanco en ellos casi sonrió.

–Te escoltaremos hasta el muelle –dijo. Parecía estar cerca de pedir disculpas, aunque no lo suficientemente cerca.

¿Podría ser un truco?

Las manos de Nova cosquilleaban por sus ganas de tocar a los guardias y hacerlos dormir antes de que pudieran guiarla hacia la trampa que estuviera esperándola, pero contuvo el impulso.

Porque, ¿y si esto era real? ¿Si habían limpiado su nombre de verdad?

En ese caso… *¿cómo?*

Tenía la piel de gallina, en parte por el viento que lanzó su flequillo sobre su rostro, pero también por la expectativa de una emboscada. Tal vez su ejecución había sido adelantada. Tal vez no querían que fuera pública después de todo. Casi esperaba una bala en la nuca en cualquier momento, pero cuando alzó la vista hacia los guardias en las torres a cada lado del portón, vio que sus rifles apuntaban al cielo. Uno de ellos la saludó sin expresión. El otro estaba concentrado en las olas agitadas del mar y en la niebla que escondía la línea del horizonte de la ciudad.

Sentía como si la pequeña isla fuera parte de otro universo y la sensación hizo que Nova se congelara hasta la médula.

El pequeño vehículo la llevó a ella y a sus acompañantes hasta el muelle, donde un bote blindado se mecía sobre aguas turbulentas, donde el mismo capitán y el mismo par de guardias que la habían traído a la isla la esperaban para llevarla de vuelta.

Y luego lo vio.

Estaba esperando en el muelle con un abrigo de lana, una gorra negra tejida y jeans.

Adrian Everhart lucía demasiado bien para ser verdad en este lugar húmedo y lúgubre.

En la mano izquierda, tenía un ramo de flores: las margaritas amarillas más brillantes que Nova había visto en su vida. En la derecha, tenía un cinturón de herramientas similar al que Nova solía vestir sobre su uniforme de Renegada.

Nova no se percató de que había dejado de caminar hasta que la guardia con ojos negros aclaró su garganta con educación. Nova bajó la mirada hacia los escalones desiguales que atravesaban las rocas negras que brillaban con la bruma acumulada, su superficie tenía bálanos y algas marinas.

Se detuvo frente a Adrian, su cabello estaba húmedo por la bruma del agua y sentía el sabor a sal en su lengua.

–¿Flores o armas? –dijo Adrian, extendiendo los regalos hacia ella–. No estaba seguro cuál sería mejor para una disculpa.

La atención de Nova se sumergió en las margaritas, luego hacia el cinturón antes de volver a mirar a Adrian. Aunque su tono había sido alegre, Nova podía ver la ansiedad que escondía.

–Asumo que todas tus invenciones fueron destruidas en la explosión –dijo el chico–. Pensé que un nuevo cinturón de herramientas podía ser un... ¿nuevo comienzo?

Las manos de Adrian cayeron cuando Nova no tomó sus regalos.

–Lo lamento –dijo con el peso de mil disculpas–. Debería haberte creído. Debería haber confiado en ti. Te fallé cuando necesitabas que

fuera tu defensor y sé que eso oficialmente me hace el peor novio de la historia del mundo y, por más que quiera recompensarte, comprenderé si no quieres saber nada más de mí. Pero si... si es posible que puedas perdonarme, entonces haré todo lo que pueda para compensarte. Sé que no cambia lo que has vivido, pero... todavía te quiero, Nova. Nunca dejé de preocuparme por ti y sé que fui un idiota increíble. Me mortifica pensar las cosas que te dije, en la manera en que te traté allí adentro... cómo no te defendí ni una sola vez, incluso cuando no dejabas de insistir con que no eras Pesadilla. Debería... –hizo una mueca y sacudió la cabeza–. Debería haberte creído. Lo lamento tanto.

Adrian vaciló, sus ojos brillaban con palabras por decir. Como respuesta recibió silencio. Ráfagas de viento. El rocío del mar. Finalmente, susurró:

–Por favor, di algo.

Nova tragó saliva.

–¿En dónde está mi brazalete?

Los hombros de Adrian se hundieron como si esa fuera la única pregunta que había esperado que no le hiciera.

–Se lo entregué a Urraca –respondió y Nova tuvo la particular sensación de que estaba esquivando responsabilidad–. Estoy seguro de que lo entregó al cuartel general.

Una de las cejas de Nova se disparó hacia arriba. Estaba igualmente segura de que esa pequeña ladrona se lo había guardado para ella.

No importaba. Podía lidiar con ella después.

–¿Dibujaste las flores? –preguntó y Adrian sacudió la cabeza.

–Las compré con dinero de verdad, en una florería.

–Mmm –dijo inclinándose hacia adelante, Nova tomó el cinturón de sus manos y se lo colocó alrededor de sus caderas–. Bueno, esto es una mejor disculpa. Pero... –le quitó las flores de su mano–. También me quedaré con estas.

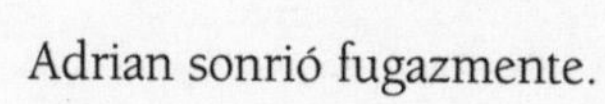

Adrian sonrió fugazmente.

–Verás que hay otro regalo allí –dijo indicando un estuche en el cinturón–. De hecho, de parte del Consejo.

Con una punzada de sospecha, Nova abrió el bolsillo y tomó…

Una máscara de metal.

No era *su* máscara, sino una que se parecía lo suficiente como para que sus palmas comenzaran a sudar y su cabeza volviera al estado de: *es una trampa*.

Se preguntó cuánto debería odiarla Adrian para acceder ser parte de una emboscada tan cruel. Pero la expresión del chico seguía siendo sincera y cálida.

Se concentró en la máscara una vez más y la volteó un par de veces. Era más grande que la de Pesadilla, tenía aperturas paralelas en el frente y pequeñas cámaras de filtrado sobre lo que serían las mejillas.

–Es una máscara de gas –dijo Adrian–. Es un diseño medio crudo, pero no querían demorar su manufacturación. Cada unidad de patrullaje recibirá una de estas de aquí en adelante, ya sabes, después de que Pesadilla consiguiera acceso al Agente N e hiciera esas bombas de gas.

–Ah –dijo Nova–. Cierto –sus dedos temblaban mientras guardaba de vuelta la máscara–. ¿Gracias?

Avanzó bordeando a Adrian y se dirigió al barco que los esperaba. Nadie se movió para detenerla. No había armas apuntadas en su dirección. El capitán hasta la saludó con su sombrero cuando le dio la bienvenida a bordo.

Tan pronto sus pies abandonaron el muelle, se agitaron debajo de su piel ondas de mareo. La mayor parte de la disculpa de Adrian se perdió en el tumulto de sus pensamientos confundidos, pero algunas frases se adhirieron a ella, fuertes y claras.

Adrian nunca había dejado de quererla… ¿incluso cuando creyó que ella era Pesadilla? Quería indagar más en esa afirmación, pero se resistió sabiendo que no merecía su remordimiento.

Y también… *¿novio*? Eso, también resonaba en su memoria cuando se sentó en el primer banco angosto y se acomodó al lado de la ventana, agradecida de que ninguno de los guardias hubiera avanzado para unir sus tobillos a los aros de metal en el suelo húmedo. Apoyó las flores sobre su regazo, su envoltorio de papel madera se arrugó en sus rodillas. Adrian se sentó a su lado, pero dejó algunos centímetros entre ellos.

Un guardia liberó al barco del muelle y el otro le dio un golpecito al techo del barco indicando que podían partir. El motor rugió y en una cuestión de segundos, se estaban alejando de las rocas, de la isla y de la prisión fría y gris que yacía en la cima del acantilado. Sus paredes masivas y las torres de los guardias se desvanecían en la niebla penetrante.

Nova tuvo un escalofrío cuando la vio desaparecer, estaba dividía entre su alegría por la disculpa de Adrian, el alivio de salir de ese lugar y el conocimiento de que Ace seguía allí.

–Aquí tienes –dijo Adrian desabotonándose su abrigo. Nova lo observó en silencio mientras se quitaba las mangas y lo colocaba sobre sus hombros. La cubrió su calidez mezclada con el aroma picante de la loción de afeitar que no sabía que había memorizado hasta ese momento. Solo sirvió para que el momento pareciera todavía más irreal.

–¿Cómo te sientes? –preguntó Adrian–. Ellos no… No te lastimaron allí, ¿o sí?

–No –respondió y volvió a concentrarse en la isla, aunque rápidamente se convirtió en una sombra fantasmal y nada más–. Pero nadie me dijo nada. ¿Qué sucedió? ¿Cómo limpiaron mi nombre?

Adrian hizo una mueca.

–Nos hicieron notar que toda la evidencia que creíamos tener en contra de ti era… circunstancial.

Nova se atrevió a mirarlo a los ojos, ignoró cómo su corazón se aceleró al verlo y a notar que volvía a mirarla con afecto. El cariño que había estado tan segura de que nunca volvería a ver. No se había dado cuenta de cuánto ansiaba una mirada delicada de Adrian o una de sus sonrisas características. No se había percatado cuánto añoraba su presencia estable, su bondad inquebrantable. Nova hundió sus dedos en la tela de su abrigo, ajustándolo bien a la altura de sus hombros.

–También ayudó –continuó con un poco de ironía– que la mismísima Pesadilla fuera quien nos lo hiciera notar.

Nova lo miró fijamente, pensaba que debía haberse perdido en sus emociones y que no había oído correctamente.

–¿Disculpa?

Adrian comenzó a contarle una historia que la dejó todavía más anonadada que antes. Pesadilla apareció en el centro comercial y luego ¿procedió a burlarse de ellos por cómo había incriminado a Insomnia? ¿Pesadilla era... era *la chica que viajaba a través de los espejos*?

–No puedes hablar en serio –Nova estaba boquiabierta.

–Lo sé, también me costó comprenderlo al principio. Pero cuanto más pienso en ello, más sentido tiene. Por supuesto que querría incriminarte, más que a otra persona, después de lo que sucedió entre la Detonadora y el Bibliotecario. Y por qué eligió la casa de la risa en el carnaval como su escondite, tenía ese pasillo repleto de espejos, ¿lo recuerdas? Y cómo entró en mi casa para robar el Talismán de la Vitalidad sin ser detectada por nuestros sistemas de seguridad y cómo consiguió todas esas cosas del departamento de artefactos. Cada baño tiene un espejo y cada edificio tiene baños. Así es cómo se mueve con tanta facilidad. Además, tenía acceso a todas esas armas del mercado negro y una conexión con los Anarquistas por el negocio de su abuelo. Todo encaja.

Nova lo miró boquiabierta e insultada. ¿Pensaban que *Narcissa Cronin* era Pesadilla? La había visto pelear y no era para nada impresionante.

–Además –añadió Adrian–, tenía el casco.

–¿El casco? –repitió Nova, su mente seguía trabajando–. Quieres decir... ¿*el* casco?

–Eso fue determinante cuando se lo contamos al Consejo –Adrian asintió–. Ordenaron tu inmediata liberación. Todos en el cuartel general están trabajando para hacerlo a prueba de Pesadilla ahora que sabemos lo que sabemos. Estamos quitando todos los espejos. También tengo que ir a asegurar mi casa, pero necesitaba estar aquí para ti primero. Es lo menos que podía hacer por ti.

Adrian bajó la cabeza con tristeza y Nova pudo sentir que se acercaba otra catarata de disculpas. Antes de que pudiera comenzar, habló ella.

–¿Qué pasa con Danna?

–Está completamente recuperada. Está bien –se apoyó sobre el respaldo del banco y entrelazó sus manos sobre su regazo.

–Quiero decir… ¿qué dijo cuando… cuando le dijeron que estaba equivocada? Que no soy Pesadilla.

Repentinamente, Adrian evitó mirarla a los ojos y se concentró en el agua, en la dirección a dónde se dirigían. Una pared los separaba del capitán en el timón y el único guardia del barco se había quedado en la cubierta así que estaban solos en la pequeña habitación con sus bancos helados de metal y las ventanas cubiertas de moho.

–Ella… admitió que podría haberse equivocado –dijo Adrian finalmente y Nova dedujo sin problemas lo que no estaba diciendo: Danna no estaba convencida. Seguiría siendo una amenaza, pero Nova tenía la esperanza de que, por lo menos, sería una amenaza durmiente por un tiempo.

Tenía otras cosas de las que preocuparse. Como qué haría para salvar a Ace con su ejecución acercándose. Y por qué plan diabólico Narcissa Cronin estaba pretendiendo ser ella.

–Adrian –dijo mientras el horizonte de Gatlon comenzaba a asomarse a través de la densa niebla–. ¿Siguen planeando ejecutar a Ace Anarquía?

El chico giró hacia ella, pero esta vez fue ella quién evadió su mirada para que no viera su horror.

—Sí —respondió—. En la presentación del Agente N, luego de que neutralicen a los demás reclusos de Cragmoor. El Consejo está convencido de que es la mejor manera para mostrarle al mundo que… bueno, que los Renegados no tolerarán al crimen y a la anarquía.

La mandíbula de Nova se tensó. Se preguntó, no por primera vez, si Adrian tenía alguna idea de cuánto se acercaban las ideas del Consejo sobre el crimen y la anarquía a sus propias ideas sobre libertad y autosuficiencia.

En realidad, no importaba. Tuvo mucho tiempo para pensar en su celda en Cragmoor y regresaba a Gatlon City con nuevos planes. Hasta con algunos nuevos ideales.

Comenzó a soñar un futuro para ella y los demás que era diferente a cualquier otro futuro que se hubiera atrevido a imaginar antes. Y, aunque en el momento creyera que no habría ningún futuro en absoluto, ahora no podía evitar preguntarse qué sería posible.

Pero primero, sobre todo lo demás, tenía que encontrar una manera de evitar que mataran a Ace. Tenía que rescatarlo, tal como él la rescató a ella tantos años atrás.

El estruendo de la sirena de niebla retumbó sobre las olas picadas. Eran las primeras horas de la mañana y las luces de la ciudad brillaban en el aire húmedo. Reflectores anaranjados iluminaban los límites del muelle en donde el barco pronto se detendría. Entrecerrando los ojos, Nova apenas pudo distinguir a un número de sombras esperando allí, pero no pudo distinguir quiénes podían ser. Tuvo la breve fantasía de que fuera su familia, lo más cercano que había tenido a una familia: Honey, Leroy y Phobia.

Bueno, Phobia no tanto.

O incluso Ruby y Oscar. Hasta Danna, quien le caía bien a Nova a pesar de sus claras sospechas. O Max, pensó. Se sorprendió cuando su mente incluso incluyó a Simon Westwood y a Hugh Everhart en esa imagen. Una familia, esperando para darle la bienvenida a casa. *Cualquier* familia.

Suspiró sabiendo que todas esas ilusiones tenían algún tipo de defecto y que ese futuro nunca se materializaría.

Una mano, cálida y fuerte, se deslizó sobre la de ella e hizo que el papel que rodeaba las flores se arrugara en el silencio. Nova volteó su mano y entrelazó sus dedos con los de Adrian.

–Nova...

–Te perdono –susurró sonriéndole–. Gracias por no haber perdido la esperanza.

Las líneas en el rostro de Adrian se derritieron lentamente y se suavizaron con alivio. Ella estrujó su mano y él devolvió el gesto. En ese momento, Nova notó el bulto en la base de su muñeca, giró su mano y levantó la manga; reveló un grueso vendaje cuadrado en su antebrazo.

–¿Qué sucedió?

–No es nada –dijo quizás demasiado rápido.

Nova lo miró frunciendo el ceño y Adrian se mostró avergonzado.

–Quiero decir, es algo. Estoy... intentando algo nuevo. Mira –tomó un lado del vendaje. Donde Nova esperaba una herida había un tatuaje.

Por su apariencia, era relativamente reciente. Las líneas negras estaban cubiertas de costras y la piel de ese sector estaba hinchada y roja.

Nova tomó el brazo de Adrian y lo giró hacia la luz grisácea que entraba por la ventana. Era un tatuaje de una torre, como las de los castillos, sobre una colina. La parte superior de un corazón apenas se asomaba sobre la pared y la pendiente cubierta de vegetación en la base de la torre estaba repleta de flechas caídas.

–Okey... –dijo Nova sin saber qué pensar al respecto–. ¿Qué significa?

–Protección –Adrian sonaba un poco avergonzado mientras reajustaba el vendaje–. Yo... –se aclaró la garganta–. Últimamente estuve analizando la posibilidad de que tal vez mi poder pueda transferirse a tatuajes. Quiero decir, en realidad, no importa si dibujo con marcadores, crayones, tiza o pintura... Entonces, ¿por qué no tinta de tatuar?

–¿Hiciste esto tú mismo?

–Sí. Y sé que puede sonar un poco inverosímil, pero... pensé que debería intentarlo y ver qué sucedía.

–¿Intentar qué exactamente?

–Ver si puedo hacerme un tatuaje que sea... ya sabes, más que un tatuaje –presionó levemente su pulgar sobre el vendaje antes de volver a bajar su manga–. Pensé que este podría ser útil en una pelea. Algo que podría usar como protección, de ser necesario.

Nova lo miró fijamente, no estaba segura de haber comprendido.

–Entonces... te tatuaste una torre en el brazo en un intento experimental de... ¿hacer qué?

–Bueno, *si* funciona –respondió Adrian, sonriéndole con picardía–, será como darme otro superpoder. En teoría, podría utilizarlo para crear una barrera que me proteja a mí y a quienes estén cerca de mí para bloquear ataques de otros prodigios.

–Esa es... una teoría interesante –Nova se inclinó sobre la ventana.

Adrian se aclaró la garganta con incomodidad y Nova tuvo la clara sensación de que había algo que no le estaba diciendo.

–Supongo que veremos si funciona. Debería sanar en un día o dos como para poder probarlo.

–No pareces muy preocupado por el hecho de que tal vez te tatuaste un castillo medieval por ningún motivo real.

Adrian rio y pareció como si quisiera decir algo más, pero Nova pudo sentir su incertidumbre.

–Bueno –respondió, finalmente–, también los tatuajes hacen que un chico se vea rudo, ¿no?

–Sí, seguro –rio Nova.

El rugido de los motores se silenció de manera repentina. Nova se sorprendió al ver que ya habían llegado al muelle. La niebla casi se había disipado y revelaba los edificios a la par del puerto y los rascacielos a la distancia.

El sol ya se había asomado por el horizonte, sus rayos atravesaban la neblina relegada.

Ella tomó su ramo de flores y siguió a Adrian hacia tierra firme. Con decepción, se dio cuenta de que ninguna de las sombras que había visto esperando en el muelle era una de esas personas a las que llamaba familia. Eran todos extraños: un Renegado de administración que le pidió que firmara un documento aseverando que había llegado sana y salva a tierra firme luego de su liberación, un trabajador del puerto que se estaba ocupando de amarrar el barco y la prensa.

Algunas docenas de periodistas y fotógrafos amontonados ya estaban tomando su foto y le gritaban preguntas que rápidamente se desdibujaron en algo incomprensible.

Adrian colocó una mano sobre la parte baja de la espalda de Nova, guiándola a través de la multitud.

–No tienes que hablar con ellos –murmuró en su oído.

Nova se preguntó cuántos periódicos y tabloides publicarían esa foto en los próximos días. Adrian Everhart susurrando en el oído de la chica sospechosa de ser Pesadilla... sin mencionar las margaritas amarillas. Se sonrojó, hizo su mejor esfuerzo por ignorar los gritos detrás de ella, *¡Nova! ¡Señorita McLain! ¡Insomnia!*.

–Tenemos un coche allí –dijo Adrian señalando hacia un pequeño estacionamiento, mientras avanzaban por las filas de barcos anclados, sus cascos de madera se golpeaban sobre el agua.

Pero justo cuando Adrian estaba guiando a Nova hacia el estacionamiento, una figura desconocida se bajó de un taxi que esperaba en la acera de enfrente.

–¡Nova! –gritó apresurándose hacia ella–. ¡Oh, gracias al cielo!

Nova se congeló, no estaba tan desconcertada por el hombre, sino por la manera en que decía su nombre. Como si la conociera.

Escaneó su rostro. Debería estar llegando a los sesenta, tenía cabello entrecano y una barba descuidada. Vestía jeans, mocasines, un suéter raído y desteñido y casi con seguridad no era lo suficientemente abrigado para el clima.

Nova estaba segura de que nunca lo había visto antes. Se tensó, llevó su mano al lugar donde solía tener su pistola de ondas de choque, solo para recordar que había guardado todas sus armas en el bolso que guardó en el maletero del coche de Leroy.

Apenas llegó hasta ella, el hombre tomó la mano de Nova con cariño. Su piel estaba curtida, haciéndolo aparentar mucho mayor que lo que sugerían sus rasgos faciales.

–Estoy tan aliviado –dijo–. ¡Pensé que no volvería a verte!

Para sorpresa de Nova, había lágrimas en sus ojos azules grisáceos.

Tal vez Adrian percibió el desconcierto de Nova y por eso tomó su codo con gentileza, acercándola a él.

–Lo lamento, ¿usted es…?

–Su tío –respondió el hombre sonriéndole, estiró una mano hacia el chico–. Tú debes ser Adrian –Nova se quedó tiesa. ¿Su *tío*?

Cuando Adrian aceptó el apretón de manos con vacilación, el hombre lo saludó con entusiasmo.

–Nova me ha contado tantas cosas. Nunca para de hablar de ti. Es un placer conocerte en persona finalmente. ¡Y en una ocasión tan feliz! –su sonrisa se ensanchó y antes de que Nova pudiera comprender totalmente lo que estaba sucediendo, el hombre colocó un brazo sobre sus hombros.

El poder de Nova se acercó a la superficie de su piel, cosquilleaba con la tentación de anular la amenaza, de noquearlo antes de que pudiera herirla. Pero no estaba lastimándola, si esa era su intención. En realidad, la estaba abrazando como…

Bueno. Como si fueran familia.

–¿Tío? –aventuró Nova.

El hombre se alejó, pero mantuvo una mano sobre los hombros de Nova.

—Intenté visitarte después de que te llevaran, pero todos nuestros documentos se destruyeron en la explosión y no tenía manera de probar quién era. No me creyeron. Y como pensaban que tú eras esa... esa *villana*... —escupió la palabra y sus fosas nasales se agitaron por el asco—, estabas extremadamente custodiada, no había manera de que me dejaran acercarme a ti. Lo lamento tanto. Me ha estado matando pensar en ti allí adentro, sola. No quise que pensaras que te había abandonado, pero no podía...

—Está bien —tartamudeó Nova—. Estoy bien, yo... —le echó un vistazo a Adrian—. Ahora, soy libre.

—Lo sé. No podía creerlo cuando lo escuché, pero, al mismo tiempo, sabía que esto se solucionaría. Sabía que no podrían seguir creyendo todas esas mentiras de ti para siempre, no después de todo lo que has hecho por ellos —soltó sus hombros y volvió a mirar a Adrian—. Estaba tan orgulloso de ella cuando fue a las pruebas y quedó seleccionada. Ser una Renegada ha sido el sueño de toda su vida.

Adrian sonrió, la desconfianza en su expresión se desvanecía lentamente.

—Tenemos suerte de tenerla. No puedo expresar cuánto lamentamos este error. Nova se merecía algo mejor de nosotros.

—Ya todo está en el pasado —el hombre estiró una mano y le dio una palmadita a Nova en la cabeza, la chica no pudo resistir gruñir y bajar la cabeza—. Vamos, te llevaré a casa para que puedas descansar. Bueno... no a *casa*, obviamente. La explosión y todo eso. Pero nos alquilé un pequeño apartamento aceptable hasta que decidamos qué hacer. No es tan malo. Nos arreglaremos, como siempre lo hicimos.

—Los Renegados podrían proveerles alojamiento temporalmente —sugirió Adrian—. Es lo mínimo que podemos hacer, considerando...

—No, no —respondió el hombre—. Eso es muy generoso, pero hay personas en esta ciudad que necesitan la caridad más que nosotros. Muchas gracias, pero mi Nova y yo estaremos bien.

El hombre comenzó a guiar a Nova hacia el taxi detenido, pero la chica se detuvo y se volteó al escuchar a Adrian llamando su nombre.

Él lucía repentinamente tímido, su respiración formaba vapor en el aire entre ellos. Parecía estar luchando con palabras que no sabía cómo decir mientras Nova esperaba con el corazón palpitando. El mundo se había atenuado –la ciudad, los periodistas, su tío falso–, todo se estaba desvaneciendo salvo por Adrian y su mirada nerviosa posada sobre ella.

–También fue real para mí –dijo finalmente, su voz apenas era un susurro–. Espero que sepas eso.

Nova sintió un escalofrío. Antes de poder convencerse de no hacerlo, le lanzó el ramo de flores al hombre desconocido y luego, acortó la distancia entre ella y Adrian. Envolvió sus brazos alrededor de su cuello y lo acercó a ella. Los flashes se activaron y los periodistas los acribillaron con preguntas entusiastas y entrometidas, pero Nova apenas los notó sobre la sensación de plenitud que cubría su cuerpo, desde el color en sus mejillas hasta las cosquillas en sus pies. Lo único que le importaba era transmitir en este momento, con este beso, lo que tal vez nunca tendría otra oportunidad de decir.

Esto era real. A pesar de todo, sus sentimientos por Adrian Everhart eran reales y guardaría este momento en su corazón por el resto de su vida. Sin importar lo que le deparara el futuro, atesoraría este beso y sus palabras para siempre.

Adrian estaba radiante cuando se separaron. Nova se permitió el lujo de colocar sus manos heladas sobre las mejillas del chico y memorizar esa sonrisa, esos ojos, esos hoyuelos escurridizos y preciosos.

Luego, se liberó del abrazo y se quitó el abrigo de sus hombros. Incluso sin él, todavía sentía el calor del beso, calentándola desde adentro.

–Gracias –dijo devolviendo el abrigo y esperando que Adrian supiera que se refería a mucho más que el abrigo–. Supongo que te veré en el cuartel general.

–Te veré allí –asintió Adrian, todavía sonriendo.

Sin mirar a los ojos de su tío falso, Nova volvió a tomar sus flores y se dirigió hacia el taxi. Se hundió en el asiento trasero y esperó a que se cerrara la puerta antes de increpar al desconocido.

–¿Quién eres? –preguntó Nova. El hombre sonrió con satisfacción y comenzó a quitarse la pelusa del suéter.

–Un actor majestuoso, si es que puedo decirlo yo mismo. Aunque, quizás, no tan bueno como tú –la miro sugestivamente. Pero a Nova no le importaba que sus mejillas estuvieran sonrojadas o que su corazón latiera de manera errática o que el hombre pensara que el beso había sido un acto.

–Responde la pregunta.

–Si no te gusta "tío", entonces puedes llamarme Peter. Peter McLain –Nova apretó los dientes, pero el hombre continuó–. Y creo que acabo de asegurar el resto tu historia. Tío misteriosamente ausente... *encontrado*. Eso debería silenciar al resto de las personas que dudaban de ti, por lo menos por un tiempo. De nada.

Nova lo miró boquiabierta, molesta y un poquito impresionada simultáneamente. El hombre tenía razón. En algún punto, Adrian y los Renegados le hubieran hecho preguntas sobre su tío, quien no había ido a buscarla ni una sola vez desde su arresto. El tío que nunca nadie había conocido.

–Está bien –dijo–, pero *¿quién eres?*

–Es un aliado.

Sorprendida, Nova se asomó hacia adelante, al mismo tiempo que el conductor deslizó la ventana de plexiglás que los separaba. Nova encontró sus ojos en el espejo retrovisor, la piel que los rodeaba estaba manchada y cubierta de cicatrices, las cejas habían sido quemadas hacía mucho tiempo. El corazón de Nova dio un salto.

–¡Leroy!

Él la miró radiante.

–Bienvenida otra vez, pequeña Pesadilla.

Capítulo 24

El supuesto tío de Nova no se estaba quedando en un apartamento alquilado harapiento, y resulta que, tampoco los Anarquistas.

Leroy los condujo hacia el vecindario Barlow y aparcó en la esquina de East 16th y Skrein Avenue. Nova se bajó del coche y se encontró inspeccionando las ventanas enrejadas que exhibían una variedad de objetos: un par de guitarras eléctricas, un taladro con accesorios, un tocadiscos *vintage*. Había un cartel descolorido sobre el edificio con enormes letras de molde que decía CASA DE EMPEÑO DE DAVE.

Nova evaluó la calle, notó un club nocturno cerrado, un pequeño supermercado y algunas tiendas con vitrinas vacías y carteles de SE ALQUILA. Juzgando por los bordes amarillentos de los carteles, esos locales no habían sido ocupados desde la Era de la Anarquía.

El llavero de su "tío" tintineó mientras destrababa la puerta de la casa de empeño, que también estaba cubierta con impactantes barras de metal.

–¿Eres Dave? –preguntó Nova mientras él y Leroy la guiaban hacia el interior.

–Nah, Dave solo nos deja utilizar el sótano –respondió el hombre, avanzando con entusiasmo por la casa de empeño–, por un precio. Cualquier cosa por unos billetes, ¿no?

Las luces superiores estaban apagadas, pero unas vitrinas de vidrio en la tienda tenían luces incorporadas que emitían un tenue brillo sobre la mercadería. Relojes y joyas de fantasía, viejos carteles de cine enmarcados sobre las paredes, estantes repletos de computadoras, aspiradoras y radios. En realidad, no había muchos electrodomésticos que Dave *no* tuviera en su tienda, desde aparatos funcionales hasta piezas lujosas.

Las casas de empeño habían sido negocios importantes durante la Era de la Anarquía, cuando gran parte del sistema financiero había colapsado y la economía mundial fue ampliamente reemplazada por un sistema de trueque. Estos negocios siguieron trabajando bien luego de que los Renegados tomaran el control, mientras la economía tambaleaba para volver a activarse y la estabilidad laboral seguía siendo virtualmente inexistente. La gente todavía necesitaba comida y, a veces, la manera más rápida y sencilla para conseguirla era empeñar la colección antigua de alfileres de sombrero de tu abuela por una fracción de su valor anterior a la Era de la Anarquía.

Atravesaron la tienda y una habitación trasera con prácticos estantes repletos de más artefactos electrónicos y una variedad de repuestos. Olía a grasa, polvo y prendas destruidas por polillas, lo que solo hizo que Nova recordara los túneles del metro.

Leroy y el hombre tomaron una pequeña mesa de trabajo y la levantaron hacia un costado. Había una puerta escondida en el suelo sucio de linóleo, luz amarilla emergía debajo de ella.

Sonriendo de manera tal que sus dientes faltantes quedaron expuestos, Leroy le hizo un gesto a Nova para que pasara primero.

Nova estrujó el ramo de margaritas que Adrian le había dado y sin saber qué más hacer, las colocó debajo de su brazo mientras bajaba por los peldaños de la escalera. El papel que las envolvía se arrugó ruidosamente mientras descendía hacia el sótano. Su bota apenas había tocado el suelo cuando la envolvieron un par de brazos y la alejaron de la escalera.

–¡Pesadilla, querida mía! –arrulló Honey, estrujándola por detrás–. ¡Te hemos extrañado tanto! –hizo girar a Nova para poder sostener su rostro entre sus uñas barnizadas. Rastros de delineador negro se habían secado sobre sus mejillas y parecía estar cubierta por más de sus amigas abejas que lo normal. Había nueve o diez en su cabello rubio y Nova llegó a contar al menos una docena más merodeando alrededor de su cuello y sus hombros.

»Si creyera en milagros, diría que hemos logrado uno. ¡Eres libre!

–Soy libre –concordó Nova al mismo tiempo que Leroy apareció al lado de ellas.

–Y, ¡ah, flores! ¿Leroy te las llevó? ¡Qué considerado!

Nova le echó un vistazo a Leroy. Ahora que volvía a estar en terreno de los villanos, lo último que quería hacer era confesar que, de hecho, las flores eran de Adrian Everhart.

Leroy le guiñó un ojo y no dijo nada.

–Encontraré algo en dónde ponerlas –añadió Honey tomando el ramo de sus manos. Fue inmediatamente atacado por un remolino de abejas entusiasmadas.

El sótano de la casa de empeño se parecía más a un refugio antibombas que a un sótano: tenía gruesas paredes de concreto y un par de pasillos que llevaban a diferentes direcciones. Nova supuso que el refugio debería ocupar casi una manzana entera. En este sector central había algunas sillas plegables desvencijadas, alfombras desgastadas una sobre la otra a lo largo del suelo y cajones con comida y suministros contra una pared.

Lo que más sorprendió a Nova no fue que sus aliados estuvieran viviendo en el refugio para bombas debajo de la casa de empeño de Dave, sino que no estuvieran solos.

Nova fue recibida por al menos treinta rostros, casi todos desconocidos, que la miraban de manera inexpresiva. Nova reconoció signos de habilidades inherentes. Una chica un par de años mayor que ella tenía cabello castaño rojizo que flotaba como algas marinas en el aire. Un hombre tenía un hongo que cubría su brazo derecho. Un chico que probablemente tenía trece o catorce años tenía ojos gigantes con pupilas con forma de estrellas de seis puntas.

También había indicadores más sutiles. Un tatuaje con dos flechas cruzadas sobre un pergamino: el símbolo del Cartel Vandal, que había sido la banda del Bibliotecario años atrás. Dos chicos vestidos con batas doradas brillantes, vestigios de los Harbingers. Nova sabía que algunas de las bandas de villanos que no habían sido derrotadas el Día del Triunfo se habían trasladado a la clandestinidad, todavía existían y luchaban por sobrevivir. Se escondían, robaban cuando tenían que hacerlo, luchaban por sus necesidades desde las sombras. Muchos vivían escondiendo el hecho de que eran prodigios para no llamar la atención de los Renegados que los categorizarían como villanos.

Pero Nova nunca había escuchado que se aliaron en un grupo unificado. ¿Esto estuvo sucediendo sin el conocimiento de los Anarquistas por todo este tiempo?

Encontró a Phobia merodeando en una esquina, su guadaña resplandecía sobre las cabezas de la multitud. Nova tragó saliva.

Las palabras de Adrian, maldiciendo de ira, volvieron a su mente.

Sin miedo, no hay coraje… Esas palabras fueron encontradas en un trozo de papel al lado del cuerpo de mi madre.

¿Cuántas veces había escuchado a Phobia decir eso? Era una expresión con la que ella había crecido que le parecía verdadera y alentadora al mismo tiempo. Estaba bien tener miedo a veces, porque solo entonces puedes elegir ser valiente.

Pero las palabras tenían un significado distinto para Adrian.

¿Phobia había matado a Lady Indómita? ¿*Él* había asesinado a la madre de Adrian? Nova se preguntó si, dada la oportunidad, se lo consultaría. Cuestionó cuánto quería saber en realidad.

–¿Alguien me quiere explicar qué está sucediendo? –le preguntó a Leroy, pero no fue él quien respondió.

–Tal vez deberías comenzar con el *gracias* gigante que nos debes.

Nova se volteó.

Narcissa Cronin estaba hombro con hombro con el chico de ojos estrellados y una mujer mayor que podría ser la abuela de cualquiera, salvo que estaba parada en esta habitación lóbrega rodeada de villanos. Narcissa estaba de brazos cruzados y su rostro emitía el mismo desprecio que la última vez que cruzaron caminos, cuando Narcissa había atacado a Nova en su casa y algunos aliados desconocidos de ella habían lanzado una roca por la ventana.

–Salvamos tu vida –dijo Narcissa con un amargo movimiento en sus labios. Seguía siendo extraño verla exhalando enojo cuando antes parecía tan dócil. Era casi como si estuviera usando una máscara.

Hablando de máscaras, Nova comenzó a preguntarse en dónde estaba su traje. Narcissa debería haberlo utilizado para hacerse pasar por Pesadilla, pero eso significaba que Leroy y Honey se lo debieron haber entregado voluntariamente.

–Gracias –dijo Nova, aunque sonó un poco mecánico–. Pero sigo sin saber qué está sucediendo.

–Teníamos que salvar tu vida –explicó Honey, quien había encontrado una jarra de plástico para las flores y las acomodó en una esquina. Rodeó a Nova con un brazo y unió sus cabezas–. Eres nuestra pequeña Pesadilla. No somos los mismos sin ti.

–Sí, tenía la esperanza de que ustedes quizás intentaran algo para sacarme de allí –dijo Nova–, pero ¿quiénes son estas personas? ¿Qué estamos haciendo aquí?

–Estos –respondió Leroy– son nuestros nuevos aliados –a diferencia de Nova, parecía tan relajado como le era posible, tenía las manos en los bolsillos y una suave sonrisa en sus labios caídos.

–La última vez que la vi, estaba intentando matarme –Nova señaló a Narcissa.

–Tuve tiempo para repensar algunas cosas –replicó la chica–. Después de nuestra conversación, se me ocurrió que tal vez nuestros objetivos no son tan distintos después de todo –su tono sugería que le costaba admitirlo–. Odio lo que la Detonadora le hizo a mi familia, a mi abuelo y a la biblioteca. Y sí te culpé por dejar que sucediera. Pero luego... bueno, mataste a la Detonadora y creí que eso significaba algo. Además... –vaciló y le echó un vistazo a la mujer mayor, quien le asintió de manera alentadora.

Nova se dio cuenta de repente que reconocía a la mujer, aunque la última vez que la había visto fue en una pequeña casa flotante en la carretera de la costa.

–¿Millie?

–Hola de nuevo, señorita *McLain* –respondió Millie con un guiño alegre. Como psicometrista, Millie tenía la habilidad de ver el pasado de cualquier objeto que tocaba, pero sus aptitudes como falsificadora solían tener mayor valor para las bandas de villanos. De hecho, había falsificado los documentos de Nova para su postulación a los Renegados. De alguna manera, había creado el alter ego de Nova, le dio un nuevo nombre, un nuevo pasado, una nueva identidad.

–Millie me convenció de que los Anarquistas podrían ser buenos aliados para nosotros –dijo Narcissa–. Considerando tu presencia en los Renegados y la manera en que lograste acercarte tanto al Consejo, pensó que sería sabio darte otra oportunidad.

–Estaba muy orgullosa de la nueva identidad que diseñé para ti –añadió Millie–. Odiaría ver que se desperdiciara cuando estamos tan cerca de ver el derrumbe de su organización.

–Entonces te hiciste pasar por mí –comprendió Nova–, para que tuvieran que liberarme.

–De nada –asintió Narcissa.

Había sido un riesgo, un *gran* riesgo, Nova lo sabía. Narcissa se había puesto en considerable peligro para lograrlo.

Pero había funcionado. Nova era libre.

Y ahora…

¿Ahora qué?

Todos la estaban mirando, casi con expectativa, pero Nova estaba demasiado agotada como para descifrar lo que querían. Lo que esperaban. Le echó un vistazo a la habitación. Su atención se posó en un chico flacucho con cabello negro que estaba cerca del fondo. Necesitó un momento para reconocerlo, antes de percatarse que lo había visto en las pruebas de los Renegados. El chico que podía hacer que las criaturas de origami cobraran vida.

Los Renegados lo habían rechazado. ¿Qué estaba haciendo aquí ahora?

El corazón de Nova se detuvo un segundo. Lo habían rechazado.

Los Rechazados.

Este era el grupo que les había mencionado Narcissa, el que había estado intentando robar el casco. Estos eran los Rechazados.

Pero... todavía no estaba completamente segura de qué significaba eso.

–Está bien –dijo Nova al completar su escrutinio a la multitud y determinar que no reconocía a nadie más–. Entonces, ¿quiénes son todos los demás?

–¿No es obvio? –respondió Honey riéndose–. ¡Somos los villanos de Gatlon City!

–No, no somos villanos –replicó Narcissa firmemente y Honey resopló.

–Odia cuando digo eso –le dijo a Nova en el oído.

–Somos prodigios con una agenda diferente a la de los Renegados –explicó Narcissa mientras sus mejillas enrojecían–. Somos prodigios que

deseamos ser nosotros mismos y vivir a nuestro antojo sin temer que los Renegados aparezcan en cualquier minuto para intimidarnos y oprimirnos. O incluso neutralizarnos con esa nueva arma por el simple motivo de no desear ser uno de ellos.

–O que nuestras bandas estuvieran en guerra con ellos hace más de una década –añadió uno de los chicos de dorado.

–Todos aquí fueron o un proveedor o un cliente de mi abuelo –dijo Narcissa–. Cuando murió, estaba sosteniendo un libro. En realidad, era un registro. Una recopilación de cada prodigio y banda con la que hizo negocios durante los años. He pasado los últimos meses buscando a las personas en ese libro con la esperanza de formar nuevas alianzas para que tengamos una oportunidad real de hacer algunos cambios en esta ciudad –vaciló y su entusiasmo momentáneo se transformó en un poco de vergüenza–. Los Anarquistas también estaban en el libro. No solo la Detonadora, también estaban Cianuro y la Abeja Reina. Incluso te mencionó una vez a ti, Pesadilla. Dadas las circunstancias, creo que mi abuelo hubiera querido que trabajáramos juntos. Los Renegados hicieron difícil, casi imposible, que cualquiera que tuviera el estigma de *villano* tuviera una vida normal y mi abuelo sufrió por eso. Todos hemos sufrido. Le hubiera gustado ver que las cosas cambiaran. Pero es imposible cambiar cuando nadie nos da un empleo o nos alquila un apartamento, ni siquiera nos ven como ciudadanos normales de esta ciudad. El simple hecho de que seamos prodigios, pero *no* Renegados nos hace sospechosos automáticamente.

–Nos hace sospechosos, nos hace un blanco –dijo el hombre con el hongo–. ¿Sabías que solo el quince por ciento de los crímenes en esta ciudad son cometidos por prodigios? Pero los Renegados utilizan el ochenta por ciento de sus fuerzas en atrapar a los criminales prodigios y prácticamente ignoran a los demás. Si realmente les preocupara la justicia y proteger a los débiles, uno creería que le dedicarían un poco más de esfuerzo al problema real.

–Para ellos, nosotros somos el único problema real –acotó Narcissa–. Nos culpan por todo lo que sale mal en la ciudad. Todo para que los Renegados puedan seguir pretendiendo ser grandes y honorables. "Miren, capturamos a otro prodigio. ¡Robó un supermercado hace seis años! ¿No se sienten más seguros ahora?" Es tan discriminatorio como las personas que solían apedrearnos por ser demonios.

–Y ahora tienen ese Agente N –resonó una voz áspera. Nova se sobresaltó, pero no pudo darse cuenta de dónde provino.

–Ese es Megáfono –dijo Narcissa, gesticulando hacia un grupo de prodigios apiñados, incluyendo a un hombre con barba negra canosa que no podía medir más de un metro.

–Cuerpo pequeño –dijo ante su sorpresa–, gran voz.

Y sí que lo era. Aunque no estaba gritando, su voz resonaba como un golpe sónico en el espacio cerrado.

–Saben sobre el Agente N –dijo Nova.

–Ha estado en todas las noticias –dijo una chica con ojos rasgados y una línea de escamas reflectivas sobre la parte trasera de su cabeza rapada–. Esos tres Renegados que perdieron sus poderes en una pelea con Pesadilla. Pensamos que era algo que ustedes los Anarquistas habían creado, un arma nueva para derrotar a los Renegados, pero Cianuro nos dijo la verdad.

–Han estado desarrollando el Agente N por años –Nova plantó sus manos en su cadera–, con la intención de usarlo contra prodigios que no cumplieran con su código. Cualquier Renegado que utilice sus poderes de manera incorrecta, según ellos, podrá ser neutralizado en el acto.

–No nos engañemos –dijo Millie–. No necesitarán nuevos motivos para neutralizar a casi todas las personas en esta habitación. Más de la mitad de nosotros tuvo alianzas con varias bandas durante la Era de la Anarquía y, como explicó Narcissa brevemente: no ha sido fácil que nos miren con otros ojos durante estos últimos diez años. Nuestras transgresiones del pasado serán evidencia suficiente para los Renegados de que somos una amenaza para la sociedad. Hasta casi espero que se lo tomen como un juego; rastrear a sus enemigos de la Era de la Anarquía y deshacerse de ellos, uno por uno.

Nova no respondió. No creía que esa fuera la intención del Consejo, pero sabía que era lo que Congelina y su equipo hubieran hecho una vez que tuvieran acceso al suero. Habría otros como ellos, más que dispuestos de abusar de este poder. Sin importar las intenciones del Consejo, Nova no confiaba en que defendieran los derechos de los prodigios que habían sido miembros de una banda en algún momento, o de aquellos que todavía luchan y roban para lograr sobrevivir en un mundo que no perdona.

Sintió un vacío en el pecho mientras miraba a los ojos a quienes la rodeaban. Sintió una gran simpatía por este grupo de inadaptados, nunca podrían ser superhéroes, pero tampoco merecían ser llamados villanos. ¿Qué oportunidad habían recibido de vivir las vidas que querían? Bajo el gobierno de los Renegados, seguían siendo culpables. Seguían oprimidos. Seguían siendo una amenaza que debía ser exterminada ante el mínimo paso en falso.

Podría ver su cansancio, aunque estaba acompañado de resiliencia. Habían sobrevivido hasta ahora, pero estaban cansados de solo sobrevivir. Estaban listos para tomar cartas en el asunto y creían que ella podía ayudarlos. Creían que los Anarquistas podían ayudarlos.

Habría otra guerra. Héroes contra villanos. Una nueva lucha por poder.

Nova había creído que estaba lista para esto. Finalmente, estaba en el precipicio para el que había escalado toda su vida. Pero se sentía diferente ahora, al mirar al futuro incierto. ¿Y si las líneas no eran tan claras? ¿Y si no era ni heroína ni villana? ¿Y si era ambas?

–Entonces, ¿todos estamos aquí porque queremos que las cosas cambien? –preguntó.

–Y porque, por primera vez en diez años, tenemos una oportunidad –añadió Leroy–. Los Renegados están más débiles ahora que en cualquier otro momento desde la Batalla de Gatlon. La gente está perdiendo la fe en ellos. Sus recursos están demasiado dispersos. Están intentando ser demasiadas cosas, pero no tienen la fuerza de trabajo o la infraestructura necesaria para cumplir con sus promesas. Este es un momento perfecto para atacar.

Nova sintió un escalofrío, se preguntó por qué las palabras de Leroy se sentían tan distantes e imposibles, incluso mientras los desconocidos que la rodeaban asentían ferozmente expresando su acuerdo. Sí, la popularidad de los Renegados había sufrido últimamente, pero seguían siendo poderosos. Sería ingenuo pensar lo contrario.

–¿Cuál es tu plan? –le preguntó a Narcissa–. Nos tienes a todos aquí. ¿Ahora qué?

Narcissa se encogió un poco por la atención.

–Nuestro plan –Leroy habló antes que la chica– era recuperarte. Ahora que hemos cumplido esta meta, es hora de que fijemos la próxima.

Nova rio.

–Entonces no hay un plan.

–Estas cosas no suceden de la noche a la mañana –dijo Millie.

–Además –intervino Honey–, Ace siempre fue nuestro visionario y, últimamente… –miró a Nova de manera punzante y el mensaje fue claro. Últimamente, Nova había sido la nueva visionaria de su pequeño grupo.

–Yo… –Nova exhaló lentamente– puede que tenga una idea. Algo en lo que pensé mucho mientras estaba en prisión. Algo que podría conseguirnos todo lo que necesitamos y queremos. Libertad. Autonomía. Control de nuestras vidas para variar.

–¿Muerte a los Renegados? –sugirió Honey, lamiendo la miel de sus labios.

Nova hizo una mueca. Se mordió la lengua incapaz de decirle la verdad

a este grupo de Rechazados y Anarquistas, personas a las que les habían mentido y con quienes habían jugado demasiadas veces.

Si pudiera hacer las cosas como ella quería, entonces evitaría otra guerra. Nunca se imaginó pensando eso, pero... si todo salía bien, entonces los Renegados podrían seguir viviendo.

–Necesito más tiempo para pensar las cosas –respondió, evitando las miradas de Leroy y Honey–, pero, para comenzar... necesitamos recuperar a Ace. Él es el verdadero visionario, no yo y no avanzaremos sin él.

La ola de miedo e incomodidad que atravesó a la multitud fue casi indiscernible... *casi*.

Hasta los villanos le tenían miedo a Ace Anarquía.

–Realmente lamentamos que hayan perdido a su líder –dijo Narcissa–, pero Ace Anarquía no nos preocupa. Necesitamos hacer algo con este Agente N. Necesitamos encontrar una manera de poder volver a vivir nuestras vidas sin tener miedo todo el tiempo.

–¡Necesitamos derrotar a los Renegados! –gritó alguien desde atrás.

Nova sacudió la cabeza.

–Arriesgaron todo para traerme aquí y ahora les pido que confíen en mí. Ace Anarquía es nuestra mejor esperanza para tener éxito.

–Dices esto –gruñó el chico de ojos estrellados–, pero han tenido a Ace Anarquía a su lado por diez años y ninguno de nosotros lo sabía. Pensamos que estaba muerto. Entonces, ¿qué ha hecho por nosotros?

–Ha estado enfermo –explicó Nova–. Le quitaron su casco durante la Batalla de Gatlon y eso lo debilitó. Pero ahora tenemos el casco de vuelta... –vaciló–. *Tenemos* el casco, ¿verdad?

–Por supuesto –respondió Leroy–. Phobia lo ha estado custodiando noche y día.

Nova tragó y pretendió que eso no le molestaba. Phobia era un Anarquista, se recordó a ella misma. Nunca había pensado en él como un amigo, pero todavía era su aliado.

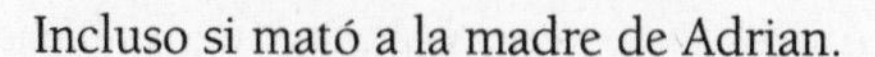

Incluso si mató a la madre de Adrian.

–No teman –sonó la voz tétrica de Phobia. Nova se volteó y se sorprendió al encontrarlo a solo unos pocos metros de ella. La hoja de su guadaña estaba arqueada atravesando el casco de Ace, entraba por el cuello y salía por el espacio para los ojos–. Para la mayoría de los prodigios, este casco sería más una carga que un don.

Nova todavía no estaba completamente segura de cómo se sentía respecto al casco que quizás era el logro más importante de su padre. No llamaría una carga al poder que esgrimía y, sin embargo, sintió terror en el estómago cuando se estiró hacia él. Sujetó el casco y lo liberó de la guadaña. El metal estaba cálido al tacto, todavía emitía ese brillo familiar cuando lo acunó en sus brazos.

–Ace lucharía por cualquiera de nosotros –dijo–. De hecho, *luchó* por nosotros. Todo lo que ha hecho ha sido para mejorar la vida de los prodigios. No podemos dejarlo en ese lugar. No podemos permitir que lo ejecuten.

–Es imposible –masculló alguien, aunque Nova no pudo ver quién. No importaba. Podía ver que el pensamiento se plasmaba en cada rostro que la rodeaba.

–No es imposible –insistió–. Esta mañana, estaba prisionera en la Penitenciaría Cragmoor y tenía solo tres aliados en el exterior –gesticuló hacia Honey, Leroy y Phobia–. Y ahora aquí estoy. Aquí estamos. Si hablaban en serio sobre querer una oportunidad para cambiar las cosas, entonces esto no es debatible. Ace ha hecho más por la causa de los prodigios en este mundo que cualquier otro humano vivo y no lo abandonaremos. Además, es mi tío. Me rescató cuando lo necesitaba y lo rescataré ahora o moriré en el intento.

–Bueno, por lo menos uno de esos escenarios parece probable –murmuró Narcissa–. Definitivamente morirás intentando entrar en Cragmoor.

Nova echaba chispas por los ojos, incluso en tanto la anticipación comenzaba a pulsar por sus venas. El silbido familiar de la adrenalina cuando elaboraba un plan, analizaba la logística y descifraba qué era capaz de hacer en realidad.

–No atacaremos la prisión. Detendremos la ejecución.

Un hombre corpulento que era lo suficientemente mayor como para ser el abuelo de Nova ladró una sonrisa.

–Bueno, ¡qué alegría! Eso será más sencillo. No nos preocupemos por todos los Renegados que estarán allí.

–Tienes razón; habrá muchos Renegados allí –dijo Nova–. Pero los Renegados tienden a ser arrogantes cuando están en grandes grupos. Bajan la guardia. Y si bien puede que esperen que Pesadilla intente salvar a Ace –le echó un vistazo a Narcissa–, no nos esperarán a todos nosotros. Pero necesito un poco de tiempo para pensar. Y necesito volver al cuartel general. Hay algunas cosas...

–¿Eso es todo? –replicó Narcissa–. ¿Arriesgamos todo para sacarte de prisión y solo balbuceas algunas vagas esperanzas sobre rescatar a Ace y arriesgar nuestras vidas para hacerlo? Esto es más grande que Ace Anarquía y más grande que los Anarquistas.

–Lo sé –respondió Nova–. Pero necesito tiempo para pensar esto. Tendrán que confiar en mí.

–Confiamos en ti –afirmó Leroy–. Tú fuiste quién robó el casco de Ace Anarquía de la bóveda de los Renegados, por increíble que parezca.

–¡Ah! –dijo Honey–. Hablando de cosas robadas a los Renegados, ¿crees que necesitarás esto?

Nova se estiró hacia el collar y jaló un medallón negro del busto de su vestido: el Talismán de la Vitalidad. Sintió una ola de aprensión mientras escudriñaba el diseño impreso en el hierro negro. Aunque había protegido a Nova del Agente N, una parte de ella había esperado no tener que volver a necesitarlo nunca más.

No dijo nada, pero deslizó la cadena sobre su cuello y guardó el dije dentro de su camiseta.

–Volvamos a reunirnos en algunas horas –dijo–. Necesito saber qué puede hacer cada uno de ustedes, ver sus habilidades puede ser útil mientras elaboro un plan.

–Tus viejos miedos han regresado, pequeña Pesadilla –añadió Phobia, su voz era baja, pero no lo suficiente–. Están más fuerte que nunca. Un miedo casi petrificante de fallar... *otra vez*.

Nova observó la piscina sin fondo de sombras debajo de la capucha de Phobia. Sus intentos de psicoanalizarla solían irritarla. Sentía como una violación a su privacidad que se inmiscuyera en su cabeza de esa manera, escarbando sus miedos más profundos, develando sus secretos mejor guardados.

Pero no pareció importarle esta vez. Tenía miedo de volver a fallar. Tenía miedo de decepcionar a todos. No solo a Ace, a los Anarquistas y a este nuevo e inesperado grupo de aliados, sino también a Adrian y a los amigos que había formado en los Renegados.

Sí, *amigos*. La palabra era extraña y casi increíble, pero había enfrentado la verdad en esa celda de prisión. Comprenderlo fue demasiado duro y doloroso como para ignorarlo. Se había enamorado de esas personas que la habían acogido y que confiaban en ella. Y, sin embargo, los había traicionado. Saber que la detestarían el resto de sus vidas la hacía sentir casi tan vacía como lo hacía saber que Ace nunca volvería a mirarla irradiando orgullo.

–Sí, tengo miedo de volver a fallar –dijo todavía mirando a la nada en el rostro de Phobia–. Pero sin miedo, no hay coraje.

Capítulo 25

En varias ocasiones, desde que Adrian y sus papás se mudaron a la mansión del alcalde, Adrian tuvo el molesto pensamiento de que era mucho más espacio del que ellos tres necesitaban. No solo porque había una sala de estar formal, un comedor formal y cuatro habitaciones para invitados que nunca habían recibido un solo invitado, sino también porque tres hombres adultos simplemente no necesitaban siete –cuéntenlos– siete baños.

Cada uno tenía un espejo, por supuesto. Y eso ni siquiera incluía a los espejos en los armarios o el que colgaba sobre la repisa de la chimenea en la sala de estar formal y, probablemente, debería haber algunos espejos que no recordaba todavía. Parecía haber reflejos por todos lados estos días.

Adrian destornilló el botiquín espejado de la pared del tercer baño de la planta principal pensando por enésima vez que no le había dado suficiente crédito al poder de Narcissa Cronin cuando la conoció por primera vez en la Biblioteca de Cloven Cross. Seguro, viajar a través de espejos parecía un gran truco para fiestas, pero ahora comenzaba a apreciar plenamente cuán útil podía ser esa habilidad.

Había espejos *en todos lados*. Era como tener una llave maestra a cualquier puerta en el mundo.

Se volvía loco cada vez que se detenía a pensar en ello. Había estado en la misma habitación que Pesadilla aquel día en la biblioteca. Ella había estado *justo delante de sus narices* y él era completamente inconsciente. Le daba ganas de vomitar pensar cómo Pesadilla se debe haber reído a sus espaldas.

Al percatarse de cuán tedioso sería deshacerse de todos los espejos de la casa, estuvo tentado a simplemente destrozarlos o tal vez solo cubrirlos con telas robustas. Pero no creía que sus padres se alegrasen mucho al llegar a una casa repleta de astillas de vidrio y no sabía demasiado sobre la habilidad de Pesadilla como para asegurarse de que una tela pesada fuera suficiente para bloquear su paso.

El último tornillo cayó en la palma de su mano y quitó el botiquín de la pared. No se había molestado por quitar los productos de su interior, oyó cómo se deslizaban y chocaban entre sí dentro del mueble mientras lo cargaba por el pasillo, bajaba las escaleras y entraba en su habitación en el sótano. Pasó por al lado de su cama, de su televisión, del escritorio donde había pasado horas dibujando en cuadernos y, recientemente, donde se había estado tatuando y entró en la habitación que una vez fue su estudio de arte.

La habitación que se había convertido en una jungla viviente.

No había entrado en la habitación desde el arresto de Nova. Traía demasiados recuerdos deslucidos por su creencia de que Nova era su enemiga más odiada. Recuerdos de su cabeza acomodada sobre su hombro, su rostro en plácido sueño. Recuerdos de su sorpresa cuando vio el mural que Adrian había pintado en estas paredes y luego observar su asombro inexplicable mientras él traía a la vida los árboles, las enredaderas y las flores exóticas.

Desde esa noche, la jungla había comenzado a empalidecer, al igual que Turbo. El poder de Adrian no incluía inmortalidad. Sus creaciones se marchitarían y morirían, como todas las cosas en la vida real. De hecho, más rápido que en la vida real. Ahora, cuando entró a la habitación, los aromas de las flores perfumadas habían sido reemplazados por el aroma de deterioro y putrefacción. Los colores vibrantes de las flores se habían desvanecieron en grises y marrones, los pétalos sedosos estaban caídos y secos. Las enredaderas que colgaban por las ramas de los árboles no se podían tocar de lo frágiles que eran y un número de ellas se había quebrado. Se desintegraron sobre el sueño cubierto de musgo que estaba muriendo y revelaba el suelo liso de concreto debajo de él.

Solo la estatua que se erguía en el fondo de la habitación parecía intacta, pero nunca había estado viva en primer lugar.

Adrian apoyó el espejo contra la pared junto a los otros que ya había removido. Supuso que, si Pesadilla atravesaba uno de ellos, estaría tan confundida por la vegetación moribunda, que pensaría que dio un giro equivocado en espejolandia o como sea que funcionara eso.

Como precaución extra, colocó algunas trampas en la habitación que le alertarían la presencia de un intruso, incluyendo una red que caería de la copa del árbol y la atraparía adentro. Tenía la esperanza de que Pesadilla activaría esa trampa. Pensó que se lo merecía al recordar el arma tipo bazuca que había usado para encerrarlo, como el Centinela, dentro de una red similar.

Solo pensar en su batalla en el desfile hizo que apretara los dientes. Pesadilla lo había avergonzado demasiadas veces. Aunque estaba feliz –en realidad, encantado– de que Nova no era la villana después de todo, estaba más frustrado que nunca por saber que la verdadera Pesadilla seguía un paso delante de él.

–Okey –murmuró evaluando los espejos y las trampas que había dispuesto–. Ya van cinco, solo faltan trece más.

Estaba caminando por el vestibulo cuando el crujido de una tabla de madera en el piso superior hizo que se quedara congelado.

La adrenalina corría por sus venas mientras intentaba escuchar más signos de vida en la vieja mansión, pero solo sintió silencio. Tomó el rotulador de su bolsillo trasero y arrastró los pies hacia la escalera, el latido de su corazón era lo más ruidoso de la casa.

Con el leve recuerdo de su madre regañándolo por haber garabateado la pared de su apartamento con crayones, tomó su rotulador y comenzó a dibujar rápidamente un arma en el revestimiento de madera blanco. No una pistola, siempre había sido un tirador terrible. En cambio, dibujó algo que se parecía vagamente a un atizador con una filosa punta en cada extremo. Exhaló mientras tomaba el arma de la pared, la aferró con una mano y con la otra sostenía su rotulador, preparado. Con suerte, evitaría tener que recurrir a los poderes del Centinela. Lo último que quería era soltar una bola de fuego dentro de su propia casa.

Comenzó a subir las escaleras, sabía dónde posicionar sus pies para evitar que crujieran los tablones mientras ascendía. Pausó justo antes del descanso, escaneó el pasillo hacia la derecha, pero lo único que vio fueron sombras y puertas cerradas.

Las puertas dobles de la habitación de sus padres estaban levemente abiertas y, sin poder recordar si lo habían estado antes, se deslizó dentro de la habitación. Había un suéter sobre el respaldo de una silla. Algunos libros y periódicos sobre una mesita de noche. Sabiendo que había un espejo de cuerpo completo, Adrian se preparó para ver su propio reflejo moverse entre los trajes, las botas y las capas, pero se sobresaltaba de todas formas. Dudaba que pudiera volver a mirarse en el espejo como antes.

Nada parecía fuera de lugar.

Cerró la puerta del clóset y luego dibujó una pequeña campana para colgar en su manija, si Pesadilla intentaba atravesar ese espejo y abrir la puerta, Adrian lo sabría inmediatamente. Hizo lo mismo en la puerta del baño principal, todavía no había removido los espejos sobre los lavabos dobles, luego se detuvo para escuchar otra vez.

Silencio.

Estaba comenzando a pensar que tal vez había imaginado ese sonido antes cuando escuchó un golpe seco en el pasillo.

Aferrándose al atizador, salió corriendo de la habitación principal y notó la luz que se asomaba por debajo de la puerta de la oficina. Estaba seguro de que antes estaba apagada.

Se le aceleró el corazón, se acercó a la puerta y envolvió la manija con su mano.

Se preparó.

Luego, abrió la puerta con el arma lista.

Su atención se concentró en una gran ventana detrás del escritorio. La banda de las cortinas había sido arrancada y la tela se agitaba por el viento nocturno. El sonido de la lluvia era repentinamente ensordecedor. Maldiciendo, cruzó hacia la ventana y buscó señales de movimiento en el césped, escaneó el costado de la casa en búsqueda de la sombra de una chica que era experta en escalar edificios.

Sintió pasos detrás de él, apenas los escuchó por el aguacero.

Se volteó justo cuando la figura, vestida de su negro característico, salía a toda velocidad hacia el pasillo.

–¡Ey!

Adrian la persiguió. Ella corrió hacia la habitación principal y cerró la puerta de un golpe. Gruñendo, Adrian la abrió de un empujón, listo para lanzar el arma, como si fuera una jabalina, al mismo tiempo en que el tatuaje de su brazo comenzó a emitir una luz blanca, preparando un rayo de energía para incapacitarla.

La campana sonó cuando Pesadilla, una docena de pasos delante de él, abrió la puerta del closet de un tirón. Sostenía debajo del brazo lo que parecían ser una pila de archivos. No miró hacia atrás mientras corría.

Adrian necesitó medio segundo para decidir: ¿rayo de energía o lanza? Podía matarla. Podía acabar con ella ahora.

El segundo terminó. Alzó su brazo derecho, su puño estaba cerrado con fuerza, y apuntó.

Una hoja de papel cayó del brazo de la chica mientras se arrojaba hacia el espejo en el fondo del clóset, en el mismo momento que el rayo de luz brilló por el diodo que se había asomado por la carne de Adrian.

El rayo impactó en el vidrio. Lo destrozó, el impacto hizo volar fragmentos hasta la alfombra, las prendas en las perchas, sin duda, algunos aterrizaron dentro de los zapatos prolijamente ordenados de sus padres.

Adrian maldijo y, por las dudas, también lanzó el atizador. Golpeó la base del espejo e hizo un agujero.

–Maldición, maldición, maldición –masculló y dejó que el láser de diodo volviera a hundirse en su piel mientras pasaba sus manos por su cabello. Dio zancadas hasta el closet feliz de tener zapatos porque había fragmentos de vidrio debajo de él. Envolvió su mano en el arma, pero luego lo pensó mejor. Esto por lo menos explicaría cómo se había roto el espejo.

Resoplando, se inclinó y tomó la hoja de papel que Pesadilla había dejado caer, se preguntó qué podría haber hecho que volviera a entrometerse en su casa. Esperaba ver planos del cuartel general o información de la investigación del Agente N o una lista de direcciones de los Renegados activos de la organización.

Solo el pensamiento de que la chica que viaja entre espejos supiera dónde vivían sus amigos hizo que sintiera un escalofrío.

Pero cuando volteó el papel, se sorprendió al ver que no era ninguna de esas cosas.

Era un dibujo.

Entrecerró los ojos ante la ilustración, hecha con una combinación de marcadores y crayones. Era una de las versiones del monstruo de su infancia que, por años, lo atacó en sus pesadillas. Su madre le había dicho que una manera de combatir los malos sueños era dibujándolos;

al hacerlo podías enseñarle a tu cerebro que solo eran producto de tu imaginación y que no había nada que temer.

Había dibujado al monstruo más veces de las que podía recordar y nunca había hecho las pesadillas menos reales.

Hizo un bollo con el dibujo y volvió sobre sus pasos hasta la oficina para ver si podía descifrar qué más había tomado Pesadilla. Seguramente este dibujo era al azar; algo que tomó mientras se llevaba el verdadero premio que había venido a buscar.

Pero todos los cajones en el escritorio y del archivador estaban cerrados. Las pilas de papeles estaban prolijas y ordenadas. Las estanterías estaban intactas.

Intactas excepto una caja que suele vivir en una esquina del estante más bajo, pero que ahora estaba sobre la alfombra. Adrian se arrodilló a su lado y comenzó a hurgar entre los papeles que seguían allí, eran todos dibujos de su infancia que sus padres quisieron tanto como para guardarlos.

¿Por qué Pesadilla estaría interesada en estos?

Llegó al final de la caja y un pensamiento lo atacó.

Un pensamiento terrible.

Sus palmas comenzaron a sudar mientras volvía a hojear los papeles, esperando estar equivocado. Esperando que tal vez los guardaran en otro lugar, que nunca hubieran estado en esta caja en el primer lugar.

Pero no… no estaban.

Pesadilla había tomado sus cómics. Los tres números de *Rebel Z* que había hecho de niño, sobre un chico que desarrollaba superpoderes después de que un científico loco lo estudiara y luego utiliza esos poderes para transformarse en un poderoso héroe.

El Centinela.

Adrian volvió a ponerse de pie masajeando su frente. Ella *sabía*. No podía comenzar a imaginar cómo sabía, pero tendría evidencia suficiente en las páginas de esos cómics. Suficiente para hacer público su secreto o para intentar chantajearlo.

En medio del espanto que se abría camino entre los pensamientos de Adrian, se le ocurrió algo.

De pie, evaluó la puerta abierta de la oficina. Pesadilla debe haber estado escondida detrás de ella. Él debe haber pasado justo al lado de la villana cuando cruzó hacia la ventana.

Lo suficientemente cerca como para que lo tocara.

Su error fue tan obvio en perspectiva que pensar en su vulnerabilidad lo hizo sentir levemente nauseabundo. De todas las veces que había peleado con Pesadilla, no podía recordar ni una sola vez en la que ella dejara pasar la oportunidad de desarmar a su oponente, de obtener una ventaja.

Esta vez, definitivamente había tenido una oportunidad de dejarlo inconsciente. Entonces… ¿por qué Pesadilla no lo había hecho?

Capítulo 26

Antes de que la arrestaran, cada vez que entraba en el Cuartel General de los Renegados, Nova sentía que podía estar dirigiéndose a su perdición.

De seguro, ya la habían descubierto a esta altura. De seguro, esta vez estarían esperando para encadenarla.

Y así fue como, con una liviandad peculiar, empujó las puertas giratorias un día después de haber sido liberada de la Penitenciaría Cragmoor. De alguna manera, lo peor ya había sucedido. La habían descubierto, arrestado y enviado a prisión. Sus secretos habían sido revelados. Y, sin embargo, salió a flote ilesa.

Sus mentiras ahora se sentían más seguras que nunca. No solo tenía una coartada sino también un chivo expiatorio –Narcissa Cronin, quien asumió el rol de su alter ego–. Nova sentía que el peso de la paranoia y la sospecha constante fue levantado de sus hombros.

Por primera vez en un largo rato, sintió que casi pertenecía en el cuartel general. Sintió que se había ganado el derecho de estar allí.

–¡Insomnia! –gritó Sampson Cartwright, el empleado no prodigio que se ocupaba de la recepción. Saludó a Nova con la mano mientras ella se acercaba a él–. ¡Qué bueno volver a tenerte aquí!

Nova sonrió y devolvió el saludo un poco avergonzada, aunque sabía que Sampson era una de las personas más genuinas del personal. La hizo sentir bien pensar que tal vez algunas personas aquí, además de Adrian y su equipo, podrían haberla extrañado.

Fue recibida con una mezcla de emociones en los rostros de los Renegados y del personal mientras caminaba hacia los elevadores. Algunos la miraban con sospechas, todavía no estaban listos para creer en su inocencia. Otros la miraban con una expresión que estaba entre una sonrisa amistosa y una mueca, acompañada de culpa por su falso arresto. Unas pocas unidades de patrullaje que apenas conocía le chocaron los cinco de manera entusiasmada. Otros evitaron hacer contacto visual con desconfianza.

Nova casi había llegado a los elevadores cuando escuchó que alguien gritaba su nombre desde la otra punta de la recepción. Se volteó y vio a Ruby saltando hacia ella.

–¡Lo lamento tanto! –gritó y jaló a Nova hacia ella para abrazarla–. ¡Lo lamento tanto, tanto, tanto! –se alejó y tomó a Nova por los hombros. La verdadera Pesadilla no pudo distinguir si los ojos de Ruby estaban brillosos por lágrimas no derramadas o por simple felicidad.

»Estoy increíblemente feliz de que no seas Pesadilla, pero también me siento horrible por haber creído lo contrario. Deberíamos haber dejado que nos explicaras antes… Bueno, realmente lo lamento.

–Está bien –afirmó Nova y lo decía en serio. Ruby había creído que ella era la célebre villana que una vez luchó contra ellos en las terrazas durante el desfile. No podía estar ofendida–. Todo está en el pasado. He vuelto.

–Y estamos encantados –dijo Oscar apareciendo al lado de ellas y alzando un puño que Nova chocó con felicidad–. Debo admitir, que me he encariñado contigo y con tus métodos rudos que no aceptan tonterías. Y, por cierto, yo también lo lamento mucho.

–No más disculpas. Está bien. Cualquiera hubiera hecho lo mismo en su lugar.

La atención de Nova se posó en el tercer miembro de su grupo. Aunque Danna había seguido a Ruby y a Oscar, se había quedado unos pasos atrás, de brazos cruzados y con la mandíbula tiesa.

Claramente no estaba a punto de disculparse.

Pero Nova se había preparado para esto. De todas las personas a las que tendría que persuadir de su inocencia, sabía que Danna sería una de las más difíciles. Su acusación había enviado a Nova a prisión. Nova todavía no sabía con seguridad qué había visto Danna, solo sabía que su testimonio debería haber sido lo suficientemente débil como para darle lugar a las dudas una vez que Narcissa apareciera con la máscara de Pesadilla y el casco en la mano.

Y así, a pesar de la postura fría de Danna, Nova la miró radiante con una sonrisa tan amplia y animada como pudo.

–Danna, estábamos tan preocupados por ti. Estar atascada en modo enjambre por tanto tiempo... Sé que debe haber sido difícil para ti, pero realmente me alegra ver que estás bien –la expresión de Danna se relajó..., pero solo un poquito y en la superficie. La expresión en sus ojos permanecía especulativa.

–Gracias. Me alegra que no haya resentimientos.

–En absoluto. Todavía no sé si comprendo cómo Pesadilla logró incriminarme de esa manera, pero, como yo lo veo, fuiste una víctima al igual que yo. Solo espero que podamos trabajar juntas para derrotarla, esta vez de verdad.

Algo titiló en el rostro de Danna, aunque Nova no podía estar segura, pensó que podía ser un dejo de incertidumbre. Una pregunta constante. ¿Podría haberse equivocado respecto a Nova después de todo?

Lo que sea que haya visto, quedaría sin interpretación. Oscar golpeó su bastón en el suelo de cerámica.

–¡Sí, señor! *Destruiremos* a Pesadilla. Pero primero…

Le sonrió a Ruby y gritaron al unísono:

–¡Pizza!

–Tienes que venir con nosotros –dijo Oscar–. Es una celebración de *¡sí, nuestra recluta más nueva no es una villana asesina después de todo!*

–De hecho, yo… –el estómago de Nova se tensó por el insulto.

–No te preocupes, Adrian también estará allí –dijo Ruby guiñándole un ojo de manera pícara mientras tomaba el codo de Nova–. Iba a visitar a Max un rato y luego nos encontrará allí.

Ante la mención de Max, los pensamientos de Nova se catapultaron unos sobre otros. Max. *Max*. Había estado tan aturdida cuando la liberaron de la prisión, tan desconcertada y ansiosa por encontrar una manera de asegurar la libertad de Ace que se había olvidado completamente de Max.

–¿Cómo está? –preguntó rehusándose a moverse cuando Ruby intentó guiarla hacia la salida–. Lo último que había escuchado es que estaba recuperándose, pero…

–Ah, ¡no lo sabes! –balbuceó Ruby–. ¡Salió del coma y está muy bien! De hecho, Adrian tuvo la idea brillante de dejarlo quedarse…

–*En el hospital* –Danna prácticamente gritó sorprendiéndolos a todos–. Por un tiempo más. Para asegurarse de que se recupere por completo antes de trasladarlo a algún lugar –le lanzó una mirada asesina, no muy sutil, a Ruby y a Oscar.

–Um… ok… –dijo Ruby, inclinando su cabeza hacia Danna.

–Y están reconstruyendo la cuarentena –añadió Danna, señalando con su pulgar a la zona en plena construcción en el otro extremo de la recepción–. Pero la harán más linda, más grande… se asegurarán de que esté extra cómodo esta vez.

La boca de Nova se secó mientras asimilaba las paredes de vidrio que esperaban ser colocadas en el entrepiso.

–No creí que fueran a reconstruir la cuarentena.

–Sí, bueno, Max está más seguro aquí de todas las personas que lo lastimarían –dijo Danna–. Ya sabes, como Pesadilla y los Anarquistas.

–Sí –Oscar aclaró su garganta–. Entonces, hay una canasta con pan de ajo que está llamando mi nombre a unas tres cuadras… ¿Vamos?

–Ustedes adelántense –dijo Nova.

–Oh, ¡Nova, no! –se quejó Ruby–. ¡Tienes que venir! Estoy segura de que te darán el día libre después de lo que te sucedió.

–La próxima vez, lo prometo –insistió Nova desenredándose del brazo de Ruby, caminó hacia atrás, despidiéndose con la mano–. Diviértanse. Díganle a Adrian que le envío saludos.

–¡Estará devastado! –gritó Oscar detrás de ella–. Si sus lágrimas de corazón roto caen en mi pollo al pesto deluxe, ¡te culparé a ti! ¡No me gusta la pizza salada!

–Entendido –dijo Nova y llevó dos dedos a su frente y lo saludó.

Sus tres compañeros caminaron de mal humor hacia la entrada principal. Nova comenzó a girar sobre sus talones cuando chocó con una pared inesperada. O… con un pecho que parecía una pared.

Inclinó la cabeza hacia atrás y encontró unas mejillas rosadas y la sonrisa perlada del Capitán Chromium.

–Ups, lo lamento, Nova.

–Eh… hola –tartamudeó sin saber cómo debería llamarlo. ¿Capitán Chromium o solo Capitán? ¿Papá de Adrian? ¿Señor Everhart?

Se salvó de tomar esa decisión cuando Hugh tomó su mano derecha y le estrechó la mano de manera sólida.

–Le pedí a Sampson que me avisara cuando llegaras. Quería ser uno de los primeros en darte la bienvenida al equipo.

–Ah, gracias.

–Y –dijo soltando su mano y deshaciéndose de la sonrisa deslumbrante. Su ceja se arqueó con arrepentimiento–, quería disculparme formalmente por este malentendido abismal. Me avergüenza pensar en cómo te tratamos, cuando tu lealtad y dedicación ha sido inquebrantable. Es solo... –sacudió la cabeza–. Toda esta agitación, ¿sabes? El desfile, el Parque Cosmópolis, el ataque al cuartel general, Ace Anarquía... a veces siento que estamos saltando en aros prendidos fuego y que cada uno de ellos es un poco más pequeño. Si no estamos un paso delante de todas las amenazas y del peligro, entonces uno de estos días, todo se incendiará.

Nova entrecerró los ojos, no estaba completamente segura de que fuera una buena analogía y también se preguntó si el Capitán estaba al tanto de la insensibilidad de su declaración, considerando lo que le había sucedido a su casa en Wallowridge.

Pero no... podía darse cuenta de que estaba despistado.

Y entonces Nova se rio de manera conocedora.

–Pues, qué bueno que sea invencible, al menos.

–Sí –dijo encogiendo levemente los hombros–. Puede que lo sea, pero hay personas por las que me preocupo que no tienen ese lujo y estoy haciendo todo lo que puedo para protegerlos. Espero que comprendas que hicimos lo que tuvimos que hacer, dadas las circunstancias.

Las circunstancias, pensó Nova. Esas circunstancias eran que estaban listos para ejecutarla sin siquiera un juicio formal porque ellos eran el Consejo y su palabra era la ley. Porque eran los Renegados, y los Renegados podían ser juez, jurado y verdugo si eso era lo que creían necesario para proteger al pueblo. Al pueblo *normal*. No a los villanos. No a los prodigios que podrían ser peligrosos. La protección de sus derechos no importaba. Pero Nova no dijo nada de eso, solo mantuvo la sonrisa con la mandíbula tensa.

–Por supuesto.

–Bien. Porque ahora eres parte de la familia de los Renegados y es importante para mí y para el Consejo que todos aquí sientan que están siendo tratados de manera justa. Que son parte de este equipo.

Repentinamente, fue claro para Nova que esto no era una simple disculpa.

Hugh Everhart estaba preocupado. Considerando que el drama de Genissa Clark seguía haciendo tambalear su excelente reputación, ahora temía que Nova también fuera a los medios y comenzara a exponer el maltrato dentro de sus rangos.

Él estaba intentando contenerla.

En ese momento, Nova se sintió casi atolondrada al percatarse de que había robado otra pequeña porción de poder del Consejo. Habían construido su organización sobre bases inestables y ella podía insertar otra grieta fatal.

Afortunadamente para el Capitán y el Consejo, no planeaba ir a los medios con su historia de encarcelamiento injusto. Tenía otros planes para el futuro. Pero eso no significaba que no pudiera utilizar esta conversación a su favor. ¿Y si podía lograr el cambio que necesitaba aquí y ahora?

–No lo culpo a usted ni al Consejo por lo que sucedió –dijo–. Les dieron información y tenían que actuar. Comprendo por qué hicieron lo que hicieron –antes de que Hugh Everhart pudiera parecer demasiado aliviado, Nova añadió–. Pero me sorprendió todo el asunto de la ejecución.

–Sí… –desvió la mirada–. Es desafortunado que… Bueno, odio pensar lo que tuviste que vivir, pero me alegra tanto que todo haya funcionado.

–Sí –replicó tomándose su tiempo–, funcionó para mí, afortunadamente. Pero tengo que admitir que siempre quise pensar que los Renegados eran, bueno, superiores que la pena capital. Acabar con la vida de alguien sin darle ninguna oportunidad de restitución, y hacerlo sin siquiera un juicio, parece… ¿cómo digo esto?... Un poco villanesco.

Para sorpresa de Nova, el Capitán se rio, como si la idea de que el

Consejo hiciera algo remotamente villanesco fuera demasiado absurda como para considerar.

–Para ser justos, creíamos que eras Pesadilla y ella *intentó* matarme.

–Estoy al tanto, pero… –se estremeció–, ¿no cree que por lo menos se merecería otra oportunidad?

Las cejas del Capitán se alzaron. Nova se dio cuenta de que se estaba acercando demasiado a una esperanza escondida y retrocedió inmediatamente.

–O, tal vez no Pesadilla, específicamente. Pero piénselo. Yo estuve en esa prisión, de manera injusta, sí, pero de todos modos tuve tiempo para pensar en mi vida y en mis decisiones y para decidir que, si alguna vez lograba salir de allí, haría las cosas de otra manera. Los Renegados tienen que estar dispuestos a mirar más allá de los errores del pasado y comprender que las personas pueden cambiar. Y no me refiero solo a ejecución. Sé que nunca perdonarán a Ace Anarquía por lo que hizo y tal vez tampoco a Pesadilla, pero hay docenas de prodigios en esa isla, algunos han estado allí por más de una década. Y, sin embargo, no tenemos ningún sistema para determinar si realmente son tan peligrosos como creemos. Para decidir si merecen el castigo que están recibiendo. Tal vez algunos quieran convertirse en ciudadanos útiles para este mundo, tal vez algunos lo merezcan. Pero quieren quitarles sus poderes sin siquiera darles una oportunidad de explicar por qué hicieron las cosas que hicieron o cómo han cambiado desde ese entonces. Muchos de ellos siguen siendo perseguidos por crímenes que cometieron en la Era de la Anarquía… Quiero decir, ¿nunca hizo algo en esa época de lo que no esté orgulloso?

Aunque el Capitán parecía confundido por la mayor parte de su discurso, ante esta pregunta, sus rasgos se empaparon de comprensión.

–Hicimos lo que tuvimos que hacer para detener a las bandas de villanos y para lograr orden y paz. Volvería a hacerlo si fuera necesario.

–¿Incluso si eso significara hacer cosas que no están permitidas por el Código?

Hugh frunció los labios y Nova supo que no podía negarlo.

–Tal vez algunos de esos prisioneros hicieron cosas que estaban… justificadas en cierta manera. Tal vez robaron porque en ese entonces no había trabajos. Tal vez lucharon contra la autoridad porque la autoridad abusó y excluyó a personas como ellos. Tal vez tomarían decisiones distintas ahora, si solo les diéramos una oportunidad.

–Nova… –comenzó a decir el Capitán y, antes de que emitiera otra palabra, Nova sintió un incremento en su frustración, ya sabía lo que diría–. Puedo ver que esto te apasiona, pero… tienes que comprender que las personas en esa prisión no son como tú. Tú eras inocente. No deberías haber estado allí en primer lugar mientras que *ellos* son criminales y villanos, algunos, prácticamente son salvajes.

–¿Cómo lo sabe? ¿Con cuántos de ellos habló últimamente? O, para el caso, ¿cuántos de ellos recibieron un juicio justo?

El Capitán suspiró y miró a su alrededor. Nova se percató de que, al estar parados no muy lejos del elevador, comenzaron a llamar la atención de la gente. Los Renegados se quedaban merodeando, pretendían estar inmersos en el periódico o en sus brazaletes de comunicación.

–¿Qué estás sugiriendo? –dijo bajando la voz–. Que pospongamos el anuncio del Agente N hasta que podamos… ¿qué, interrogarlos? ¿O que deberíamos dedicar nuestros recursos para juntar evidencia de hace diez años para que podamos probar lo que ya sabemos? Son villanos.

–Yo no soy una villana –replicó Nova y casi se creyó a ella misma–. Pero eso no les iba a impedir ejecutarme.

Hugh hizo una mueca.

–Y no –continuó–, no sugiero que pospongan el anuncio por un tiempo, sugiero que lo pospongan de manera indefinida. De hecho, creo que deberían destruir al Agente N –el Capitán dio un paso hacia atrás sorprendido.

»Todo el Agente N –dijo con más fuerza– junto con la posibilidad de que pueda ser recreado.

El asombro de Hugh se transformó en comprensión.

–Si esto es por lo que le sucedió a Congelina y a su equipo es importante que todos sepan que estamos trabajando para garantizar la seguridad de todos los Renegados…

–No me refiero a eso –lo interrumpió Nova–. Esto no es sobre unidades de patrullaje o sobre descubrir cómo defendernos de manera más eficiente, nada de eso. ¡El mundo no gira alrededor de los Renegados!

Extendió los dedos, se sorprendió por cuán importante parecía esto repentinamente. No había ido al cuartel general esperando tener esta conversación, pero estos pensamientos habían estado tambaleándose y creciendo dentro de su mente desde el primer momento en que le mostraron el Agente N. Desde el momento en que observó cómo cambió a Winston Pratt para siempre. Desde el momento en que las implicancias de semejante arma se tornaron claras.

–¿No es nuestra responsabilidad encoger las grietas entre las personas? ¿Reconocer que todos tenemos que vivir juntos en este mundo? Necesitamos comenzar a ver a los otros prodigios no como villanos, sino como… bueno, otros seres humanos que tal vez no son tan diferentes a nosotros después de todo. Quiero creer que podemos cerrar esta división entre nosotros, pero… el Agente N no es la respuesta.

Hugh se quedó callado por un largo rato. Más de lo que Nova lo había escuchado estar en silencio, intentó leer sus pensamientos inescrutables.

–Sé que esto viene de un lugar con buenas intenciones –dijo finalmente, su voz se tiñó de un nuevo filo–. No espero que comprendas los desafíos que enfrenta nuestro mundo o las decisiones difíciles que hemos tenido que tomar, pero puedo asegurarte de que ninguna de nuestras decisiones ha sido tomada a la ligera.

–Lo sé, pero…

—Todo lo que el Consejo ha hecho en los últimos años ha sido en servicio de la gente de este mundo que necesitaba nuestra ayuda, que necesitaba protección y justicia. Me temo que esto no es debatible, Nova. Nuestra decisión con respecto al Agente N y el destino de esos villanos ya es firme. Y nuestra decisión es final.

Capítulo 27

Normalmente, era sencillo para Nova quitarse de encima la decepción que sentía con tanta frecuencia a causa de los Renegados y el Consejo. La habían decepcionado tantas veces: comenzaron cuando tenía tan solo seis años y era una niña con la firme convicción de que los Renegados se presentarían. Una niña que había estado equivocada.

No debería ser distinto esta vez. Los Renegados y ella nunca compartirían los mismos principios. Su fe en el Consejo nunca se restauraría.

Se sintió tonta por haber pensado, aunque sea solo por un momento, que las cosas podían ser diferentes. Se sintió aún más tonta por el ardor del rechazo que la acompañó en el elevador hasta el depósito de artefactos. No tenía tiempo para entretenerse con la decisión del Capitán Chromium por más que supiera que estaba equivocado. No debería permitirse que le importara tanto.

Si alguien iba a ayudar a los prodigios de este mundo, a los prodigios que no encajaban en el molde perfecto de lo que debía ser un superhéroe, no sería el Consejo de los Renegados.

Nova salió del elevador hacia el área de recepción que no había cambiado durante las semanas que no había ido: dos escritorios, uno desordenado, uno desnudo. Una tablilla sujetapapeles con un formulario para registrar los préstamos de los artefactos de la bóveda.

Mientras intentaba despejar sus pensamientos, se sentó y buscó en la base de datos al Caparazón de Cristal. Según los registros, no había sido prestado a algún Renegado en años, y se encontraba disponible en la bóveda.

Esperó que fuera una buena señal.

Cambió los parámetros y buscó "estrella". Luego "joya", "gema" y "brazalete". Cada término mostraba una larga lista de posibilidades, pero juzgando por las descripciones, ninguna de ellas era *su* brazalete.

No se sorprendió particularmente, pero, de todos modos, estaba frustrada.

Después de un momento de reflexión, cerró la base de datos de los artefactos y abrió el directorio de Renegados. Fue sencillo encontrar a Urraca.

Margaret White. Alias: Urraca.
Habilidad: percepción de activos, subcategoría: telequinesis.

–Precepción de activos –murmuró Nova. Supuso que era la manera de los Renegados de decir "alguien que puede encontrar objetos valiosos", lo que parecía ser la esencia de la habilidad de Urraca, por lo que ella sabía.

Se dirigió hacia la información de su domicilio y frunció el ceño.

Domicilio actual: desconocido
Domicilio previo: Hogar de niños prodigio de Gatlon City

Nova estaba familiarizada con la institución, se suponía que era un orfanato, pero también se había convertido en un lugar para desechar niños abandonados por familias que no querían saber nada con sus hijos con superpoderes.

Un apéndice al final de su perfil enumeraba una lista de delitos menores –más que nada pequeños robos y capturas como carterista– por los que Urraca no había recibido ningún castigo, más que una charla severa.

Nada de esto le servía a Nova para recuperar su brazalete.

Estaba mirando a la pantalla con el ceño fruncido, tamborileando los dedos contra su mejilla, cuando sonó la campanilla del elevador y llegó Callum. Ya estaba sonriendo, porque *siempre* estaba sonriendo. Y en el segundo en que pasó sin que la viera, Nova se preparó a ella misma para ver esa sonrisa desaparecer. Sabía que Callum sospechaba que ella era Pesadilla después de haber intentado impedir que Nova robara el casco. No le sorprendería que, como Danna, conservara su aire de sospechas. Y por razones que no podía explicar, lo que Callum pensara de ella significaba... bueno, mucho. Tal vez porque era el tipo de persona que siempre estaba dispuesto a dar el beneficio de la duda. Veía algo bueno en cada persona, sin importar si lo merecían.

Nova quería que viera lo bueno en ella.

Al percibir su presencia, Callum se quedó helado con un pie todavía en el elevador. Ella también se quedó quieta.

Entonces...

–¡Insomnia! ¡Volviste! –salió disparado hacia ella y se deslizó alrededor del escritorio. Antes de que Nova pudiera comprender lo que estaba sucediendo, Callum la hizo pararse de la silla con rueditas y la envolvió en un abrazo estrangulante, uno que podría haber pensado que era un ataque si no conociera a Callum tan bien.

–No quería creerlo –dijo, alejándose–. Quiero decir, *sí* lo creí porque... ¿sabías que tú y Pesadilla tienen casi la misma altura? –colocó una mano a la altura de la cabeza de Nova–. Extraño, pero no una razón para asumir lo peor de alguien. Lo lamento. Pero, en mi defensa –la miró con travesura–, una parte de mí pensó que, de hecho, sería interesante trabajar codo a codo con una Anarquista. Quiero decir… las diferentes perspectivas, ¿no? ¿Cuáles son las probabilidades de eso? De todos modos, me alegra que hayas vuelto. He llegado a considerarte como mi alma gemela obsesionada con artefactos.

Nova se rio. No solo aliviada por la tranquilidad que sintió al corroborar que Callum no la despreciaba, sino también por la idea de que ella estuviera tan obsesionada por los objetos de la bóveda como él. Estaba relativamente segura de que nadie podía estar tan obsesionado con él.

–Gracias –respondió–. Estoy lista para volver al trabajo y dejar esto detrás.

–¡Gran plan! –dio un aplauso–. Volvamos a nuestras asombrosas vidas ya organizadas –tomó una tablilla sujetapapeles del escritorio–. Todo ha estado tranquilo por aquí, con todos concentrados en reconstruir el vestíbulo y el anuncio inminente del Agente N. ¿Quieres trabajar un rato en la recepción o prefieres ocuparte del inventario? No es mucho… solo siete u ocho ítems, si recuerdo correctamente.

–Puedo hacer eso. No tengo muchas ganas de sentarme detrás de un escritorio ahora mismo. Ya pasé demasiado tiempo sentada en Cragmoor.

–Ay, hombre, imagino que eso fue horrible –dijo Callum, su expresión se tornó distante. El momento de solemnidad fue breve y, luego, volvió a sonreír–. Pero ese lugar tiene una historia perversa. Es un poco genial que hayas podido verlo de tan cerca, ¿no? Si esas paredes pudieran hablar –sacudió la cabeza–. Me encantaría visitarlo algún día. Fascinante.

Riendo, Nova tomó la tablilla sujetapapeles de las manos de su compañero.

–No, en realidad no querrías.

Nova comenzó a caminar hacia la bóveda, pero se detuvo.

–Ey, ¿Callum? No sabes en dónde podría encontrar a Urraca, ¿no?

–¿Esa agitadora? –reflexionó ante la pregunta–. Bueno, supongo que me fijaría si los equipos de limpieza han recibido alguna asignación hoy. Salvo eso… ¿tal vez en el área de descanso?

–Gracias, lo intentaré –Nova asintió.

Atravesó la habitación de archivos, casi esperando ver a Tina, o Snapshot, la guardiana oficial de la bóveda, pero la habitación ahora estaba vacía. Nova ingresó al enorme depósito lleno de estanterías repletas con los artefactos de prodigios famosos y no tan famosos. Soltó una exhalación larga y lentamente.

Irguió los hombros, tomó un carro que contenía un puñado de objetos que habían sido recientemente limpiados, apoyó la tablilla sujetapapeles sobre ellos y comenzó a empujar el carro por el pasillo principal. Devolvió los dos primeros objetos a sus lugares en la colección –el Mapa Errante y un mazo de cartas para el Tarot–, pero mientras avanzaba hacia la armería, para los próximos dos ítems, tomó un desvío por la sección de las herramientas y armas fabricadas por prodigios.

Encontró el Silenciador de Convulsión sobre su estante y recordó habérselo prestado a Genissa Clark, parecía que había sucedido siglos atrás, aunque nunca descubrió para qué lo quería Congelina.

No muy lejos del silenciador estaba el lugar donde solían guardarse los misiles de niebla de Fatalia. La etiqueta permanecía en el estante, pero los misiles ya no estaban. Nova los había tomado cuando ella y Leroy convirtieron las muestras del Agente N en un arma química y, con algunas leves alteraciones, los misiles habían funcionado como el estuche que necesitaban. Nova había utilizado dos en su pelea contra Genissa Clark y su equipo. Los cuatro restantes estaban arrumbados con las cosas de Leroy en la casa y ahora se encontraban guardados a salvo debajo de la casa de empeño de Dave.

Del otro lado del silenciador estaba el objeto que Nova estaba buscando.

Sintió que algo de la tensión abandonó su cuerpo al verlo. Después de que Adrian le había contado que todos los espejos estaban siendo sistemáticamente removidos del cuartel general para evitar visitas indeseadas de Pesadilla, le había preocupado que también este hubiera sido transportado a una locación más segura.

Parecía que los Renegados habían fallado en revisar su depósito de artefactos poderosos. Para ser justos, el objeto casi no se parecía a un espejo. Nova lo levantó del estante; una gran superficie ovalada, del largo de su brazo, enmarcada con un peltre sencillo que hacía que el objeto fuera inesperadamente pesado para su tamaño. Inclinándolo hacia arriba, Nova vio su reflejo. La superficie era oscura y distorsionada, entonces su rostro parecía un fantasma de ella misma.

Decían que el Caparazón de Cristal reflejaba la forma del alma de quien se asomara sobre él bajo la luz de la luna de equinoccio.

Lo que fuera que eso significara.

Nova tenía un uso mucho más mundano en mente.

No era tan grande como el espejo de un tocador, o el gran espejo que había visto a Narcissa atravesar en la biblioteca, pero la chica tenía una contextura pequeña y extremidades delgadas (aunque era por lo menos ocho centímetros más alta que ella, lo que sorprendería a Callum si alguna vez cruzara caminos con su impostora).

Pensó que sería lo suficientemente grande. Tendría que serlo.

Nova se preguntó si esta sería su última treta mientras posaba como Renegada, deslizó el espejo en el estante inferior del carro y volvió a llevarlo hacia el frente.

Menos de una hora después, Nova había rastreado a Urraca hasta una construcción cercana. Nova descubrió hablando con algunas personas del centro de llamadas del cuartel general que cuando no había crímenes para investigar, los equipos de limpieza eran enviados a proyectos locales de reconstrucción. Aunque Gatlon City había cambiado significativamente durante los últimos diez años, todavía quedaban cicatrices de la Era de la Anarquía. Muchos vecindarios tenían edificios en decadencia que eran tan poco seguros como atractivos: estructuras casi demolidas, parques descuidados, etcétera. El proyecto de hoy era una escuela abandonada que los Renegados tenían esperanzas de renovar y convertir en un centro de recreación.

Nova no pudo evitar preguntarse, mientras se acercaba al edificio, a la pila de escombros en el exterior y a las ventanas rotas y las tejas faltantes, por qué semejante trabajo había terminado en manos de los Renegados. ¿No había obreros civiles que necesitaran trabajar? ¿Carpinteros para enmarcar las paredes e instalar las ventanas tan bien como podría hacerlo un prodigio?

Superó la línea de conos naranjas de seguridad y entró en el voladizo del edificio. Al ver su uniforme gris y rojo, la mayoría de los trabajadores la ignoraron y se ocuparon de su trabajo.

Solo necesitó unos minutos para encontrar a Urraca en una habitación trasera. Estaba escudriñando una pila de escombros utilizando sus limitados poderes telequinéticos para separar todo lo que pudiera ser reutilizable, desde una lámpara intacta hasta un cable de cobre enredado.

Lucía inmensamente aburrida. Hasta que alzó la cabeza y vio a Nova. Se sorprendió y el cable de cobre cayó sobre los escombros. Hizo una mueca, era justo lo que Nova esperaba.

Callum, siempre alegre. Urraca, siempre cascarrabias.

–Tienes algo que me pertenece –dijo Nova atravesando la habitación. Estiró la mano–. Me gustaría que me lo devuelvas.

Urraca retrocedió e hizo un movimiento muy sutil; una mano presionó levemente el bolsillo lateral de sus pantalones. Pero lo disimuló con rapidez colocando sus puños sobre sus caderas.

–No sé de qué estás hablando.

Nova alzó una ceja y consideró hacer dormir a la chica y continuar con su día. Realmente no tenía tiempo para esto. Pero eso, sabía, podría ocasionar todo tipo de consecuencias negativas.

En cambio, exhaló a través de la nariz.

–Mi brazalete. Ahora –dijo.

–No tengo tu brazalete de chatarra –replicó Urraca, lo que era lo más incriminador que podría haber dicho considerando que ya había intentado robar el brazalete una vez y prácticamente se había babeado por la estrella cuando la vio en la gala. Ambas sabían que Urraca no creía que fuera "chatarra".

–Sé que Adrian te lo dio –explicó Nova–. Se suponía que debías entregarlo al Departamento de Artefactos, pero acabo de chequear y no está allí.

Urraca encogió los hombros y cambió la postura, cruzó los brazos con fuerza.

–Tal vez Callum se olvidó de registrarlo.

Nova apretó los dientes hasta que su mandíbula comenzó a doler. Urraca no desvió la mirada, ni siquiera se inmutó.

–Está bien –dijo Nova finalmente–. Supongo que volveré a fijarme.

–Haz eso –se relajó Urraca, solo apenas y fue cuando Nova se abalanzó sobre ella.

Sujetó el brazo de la niña y la hizo girar, torció su brazo detrás de su espalda. Urraca gritó, más por la sorpresa que por el dolor, aunque Nova no estaba intentando ser particularmente gentil.

–¡Déjame ir!

Ignorando sus forcejeos, Nova hundió su mano en el bolsillo que Urraca había indicado antes. Cerró su puño alrededor de un par de objetos sueltos. Empujó a Urraca a un costado y abrió su palma.

Podría haber bailado de felicidad al volver a ver a su brazalete, intacto con la estrella tan brillante como siempre.

El segundo objeto en su mano era un poquito menos convencional. Nova esperaba que la pequeña criminal tuviera monedas o joyas robadas o incluso algo útil, como herramientas para forzar cerraduras, pero no…

–¿Esto es una bala? –preguntó Nova sosteniéndola con dos dedos. Era pesada para su tamaño, su capa brillante plateada estaba opaca por el paso del tiempo.

–¡Devuélvela! –gritó Urraca, su rostro enrojeció. Saltó hacia la bala, pero Nova fácilmente la quitó de su alcance.

–¿Por qué motivo tienes…?

Urraca estiró sus dedos. La bala salió despedida del agarre de Nova y aterrizó en la palma de la niña. La envolvió firmemente con sus dedos y se la llevó al pecho.

–¡No es asunto tuyo! –escupió con el rostro lleno de veneno.

–¿Y trataste de llamar a *mi* brazalete chatarra? –resopló Nova–, cuando tú andas por allí con…

–¡No es chatarra! –chilló Urraca. Estaba realmente molesta, su rostro estaba rojo, sus pequeñas manos formaban puños y temblaban–. ¡Esta bala me dio mis poderes! Sin ella, yo… yo no podría… –soltó un gruñido de frustración antes de repetir–. ¡No es asunto tuyo!

Nova inclinó su cabeza hacia un costado.

–¿Una bala te dio tus poderes?

Antes de que Urraca pudiera responder, alguien golpeó la puerta que había quedado abierta. Ambas se sobresaltaron al ver al supervisor del equipo de limpieza observándolas con preocupación.

–¿Todo está bien aquí?

Nova fulminó a Urraca con la mirada. Ninguna de las dos habló por un largo momento. Finalmente, Nova resopló y colocó su brazalete en su muñeca utilizando el mismo broche que Adrian había dibujado para ella.

–Sí –respondió pasando por al lado de Urraca, quien retrocedió para que sus hombros no se tocaran–. Tal y como debería ser.

Capítulo 28

–Entonces... ¿Pesadilla se escabulló en la mansión y robó unos cómics? –preguntó Max, su expresión era un poco más que escéptica.

–Mis cómics de *Rebel Z* –clarificó Adrian–. Los dibujé cuando tenía tu edad.

–No recuerdo que dibujaras cómics.

–Nunca te los mostré. No te preocupes, no te perdiste de mucho. Y solo hice tres números.

Como Max no había podido aventurarse en el mundo, Adrian había hecho su prioridad, como hermano mayor, acercarle al niño tanto del mundo como le fuera posible. Esa responsabilidad incluía proveerle a Max numerosas películas populares, libros y videojuegos, junto con los favoritos personales de Adrian: los cómics. Max básicamente había aprendido a leer con la colección de cómics de Adrian, pero Sketch nunca sintió que *Rebez Z* fuera lo suficientemente bueno como para compartirlo con alguien.

–Entonces, ¿por qué dejaste de dibujarlo?

Adrian tomó un balón de fútbol suelto que había rodado contra la cómoda de Ruby.

–No lo sé. Llegué hasta la parte en que el personaje principal se transformaba en un superhéroe rudo y… solo comencé a perder el interés. En realidad, no había pensado la historia más allá de ese momento y empezó a sentirse como un trabajo de verdad –lanzó el balón contra la pared, rebotó y aterrizó sobre el cesto de la ropa.

Max y él estaban sentados en el suelo de la pequeña habitación y se sentía extraño estar allí sabiendo que se suponía que era el espacio de Ruby. Y *era* el espacio de Ruby, por lo menos, de este lado de la habitación, estaban sus novelas gráficas de *Super Scouts* en el estante debajo de la ventana, una diana pintada a mano detrás de la puerta y un póster de emoticones sarcásticos al lado de la cama. El lado opuesto de la habitación, con las camas marineras y los cestos repletos de figuras de acción, obviamente les pertenecía a los mellizos.

Se suponía que la habitación también era de Max ahora, pero no había llevado ninguna de sus pertenencias con él. Ningún libro preferido, ni obras de arte ocurrente, nada que sugiriera que era el nuevo residente en este espacio que olía a palomitas de maíz y al champú con aroma a fresas de Ruby. Adrian se preguntó cuánto tiempo sería necesario para que Max formara su hogar aquí y esperó no tener que descubrirlo. Quería un hogar permanente para Max y, por más agradecido que estuviera con la familia Tucker por acoger al niño con los brazos abiertos, sabía que, en realidad, no pertenecía aquí.

–El asunto es –continuó Adrian inclinando su cabeza contra el edredón de la cama– que esos cómics fueron la inspiración para el Centinela. El personaje básicamente *se convierte* en el Centinela en el tercer número y fabriqué mi armadura basado en lo que dibujé en ese entonces.

–¿Y crees que Pesadilla los quería por eso? ¿Para chantajearte o algo?

–Tal vez. O solo para tener la evidencia para decirle al mundo quién soy.

Max frunció el ceño, no parecía estar convenido.

–Pero ¿cómo supo sobre ellos en primer lugar? ¿A cuántas personas les mostraste ese cómic?

–No a muchas. Quiero decir, nuestros padres los han visto, pero ha pasado tanto tiempo. No creo que lo recuerden en absoluto. Y… –su voz perdió fuerza mientras pensaba. No tenía recuerdos de haberle mostrado esos cómics a nadie más–. Creo que eso es todo.

–¿Qué hay de Ruby o del resto del equipo?

–No, nunca se los mostré. No veo esos cómics hace años. No tengo idea de cómo Pesadilla supo de ellos.

–¿Nunca se los mostraste a Nova? –preguntó Max mientras alineaba una colección de pequeñas estatuillas en la alfombra.

–No. Definitivamente recordaría habérselos mostrado.

Max dudó, pero Adrian no pudo interpretar el sonido.

–¿Qué?

–No lo sé –respondió ajustando uno de los juguetes para que se parara más erguido–. ¿Nunca se lo mencionaste?

Adrian abrió la boca, pero vaciló. De hecho, sus padres habían dicho algo sobre *Rebel Z* esa vez que Nova había cenado con ellos, pero… solo había sido un comentario al azar, nada que causara que alguien se interesara en los cómics. Mucho menos que sospechara que contenía la identidad del Centinela entre sus páginas.

Además…

–Nova no es Pesadilla.

–Lo sé –dijo Max, pero su tono indicaba lo contrario.

–Max, *no* es ella. Estaba en prisión cuando…

–La nieta del Bibliotecario apareció en el centro comercial y tenía el casco, sí, sí, sí –Max volteó con un dedo una de las estatuillas en la cabeza y lo lanzó volando hacia la alfombra, antes de mirar a Adrian a los ojos–. Pero, en realidad, no tiene sentido.

–Por supuesto que tiene sentido –insistió Adrian–. He pasado mucho tiempo pensando en ello y con todos los espejos y su acceso a…

–Eso no. No tiene sentido por qué *me* hubiera ayudado –Max pasó su mano sobre los juguetes, derribándolos con un movimiento para poder comenzar otra vez. Ahora los ubicaba como ejércitos enemigos preparándose para enfrentarse en una batalla. Los héroes de un lado, los villanos del otro–. Nunca conocí a la nieta del Bibliotecario. ¿Por qué se arriesgaría para ayudarme como lo hizo?

Adrian reflexionó sobre lo que dijo Max mientras miraba cómo los figurines eran lentamente ubicados en bandos opuestos.

–Tal vez tiene alguna conexión con las Cucarachas. Tal vez conocía a tus padres biológicos o algo.

–¿Los padres que intentaron asesinarme? –resopló Max–. En ese caso, creo que hubiera estado más que dispuesta a terminar el trabajo. Y, además, tampoco se explica cómo terminé con su poder. Si realmente robó el Talismán de la Vitalidad, entonces era inmune a mí, está bien. Pero entonces, ¿cómo hice que esa enfermera se durmiera?

–Bueno… puede ser que hayas tenido alguna interacción con ella cuando eras un bebé. Su abuelo probablemente les vendió armas a las Cucarachas, así que puede que hayas tenido algún contacto con ella.

–Si hubiera sido capaz de hacer que la gente se durmiera durante toda mi vida, creo que lo hubiera sabido –Max sacudió su cabeza.

–Pero tal vez no –dijo Adrian–. Precisamente, no has tenido mucho contacto humano.

–Lo hubiera sabido –gruñó el niño.

Adrian desvió la mirada. No quería dudar de Max, pero… sabía que tenía que haber alguna explicación, alguna pieza del rompecabezas que no tenían.

Porque Nova no era Pesadilla. Nova era inocente.

–De todos modos –dijo Adrian estudiando el lugar sobre la cómoda

donde un espejo había estado colgando poco tiempo atrás, su silueta estaba delineada con nitidez por la pintura descolorida a su alrededor–. Espero que no les haya ocasionado muchos problemas quitar todos los espejos. Estoy seguro de que Pesadilla todavía tiene el Talismán de la Vitalidad, lo que te hace vulnerable hasta que podamos encontrarla y lo recuperemos.

–A los Tucker no pareció molestarle lo de los espejos. Son bastante relajados. ¿Te conté que Turbo se metió en el escritorio de la señora Tucker y destrozó una pila de fotografías viejas y postales? Intentó actuar como si no fuera nada importante, pero me sentí horrible.

–Bueno –Adrian hizo una mueca–, no es tu culpa. Fui yo quién lo creó.

–Lo sé. Tal vez la próxima vez puedas hacer un perezoso. O un ornitorrinco.

Riendo, Adrian le echó un vistazo a la habitación, que era un cincuenta por ciento de juguetes, cuarenta por ciento de prendas sucias y diez por ciento de sábanas. Se preguntó cómo Max y los mellizos lograban encontrar algo, pero supuso que seguramente él era igual de desordenado a su edad. Con razón sus padres nunca se aventuraban en su sótano a menos que fuera absolutamente necesario.

–¿Dónde está Turbo?

Max presionó sus labios entre sí y señaló al primer cajón de la cómoda, que estaba abierto unos centímetros.

–Está durmiendo.

Adrian se puso de pie y se asomó sobre el cajón, la criatura estaba acurrucada sobre una pila de camisetas. El chico deslizó su mano y levantó a Turbo con su palma, luego se sentó junto a Max. Ambos pasaron un momento observando al pequeño dinosaurio, que no se había inmutado. Eso ya era inusual por sí mismo. Además, su color era extraño, estaba más gris que antes, y sus respiraciones eran tan superficiales que Adrian casi no podía sentirlas sobre su piel.

–No luce muy bien –murmuró Adrian.

–Lo sé –respondió Max–. Ha estado así desde ayer. Intenté alimentarlo anoche y solo comió dos migajas de tocino. Suele amar el tocino –con gentileza tomó a Turbo de la palma de Adrian–. Sabía que esto sucedería en algún momento. Pero… lo extrañaré.

–Puedo dibujarte otro.

–No lo hagas –Max sacudió la cabeza–. Es irremplazable.

Adrian no discutió, conocía ese sentimiento.

Acunando a Turbo con una mano, Max volvió a concentrarse en el campo de batalla, evaluó las pequeñas estatuas como si fuera un caudillo militar preparando su estrategia. Pero cuando alzó la cabeza y miró a Adrian, su rostro expresaba preocupación.

–Sobre Pesadilla y los espejos…

–¿Sí?

–Estoy poniendo a los Tucker en peligro al estar aquí, ¿verdad?

No tenía sentido negarlo. La presencia de Max siempre estaría acompañada de un peligro amplificado.

–Hubieras puesto al personal del hospital en riesgo –dijo Adrian en cambio.

–Pero podría volver al cuartel general.

–No regresarás al cuartel general.

–Pero… ¿no estaría más seguro allí? ¿Por lo menos hasta que encuentres a Pesadilla?

Adrian acercó sus rodillas al cuerpo y las envolvió con sus brazos.

–¿Quieres regresar?

Max necesitó un largo momento para responder.

–Me gusta vivir aquí, pero… no quiero herir a nadie más.

Adrian sintió un dolor agudo en su pecho. Sabía que Max sentía mucha culpa por los superpoderes que había robado en su corta vida y sabía que no importaba cuánto intentara justificarlo, el niño no se sentiría mejor. No fue su culpa, no hubiera podido evitarlo y, además, había detenido a Ace Anarquía, lo que valía mucho más que robar unos pocos poderes de tanto en tanto.

Como si estuviera leyendo sus pensamientos, Max añadió:

–He estado teniendo pesadillas con Ace Anarquía –tomó una de las figuras de acción, un hombre musculoso, vestido de gris, con una capa y un casco que podrían haber sido vagamente inspirados en el infame villano.

»Sueño todo el tiempo que viene por mí, pero esta vez, en vez de debilitarlo cuando se acerca a mí, sucede lo contrario. Yo me debilito mientras que él se fortalece más y más.

–Son solo sueños –dijo Adrian y se estiró hacia adelante para tomar el muñeco de la mano de Max y alzarlo–. Conocí a Ace Anarquía, ¿lo recuerdas? Ya no luce para nada como esto. Ya no da miedo, es solo un viejo frágil y malhumorado. Y, en unos pocos días...

–Estará muerto –murmuró Max.

Adrian lanzó el juguete en el medio de la batalla. Aterrizó boca abajo en la alfombra.

Derrotado.

Max lo miró por un largo momento, luego lo volvió a tomar y lo ubicó en la línea de los combatientes.

–Entonces –dijo en tono más alegre, aunque Adrian percibía cierta tensión–. ¿Qué harás con los cómics perdidos?

–No estoy seguro. Tal vez sea hora de contar el secreto. De contarles a todos la verdad.

–¿En serio? –Max se giró hacia él, sorprendido.

–No lo sé. No me siento preparado, pero también me provoca ganas de vomitar pensar que Pesadilla pueda utilizar este secreto en mi contra. Sin importar lo que esté planeando, si yo revelo mi identidad primero, anularía sus municiones. Y además, como todos están tan concentrados en Ace Anarquía, la publicidad del Agente N, las amenazas de Genissa Clark y la búsqueda activa de Pesadilla y del resto de los Anarquistas… tal vez todo el asunto del Centinela no parezca muy importante. Podría pasar desapercibido, ¿sabes?

–Seguro –las mejillas de Max se crisparon con una carcajada tiesa–. El vigilante que ha estado avergonzando a los Renegados por meses y que desafió el Código de Autoridad cada dos minutos es el mismísimo Adrian Everhart –asintió con sabiduría–. Probablemente no cause ninguna agitación.

–Gracias por el aliento.

La sonrisa torcida de Max regresó, esta vez era genuina.

–El lado positivo es… que, por lo menos, ya nadie piensa que tu novia es una de las villanas más buscadas del mundo.

El corazón de Adrian se detuvo un segundo al escuchar a Max refiriéndose a Nova como su novia. Escucharlo de otra persona lo hacía sonar tan… oficial.

–Es verdad –dijo–. Eso hace las cosas más sencillas.

Pensar en Nova incrementó su determinación por arreglar lo que fuera que hubiera arruinado al no creer en su inocencia. La manera en que lo había besado en el muelle parecía sugerir que ya lo había perdonado, pero no quería correr ningún riesgo. No quería volver a perderla jamás.

Sus pensamientos fueron interrumpidos por un pequeño chillido. Adrian se sobresaltó, pero Max, acostumbrado al sonido, alzó su palma y estudió a Turbo.

–Ya era hora de que despertaras, pequeño amigo. ¿Tienes hambre?

El velocirraptor abrió su mandíbula en lo que podría haber sido un bostezo, luego estiró sus piernas traseras. Necesitó un par de intentos extraños para ponerse de pie. Max suspiró.

–Sí, no te sientes tan bien. Lo sé. Lo lamento.

Turbo se puso de pie, miraba a Max con sus ojos negros. Emitió otro

sonido, un gimoteo patético, y lentamente, extendió hacia adelante una pequeña garra, estiró su talón hasta que casi tocó la punta de la nariz de Max.

Luego, el pequeño dinosaurio se quedó quieto como si hubieran estado observando un juguete a cuerda finalmente detenerse.

Ni Max ni Adrian hablaron por un largo rato. Adrian quería decir algo para consolar a Max mientras el niño miraba a la criatura, ahora inmóvil como los juguetes, pero no sabía qué decir.

Finalmente, Max liberó una exhalación lenta y larga.

–Me alegra que lo hayas hecho. Fue un pequeño feroz.

–Sí, lo fue.

Una pequeña sonrisa pícara iluminó el rostro de Max. Colocó al dinosaurio, congelado en su última postura, en el medio del campo de batalla.

–Y será un excelente supervillano.

Capítulo 29

–No sé si puedo atravesar espejos mágicos.

Nova observó a Narcissa con incredulidad.

–Esa información podría haberme sido útil ayer.

Narcissa le lanzó una mirada de exasperación.

–Bueno, ¡tal vez deberías haberme dicho lo que estabas planeando! Sé que ustedes los Anarquistas defienden el "cada quién por su cuenta", pero hubiera creído que pasar tanto tiempo con los Renegados te habría enseñado a trabajar en equipo.

Nova abrió la boca para contradecir la idea de que podría aprender algo útil de los Renegados, pero se contuvo. A decir verdad, Narcissa podría tener un punto válido. Exhaló y preguntó:

–¿Realmente crees que no funcionará?

Narcissa arrugó los labios, analizando la pregunta.

–Quiero decir, probablemente funcione. Pero supongo que depende de qué tipo de… encantamiento, o lo que sea, tenga el espejo –encogió los hombros–. ¿Tenemos alguna otra opción?

Nova sopló un mechón de flequillo de su rostro.

–En realidad, no. Pero asumamos que funcionará. Escondí el espejo aquí, en una pila de materiales de construcción –dibujó una X en el plano que mostraba la disposición del cuartel general y de los entrepisos, incluyendo los primeros planos de los laboratorios cerca del área de cuarentena.

»Una vez que hayas entrado, irás por este pasillo. Luego, doblarás a la izquierda a través de estas puertas y los depósitos estarán a tu derecha. No sé en qué sala están, así que tendrás que revisarlas todas. Y tampoco sé a quién tendrán como custodia estos días, pero puedes apostar que estarán observando de cerca este piso, así que deberás actuar rápido una vez que hayas entrado.

Narcissa no parecía para nada impresionada.

–Y yo que pensaba leer un buen libro mientras estaba allí.

Nova la ignoró.

–Y no te olvides de llevar el espejo contigo en caso de que necesites una salida rápida –añadió.

–Puedes dejar de decir cosas obvias. He estado haciendo esto toda mi vida.

–Está bien.

–¿Y si los depósitos están cerrados?

–Estarán cerrados –Nova extendió un brazo hacia la pila de carpetas junto a ellas y buscó hasta que encontró una tarjeta de identificación blanca: la misma que le había robado a un empelado administrativo inconsciente fuera de la sala de seguridad de los Renegados.

»Esto debería darte acceso.

–¿"Debería"? –indagó con sequedad, guardando la tarjeta–. ¿Y si no funciona?

–¿Qué tan buena eres forzando cerraduras? –las cejas de Narcissa se alzaron con consternación–. Estaba bromeando. Si no funciona, entonces solo márchate y regresa. Pasaremos al plan B.

–¿Cuál es el plan B?

–Aún no estoy segura.

–Alentador –respondió con humor socarrón.

–Tú fuiste quien me sacó de prisión. Querías que los ayudara con la estrategia, entonces eso es lo que estoy haciendo.

–Sí, pero pensé que estaríamos tramando la caída final de los Renegados, algo que tomaría meses, quizás hasta años. No pensé que tendríamos menos que una semana para rescatar al supervillano más infame de todos los tiempos.

–Me gusta apuntar alto.

Narcissa rio, pero sin mucho humor.

–Hablaré con Cianuro y veré cómo avanza la distracción. Prepárate para actuar esta noche, el cuartel general suele estar más vacío entre las tres y las cuatro de la mañana.

–Sí, sí. Estaré lista –respondió Narcissa–. Pero, mira, tengo que ser honesta contigo. Creo que intentar detener la ejecución y liberar a Ace Anarquía es una idea terrible y sé que muchos de los Rechazados también lo piensan. Tal vez podrás persuadir a algunos de ellos para que se unan a tu cruzada, pero no seré uno de ellos y tampoco presionaré a nadie para que lo haga.

–¿De qué estás hablando? ¡Acabas de decir que…! –Nova señaló al plano.

–Sí, haré esto –replicó Narcissa–. Pero no por ti o por Ace Anarquía. Lo haré por todos los prodigios que han sido oprimidos por los Renegados. Esto será un gran golpe para ellos y su control dominante y estoy a favor de eso. Esto es lo que mi abuelo hubiera querido que hiciera. Pero no iré a la arena contigo y no sé cuántos de los demás irán voluntariamente. Estamos haciendo esto para poder vivir mejor, con paz y liberad. Pero muchas personas morirán si haces esto y ese no es un riesgo que estemos dispuestos a tomar. Al menos, no por Ace Anarquía.

—¿Y el trabajo en equipo? —Nova cruzó sus brazos—. ¿No te das cuenta de cuánto ha hecho Ace Anarquía por nosotros? ¿Por todos nosotros?

—Sí, sé lo que hizo. ¡Pero también nos llevó a una guerra! Y sé que te preocupas por él, pero... no estoy segura de estar de acuerdo con que lo necesitamos para derrotar a los Renegados. Podemos hacer esto sin él. Y si tú y los Anarquistas no regresan... entonces también lo haremos sin ustedes. Nos estás entregando un arma bastante increíble.

Nova fulminó al plano con la mirada. Se sentía como una traición, pero había conocido a Narcissa por tan poco tiempo que no sabía por qué se sorprendía.

—De acuerdo —Nova comenzó a enrollar el plano—. No serías de mucha ayuda en la arena, de todas formas, pero sí necesito saber quién nos acompañará para poder trabajar en mi estrategia. Y asegúrate de no dejar atrás ni una gota de Agente N cuando abandones ese depósito.

—Por supuesto.

Uno de los Harbinger apareció en el pasillo, su bata dorada rozaba contra sus piernas.

—Cianuro me pidió que te dijera que la sustancia para la distracción está casi... ¡ay! —se llevó una mano a su brazo y se volteó.

Nova se puso de pie de un salto, lista para un ataque. Pero solo estaba Leroy parado detrás del muchacho con una pequeña aguja en su mano. Sonrió de manera avergonzada.

—Disculpa. Solo tenía que asegurarme...

Antes de que pudiera terminar la oración, el chico Harbinger soltó un gruñido y colapsó contra la pared.

—Lo lamento tanto —repitió Leroy.

Apareció Honey, vino a ver qué había causado el aullido. Parecía levemente intrigada mientras observaba al chico inconsciente.

—¿Qué le pasa?

—Estará bien. El efecto debería desaparecer en diez minutos. Veinte como máximo –Leroy alzó la aguja para mostrarle a Nova–. Buenas noticias. El veneno paralizante está listo. Lo llamaré *Agente P*.

–Por el bien de fomentar la buena voluntad –Nova hizo una mueca–, intentemos encontrar voluntarios dispuestos la próxima vez que necesites probar algo, ¿sí? Pero… buen trabajo.

–Gracias.

–Eso todavía no resuelve el problema de cómo se lo inyectaremos simultáneamente a cientos de Renegados –continuó Nova. Este dilema había sido causa de muchas discusiones desde que abordaron por primera vez la posibilidad de rescatar a Ace. Originalmente, habían planeado atacar a los Renegados con una anestesia gaseosa a través del sistema de ventilación, salvo que, gracias a las bombas de Agente N de Pesadilla, la mayoría de los renegados ahora tendrían máscaras de gas.

–No te preocupes –dijo Honey–, Leroy y yo estamos trabajando en algunas opciones. Tú mantente ocupada en rescatar a Ace y en asegurarte de que el anuncio del Agente N sea un fracaso. Nos ocuparemos del resto –envolvió el hombro de Leroy con su brazo y lo guio hacia su laboratorio improvisado en la esquina más alejada del sótano.

Nova los observó marcharse, su estómago estaba tenso por la preocupación. Había tantas cosas que podían salir mal.

Pero no tenían mucho tiempo para detenerse en ellas.

–Está bien –dijo Nova volteándose hacia Narcissa, que seguía mirando anonadada al Harbinger inconsciente–. ¿Encontraste lo que te pedí de la mansión? –Narcissa miró a Nova en blanco por unos pocos segundos antes de recomponerse.

–Sí, lo hice. Estaban justo donde dijiste que estarían –Narcissa tomó un bolso que estaba detrás de ella y lo posó sobre la mesa. Lo abrió y tomó una gruesa pila de papeles, muchos amarillentos por el paso del tiempo y con esquinas arrugadas, algunos cortes fueron enmendados desprolijamente con cinta adhesiva transparente.

»Al principio, pensé que solo era parte de tu enamoramiento del chico Everhart, pero ahora… lo entiendo.

–¿Los leíste? –Nova se tensó.

–Por supuesto que los leí –Narcissa pasó un par de páginas, luego se detuvo en un dibujo, hecho por un niño, de un monstruo cubierto de sombras con estrechos ojos blancos–. Al principio es una masa amorfa, pero a medida que creció, su arte mejoró… –continuó pasando las páginas. Los papeles estaban más organizados que cuando Nova los había visto por primera vez, olvidados en una caja olvidada, en un estante olvidado. Narcissa debe haberlos puesto en orden cronológico a ojo y el resultado era sorprendente. Nova observó cómo, página a página, el fantasma de Adrian tomó forma.

Al final de la pila estaban los tres números de *Rebel Z*, el cómic que Adrian había comenzado en su niñez. Nova había ojeado apresuradamente el primero cuando se había escabullido en la oficina, pero Narcissa se tomó su tiempo, pasó las páginas una por una. En la historia, un niño indigente, muy parecido a un Adrian joven, era secuestrado por un científico malvado. Él, junto con otros veinticinco niños, eran sometidos a experimentos crueles. Narcissa se detuvo en una página que mostraba a uno de los otros niños atado a una camilla, gritaba en agonía mientras el doctor y sus asistentes aplicaban algún tipo de sondas de alta tecnología en su cráneo y en su pecho.

Narcissa pasó otra página y Nova se quedó sin aliento.

El chico de la camilla estaba muerto y de sus labios azules medio abiertos se asomaba un monstruo: la misma figura sombría que había plagado los dibujos de Adrian por tantos años. Pero ya no era ambiguo y oscuro. Ahora sus bordes estaban delineados con un negro preciso.

Una capa con capucha se asomaba sobre el cuerpo del niño, se inclinaba sobre él como para ver los ojos del chico muerto.

Un dedo esquelético se extendió debajo de las mangas onduladas.

Su otra mano se aferraba a un arma que brillaba levemente en el laboratorio del doctor: una guadaña.

–Podría ser una coincidencia –susurró Nova.

–También lo pensé –dijo Narcissa, bajando el tono de voz–, entonces le pregunté a Honey sobre él. La mayoría de los Anarquistas habían seguido a Ace por décadas, algunos habían estado con él desde incluso antes del inicio de la Era de la Anarquía. Pero Phobia apareció de la nada más o menos un año antes del Día del Triunfo y le dijo a Ace que era su propósito aterrorizar a sus enemigos comunes. Hasta donde sabe Honey, nunca le dijo a nadie su nombre real o quién era antes de convertirse en Phobia –tuvo un escalofrío–. Los tiempos encajan. Adrian Everhart debería haber tenido… ¿qué? Cinco o seis años cuando dibujó esta… cosa por primera vez –tomó otros dibujos más antiguos de la pila–. Sus habilidades no se habían desarrollado todavía, pero parece claro que ya estaba dibujando a Phobia… incluso en ese entonces.

Nova masajeó su sien. Casi esperaba esto. Los pensamientos de Phobia y de Lady Indómita la habían invadido en su celda casi tanto como los de Adrian. Era un rompecabezas que resolvió rápidamente una vez que Adrian le contó sobre la tarjeta que encontraron sobre el cuerpo de su madre. *Sin miedo, no hay coraje.*

El poder de Phobia era abusar de los miedos más profundos de su enemigo y el mismo Adrian le había dicho a Nova que su mayor miedo de la infancia había sido que algún día su madre se marchara y no regresara.

Tenía la esperanza de estar equivocada. Pero ahora…

–Él creó a Phobia –susurró tomando el dibujo de las manos de Narcissa y lo inspeccionó con un espanto creciente. Se sorprendió al ver que su visión se empañó al pensar qué sentiría Adrian si supiera la verdad–. Creó al monstruo que mató a su madre.

–Nova… –Narcissa extendió su mano y volvió a tomar el dibujo–. Adrian Everhart es un Renegado. No está de nuestro lado.

–Eso lo sé –Nova se enderezó y parpadeando eliminó cualquier rastro de las lágrimas que se avecinaban.

–Sí, pero... –Narcissa frunció el ceño con dudas. Diablos, lucía como si casi sintiera *lástima* por Nova.

Con expresión seria, Nova reunió los papeles y los metió de mala manera en el bolso.

–Gracias por conseguirlos. Necesito hablar con Millie y...

–Ey, ey, te quería mostrar algo más –Narcissa tomó los cómics de *Rebel Z* antes de que Nova pudiera guardarlos–. ¿Leíste estos?

–No tengo tiempo.

–Pero hay algo...

–Más tarde –respondió de mala manera. Luego, se sintió culpable y forzó una sonrisa. No estaba enojada con Narcissa, estaba molesta por esta situación imposible.

Adrian Everhart era su enemigo.

Phobia era su aliado.

Entonces por qué sentía que le rompía el corazón saber cuánto dolor sentiría Adrian si se enterara de la verdad de su conexión.

–Lo lamento –dijo–. Puedes mostrármelo más tarde, ¿sí? Yo solo... realmente necesito hablar con Millie sobre algunas cosas. Es importante.

Narcissa asintió lentamente mientras tamborileaba sus dedos sobre los cómics.

–Seguro, puede esperar. De todos modos, a esta altura no cambia mucho las cosas.

Nova tenía una larga lista en su cabeza de todo lo que necesitaba hacer y de todas las personas con las que tenía que hablar para asegurarse de que todo marchara según el plan, que todavía seguía formándose minuto a minuto. Especialmente ahora que sabía que no todos los Rechazados de Narcissa estarían dispuestos a actuar como le habían hecho creer.

Pero quería hablar con Millie primero. Esperaba que la psicometrista pudiera darle algunas respuestas que dudaba conseguir en otro lugar.

El sótano debajo de la casa de empeño estaba dividido en una serie de grandes habitaciones, donde unos pocos miembros de su alianza incipiente habían reclamado una esquina por aquí o instalado un catre por allá. Había un baño con una ducha con agua potable que nunca se calentaba realmente. Solo los prodigios que eran buscados por los Renegados pasaban mucho tiempo en el escondite subterráneo. Muchos de los otros tenían sus propios hogares, aunque Nova había insistido en que se reunieran en horarios determinados para ultimar los detalles de su plan en desarrollo.

De los prodigios que tenían residencia más permanente en el refugio, a Millie le habían dado su propio espacio, compartía un armario refaccionado con el generador de energía que rugía incesantemente. Cuando Nova llegó a la habitación, vio a Millie sentada con las piernas cruzadas sobre un viejo almohadón de sillón, acunando una taza de té en las palmas de sus manos. Sus ojos estaban cerrados casi con felicidad, pero uno se abrió molesto cuando Nova golpeó la puerta de madera laminada.

–¿Podrías mirar algo por mí? –preguntó Nova, entrando en la habitación antes de que Millie pudiera ahuyentarla.

Gruñendo, Millie se asomó sobre la taza y Nova se percató de que estaba vacía.

–Estoy ocupada.

–Esto es importante.

–Ustedes, los jóvenes, piensan que todo es importante.

Nova se tensó, le molestó la idea que *sus* problemas pudieran ser triviales.

–Si fallamos, Ace Anarquía morirá. ¿O soy la única a quien le importa?

Millie tarareó, tranquila, mientras volteaba la taza de té, examinándola.

–Porcelana de hueso del siglo dieciocho. Bordes bañados en oro. Motivo botánico pintado a mano –frotó su pulgar sobre una marca roja en la base–. Sello nítido. Cuando las cosas bonitas como estas valían más de lo que valen ahora, hubiera vendido esta taza por más de dos mil dólares.

Aunque Nova estaba irritada por la manera en que Millie había ignorado voluntariamente su afirmación, sus cejas se alzaron en sorpresa ante este dato. Estudió la taza de té con más detenimiento, pero para ella, seguía luciendo como una antigüedad que solo servía para contener té.

Con una sonrisa torcida, Millie apoyó la taza sobre la mesa.

–Al menos, eso es lo que quiere hacerte creer. Es una lástima que sea falsa. Una réplica de calidad, pero sigue siendo una impostora. Es interesante, ¿no te parece? Una réplica, sin importar cuán bien esté hecha, nunca será valuada de la misma manera que la original –su expresión se modificó y se tornó levemente burlona–. Supongo que sabes algo de eso, ¿no es así, joven Renegada?

–Supongo que sí –murmuró Nova–. ¿Eso es de la casa de empeño?

–La trajeron para empeñarla ayer por la mañana. Dave me ha contratado para hacer tasaciones por años. La gente trae muchas cosas al alzar para vender y puede ser difícil distinguir el oro de la chatarra. Por suerte, en eso me destaco.

–¿Venir aquí fue tu idea?

–La señorita Cronin me rastreó hasta mi casa flotante y me contó lo que estaba planeando –encogió los hombros–, intentaba unir a todos los viejos colegas de su abuelo. Me gustó la idea, cada vez es más difícil hacer negocios, con los Renegados siempre respirando en el cuello de todos. Pero todos no íbamos a entrar en mi pequeña casa flotante, así que sugerí la casa de empeño de Dave. Los Ghouls y algunas otras de las bandas solían reunirse aquí.

–¿Qué hay de tu barco? –preguntó Nova–. ¿No te preocupa dejarlo desprotegido mientras estás aquí?

–Estará bien –dijo Millie y sus ojos resplandecieron–. Leroy me ayudó a colocar algunas defensas. Si alguien intenta robar mis tesoros, se arrepentirán –apoyó la taza en el suelo, cruzó sus manos sobre su regazo y concentró toda su atención en Nova–. ¿Qué era lo que querías que mirara?

Nova cerró la puerta detrás de ella. Mientras avanzaba por la habitación, se quitó su brazalete, sus dedos lucharon con el broche que Adrian había dibujado para ella. La cadena se deslizó por su piel. La estrella brilló más fuerte por un instante antes de retornar a su intensidad más leve.

–Quiero saber más sobre esto –dijo extendiéndolo hacia Millie–. Cuando robé el casco, mi brazalete reaccionó ante él, fue casi como si estuvieran magnetizados. Y la... –se detuvo ante la palabra "estrella", en cambio dijo–... joya también tuvo algún tipo de reacción. Me ayudó a romper la caja de cromo que contenía el casco. Siento que están conectados de alguna manera.

Mientras examinaba el brazalete, el rostro de Millie se parecía al de un curador admirando una pieza de arte fina y, sin embargo, no se estiró para tocarlo.

–No he tocado el casco, así que puede que no vea nada de su historia compartida, si eso es lo que esperabas.

–Puedo hacer que Phobia te lo traiga, si lo necesitas –respondió Nova–. De todos modos, he estado pensando que tal vez todos deberíamos probarlo para ver cómo afecta nuestros poderes. Se supone que amplifica la habilidad de cualquier prodigio, lo que podría ser útil. Y necesitaremos todas las ventajas que podamos conseguir.

–Hazlo tú –Millie soltó una risotada–, ya he visto suficiente adversidad en mi vida.

Millie se puso de pie y caminó hasta una pequeña mesa cubierta de platos desordenados. Seleccionó una taza de cerámica de café astillada, pero en vez de café, tomó una botella verde y llenó la taza con vino tinto, casi hasta el borde.

–La destrucción de miles de reliquias, las tragedias de demasiadas familias como para contar –volvió a sentarse acunando la taza con ambas manos y bebió un sorbo mientras observaba a Nova–. No necesito ver lo que ese casco ha visto.

Nova intentaba no pensar mucho en los primeros días de la Era de la Anarquía. En los sacrificios que Ace había hecho para materializar su visión. Las personas que habían sido asesinadas, la devastación que acaeció sobre la ciudad y el mundo a medida que otros prodigios seguían su ejemplo.

Supuso que no podía culpar a Millie por no querer pensar en esas cosas tampoco.

–¿Por lo menos, puedes mirar esto? –pidió y volvió a extender el brazalete–. ¿Qué es? ¿De qué está hecho? Cualquier cosa que puedas decirme puede ayudar.

Millie entrecerró los ojos, pero sus manos siguieron alrededor de la taza.

–Esa linda esfera no estaba allí la última vez que vi este brazalete –esbozó una sonrisa pícara–. Casi me había olvidado del chico que había visto entonces, el que reparó el cierre. Ahora que recuerdo su rostro...

–Lo sé –dijo Nova, sintiendo un calor creciente en su cuello–. Era Adrian Everhart, pero no lo sabía en el momento. Es solo una coincidencia.

Millie soltó una risita.

–Una vez que has visto tanta historia como yo, dejarás de creer en las coincidencias –bebió otro sorbo de vino, con este casi vacía la taza. Era como si estuviera fortificándose.

Suspiró y apoyó la taza en el suelo al lado de su silla.

Finalmente, extendió su palma.

Con una punzada de nervios, Nova dejó caer el brazalete en la mano de Millie.

La mujer se irguió y miró a Nova sorprendida. Fue una mirada breve y, sin dar ninguna explicación, ubicó su otra mano sobre la estrella y cerró los ojos.

Nova observó con curiosidad creciente mientras una serie de transformaciones transitaba en el rostro de Millie. A veces, se alzaban sus cejas, otras, se arrugaban pronunciadamente. De tanto en tanto, movía los labios como si estuviera hablando con ella misma y luego se reía sin motivos o apretaba los dientes con preocupación.

Nova no dijo nada durante todo el proceso. Después del primer minuto, jaló una silla de madera desvencijada de una esquina y se hundió en ella, en tanto enterraba sus dedos en sus muslos.

Pasaron cinco minutos antes de los ojos de Millie volvieran abrirse, ligeramente fuera de foco. Parecía estar despertando de un sueño confuso mientras escaneaba la habitación.

–Bueno –dijo–. Eso responde una pregunta por lo menos –Nova se inclinó hacia adelante–. Sentiste una conexión entre este brazalete y el casco de tu tío porque están *íntimamente* conectados. Fueron fabricados con la misma materia prima, obtenida de la misma fuente.

Nova echó un vistazo hacia las manos de Millie, seguía encerrando a la estrella, escondiéndola de su vista.

–¿Y qué material es ese exactamente? –indagó Nova y Millie soltó una risita.

–La cosa de las estrellas –susurró como respuesta, casi burlándose y Nova se dio cuenta de que seguro había visto parte de su conversación con Adrian cuando discutieron la estrella imposible en esa jungla.

Nova hizo una mueca. Sabía que no era una estrella. Las estrellas eran soles a miles de millones de años luz de distancia. Esto era un mármol elegante.

Pero ¿cómo se suponía que debía llamarla?

–Pareces escéptica –dijo Millie acariciando el brazalete con una mano, se inclinó hacia abajo y sujetó su vino con la otra–. Dime, señorita Artino. ¿Estás familiarizada con la Teoría del Origen de los Prodigios de Monteith?

–Déjame pensar –el escepticismo de Nova aumentó–. ¿Esa es la que dice que todos los prodigios son descendientes de los dioses antiguos? ¿O la que dice que venimos de naves extraterrestres? O, no, no, esa es la que tiene que ver con lodo radioactivo, ¿no?

–De hecho, el Dr. Stephan Monteith fue un astrofísico que sostuvo que todas las habilidades de los prodigios son el resultado de nuestros sistemas físicos reaccionando a un coctel de químicos biológicos y al polvo de estrellas que yace durmiente en nuestro maquillaje químico.

–Polvo de estrellas –resopló Nova–. Seguro. Creo que me convence más el lodo.

–No juzgues tan rápido. He rastreado la historia de varios artefactos de prodigios hasta el mismísimo inicio en el que sus habilidades místicas parecen haberse originado –Millie se inclinó hacia adelante–. Piensa que cada elemento químico en nuestro mundo está compuesto por estrellas que explotaron hace mucho tiempo. Desde la sal en nuestros océanos hasta el cobalto en la pintura de esta taza.

–No puedes llamarte *Nova* y no saber sobre las supernovas –replicó la chica, recelosa con la conversación–. ¿Me hablarás del brazalete o...?

–Es lo que estoy haciendo, si te molestaras por escuchar.

Nova se mordió el interior de sus mejillas.

–Según Monteith –continuó Millie e hizo otra pausa para beber otro sorbo antes de continuar–, las partículas de una supernova particularmente poderosa llegaron hasta nuestro sistema solar varios siglos atrás. Llegaron a nuestro planeta, una invasión invisible, se asentaron en nuestra tierra y en nuestros océanos y ocuparon el espacio en el mismo aire que respiramos. Estas partículas, esta *energía*, se convertiría en la sustancia que tu padre podía manipular en nuestro mundo. Esta energía pura está en todos lados, pero solo es visible para unos pocos afortunados.

Finalmente, algo que Nova podía comprender.

–La energía que podía ver mi padre –dijo Nova inclinándose sobre el borde de su asiento–. También la vi. O, creo que lo hice. Cuando la estrella se conectó con el brazalete. Y una vez más cuando me puse el casco. Eran como rayos de luz a mi alrededor.

–Ahora, piensa que esta energía no está simplemente en el aire –continuó Millie–. Está dentro de nosotros. Cada ser humano en este plantea tiene vestigios de esta supernova dentro de ellos y esa energía pura contiene un potencial de gran poder, pero solo si es activado por una reacción química. Esa era la teoría de Monteith. Todos tenemos el potencial para convertirnos en prodigios, pero para aquellos que no nacieron con este poder inherente ya activado, sus poderes solo se revelarán frente a un gran trauma. Monteith creía que los químicos que se liberan al torrente sanguíneo en situaciones extremas crean las condiciones necesarias para despertar nuestras habilidades latentes.

–Oookey –dijo Nova, intentando ocultar su incredulidad–. Entonces, una gran estrella explotó, sus partículas impactaron en la tierra y ahora, ¿todos tenemos el potencial de ser superhéroes? Claro –señaló las manos de Millie–. ¿Esto que tiene que ver con mi brazalete? ¿Estás diciendo que es el núcleo central de esa estrella que explotó o algo así?

–Por supuesto que no. Solo estoy señalando que tu padre recogía y utilizaba esa energía pura que posiblemente sea la sustancia más poderosa en nuestra galaxia. Hizo el casco, entre otras cosas, y también hizo esta magnífica gema –abrió la mano para revelar el brazalete de Nova.

La chica frunció el ceño.

–No, no. Mi papá hizo el brazalete, pero la gema la hizo....

–¿Adrian Everhart? Oh, lo *vi* –Nova se sonrojó avergonzada–. El mural era extraordinario, pero no. ¿Cómo puedo explicar esto? –Millie frotó su pulgar sobre la estrella–. Como uno de sus últimos actos mientras estaba vivo, tu padre hizo este brazalete, ¿sí?

–Correcto.

–Bueno, no dejó el engarce vacío por no tener tiempo para completarlo. De hecho, ya había creado la gema que debía ubicarse en ese espacio algunos meses antes y la había escondido en donde creyó que nadie la encontraría –inclinándose hacia adelante, Millie presionó un dedo contra el corazón de Nova–. La escondió dentro de ti.

Nova parpadeó, una vez más sentía que se estaban riendo de ella.

–¿Disculpa?

–Quiero decir, no *aquí* literalmente –explicó Millie dando otro golpecito en el pecho de Nova–. Eso solo parece más dramático que la verdad. De hecho, estaba guardado en la base de tu amígdala. Eso no es tan romántico, pero... bueno. Estoy segura de que tu padre tenía sus motivos.

Nova alzó una mano.

–¿Viste todo esto?

Con una risita, Millie extendió el brazalete, Nova lo tomó y acarició con sus dedos.

–Viniste a mí por respuestas, ¿no?

Nova frotó su pulgar sobre la superficie de la estrella. Su brillo se intensificó con tu toque.

–Pero... ¿por qué? ¿Para qué la hizo mi padre? ¿Y por qué la escondió dentro de mí?

–Solo podemos adivinar –Millie frotó su mejilla, su piel pálida se estiraba con cada presión de sus finos dedos pálidos. Luego tomó otro largo trago de vino–. Tal vez se suponía que era un arma, como el casco.

Nova mordió el interior de su mejilla. Era posible. Su familia nunca había tenido comida suficiente cuando ella era niña y como Evie estaba creciendo, su situación era más desesperante que nunca. Otra arma creada por David Artino hubiera sido increíblemente valiosa. Podría venderla al mejor postor.

Pero eso no parecía acertado.

Nova memoró un débil recuerdo. El día en que sus padres habían sido asesinados, su padre le había dicho que tenía la esperanza de que el brazalete enmendara algunas de las heridas que le había causado al mundo.

Pero ¿qué significaba eso?

Los dedos de Nova se sintieron fríos mientras volvía a asegurar el brazalete en su muñeca y recordaba el poder que la estrella había exhibido al infundir más fuerza en la Lanza de Plata. Con la ayuda de la estrella, había destruido lo que parecía ser una caja indestructible.

Si se suponía que la estrella era un arma, ¿y si su padre la había hecho *para* Ace? ¿Para que la utilizara en contra de los Renegados? Las mismas personas que habían prometido proteger a su familia de las Cucarachas. Una parte de ella siempre se preguntó por qué sus padres no habían solicitado la protección de Ace y de los Anarquistas en cambio. Tal vez, incluso en ese entonces, su familia sabía que no podían confiar en los Renegados. Quizás su padre había hecho un arma que era incluso más poderosa que el casco.

Un arma que era suficientemente fuerte como para derrotar al invencible Capitán Chromium.

Capítulo 30

Adrian casi no había visto a Nova desde que había sido liberada de Cragmoor. Su culpa por no haberle creído se incrementaba cada día y se entremezclaba con el miedo de que quizás había arruinado todo. Quería que las cosas volvieran a ser como la noche en que ella se había quedado dormida en su casa. Habían estado cómodos en la presencia del otro. Adrian sintió que podía contarle cualquier cosa y que él había ganado la misma confianza de ella. Había comenzado a pensar que hasta quizás podría estar enamorándose de ella.

Pero las cosas habían cambiado y él sabía que era su culpa.

Nova no se había unido a ellos para patrullar las últimas noches y no podía culparla después de lo ocurrido. Se vieron un par de veces en el cuartel general, pero sus conversaciones eran forzadas y extrañas. Se imaginaba con más frecuencia que le contaba lo del Centinela, se preguntaba si revelar su mayor secreto le demostraría, tal vez, cuánto confiaba en ella.

Pero luego, recordó el desprecio con el que Nova mencionaba el nombre del Centinela y supo que el tiempo no era el indicado.

No hubo más avistamientos de Pesadilla desde que había tomado sus dibujos, lo que solo incrementaba la ansiedad de Adrian. Estaba seguro de que estaba tramando su próximo golpe.

Con la ejecución de Ace Anarquía a tan solo unas horas de distancia, sospechaba que el ataque llegaría antes de lo esperado. Quería creer que Pesadilla no sería lo suficientemente arrogante como para atacar un evento en el que estarían presentes casi todos los Renegados de la ciudad, pero bueno, la villana nunca había tenido miedo de correr grandes riesgos.

Adrian bajó hasta las gradas de concreto de la arena, el mismo lugar donde celebraban las pruebas cada año. Hoy, los asientos no estaban tan llenos ni por asomo. Los miembros de la prensa habían sido invitados a la revelación de la nueva arma de los Renegados, al igual que a la ejecución pública de Ace Anarquía, pero estos eventos no estarían abiertos al público general.

Adrian nunca había estado en las gradas de la arena, solo en el campo. Era una perspectiva completamente distinta: el zumbido de la energía de la multitud hacía que se le erizaran los vellos de sus brazos, la vista elevada del campo lo hacía sentir más como un espectador que como un participante. Supuso que era cierto.

Era un Renegado, pero no tenía que representar ningún papel en la revelación del Agente N. La neutralización de docenas de villanos. La ejecución de Ace Anarquía. En cambio, sus padres estarían bajo todos los focos, como siempre. Vio que Simon ya estaba en el campo al lado de Tsunami, ambos hablaban con un grupo de periodistas.

Vio a Oscar y a Danna en la primera fila, Adrian se apresuró para bajar el resto de los escalones y unirse a ellos.

–Hola –dijo mientras se adueñaba de un asiento–. ¿Ruby todavía no llegó?

–Aún no –respondió Oscar, echó un vistazo hacia las escaleras, como

si la estuviera buscando, y luego se inclinó con tono conspirativo hacia Adrian–. Antes de que llegue, ¿puedo pedirte tu opinión sobre algo?

–¿Qué? ¿Mi opinión no fue lo suficientemente buena? –preguntó Danna estirando sus brazos y entrelazando sus dedos detrás su cabeza.

–Solo estoy intentando ser riguroso –Oscar encogió los hombros.

–No es poesía, ¿o sí? –indagó Adrian.

–Es todavía mejor. Mira esto.

Oscar formó pistolas con sus manos y apuntó al espacio vacío detrás del límite de las gradas. Disparó una corriente de humo de su dedo izquierdo y formó un corazón gris algunos metros delante de ellos. Fue seguido de una flecha de cupido de su dedo derecho que atravesó directamente el corazón. La imagen duró solo unos pocos segundos antes de que comenzara a disiparse en el aire.

–Luego pensé que podría decir algo como: "Hola, Ruby... ¡Realmente me gustas! Quiero decir, me gustas tanto que pensar en hacer esto hace que quiera vomitar mis tacos de desayuno en estos asientos".

–Inspirador –murmuró Danna mientras los Renegados en la fila siguiente miraron a Oscar con preocupación.

–Al menos es honesto –suspiró Oscar–. Leí en algún lado que la honestidad es el pilar principal de una relación sana –Adrian se rascó su nuca–. De todos modos, todavía estoy trabajando en esto. Pensé que evocaría a esos viejos aviones que solía escribir en el cielo durante eventos deportivos, ¿sabes? Entonces, ¿qué te parece? La idea en general, no la parte de vomitar.

Adrian le echó un vistazo a Danna justo en el momento en que ella revoleaba los ojos.

–¿Esto es algo que piensas intentar *hoy*?

–Sí, tal vez –dijo Oscar frotando sus manos–. Haría el corazón mucho más grande, ponerlo en algún lugar de la pantalla gigante para que todos puedan verlo. Le pregunté al Consejo si podía transmitir el mensaje en la pantalla antes del anuncio del agente N, pero denegaron mi pedido. Thunderbird *no* es una romántica.

–Oscar –respondió Adrian–. Drenarán los poderes de algunos de los villanos más peligrosos de la sociedad y luego ejecutarán a alguien.

Oscar lo estudió, con la expresión en blanco, por un largo momento.

–Entonces, ¿piensas que podría ser de mal gusto?

–Solo un poco.

–Te lo dije –intervino Danna.

Echando chispas por los ojos, Oscar se hundió en el asiento de plástico.

–¿Tienen idea cuán difícil es encontrar el momento indicado para hacer una declaración dramática? Parece que siempre alguien está siendo arrestado o liberado o que estamos capturando a un criminal o derrotando a un villano... ¿Cuándo se supone que un chico puede hacer su jugada en el medio de todo eso?

–Podría intentar *no* hacer una declaración dramática –sugirió Danna–. Solo invítala a salir. No es la gran cosa.

–¿"No es la gran cosa"? –gruñó Oscar–. Estoy intentado decirle a la chica de mis sueños que es, ya sabes... ¡La chica de mis sueños! ¡Es la cosa más importante de mi vida! –sacudió la cabeza y su ceja se arqueó por la ansiedad–. Y me preocupa arruinarlo.

–¿Qué demonios, Adrian? –gritó Ruby, apareció bajando las escaleras a toda velocidad repentinamente.

Oscar se tensó y les hizo a Danna y Adrian un gesto apresurado de silencio, como si estuvieran preparándose para delatarlo. Danna le devolvió el gesto.

–Hola, Ruby –dijo Adrian poniéndose de pie para que la chica pudiera llegar a su asiento–. ¿Qué sucede?

–Los puestos están cerrados –explicó señalando hacia la parte trasera de la arena–. Cada uno de ellos. ¿Quién está a cargo de esta fiesta?

–Prueba de que ustedes dos son el uno para el otro –masculló Danna y Ruby la miró.

–¿Eh?

–Nada –respondió Danna sacudiendo la cabeza–. Este no es un evento deportivo. Mostremos un poco de respecto.

–No hay ninguna ocasión que no amerite la venta de palomitas de maíz rancias y regaliz –resopló Ruby–. Es un derecho humano prácticamente.

–Amén –replicó Oscar asintiendo estoicamente.

Ruby se dejó caer en su silla y cruzó los brazos.

–¿En dónde está Nova? –preguntó y Adrian hizo una mueca, aunque intentó que no se notara.

–No creo que venga.

El chico intentó ignorar la ceja arqueada de Danna. Sabía que su compañera todavía tenía dudas sobre la inocencia de Nova y estaba comenzando a fastidiarle. Habían visto a Pesadilla y no era Nova. ¿Por qué no podía aceptarlo?

–¿Por qué no? –dijo Ruby, sorprendida.

–Siempre ha estado en contra del Agente N –empujó sus gafas hacia arriba–, y creo que haber pasado un tiempo en Cragmoor *realmente* la puso en contra. Mi papá me contó que le hizo un pedido bastante apasionado para que cancelaran la neutralización. Cree que los criminales deberían recibir una oportunidad de rehabilitación antes.

–Imaginen eso –dijo Danna.

Adrian volvió a mirarla de mala manera y ella lo ignoró.

–Supongo que puedo entenderlo –respondió Ruby, decepcionada–. Apenas he visto a Nova desde que regresó. Me preocupa que pueda estar enojada con nosotros…

–No te preocupes –afirmó Adrian–. Creo que solo está intentando procesar muchas cosas en este momento. Ya sabes, la explosión de su casa, Cragmoor, volver a ver a su tío… solo dale algo de tiempo.

–Por supuesto –dijo Ruby, aunque no parecía muy reconfortada por las palabras de Adrian. No podía culparla. Él se había estado repitiendo lo mismo últimamente. Le daría a Nova el espacio necesario. Sería paciente. Y cuando ella lo necesitara, estaría allí para ella.

Pero era más fácil decirlo que hacerlo. La verdad era que la extrañaba. La extrañaba más ahora de lo que la había extrañado cuando estaba en prisión. Por lo menos, en ese entonces, podía decirse a él mismo que era para mejor.

–Oh, miren, allí está Genissa –dijo Oscar señalando–. Feliz como siempre.

Genissa Clark estaba en el campo, tenía una impresionante ballesta atada en su espalda. Estaba hablando con el Capitán Chromium. Incluso desde las gradas, Adrian podía darse cuenta de que ambos estaban frustrados el uno con el otro.

–¿Eso es un refrigerador de viaje? –preguntó Danna señalando la caja a los pies de Genissa.

–Sí –respondió Oscar–. Maldita sea. Seguro pensó en traer sándwiches.

–No creo que sea comida –dijo Adrian–. Escuché que planeaba ejecutar a Pesadilla con un carámbano, una especie de justicia poética. Apuesto a que trajo uno con ella.

–Eso hubiera sido tan… –Ruby emitió un sonido de disgusto.

–Innecesario. Y desprolijo. –dijo Oscar.

–Y melodramático –añadió Danna.

–¿Preferirían una ejecución en la horca como en los viejos tiempos? –preguntó Adrian mientras su estómago se revolvía al pensar por lo poco que Nova había evadido este destino–. ¿O que la quemaran en una hoguera, como solían matar a los prodigios?

–*No* –dijo Ruby–. Preferiría… no lo sé. ¿No hay una manera de adormecer a alguien primero para que no sientan nada?

Adrian le echó un vistazo a la fila de sus amigos y supo que todos estaban pensando lo mismo. Adormecer a la gente era la especialidad de Pesadilla, su ataque de preferencia. Nunca antes se le había ocurrido que podía ser un acto misericordioso.

–¿Tu padre cómo piensa, ya sabes...? –preguntó Oscar–. ¿Ocuparse de Ace Anarquía?

Adrian observó a Hugh durante un segundo, todavía discutía con Genissa.

–No estoy seguro de qué tiene planeado. Pero... Creo que, en este momento, Genissa está intentando ser la encargada de hacerlo. Ha estado amenazándolos toda la semana desde que liberaron a Nova, diciendo que, por lo menos, merece algo de gloria si no puede tener su venganza. Caso contrario, sigue insistiendo con que arruinará a los Renegados yendo a la prensa con su larga lista de quejas.

–Esa chica tiene una extraña concepción de gloria –gruñó Danna.

–Pero la gente ha estado hablando –dijo Oscar–. En realidad, nunca lo había pensado, pero... es extraño, ¿no? Que nadie se haya detenido a pensar qué podría ser mejor para nosotros y no solo para la organización. Quiero decir, todos elegimos esta vida. Estamos dispuestos a arriesgar mucho por la causa. Pero... –no terminó la oración.

–Pero ¿no tendríamos que poder participar un poco más de la definición de la causa? –sugirió Ruby–. ¿Y qué, exactamente, estamos arriesgando?

–Odio sonar como Genissa –suspiró Oscar–, pero me hizo pensar.

–No solo suenas como Genissa –replicó Danna, bromeando levemente–. Casi suenas como un Anarquista.

–Eso fue innecesario –Oscar arrugó la nariz.

–Creo que están comenzando –dijo Ruby y llevó la atención del grupo al campo.

Habían construido un gran escenario que ocupaba casi todo el largo del campo y siete sillas estaban alineadas en el centro, al lado de un podio angosto. La prensa había sido ubicada en un sector en la primera fila. Adrian no estaba seguro de a dónde había ido Genissa. A medida que el Consejo se acercaba a sus asientos, la multitud comenzó a callarse.

El Consejo –el Capitán Chromium, Tsunami, Blacklight, Dread Warden y Thunderbird– estaba acompañado de la Dra. Hogan, una de las investigadoras y desarrolladoras principales del Agente N. Y de…

Adrian se inclinó hacia adelante escudriñando los ojos. Estaba apenas lo suficientemente lejos como para que sintiera que sus ojos estaban haciéndole un truco.

–¿Ese es el Titiritero?

–Santos cielos, creo que sí –murmuró Ruby–. Pero… luce tan diferente.

La última vez que Adrian había visto a Winston Pratt, su piel estaba fantasmagóricamente pálida, casi tan blanca como el maquillaje permanente que cubría su rostro, acompañado de mejillas rosadas y líneas negras en su mandíbula que aludían a un muñeco de ventrílocuo. Esas marcas físicas de su alias y de su superpoder se habían desvanecido cuando fue inyectado con una dosis del Agente N. En menos de un minuto, su poder –la escalofriante habilidad de transformar a los niños en marionetas con el cerebro lavado– había desaparecido. El Titiritero ya no existía.

Adrian había visto a Winston un par de veces desde ese día, lo había interrogado sobre Pesadilla y los demás Anarquistas. Pero, en esas reuniones, Winston estaba deprimido y débil, era una carcasa de su antiguo ser. Ese no era el hombre parado en el escenario ahora. Su espalda estaba recta. Su tez había recuperado un color sano.

Estaba *sonriendo*.

Y no era una sonrisa cruel, como si se estuviera preparando para manipular a un niño de seis años, era genuina e inesperadamente cálida.

Estaba casi irreconocible.

Mientras los demás ocupaban sus asientos, el Capitán Chromium se acercó al micrófono. Se tomó un momento para darle la bienvenida a la multitud y a la prensa que se había reunido para su anuncio importante. Resaltó que el propósito de los Renegados era, y siempre había sido, garantizar la seguridad de sus ciudadanos, al mismo tiempo en que trabajaban por mejorar la calidad de vida de los prodigios y no prodigios de todo el mundo. Habló sobre su entusiasmo por la nueva herramienta que estaban a punto de revelar y del orgullo que sentía por ser parte de su desarrollo. Anticipaba que el potencial de esta herramienta podría cambiar el mundo literalmente.

Mientras la audiencia aplaudía con educación, el Capitán dio un paso atrás y le dio la bienvenida a la Dra. Hogan.

Su discurso fue casi idéntico al que había dado cuanto introdujo el concepto del Agente N a las patrullas de Renegados.

El Agente N es una solución no violenta con resultados instantáneos... Es completamente seguro utilizarlo cerca de civiles no prodigios... Proveerá una consecuencia humanitaria para los prodigios que desafíen las regulaciones...

Adrian mantuvo su atención en la prensa concentrada en su sector. Sus bolígrafos garabateaban sobre pequeños anotadores, estaban sorprendidos e interesados. Sus cámaras hacían acercamientos al rostro de la doctora.

Se preguntó qué noticias estarían transmitiendo en unos minutos. El Consejo esperaba que esto reemplazara los rumores de que los Renegados se habían tornado incompetentes e ineficaces. El Agente N era su gran oportunidad de mostrarle al mundo a qué habían destinado sus esfuerzos todos estos años. Esta era su oportunidad para demostrar cómo pretendían lidiar con los prodigios desobedientes de aquí en adelante. Esta era su oportunidad para demostrar que no se toleraría la villanía mientras estuvieran a cargo.

Y Adrian quería creerlo. Tenía el rotulador en su mano, aunque no recordaba haberlo sacado, y se dio cuenta de que sus dedos jugaban con él de manera inconsciente. No estaba nervioso, sino… inquieto.

Recordaba observar a Congelina y a su equipo maltratar a los Anarquistas, intentaban que se incriminaran a ellos mismos, sin importar si habían estado involucrados en el ataque al desfile o no. Los había visto torturar y finalmente asesinar a Espina y luego inculparon al Centinela por el brutal ataque.

Los Anarquistas y Espina eran villanos. Tal vez no merecían compasión.

Pero en esos momentos, Adrian se había visto forzado a cuestionarse quiénes eran los verdaderos villanos.

Si el equipo de Congelina podía salir indemne, sabía que más Renegados también podrían hacerlo. ¿Quién los detendría? ¿Quién lo intentaría siquiera?

–En breve, tendremos una demonstración de lo que puede hacer el Agente N –dijo la doctora–, para que puedan ver su efectividad con sus propios ojos y presenciar cuán veloz y misericordiosa es esta arma. Pero primero, queremos invitar al escenario para que comparta su opinión sobre suero y de sus increíbles efectos a una de nuestras historias de mayor éxito. Por favor, acompáñenme a darle la palabra al ex villano y socio del mismísimo Ace Anarquía. Lo conocerán por el nombre de Titiritero, pero hoy, solo es conocido como señor Winston Pratt.

La gente aplaudió, aunque de manera forzada y con poca seguridad. La multitud se inundó de murmullos mientras Winston se ponía de pie y se ubicaba detrás del micrófono. Todo parecía tan surreal. El día que había sido neutralizado, había utilizado a un joven Renegado para intentar atacar a la Dra. Hogan. Se lo había llevado al escenario esposado.

¿Qué había cambiado para que ahora pareciera tan relajado, tan… *jovial*?

–Muchas gracias, Dra. Hogan –dijo Winston inclinándose sobre el micrófono que había sido modificado para la doctora y estaba demasiado bajo para su contextura–. *Estoy* agradecido. No solo por la manera en que

ha cambiado la dirección de mi vida, gracias al Agente N y al equipo de doctores y terapeutas que han estado trabajando conmigo, también estoy agradecido por esta oportunidad de contar mi historia.

Volvió a sonreír, pero esta vez fue más vergonzoso. Adrian podía darse cuenta de que estaba nervioso. Pasó un momento ajustando el micrófono de manera extraña, luego aclaró su garganta y tomó unas tarjetas de su bolsillo.

–He conocido a muchos… villanos… a través de los años. Fui un Anarquista por más de la mitad de mi vida, contando desde que tenía tan solo catorce años. Me uní a la causa de Ace Anarquía después de haber huido de casa –hizo una pausa y dio un golpecito con el borde de las tarjetas sobre el podio. Inhaló profundamente y continuó–. Con frecuencia, cuando un nuevo miembro se nos unía, solíamos hablar de nuestras "historia de origen".

»Es un tema de conversación popular entre nosotros, los prodigios. Tanto héroes como villanos, creo. En ese momento, no pensé mucho en ello, pero… se hizo claro para mí que nuestras historias tenían algo en común. Con la excepción de aquellos que nacieron con sus habilidades, el resto nos hemos convertido en prodigios después de… bueno, un gran trauma. Aunque hablamos de nuestros orígenes con orgullo, en realidad, esos momentos muchas veces fueron… horripilantes. Y dolorosos. Tal vez el hecho de haberlos sobrevivido hizo que se incrementara nuestro orgullo, pero yo… nunca pensé en preguntarle a mis compañeros, o… incluso a mí mismo… si hubiéramos estado mejor si nunca hubiéramos experimentado semejante trauma en primer lugar.

Adrian alzó las cejas. Echó un vistazo a sus compañeros. Danna, como él, había nacido con su don. Pero Oscar se había convertido en prodigio después de casi morir en un incendio, y Ruby obtuvo sus poderes después de ser atacada ferozmente por un miembro de la banda de los Chacales. De hecho, cada historia de orígenes que conocía estaba arraigada con algún tipo de trauma.

–En mi caso –continuó Winston, su tono denotaba cada vez más cansancio–, nunca compartí mi verdadera historia. Ni con los Anarquistas, ni con nadie todos estos años. La historia de cómo me convertí en el Titiritero no me causa orgullo. Solo vergüenza y enojo.

La sonrisa cálida de hacía unos minutos había desaparecido. Vaciló y buscó a alguien en la audiencia. Siguiendo su mirada, Adrian reconoció a la terapeuta que había estado trabajando con Winston después de su neutralización. Asintió dándole ánimos.

Winston se arrodilló y abrió un bolso a sus pies. Los periodistas cerca del frente se tensaron, tal vez esperaban que sacara una bomba o un arma. Pero solo era un muñeco. Adrian reconoció a Hettie, el muñeco de la infancia de Winston que había intercambiado con el ex villano por información de Pesadilla.

–Este es Hettie –dijo Winston alzando el muñeco para que todos pudieran verlo–. Mi padre hizo a Hettie para mí cuando cumplí siete años. Una parte de mí pensó que tal vez era demasiado grande para muñecos, pero... este tenía algo especial. Lo amé inmediatamente –hizo una pausa, una sombra eclipsó su expresión–. Unos pocos meses después, mis padres habían salido una noche y me estaba cuidando un vecino. Un... amigo de la familia de toda la vida quien solía cuidar de mí con frecuencia. Él se interesó por Hettie... sugirió que jugáramos un juego... –Winston pausó y Adrian pudo sentir cómo su propio pecho se tensaba en el horrible silencio que se asentó.

Finalmente, Winston sacudió la cabeza y apoyó el muñeco sobre el podio, como si fuera incapaz de verlo. Los ojos negros brillantes de muñeco miraban sin luz a la multitud.

–No lo comprendí en ese momento, pero el juego se convirtió en un engaño para que él... a... abusara de mí por primera vez. No... no fue la última.

Hubo jadeos en la multitud. Manos presionadas sobre bocas sin palabras. Miradas de lástima y horror. Por el rabillo del ojo, Adrian vio que Ruby estrujaba el brazo de Oscar.

–Nunca me había sentido tan indefenso. Tan avergonzado y confundido –Winston escudriñaba al muñeco mientras contaba su historia–. No supe que me había convertido en un prodigo hasta semanas después cuando, en la escuela, mi enojo estalló y ataqué a un niño un año mayor que yo que había tomado la última porción de pizza del comedor. Antes de que pudiera comprender lo que estaba haciendo, mis hilos lo habían rodeado. Lo hice... –pausó y se aclaró la garganta–. Lo hice golpear su propio rostro sobre la bandeja. Rompí su nariz.

Su declaración fue seguida de un largo silencio.

–Mis poderes comenzaron a cambiar después de eso –continuó Winston–. Me cambiaron por dentro y por fuera. Desde ese día, he herido a más niños de los que puedo contar. No de la misma manera en que me lastimaron a mí, pero fueron víctimas, indefensas bajo mi control. No les cuento esta historia porque quiero su lástima. Tampoco intento justificar las cosas que he hecho o crear excusas por el rol que cumplí como Anarquista y... como villano.

Irguió su columna, ya no se inclinaba sobre el micrófono.

–Les cuento esto porque muchos prodigios insistirán con que sus poderes son un don. Yo también creía esto. Mis poderes eran mi identidad. Eran la fuente de mi fuerza, mi control. No supe hasta hace poco, hasta después de que mis poderes fueran neutralizados por el Agente N, que no eran esas cosas. Eran una carga. Una maldición. Me mantuvieron con la mentalidad de una víctima durante todos esos años y me transformaron en un monstruo a *mí* también.

»Sé que nunca seré libre del trauma que viví o de los recuerdos de todas las cosas horribles que he hecho. Pero, gracias al Agente N, siento.... Por primera vez, siento que puede haber un camino adelante. Por primera vez, siento que comienzo a sanar. Hablar en nombre propio y tal vez, algún día, en nombre de niños que eran iguales a mí. Lamento mucho el dolor que he causado. Puede que nunca logre hacer las paces con todos los niños que utilicé como marionetas, pero sí tengo la esperanza de reparar el daño de la mejor manera que pueda. No puedo decir que otros prodigios neutralizados se sentirán de la misma manera, pero en mi caso, no lamento haber sido liberado de mis poderes.

Tomó a Hettie y apoyó el muñeco en los tablones de madera del suelo del escenario, luego, extendió una mano hacia el Capitán Chromium.

El Capitán se puso de pie y alzó el largo instrumento de cromo que había estado recostado sobre su silla. La Lanza de Plata. Se la entregó a Winston.

Winston dio un paso hacia atrás y sujetó la lanza con ambas manos.

–¡Ya no soy una víctima! –gritó y agitó la lanza hacia abajo. Su extremo impactó en el muñeco que se hizo añicos por el impacto: se hundió en su cabeza, un brazo salió disparado del escenario y una pierna se deslizó debajo del asiento de Tsunami. Winston volvió a golpearlo… dos veces, tres.

Finalmente se detuvo después del sexto golpe, el muñeco no era más que fragmentos rotos y prendas maltratadas. Agitado por el esfuerzo, Winston le devolvió la lanza al Capitán, luego inclinó su cabeza una vez más sobre el micrófono.

–Pero todavía más importante que eso –dijo, su voz cargada de emoción–. Ya no soy un villano.

Capítulo 31

Incluso sobre los golpes del viento, Nova podía escuchar a la multitud dentro de la arena explotar en su audífono. Se sobresaltó por el ruido: una tormenta de aplausos.

Utilizó el momento para recuperar el aliento. No estaba exhausta por haber escalado la pared exterior de la arena. En realidad, durante el discurso de Winston, sintió que casi no podía respirar. Se suponía que debía concentrarse en la tarea que tenía delante de ella, pero, en cambio, terminó inmersa en la historia. Tenía la garganta seca. Sentía como si su corazón estuviera encerrado en una prensa. Se preguntó cómo era posible vivir bajo el mismo techo, o bajo los mismos túneles subterráneos, con una persona por diez años y saber tan poco sobre ella.

Mientras el barullo dentro de la arena se callaba, Nova escuchó la voz de Phobia susurrando en su oído.

–*Traidor*.

Nova hizo una mueca. Sabía que se refería a Winston, también se sintió como una acusación hacia ella y su compasión.

No respondió.

–Déjalo elegir la debilidad y mediocridad si eso es lo que desea –dijo Honey–. Tenemos que concentrarnos en liberar a nuestro Acey.

–Precisamente –dijo Leroy–. Pesadilla, ¿cuál es tu posición?

Liberándose de los remanentes de dolor en su corazón, Nova chequeó dos veces los datos de su medidor láser.

–Casi estoy lista –dijo, señalando el límite exterior de su punto de entrada. La precisión era importante. Si hacía el corte de entrada demasiado lejos y terminaría en una caída libre de treinta metros, directo hacia los brazos de los Renegados–. Treinta segundos más –agregó, su voz estaba amortiguada detrás de la máscara de metal.

–No hay prisa –replicó Leroy–. Recién están trayendo a los prisioneros.

Honey suspiró apesumbrada.

–Y conociendo al Capitán Chromium, seguirá hablando por otros veinte minutos antes de que algo emocionante suceda.

Cuando se completaron los cálculos, Nova sujetó el medidor de láser en su cinturón y tomó la sierra eléctrica con hoja de diamante. Esperó hasta que sintió la voz resonante del Capitán en su audífono, cortesía de Cipher, uno de los aliados de Narcissa desconocido para los Renegados que no tuvo ningún problema en entrar al evento junto con otras dieciséis personas de su grupo, después de que Millie elaborara pases de prensa falsos para ellos. Estarían ubicados rodeando la arena, esperando para ayudar a Nova y a los Anarquistas a completar su misión.

El objetivo de Nova era sencillo: hacer llegar el casco hasta Ace.

El techo curvo de la arena vibró debajo de sus rodillas, tanto por el zumbido de su sierra como por los altoparlantes resonantes en el interior. Se detenía cada vez que lo hacía el Capitán, intentaba sincronizar el ruido que estaba haciendo con las partes en las que su discurso se tornaba particularmente apasionado.

Sujetando con una mano la copa de succión que había adherido al techo, terminó el último corte. Jaló con fuerza y el fragmento de techo se despegó hacia arriba. Lo deslizó lejos de la apertura.

Exactamente dos metros y medio debajo de ella, yacía una de las plataformas para los operadores de sonido e iluminación. Solo podía ver la parte superior de la cabeza de la mujer, cubierta con unos grandes auriculares, su atención estaba concentrada en el gran reflector que estaba apuntando hacia el campo debajo.

El rayo de luz seguía la línea de prisioneros que estaba siendo guiados desde lo que solían ser los vestuarios de la arena, donde Nova había esperado su turno en las pruebas. Todos los prisioneros vestían los monos enceguecedores blancos y negros de Cragmoor. Sus tobillos estaban unidos con grilletes, cada prisionero estaba encadenado al siguiente en la fila. Sus manos estaban completamente encerradas en esposas de cromo. Un número de guardias armados caminaba al lado de ellos, Nova reconocía a la mayoría de Cragmoor, sus armas apuntaban a los prodigios más peligrosos de la fila.

Ace era el último, e incluso estando a tanta distancia de altura, Nova pudo sentir el zumbido en la multitud cuando él apareció. Su rostro exhibía una palidez cadavérica y moretones morados debajo de sus ojos. La piel colgaba de sus huesos como si pudiera desprenderse en cualquier momento. Estaba quebrado y derrotado, tenía la columna inclinada hacia adelante y parecía que le pesaba la cabeza mientras avanzaba detrás de la cadena de prisioneros. Una burla del prodigio que había sido una vez. No era una amenaza. No era temido, ya no más.

Nova apretó los dientes, odiaba verlo reducido a eso.

–Todos a sus posiciones –dijo ajustando las tiras de su mochila.

Abandonó la sierra en el techo, no quería el peso extra. Apoyó sus brazos en cada costado de la apertura y deslizó sus piernas hacia adentro. Quedó suspendida en el aire por un momento y luego, se dejó caer.

Aterrizó con un golpe seco detrás de la operadora del foco. La mujer se sorprendió, pero antes de que pudiera voltearse, los dedos de Nova tocaron su nuca y colapsó en los brazos de la chica. Nova la recostó sobre la plataforma.

–Estoy adentro.

Se aseguró de que el foco todavía apuntara al escenario. Era uno de cuatro, todos apuntaban en este momento al Capitán Chromium, quién regresó al podio mientras los reclusos se paraban hombro a hombro a lo largo del campo.

Sabiendo que los otros tres operadores probablemente serían los primeros en notar la ausencia de su compañera, Nova retrocedió hasta el andamio que conectaba las plataformas alrededor del perímetro del techo y comenzó a avanzar hasta el próximo operador.

Prácticamente ignoró la voz monótona del Capitán, pero algunas palabras se filtraron de todos modos en la conciencia de Nova a medida que se escabullía entre las sombras.

Villanos… neutralizados… ejecución.

Llegó al segundo operador y lo derribó con tanta facilidad como a la primera. Dos menos…

Abajo, el Capitán estaba enumerando los numerosos crímenes contra la humanidad de Ace, justificando su elección de terminar con su vida de esta manera pública.

–Antes de que proceder –dijo–. Le extenderé una solemnidad a este villano que él nunca le ofreció a ninguna de sus víctimas. Por favor, escolten a Ace Anarquía al escenario.

Al final de la fila, los grilletes de Ace fueron separados de los de su vecino. Los guardias lo empujaban, lo apresuraban para que subieran los escalones hacia la plataforma. Su atención estaba fijada en el Capitán, quien lo esperaba en el podio. El odio entre los dos hombres era palpable. La arena se calló. Nova ralentizó sus pasos para no hacer ningún sonido mientras llegaba a la tercera plataforma con el mayor sigilo posible.

Una vez que Ace se paró delante del Consejo, el Capitán Chromium volvió a dirigirse al micrófono.

–En este momento, le pregunto a mi rival más antiguo, a este enemigo de la humanidad, Alec James Artino, si quiere expresar algunas palabras finales.

Dio un paso atrás ofreciéndole el micrófono a Ace.

Nova tragó saliva. Quería detenerse, observar y escuchar, pero sabía que no tenía tiempo para eso.

Llegó a la tercera plataforma y dejó a la mujer que encontró allí durmiendo.

Solo faltaba uno.

Debajo de ella, la arena estaba en silencio. Sus pensamientos regresaron a Winston, quien todavía estaba en el escenario, ahora solo a unos metros de Ace. Se preguntó si hicieron contacto visual mientras Ace era llevado al podio. Se preguntó si Ace había escuchado la historia de Winston. ¿Él, al igual que Phobia, vería a Winston como un traidor o sentiría la misma compasión que Nova había sentido?

También pensó en Adrian, sabía que estaba en algún lugar con la multitud. Se preguntó si volvería a verlo sabiendo que, si todo salía según el plan, la respuesta probablemente era negativa.

Se preguntó si se arrepentiría de no haber encontrado una manera de despedirse por última vez.

Ace se acercó al podio. Parecía como si toda la arena se hubiera quedado quieta. Incluso Nova tuvo que recordarse a ella misma seguir respirando mientras se escabullía en la pasarela.

Cuando Ace habló, su voz era frágil y áspera por el desuso.

–De pie en frente de ustedes… –dijo, sus palabras apenas un graznido. Nova hizo una mueca al pensar en él como solía serlo, poderoso y fuerte. Un verdadero visionario. Ahora, apenas era algo más que una reliquia, un recuerdo de una era olvidada.

»Y sabiendo que mi tiempo en esta tierra es corto, me enfrento con una verdad intolerable. Una vez destruí un orden mundial en el que los prodigios eran condenados y perseguidos por aquéllos que nos temían, por aquéllos que no podían apreciar nuestro potencial. Y ahora... –enfrentó al Capitán–. Ahora condenamos y perseguimos a los nuestros –alzó el mentón–. Alec James Artino ya está muerto, pero Anarquía seguirá vivo. Persistirá en los corazones de los prodigios que se niegan a hacer una reverencia ante esta dictadura. Nuestra lucha no terminó y no descansaremos hasta que haya liberad y autonomía para todos nuestros hermanos. Hasta que ya no tengamos que temer por nuestro bienestar ni de aquellos que temen de nosotros y nos envidian. ¡Los Renegados *caerán* y nosotros volveremos a alzarnos!

El cuarto operador estaba a punto de tomar su radio, de seguro quería saber por qué las otras tres luces se habían quedado inmóviles, cuando los dedos de Nova aparecieron entre las sombras y rozaron la palma de su mano. Lo sujetó de la misma manera que a los demás y luego soltó una larga exhalación.

Fase uno completa.

Abajo, Ace estaba siendo llevado de vuelta al campo, al mismo tiempo que un desfile de hombres y mujeres en batas de laboratorio marchaba para unirse a los prisioneros, cada uno cargaba una jeringa.

La escena era demasiado surreal. Se sentía como una producción coreografiada, como si lo hubieran planeado pensando en las fotografías que aparecerían en los periódicos en vez de en la dignidad de los involucrados.

Nova examinó las estructuras que sostenían los focos y las cajas de los parlantes, un complicado laberinto de andamios de metal entrelazado sobre el cielorraso de la arena. Se subió al barandal que bordeaba la plataforma del foco, llegó hasta el andamio superior más cercano y trepó hacia la plataforma.

Blacklight tenía el honor de dar la señal para la neutralización. Todos los reclusos serían neutralizados simultáneamente, comenzó a contar de manera regresiva desde diez. Nova hizo su mejor esfuerzo por ignorar lo que estaba sucediendo abajo, en cambio, se concentró en poner una mano sobre la otra mientras gateaba hacia el centro del edificio.

Cuando Blacklight llegó al número uno, pausó. Echó un vistazo hacia abajo a través de las barras de metal.

Solo podía ver la parte de arriba de sus cabezas: los prisioneros, los técnicos de laboratorio, el Consejo, Winston y Ace. No podía ver la expresión de nadie. Estaba demasiado lejos como para notar si alguno de los prisioneros se encogió de miedo cuando hundieron las agujas en sus brazos.

Pasó un segundo. Luego dos. Diez segundos. Veinte.

Incluso desde su vista aérea, Nova pudo notar cuando los técnicos comenzaron a sentirse incómodos. Vio al Consejo moverse en sus lugares, intercambiando miradas los unos con los otros. Notó a la doctora Hogan revisando su reloj de muñeca.

La arena estaba tan callada que pudo escuchar a uno de los periodistas toser desde su lugar.

No todos los prodigios tenían características físicas que indicaban sus poderes, pero muchos sí las tenían. No solo estaba el amigo con piel amarilla de Nova, también Colosso medía más de tres metros, Billie Goat tenía con cuernos puntiagudos que salían de su cabeza, y Garabato expulsaba tinta azul de sus labios y manchaban el frente de su mono. A esta altura, esos villanos deberían haber sido reducidos a humanos promedio.

Pero, tal como los Renegados comenzaban a percatarse, eso no estaba sucediendo. Incluso los reclusos se retorcían incómodos, sin saber si deberían estar sintiendo algo distinto.

Nova percibió un leve de movimiento proveniente de las gradas prácticamente inmóviles. No necesitaba un acercamiento para saber que era una grulla de papel, fabricada con el papel rosa y dorado más delicado.

Sonrió.

Capítulo 32

La atención de la audiencia abandonó la fila de prisioneros en el campo –que aparentemente *no* habían sido neutralizados– y se posó en el pájaro de papel que se agitaba sobre sus cabezas. Adrian observaba fijamente, sus cejas se arquearon con sospechas mientras el pájaro dio un círculo entero sobre las gradas antes de caer en picada en frente del Capitán Chromium. Hugh lo atrapó en el aire y arrugó sus alas con un puño. Su rostro ya estaba oscurecido cuando desdobló el cuadrado de papel. Debía tener algo escrito en él porque su ceño fruncido se intensificó antes de volver a arrugar el papel y lanzarlo en el escenario. Estaba a punto de hablar cuando una voz resonó en la arena.

–Damas y caballeros, prodigios y prisioneros, superhéroes y científicos…

La voz no parecía provenir de los parlantes del cielorraso. En todo caso, parecía originarse en un solo lugar.

–Pedimos disculpas por la demora en el programa patrocinado por los Renegados –continuó la voz con un dejo de sarcasmo–. Mientras los

miembros de su honorable Consejo revisan estas dificultades técnicas, esperamos que disfruten este entretenimiento gratuito cortesía de… *la Grulla*.

Adrian miró a su equipo con el ceño fruncido, todos compartían la misma expresión de sorpresa.

–¿La Grulla? –dijo Ruby–. ¿No estuvo en las pruebas de selección?

–¿El chico del origami? –preguntó Oscar.

Entonces, Adrian las vio. *Todos* las vieron: cientos, tal vez miles, de grullas de papel de la gama más preciosa de colores pastel y dorados planeaban sobre la arena. Adrian se puso de pie. No fue el único ya que todos en las gradas a su alrededor estallaron en preocupación.

Pero solo un *poquito* de preocupación, notó Adrian.

Solo eran grullas de papel.

–Vienen de los ductos de ventilación –dijo Danna. Estaba aferrándose al barandal. Sus nudillos estaban blancos.

–¿Podría ser una distracción? –preguntó Ruby.

Adrian no respondió. No tenía respuestas, pero tenía el presentimiento de que Pesadilla y los Anarquistas tenían algo que ver con esto.

Se aflojó el cuello de su traje para facilitar el acceso a su tatuaje del cierre.

Las grullas se dispersaron a través de la audiencia, revoloteaban sobre sus cabezas. Una fue capturada por Fiona Lindala, alias Peregrina, quien estaba parada en la fila siguiente con su amada ave de rapiña sobre su hombro. Adrian observó mientras desdoblaba el papel y la cabeza del halcón se asomaba con curiosidad. A su alrededor, los Renegados estaban haciendo lo mismo. Atrapaban a los pájaros de papel en el aire y los desarmaban para develar sus secretos.

Fiona gritó por la sorpresa y volvió a llevar la atención de Adrian hacia ella. Sus ojos estaban bien abiertos, aunque tal vez más por la sorpresa que por el dolor. Dejó caer la grulla, pero otra criatura apareció.

Un abejorro regordete, peludo, negro y amarillo yacía sobre su palma.

Adrian apenas registró la imagen antes de que el halcón se lanzara hacia adelante y capturara a la abeja con su pico.

–Me picó –le dijo Fiona a nadie en particular mientras se quitaba el aguijón de su palma.

Luego, aparecieron más. Más abejas, casi adorables por lo rechonchas, abandonaban la protección de las grullas de papel y zumbaban hacia el Renegado más cercano.

–La Abeja Reina –dijo Adrian al mismo tiempo que alejaba una con la mano. Podía escuchar los jadeos descontentos a su alrededor, aunque los sonidos eran más de molestia o sorpresa que por otra cosa. No era divertido ser picado por un abejorro, pero comparado con la vida diaria del Renegado, tampoco era petrificante precisamente.

El rostro de Danna estaba contorsionado por la incredulidad.

–¿Por qué abejorros? ¿Por qué no avispas o avispones o…?

Adrian chilló por la sorpresa y se llevó una mano a la nuca. Sus dedos reaparecieron con el cuerpo peludo de un abejorro. Lo lanzó al suelo y volvió a llevarse la mano al cuello, se frotó en dónde lo había picado.

A su alrededor, la gente estaba aplastando a las abejas con sus puños y botas, destruían las hermosas grullas de papel. Anonadados. Confundidos.

Hasta que un lamento nauseabundo comenzó a erigirse entre ellos.

Comenzó con Peregrine, quien miraba boquiabierta a los ojos inteligentes de su compañero.

–No –lloró y estiró un dedo para acariciar el ala del ave. Pero la criatura se alejó, caminó por el largo del brazo extendido y la miró como si no estuviera seguro de si Fiona era comestible o no–. Pern, por favor, soy yo.

El halcón peregrino desvió la mirada, clavó sus garras en el antebrazo de la chica, extendió sus alas gigantes, se lanzó al aire y sobrevoló las gradas. Fiona lloró estirando las manos, pero no tenía ninguna esperanza de alcanzarlo. Sus ojos se llenaron de lágrimas.

–Ya no puedo sentirlo –tartamudeó–. No entiende… ¿qué está pasando? –miró a su alrededor, buscaba respuestas en los rostros de sus compañeros–. Mi poder. Desapareció.

El momento en que Adrian lo comprendió se sintió como un disparo. Escaneó la audiencia, por todas partes, las expresiones se inundaban de pánico. Renegados inspeccionaban sus manos extendidas como si sintieran cómo desaparecían sus poderes. Como si cayeran las escamas de su piel suave como la de un bebé, como si unas antenas con un sexto sentido se hubieran retraído debajo de su vello humano. Una chica hecha de brasas negras observó mientras su piel mutaba a simple carne humana. Un chico con cuernos en su espalda gritó cuando sus cuernos se desprendieron y cayeron al suelo como si fueran fragmentos de uña cortados con un alicate. Se extinguieron chispas. Se evaporó energía. Se dispersaron sombras.

La voz regresó, haciendo eco y divertida.

–Si eres uno de los Renegados desafortunados que acaba de recibir una pequeña picadura, les urgimos que permanezcan en calma. Experimentarán cierta incomodidad, tal vez algunas nauseas, pero en tan solo unos pocos momentos, regresarán a la normalidad. Serán completa y absolutamente normales.

–Agente N –dijo Adrian–. Los aguijones tienen Agente N.

Oscar maldijo y aplastó un abejorro con su bastón, aunque Adrian estaba bastante seguro de que ya estaba muerto.

–Las jeringas deben haber sido un señuelo –prosiguió Adrian–. Los Anarquistas las intercambiaron de alguna manera.

–Adrian –dijo Danna–. ¿Tus poderes?

–Mi tatuaje debería protegerme –sacudió la cabeza–. Pero algo me dice que esto no es lo peor de todos. Vamos, necesito encontrar un lugar para transformarme.

–Iremos contigo –respondió Danna.

Se movió en la fila, preparándose para salir corriendo por las escaleras hasta la parte trasera de la arena, pero fue detenido por una voz sumisa y temblorosa.

–¿Chicos?

Se volteó. Danna y Oscar también se detuvieron, todos miraban a Ruby. Su rostro estaba pálido, sus ojos llenos de lágrimas. En su palma derecha había un abejorro muerto. En su palma izquierda estaba la piedra roja que siempre colgaba del cable en su muñeca.

–Ruby… no… –el corazón de Adrian se desplomó.

Todos observaron mientras la piedra comenzaba a derretirse formando un desastre pegajoso y sangriento sobre sus dedos y goteaba hacia el suelo de concreto.

Ruby tragó saliva e intentó mostrarse valiente, a pesar de su conmoción.

–Mis hermanos estarán tan decepcionados –susurró.

▪▪▪

Nova estaba por la mitad del primer andamio de iluminación cuando comprendió lo que estaba sucediendo. Se aferró a los bordes del frío acero y miró hacia abajo mientras los gritos de la audiencia pasaban del desconcierto al horror.

Presionó una mano contra su audífono esperando estar equivocada. Tal vez estaba malinterpretando la situación, incapaz de ver claramente desde tan lejos.

–¿Qué está sucediendo allí abajo?

–¿No puedes verlo? Finalmente estamos ganando –festejó la voz de Honey.

Las manos de Nova se sentían pegajosas, pero estaba sostenida de manera demasiado precaria como para limpiarlas. Su mandíbula latía detrás de la máscara.

–Dime que eso no es el Agente N… ¡Se suponía que debía ser el veneno de Leroy! ¡Solo debíamos paralizarlos por unos pocos minutos!

–Quédate tranquila, Pesadilla –dijo Leroy–. Necesitamos que te mantengas concentrada en tu misión.

–¿Cómo se supone que me mantenga concentrada cuando cambian el plan a medio camino? –se dio cuenta de que estaba gritando prácticamente, pero nadie la escucharía sobre el caos que había abajo. Se encontró buscando signos de Adrian y los demás entre las gradas, pero los asientos estaban demasiado repletos de gente, demasiado entremezclados con uniformes idénticos de Renegados.

–Fue mi idea –dijo Honey, sonaba muy orgullosa de este hecho–. ¿Por qué dejaríamos a nuestros enemigos momentáneamente paralizados cuando podemos neutralizarlos para siempre? No es nada que ellos no nos hubieran hecho a nosotros.

–¡Pero no es lo que acordamos!

–¡Porque tú no hubieras accedido! –replicó Honey–. Porque te has tornado demasiado blanda por estos superhéroes. Pero se merecen lo que les está sucediendo. ¡Y tú lo sabes!

Nova estranguló a las barras de acero. ¿Cuántas abejas había liberado Honey? ¿Cuántos Renegados dejarían de ser prodigios?

Y ¿por qué esto le causaba tanta furia cuando, poco tiempo atrás, se hubiera deleitado por ello? Hasta hubiera promovido el plan ella misma.

–Se suponía que estarían *paralizados* –repitió–. ¿Tienes idea cuánto más difícil acabas de hacer esto para mí?

–Tienes muchos recursos. Te arreglarás –respondió Honey–. Hice lo que era mejor para los Anarquistas, para *nosotros*. Ya no puedes jugar para los dos bandos, Pesadilla. Es hora de que elijas de qué lado estás en realidad.

Nova hizo una mueca. Debajo de ella, los Renegados corrían hacia el campo. Ya habían matado a la mayoría de las abejas y era imposible discernir cuántos superhéroes habían sido picados. ¿La mitad? ¿Más?

En simultáneo, el Consejo ladraba órdenes, intentaba llevar rápidamente a los periodistas civiles a los subsuelos por su seguridad y establecía un perímetro defensivo. Una segunda ola de abejas surgía de los conductos de ventilación. Esta vez, Honey no se molestó por disfrazarlas con las grullas de papel. La colmena se esparció, cientos de pequeños puntos negros, desde la perspectiva de Nova, se hundieron en la multitud.

En el medio del caos, la concentración de Nova se posó sobre Ace. Estaba de pie casi tranquilo en frente de la plataforma. Sus manos y piernas seguían encadenadas.

Sintió el peso de la mochila sobre ella.

Aunque el enojo seguía corriendo por sus venas, bajó el mentón y continuó avanzando.

▮▮▮

Adrian maldijo cuando vio un nuevo enjambre de abejas inundar la arena. La voz de Capitán Chromium resonó a través de los parlantes, insitando a los Renegados a proteger a los miembros de la prensa cuyos gritos de pánico se mezclaban con el fuerte zumbido de los insectos. Al mismo tiempo, intentaba organizar a los otros en una especie de contraataque. Pero ningún enemigo había mostrado su rostro todavía, solo estaban las abejas y eran tan pequeñas y rápidas que la mayoría de los superpoderes de los Renegados eran inútiles contra ellas.

–Sé que no hace falta decirlo –dijo Adrian–, pero Oscar, Danna... intenten que no los piquen.

–Muy sensible, Sketch –dijo Ruby. Su rostro seguía conmocionado, pero Adrian podía notar que estaba intentando no mostrar cuán devastada estaba por haber perdido sus poderes.

–Tengo una mejor idea que solo evitar ser picados –gruñó Oscar. Su expresión tenía una ferocidad rara vez vista cuando alzó ambas manos y comenzó a inundar las gradas y la arena con un humo con aroma dulce.

–¿Qué estás haciendo? –dijo Adrian. El humo rápidamente pasó de una leve bruma a una espesa niebla. No pasó mucho tiempo antes de que Adrian apenas pudiera ver sus propias manos, mucho menos a sus compañeros a su lado él o a las abejas que podía escuchar zumbando en las cercanías–. Cortina de Humo, ¿se supone que esto ayuda?

–Son abejas –respondió la voz de Oscar–. El humo las tranquiliza.

Adrian intentó parpadear para repeler al humo que le hacía arder sus ojos, pero pronto su molestia se atenuó. Efectivamente, el zumbido perdió intensidad a medida que el humo cubría la arena.

–Okey, buena idea –admitió, a pesar de que escuchó a algunos de sus colegas comenzar a toser.

El humo les ofrecía otro beneficio. Ahora cubierto, Adrian tomó el cierre tatuado sobre su esternón. Con un silbido y una serie de ruidos, la armadura del Centinela se desdobló de su bolsillo inexistente debajo de su piel y se extendió sobre sus brazos, su pecho y espalda, encerró sus brazos y piernas y finalmente, cubrió su cabeza. El visor apareció último, cubriendo su rostro.

–Oh, querido, eso no es muy amigable para las abejas, mi amigo humeante –volvió a aparecer la voz resonante–. Supongo que eso significa que deberemos recurrir al plan *B*… –rio.

Lo que siguió fue puro pandemonio. Como todos estaban desorientados por el humo, era imposible dilucidar qué estaba sucediendo en la arena, pero Adrian podía sentir por los gritos y los gruñidos que no era bueno. Vio flashes de luz provenientes del campo debajo de ellos y vio fugazmente las alas de Thunderbird batiéndose a través del humo. Sintió el estallido de una explosión debajo de sus pies. Danna se transformó en mariposas y voló hacia el campo. Lentamente, la niebla se disipó. Las abejas gateaban por los respaldos de los asientos y sobre las barandas, pero no parecían tener intenciones de seguir atacando. Algo voló por al lado del casco de Adrian; ¿una flecha? ¿Una lanza? A su izquierda escuchó unos ruidos metálicos. A su derecha, lo que parecía ser el rugido de una bestia feroz.

Una cosa era clara: estaban bajo ataque y ya no eran solo abejas.

Adrian esperó hasta que la niebla se disipara lo suficiente como para poder ver figuras en el suelo de la arena para no aplastar a nadie con su peso. Mientras se preparaba para lanzarse hacia el escenario, un movimiento arriba de su cabeza hizo que se detuviera.

Con los ojos entrecerrados detectó a la sombra que avanzaba sobre los andamios cerca del alto cielorraso arqueado. Esperó hasta estar completamente seguro de lo que estaba viendo.

Sus guantes formaron puños.

Pesadilla.

Capítulo 33

Nova casi había llegado al centro del sistema de iluminación de la arena cuando el andamio en el que estaba tembló por una sacudida. Lanzó un grito cuando se meció la estructura debajo de ella.

Sujetando un cable de acero de seguridad, echó un vistazo sobre su hombro.

–Tiene que ser una broma.

El Centinela estaba ubicado precariamente sobre el andamio, sus manos cubiertas por la armadura sujetaban las barras de metal mientras intentaba estabilizar sus pies. Alzó su cabeza y, a pesar de no poder ver su rostro, Nova prácticamente pudo sentir el odio del vigilante golpearla como una ola.

La chica se puso de pie utilizando el cable para equilibrarse. Llevó su otra mano cerca de su cinturón.

–No esperaba verte aquí hoy –dijo Nova–. ¿Qué haces irrumpiendo en una fiesta de los Renegados?

–Podría preguntarte lo mismo –respondió mientras intentaba erguirse.

Pero el andamio se meció por su paso y rápidamente volvió a flexionar las rodillas–. Pero creo que sé la respuesta. Y no funcionará.

–Por el momento, todo va bien –escupió.

Sosteniéndose con su mano izquierda, el Centinela alzó su puño derecho. El guantelete comenzó a emitir un brillo blanco y caliente.

–No esta vez, soldadito de juguete –rio Nova y tomó un arma de la pistolera en su cadera, una que había diseñado precisamente para este momento.

Ambos apuntaron.

Dispararon.

El rayo de energía del Centinela golpeó a Nova en su hombro izquierdo. La chica se tambaleó hacia atrás y, por un momento, estuvo suspendida en el aire hasta que sacudió su mano y volvió a sujetar el cable de seguridad. Se colgó de las vigas, su mano derecha sobre el cable, una rodilla envolvía las gruesas barras.

Exhaló aliviada.

El Centinela no tuvo tanta suerte. El proyectil impactó directamente en su pecho y se magnetizó con su traje antes de liberar una poderosa descarga eléctrica. Nova, asombrada por su propio golpe, apenas registró el grito de dolor del vigilante antes de que cayera.

Nova escuchó el impacto cuando aterrizó en el suelo junto con los gritos de sorpresa de quiénes lo rodeaban.

Nova gruñó. Su brazo izquierdo se había entumecido por la explosión. Maldijo, el sudor brotaba en su cuello mientras luchaba por alzarse con una sola mano.

–Ese idiota –masculló y profirió algunos insultos antes de volver a plantar con seguridad sus rodillas sobre el andamio. Una rápida evaluación de la escena a sus pies exhibió al cuerpo del Centinela desplomado boca abajo sobre el suelo. Se preguntó brevemente si la descarga eléctrica lo habría matado. No había tenido tiempo de probar su efectividad.

No importaba. Era claro que había perdido el elemento sorpresa. Varios pares de ojos se habían desviado hacia ella. Thunderbird la fulminaba con la mirada, se estaba preparando para impulsarse en el aire con un rayo tronando en su puño cuando Cianuro apareció en la niebla y clavó algo en su espalda. Thunderbird aulló de dolor y giró para enfrentarlo. En segundos, el rayo en su mano chisporroteó y destelló una sola vez antes de disolverse en el aire.

Atacó a Cianuro con toda la fuerza de una tormenta enfurecida.

Nova desvió su atención, buscando a Ace. Ya no estaba parado estoicamente junto a la plataforma, había caído sobre sus rodillas. Tenía la cabeza inclinada y una mano aferrada a su pecho. Los escombros formaban un círculo perfecto alrededor de sus pies y Nova pudo darse cuenta de que había estado utilizando las pocas habilidades que le quedaban para protegerse de los objetos voladores.

Sus poderes eran apenas suficientemente fuertes para protegerlo durante la carnicería. Pero su fuerza no duraría. Nova solo podía suponer cuánto le había costado desviar las armas y proyectiles que habían volado en su dirección desde el inicio de la batalla.

Fue solo una cuestión de segundos antes de que comenzaran a ponerlo en la mira, a pesar de su fragilidad y sus grilletes.

Nova había esperado descender lo más cerca de él posible, pero mientras evaluaba los andamios que se extendían debajo de ella, supo que le tomaría demasiado tiempo completar el camino con un brazo herido. Sería más rápida sobre sus pies, incluso con más obstáculos abajo.

Ajusto su mochila, sujetó con torpeza el gancho en su cinturón y lo prendió alrededor del cable de seguridad. Frunció los labios mientras medía la distancia. Nunca había descendido más de treinta metros en rápel y no disfrutaba la oportunidad de intentarlo ahora.

Abrió un bolsillo de su cinturón, sacó uno de los guantes y utilizó sus dientes para ponérselo en la mano. Soltó la cuerda de nylon y vio cómo caía hacia el suelo, luego, aseguró sus tobillos alrededor de ella. Se sujetó con la mano, inhaló profundamente y se dejó caer.

La soga siseó entre sus botas. A pesar de su guante protector, pudo sentir la fricción levantando temperatura en su palma. Comenzó a sentir un cosquilleo en su brazo izquierdo.

Unos pocos segundos después, soltó la soga mientras aterrizaba con las rodillas flexionadas en el medio del campo de batalla. Se quitó el guante y volvió a guardarlo en el cinturón, luego comenzó a correr en dirección a Ace.

Esquivó los forcejeos y las luchas cuerpo a cuerpo, las armas resplandecientes, los proyectiles, las explosiones y los gritos. Vio a Herraje trabajando en la fila de los prisioneros con el mayor sigilo posible, los liberaba de sus cadenas uno a uno. Vio a Leroy estampado contra el suelo, debajo de una mujer de cabello negro que hacía su mejor esfuerzo por estrangularlo, incluso mientras él presionaba sus dedos que exudaban ácido sobre su rostro. La expresión de Leroy era salvaje y maníaca, casi como si estuviera disfrutando la riña y Nova se percató con un shock de sorpresa que era *Thunderbird* quien encerraba las manos sobre la garganta de Cianuro.

Thunderbird… sin alas.

Leroy había neutralizado a un miembro del Consejo.

Un látigo rodeó el tobillo de Nova y la lanzó al suelo. Gimió por el impacto. Un segundo después estaba siendo arrastrada por la tierra. Se puso de espaldas y enfrentó a la Renegada –Whiplash– con un gruñido. Tomó una estrella termo dirigida de su cinturón y se la arrojó a su atacante. Whiplash gritó cuando la estrella impactó en su brazo y soltó el mango de su látigo. Su distracción le dio a Nova suficiente tiempo para liberar su pierna y, un segundo después se abalanzó hacia la mujer que reveló los dientes y alzó sus manos para defenderse del ataque de Nova.

Sus manos desnudas.

Gran error.

En el momento en que sus pieles hicieron contacto, los ojos de Whiplash se ensancharon al comprender, medio segundo antes de perder el foco y colapsar sobre la tierra.

Revisando la seguridad de su mochila, Nova comenzó a correr. Aunque su atención estaba focalizada en llegar a Ace, no pudo evitar escanear los rostros de los Renegados mientras avanzaba a toda velocidad, preguntándose si Adrian estaba cerca. Pero el único miembro del equipo que vio fue el destello ocasional de una mariposa monarca revoloteando sobre el caos.

Cuando volvió a ver a Ace, se sorprendió al notar que la estaba mirando. Seguía inclinado sobre sus rodillas, agitado. Sus ojos cargaban una desesperación poco familiar. Un ruego.

–Estoy en camino –susurró, tanto para ella como para su tío–. No te fallaré. Esta vez, no.

Nova esquivó una cola de púas *–¿Mantarraya?–*, luego saltó sobre un charco sospechoso de algo pegajoso negro. Sus pies volvieron a tocar la superficie justo cuando una ola enorme impactó contra ella. Cayó de costado. El agua se arremolinó y la empapó mientras la tierra del suelo se transformaba en lodo pegajoso. Maldijo a Tsunami y se puso de pie, preparándose para luchar, pero la representante del Consejo ya estaba repeliendo un ataque de los prisioneros liberados.

Una sensación de cosquilleo regresó a los músculos de su brazo, Nova empujó su flequillo empapado de su rostro y reajustó su capucha con peso sobre su rostro. Entre el lodo y las prendas empapadas, sentía como que cada paso hacia Ace era cada vez más complicado.

Acababa de recuperar el aliento cuando su propio nombre perforó sus oídos.

–¡Nova! ¡NO!

Se volteó justo a tiempo para ver a Winston Pratt lanzándose hacia ella. Nova retrocedió, preparándose para una pelea.

Pero Winston no la atacó. En cambio, jadeó y cayó sobre una rodilla, la miraba boquiabierto en estado de shock.

Nova tardó demasiado tiempo en comprender lo que estaba sucediendo. Tardó demasiado en notar la mancha roja expandiéndose en el frente de la camiseta del hombre. Tardó demasiado en ver el fragmento de vidrio transparente sobresaliendo de su pecho, cubierto de sangre.

A la distancia, escuchó a alguien maldecir. Miró detrás de Winston y vio a Genissa Clark aferrándose a una ballesta. Tomó otro proyectil de una caja a sus pies y volvió a cargar la ballesta. Nova se dio cuenta de que no era vidrio; era *hielo*.

El rostro de Genissa estaba rojo por la furia, crujía los dientes mientras apuntaba al corazón de Nova.

Nova se lanzó contra el suelo. El carámbano zumbó por arriba de ella e impactó contra algo detrás suyo. Se puso de pie y arremetió contra Genissa. La chica tenía otro proyectil en la mano, pero no tuvo tiempo para cargar la ballesta antes de que Nova la tacleara. Cayeron al suelo. Genissa agitó el carámbano, intentando apuñalar a Nova con la punta, pero Nova la sujetó de la muñeca y la sujetó contra el suelo.

El cuerpo de Nova ardía de furia. Corría adrenalina en su sangre mientras reproducía la voz en pánico de Winston gritando su nombre.

En ese momento, solo quería asesinar a Genissa Clark. En cambio, gritó, tan fuerte como pudo, el desprecio rasgó su garganta.

–*¡Tienes tanta suerte de que no tenga tiempo para esto!* –luego presionó una mano sobre la frente de Genissa y liberó su poder como un martillazo sobre el cráneo de la chica. La cabeza de Genissa cayó sin fuerza sobre la tierra, con la boca abierta y su piel pálida cubierta de polvo y estiércol.

Jadeando, Nova la soltó. Apenas habían pasado pocos segundos desde que había escuchado a Winston gritar su nombre y él no se había movido. Seguía arrodillado en la tierra, de espaldas a ella, el fragmento de hielo sobresalía de la mancha roja de sus prendas.

–Winston.

Nova colapsó junto a él y posó una mano sobre su hombro. Él la miró a los ojos y la chica pudo ver que ya estaba perdiendo la batalla para quedarse con ella. La piel de Winston estaba tan pálida como cuando era el Titiritero.

–Está bien –susurró Nova–. Está bien. Todavía no puedo quitar el hielo, porque… el sangrado… –esnifó y escudriñó la arena, preguntándose si había algún Renegado sanador en la audiencia. Sabía que ninguno de los nuevos aliados de los Anarquistas tenía habilidades sanadoras, pero si ahora realmente veían a Winston como uno de *ellos*, entonces tal vez los Renegados cuidarían de él–. Iré a buscar a alguien. Solo espera aquí…

–Pesadilla –dijo con un poco de tos. Cayó y se sentó sobre sus talones haciendo una mueca–. Lo lamento. Te… llamé Nova… antes.

–Está bien. No creo que nadie haya prestado atención. ¿Puedes caminar? Tenemos que llevarte…

–Pesadilla… –Winston tomó su mano y Nova se dio cuenta de que estaba llorando. En ese momento, se percató de que ella también lloraba–. Éramos amigos, ¿no? –tosió. Un poco de sangre se esparció en su labio inferior–. Sé que no siempre fui… un buen amigo… pero yo… me gustaba tenerte cerca, en ese entonces. Cuando eras pequeña. Era lindo ser… un niño… otra vez.

La respiración de Nova comenzó a transformarse en jadeos erráticos.

–Por supuesto. Por supuesto que éramos amigos.

Winston sonrió, pero su expresión estaba entremezclada con dolor. Sus ojos perdían el foco.

–Quería decirte… –tosió. El hielo en su pecho agitaba con cada movimiento–. Ya no estoy seguro… de que mi destino fuera ser… un villano –su mirada se suavizó cariñosamente mientras estrujaba la mano de Nova. Ella no estaba segura de cuándo la había sujetado–. Tampoco estoy seguro de que sea tu destino. Tal vez… ninguno de nosotros…

Una explosión en las cercanías sobresaltó a Nova. Extendió sus brazos como para proteger a Winston del impacto. A una docena de pasos de distancia, una nube de humo se expandía y hacía que Rechazados, prisioneros y Renegados lucharan por cubrir sus rostros.

–Winston, tengo que llegar a Ace. Y luego te sacaré de aquí, ¿sí? –volvió a mirarlo–. Ace y yo…

Sus palabras perdieron fuerza junto con el humo y el polvo.

Winston se había inclinado hacia adelante, apenas era sostenido por el brazo de Nova y por el hielo en su pecho que evitaba que colapsara en el lugar.

Ya estaba muerto.

Capítulo 34

Nova se puso de pie a tropezones, sentía como si hubieran rastrillado dentro de ella con un tenedor. Giró anonadada en un círculo, esperando otro ataque a su vida en cualquier segundo, desde cualquier dirección. No vio ningún rastro de Leroy o Thunderbird. Vio a Honey en las gradas, había irrumpido en la arena cuando se desató la pelea, la nube de avispas y avispones que la rodeaban era tan densa que su cuerpo parecía una colmena viviente. Vio a Phobia en el momento en que su cuerpo se transformaba en un pozo de serpientes venenosas que se abalanzaba sobre un grupo de Renegados, separándolos. Los prisioneros, ya liberados de sus grilletes, se habían unido a la batalla. Vio a aliados y a enemigos haciendo su mejor esfuerzo por sobrevivir. Haciendo su mejor esfuerzo por mutilar y matar.

Vio mucha sangre. Mucho terror. Muchos cuerpos caídos.

Se le aceleró el pulso, alzó la cabeza, parpadeaba para quitar el polvo de sus ojos.

Ace.

Si tan solo pudiera llegar a Ace, podría detener esto.

Estiró una mano hacia la correa de su mochila y se congeló.

Ya no estaba.

Se tambaleó buscando, frenética. *Allí.* No muy lejos del cuerpo inconsciente de Genissa Clark. Corrió hacia la mochila, se dejó caer y se deslizó por la tierra mientras sus manos sujetaban la tela. Inmediatamente supo que algo estaba mal.

–*No.* ¡No, no, no!

El cierre estaba parcialmente abierto y aunque ya sabía la verdad, sus manos trabajaron en modo automático y jaló de él hasta abrirlo completamente.

El receptáculo estaba vacío.

Nova lanzó la mochila al suelo y buscó a Ace, esperando que tal vez haya utilizado el poder que le quedara para llevar el casco hasta él. Pero no, cuando vio a su tío, estaba casi colapsado sobre el borde de la plataforma, su respiración consistía en inhalar grandes bocanadas aire. El casco no se veía en ningún lado. Mientras escudriñaba desesperadamente la arena, mil posibilidades pasaron por la cabeza de Nova, cada una era peor que la anterior. Quería creer que tal vez se había caído durante la pelea, tal vez había rodado debajo de una silla o se había hundido en el lodo o…

–¿Buscas esto?

Alzó la cabeza de un tirón.

Urraca estaba parada en frente de una fila de gradas sosteniendo el casco de Ace Anarquía.

–Realmente deberías cuidar mejor de tus cosas.

Gruñendo, Nova salió corriendo tras ella, ya estaba calculando en su cabeza la mejor manera de escalar la corta pared para llegar a los asientos de la audiencia. Urraca no esperó a que Nova la alcanzara. Salió disparada por los escalones, subía de a dos peldaños a la vez.

Urraca tenía ventaja, pero Nova era más rápida. Acababa de lanzarse sobre el barandal cuando Urraca llegó a la parte superior del primer nivel. Pero en lugar de correr hacia la salida, Urraca corrió a toda velocidad por una fila de asientos y gritó:

–*¡Atrápalo!*

El corazón de Nova se detuvo cuando imaginó a Urraca entregándole el casco al Capitán Chromium o a Dread Warden o incluso a Adrian o... o...

Urraca lo lanzó tan fuerte como pudo. Con una mano sobre el barandal que acababa de atravesar y la boca seca, la mirada de Nova siguió la trayectoria sobre las gradas.

Un par de manos atrapó el casco con torpeza.

Nova parpadeó, abatida. Se tropezó. *¿Callum?*

Él parecía igual de asombrado, casi asustado. Sus ojos iban de Urraca a Nova. Estaba prácticamente solo en las gradas, la mayoría de los Renegados se había trasladado al campo para unirse a la pelea. Evaluó el casco que, de repente, estaba en su posesión, no con avaricia hambrienta como otro podrían hacerlo. Tampoco con repulsión por su historia.

Lucía como Callum: conmocionado y aturdido.

–¿Qué estas esperando? –le chilló Urraca–. ¡Póntelo!

Frunciendo los labios, Nova comenzó a moverse hacia la fila de asientos más cercana. Callum era un objetivo demasiado sencillo. Solo necesitaba acercarse lo suficiente para dormirlo. No sería la primera vez.

Callum alzó el casco y lo dejó caer sobre su cabeza. Lucía como un niño jugando a disfrazarse.

Gruñendo, Nova se catapultó hacia la próxima fila. Callum no era un oponente formidable. Recuperaría el casco y completaría su misión.

Pero no había dado ni una docena de pasos cuando la invadió un pensamiento tan asombroso, tan brillante que hizo que tropezara con sus propios pies. Su rodilla se golpeó con el plástico rígido de un apoyabrazos de uno de los asientos, pero apenas sintió la puntada de dolor, porque...

Todavía estaba viva.

Rio un poquito sorprendida por la realización. ¿Cuántas veces habían intentado terminar con su vida durante los últimos quince minutos? Y, sin embargo, había sobrevivido. Seguía de pie, seguía respirando, y...

Lo que era más, no era la única.

Congelada en su lugar, Nova escaneó el suelo de la arena y sintió como si estuviera viendo todo con claridad por primera vez. Sí, había habido muertes. No solo la de Winston, *Winston, quien se sacrificó por mí*, pero otros también, héroes y villanos por igual. Había caos. Había ruina.

Pero en medio de todo eso, todavía había esperanza. Esperanza de que las cosas pudieran cambiar. Esperanza de que esto no fuera el fin.

Los pulmones de Nova se contrajeron. Había sido receptora del poder de Callum suficientes veces como para saber que lo que estaba sintiendo era un bioproducto de su habilidad. Pero también sabía que sus pensamientos eran ciertos o, por lo menos, eran lo que ella creía cierto.

Todavía tenía esperanza de que la cosas podían ser diferentes. Las cosas podían ser mejores.

No era la única que se había congelado por el peso de esta revelación. A su alrededor, las personas intercambiaban miradas anonadadas. Había una claridad en sus expresiones que había nacido de la quietud del momento.

A pesar de todas las probabilidades, todavía tenía esta vida preciosa. Todavía tenía la oportunidad de hacer las cosas de otra manera. Lo que significaba que *todos* podían hacer las cosas de otra manera. Todos podían elegir un futuro diferente, un destino distinto. Juntos podían terminar esta destrucción sin sentido. Podían elegir reconstruir y crear en vez de derribar y destruir. ¿Eso era lo que Callum había intentado decirle todo este tiempo?

Se dio cuenta de que Callum la estaba mirando detrás del rostro de casco de Ace y supo, sin ninguna duda, que él la reconoció. La veía. La conocía.

Y, sin embargo, de alguna manera, no la miraba como si fuera el enemigo. Lo que hubiera parecido imposible hace unos momentos ahora no solo parecía posible, sino inevitable. La vida estaba repleta de segundas oportunidades.

▮▮▮

Adrian se había despertado hacía tan solo dos minutos. Yacía de espaldas sobre la armadura del Centinela, sentía como si lo hubiera golpeado un rayo y luego lo hubiera atropellado un camión. No sabía qué le había disparado Pesadilla, pero esperaba no tener que volver a entrar en contacto con una cosa así nunca más. En los primeros momentos después de abrir los ojos, había estado confundido, herido y algo sorprendido de no haber sido pisoteado. La arena era un desastre. La lucha no mostraba signos de terminar hasta que uno de los bandos fuera completamente destruido.

Se puso de pie tambaleándose, esperaba que el cosquilleo en sus miembros se desvaneciera con el movimiento y comenzó a buscar rastros de Pesadilla. Toda su vieja furia regresó y juró que esta sería la última vez que ella lo derrotaría en una pelea. Muchas veces se había jurado a sí mismo que encontraría a Pesadilla y la destruiría. Esta vez, lo decía en serio.

O, lo hizo por un momento.

En los dos minutos que pasaron desde que había despertado, la batalla se había detenido en un cese de fuego inesperado. Adrian miró a su alrededor, conmocionado no por el caos total, sino por el simple hecho de que todos aquí estaban dispuestos a pelear con tanta convicción por su propia causa. ¿Cómo todos podían sentirse tan obligados a arriesgar todo por lo que creían? Vio a sus padres entre el caos –Simon ayudaba a Zodiac a llegar a un lugar seguro, parecía que tenía una pierna rota–, mientras tanto, Hugh estaba inusualmente quieto, miraba radiante hacia las gradas con lágrimas reales en sus ojos azules brillantes.

Adrian estaba extasiado de verlos a ambos sabiendo que la pérdida era devastadora pero que podría haber sido peor.

Vio a un grupo de hombres y mujeres vistiendo el uniforme de Cragmoor y recordó la súplica de Nova de darles una oportunidad de rehabilitarse. Pensó en su madre, quien había muerto defendiendo a la gente de la ciudad que amaba. Pensó en sus padres, quiénes habían trabajado incansablemente estos últimos años para reconstruir la sociedad.

¿Era posible que las líneas que los habían dividido por tanto tiempo pudieran ser abordadas con un poquito más de comprensión? ¿Desdibujadas con un poco más de empatía? ¿Incluso eliminadas completamente con un poco más de compromiso?

Estaba tan anonadado por el pensamiento que, de hecho, comenzó a reírse. Siguió buscando entre la multitud, quería encontrar a sus amigos y preguntarles si ellos también sentían que habían estado abordando estas cosas de manera incorrecta todo este tiempo. No vio a Oscar, Ruby o Danna en la confusión, pero su atención sí se posó en Pesadilla.

Estaba en las gradas, aferrada al respaldo de uno de los asientos, miraba hacia a arena y parecía sobrecogida. Hasta que su mirada se posó en él.

Lógicamente, sabía que todo podía haber sucedido dentro de su cabeza. Sus pensamientos prácticos luchaban por permanecer en control y recordarle que no había manera real de saber lo que Pesadilla estaba pensando. Pero, de alguna manera, sintió que hubo un entendimiento entre ellos en ese momento.

He peleado para proteger a las personas que quiero. He peleado para defender mis creencias.

Ahora veo que tú has hecho lo mismo.

¿Somos tan diferentes en realidad?

Nada había cambiado y, sin embargo, todo había cambiado. Dos minutos atrás, la hubiera matado. Pero a la luz de esta maravillosa claridad, solo una tregua sería suficiente.

Solo una oportunidad de paz, de compasión, de...

Una figura cubierta de sombras se formó en los límites de su visión. Adrián inclinó su cabeza percibiendo el disturbio en su nueva impactante realidad como un cuchillo que atravesaba una servilleta.

Phobia apreció en las gradas, de pie detrás de un chico que inexplicablemente tenía el casco de Ace Anarquía sobre su cabeza. El chico no pareció notar a Phobia acercándose a él.

Era como si todo estuviera sucediendo en cámara lenta. En un instante, los pensamientos de Adrian estaban repletos de maravillas y posibilidades y verdad. De segundas oportunidades y esperanza.

Y al otro... no eran más que horror.

–*¡No!*

Su grito hizo que Pesadilla se volteara para ver qué había llamado su atención.

Phobia agitó su guadaña. La hoja perforó el abdomen del chico y atravesó desde su ombligo hasta su esternón.

El mundo se detuvo, el aire abandonó los pulmones de Adrian y se rehusó a regresar.

Escuchó el grito y pensó que podría haber provenido de Pesadilla.

Mientras el chico colapsaba, Phobia retiró su arma, manchando con sangre las gradas. Tomó el casco con una mano esquelética y lo quitó de la cabeza del chico.

Callum Treadwell. Maravilla.

–Sin alma, no hay asombro –dijo Phobia y parecía casi como si hubiera una nota de humor en su voz áspera–. De la misma manera en que sin miedo, no hay coraje.

Adrian parpadeó. Todavía estaba conmocionado por su insensibilidad. Atónito no solo por la imagen del cuerpo sin vida de Callum desplomado sobre un asiento, sino por la mezcla de visiones de mundo que se estrellaron con sus pensamientos.

Héroes y villanos. Amigos y enemigos. Y esas palabras... esa frase...

Sin miedo...

La boca de Adrian se inundó de un sabor amargo. Miró a Phobia boquiabierto y sintió la injusticia de la muerte de Callum invadirlo al mismo tiempo en que las palabras que lo habían atormentado por casi toda su vida enterradas en su cráneo.

Phobia.

Era Phobia.

Y ahora, parado sobre el cuerpo de Callum, Phobia sostenía el casco de Ace Anarquía. Alzó su voz para que todos pudieran escucharlo, incluso mientras el hechizo de maravilla se evaporaba de sus mentes.

–Todos han luchado con coraje –dijo–. Y ahora... es hora de que conozcan el miedo.

Luego se transformó en un fantasma, en un monstruo negro y efímero que sobrevolaba como un ave de presa sobre sus cabezas, su capa era como la oscuridad. Aterrizó en el centro de la arena y no hizo ningún ruido cuando subió a la plataforma y alzó el casco sobre su cabeza.

El casco quedó tendido un momento en el aire antes de acomodarse sobre los hombros de Ace Anarquía.

Ace alzó su cabeza.

Los grilletes en sus muñecas se quebraron estrepitosamente y cayeron al suelo.

–Amo Anarquía –dijo Phobia con voz áspera–. Póngase de pie y veamos cómo caen sobre sus rodillas.

Capítulo 35

En el momento en que Ace Anarquía tomó posesión de su casco, todo cambió. No se puso de pie, sino que flotó hacia arriba, su columna se irguió y flexionó las manos como si estuviera recuperando la sensación en sus extremidades.

La arena comenzó a temblar. La madera crujió y el metal gruñó. Los asientos fueron arrancados de donde habían sido atornillados en las gradas y fueron lanzados contra los Renegados que todavía podían pelear, inmovilizándolos en su lugar. Las barras de acero que sostenían los reflectores fueron arrancadas de sus estructuras y cayeron sobre los enemigos de Ace, quedaron rodeados en jaulas improvisadas.

Adrian sintió como si estuviera observando la escena desarrollarse desde afuera de su cuerpo. Nada de esto parecía real. Ni la pesada armadura sobre su piel, ni la sangre derramada en las gradas, ni que Ace Anarquía, repentinamente, de manera imposible, hubiera regresado al poder.

Sintiendo que pronto perderían la batalla si no lo detenían, los Renegados restantes posaron su atención en Ace. Puede que quedaran expuestos a los ataques de los Anarquistas y de los prisioneros de Cragmoor, salvo que ellos también parecían estar sorprendidos por los nuevos eventos. Con cuánta velocidad sus visiones del mundo habían sido alteradas y puestas a prueba en tan solo unos pocos minutos.

Primero, Callum Treadwell y ahora esto.

En el campo de batalla, Blacklight lanzó una luz enceguecedora al rostro de Ace Anarquía. Instintivamente, el villano inclinó la cabeza y detuvo por un breve instante su ataque a la arena.

Fue suficiente tiempo para que el Capitán arrojara su Lanza de Plata. El arma atravesó el aire, resplandeció por los focos de luz que todavía apuntaban al escenario.

Ace voló hacia arriba. Esquivó la punta por unos meros centímetros. Le gruñó al Capitán y luego, con una sonrisa malvada y un movimiento de su muñeca, alzó las cadenas que sostenían a los prisioneros de Cragmoor al suelo y las envió hacia Blacklight.

Una cadena envolvió el torso de Blacklight, encerrando sus brazos a sus costados. Otra cadena rodeó su cabeza y amordazó su boca.

–¡No! –gritó Adrian, su voz se mezcló con otras cien más.

Pero no fue suficiente. Ace chasqueó sus dedos.

Las cadenas jalaron en direcciones opuestas y quebraron el cuello de Blacklight.

Adrian sintió un sudor frío correr por su cuello mientras la arena se llenaba de gritos. Escuchó a su padre gritar: "¡Evander!"

Una furia rugió dentro de Adrian. Activó el láser de diodo en el antebrazo de su traje. Cada parte de él que había sido inundada de maravilla cuando Callum había usado el casco, ahora estaba repleta de ira. Chispas blancas aparecían de manera intermitente en su visión mientras su guantelete comenzaba a brillar.

No fue el único incitado por el asesinato de Blacklight. En el campo, Tsunami profirió un grito gutural y lanzó una ola contra el villano, pero

Ace apenas agitó su muñeca y la plataforma entera en la que había estado esposado se puso de costado y creó una barrera entre el agua y él. La ola se dispersó, se alejó de él e inundó la mitad de la arena. Los dedos de Ace se retorcieron y lanzó la plataforma hacia Tsunami. Ella gritó y alzó sus brazos para defenderse mientras el escenario improvisado se estrellaba sobre ella, enterrándola con su peso.

En ese momento, Ace bramó de dolor, dobló un brazo hacia atrás pero solo golpeó el aire.

Adrian apuntó su puño contra el villano, pero vaciló. Ace giró, permitiéndole a Adrian ver un cuchillo enterrado hasta la empuñadura en su espalda, cerca de su riñón izquierdo. Adrian no había visto a nadie lanzarlo, lo que significaba… que Dread Warden acababa de apuñalarlo.

Adrian tragó saliva. Estaba tan lejos. Un intento de dispararle a Ace pondría a su padre invisible en riesgo.

No tuvo tiempo para tomar la decisión. Desde las gradas del lado opuesto del campo, la Abeja Reina chilló al ver sangre empapar el uniforme de prisión de Ace. Lanzó sus brazos hacia adelante y cada avispa voló en dirección a Ace, en búsqueda del atacante invisible. Lo encontraron con facilidad, formaron una nube negra con sus gruesos cuerpos zumbantes alrededor de la silueta de Dread Warden. Adrian escuchó su grito de dolor. Simon se hizo visible intermitentemente, antes de tornarse visible por completo y colapsó sobre sus rodillas. Se hizo un ovillo en un intento de protegerse del doloroso veneno de las picaduras de los insectos.

Adrian ajustó su brazo y disparó.

El rayo de energía impactó en el pecho de la Abeja Reina, probablemente fue el mejor disparo que había hecho desde esa distancia. La villana cayó de espaldas y aterrizó de manera extraña sobre una fila de sillas de plástico.

En enjambre se alejó de Dread Warden y se retiró para proteger a su reina caída.

Pero Ace estaba esperando. El cuchillo se había quitado solo de su espalda y, tan pronto como la distancia entre él y Dread Warden fue clara, envió el arma directamente al cuello de su enemigo.

Otro indicio de movimiento reemplazó el enjambre de abejas: mariposas doradas convergieron en frente de Dread Warden. Danna bloqueó el cuchillo con su antebrazo.

–Buen intento –se bufó.

–Me acuerdo de ti –Ace inclinó la cabeza–. La última vez que nos vimos, creo que hice que te atraparan en la *funda de una almohada.*

Los contrataques que estuvieran planeando fueron interrumpidos por una nueva tanda de ataques dirigidos a Ace que lograron que quitara su atención de Danna y de Dread Warden. Nadie se atrevió a atacarlo con armas otra vez al ver con cuánta facilidad las esquivaba y las utilizaba en su contra. En cambio, fue duramente golpeado por tormentas de arena, arroyos de lluvia ácida y hasta el sonido ensordecedor de olas. Ace bloqueó lo que pudo de la embestida, utilizó cada cosa que tenía disponible para poner una serie de barreras a su alrededor; sillas, puertas, el podio, bloques de las paredes, hojas de metal que arrastró desde el cielorraso. Adrian mismo contribuyó al ataque con una serie de bolas de fuego y rayos de energía, pero ninguno de sus intentos logró atravesar las defensas de Ace.

Mientras tanto, los ojos de Ace brillaban como si esto fuera un juego que había llegado a extrañar. Hasta que un rayo de humo negro impactó directamente en su rostro y le ocasionó un ataque de tos que borró su sonrisa. Adrian se llenó de orgullo, estaba seguro de que había provenido de Oscar, desde algún lugar del caos.

Danna volvió a transformarse en el enjambre de monarcas. Dread Warden estaba de pie, todavía visible, intentaba alejarse del área de destrucción, pero sus movimientos eran torpes y no dejaba de resbalarse sobre el suelo desparejo y embarrado.

Adrian flexionó las rodillas, saltó y aterrizó con un fuerte golpe sobre el lodo. Corrió el resto de la distancia hasta su papá y se deslizó a su lado justo cuando Simon se trastabilló y cayó con fuerza sobre una rodilla. De tan cerca, Adrian podía ver las marcas de docenas de picaduras en su rostro, sus manos y su garganta, en todos los lugares que su uniforme no cubría. Ronchas hinchadas y protuberantes marcas blancas.

–¿Estás bien? –preguntó Adrian.

Simon levantó su cabeza para mirarlo, sorprendido. Segundos después, Hugh aterrizó del otro costado de Simon, respiraba con dificultad por haber corrido a toda velocidad. Sus duros ojos le echaron un vistazo al Centinela, pero se posaron inmediatamente sobre su esposo, mientras el suelo rugía y las paredes crujían a su alrededor.

–Simon, ¿qué sucedió? ¿Qué pasa?

–Al menos uno de esos avispones debía tener Agente N –respondió Simon. Parecía estar casi disculpándose cuando miró a Hugh a los ojos–. He sido neutralizado.

Hugh fijó su mandíbula y Adrian supo que esperaba esta respuesta.

El aire abandonó los pulmones de Adrian. Dread Warden –un miembro del Consejo, un Renegado original– ahora era un humano normal, así como así.

–Tenemos que sacarte de aquí –dijo Hugh envolviendo a Simon con un brazo–. ¿Puedes ponerte de pie?

–¿Has visto a Adrian? –Simon ignoró la pregunta y la oferta de ayuda.

Adrian hizo una mueca al ver la preocupación en sus padres. Hugh sacudió la cabeza y el chico tuvo que morderse la lengua para no decir la verdad.

–Lo encontraremos –dijo Hugh mientras ayudaba a Simon a ponerse de pie–. Es fuerte. Tiene que estar bien –lo dijo casi como una amenaza al universo.

Adrian hizo otra mueca.

Simon casi se desmorona apenas puso peso sobre sus piernas.

–Estoy bien –dijo agitando una mano ante la preocupación de Hugh–. Es solo que… todo mi cuerpo se siente como si se estuviera incendiando desde adentro. El veneno de esas avispas… –gruño.

–Déjame llevarlo –dijo Adrian.

Hugh frunció el ceño.

–Tienes que detener a Ace Anarquía –añadió Adrian sabiendo que tenía suerte de no haber llamado la atención del villano hasta ahora. Recordaba con cuánta facilidad Ace había dominado la armadura del Centinela en las catacumbas, y en ese entonces no tenía su casco. Si intentara enfrentar a Ace Anarquía ahora, sería más un riesgo que un activo. La expresión de Hugh se relajó solo una fracción.

–Gracias.

–Que no te maten –murmuró Simon.

–Me gustaría verlo intentarlo –Hugh casi sonrió y luego desapareció.

–A mí no –suspiró Simon apenas se quedaron solos.

–Estará bien. Vamos. Apoya tu peso sobre mí.

Simon se inclinó sobre Adrian y juntos comenzaron a avanzar hacia la salida más cercana, un túnel de concreto que llevaba hacia las oficinas administrativas de la arena. A pesar de su dolor y de la angustia por haber perdido sus poderes, Simon no dejó de mirar a su alrededor, intentaba ver a través del humo y el polvo entrecerrando los ojos.

Adrian sabía que lo estaba buscando a *él*.

Estaban por la mitad del túnel cuando Simon se tropezó sobre la pierna extendida de un prisionero caído, Adrian no pudo notar si estaba muerto o inconsciente. Simon gruñó por el dolor cuando su hombro se estrelló contra el suelo.

Adrian se inclinó a su lado e intentó volver a ponerlo de pie mientras mantenía un ojo en la pelea en el centro del campo. El terreno alrededor de Ace estaba cubierto con escombros y cuerpos caídos. Muchos Renegados buscaban resguardo en las gradas, pero era inútil porque Ace podía destrozar esos asientos con tanta facilidad. El Capitán Chromium llegó hasta su lanza.

Simon sujetó los antebrazos de Adrian y se impulsó para ponerse de pie, pero ambos se quedaron de pie, hechizados y esperanzados mientras el Capitán Chromium comenzaba a correr hacia Ace Anarquía.

–Vamos, Hugh –susurró Simon.

Hugh aceleró. Adrian estrujó el codo de Simon mientras observaba a su padre acortar distancia con su viejo enemigo.

Estaba a seis metros.

Ace le estaba dando la espalda. Los ataques de los Renegados eran menos frecuentes, ya que cada vez más de ellos quedaban atrapados debajo de pilas de escombros y muebles, pero no se habían rendido. Ace había arrancado tantas partes del cielorraso que ahora había un gran agujero sobre sus cabezas por el que se veía el frío cielo nocturno con nubes. Los bordes del cielorraso con forma abovedada comenzaron a colapsar sin los soportes apropiados y, sin embargo, Ace seguía arrancando piezas de hojas de metal y de vigas y desvió un rayo de electricidad, bloqueó un arroyo de lava fundida. Un grupo de Renegados tuvo que dispersarse para cubrirse cuando les lanzó una lluvia de tubos de acero.

El Capitán Chromium estaba a cinco metros. Cuatro. *Tres…*

Un par de grilletes salió disparado de la plataforma destrozada debajo de sus pies y encerró los tobillos del Capitán quien cayó hacia adelante, desparramándose en el suelo. La lanza se clavó en la tierra a tan solo unos metros de donde estaba Ace.

–*¡No!* –gritaron simultáneamente Adrian y Simon. Simon intentó avanzar hacia Hugh, pero Adrian sujetó su brazo, reteniéndolo.

Mientras Ace Anarquía enfrentaba a su enemigo, otros dos grilletes se alzaron de los escombros y encerraron las muñecas del Capitán, encadenándolas entre sí.

–Usa tu increíble fuerza para liberarte de esas, *Capitán*.

Alguien desde las gradas lanzó una esfera de energía crujiente hacia Ace. El villano protegió su cabeza y la enorme pantalla de la arena cayó al suelo, absorbiendo el golpe.

–¿O has perdido tu talento en los diez años desde la última vez que nos vimos?

–Ve –siseó Adrian–. Yo lo ayudaré –soltó a Simon y enfrentó a Ace Anarquía, aunque el miedo latía dentro de su cráneo. *Sin miedo, no hay coraje*.

Sus puños se tensaron.

–Sin ofender –dijo Simon–, pero no creo que ese traje de lata te proteja de él.

–Sí, papá, lo sé. Pero confía en mí –hubo una pausa antes de que Simon hablara.

–¿Qué dijiste?

Exhalando, Adrian presionó una mano contra su pecho. La armadura comenzó a retraerse.

■■■

Nova había dejado de intentar revivir a Callum. Sabía que era inútil desde el principio, pero pasó incontables minutos intentando detener el sangrado proveniente de su abdomen. No tenía remedio. Dudaba que hasta los prodigios sanadores más talentosos pudieran haber sellado una herida como esa.

Finalmente, se alejó torpemente de su cuerpo. No lloró, pero apenas podía respirar. Miró a su alrededor. Casi se había olvidado de donde estaba. La arena apenas se parecía al lugar donde había luchado contra Gárgola y se había ganado un lugar entre sus enemigos.

Muerte y destrucción.

¿Acaso Ace no era conocido por eso?

¿No era exactamente lo que Callum había intentado prevenir tan desesperadamente?

Había tantos cadáveres de héroes como de villanos. Detectó a un importante número de Renegados escondidos debajo de paredes derribadas y sillas volteadas, cada tanto se atrevían a mostrarse para lanzarle otro ataque a Ace, pero nada estaba funcionando. No estaban a su nivel. Tampoco lo estuvieron hace diez años y era como si no hubiera pasado ni un solo día. El tío enfermo y frágil que ella y los demás habían cuidado durante esta última década desapareció en un abrir y cerrar de ojos, fue reemplazado por el villano que el mundo recordaba.

Nova no estaba segura de si *ella* recordaba este villano. ¿Quién era?

De todos modos, la batalla se había convertido en su espectáculo ahora. Nova vio a Honey en el lado opuesto de la arena, sobre las gradas, inclinada sobre un par de sillas mientras sus abejas cubrían su cuerpo. La hizo pensar en gusanos sobre un cadáver, sintió un escalofrío, esperaba que la Abeja Reina no estuviera muerta.

Phobia fue más difícil de encontrar, hasta que notó una boa constrictora negra abriéndose camino hacia una Tamaya Rae sin alas y recordó que la Renegada les temía a las serpientes.

Nova sintió que se le revolvía el estómago y se sorprendió por la compasión que sintió dentro de ella. No le tenía cariño a Thunderbird y, sin embargo, ¿no había sufrido suficiente ya?

Desvió su atención y vio a Leroy contra la corta pared que rodeaba al campo junto a un grupo de reclusos de Cragmoor. Muchos de ellos estaban cubiertos de sangre y lodo y observaban a Ace Anarquía con partes iguales de admiración e incertidumbre. En el caso de Leroy, con una entusiasta sonrisa.

Una vez que detectó a sus aliados, Nova se atrevió a buscar a Adrian. No lo había visto durante todo el caos. Tal vez se había quedado en su casa como protesta silenciosa en contra del Agente N y de la ejecución. ¿Era pedir demasiado?

Cada tanto, detectaba fugazmente las mariposas de Danna en la cacofonía. Y sí, allí estaban Ruby y Oscar juntos en una de las cabinas de los comentadores que se encontraban en la cima de las gradas. La ventana de vidrio había sido destruida y Oscar le lanzaba dardos de humo a Ace. Se preguntó por qué Ruby no se había unido a la batalla en el campo. No era propio de ella mantenerse al margen de una pelea. De todos modos, Nova estaba aliviada de ver que ambos estaban vivos.

Pero ¿en dónde estaba Adrian?

Se alejó trastabillando del cuerpo de Callum, sus piernas pesaban tanto como el plomo.

Ace los destruiría a todos si ella no detenía esto. Ahora tenía su casco, ya habían triunfado.

Podían irse.

¿Por qué no se habían ido?

Al final del pasillo, casi se tropiezó con un pequeño cuerpo acurrucado en contra de un asiento de plástico. Nova se congeló.

Urraca no alzó su cabeza, aunque sin dudas sabía que Nova estaba allí. Que *Pesadilla* estaba allí. Tenía las rodillas contra el pecho y las abrazaba con fuerza con sus brazos. Su rostro estaba cubierto de polvo y manchado con lágrimas.

Nova no sabía qué hacer. Urraca era una Renegada, una enemiga y nunca le había caído bien la chica.

Pero, de todos modos, algo dentro de Nova le impidió simplemente marcharse.

–Me resultaba extremadamente molesto –dijo Urraca con hipo. A Nova le sorprendió que estuviera hablando en absoluto y encima que no hubiera hecho un comentario descarado para variar. Urraca esnifó–. Pero de todos modos... pensé que, si él tenía el casco, tal vez podríamos ganar. Era insoportable, pero siempre fue… más heroico que cualquiera de nosotros. No merecía… –Urraca hizo una mueca–. Es mi culpa. No debería haberle dado el casco.

Nova se limpió el sudor de su frente, sin duda dejando rastros de sangre.

–Es culpa de Phobia.

Urraca esnifó otra vez y miró a Pesadilla con ojos llenos de desprecio.

–También es tu culpa.

–Lo sé –Nova tragó fuerte y estiró una mano. Urraca comenzó a alejarse, pero era demasiado tarde. Los dedos de Nova rozaron su frente y la niña se hundió entre los asientos, dormida.

Nova bajó trastabillando el resto de las escaleras y saltó sobre el barandal. Estaba demasiado cansada como para aterrizar con gracia y, en cambio, colapsó cuando impactó contra el campo cubierto de estiércol. Se forzó a ponerse de pie y continuar.

Entonces lo vio a *él*, el Centinela, de pie en frente a Dread Warden, notablemente visible para variar. Su rostro estaba cubierto de rojeces hinchadas. Ace volvió a hablar, se burlaba del Capitán Chromium, que tenía grilletes alrededor de sus muñecas y de sus tobillos.

Nova todavía podía detener esto. Todo se había descontrolado con tanta velocidad. Esto no había sido lo que ella había planeado, lo que ella quería. Tenía que llegar a Ace.

–Ace –intentó decir, pero apenas fue un susurro. ¿Cuántas veces había gritado hoy? Por enojo, dolor, negación–. Ace…

El Centinela se ubicó entre Ace Anarquía y Dread Warden, actuando como un escudo protector. Nova sacudió la cabeza. Era un idiota si no se había dado cuenta de cuán vulnerable sería ese traje contra un ataque telequinético de Ace.

Salvo que… fue el Centinela quién lo había capturado en primer lugar…

Luego, el Centinela presionó una mano contra su pecho y las placas de la armadura comenzaron a retraerse, el traje se doblaba sobre sí mismo. Era como observar a una muñeca de origami mientras se hacía cada vez más pequeña y luego desapareció completamente dentro del pecho de un chico humano.

Nova se congeló.

El mundo se desvaneció y se formó un túnel en su visión. Era como mirar a través de unos binoculares angostos que hacían que el mundo fuera extremadamente nítido y, sin embargo, era incapaz de comprender lo que estaba viendo.

El chico....

El Centinela...

Era *Adrian*.

Incluso mientras observaba, intentando comprender, su tío alzó miles de armas entre los escombros y rodeó a Adrian y a su padre con todo lo que encontró desde cuchillos abandonados hasta vigas de madera astillada.

–No... –la voz de Nova se quebró.

Ace no escuchó.

Nova avanzó inestable hacia adelante. Todavía no podía alinear la identidad de Adrian con el Centinela, pero podía ver que Ace se proponía matarlo. No habría manera de sobrevivir al ataque de tantas armas al mismo tiempo.

No podía verlo. No a él también. *Cualquiera* menos Adrian.

–¡Ace! –gritó–. ¡Ace, espera!

Ace no esperó. Con el movimiento de un dedo, envió las municiones recargadas volando a Adrian. Nova gritó.

Adrian extendió su mano izquierda. Algo emergió de su palma y se expandió hacia afuera, encapsulando a Simon y a él antes de que el grito de Nova se quebrara.

Las lanzas, las dagas, los fragmentos de concreto roto, impactaron con fuerza letal y rebotaron sin causar ningún daño.

El grito de Nova se quebró y se quedó callada. Conmocionada. Completamente incrédula.

¿Qué *era* eso?

Una especie de pared. Una barrera protectora de ladrillos invisibles, cada uno se unía al otro con una argamasa teñida de un cobre resplandeciente. Se erigió como una torre circular alrededor de Adrian y su padre. Una torre medieval inyectada con una especie de campo de fuerza...

¿Cómo lo había hecho?

Para el caso, ¿cómo había hecho cualquiera de las cosas que podía hacer el Centinela? Él era Adrian. Era *Sketch*.

Ace también parecía sorprendido. Inspeccionó a Adrian a través de la brillante pared que los separaba.

–Estás repleto de trucos –reflexionó–. Pero no seas arrogante. Todavía no me encontrado con una pared que no pueda derribar.

–¿El tatuaje? –murmuró Nova recordando el tatuaje que él se había hecho a sí mismo en el interior de su muñeca. La torre del castillo. *En teoría, podría utilizarlo para crear una barrera que me proteja a mí y a quienes estén cerca de mí...*

Nova arrancó sus ojos de Adrian y avanzó con torpeza hacia su tío.

–Ace –jadeó sujetando su brazo. Él se sorprendió como si se hubiera olvidado de que había alguien más a parte de sus enemigos–. Tenemos que irnos.

A través de la ranura de su casco, Ace la examinó.

–¿Irnos? Las cosas están comenzando a ponerse interesantes.

–*Ace* –dijo ahora más insistente–. Tienes tu libertad. Tienes tu casco. Todos sacrificamos mucho para lograr eso. Necesitamos ocuparnos de nuestros heridos. Necesitamos reagruparnos.

Ace resopló burlándose.

–Tenemos que terminar lo que hemos empezado –con un rugido, Ace extendió una mano hacia el cielo y luego jaló su puño hacia abajo.

Vigas de acero se despegaron de las paredes. Bloques de concreto volaron desde el suelo. Un ciclón de piedra, madera, yeso y vidrio giró a través de la arena e impactó contra la barrera tornasolada. Adrian estaba inmóvil, su expresión solo denotaba un leve rastro de miedo mientras su barrera era atacada por todos los flancos. Ace estaba haciendo su mejor esfuerzo para destruir la pared.

Pero la torre de Adrian sobrevivió.

–¡Ace! –gritó Pesadilla, su voz apenas se escuchaba sobre la tormenta que él había creado–. ¡Detente! ¡Por favor, tío Ace!

El remolino de caos tembló, se ralentizó y finalmente desistió. La expresión de Ace todavía estaba cargada de veneno, su rostro estaba contorsionado por el desprecio.

–Si esto es por *él*…

–Es por *nosotros* –replicó mintiendo a medias–. Tus aliados y tus amigos. Tu familia. Mira a tu alrededor. Ya hemos hecho suficiente por hoy. Ahora, necesitamos ocuparnos de los nuestros.

Ace miró a su alrededor y Nova solo podía suponer lo que estaba viendo. Los estragos de la batalla, la destrucción que él y su casco habían causado, los cuerpos, tantos cuerpos…

Un fuerte siseo hizo que Nova sintiera un escalofrío. Se volteó y vio a la boa constrictora irguiéndose, sus espeluznantes ojos blancos encontraron los de ella. Luego, el cuerpo de la serpiente se derritió en un líquido fangoso y Phobia emergió una vez más, su capa resplandeció brevemente como la piel de una serpiente antes de solidificarse alrededor de su cuerpo. La capucha se agitó por su respiración áspera y su inexistente boca.

Nova pudo sentir su acusación antes de que hablara y no quería tener que escucharlo. No quería que Ace lo escuchara. La verdad.

Estaba aterrada de que Ace Anarquía ganara esta batalla.

Alzó una mano hacia Phobia, sus labios se curvaron en un gruñido.

–Ahora no –dijo antes de volver a concentrar su atención en su tío–.

Ace, por favor. Hemos venido aquí por ti y tuvimos éxito. Recuerda tu propósito. Un mundo sin persecuciones. Una sociedad con libre albedrío. Podemos lograr eso. Pero no aquí. No así.

Tan rápido como el estallido de furia había llegado, Ace volvió a transformarse en una imagen de temperamento tranquilo. Sus músculos se relajaron y extendió sus dedos.

Todo lo que seguía suspendido en su ciclón se estrelló en el suelo. Lentamente, sus aliados aparecieron entre los escombros, abandonaron sus escondites. No solo los Anarquistas y los Rechazados, pero también los prisioneros.

Ace los observó en silencio y luego permitió que su mirada se detuviera un momento más en el Capitán Chromium, Dread Warden y Adrian. Había una promesa en su silencio. Una promesa y una amenaza.

Nova intentó no pensar en ello.

Ace se volteó hacia los reclusos de Cragmoor, los que todavía permanecían allí entre el caos y estiró sus dedos. El grupo hizo una mueca y los prisioneros se inclinaron hacia adelante al mismo tiempo, sus rostros tensos por el dolor. Nova hizo una mueca, segura de que Ace los estaba lastimando, aunque no se le ocurría por qué.

Y luego, uno de los reclusos, el mismo que se había sentado al lado de ella en la cafetería, llevó sus manos al cuello de su entero y rasgo la tela delgada. Un pequeño dispositivo cayó a sus pies: el rastreador que había sido inyectado en su piel ahora estaba pegajoso por la sangre y cubierto de polvo. Ace también se liberó a sí mismo del dispositivo, lo arrancó de su piel antes de dejarlo caer en la tierra y aplastarlo con su talón.

Ace atrajo un bloque ancho de concreto hasta ellos, se subió y le hizo un gesto a los demás para que lo siguieran. Nova sintió una punzada de alivio al ver que Honey seguía viva, aunque estaba sucia y tambaleante, inclinada sobre los hombros de Leroy, ambos cojearon hacia Ace. Los otros los siguieron –los Rechazados, los reclusos–, se reunian junto a Ace en el medio del campo de batalla. Todos excepto Phobia, quien se disolvió en un humo negro sin decir una palabra.

Sus muertos quedaron atrás, incluido Winston Pratt. Nova echó una última mirada llena de dolor hacia su cuerpo y el de Callum mientras Ace alzaba su palma y el concreto se suspendió en el aire. Avanzaron lentamente sobre el campo de la arena.

Arrodillada para mantener el equilibrio, Nova se obligó a enfrentar a Adrian. Seguía de pie, valiente y desafiante detrás de la pared resplandeciente que los separaba. La pared que había construido para protegerse de ella y sus aliados.

La invadieron más emociones de las que podía nombrar cuando sus ojos se encontraron a la distancia.

Luego, los villanos abandonaron el cielorraso destruido de la arena y desaparecieron.

Capítulo 36

No planearon por mucho tiempo, aunque por la serenidad y la fuerza en los ojos de Ace, Nova creía que podría haberlos mantenidos suspendidos en el aire durante un año si lo quisiera. No estaba cansado. No estaba inseguro.

Leroy guiaba a Ace y su tiempo en la ingravidez después de abandonar la arena fue demasiado corto. Nova todavía no estaba lista para enfrentar lo que vendría luego.

Seguía impresionada por lo que había descubierto. Su cerebro no dejaba de reproducir esos últimos momentos en la arena una y otra vez. El Centinela era Adrian. Adrian era el Centinela.

Nova comprendió una serie de situaciones en una rápida sucesión. La asombrosa habilidad del Centinela de ganar nuevos poderes cada vez que se enfrentaban. Adrian pensando que podría usar tatuajes para incrementar sus propias habilidades. Cómo el Centinela siempre parecía estar cerca de ella y su equipo. Cómo nunca los había visto a los dos en el mismo lugar, al mismo tiempo. Cómo el Centinela parecía un homicida cuando la encontró sobre el cuerpo inconsciente de Max. Cómo la había rescatado mientras la Biblioteca de Cloven Cross se incendiaba a su alrededor.

Adrian. El Centinela.

El Centinela. Adrian.

Se sentía como la tonta más grande de la historia por no haberlo notado antes.

Adrian Everhart, quien había arreglado su brazalete y había llevado a la vida su sueño de la infancia. Quien hizo posible que tuviera una noche en la que pudo dormir, por primera vez se sentía segura y protegida.

Él era su enemigo. Quien había estado detrás de ella todo este tiempo. Él fue quien había capturado a Ace. *Adrian*. Su estómago se tensó y se revolvió cada vez más hasta que Nova estuvo segura de que podría vomitar.

El bloque cambió de trayectoria y Ace los hizo descender en el terreno que Leroy le había señalado.

Nova contuvo la bilis amarga que había llenado su boca. No pensaría en ello. En Adrian. En el Centinela. En Winston. Ni en Callum. No pensaría en los que habían muerto ni en los cientos de Renegados que ahora no tenían poderes.

Ni en el hecho de que hasta los Anarquistas le habían mentido.

Había hecho lo que se había propuesto lograr ese día y se permitiría un momento para sentirse orgullosa. Aunque había esperado que hubiera muchísima menos devastación, en *ambas* partes, lo hecho, hecho estaba y ya no se podía volver atrás. Intentó encontrar consuelo en saber que los Anarquistas estaban juntos otra vez. Ace tenía su casco. Los Renegados ya no podían amenazarlos con el Agente N.

Las cosas no eran como ella había esperado, pero por lo menos, no había fallado.

Este era un buen día.

Ace los había hecho descender en la calle afuera de la casa de empeño de Dave. Un hombre que fumaba un cigarrillo cerca del callejón lateral se puso de pie y miró boquiabierto al variado grupo, con enteros enlodados, prendas cubiertas de sangre, Ace y su casco. La boca del hombre estaba abierta de par en par mientras el cigarrillo se consumía, olvidado, en sus dedos.

Ace hizo un gesto y el cigarrillo cayó al suelo, se extinguió en un charquito de agua estancada debajo del farol más cercano.

El hombre soltó un alarido, tembloroso y aterrorizado, luego se volteó y corrió. Pronto, el sonido de sus pasos corriendo por el callejón era el único ruido que podían escuchar. Eso y el zumbido eléctrico del cartel de *cerrado* fluorescente en la ventana de la casa de empeño.

Uno de los Rechazados se aclaró la garganta y dijo en voz baja.

–Bueno, ese era Dave.

Nadie habló por un largo rato. Nadie avanzó hacia la tienda. Todos parecían estar esperando a que Ace hiciera el primer movimiento. Pero cuando Nova se atrevió a mirar a Ace, pudo ver el asco en sus ojos detrás del casco.

Finalmente, Leroy explicó.

–En el subsuelo, hay espacio para todos. No es mucho, pero…

–No nos quedaremos aquí –dijo Ace–. No nos harán escondernos como ratas otra vez. Esta vez, no.

Ace alzó su mano y la puerta enrejada de la casa de empeño voló hacia ellos, partió las bisagras, destruyó la cerradura y los tornillos. Sonó una campana, pero fue rápidamente silenciada cuando la puerta aterrizó con fuerza sobre la acera.

El sonido fue tan estremecedor e inesperado que todo el grupo se sobresaltó, con excepción de Ace, quien atravesó la apertura como si nada hubiera pasado.

–¿Hay más aliados aquí? –preguntó observando los estantes con aparatos electrónicos, electrodomésticos y las vitrinas con bisutería–. Infórmenles que hemos llegado, es hora de irnos.

Uno de los Rechazados comenzó a dirigirse hacia la habitación trasera, pero fue innecesario. Alertados por la conmoción, pasaron meros segundos antes de que Narcissa irrumpiera en la tienda blandiendo una pistola.

Se detuvo en seco cuando los vio y Millie se estrelló contra ella desde atrás. Narcissa apenas pudo sujetarse de un estante. Pronto, todos estaban allí, desparramados alrededor de las vitrinas mirando boquiabiertos a Ace Anarquía. Su uniforme de prisión estaba cubierto de rasgaduras y sangre. Su postura era erguida y su innegable sensación de poder parecía brillar en el aire a su alrededor como si el mundo mismo estuviera electrificado por su presencia.

Ace les permitió que lo miraran fijamente. Les permitió recuperar el aliento y asimilar su regreso. Luego, sin ningún preámbulo dijo:

–Entiendo que han elegido no unirse a la pelea esta noche. Eligieron proteger sus propios intereses en vez de unirse a mis compañeros en su intento de garantizar mi libertad. Eligieron su vida sobre la mía.

Incluso bajo la tenue luz, Nova vio a Narcissa empalidecer. Las expresiones de los Rechazados que se habían mantenido alejados de la arena esa noche brillaron por el miedo.

Nova abrió la boca, lista para salir en su defensa. Ace debería saber que habían ayudado, incluso si no habían peleado. Pero antes de que pudiera decir una palabra, Ace comenzó a reír. Un sonido grave, divertido.

–Ahora son Anarquistas. Como tales, tienen *siempre* permitido elegir su vida sobre la de los demás. Los felicito y… los perdono.

Nadie se movió. Nadie más se atrevió a reírse o siquiera a lucir aliviado.

–Busquen sus pertenencias y cualquier suministro útil. Tienen dos minutos –él agitó su brazo como si los estuviera ahuyentando.

Ace se volteó y gesticuló hacia un perchero con prendas en una pared lejana. Una larga chaqueta militar se deslizó de su percha y voló hacia él, la acomodó sobre sus hombros y cubrió el enterizo asqueroso. Mientras los botones dorados se abrochaban solos, Ace marchó hacia la calle, como

si no pudiera soportar estar rodeado por tanta chatarra mediocre por un segundo más.

Los villanos intercambiaron miradas, sus cuerpos estaban tensos en la habitación ensombrecida. Algunas miradas expresaban regocijo y esperanza. Otras estaban cargadas de dudas y hasta pavor.

Se pusieron a trabajar.

Cuando el grupo descendió desde el cielo por segunda vez, Nova pensó que su destino no era más acogedor que la casa de empeño.

Ace los había llevado al terreno despojado en donde hacía más de diez años se irguió su catedral. En el momento en que sus pies tocaron el suelo, Narcissa, quien se aferraba a una mochila de pertenencias recolectadas precipitadamente, tembló y colapsó contra una columna derribada.

Gran parte del sector noreste de la catedral seguía de pie: la biblioteca, la sala capitular, la capilla principal. Incluso la torre de la campana estaba allí, aunque la mayor parte del techo y de la pared sur había colapsado, por lo que parte de las campanas de bronce gigantes estaba expuesta entre las ruinas de piedra. Aparte de eso, la catedral no era mucho más que una pila de escombros. La nave, el coro y una gran porción de su exquisita arquitectura fue destruida en el cataclismo entre héroes y villanos.

Nova ya podía sentir la desazón de sus compañeros. Puede que la casa de empeño no fuera mucho, pero les había provisto refugio y seguridad. Ace no podía esperar que se quedaran aquí.

De pie frente a las ruinas, el semblante de Ace era completamente distinto mientras observaba la torre del campanario en tanto la tenue luz del atardecer resplandecía en el casco. Nova comenzó a preguntarse si el tío Ace, cuando no estaba duramente golpeado y sufriendo, de hecho, tenía un gusto por lo imponente.

Ace dio un paso hacia adelante, se abrió el camino entre los escombros con un movimiento de sus dedos. Se detuvo a unos pocos pasos de distancia de donde solía estar la entrada principal, donde los creyentes hubieran entrado a la nave a través de un par de grandes puertas de madera con adornos tallados.

–Estoy orgulloso de todos ustedes –dijo enfrentándolos–. Prodigios, el mundo será inspirado por nuestra victoria esta noche.

Leroy alzó una mano en dirección a Nova.

–Nuestra pequeña Pesadilla se merece casi todo el crédito. Planeó todo –le guiñó un ojo–. Todo cambiará ahora. Ya lo verás, Nova. Nada será en vano.

Nova frunció el ceño, recuerdos de la pelea atravesaron sus pensamientos. Callum. Winston. *Adrian.*

No quería crédito por todo lo que había sucedido y ciertamente no había planeado todo. Al utilizar el Agente N, Leroy y Honey la habían traicionado. Tal vez, su decisión llevó a cierto tipo de victoria, pero Nova no podía evitar sentir que había perdido tanto como lo que había ganado.

Phobia se separó del grupo con su guadaña aferrada a su mano mientras les echaba un vistazo a los edificios de la ciudad más allá del terreno.

–Habrá una deliciosa y exorbitante cantidad de miedo hoy –dijo, su voz se dejó llevar por la brisa nocturna–. Pánico. Desesperación –su capa se agitó cuando estiró su cabeza hacia Ace–. Venganza. No tardarán mucho en venir por nosotros.

–Que vengan –Ace sonaba casi entusiasmado por la idea–. Estaremos listos para enfrentarlos cuando lo hagan. No volveré a caer ante los Renegados –agitó sus dedos en el aire y los escombros temblaron a sus pies. Riachuelos de polvo se deslizaron por los costados de los arcos caídos. Coloridos fragmentos de vitrales resplandecieron bajo la luz del sol poniente.

–Oh, Ace –dijo Honey embelesada.

Nova se sorprendió al percatarse de que Honey estaba llorando. Su máscara de pestañas oscura ya había dejado un rastro sobre sus mejillas. Cayó de rodillas al lado de Ace, tomó su mano y acarició su rostro con ella.

–Es realmente tan bueno tenerte de vuelta. Volver a verte como eras.

Intentó besar los dedos de Ace, pero él alejó su mano de su agarre.

–Ponte de pie –replicó casi bruscamente.

Honey se sorprendió y alzó la mirada, pero Ace ya estaba caminando hacia la base donde solía erguirse la nave. Piedras y bancos desmoronados se dividieron a su paso.

–Eres una reina, Honey Harper –dijo alzando sus manos. La piedra voló hacia arriba y se quedó suspendida en el aire. Un millón de fragmentos de escombros aguardaban.

Narcissa jadeó y se desprendió de la columna cuando esta también comenzó a elevarse. Cuando *todo* comenzó a elevarse.

Se sentía como si hubiera una amenaza de terremoto debajo de sus pies.

–Nunca debes arrodillarte –continuó Ace–. Ni ante mí. Ni ante nadie. Ninguno de nosotros deberá volver a arrodillarse.

Ace giró en un círculo lentamente, estudiando los pedacitos de ruinas que ahora estaban suspendidos en el aire. Nova recordaba esta mirada de su niñez. Ace siempre había visto el mundo de manera diferente, como una serie de edificios cuyos secretos podía aprender si tan solo se molestara por inspeccionarlos un poco más de cerca.

Su confianza era desarmadora.

Finalmente, volvía a estar completo.

–Amigos míos –dijo, su voz cargada de afecto–. Mi sueño nunca fue ser un rey que actúe como un señor con sus súbditos. Nunca deseé gobernar. Pero la historia me ha mostrado mis errores. Si la arrogancia es el defecto de nuestros enemigos, entonces la apatía fue el mío. No hice suficiente para guiar a la humanidad por el camino hacia la verdadera libertad. Fui demasiado pasivo. Me conformé con dejar que el libre albedrío corriera su curso, permanecí en las sombras mientras otros reclamaban el control. Pero ahora mi destino es claro. Hoy no es el día en el que me convierto en rey –alzó sus manos hacia el cielo despejado–. Hoy es el día en que nos convertimos en dioses.

El sol atravesó la pared de la catedral, sus rayos reposaron sobre Ace haciendo brillar su figura. Era deslumbrante. Dorado e imparable.

Mientras lo observaban, inmóviles, Ace hizo lo que Nova lo había visto hacer antes.

Por una vez, no destruyó.

Creó.

Reconstruyó.

Era como observar un cataclismo a la inversa. Las grandes grietas en los cimientos de la catedral se fusionaron. Las paredes de piedra se volvieron a unir, pieza por pieza. Las columnas de las torres se irguieron como soldados mientras las vigas abovedadas del cielorraso se posicionaron en lo alto. Los fragmentos de vidrio se fundieron entre sí, formaron una galería de ventanas a lo largo de cada pared imponente. Astillas de madera se entretejieron en los bancos de iglesia, en los asientos del coro y en los pasamanos pulidos. No faltaba ni una pieza de la fachada oeste; cada aguja, gárgola, arco gótico y santo observador.

Cuando el rugido de la tierra calló, ya no podían ver a Ace, se había encerrado dentro del opulento edificio. Todos los demás estaban parados fuera de las puertas de la nave, sus decoraciones talladas eran exactamente iguales a lo que Nova recordaba de su niñez: campos de trigo, corderos y serenidad.

Nadie se movió. Los ojos de Nova ardían por el polvo que se había levantado en la reconstrucción, pero apenas se atrevía a parpadear por miedo de que todo fuera una ilusión.

Había escuchado con frecuencia las historias de las desgracias que Ace Anarquía le había ocasionado a la ciudad. En los primeros días de su revolución, hizo colapsar puentes y destruyó vecindarios enteros. Su tío había estado repleto de furia y pasión. Había querido ver a este mundo cruel completamente en llamas.

Pero el casco de Ace también podía ser utilizaron para otros propósitos.

Qué maravilla.

Qué don.

Mientras su corazón galopaba, Nova se dio cuenta de que estaba cubriendo la estrella en su muñeca con una mano. Estaba hecha del mismo material, fue creada por las manos de su padre, al igual que el casco. Sabía que era poderosa, pero ¿podía ser capaz de algo tan milagroso?

Phobia se movió primero. Con la hoja de su guadaña en el aire flotó hacia la gran entrada. Las puertas se abrieron de par en par cuando se acercó, Nova no pudo distinguir si Phobia las había controlado o si había sido Ace.

Nova se puso en movimiento y lo siguió, todavía con la boca medio abierta. Los demás avanzaron a su lado.

No pudo contener la sorpresa cuando entró en la nave. Era precisamente como la recordaba. Se sintió como si fuera la misma niña, angustiada y asustada, que había entrado en este espacio hacía tantos años atrás, justo después de que su vida se desmoronara. A pesar de su dolor, también se había quedado sin aliento en ese entonces. No había sido inmune a la magnificencia que la rodeaba. Cada pequeño detalle de la catedral la asombraba y todavía lo hacía cuando alzaba la vista hacia el cielorraso abovedado.

Solo faltaba una cosa.

Ace.

–¿A dónde fue? –susurró Honey y el temblor en su voz le sugirió a Nova que ninguno de los Anarquistas había visto a Ace hacer una cosa como esta antes.

De repente, el sonido de las campanas hizo eco a su alrededor.

Intercambiaron miradas. Narcissa y muchos de los Rechazados parecían más que un poco indecisos. Un grupo de los reclusos rescatados de Cragmoor permanecían juntos en la puerta, cautelosos y precavidos.

Narcissa estaba tan pálida como las paredes de piedra blanca.

Nova tuvo que recordarse a sí misma que no tenía nada que temer. Al igual que ninguno de ellos. Por lo menos, no de Ace. Y entonces comenzó a caminar hacia la torre de la campana, atravesó un camino que se sentía como caminar sobre un recuerdo olvidado hace tiempo.

Sin saber qué más hacer, los demás la siguieron.

Un número de sus aliados estaban jadeando para cuando llegaron a la cima de las escaleras que subían en espiral por la torre de la campana. Ace estaba de pie sobre una de las ventanas abiertas, estudiaba la ciudad más allá del páramo. Podían ver el Cuartel General de los Renegados asomarse sobre la línea de los edificios.

Las campanas dejaron de sonar.

Era casi como si Ace *quisiera* que los Renegados subieran a buscarlo. ¿Tenía tantas ganas de otra pelea? Los nervios de Nova estaban agotados. Tenían tantas cosas que discutir y debían hacerlo pronto, antes de que esto avanzara mucho más.

Hoy es el día en el que nos convertimos en dioses.

No.

Nova no quería ser una diosa. Tenía un plan muy diferente en mente, uno que había nacido en su tiempo en la prisión de Cragmoor y uno que ahora se sentía mucho más necesario que antes.

–Ace –comenzó a decir–, sabrán exactamente a dónde fuimos –gesticuló hacia los demás, esperando su apoyo–. ¿Deberíamos hablar sobre qué hacer a partir de ahora? ¿Hacer un plan? –se aclaró la garganta antes de añadir–. Tengo… algunas ideas.

–Siempre has estado llena de ideas, mi pequeña Pesadilla –dijo Ace volteándose hacia ella y sonriéndole–. Te debo tanto. Me has devuelto mi fuerza, mi poder. Has sentado las bases para nuestra victoria final. Nos has procurado la propia arma de los Renegados, garantizando no solo nuestra supervivencia, sino su destrucción.

Ace comenzó a caminar sobre el perímetro de la torre de la campana. Aunque había sido reconstruida hace instantes, las tablas de madera crujieron debajo de sus pies de la misma manera en que lo habían hecho cuando Nova era una niña. La mirada de Ace se detuvo sobre la vista de la ciudad mientras pasaba por cada ventana; ocho en total, cada una con una campana, aunque no tan enorme como las dos campanas gigantes que colgaban en el centro de la torre. El campanario sobre sus cabezas era un laberinto de vigas estructurales, poleas y cuerdas. Nova apenas podía creer que estaba parada en este lugar otra vez, después de tantos años y que pudiera estar tan igual.

–He recibido un gran regalo estos últimos diez años –dijo Ace–. Raramente nos otorgan la oportunidad de reflexionar sobre nuestras derrotas y prepararnos para un nuevo camino. Por eso, siempre estaré agradecido por lo que los Renegados me hicieron. A mí. A *nosotros* –arrastró sus dedos por el alféizar de piedra de la ventana–. Ahora tengo la claridad de un propósito que antes ignoraba. No estaba preparado para guiar a nuestro mundo hacia la sociedad que imaginaba. Pero eso ha cambiado. Creo en la libertad del hombre para crear su propia vida, tomar sus propias decisiones sin la intervención de un poder superior. Sin la interferencia de leyes arbitrarias. Sin la imposición forzada de los principios de otra persona, todo bajo el pretexto del *bien común*.

Resopló. Desde que Nova tenía memoria, esa había sido una de las frases más odiadas de Ace. La noción vaga y subjetiva del llamado bien común. Qué significa siquiera, solía preguntarse Ace. ¿Quién podía decidir qué constituía ese bien común y lo que era válido sacrificar en su favor?

–¿Qué es la anarquía sino nuestro derecho de tener nuestros propios pensamientos y manifestarlos? ¿Tener deseos propios y utilizar nuestros recursos para obtenerlos? ¿No tener que vivir con miedo de que todo lo que logramos con trabajo duro nos sea arrebatado en contra de nuestra voluntad? *Y sin embargo…* –suspiró y su voz se tranquilizó–. Debo reconocer que no está en la naturaleza humana permitir que prevalezca la anarquía. Siempre surge un nuevo orden y reclama poder. En el pasado, permití que otras bandas y sus líderes se convirtieran en ese nuevo orden.

Ace evaluó a los prodigios a su alrededor, muchos de ellos habían peleado a su lado en la arena. Nova se preguntó a cuántos su tío reconoció como miembros de bandas de años atrás.

–Como ya no enfrentábamos persecuciones y aquéllos que quería estaban a salvo –su mirada se detuvo brevemente en Nova–, no me molesté en preocuparme por cómo se gobernaba la ciudad o quiénes ganaban y quiénes sufrían como resultado. No deseaba convertirme en parte de la elite gobernante que siempre detesté. No creía que fuera mi lugar elegir a los ganadores y a los perdedores de este mundo, como los tiranos previos habían hecho. Pero debemos tener una visión hacia adelante. Mis amigos. Mis compañeros. Esta vez, tengo una visión.

Ace alzó los brazos.

–Cuando una sociedad colapsa, un nuevo amo se alza para reemplazar al viejo. Esta vez, seremos ese amo. Seremos ese nuevo orden. Si la humanidad está tan determinada a seguir a un rey y a adorar a un dios, entonces seremos esos reyes. Seremos esos dioses –su voz resonó en la torre–. Pero primero, debemos destruir a los Renegados y a todo lo que han construido.

Nova sintió un cosquilleo en la piel. Sabía que debería estar feliz de verlo con tanto espíritu. Esto era lo que ella quería también, se recordó. Un mundo sin Renegados, sin Consejo, sin bandas de villanos. Solo Anarquistas, invencibles ante todo el mundo.

Sin superhéroes que salven el día, la sociedad se corregiría a sí misma. Nadie esperaría caridad ni ser rescatados. La gente aceptaría sus propias responsabilidades. Defendería a sus propias familias. Y cuando alguien maltratara a otro ser humano, su castigo provendría de la misma sociedad y no de un gobierno despistado.

Eso era por lo que ella había luchado.

Pero ya no más. Tenía una visión propia y, por primera vez, no se alineaba con Ace y sus ideales. No completamente.

Y entonces, alzó su voz y simplemente declaró:

–*No.*

Capítulo 37

Adrian se quedó de pie temblando por un largo momento, escuchando los gruñidos de las vigas de acero comprometidas y las filtraciones en el yeso roto.

Los villanos se habían marchado.

La arena estaba en ruinas. Los Renegados estaban en ruinas.

Pero él se había enfrentado a Ace Anarquía por segunda vez y había sobrevivido *otra vez*. No era una pequeña hazaña.

–Adrian…

La voz de Simon, detrás de él, su voz sonaba moderada y despertó demasiados recuerdos que habían sido enterrados en la tormenta creada por Ace Anarquía. Adrian tragó saliva, tenso, y cerró su puño. La resplandeciente torre transparente se disolvió en el aire como si remanentes de bengalas cayeran sobre ellos.

Pensar en bengalas lo hizo pensar en Evander.

Tuvo un escalofrío mientras se volteaba para enfrentar a Simon, se preparaba para encontrar decepción, tal vez incluso enojo. Su identidad como el

Centinela había sido revelada. No había tenido otra opción, pero, de todos modos, no estaba seguro de estar listo para enfrentar las consecuencias.

Pero Simon parecía más aliviado que otra cosa mientras se ponía de pie a pesar de su dolor. Se miraron el uno a otro, recuperaban el aliento. Parte de la hinchazón en el rostro y los brazos de Simon había comenzado a ceder, el dolor desaparecía gradualmente de sus ojos.

Simon extendió sus brazos.

Adrian exhaló y aceptó el abrazo. Simon se retorció y Adrian rápidamente disminuyó la fuerza del abrazo.

–Lo lamento.

–Está bien –dijo Simon–. Todos estamos bien –se alejó y miró a su alrededor–. Tenemos que evaluar la situación de los heridos, priorizar las lesiones para los sanadores que no hayan sido neutralizados, llevar a todos al hospital. Tengo que ver cómo está Tsunami...

–Iré por ella. Tú ayuda a papá a quitarse esos grilletes.

Adrian corrió hacia el escenario de madera colapsado, dado vuelta y astillado. Parecía más una pila de leña que a la plataforma que había sido tan solo horas atrás. Comenzó a remover los escombros y pronto los demás se les unieron, quienes todavía tenían fuerza suficiente para ayudar. Detrás de él, pudo escuchar a Simon gritando órdenes, urgiendo a los Renegados a ayudar a los heridos y a comenzar a reunir a sus muertos.

Adrian tuvo que quitar la mitad de los tablones de manera antes de poder ver finalmente la bota blanca de Tsunami.

–Por favor, ay, por favor –murmuró moviéndose más rápido para llegar a ella. Pronto, descubrieron su cuerpo. Sus ojos estaban cerrados y una cascada de sangre seca oscura cubría la mitad de su rostro, era el resultado de un corte profundo en su cabeza.

Adrian se dejó caer al lado de ella mientras buscaba su pulso. Al principio, no podía estar seguro de si estaba confundiendo el propio tamborileo de su corazón con el de ella. Pero... no, allí estaba, débil pero estable.

–¡Está viva! –gritó incluso mientras alguien presionaba un paño sobre la herida en su cabeza. Otros comenzaron a liberar un camino para que pudieran llevarla hacia dónde un puñado de curadores estaban instalándose para atender a los heridos.

Adrian alzó a Tsunami en sus brazos. Sentía como si fuera frágil, pero Adrian la había conocido el tiempo suficiente como para saber que su contextura pequeña era engañosa. Ella era fuerte. Lograría superar esto.

Una vez que la entregó a los sanadores, Adrian inspeccionó el desastre buscando más sobreviviente. El polvo cubría el interior de sus pulmones. El humo hacía arder sus ojos. El suelo estaba cubierto de abejas muertas, pedacitos de yeso, plástico derretido, marcas de brasas, charcos de agua sucia y vidrios rotos.

Adrian comenzó a evaluar sus pérdidas, aunque la imagen de tantas bajas lo hizo sentir como si estuviera desgarrándose poco a poco. No conocía bien a todos sus pares, pero sabía suficiente como para tener una idea de quiénes todavía vivían con sus padres y quiénes tenían hijos propios. Quién había sido desafiado en las pruebas y quién había sido elegido para trabajar en tareas administrativas en vez de las patrullas. Sabía que todos creían en su propósito: buscar justicia, proteger a los débiles, defender a los inocentes.

Vio el cuerpo de Genissa Clark desparramado contra una pared. Y en las gradas, la testaruda de Urraca desplomada sobre las escaleras. Vio a Winston Pratt en un charco de sangre y a Callum Treadwell –*Callum*– quien casi había logrado detener la matanza cuando tuvo el casco en su posesión. Quien, por tan solo un momento, les había mostrado un camino diferente.

Vio a Evander Wade. Blacklight. Adrian lo idealizaba cuando era pequeño, estaba convencido de que era el miembro fundador de los Renegados más genial. Solía parecer tan despreocupado, tan agradable, tan rápido con las bromas.

Ahora estaba muerto.

Thunderbird había sido neutralizada. La encontró cuidando de los heridos y casi no la reconoció, no solo porque ya no tenía las alas negras dobladas sobre su espalda, sino también porque su rostro estaba hinchado y quemado en dónde Cianuro la había tocado. Siempre había sido intimidante, no solo por sus alas gigantes, sino también por los rayos que podía conjurar chasqueando sus dedos. Aunque el Capitán Chromium solía ser considerado el más poderoso del grupo, Adrian sospechaba con frecuencia que, de hecho, Thunderbird era más fuerte; solo que no era el tipo de persona que presumiera de ello. Ese debate no volvería a existir.

Simon también había cambiado para siempre. El Dread Warden había desaparecido. Simon Westwood nunca volvería a ser invisible, nunca volvería a desaparecer en un abrir y cerrar de ojos.

Pero, por lo menos, ahora podía visitar a Max por el tiempo que deseara, pensó Adrian.

Era un pequeño consuelo, pero consuelo de todos modos.

Si Tsunami estaba bien, ella y el Capitán Chromium serían los últimos miembros del Consejo con sus habilidades intactas. Era un pensamiento desgarrador.

El daño causado a los Renegados esa noche era inimaginable. No solo perdieron vidas, sino también superpoderes. ¿Cuántos habían sido picados por esas abejas? ¿Cuántos superhéroes habían perdido?

Adrian buscó a sus padres. Hugh había logrado liberarse utilizando la lanza de cromo para romper los grilletes y ahora estaba trabajando en los escombros buscando si alguien había quedado atrapado debajo de una pared colapsada o de un andamio.

Adrian comenzó a dirigirse hacia ellos cuando algo se arrugó debajo de su bota. Se detuvo y bajó la mirada. Era un cuadrado de papel de origami rosa y dorado, todavía podían verse los pliegues en dónde se había doblado para formar a la delicada grulla. Adrian la reconoció como la grulla que había volado directamente hacia el Capitán Chromium, antes de que explotara todo el caos.

La recogió y volteó el papel para leer el mensaje impreso allí:

Todos tienen una pesadilla.

Bienvenido a la tuya.

Apretando la mandíbula, partió el papel en dos y luego, en cuartos. Lo partió hasta que no quedó más que confeti sobre el lodo.

–¿Adrian?

Se sobresaltó y se sintió aliviado al ver a sus amigos marchando hacia él entre los escombros.

Adrian sonrió, inundado de felicidad al ver que todos estaban vivos. Los alcanzó a mitad de camino, aceptó un abrazo estrujante de Ruby y una palmada en la espalda de Oscar. Envolvió los hombros de Danna con su brazo, se apoyaban entre ellos, sudados, afligidos y exhaustos.

Con un gruñido, Oscar colapsó sobre un banco que en algún momento estuvo en las gradas más altas, pero ahora estaba en el campo, medio enterrado en el lodo. Comenzó a masajear las articulaciones de sus piernas, algo que Adrian nunca lo había visto hacer en público, sin importar cuán dura había sido la pelea. Esta batalla los había empujado a todos a sus límites.

–Ruby, ¿cómo están tus… heridas? –preguntó Adrian, no estaba seguro de cómo distinguir entre viejas y nuevas heridas. Ruby se había quitado la chaqueta gris del uniforme, tenía una camiseta sin mangas blanca y los vendajes que siempre solía envolver su brazo y sus hombros. Nunca detuvo el sangrado, no desde el primer ataque que había despertado sus poderes todos esos años atrás, pero esta era la primera vez que Adrian veía esos vendajes empapados con sangre.

–No más cristales –dijo y Adrian no pudo notar si tu tono era triste o simplemente sincero–. Ahora no dejan de sangrar. Pero, estoy bien. Hablaré con uno de los sanadores después de que terminen de atender a las personas que realmente necesitan ayuda.

–Mira –respondió Adrian tomando su rotulador–. Puedo darte unos puntos.

Ruby vaciló, pero luego asintió. Danna ayudó a quitar las vendas y quedaron expuestos cortes profundos que habían estado allí, sin cicatrizar, por años.

–¿Duele? –preguntó Oscar mientras Adrian limpiaba la sangre que podía y comenzaba a dibujar puntadas en su piel.

–Siempre duelen –respondió Ruby en voz baja observando sin ninguna expresión.

Oscar se sorprendió. Esto también era nuevo para Adrian, quien nunca había oído a Ruby quejarse de sus heridas. Ella siempre se concentraba más en los resultados. Las piedras de sangre que transformaba en armas, la superheroína en la que se había convertido.

–Esto será suficiente por ahora –afirmó Adrian–. Por lo menos, evitará que pierdas mucha sangre antes de que los sanadores puedan atenderte.

Con gentileza, Ruby tocó las líneas negras que se habían convertido el hilo negro que mantenía sus heridas cerradas.

–Gracias, Sketch –susurró. Su labio comenzó a temblar, pero se recuperó rápidamente con una sonrisa radiante–. No sé cómo se lo diré a mis hermanos. Ser una superheroína era lo único que me mantenía remotamente relevante ante sus ojos –soltó una risita, pero sonó forzada.

–Eso definitivamente no es verdad –dijo Oscar.

–Conociste a mis hermanos, ¿no? –Ruby lo miró de reojo.

–Sí y por eso sé que te idolatran y no solo porque eres una Renegada o porque sangras rubíes –Oscar gesticuló hacia Ruby, señaló con una mano desde sus dos ligas de cabello blanco y negro hasta sus botas cubiertas de lodo–, sino porque eres la mejor hermana mayor que un niño podría desear. Puedes dar en el blanco con una daga a quince metros. Dominas tres artes marciales diferentes. Sabes cómo utilizar un *gancho*.

–Oh –Ruby suspiró con anhelo–. Extrañaré utilizar mi gancho.

–Te conseguiré otro –dijo Oscar estirándose para tomar su mano–. Todavía eres la Asesina Roja. Todavía eres una superheroína increíble –Oscar debe haber notado la manera en que los ojos de Ruby comenzaron a brillar porque continuó hablando, cada palabra era más enérgica–. Eres la persona más genial que he conocido, con excepción quizás del Capitán Chromium, pero no es una comparación muy justa.

–Oscar... –Ruby soltó una risita.

–Y eres mucho más que relevante. Eres, como la cosa *para* la que otras cosas intentan ser relevantes. Y eres feroz y leal e increíblemente adorable cuando juegas Batalla a Muerte y hasta lo admitiré. Está bien, no es fácil decir esto, pero tienes razón. Me ganaste la última partida con todas las de la ley, a pesar de que yo...

–¡Oscar, detente! –lo interrumpió Ruby estallada de risa–. Lo entiendo. Gracias.

Oscar hizo una pausa y se aclaró la garganta.

–Correcto. Sí. Lo lamento. Solo decía –vaciló, su concentración se posó en sus manos entrelazadas. Tragó saliva–. Solo... ¿una cosa más?

–Ah, si insistes –Ruby fingió poner los ojos en blanco exasperada.

Oscar alzó su cabeza.

–Eres la chica de mis sueños.

La cabeza de Ruby giró hacia él, la sonrisa despreocupada se evaporó.

–Con o sin superpoderes –añadió Oscar mirándola a los ojos.

Un rubor floreció en las mejillas de Ruby. Lágrimas frescas comenzaron a acumularse en sus ojos hasta que, sin ninguna advertencia, tomó a Oscar de su uniforme y lo besó.

Las cejas de Adrian salieron disparadas hacia arriba y se volteó, encontró la mirada divertida de Danna por medio segundo antes de que ambos comenzaran a inspeccionar por un tiempo el cielorraso dañado sobre sus cabezas.

–¿Adrian?

Adrian giró para encontrarse con sus dos papás. Sus rostros, al principio, eran ilegibles. Cansancio. Cautela. Un poco aliviados, un poco decepcionados, pero no estaban *enojados* por lo que podía ver.

Debieron haber terminado de organizar a los demás, de asegurarse de que recibieran ayuda quienes la necesitaban y de iniciar el proceso de limpieza de la arena. Era tiempo de ocuparse de otros asuntos.

Evidentemente, él era el primero. Tragó saliva.

–Lamento no haberles contado.

La boca de Hugh formó una línea y allí estaba el enojo que Adrian había esperado. Pero duró poco tiempo. Hugh languideció y dio un paso hacia adelante jalando a Adrian hacia él en un fuerte abrazo.

–Gracias, papá. Estoy bien –Adrian también lo abrazó.

–Eso es lo más importante –dijo Hugh–. *Tú* eres lo más importante –se alejó, estoico otra vez–. Pero todavía nos debes muchas explicaciones. No solo cómo, sino por qué. Has quebrantado muchas reglas además de aprovecharte de nuestra confianza. Pero... –suspiró con pesadez–. Hoy, por lo menos, me alegra que hayas hecho lo que hiciste. Fuiste muy valiente y... salvaste a muchas personas.

Adrian hizo una mueca, sentía que no había salvado a suficientes.

–Somos superhéroes –murmuró–. Eso es lo que hacemos.

–Primera orden del día –interrumpió Simon–. Tienes que decirnos en dónde está Max. Es probable que Ace Anarquía intente llegar a él. Tenemos que mantenerlo a salvo y no podemos hacer eso si no sabemos en dónde está.

–Está quedándose con la familia de Ruby –asintió Adrian.

–Puedo ir a buscarlo –dijo Ruby parándose junto a él–. Iré por él y lo llevaré a dónde ustedes quieran.

–¿Qué hay de...? –Simon frunció el ceño, dudó, asimilando las puntadas en su brazo. Su expresión cambió cuando lo comprendió–. Oh. Lo lamento, Ruby.

La chica encogió los hombros y Adrian se percató de que todavía estaba sosteniendo la mano de Oscar.

–Estas heridas no son lo que me hicieron una superheroína.

–Tienes razón, no lo son –concordó Hugh. Barrió la arena con su mirada, todos los prodigios neutralizados–. Espero que no seas la única que se siente así.

–¿Qué haremos? –dijo Danna todavía renqueaba cuando se unió a ellos–. Solo tenemos una fracción de los prodigios que teníamos antes. ¿Cómo derrotaremos a Ace Anarquía ahora?

–Solo tenemos una fracción aquí en Gatlon City –respondió Simon–, pero ya hemos comenzado a comunicarnos con los sindicatos internacionales. Están enviando refuerzos. Todos los Renegados disponibles llegarán en las próximas veinticuatro horas para ayudarnos a enfrentar a los Anarquistas.

–Pero todavía no sabemos a dónde fueron –dijo Adrian.

–De hecho –replicó Hugh sombríamente–, sabemos exactamente a dónde fueron.

–Ace Anarquía nunca ha sido conocido por su sutileza –añadió Simon–. Ha regresado a su catedral.

Adrian se quedó mirándolo, recordando las ruinas en dónde él y su equipo habían luchado contra Phobia.

–¿La catedral? ¿Por qué querría regresar a ese lugar?

–¿Tal vez es sentimentalista? –sugirió Oscar.

–De hecho, es brillante –Simon sacudió su cabeza–. Está familiarizado con el paisaje, la locación, sus fortalezas y debilidades. Además, con el páramo es imposible atacar a la catedral por sorpresa. Verán el ataque acercarse mucho antes de que lleguemos allí.

–Pero… no es nada más que una pila de escombros y la torre de la campana –replicó Adrian.

–Ya no. La reconstruyó –dijo Hugh–. Ustedes eran demasiado jóvenes para recordar la extensión de las habilidades de Ace Anarquía, pero no es terriblemente sorprendente para nosotros. Parte de la prensa capturó imágenes de la catedral siendo… reconstruida.

Adrian se quedó boquiabierto. Había escuchado muchas historias de Ace Anarquía utilizando sus poderes para derribar edificios, pero nunca supo que el telequinético también podía reconstruirlos.

Adrian escaneó la arena. Tanta violencia. Tantas bajas. Mientras esperaban que llegara la ayuda de los sindicatos internacionales, Ace Anarquía estaría tramando su propia estrategia para destruir a los Renegados de una vez por todas. ¿Podían permitirse esperar?

–No luzcas desesperanzado –Hugh le dio un golpe juguetón en su brazo–. Todavía soy invencible, lo sabes. Todavía no estamos vencidos.

–¿Y lo detendrás tú solo? –Adrian lo fulminó con la mirada.

–Si tengo que hacerlo. Lo he hecho antes.

–No, no lo hiciste. Tú… –la voz de Adrian perdió intensidad, no quiso recordarles a todos cuál era *en verdad* su arma más poderosa. No era el Capitán Chromium. Ni siquiera el Agente N.

Su arma más poderosa era Max, siempre había sido Max.

Pero Adrian no quería a Max en ningún lugar cerca de Ace Anarquía.

–Tuviste ayuda –terminó sin convicción.

–Todavía tiene ayuda –dijo Danna–. Esos villanos no nos han derrotado todavía. Estoy lista para otro asalto.

Adrian se mordió el interior de su mejilla, mientras pensaba. Ella tenía razón. Estaban golpeados, pero no derrotados.

Ace anticiparía que ellos realinearían sus fuerzas antes de atacar. Esperaría un gran ataque a la catedral porque así es cómo operaban los Renegados: con ataques vistosos y muestras extravagantes de su fuerza. En cambio, los Anarquistas se habían adaptado a ser sigilosos y reservados. Utilizaban el elemento sorpresa y así fue cómo superaron a los Renegados esta vez. Así era cómo Pesadilla seguía ganándoles.

Tal vez podría ganarle en su propio juego.

Enfrentó a sus padres. Ya estaban discutiendo contraataques y maniobras de batalla cuando los interrumpió.

–¿Cuánto Agente N creen que les queda?

–Es imposible calcularlo con seguridad –Hugh sacudió su cabeza–, pero por la cantidad que teníamos en el depósito y lo que ha sido utilizado hoy... –frunció el ceño, analizando la pregunta, luego sacudió la cabeza–. No creo que pueda sea mucho.

–Esperemos que así sea –replicó Adrian–. Si intentaremos un contra ataque, sería lindo que no tuvieran más de esa cosa a su disposición.

–Lo sería –respondió Hugh–, pero no podemos saberlo con seguridad. No deben haber necesitado grandes cantidades para armar a esas abejas. Pero puedo hablar con el laboratorio y ver si pueden hacer alguna estimación.

–¿Nos quedó algo a nosotros? –quiso saber Adrian.

Pareció que fue necesario un momento para que asimilaran su pregunta.

–Han reemplazado nuestro suministro con una especie de señuelo –respondió Simon finalmente.

–Sí, lo sé, pero debe haber quedado un poco, ¿en algún lugar?

–Yo tengo.

Se le erizó la piel ante la voz arrogante de Genissa, aunque hizo lo mejor que pudo para evitar su desagrado cuando la enfrentó. Lucía terrible, su piel era prácticamente translúcida, tenía puntos de un púrpura estridente debajo de sus ojos. Estaba sujetando con fuerza su cabeza, como si fuera a caer de sus hombros si su mano no estuviera allí para sostenerla. Adrian se sorprendió al verla. Había asumido que estaba muerta, pero solo debería estar inconsciente.

¿Cortesía de Pesadilla?

–Tomé un poco cuando fuimos tras Espina –explicó, desfundando un arma de su cadera–. Todavía me queda un dardo.

Adrian quería lucir agradecido, pero ya estaba intentando descifrar qué le diría a Genissa cuando insistiera que le permitan unírsele en la peligrosa misión que estaba considerando.

Para su sorpresa, extendió la empuñadura del arma hacia él.

–Puedes tenerlo –dijo, casi enojada–. Ya terminé de jugar a los héroes y villanos. Esta vez, de verdad. Los Renegados no valen esto.

Adrian tomó el arma y observó mientras Genissa intentaba marcharse a paso tranquilo, aunque sus movimientos eran tiesos y torpes. Adrian abrió la cámara de proyectiles y vio el único dardo en su interior, repleto de líquido verde.

–Oh, oh –dijo Oscar–. Siento que se avecina una buena cantidad de imprudencia vigilante.

Adrian lo fulminó con la mirada, deseando que no hubiera elegido ese momento para recordarle a sus papás que se suponía que todavía estaban molestos con él.

–La única manera de derrotar a Ace Anarquía es o recuperando su casco o neutralizándolo –explicó.

–Para hacer eso –dijo Hugh–, tenemos que entrar en la catedral. Y, como dije, con ese páramo...

–Nos verán acercarnos –lo interrumpió Adrian–. Pero conozco otra manera de entrar.

Capítulo 38

Un silencio descendió sobre la torre de la catedral, sonaba con tanta fuerza en las orejas de Nova como las campanas de hace un momento. Su rebelión rebotó contra el bronce y la madera. Esa única y sencilla proclamación: no.

Ace, con los brazos todavía extendidos por su gran discurso, se volteó hacia ella lentamente. Después de años viendo cómo su cuerpo se deterioraba día a día, se sentía diferente verlo ahora con el casco puesto, su fuerza y vitalidad había sido restauradas con una velocidad increíble.

Nova siempre había asumido que el cambio sería para mejor, pero ahora, viendo la frialdad poco familiar en su mirada, sintió un escalofrío de temor en su columna.

–¿Pequeña Pesadilla?

Nova dio un paso hacia adelante, separándose del grupo.

–Comparto tus creencias, tío, y tu convicción. Pero no concuerdo con el camino que erigirías para alcanzar nuestras metas. Sé que hemos hablado por años de destruir a los Renegados. Comprendo que solo creas que podemos establecer una sociedad que funcione si primero desmantelamos la sociedad que funciona bajo el control de nuestros enemigos. Pero te equivocas. No necesitamos pelear. No necesitamos destruir. Necesitamos *marcharnos* –la expresión de Ace se tensó, pero Nova no se detuvo. Tenía que asegurarse de que la comprendieran.

»No necesitamos quedarnos en Gatlon. No hay nada que nos ate aquí. Dejemos que los Renegados tengan su ciudad. Podemos ir a otro lugar. Establecer nuestra comunidad bajo nuestras propias reglas, nuestros propios principios –sus nervios galopaban mientras hablaba, sabiendo que, de hecho, tenía algo que podría atarla a Gatlon.

Pero Adrian era solo un sueño. Solo un sueño. Algún día, el sabría la verdad. Y todo se desmoronaría. Era mejor que ese día fuera hoy.

–Los Renegados ya no están relegados a Gatlon City –dijo Phobia, su voz era seca y expresaba molestia, como si ello debería haber sido obvio–. Su influencia se ha expandido en todo el mundo. Tienen sindicatos en casi todos los países.

–En las metrópolis más grandes, sí –replicó Nova–. No sugiero que intercambiemos una ciudad por otra. Eso solo nos llevaría a los mismos conflictos que hemos enfrentado aquí. Digo que comencemos desde cero. Que encontremos un lugar que sea enteramente nuestro –inspeccionó los rostros que la observaban con sorpresa, algunos teñidos de curiosidad, otros con un leve rastro de sospecha–. Somos prodigios y con Ace Anarquía liderándonos… –enfrentó a su tío–. Podemos construir la sociedad que hemos soñado. Literalmente construirla desde cero. Mira lo que has hecho aquí. En una cuestión de minutos, transformaste una pila de escombros en *esto* –gesticuló hacia la torre de la campana alrededor de ellos–. Podríamos instalarnos en cualquier terreno salvaje y transformarlo en el hogar que merecemos.

Ace la observó, calculando. Pero el hecho de que no la hubiera silenciado, le dio coraje.

–Escucha –dijo con más énfasis ahora mientras se movía para pararse en el centro de la habitación, en las viejas tablas de madera debajo de las campanas centrales que amplificaron su voz cuando habló–. Hablamos mucho de responsabilidad personal. Tal vez es tiempo de que asumamos responsabilidad por nuestro rol en lo que se ha convertido la ciudad. No me gusta la manera en que los Renegados dirigen las cosas, pero como Ace acaba de recordarnos, las cosas tampoco eran geniales cuando nosotros estábamos a cargo. Ayudamos a causar un caos en la ciudad y, a pesar de sus fallas, estoy... Estoy convencida de que los Renegados realmente están intentando mejorar las cosas.

»Puede que no estemos de acuerdo con sus métodos, pero el mundo es así ahora. Si no nos gusta, entonces quizás, en vez de intentar destruirlo, deberíamos liderar con el ejemplo. Construir algo nuevo, algo mejor. Si formamos una comunidad fuera del control de los Renegados y les mostramos que somos capaces de gobernarnos a nosotros mismos para variar, entonces... tal vez así es cómo cambiaremos este mundo. Y si no cambia el mundo, ¿a quién le importa? Tal vez no nos corresponde a nosotros solucionarlo. Por lo menos, la guerra habrá terminado.

Honey habló primero, su voz estaba colérica y, sus brazos tensos, estaban cruzados sobre su pecho.

–Esto es ese chico hablando, ¿no? Lo sabía. Te lavó el cerebro.

–¡No me lavaron el cerebro! –replicó Nova, sus mejillas se incendiaron.

–Quieres huir –espetó Honey–. Quieres rendirte. Ahora, ¡cuando puede que tengamos una verdadera oportunidad de vencerlos!

–Estoy diciendo que tal vez no *tenemos* que vencerlos. Ese es problema, ¿no es así? Siempre fue *nosotros* y *ellos*. Héroes y villanos. Prodigios o civiles. Estoy diciendo que quiero una oportunidad de una mejor vida. Para todos nosotros y para cualquiera que quiera seguirnos. ¡Quiero una vida en la que ya no seamos villanos! –alzó su voz con determinación, pero también con miedo de que no la comprendieran–. Podemos ir a

cualquier lado. Ser libres en cualquier lugar. ¿Por qué conformarnos con esto?

Finalmente, hubo un destello de emoción en los ojos de Ace, todavía ensombrecidos por la estructura del casco. Pero no era comprensivo. En todo caso, parecía dolido.

–¿Conformarnos? –preguntó–. ¿Conformarnos con Gatlon? –se movió hacia ella–. Esta es nuestra ciudad. Nuestro hogar. No me *conformaré* con cualquier otra cosa. No me acobardaré frente a los enemigos que me la robaron.

Los hombros de Nova se desmoronaron. Sacudió su cabeza.

–No estaríamos...

–Suficiente.

Nova retrocedió, la dureza en la voz de su tío fue como un golpe.

–Si somos los villanos y ellos los héroes, que así sea. Les daremos suficientes motivos para temernos –caminó alrededor de la torre con ciertos aires de grandeza con su abrigo de dos capas robado–. No huiremos. No nos esconderemos. Nos quedaremos aquí y pelearemos. Y, esta vez, ganaremos. ¡La ciudad será nuestra!

Un rugido de aprobación resonó en la torre.

Nova sintió un escalofrío. Mientras los demás presionaban hacia adelante, se sintió casi invisible. Su lengua se había tornado gomosa en su boca.

Había estado tan segura de que, una vez que Ace estuviera libre, los demás estarían de acuerdo con ella. Marcharse tenía sentido. Creía que estarían de acuerdo. Podrían tener su libertad sin tener que sacrificar más vidas con otra batalla.

¿No había sido lo suficientemente convincente? ¿No había logrado transmitir el poder de sus ideas? ¿Cómo era posible que con el mundo disponible a sus pies prefirieran quedarse y luchar?

–Cuando los Renegados nos rodearon en la Batalla de Gatlon hace diez años no estábamos preparados –dijo Ace acercándose a una de las ventanas abiertas–. No cometeremos los mismos errores otra vez.

Alzó sus manos con los dedos estirados hacia el horizonte. El páramo que rodeaba la catedral se extendía por acres en cada dirección, estaba delimitado con una insignificante cerca de cadena, un anillo de pavimento maltrecho, los escombros de edificios derrumbados y autos aplastados y volteados.

Esas ruinas comenzaron a temblar.

Los demás se movieron hacia adelante, reuniéndose detrás de Ace.

Nova todavía estaba intentando transformar sus pensamientos en palabras, todavía pensaba en cómo podía persuadir a Ace y a los demás para que tomaran otra decisión cuando piezas de escombros comenzaron a alzarse desde el páramo. Madera contrachapada y puertas sueltas. Hojas de metal y vigas de acero. El costado de un autobús, todavía envuelto con publicidades de papel. Ladrillos y piedras, electrodomésticos y tejas, vidrios rotos, acero corrugado y tuberías de cobre, viejos carteles de calles y un tobogán de plástico de una plaza para niños, escaleras y tinas de porcelana y semáforos…

Innumerables trozos de materiales en crudo emergían de las ruinas. Comenzaron a fundirse entre sí en el límite del páramo. Poco a poco. Pieza a pieza.

Ace estaba construyendo una pared.

Nova caminó hacia el lado opuesto de la torre, alejándose de los demás. Aquí, también la masa de materiales estaba entrelazándose. A diferencia de la barrera resplandeciente y casi transparente que Adrian había utilizado para protegerse en la arena, esta pared era tan gruesa e impenetrable, oscura y rebelde. Rodeaba a la catedral en cada dirección, se hacía cada vez más alta, hasta que llegó a eclipsar el gran campanario en dónde estaban. La siguió haciendo crecer hasta que superó el techo con agujas de piedra de la catedral. Creció hasta que la mezcla de la estructura comenzó a arquearse hacia adentro, entretejiéndose sobre sus cabezas. Bloqueó la ciudad y el cielo.

Cuando Ace terminó, quedaron atrapados debajo de un domo con bordes filosos y óxido. Se sentía como estar en los túneles otra vez. Se sentía como lo opuesto a la libertad.

–Ahí tienen –dijo Ace–. Eso los ralentizará.

Nova tragó saliva, pensando en todos los Renegados que ella conocía que irían. ¿Adrian podría atravesar esa pared? ¿Podría *el Centinela*?

¿Qué hay de Max? ¿Con su telequinesis y su habilidad de manipular metales?

¿O el Capitán Chromium con sus armas irrompibles?

Nova mordió su labio inferior, recordaba cuántos Renegados ya no eran prodigios. Sus poderes habían sido drenados.

No es nada que ellos no nos hubieran hecho a nosotros, recordó.

No disminuyó el sabor amargo en su boca.

–De todos modos, no los retendrá para siempre.

Ace examinó a su grupo, feroz y hambriento.

–Han luchado con valentía esta noche, pero debemos prepararnos para la próxima batalla –se concentró en Leroy y Honey–. Lograron utilizar el Agente N de manera exitosa. ¿Nos quedó algo?

Leroy sacudió la cabeza.

–Utilizamos casi todo lo que tomamos del depósito de los Renegados. Solo tenemos unos pocos de los dispositivos de gas que Nova diseñó y menos de medio contenedor del líquido.

–Es suficiente –respondió Ace–. Con un poco de suerte, al fin podremos terminar ese viejo misterio… ¿El Capitán Chromium es verdaderamente tan invencible como parece ser? –sonriendo con malicia, señaló a la habitación con un brazo–. Compañeros Anarquistas, encuentren un lugar para dormir y descansen hasta nuevo aviso. Me gustaría un momento a solas con mi sobrina.

Nova se tensó. Algunos de los villanos le echaron miradas de regodeo y petulantes. Otros parecían nerviosos por ella. Leroy sonrió de manera reconfortante y le guiñó un ojo, el movimiento alzó de manera extraña la parte izquierda paralizada de su rostro.

Nova le devolvió la sonrisa. Solo era Ace.

En una cuestión de minutos, la torre de la campana se había vaciado, el tambor de los pasos en la escalera más bajas se tornaba más distantes con el paso de los segundos.

Solo uno de los villanos se quedó rezagado. Para sorpresa de Nova, era Narcissa, su expresión estaba cargada de preocupación. Aunque había asumido un rol de liderazgo entre los Rechazados antes, se había quedado merodeando en el fondo del grupo desde que habían llegado a la catedral. Su miedo en frente de Ace era palpable y la manera en que miraba a Nova sugería cierta vacilación en dejarla sola con él. Había algo casi amable en su expresión. Algo casi protector.

El ánimo de Nova mejoró, solo un poco, al pensar que tal vez Narcissa ya no la odiaba.

–¿Hay algo que quieras decir, caminante de espejos?

Narcissa abrió la boca, pero dudó. Su voz tembló cuando finalmente habló.

–Estoy de acuerdo con Pesadilla –dijo apenas más fuerte que un susurro–. Creo que deberíamos abandonar Gatlon.

Ace la estudió y Narcissa se encogió lentamente bajo su mirada.

–Hay un espejo en la sala capitular –respondió Ace–. No tomo prisioneros. Eres libre de ir a dónde desees.

Narcissa tragó saliva.

–Pero si te quedas, esperaré que cooperes con nuestros esfuerzos para destruir a nuestros enemigos. No toleraré traiciones.

Narcissa empalideció. Su mirada encontró una vez más a Nova, brevemente, antes de que ella también desapareciera por la escalera.

La puerta de madera se cerró detrás de ella. El aire dentro del campanario se tornó asombrosamente tranquilo, sin ninguna brisa del mundo exterior capaz de atravesar la barrera de Ace. La torre olía a hierro viejo y a la tierra que había sido agitada después de tanto tiempo.

Nova esperó a que Ace hablara. Ya extrañaba poder leer sus expresiones. Las arrugas de sus mejillas. Su ceja enmarañada. Se sentía más alejada de él ahora que todo el tiempo que su tío estuvo escondido en las catacumbas y se sorprendió al notar que ya extrañaba al hombre que había llegado a conocer, incluso si ese hombre estaba quebrado y débil. Por lo menos, nunca había tenido miedo de él. Ahora, no podía evitar sentir una sensación de aprensión cuando Ace fijó su atención en ella.

–No puedo culparte por querer más que la vida que he podido darte –dijo–. Ni siquiera puedo culparte por haber sido atraída por las mentiras que los Renegados han intentado venderle al mundo. Es una hermosa historia para contar, una de honradez, valentía y justicia. Pero es solo una historia –Ace apoyó sus manos en el alféizar, aunque no se veía nada más que su propia jaula oscura e irregular formada con los restos indeseados de una guerra del pasado.

»Tu padre tenía una fe en los Renegados que nunca pude comprender. Le ofrecí protegerte a ti y a tu familia. Hubiera hecho que mis compañeros hicieran guardia en su apartamento día y noche. Pero no quiso mi ayuda. Insistió en que los Renegados los protegerían. Pensé que estaba siendo ingenuo, pero no era mi lugar para interferir. David quería tomar sus propias decisiones, encontrar su propio camino en esos tiempos oscuros –bajó su cabeza–. Hasta el día de hoy, es mi mayor arrepentimiento. Desearía haber estado allí para ti. Para David. Para tu madre y tu hermana.

–No fue tu culpa –susurró Nova.

Fue culpa de las Cucarachas y del asesino que contrataron.

Fue culpa de los Renegados y de sus promesas falsas.

Nova cerró los ojos y el recuerdo estaba allí, tan doloroso como siempre. Disparos rebotando en su cráneo. Sangre derramada en su puerta principal. Los gritos de Evie silenciados para siempre.

–Pero, Ace –susurró, sentía que su corazón estaba siendo desgarrado en pedacitos–. ¿Realmente esta es la manera de vengarlos? Todos estos años es lo único que he querido, ver a los Renegados de rodillas después de que nos fallaron. Pero… este odio, también nos está destruyendo. *Me* está destruyendo. ¿Esto es lo que mis padres hubieran querido?

–No es sobre venganza, pequeña Pesadilla –el rostro de Ace se llenó de remordimiento–. No podemos traerlos de vuelta, pero podemos honrar sus muertes previniendo que la misma tragedia les suceda a otras familias. Podemos evitar que los Renegados sigan difundiendo sus falsedades. Podemos mostrarle al mundo quiénes son en realidad. No son héroes, sino ídolos falsos. Impostores. Mentirosos.

Nova se acercó a Ace.

–No son todos malos –insistió–. Tampoco son todos buenos, pero… ahora creo que la mayoría de ellos quiere ayudar a la gente de este mundo, incluso si están confundidos respecto a cómo hacerlo. No son los bravucones hambrientos de poder que creía que eran. *No* son todos mentirosos.

–¿Cómo Adrian Everhart?

Nova se congeló, para su sorpresa, Ace llevó las manos a su casco y se lo quitó de la cabeza. Lo apoyó sobre el alféizar, luego, se volteó hacia Nova. No parecía enojado. En todo caso, había compasión en su expresión.

–También te mintió. Creo que sabes eso ahora –la atravesó un escalofrío. El Centinela–. Él fue quien me encontró dentro de las catacumbas, él y esos amigos suyos –sus ojos se arrugaron con compasión–. También conocían su identidad. Pero no te lo contaron, ¿o sí?

Alejando su mano, Nova comenzó a caminar a la par de la pared de la torre. ¿Ruby y Oscar sabían la verdad? ¿Y Danna también? ¿Por cuánto tiempo?

Eran un equipo. Había pensado que había confianza entre ellos. Había pensado que Adrian sentía cosas por ella que iban más allá de la camaradería y la amistad. Sabía que era hipócrita de su parte estar enojada con él por mantener secretos cuando ella tenía tantos propios, pero seguía doliendo pensar que su unidad entera lo sabía y no se lo dijeron.

–No puedes confiar en ellos, Nova. No eres una de ellos, por más que desees lo contrario.

Nova seguía dándole la espalda a Ace, esperando que no pudiera ver cómo le dolía esta información.

–Eres una de nosotros. Eres parte de *esta* familia –una mano se apoyó sobre su hombro–. Si quieres marcharte, abriré un camino para ti. No te retendré aquí si ya no deseas ser parte de la revolución. Ya has hecho tanto por nuestra causa y, por ello, siempre tendrás mi gratitud y mi respecto. Pero, Nova... –bajó su tono de voz–. Tú sabes qué intentarán hacernos los Renegados cuando atraviesen estas barreras, incluyendo Adrian Everhart. Tengo la esperanza de que elijas quedarte y luchar. Espero que no te hayan seducido tanto con sus promesas que ya no puedes ver lo que nos ha impulsado hacia adelante todos estos años. Párate al lado de tu familia, Nova. Párate con nosotros y lucha por nuestro futuro, no el de ellos.

Le dio una palmadita en el hombro con gentileza y luego dejó caer su mano. Nova escuchó cómo volvía a tomar el casco y avanzaba hacia la puerta.

Y escuchó los disparos.

Escuchó a Evie llorando.

Y escuchó la voz estable del Capitán Chromium. *Hicimos lo que tuvimos que hacer para detener a las bandas de villanos y para lograr orden y paz. Volvería a hacerlo si fuera necesario.*

–¿Ace?

El campanario estaba silencioso, pero ella sabía que él seguía allí. Su mano estaba temblando cuando la envolvió sobre su brazalete y se volteó para mirarlo. Él la observó. Siempre paciente. Siempre esperando.

La estrella pulsó contra su piel.

–Encontré algo –dijo–. Algo que hizo mi padre antes de morir.

Ace alzó su mentón, había despertado su interés.

–Creo… Creo que puede haber creado un arma para destruir al Capitán Chromium.

Capítulo 39

La última vez que Adrian estuvo de pie frente al espeluznante póster dentro de los lúgubres túneles del metro, Nova había estado a su lado. Hasta ahora, era la única persona a la que le había contado sobre el pasaje que conectaba el túnel hacia las catacumbas. Hubiera dado cualquier cosa para tenerla a su lado otra vez.

Preferiría estar besándola otra vez, en lugar de estar preparándose para arriesgar su vida para asegurar la derrota de Ace Anarquía, pero hubiera estado feliz solo con tenerla allí. Ella era una aliada feroz, una luchadora fuerte y sus habilidades hubieran tranquilizado la mente de Adrian mientras se preparaban para escabullirse en la catedral.

Eso y no estaría dedicando un espacio de su cerebro a preocuparse por ella.

No había escuchado noticias de Nova desde antes del ataque en la arena, a pesar de los numerosos intentos por contactarla a través de su brazalete de comunicación. Seguramente se había enterado de las noticias, todos en Gatlon City sabían qué había sucedido a esta altura. Pero Nova no apareció en la arena y, hasta donde él sabía, nadie había escuchado de ella en el cuartel general tampoco.

Hubiera ido a buscarla en persona y le hubiera contado el plan de escabullirse en la Catedral mientras el Capitán Chromium lideraba a los Renegados en un ataque como distracción sobre la superficie, con la esperanza de que se les uniera. Salvo que… no sabía en dónde estaba. La casa en Wallowridge ya no estaba y no tenía idea de dónde estaba el apartamento en el que ella y su tío se estaban quedando.

Cuánto más pensaba en ello, más se retorcían sus dedos por su ansiedad nerviosa.

¿Y si le había pasado algo?

Adrian sabía que tenía de dejar de pensar en ello. Una crisis a la vez se dijo a sí mismo y, por ahora, esa crisis era detener a Ace Anarquía y proteger al mundo que conocían.

Estiró una mano hacia la esquina del póster y jaló de él hacia afuera, revelando el angosto túnel detrás de él.

Oscar silbó. Danna permaneció en silencio.

Los tres estaban solos esta vez, el equipo se sentía desequilibrado sin Nova, quien se había convertido en una incorporación confiable en su grupo y sin Ruby, quien había ido a cuidar de Max hasta que pudieran estar seguros de que Ace Anarquía no iría por él. Aunque la familia de Ruby había recibido indicaciones de quitar todos los espejos de su hogar, todavía les preocupaba que Pesadilla pudiera tener otras maneras de descifrar la ubicación de Max. Lo último que quería hacer era subestimarla a ella o a cualquiera de los Anarquistas.

El Capitán Chromium había querido ir con ellos. De hecho, al principio insistió en entrar solo a la catedral para enfrentar a Ace y a los otros por su cuenta. Pero su liderazgo era necesario en el cuartel general para organizar a los Renegados que llegaban desde otros sindicatos y prepararlos para el contraataque que pronto se pondría en marcha.

Hugh y Simon accedieron con recelo a permitir que la unidad de Sketch intentara el ataque por sorpresa solo después de que Adrian les recordara a sus padres que su equipo ya había luchado con Ace Anarquía. Y solo después de que Adrian hiciera un número de demostraciones de sus habilidades como Centinela, para probar que, de hecho, se había convertido en uno de los prodigios más poderosos de todos los tiempos. También fue necesario remarcar que este plan requería sigilo, una habilidad que el Capitán Chromium no poseía. Hugh y Simon sabían, al igual que Adrian, que atacar a Ace Anarquía por sorpresa era su mejor oportunidad para neutralizarlo, robar el casco de nuevo y derrotarlo de una vez por todas.

–Revisaré que no haya guardias –dijo Danna, se transformó y el enjambre desapareció en las sombras, sus alas resplandecieron en el brillo de la linterna de Adrian.

Inclinándose sobre su bastón, Oscar se asomó detrás de Adrian.

–Sobreviviremos a esto, ¿verdad?

–Por supuesto –Adrian tragó–. Somos Renegados.

Oscar asintió. Ninguno de los dos se molestó en señalar que muchos Renegados no habían sobrevivido la batalla en la arena.

–Bien –dijo Oscar con un poco de melancolía–. Porque realmente quiero volver a ver a Ruby después de esto.

Adrian lo comprendía a la perfección. Realmente él también quería volver a ver a Nova. Quedaban demasiadas cosas por decir todavía.

Esperaron en silencio por lo que pareció una eternidad, pero de seguro fueron tan solo unos pocos minutos. Finalmente, Danna regresó, o dos de sus mariposas lo hicieron, bailaron brevemente sobre las cabezas de los chicos antes de regresar al pasaje.

Con su rotulador en una mano y la linterna en la otra, Adrian se apresuró a ir tras ellas.

Las catacumbas estaban exactamente iguales a cómo las habían dejado después de luchar con Ace Anarquía. Los huesos y cráneos desparramados por el suelo hacían casi imposible caminar sin perturbar el silencio. Había estatuas de mármol destrozadas, sarcófagos volteados y grietas gigantes en los gruesos cimientos de la iglesia.

Avanzaron con tanto sigilo como les fue posible a través de las cámaras de las catacumbas y de las escaleras angostas. Antes, esta escalera los habría llevado al páramo, rodeado de nada más que ruinas y destrucción. Pero ahora, a medida que Adrian se acercaba al descanso más alto de la escalera, no se filtraba nada de luz del cielo abierto. Solo había más sombras y sus pasos que retumbaban en las gruesas paredes de piedra.

Adrian recuperó el aliento cuando entraron en una pequeña cámara circular. Una segunda escalera continuaba hacia arriba, pero había dos puertas a cada lado, cada una estaba custodiada por estatuas con figuras encapuchadas. Sabía por lo que le habían contado que Ace había reconstruido la catedral, pero se había imaginado una estructura improvisada: piedras y vigas apenas fijadas en su lugar con argamasa vieja y clavos oxidados. Se imaginaba algo frágil y precario listo para colapsar ante el golpe más ligero.

Pero la cámara a su alrededor lucía tan antigua y sólida que parecía que hubiera sido inalterada durante cientos de años. Las gruesas paredes de piedra encajaban entre sí de manera perfecta, sin ningún rastro de haber estado esparcidas por el páramo. Era como si la Batalla de Gatlon nunca hubiera sucedido.

Le echó una mirada incómoda a Oscar. El hecho de que su compañero no hubiera dicho nada era prueba suficiente de su propia sorpresa. De hecho, la catedral estaba tan silenciosa como las tumbas debajo de ellos. Adrian sabía que el silencio no duraría. Pronto, el Capitán Chromium y cada Renegado que todavía pudiera luchar, incluyendo a los recién llegados de otros sindicatos, atacarían a la barrera del páramo con todas sus fuerzas.

Adrian esperaba que eso creara una distracción lo suficientemente importante como para llamar la atención de la mayoría, sino de todos, los villanos hacia el exterior de la catedral mientras Oscar, Danna y él intentaban encontrar y neutralizar a Ace Anarquía.

Pero encontrarlo podría ser un problema.

Algunas de las mariposas de Danna revolotearon hacia la nave, la inmensa área central de la iglesia, así que Adrian la siguió mientras intentaba percibir alguna señal de los villanos.

Mientras caminaba debajo de una ventana gigante con vitrales que se extendían hasta el cielo abovedado, Adrian se asombró al pensar que todo esto habían sido meros escombros antes. ¿Cómo solo un prodigio era capaz de hacer esto en un período tan corto de tiempo?

Se movió hacia el pasillo central, rodeado de bancos de iglesia, candelabros de hierro y grandes pilares de piedra a cada lado.

Su mirada exploró el largo y ancho pasillo.

Se congeló.

Allí, en el extremo lejano de la nave, a un kilómetro y medio, empequeñecido por los amplios cielorrasos y las ventanas monumentales estaba Ace Anarquía esperándolos; su casco resplandecía con la luz de cien velas encendidas a cada lado del coro.

No estaba solo. Había más de una docena de villanos a su lado.

Y, a unos pocos pasos delante del altar, estaba Nova.

A Adrian se le congeló la sangre. ¿Cuándo la habían encontrado los villanos? ¿Hacía cuánto tiempo había sido una prisionera allí? ¿Una rehén?

Su visión enrojeció y antes de que supiera lo que estaba haciendo, comenzó a correr por el casillo. Su antebrazo derecho comenzó a brillar. Una bola de fuego se arremolinó en su puño izquierdo.

–Sketch… ¡*no*! –gritó Danna.

Segundos después, una mariposa monarca bailó delante de su rostro. Adrian la alejó con su mano.

El ciclón de alas apareció delante de él y luego Danna misma con las manos en alto.

–¡Adrian, detente!

Algo golpeo el suelo cerca de los pies de Danna. Un vapor verde emanó de la cápsula y causó que se detuviera, más que por la súplica de Danna. Monarca jadeó y volvió a transformarse, sus mariposas revolotearon hacia arriba. Estaban a medio camino del cielorraso abovedado cuando comenzaron a converger.

Adrian miró, horrorizado, mientras la nube de alas doradas y negras volvía a transformarse. Y luego Danna comenzó a caer a doce metros del suelo. Su grito retumbó en la nave.

Adrian permitió que su llama perdiera intensidad y saltó. La atrapó en el aire y aterrizó justo donde el vapor gaseoso se estaba disipando. Repentinamente, el aire olía a fuertes químicos, sintió una quemazón en su garganta.

Danna tosió, se liberó de los brazos de Adrian y cayó en una rodilla.

–No –murmuró, presionando una mano contra su corazón–. *No*.

Un rayo de humo negro pasó a toda velocidad al lado de ellos. Adrian alzó la cabeza justo a tiempo para ver la flecha de humo impactando en el rostro de Ace Anarquía. El villano retrocedió y tosió sobre su codo. Otro rayo lo siguió, y luego otro, tan rápido como Oscar podía enviarlos, cada uno impactaba en uno de los villanos reunidos en el fondo de la nave.

Luego, Oscar gritó.

Adrian miró hacia atrás y vio que el bastón de Oscar había sido arrancado de su mano. Había cobrado vida propia y golpeaba la parte trasera de las rodillas de Oscar, quien cayó con fuerza sobre el suelo.

–¡Cortina de Humo, cúbreme! –gritó Adrian.

Oscar estiró una mano para bloquear otro golpe del bastón poseído mientras extendía la otra palma hacia Adrian. Una intensa niebla blanca comenzaba a cubrir el pasillo y a inundar los bancos de iglesia cuando Oscar gritó de dolor y se golpeó la nuca.

Oscar miró su mano, algo pequeño y negro se aferraba a sus dedos.

–¡Te lo mereces por el pequeño truco que jugaste en la arena! –rio la Abeja Reina.

Oscar encontró la mirada de Adrian. Su expresión era feroz, pero Adrian pudo ver el tormento que escondía. La abeja debería tener Agente N, al igual que las de la arena.

Los últimos restos de la niebla se disiparon.

Adrian apretó los dientes y tensó sus puños.

–Adrian, piensa. Es una trampa –Danna sujetó su brazo.

El chico se liberó de un tiró y comenzó a correr otra vez. Como estuvo tan cerca del misil de niebla y de la nube de Agente N, seguramente pensaban que también había sido neutralizado.

Se equivocaban.

Nova no se había movido. Lo miraba correr hacia ella, su rostro estaba pálido, había un miedo que nunca había visto brillar en sus ojos antes.

–¡Déjala ir! –gritó mientras otra llama se asomaba en su palma. Se preparó para abalanzarse hacia adelante, para atacar, para destruir a Ace Anarquía y a sus compañeros. Si hacían algo para lastimarla...

No vio la red hasta que fue demasiado tarde. Hasta que su pie cruzó una marca invisible y, como si fueran uno, los nudos de las sogas lo envolvieron. Se tropezó y giró un par de veces, enredándose aún más.

Luchando por respirar, intentó rebotar para ponerse de pie, pero una de sus piernas había quedado atrapada. Se sentía como un animal salvaje atrapado en la trampa de un cazador. Recordó las palabras de Danna y su furia comenzó a arder.

Comenzó a arder.

Recordó la primera vez que había sido capturado en cuerdas como estas, refunfuñó y encerró con fuerza su puño izquierdo alrededor de la soga más cercana. Invocó a su llama, dejó que quemara con tanta intensidad como le fuera posible.

El fuego era un infierno, casi envolvió todo el cuerpo de Adrian para cuando se percató de que no estaba funcionando. Las cuerdas se tornaron pegajosas, pero no se quemaron.

–Tiene una capa resistente al fuego –dijo Cianuro, llamando la atención de Adrian de vuelta a los villanos–. Intentamos aprender de nuestros errores pasados.

Con el sudor cayendo por su nuca, Adrian maniobró con su brazo derecho para tener un buen ángulo para disparar a través de la red. Su piel se incendió. Apuntó a Ace Anarquía, de pie no muy lejos de Nova, y disparó.

Unos cuántos bancos de iglesia salieron volando de costado y formaron una pared entre Adrian y los villanos. Luego, cayeron sobre el suelo y apenas dejaron espacio suficiente para un pasillo angosto en el centro de la nave.

–Maravilloso –dijo la Abeja Reina. Dio un paso hacia adelante y entrelazó su codo con el de Nova. Adrian se tensó, el pánico invadió sus nervios–. Si tanto la quieres, aquí tienes... puedes tenerla.

Con una sonrisa azucarada, la Abeja Reina empujó a Nova hacia adelante. La chica se tropezó al bajar los escalones hacia el largo pasillo angosto que separaba el coro de la Nave. Se detuvo y vaciló.

–Nova –dijo Adrian, su voz pesaba por la desesperación, sus brazos luchaban contra las sogas–. ¿Estás bien?

La chica lo miró fijamente y tragó fuerte. No dijo nada mientras avanzaba por el pasillo. Parecía atormentada e insegura. *Nunca* había visto a la Nova confiada y valiente lucir así antes.

Pero a medida que se acercaba, Adrian notó algo más: no estaba atada como hubiera asumido que retendrían a una prisionera Renegada.

No estaba vistiendo su uniforme de Renegada o sus prendas de civil, sino una chaqueta negra y un cinturón de herramientas que parecía extrañamente familiar.

El estómago de Adrian dio un vuelco. Hubiera retrocedido, pero estaba atascado, la miraba a través de las cuerdas que eran tan restrictivas como su propia caja torácica.

–Ha hecho un buen trabajo, ¿no es así? –Ace Anarquía habló por primera vez. Su voz tenía un dejo de diversión, pero Adrian apenas lo oyó por encima de la verdad y la incredulidad que entraron en guerra en su cabeza–. Tu plan era ingenioso, escabullirse a través de las catacumbas. Hasta podría haber funcionado si no le hubieras contado a mi sobrina que sabías sobre el túnel de escape. Ahora que están aquí, tendremos que asegurarnos de que esa entrada sea bloqueada, para que nadie más piense en seguir sus pasos –gesticuló hacia algunos de los villanos–. Amarren a los otros y ubícalos en el tesoro por ahora. Lleva al chico Everhart a la capilla este y espera más instrucciones.

Apenas registró las órdenes de Ace. Nova se había acercado ahora. El miedo que había visto antes comenzó a ser reemplazado por su determinación característica. Su mandíbula estaba tensa, sus hombros fijos.

¿Había imaginado su tormento de antes? ¿El arrepentimiento? ¿La duda?

–Nova –respiró, casi tosió el nombre mientras su propia mezcla de emociones se atascaba en su garganta–. ¿Quién eres?

Nova se inclinó para que sus ojos estuvieran a la misma altura. Estaban tan cerca ahora como cuando habían bailado en la gala. Tan cerca como cuando él le había puesto los auriculares anti ruido sobre sus oídos para que pudiera dormir al fin. Tan cerca como cuando se habían besado en los túneles del subterráneo, justo afuera del pasaje oculto hacia las catacumbas.

Las últimas fibras de negación se disolvieron dentro de él. La verdad ganó. De repente, lo supo.

Cuando Danna había acusado a Nova por primera vez de ser su peor enemiga, la villana que había estado cazando por meses, estaba enojado. Mortificado. En algunos momentos, hasta asqueado.

Ahora, todo lo que quedaba era una sensación devastadora de pérdida.

Sus hombros cayeron bajo el peso de las cuerdas que lo retenían.

Nova se estiró hacia la mano de Adrian, colocó dos dedos contra sus nudillos. El chico se retorció ante el contacto y pensó, tan solo por un momento, que quizás vio una ráfaga de dolor en los ojos de Nova. Pero había sido su imaginación, porque un segundo después, su expresión se endureció en algo frío e impenetrable.

–Todos tienen una pesadilla –dijo Nova–. Supongo que soy la tuya.

Eso fue lo último que escuchó antes de que la oscuridad lo envolviera.

Capítulo 40

–Bueno, ¿acaso no es ingenioso? –dijo la Abeja Reina mientras inspeccionaba el pie descalzo de Adrian. El chico hizo su mejor esfuerzo por ignorarla. Había intentado ignorarlos, a la incesante puerta giratoria de Anarquistas y villanos, incluso cuando comenzaron a implementar tácticas cada vez más insoportables para conseguir una reacción de él.

Sus ojos permanecieron decididamente sobre Nova cada vez que ella estaba en la habitación.

Los ojos de *ella* permanecían decididamente alejados.

–Resortes –dijo la Abeja Reina pasando una uña filosa bajo la planta del pie de Adrian. Él hizo su mejor esfuerzo para reprimir una reacción–. Para saltar más alto. ¿No es inteligente, cariño?

Adrian estaba bastante seguro de que *cariño*, en este caso, era Nova, pero era difícil estar seguro porque Nova parecía tan determinada a ignorar a la Abeja Reina como él.

Que Honey Harper inspeccionara las plantas de sus pies era el último punto en una larga lista de deshonras que Adrian había sufrido desde su captura. No sabía qué le había sucedido a Oscar y a Danna o en qué parte dentro de la catedral estaba. Cuando recuperó la conciencia, estaba dentro de una pequeña capilla circular. En comparación con la magnificencia de la nave, la capilla parecía una ocurrencia. Era tan aburrida e insignificante que Adrian se preguntó si el santo que le daba su nombre había hecho algo para molestar al arquitecto a cargo de honrarlo. Además de un altar liso negro y de una serie de ventanas con vitrales, se sentía desnudo. Paredes de piedra resonantes y duros suelos de piedra. La atmósfera tampoco mejoraba mucho por su pobre iluminación. Adrian no tenía manera de saber qué hora era, como no había luz solar, ni lunar para el caso, que pudiera penetrar la estructura que Ace había erigido alrededor de la catedral, quedaron cubiertos por una oscuridad constante. La única luz provenía de un pequeño farol a gas ubicado en una esquina que hacía que las sombras titilaran y se movieran sobre la pared.

Adrian estaba atado de espaldas a un altar helado. Uno de los villanos había cortado las mangas y el cuello de su camiseta, revelando los tatuajes en sus brazos y su pecho.

Nova entraba y salía con frecuencia de la capilla, vestida de pies a cabeza para la batalla. Su cinturón estaba cargado con dos tipos de armas, sogas, dardos y municiones, guantes, bengalas, un cuchillo de caza y esas horribles estrellas termo dirigidas que Pesadilla siempre había adorado tanto. Pero, por algún motivo, no tenía la máscara de metal y, aunque Adrian sabía que no debería darle ninguna importancia, no pudo evitarlo.

Sin la máscara, todavía no podía verla como Pesadilla. Solo podía ver a Nova, la chica que lo había traicionado de cien maneras distintas. Pero seguía siendo ella.

Adrian había intentado preguntarle a dónde habían llevado a Oscar y a Danna, si estaban bien, pero Nova parecía determinada a permanecer en silencio. Adrian no estaba seguro de si ella estaba allí para evitar que intentara escapar o solo para asegurarse de que no lo maltrataran.

Quizás, la peor parte era que Phobia también entraba y salía. Al principio, Adrian tardó un tiempo en notar su presencia, observaba en silencio desde una esquina. La habitación estaba tan oscura y él se quedaba tan quieto que, por momentos, el villano parecía más un producto de la imaginación de Adrian.

Pero, era real. Era muy real y cada vez que Adrian se daba cuenta de que Phobia estaba allí, sentía un escalofrío en su columna. Las crueles palabras que el villano dijo sobre el cuerpo de Callum volvían a Adrian una y otra vez.

Sin alma, no hay asombro, de la misma manera en que sin miedo, no hay coraje…

Fue él. Adrian lo sabía ahora y lo supo en el momento en que Phobia dijo esas palabras aborrecibles. La nota que dejó en su cuerpo. El terror desenfrenado en el rostro de su madre.

Phobia la había asesinado.

Adrian hizo una mueca enseñándole los dientes al villano, cuya única respuesta fue girar su guadaña en un círculo estable sobre su cabeza.

Los informes periodísticos dijeron que Lady Indómita había caído a su muerte desde un edificio de siete plantas. No había otras heridas ni lesiones que no fueran consecuencia directa de la caída. Lo que fuera que Phobia le hubiera hecho, lo que le hubiera mostrado había sido suficiente para asustarla lo suficiente como para que, por un momento, olvidara que podía volar. Había quedado petrificada. Se murió del susto, literalmente.

Lo que no tenía sentido ahora era cómo Nova podía estar del lado de esa *cosa*.

Pero sabía que no debería estar sorprendido. Su madre había sido una Renegada. Nova era una Anarquista. ¿Qué le importaba a ella que Lady Indómita hubiera sido asesinada hace más de diez años? Una superheroína menos con la que lidiar.

Se sintió agradecido cuando Phobia se marchó al fin, se desvaneció de la habitación tan silenciosamente como había entrado.

Cianuro también desapareció en algún momento, mascullando algo sobre un experimento. No había visto a la chica que caminaba entre los espejos desde que habían llegado. Un puñado de otros villanos habían entrado y salido. A unos pocos los reconoció de pruebas de Renegados pasadas: prodigios que, como la Grulla, no habían sido aceptados en los Renegados. Estaba seguro de que las unidades de patrullaje buscaban frecuentemente a algunos otros por varios crímenes por toda la ciudad. Le hizo desear haber hecho más como el Centinela para rastrear a los criminales conocidos y asegurarse de detenerlos.

–¿Me perdí de algo? –preguntó la Abeja Reina, apuntando con una linterna a los brazos de Adrian, y retorció sus muñecas contra las ataduras–. Veamos... ese es el fuego, la cosa de la pared, los saltos, el traje, el... ¿Qué es esto? –hundió su uña en su antebrazo derecho–. Ah, cierto, el láser –su expresión cambió a rabiosa–. Recuerdo ese íntimamente.

–Estabas intentando asesinar a mi padre –Adrian le devolvió la mirada fulminante y quebró su propia promesa de mantenerse callado.

La Abeja Reina soltó una risita.

–Tu padre no debería haber apuñalado a mi Acey.

–¡Ace nos iba a matar a todos!

Le echó una mirada a Nova, casi esperando que la chica opinara, hasta quizás dijera una palabra en su defensa, pero se quedó callada. Les daba la espalda, estaba parada justo debajo del marco de la puerta abovedada de la capilla, miraba fijamente el corredor con una fila de estatuas.

La Abeja Reina hizo un ruido de burla con sus labios ultrabrillantes.

–No iba a matarnos a *todos* –replicó–. Solo a ti. Y a todas las personas que quieres –le guiñó un ojo como si todo esto fuera una broma. Un avispón trepaba por la oreja de la villana, pero no pareció notarlo–. Ahora bien, Pesadilla, querida, ¿con cuál crees que deberíamos comenzar?

–¿Con cuál qué? –Nova se movió casi imperceptiblemente hacia ella.

–Los tatuajes. No podemos permitir que los conserve, después de los problemas que han causado.

Nova volvió a moverse, estudiaba a Honey con más intensidad, aunque su mirada nunca se desvió hacia Adrian.

–¿De qué estás hablando?

Honey suspiró dramáticamente.

–Tenemos que cortárselos –jaló del tajo alto en su vestido con lentejuelas y sacó una navaja estilete de sus pantimedias.

Adrian se tensó.

–No hablas en serio –dijo Nova.

–¿Qué esperabas? –Honey sonrió con suficiencia. Le dio una palmadita con el cuchillo al tatuaje de inmunidad sobre el corazón de Adrian y él tragó fuerte–. Es inmune al Agente N, así que no podemos simplemente inyectarlo y terminar con él. Y no podemos arriesgarnos a que se libere y arruine todo. Así que los tatuajes tienen que desaparecer –plantó una mano sobre su cadera–. Si te da impresión, puedes ocuparte de buscarme algunas vendas –miró a Adrian batiendo sus pestañas–. Después de todo, no somos salvajes.

Adrian la ignoró, en cambio se concentró en Nova. No podía determinar si la Abeja Reina solo intentaba intimidarlo, sin importar eso, esperaba que su pedido silencioso tuviera algún impacto a Nova.

Si tan solo ella lo *mirara*.

–Creo… que este se irá primero –dijo Honey presionando el filo de la navaja contra su antebrazo derecho, de dónde salía el cañón láser–. Será mi pequeña venganza. Además, no queremos que te enojes y hagas un agujero en nuestro techo. Acabamos de remodelar.

Posicionó el cuchillo, la punta se hundió en la piel.

Adrian presionó su cabeza contra el altar y apretó los dientes. En el marco de la puerta, Nova había cruzado sus brazos con fuerza sobre su pecho, miraba atentamente el cuchillo mientras cortaba su piel.

Adrian inhaló rápidamente.

El dolor ardió, pero había sufrido cosas peores.

Luego, Honey pausó y quitó el cuchillo.

–¿A menos que tú quieras hacerlo? –dijo ofreciéndole el mango del cuchillo a Nova–. Sus poderes te han traído muchos más dolores de cabeza a ti que a mí.

Nova se volteó hacia el corredor apretando la mandíbula. Por su postura rígida, Adrian podía darse cuenta de que estaba incómoda con esto, pero no se movió para defenderlo.

–Como tú quieras –replicó Honey.

El cuchillo volvió a hundirse en su brazo. Adrian fijó su rostro, se rehusó a siquiera gruñir mientras la villana rebanaba las capas superiores de su piel. Cuando terminó de extraer el tatuaje, utilizó la punta de la navaja para remover la porción de piel.

–Eso es repugnante –dijo con una risita nerviosa sarcástica. Dejó que la herida sangrara libremente mientras caminaba hasta su otro brazo–. Ahora, veamos, probablemente sigamos con el fuego –pellizcó la piel en dónde la llama estaba tatuada.

Adrian encendió una bola de fuego alrededor de su puño tenso. Honey jadeó y retrocedió. Agitó su mano en donde las llamas habían chamuscado las puntas de sus dedos y luego rio.

–Ay, qué truco simpático –dijo mientras acariciaba el lomo de un avispón negro con su pulgar–. Uno que se merece un castigo.

El avispón zumbó hasta Adrian y, de repente, sintió como si un atizador ardiente estuviera siendo incrustado en su cuello, justo debajo de su oreja. Gritó, luchando por alejarse, pero las cuerdas no cedieron.

–¡Honey! –chilló Nova–. ¡Detente!

El avispón se marchó, pero el veneno seguía ardiendo y palpitando. Adrian cerró los ojos con fuerza cuando lágrimas calientes comenzaron a asomarse.

El lado positivo era que ahora apenas sintió el corte de la navaja mientras Honey Harper extraía el tatuaje de la llama.

A medida que el veneno comenzó a esparcirse hacia su torso y sus brazos, Adrian se atrevió a abrir los ojos. Volvió a buscar a Nova, desesperado.

Pero ella le daba la espalda, no hizo nada mientras Honey utilizaba el filo del cuchillo en su antebrazo. Pensó que los hombros de Nova tal vez estaban temblando, pero podría haber sido su propia visión borrosa lo que causaba la distorsión.

–De hecho, es bastante asqueroso –dijo Honey cuando terminó con el tatuaje de la llama–. Tal vez podemos esperar y que Leroy se ocupe del resto. ¿Qué crees, pequeña Pesadilla?

Nova no respondió.

Adrian concentró su atención en las vigas altas del cielorraso que convergían en un solo punto sobre su cabeza. Toda la parte superior de su cuerpo estaba en llamas, pero a medida que el veneno se expandía, la intensidad del dolor disminuía de manera gradual. Inhala. Exhala.

–Interesante –murmuró Honey–. La hinchazón ya está disminuyendo. Generalmente dura un día o más.

El tatuaje de inmunidad pensó Adrian. Lo estaba protegiendo, su cuerpo eliminaba el veneno más rápido de lo que hubiera hecho de no tener el tatuaje. Pero mantuvo su boca cerrada. No tenía sentido recordárselo a ella. En cambio, murmuró para él mismo.

–Los Renegados vendrán por mí, ¿lo sabes?

Nova se volteó tan rápido que Adrian apenas se dio cuenta de que la chica se estaba moviendo antes de que se inclinara delante de él, sus ojos brillaban con furia y lágrimas no derramadas.

–No –escupió–. Los renegados *no vendrán*.

Adrian la miró a los ojos, agradecido de tener su atención por un momento, a pesar del veneno en sus palabras.

–Sí –dijo–. Vendrán, Nova –esbozó una sonrisa cansada–. Tal vez, ya están aquí.

La ceja de Nova se arrugó por la confusión y luego soltó una risa burlona.

–¿Yo? –respondió poniéndose de pie–. ¿Crees que *yo* te ayudaré? ¿Después de todo esto?

–Claramente no te conozco tan bien como pensé –dijo Adrian–, pero sé que no eres uno de ellos, no en el fondo. Eres mejor que esto, Nova.

–Desde el día en que te conocí –frunció el ceño–, has dicho que Pesadilla es una villana. Prácticamente ha sido tu misión en la vida cazarme y destruirme. Y ahora, de repente, ¿soy mejor que esto?

–*Sí* –respondió enfáticamente. Había tenido muchas revelaciones desde que lo arrastraron a esta capilla y muchas cosas comenzaron a tener sentido. Nova le había contado que su tío la había rescatado del asesino que mató a su familia. Y durante la pelea en la arena, estaba seguro de que había escuchado a Nova llamar "tío" a Ace Anarquía.

»Ace Anarquía es tu familia y quieres ser leal a él. Entiendo eso... más o menos. Pero tú no eres así.

–No tienes idea qué soy –dijo entre dientes inclinándose hacia él.

Los ojos de Adrian detectaron el brillo de una cadena alrededor del cuello de Nova que desaparecía debajo de sus prendas.

–¿Ese es el Talismán de la Vitalidad?

Nova se enderezó, llevó una mano al lugar en su camiseta en dónde debía esconderse el medallón detrás de la tela.

No tuvo que responder. Su expresión era toda la respuesta que Adrian necesitaba. La furia lo embistió y se movió hacia adelante tensando las cuerdas.

–Lo tuviste todo este tiempo, ¡incluso cuando sabías que era la única manera de que alguien pudiera acercarse a Max!

Nova lució momentáneamente atónita. Luego, endureció su mandíbula y jaló el cierre de su chaqueta hasta su cuello, fulminándolo con la mirada.

–Puedes acercar a Max sin ningún problema.

Fue el turno de Adrian de sorprenderse.

–El Centinela no se inmutó cuando cargó a Max por la mitad de la ciudad hasta el hospital –dijo–. ¿Cuánto tiempo después de haber descubierto el talismán decidiste tatuarte? –señaló con su mentón el tatuaje de inmunidad–. ¿Cuánto tiempo pensabas mantenerlo secreto?

Los labios de Adrian estaban presionados entre sí con fuerza. No ofreció ninguna explicación, no cuando ella tampoco se había molestado con una.

–Lo necesitábamos –dijo solamente.

–Nosotros también –escupió. Una simple declaración que no hizo nada para sofocar su furia creciente. Luego, Nova agitó una mano hacia la Abeja Reina.

–Iré a buscar algunas vendas.

Adrian sintió un escalofrío sobresaltado porque Nova lo dejaría solo aquí con Honey Harper y su cuchillo.

–Nova… espera.

Lo ignoró, pero solo había avanzado unos pasos cuando Phobia apareció en el corredor, se imponía sobre ella.

Adrian volvió a apoyarse sobre el altar, gruñendo.

–Ace desea decirnos algo –dijo Phobia. Su capucha se agitó y Adrian tuvo la inquietante sensación de que Phobia había vuelto a concentrarse en *él*–. Enviaré a uno de los Rechazados para que lo vigile.

Capítulo 41

Nova pasó por la habitación que una vez fue el tesoro de la catedral y donde se guardarían tomos antiguos y estatuas delicadas con ángeles y santos. Ahora era donde Oscar y Danna estaban atados; manos y rodillas restringidas con cuerdas de nylon.

Ambos fulminaron a Nova con la mirada cuando pasó. Ella apretó los dientes, deseando haber tomado una ruta diferente hacia la nave para no tener que haberlos visto en absoluto. Honey, que caminaba unos pasos delante de ella, no pareció notarlo.

–¿Honey? –dijo Nova trotando hacia adelante para estar al lado de ella–. ¿Puedo preguntarte sobre Phobia?

–Seguro, pero probablemente no sepa la respuesta –Honey la miró de manera espeluznante–. Todos estos años después y todavía me asusta tanto como el día en que se nos unió.

–¿*Cómo* se unió a los Anarquistas?

Honey inclinó su cabeza hacia un costado mientras pensaba.

–Solo apareció durante una pelea contra Thunderbird y Lady Indómita, si recuerdo bien. Nos estaban dando una paliza, estábamos Animus y yo, a él lo mataron no mucho tiempo después, no creo que lo hayas conocido. De todos modos, pensé que estábamos acabados cuando llegó Phobia, espeluznante como siempre, y repentinamente los Renegados comenzaron a huir, aterrorizados. Phobia dijo que quería conocer a Ace, así que lo trajimos con nosotros.

Nova frunció el ceño, no encontró las pistas que quería en la historia de Honey. ¿Por qué una de las creaciones de Adrian quiso unirse a Ace?

–Mató a Lady Indómita, ¿no? –preguntó Nova y Honey la miró sorprendida.

–¿Cómo lo...? –pausó–. ¿Alguien te lo contó?

–Adrian me contó sobre una nota que encontraron en su cuerpo.

–Ah, sí, sus *notas*. Me alegra que haya dejado de hacerlas. Eran tan pretenciosas.

Entonces era verdad. Nova ya lo sabía y, sin embargo, una pequeña parte de ella se había aferrado a la esperanza de que tal vez no era aliada del villano que había matado a la madre de Adrian.

–¿Esto tiene algo que ver con lo que la Narcissa encontró en la mansión de tu novio? –preguntó Honey mirándola con sospecha.

Nova tragó.

–No, no –continuó Honey–, antes de que comiences a cantar más mentiras, las escuché balbuceando en la casa de empeño. ¿Algo sobre el chico Everhart, Phobia y... cómics?

–Es... complicado –respondió Nova, tenía la fuerte sensación de que *no* quería que Honey se enterara la verdad del origen de Phobia–. Creo que podrían estar conectados de alguna manera, pero no lo sé. Quizás estoy equivocada.

Honey dejó de caminar repentinamente, Nova se congeló por su brusquedad.

–¿En serio? –indagó Honey con un filo en su voz–. ¿Crees que nuestro amigo cadavérico está conectado con el chico Everhart? Cuéntame, ¿qué más aprendiste de todo este trabajo detectivesco?

Nova sintió un cosquilleo en su nuca. Tenía la clara sensación de que Honey estaba buscando una respuesta en particular.

¿Era posible que ya conociera los orígenes de Phobia? ¿Qué Adrian mismo había creado al villano? ¿O era otra cosa?

–No mucho –mintió–. Solo que Phobia se unió a los Anarquistas poco después de que yo me uniera. Quería preguntártelo y ver si era cierto.

Honey la miró fijamente y la analizó por un largo tiempo antes de esbozar una sonrisa sutil con sus labios brillantes.

–Es verdad. Y al igual que tú, ha sido un miembro invaluable desde entonces.

Empujó una gran puerta de roble que llevaba a la galería que rodeaba el claustro, Nova vaciló, estaba segura de que había algo que la Abeja Reina no le estaba diciendo. Pero el sonido de los tacones de Honey sobre las baldosas se aceleró dejando en claro que la conversación había terminado.

Para cuando Honey y Nova llegaron a la sala capitular, ya estaban allí casi todos sus aliados. Más allá de la catedral, podía oír los primeros sonidos de guerra estrellándose contra la barrera que Ace había erigido. Los Renegados habían llegado y estaban atacando a la pared con una serie de explosiones y armas. Cada impacto hacía temblar el suelo debajo de sus pies. Hasta ahora la barrera seguía aguantando, pero Nova sabía que no duraría para siempre. Puede que los Renegados hayan sido debilitados y que hayan disminuido sus números, pero todavía no estaban desamparados.

Nova no pudo evitar rememorar la conversación en el campanario una y otra vez deseando que las cosas hubieran resultado diferentes. Ahora podrían estar en camino a la otra punta del mundo y estar trabajando para comenzar su nueva vida. En cambio, estaban bajo ataque,

Adrian era su prisionero y Nova se sentía asfixiada por las expectativas de todos los demás.

Ace esperaba que fuera la pequeña Pesadilla que él había criado.

Los Anarquistas esperaban que terminara el trabajo que había empezado y derrotara a los Renegados de una vez por todas.

Y Adrian esperaba que fuera... ¿qué? No podía esperar realmente que ella lo ayudara. Ya debería saberlo. Nova todavía podía sentir la mirada del chico enterrándose en ella. Juzgando y asqueado.

Pero luego, había momentos en los que Adrian parecía casi esperanzado. Siempre tan desconcertantemente optimista.

Estar en presencia de Adrian hizo que se sintiera tan fuerte como un caracol en una tina de sal. Ahora, con un poco de distancia, intentó concentrarse en los sonidos de guerra en el exterior de su caparazón protector y en los prodigios reunidos a su alrededor, preparándose para la batalla que les daría a todos una oportunidad de una vida mejor.

Ella estaba allí, con Ace, y estaba lista para pelear, como siempre lo había planeado. Pronto, esto terminaría y volvería a estar tranquila. Podría ser ella misma. Podría ser la Pesadilla que el mundo temía.

–No hablaré poéticamente sobre nuestras posibilidades de resultar victoriosos –dijo Ace una vez que todos estuvieron presentes–. Sé que triunfaremos. Los Renegados caerán.

Pasó algo de tiempo cuestionando cada uno de sus roles. ¿Había Cianuro preparado los químicos necesarios? ¿Herraje había asegurado las entradas del este? Y así continuó hasta mirar a Nova a los ojos. En ese momento, no hubo dulzura familiar en su expresión, solo una intensidad que hizo que el corazón de Nova se detuviera.

–Iniciaré negociaciones una vez que el Consejo se muestre. ¿Nuestra ventaja está lista?

Nova tragó saliva. La ventaja era Adrian. Ahora era un recurso, un elemento útil para la negociación. Ace siempre supo que lo sería. Por meses había alentado a Nova a acercarse a Adrian sabiendo que podría utilizarlo en contra de sus padres. Por algún motivo, Nova nunca pensó que llegaría a esto, aunque probablemente debería haberlo hecho.

Las palabras se atascaron en su garganta y fue Honey quien respondió por ella.

–Estará listo.

Ace mantuvo sus ojos sobre Nova otro momento antes de asentir.

–Tomen sus posiciones y esperen mi señal.

Se dispersaron. Nova le tenía pavor a la idea de regresar con Adrian, de volver a ser abordada por esas miradas de esperanza con pizcas de desprecio. Se sintió aliviada cuando Narcissa trotó hacia ella en el claustro, sujetaba una pila de cómics familiares.

Aliviada por medio segundo, antes de que Honey le gritara.

–Me adelantaré y revisaré al prisionero. Tómate tu tiempo, dulzura.

Nova sintió cómo se elevaba la bilis hasta su boca al pensar en Honey y esa navaja. Pero no era asunto suyo, se dijo a ella misma, luchando con cada instinto de ir detrás de ella.

Adrian ya no era asunto suyo.

Enterrando su aprensión, se volteó hacia Narcissa.

–Me alegra ver que te hayas quedado.

–Sí, bueno... –Narcissa le dio una patada al suelo de piedra–, le prometí a los Rechazados que los ayudaría a lograr un mejor futuro. Todavía no lo hemos logrado.

–Tienes razón –replicó Nova, un poco sombría. Se preguntó si alguno de ellos había previsto *esto* cuando planeaban su revolución.

–Lo sabes, ¿no? ¿Lo del Centinela?

–Sí –Nova se tensó, pero asintió lentamente–. ¿Ya lo sabías?

–Es lo que quería mostrarte el otro día.

Narcissa comenzó a hojear uno de los cómics, pero una explosión particularmente fuerte sobre la barrera la sobresaltó y dejó caer las páginas

engrapadas. Cayeron a los pies de Nova. Cuando se inclinó para levantar el cómic, se quedó sin aliento. Las páginas se abrieron en las últimas hojas. Se veía al personaje principal, el joven niño conocido como Rebel Z mientras se transformaba en un superhéroe. El héroe en el que tenía que convertirse para vengarse del científico loco.

En la imagen, vestía una armadura notablemente parecida a la del Centinela.

Nova examinó el dibujo, preguntándose si esto hubiera cambiado algo de haberlo sabido antes del ataque en la arena. Se preguntaba si cambiaba algo ahora.

–Los cómics son realmente buenos –dijo Narcissa–. Es una lástima que nunca haya terminado la historia.

Nova tragó saliva, se preguntó si estaba bien tener la esperanza de que algún día tuviera la oportunidad de hacerlo.

–Gracias por mostrarme esto –respondió–. Pero antes tenías razón. No cambia mucho a esta altura.

Nova se dirigió a la capilla donde Adrian –amable y honrado Adrian– estaba atado al frío altar, pero cuando dobló por la esquina más cercana, se estrelló con Honey Harper. Sin ninguna excusa, Honey le arrebató el cómic a Nova de la mano.

–¡Ey! –reclamó Nova ya demasiado tarde para recuperarlo mientras Honey se volteaba y comenzaba a avanzar por el pasillo, hojeando las páginas.

–Entonces, ¿esto era lo que causaba tanto interés entre tú y la chica de los espejos? –preguntó Honey mientras pasaba las páginas para un lado y otro, inspeccionaba los dibujos con un aire de burla–. ¿Qué es exactamente?

–No es… nada –tartamudeó Nova–. Devuélvelo, Honey.

–Supongo que lo dibujó nuestro joven artista –continuó, ignorando a Nova–. Debe haber sido hace un tiempo atrás. Ciertamente ha mejorado, ¿no es así? –soltó una risita–. No es que yo pueda hacerlo mejor.

De repente, dejó de caminar. Estaba sujetando el cómic con las dos manos, arrugaba las páginas con sus puños de manera despreocupada.

–¿Ese es quién creo que es?

–En realidad, no importa –respondió Nova–. Ya sabíamos que era el Centinela, así que… –su voz perdió intensidad cuando notó la imagen que Honey estaba observando.

No mostraba a Rebel Z en la armadura del Centinela sino a una figura cubierta con dedos cadavéricos y nada más que sombras en dónde debería estar su rostro.

–Él… dibujó eso cuando tenía como once años –dijo Nova–. Probablemente había escuchado hablar de Phobia de la Era de la Anarquía. Podría haber inspirado este… este villano.

Honey cerró el cómic, sus ojos brillaban con una felicidad que hizo que Nova sintiera un escalofrío.

–Tú no crees eso –replicó Honey–. Las escuché hablando. Hay más dibujos, ¿no? ¿Algunos no tan recientes? –no esperó a que Nova respondiera, lo que estaba bien porque la chica no estaba segura de qué decir. No quería mentirle a Honey, pero ya podía ver la mente de Honey calculando qué significaba esto.

De repente, Honey soltó una carcajada estridente y se cubrió la boca con una mano.

–Ah, no –dijo a través de sus dedos–. Ese pequeño *artiste*… y no tiene idea, ¿no?

–No importa. No hay motivos para…

–Oh, ¡lamento diferir! –replicó girando sobre sus talones–. No puedo esperar para ver esto.

–¡Honey, no, espera!

Nova corrió detrás de ella y le arrebató el cómic, esperaba que eso detuviera Honey, pero apenas pareció notarlo mientras avanzaba por los pasillos de la catedral.

–¡Honey, por favor! Tenemos que estar concentrados. ¡Esto no significa nada!

–Cuidado, Pesadilla –Honey le sonrió con suficiencia–. Comienzo a creer que puede que te sientas mal por el rehén.

Nova hizo una mueca y cesó su pedido, pero observó a Honey de cerca. Con cada paso que daba, la invadía el pavor.

▮▮▮

Adrian nunca les había temido a las abejas. Pero bueno, nunca había sentido abejas trepar sobre él como pequeños guardias con abdómenes gordos y rayados. Cada vez que se movía sentía los aguijones como agujas. Aunque uno de los villanos había puesto gasas sobre los grandes cortes en sus brazos, la sangre empapó algunos sectores de las vendas y las abejas parecían estar particularmente atraídas por ellos: formaban pequeños grupos sobre los vendajes.

Intentó distraerse pensando en las criaturas no como presagios de veneno y dolor sino como pequeños milagros de la naturaleza. No sabía sobre cuántas especies tenía control la Abeja Reina, pero había contado nueve variedades diferentes mientras estaba sentado allí solo. Algunas eran negras y peludas como una oruga. Otras eran brillantes y de color azul metálico con envergaduras tan amplias como las mariposas de Danna. Rayas negras y amarillas. Rayas negras y rojas. Desde cuerpos largos y angostos que se parecían más a libélulas hasta cuerpos gruesos y brillantes que se parecían más a escarabajos.

Estaba comenzando a creer que sus esfuerzos para distraerse podrían haber sido en vano cuando escuchó pasos en el corredor. La Abeja Reina apareció con una amplia sonrisa que pronto puso a Adrian en alerta otra vez, se preguntó qué nueva tortura estaba planeando.

Era tonto, lo sabía, pero no pudo evitar sentirse aliviado cuando Nova entró justo detrás de ella a pesar de que no había hecho nada para evitar que la Abeja Reina cortara sus tatuajes.

–¡Acabo de enterarme de un secreto tuyo exquisito! –dijo la villana acunando su rostro con sus manos.

Nova abrió la boca para decir algo, pero se contuvo y volvió a cerrarla con una mueca.

–Me pregunto si puedes adivinar qué es –la Abeja Reina se sentó al lado de Adrian, su brazo rozaba el de él. Los pulmones del chico se llenaron de laca para el cabello e intentó alejar su cabeza, pero ella no pareció notarlo–. Te daré una pista. Tiene que ver con nuestro espeluznante amigo esquelético, quien no deja de hablar de *miedo* y *coraje*, bla bla bla... –la villana puso los ojos en blanco fingiendo repulsión.

Apretando la mandíbula, Adrian alzó la cabeza para mirar a Nova incrédulo antes de fulminar con la mirada a la Abeja Reina.

–Phobia asesinó a mi madre –dijo entre dientes–. Ya no es un secreto, pero, guau, me alegra que te parezca tan divertido.

En vez de parecer decepcionada, la Abeja Reina jadeó y se presionó una mano sobre la base de su garganta con dramatismo.

–Es *cierto*, mató a Lady Indómita –sus ojos brillaron con crueldad–. Eso hace todo esto todavía más divertido, ¿no es así?

–Honey –dijo Nova con voz cortante–. Esto no es un juego.

–Ah, relájate –replicó Honey y agitó sus dedos hacia ella–. Has estado jugando por la ciudad con tus amigos Renegados por meses. Es hora de que yo también me divierta un poco –le guiñó un ojo a Adrian, pero luego, su expresión se tornó más pensativa. Colocó una mano sobre el antebrazo del chico, justo sobre su herida y estrujó solo lo suficiente para recibir una reacción. Algunas de las abejas lo abandonaron y comenzaron a trepar por las piernas de su reina.

»Acabo de tener una idea. ¿Crees en los archienemigos? Ya sabes, cuando un héroe y un villano están destinados a vivir en una batalla eterna

hasta que finalmente se destruyan entre ellos. Porque siempre pensé que la idea era demasiado limpia, si comprendes lo que quiero decir; con excepción de tu querido padre y Ace. Pero ahora comienzo a preguntarme. Porque es tan... –golpeó sus labios brillantes y pegajosos con uno de sus dedos–. *Perfecto*. Tu propia madre, la persona que debes haber amado más que nada en este mundo, te fue cruelmente arrebatada de ti por... tu... propia... creación.

Adrian la miró fijamente y hubiera seguido así de no ser por el avispón que decidió intentar entrar en su oreja. Soltó un grito y sacudió su cabeza con brusquedad.

–Oh, déjame a mí –dijo la Abeja Reina, llevó un dedo al lóbulo de su oreja y alzó a la criatura. Adrian tuvo un escalofrío.

–¿De qué estás hablando? ¿Mi creación?

–Míralo tú mismo. ¿Pesadilla?

Nova no se había apartado del marco de la puerta y, por primera vez, Adrian notó que estaba sosteniendo algo. Una pila de papeles. Parecía reticente a entregarlos. Parecía reticente a hacer cualquier otra cosa que no fuera quedarse allí parada, con los hombros tensos y una expresión de arrepentimiento. Pero no creía que Nova lamentara su captura, sus ataduras o que lo hayan torturado, lo que hizo que Adrian lo helara la desconfianza.

–¿De qué está hablando? –demandó.

Nova seguía sin moverse, sin hablar.

–No seas tímida. Nuestro invitado te hizo una pregunta –Honey se puso de pie y le quitó los papeles a Nova, quien no se resistió–. Ahora, veamos, ¿en dónde estaba?

Mientras comenzaba a voltear las páginas, Adrian comprendió qué eran. Sus cómics. Hizo una mueca.

–El Centinela ya no es un secreto precisamente, ¿lo sabes?

–Paciencia, paciencia –replicó la Abeja Reina. Pasó todas las páginas del cómic, el tercero y último que Adrian había hecho, el número en el que Rebel Z vestía por primera vez la armadura y se transformaba en el superhéroe decidido a vengarse. Llegando al final, la villana frunció el ceño y comenzó a volver sobre las páginas anteriores, volteaba las hojas sin cuidado en su apuro. Adrian escuchó cómo se rasgaba parte del papel. Llegó al principio otra vez y soltó un gran suspiro. Sostuvo el cómic solo por su cubierta, inclinó la cabeza hacia un costado y comenzó a pasar las páginas *otra vez*, como si esta nueva perspectiva la ayudaría.

Adrian le alzó una ceja a Nova.

Gruñendo, Nova finalmente entró en la habitación y le arrebató las hojas de las manos a la Abeja Reina. Dejó caer sus rodillas en frente de Adrian, apoyó el tercer número del cómic en un costado y tomó el primer número, en el que Rebel Z era capturado por villanos hambrientos de poder que lo encerraban y torturaban mientras todos sus amigos sufrían a su alrededor.

Todo sonaba siniestramente profético.

Adrian intentó no pensar en eso mientras observaba sus viejos dibujos. Aunque sabía que poco importaba en el momento, no puedo evitar avergonzarse de los rasgos faciales extraños y las manos que se parecían a una estrella de mar regordeta.

Nova se detuvo en una página en dónde uno de los chicos secuestrados estaba siendo torturado y volteó el cómic, lo sostuvo para que él pudiera verlo.

Asimiló el dibujo y no pudo evitar la punzada de sorpresa que lo atravesó. Uno de los chicos secuestrados estaba muerto, seguía atado a una camilla mientras un doctor y una enfermera observaban en un segundo plano. Una figura sombría se elevaba del cuerpo del chico, como un hilo de humo negro sin forma, salvo por un solo dedo huesudo que señalaba a los ojos en blanco del chico.

Había pasado un largo tiempo desde que Adrian había visto los cómics. Recordaba vagamente las manos esqueléticas, la lúgubre capa oscura.

Recordaba vagamente que se suponía que esta figura fantasmagórica se fortalecería durante el transcurso de la historia y se convertiría en uno de los enemigos más temidos de Rebel Z. Recordaba vagamente que la criatura se convirtió… en un villano inspirado en el miedo y la muerte, que no tenía rostro, ni alma y tenía una guadaña intimidante que Adrian había pensado sería divertida para las futuras escenas épicas de pelea.

Solo necesitó un segundo para adivinar lo que Nova y la Abeja Reina estaban sugiriendo.

Pero… lo que sugerían era ridículo.

–¿Cuál es tu punto? –preguntó, fulminándola con la mirada sobre la página.

Nova bajó el cómic.

–Creo que es Phobia –respondió con tanta ternura que el corazón de Adrian se incendió de furia irracionalmente.

–Eso –replicó señalando con la cabeza al libro– es el alma incorpórea de un chico problemático que ha sido utilizado como experimento científico por una malvada organización del gobierno.

–Ahhh –dijo la Abeja Reina aplaudiendo–. Leería eso.

Suspirando, Nova apoyó el cómic de vuelta en el suelo.

–No son solo estos cómics. He visto tus dibujos de cuando eras pequeño. Muy pequeño. ¿El fantasma de tus sueños? Lo dibujaste, mucho. Y a medida que pasó el tiempo, se transformó en *esto* –volvió a señalar a la página.

–Aguarda –Adrian soltó una carcajada ronca–. ¿Realmente crees que yo lo cree? ¿Phobia?

Nova presionó sus labios hasta que se pusieron blancos. Había tanta lástima en sus ojos que Adrian quería gritar. ¿De verdad había estado aliviado al verla tan solo unos minutos atrás?

–También encaja con la línea de tiempo –insistió Nova–. Encaja con lo poco que sabemos de Phobia. Explica por qué nadie tiene idea de quién es o de dónde salió. Él solo… apareció, de la nada, y cerca del tiempo en el que tendrías edad suficiente como para comenzar a dibujarlo.

–¡Hubiera tenido cuatro años! –replicó–. *Tal vez* cinco. Puede que fuera bueno, pero era no tan bueno.

–No es sobre habilidad, ¿no es así? –Nova sacudió la cabeza.

Adrian frunció el ceño, estaba conteniendo su irritación. Ella tenía razón. Su superpoder no funcionaba en relación con qué tan bueno era el artista. Funcionaba a través de su intención, en lo que creería que sus dibujos se convertirían.

–No –dijo sacudiendo la cabeza–. Recodaría haber creado… eso.

–¿Lo harías? –intervino la Abeja Reina. Todavía estaba sonriendo, como si estuviera disfrutando de una telenovela particularmente jugosa–. ¿Recuerdas todos los dibujos que hiciste cuando tenías cuatro años, *tal vez* cinco?

Adrian la fulminó con la mirada, incluso mientras su respiración comenzaba a acelerarse.

Por supuesto que no recordaba cada dibujo. Su madre una vez había bromeado con que Gatlon City tendría que abrir una nueva fábrica de papel por todas las hojas y hojas con garabatos en crayón que Adrian utilizaba.

–También está esa frase que usa –dijo Nova–. La que dejaba en el cuerpo de sus víctimas.

–¿Qué tiene? –Adrian echaba chispas por los ojos.

–Me dijiste que era parecido a algo que tu mamá solía decir sobre ser valiente. Creo que le diste esa frase, o tu cerebro lo hizo, cuando eras pequeño. Lo creaste con ese pensamiento presente.

El corazón de Adrian comenzó a palpitar, amenazaba con liberarse de la caja torácica.

–No –dijo firmemente–. Es imposible.

–Y… Adrian… –el rostro de Nova se contorsionó por el dolor–. Opera a través de los mayores miedos de la gente y tú me contaste que en esa

época tu mayor miedo era… era que algún día tu madre se fuera y que nunca regresara.

Adrian sintió un escalofrío en la espalda. Arrancó sus ojos de Nova y, en cambio, miró fijamente a la esquina ensombrecida en dónde Phobia había estado no mucho tiempo atrás.

El asesino de su madre.

No era posible. Adrian no… no podría haber…

–Lo lamento tanto –susurró Nova.

–¿Qué lamentas? –rio Honey Harper–. Deberíamos agradecerte. Phobia no será el compañero de habitación más encantador, pero ha probado ser un villano efectivo.

–Honey, *por favor* –dijo Nova–. ¿Podrías solo marcharte?

La Abeja Reina esbozó una sonrisa arrogante y victoriosa y fue esa expresión de deleite lo que hizo que todo pareciera casi real.

Los pulmones de Adrian se sacudieron y eliminaron el poco oxígeno que le quedaba.

–Por supuesto, Pesadilla –respondió Honey–. Los dejaré un momento a solas, dejemos que nuestro joven héroe asimile que, si lo piensas… básicamente asesinó a su propia madre.

–¡Honey!

La Abeja Reina abandonó la capilla, su risa chillona hizo eco detrás de ella.

–Adrian, no es tu culpa –Nova frotó su sien–. Tienes que saber eso. Eras solo un niño. No hay manera de que pudieras haber sabido que estabas…

–Detente.

El sonido fue tan frío, tan áspero que Adrian casi no creyó que hubiera provenido de su propia boca.

Pero funcionó. Nova se quedó callada.

Sus pulmones ya no estaban cooperando. Parecía imposible hacer que su pecho se expandiera lo suficiente contra las cuerdas. Cuerdas que se tornaban más ajustadas con cada segundo que pasaba y se enterraban en su piel. Un sudor frío cubría su espalda desnuda. El altar se había tornado de repente insoportablemente frío.

Phobia era un villano. Un Anarquista responsable por incontables muertes, incluyendo la de la propia madre de Adrian.

Nova estiró una mano hacia él, pero Adrian sacudió su cabeza hacia un costado y ella se congeló.

–Es imposible –repitió, más agresivo esta vez–. Mis creaciones no duran tanto tiempo. Se mueren. Se... desvanecen después de unas semanas, *tal vez* meses. Pero no años –sacudió la cabeza–. No hay manera de que haya creado a Phobia.

–Adrian... –volvió a decir Nova, sus dedos se retorcían como si quisiera consolarlo. Pero ¿cómo podría hacerlo?

Eran enemigos. Ese hecho era perfectamente claro.

–Si eso es cierto, entonces ¿cómo explicas los dibujos? La línea temporal, las similitudes...

–Coincidencia –escupió.

Nova se balanceó sobre sus talones y Adrian podía notar que ella quería creerle, pero no lo lograba.

–¡No hice a ese monstruo, Nova! –Adrian gruñó y alzó la voz–. ¿Realmente me crees capaz de cosa semejante?

Después de un momento de vacilación, Nova sacudió lentamente la cabeza.

–No –susurró–, pero... tampoco sé si sigo creyendo en las coincidencias.

El repiqueteo de los zapatos de Honey volvió a resonar en la capilla y apareció en el marco de la puerta un instante después.

–Sé que probablemente no fue tiempo suficiente para asimilar la espantosa noticia –dijo sonriéndole con dulzura a Adrian–. La buena noticia es que pronto acabará tu sufrimiento –le sonrió a Nova–. Ace nos quiere en el campanario.

Capítulo 42

Nova parecía susceptible a las heridas irregulares en los antebrazos de Adrian, pero la Abeja Reina no tuvo ningún inconveniente para sujetar sus brazos desnudos mientras ponían a Adrian de pie.

–¿Qué sucederá en el campanario? –preguntó el chico.

–Solo tu *destrucción* –dijo Honey con una risita.

–¿Es una ocasión de gala? –Adrian le lanzó una mirada asesina–. Porque alguien medio destruyó mi camiseta.

–Créeme, esa es la menor de tus preocupaciones –respondió Honey dándole una palmadita en el hombro.

Nova tomó una pistola de su cinturón y, aunque no la apuntó a él, la amenaza estaba implícita.

Adrian sacudió su cabeza en dirección a ella, seguía mareado por la sugerencia de que podría haber creado a Phobia.

–No me dispararás.

Nova lo miró de manera tan fría y poco familiar que Adrian inmediatamente quiso retractarse. Por lo menos, lo estaba mirando y con algo más que lástima por su supuesta creación. Clavó sus ojos en ella hasta que se vio forzada a desviar la mirada.

A pesar de todo, le seguía pareciendo imposible imaginarse a Nova disparándole. Había estado tan equivocado con respecto a ella, en tantos sentidos. Pero su mente se negaba a ceder en este punto.

Nova no lo mataría. Por lo menos tenía que creer eso.

Pero ¿se quedaría al margen sin hacer a nada una vez que los demás Anarquistas decidieran que había cumplido su propósito? De eso no podía estar tan seguro.

Era muy probable que fuera a morir en esta catedral. Tal vez el propio Ace Anarquía tendría los honores. O incluso Phobia.

Phobia. El asesino de su madre. Una abominación, quizás, pero no una con la que Adrian tuviera algo que ver. Estaba seguro de eso.

¿Lo estaba?

No podía deshacerse de una punzada de duda. Honey y Nova habían sido persuasivas y los dibujos *sí* se parecían al villano… pero Phobia había atormentado a los Renegados por años. Probablemente, el arte de Adrian se había inspirado en el villano en un nivel subconsciente. No probaba nada. Además, nada más de lo que había creado había vivido ni siquiera la mitad de ese tiempo. ¿Por qué Phobia sería distinto?

Sintió un escalofrío por la mera insinuación… si Nova tenía razón, él había creado al asesino de su madre.

Pero no era verdad. No podía ser verdad.

Tensó su mandíbula e intentó convencerse de que solo estaban jugando con su mente. Algo para distraerlo, para hacerlo sentir descorazonado e desesperanzado. Esto era solo un juego.

Nova y la Abeja Reina lo llevaron por un pasillo con estatuas observadoras, pasaron por el altar principal y luego hacia el transepto norte. La Abeja Reina tenía un farol que ofrecía suficiente luz para ver el camino, pero no lo suficiente como para iluminar las esquinas sombrías. Nova

jaló de una pesada puerta de madera e inclinó su cabeza para indicarle al chico que pasara primero.

Adrian se encontró escalando fatigosamente una escalera de mármol que envolvía las paredes de una gran torre cuadrada. Desde allí podía escuchar los ataques de los Renegados impactando contra la barrera. Aunque las ventanas con vitrales eran demasiado angostas para escapar, Adrian aun buscaba en el mundo detrás de ellas algún signo de lo que estaba sucediendo en el exterior. Pero lo único que pudo ver fueron destellos del domo y de la oscuridad que contenía. Los Renegados todavía no lo habían atravesado.

Subieron dos pisos y luego tuvieron que bajar la cabeza para atravesar otra puerta angosta que daba hacia la segunda mitad superior de la torre. Las escaleras cambiaron de mármol a madera. Había llegado al lugar donde los visitantes y los fieles no hubieran tenido acceso, sino solo los campaneros.

La escalera parecía subir en espiral hasta la eternidad, desaparecía en las sombras sobre sus cabezas. Las ventanas seguían teniendo el estilo gótico –vidrio con plomo rodeado de molduras de piedra–, pero más allá de eso, esta sección de la torre era sencilla y funcional. Paredes sin decorar y vigas de soporte de madera entrecruzadas entre las escaleras desvencijadas.

Adrian subió los escalones. La madera bajo sus pies descalzos estaba tan gastada que parecía suave como el terciopelo. Agradeció que Honey no hubiera comenzado a mutilar sus pies, ya que esta subida hubiera sido una tortura. Giraron y se encontraron con otro tramo de escaleras y aprovechó la oportunidad para echarle un vistazo a Nova. La chica se sobresaltó y hundió el cañón de la pistola en su espalda.

En la cima de una sección particularmente empinada y angosta de la escalera llegaron a una sólida plataforma de madera sobre sus cabezas. Haciendo todo lo posible para no tocar a Adrian, Nova pasó por al lado del chico y jaló de la trampilla.

La madera cayó con un golpe seco y una nube de polvo llovió a través de la apertura. Adrian desvió su rostro, tosiendo.

–Héroes primero –arrulló Honey Harper.

Era extraño trepar los últimos pequeños escalones sin poder utilizar sus manos para balancearse, pero Adrian logró hacerlo sin caerse sobre su rostro. Se encontró en el campanario, donde dos campanas gigantes colgaban en el centro de la torre, junto a una serie de campanas más pequeñas suspendidas en las aperturas que rodeaban las paredes exteriores. Las ventanas no tenían vidrios, lo que permitía que la música de las campanas se extendiera hacia los vecindarios aledaños.

En la época en que había vecindarios aledaños.

Allí arriba, los sonidos de la guerra eran más pronunciados, cada golpe en el enorme escudo resonaba en los suelos de madera a sus pies. Explosiones. Golpes y cortes. Sonidos metálicos constantes que impactaban contra el domo una y otra vez. Adrian no pudo evitar preguntarse qué tipo de daño los Renegados hubieran podido infligir de no haber sufrido tantas bajas en la arena. En su presente situación, estaba orgulloso de escucharlos luchar con tanta ferocidad.

Lo llevaron a una ventana en dónde colgaba una de las campanas más pequeñas a unos metros sobre sus cabezas. Desde allí, podía ver las tierras sin vida del páramo. La barrera de Ace se erigía a unos sesenta metros delante de ellos. Bloqueaba la ciudad y el cielo.

Para su sorpresa, la Abeja Reina extinguió su faro. Aunque no estaba completamente oscuro, había tan poca luz que, por un momento, Adrian apenas pudo ver el contorno de los Anarquistas. Luego, Nova encendió algunas de sus micro bengalas y las lanzó por la ventana. Algunas aterrizaron en el cielo oscuro de la catedral debajo de ellos, otras sobre el gran arco que cubría el lado norte de la iglesia. Algunas otras cayeron en la tierra desnuda. Aunque sirvieron para alejar algunas de las sombras más oscuras, las luces tenues solo servían para crear una atmósfera más amenazadora.

Al percatarse de que la atención de Nova estaba concentrada en el frente de la catedral, Adrian siguió su mirada y vio figuras emerger en los techos de las dos torres occidentales que enmarcaban la gran entrada de la catedral. Se le heló la sangre al ver a Phobia entre las figuras.

El propio Ace Anarquía apareció, lo reconoció por el casco que parecía tener su propio brillo tenue. El villano alzó sus brazos de manera dramática y Adrian sintió que Nova y la Abeja Reina se tensaron a su lado.

La colección de escombros que había sido forjada para construir el domo comenzó a temblar. Comenzaron a circular ríos de polvo.

Delante de ellos, directamente en frente de la fachada occidental de la catedral, un leve halo de luz apareció inesperadamente en la base de la barrera. No era luz solar, sino algo blanco enceguecedor y artificial, como si hubiera un reflector gigante apuntado sobre la barrera. Como si fueran dos puertas enormes abriéndose, la pared se desprendió a cada lado de la apertura. Metal, madera y piedra fundidos entre sí se doblaron hacia adentro hasta que se formó un túnel arqueado que unía el páramo y el mundo exterior. Adrian entrecerró los ojos ante la inesperada arremetida de luz, una franja que se extendía hasta la entrada principal de la iglesia.

Por un momento, solo hubo silencio. Adrian se preguntó qué harían los Renegados con esta invitación que podría ser una trampa.

Apenas se liberó ese camino, cesó el ataque al exterior de domo. Un silencio embriagador inundó el espacio. Adrian sintió cómo se le erizaba el vello de sus brazos, la aprensión estaba suspendida en el aire con una carga eléctrica.

Esperaron. En la calma, podía escuchar la respiración de Nova. Aunque ella estaba justo al lado de él, parecía estar cuidándose de no tocarlo y, aunque fuera extraño, Adrian interpretó aquello como un signo de que Nova todavía se preocupaba por él. Tenía una consciencia agudizada de su proximidad y no pudo evitar pensar que, si ella no sintiera nada por él, no estaría teniendo tanto cuidado de evitar un roce de piel ocasional.

Se detuvo a sí mismo antes de que sus pensamientos pudieran avanzar mucho por ese camino, porque generaba una serie de preguntas incómodas sobre sus propios sentimientos, preguntas que no estaba listo para enfrentar. Sobre todo, cuando Nova vestía una chaqueta con capucha negra y sostenía un arma contra su espalda.

Pensó que era gracioso cómo había estado tan listo para olvidarse de su relación como si no hubiera sido nada más que un juego para ella cuando la habían arrestado, pero ahora se resistía a la idea. Tal vez, después de haber experimentado esas dudas una vez, su corazón se rehusaba sentirlas de nuevo. Quizás la negación era más sencilla.

Sus pensamientos peligrosos fueron interrumpidos por una carcajada cruel de Honey Harper.

–Bingo –susurró.

Una figura había aparecido en la apertura. Una silueta sola que Adrian reconoció inmediatamente. Hombros amplios acentuados, el traje protector. Brazos musculosos y piernas cubiertas de lycra que se ajustaba a su piel. Cabello que resplandecía como el oro a la luz, ni un mechón fuera de lugar.

El Capitán Chromium entró al túnel con la cabeza en alto cuando llegó al páramo. Tenía una gran cadena de cromo en una mano y la Lanza de Plata en la otra, era exactamente el mismo superhéroe que había accedido al poder durante la Era de la Anarquía.

Apenas cruzó el umbral de la barrera de Ace, la pared rugió y se cerró con fuerza detrás de él. Se pudo escuchar un grito de furia de los Renegados que quedaron del otro lado y el Capitán Chromium se detuvo. Cuando se percató de que había quedado solo, irguió los hombros y enfrentó la catedral, observó a Ace Anarquía y a los villanos reunidos en las torres frontales.

Se detuvo en la mitad de páramo y clavó la lanza en el suelo. Lucía listo para destruir a Ace Anarquía él solo y Adrian casi pudo creer que podría hacerlo.

–Hola de nuevo, querido amigo –dijo Ace, su voz retumbaba en la amplia cámara–. ¿Perdiste algo? ¿O… alguien?

Si la burla tuvo algún efecto en el Capitán era imposible saberlo. Mantuvo su mirada fija en Ace Anarquía, fría e inmutable.

–Ya hemos tenido esta pelea demasiadas veces, Alec –dijo. El silencio, combinado con el domo cerrado generó un eco que transportó su voz hasta la cima del campanario–. ¿Realmente tendremos que repetirla?

–Oh, espero que sí –respondió Ace–. Tengo planes para un resultado diferente esta vez.

–Sabes que no puedes derrotarme.

Ace rio.

–Es refrescante ver que tu arrogancia no ha cambiado en todo este tiempo. Recordemos que la última vez que estuvimos aquí, solo me superaste con la ayuda de un *bebé*.

Adrian tuvo un escalofrío ante la mención de Max.

–Esto no tiene sentido –replicó el Capitán Chromium–. Sabes que no puedes matarme. ¿Qué esperas lograr aquí?

–Bueno, para comenzar –dijo Ace–. He albergado fantasías de encadenarte a un tanque y observar cómo te hundes en el fondo del océano y que nadie nunca vuelva a escuchar de ti.

–¿Solo para que puedas controlar a una ciudad que no te quiere?

–A esta altura, estaré satisfecho con vengarme. Vengarme por diez años sin poderes, mientras *tú* denigrabas quienes somos y lo que somos capaces de hacer. Tus pruebas han transformado a los renegados en un circo y la manera en que consientes a la prensa es asquerosa. Te preocupas más por tu propia reputación, por la aprobación de los ciudadanos que por ocuparte de los tuyos. Y tal vez todo marchó bien por un tiempo. Eras idealizado. Eras adorado. Pero ¿cómo han estado las cosas para ti últimamente?

–Mi trabajo es hacer este mundo más seguro para todos, civiles y prodigios –replicó el Capitán–. ¡Lo que sería mucho más sencillo si no tuviéramos que estar defendiéndonos todo el tiempo de villanos como tú!

–¡Esos civiles nos trataron como abominaciones! –rugió Ace–. ¿No recuerdas cómo eran las cosas antes de que decidiera que era hora de un cambio? ¡Nos cazaban! ¡Nos torturaban! ¡Asesinaban bebés inocentes por miedo de lo que se podrían convertir! Y volverán a hacerlo si no los mantenemos en su lugar.

–¿Qué lugar es ese? Entonces, ¿deberíamos esclavizarlos para nuestros propios propósitos?

–¿Por qué no? –dijo Ace–. Sabes que es lo nos hubieran hecho si hubieran podido lograrlo.

El Capitán sacudió su cabeza.

–Contigo en el poder, lo único que la gente conocía era miedo. Trabajé muy duro para limpiar tu desastre. ¡No permitiré que vuelvas a hacerlo!

Ace rio de manera burlona.

–Admitiré que cometí algunos errores en el pasado, pero aprendí de ellos. No es suficiente con destruir el orden mundial existente. Hay que destruirlo y luego reconstruir el mundo para que encaje con tu visión.

–No, Alec. Hemos recibido un don. Deberíamos utilizar estos dones para mejorar a la sociedad, no solo para inflar nuestros propios egos. No solo para ponernos en pedestales.

–Qué trillado de tu parte –Ace soltó una carcajada divertido–. Nunca presencié un momento en el que no te colocaras en un pedestal. Además… estás equivocado, viejo amigo. No tenemos ninguna obligación de utilizar nuestros poderes para ayudar a las personas de este mundo, no después de lo que nos hicieron. Nuestra única obligación es con nosotros mismo. Y una vez que los prodigios dejen de ser gobernados por miedo o por *códigos* arbitrarios, reconocerán su lugar. Pronto estaremos en una segunda Era de la Anarquía, pero esta vez no seremos villanos. ¡Seremos dioses!

–Estás delirando, Alec –el Capitán sacudió su cabeza–. No puedes vencerme.

–No tengo que vencerte, viejo amigo. Tú te derrotarás a ti mismo. Pronto sabrás lo que se siente estar indefenso, al igual que me dejaste todos esos años atrás. Cianuro, ¿harías los honores?

Cianuro metió una mano en el bolsillo de su gabardina. El Capitán Chromium se tensó y entrecerró los ojos. El villano sacó algo pequeño de su bolsillo y lo sostuvo en alto. Adrian se inclinó hacia adelante.

–¿Es una cantimplora?

La Abeja Reina lo calló.

La cantimplora se elevó de las manos de Cianuro y levitó hacia el Capitán. Hugh gruñó y se preparó, inclinó la lanza hacia la cantimplora cuando se acercó a un brazo de distancia de su rostro.

–Mi químico principal ha sintetizado una partida particularmente concentrada de la sustancia que llamas Agente N –dijo Ace–. Queremos intentar un pequeño experimento para ver si, de hecho, eres invencible a tu propio veneno. Lo único que tienes que hacer… es beberlo.

–¿Por qué haría eso?

–Porque si no lo haces –respondió Ace lentamente–, asesinaremos a tu hijo.

Esto tampoco causó una reacción del Capitán, probablemente lo estaba esperando. Su voz permaneció estable, pero también cargaba un nuevo filo.

–Por lo que sé, ya está muerto.

–¿Crees que desperdiciaría un rehén perfectamente bueno? –Ace agitó un brazo hacia el campanario–. Observa. Sano y salvo.

La Abeja Reina volvió a encender el farol y el campanario se iluminó con su luz sutil y pareja, llamando la atención de su padre hacia ellos. El rostro del Capitán se iluminó con alivio.

–¡Estoy bien! –gritó Adrian–. ¡No te preocupes por mí! –le sorprendió cuán seguro sonaba.

Junto a él, Nova alzó su arma para que su padre pudiera verla, la sostuvo contra su sien. Adrian volteó su cabeza para mirarla, no retrocedió ante el frío del cañón contra su frente.

–No me engañas con eso.

Ella lo ignoró, su concentración estaba en la escena de abajo.

–Como puedes ver –Ace rio–, claramente *no* está bien. Lo que significa que debes tomar una decisión. Sacrificarlo para proteger tus propios poderes o sacrificarte y salvar al chico que has criado desde que era un niño, quien ya ha sufrido tanto en su joven vida. Es una decisión difícil. Veamos cuánto te preocupas en serio por *el bien común*.

Hugh escudriñó el lateral del campanario y el techo de la catedral y Adrian pudo imaginarlo intentando tramar otra opción. Una manera de ser el héroe que era.

–No desperdicies nuestro tiempo –dijo Ace. La cantimplora subió y bajó en el aire–. Este trato tiene vencimiento. Además… puede que ni siquiera te afecte. Tu invencibilidad puede resistir. ¿Cómo lo sabremos si no lo intentamos?

–¡No! –gritó Adrian–. ¡No lo…!

La Reina Abeja tomó su cabeza y la estampó contra el marco de la ventana de piedra. Adrian gruñó y cayó sobre una rodilla, su cabeza vibraba como las campanas superiores. La sangre latía a través de su cráneo y hasta sus dientes.

La Abeja Reina lo mantuvo abajo con su cabeza inclinada sobre el alféizar.

Adrian estaba a punto de volver a levantar su mentón, listo para mostrarle a Honey y a Nova, a Ace y a su papá cuán desafiante podía ser cuando escuchó un clic y sintió la presión del arma contra su cuero cabelludo.

–Por favor, Nova –soltó una risa seca.

–Deja de hablar –masculló.

Adrian alzó su cabeza tanto como pudo. Hugh lo estaba observando, el horror pulsaba debajo de su fortaleza exterior.

Tal vez se había equivocado otra vez. Tal vez Nova sí lo mataría.

Tal vez eso también sería una especie de justicia. Había confiado tanto en ella. Le había dado la bienvenida a los Renegados sin ninguna vacilación. Comenzó a enamorarse de ella. En parte, era por su propia ceguera que Nova había logrado causar tanto dolor.

Adrian se obligó a permanecer tranquilo. Dejó que su cuerpo se relajara. Alzó su mentón, presionó la parte trasera de su cabeza contra el arma. Miró a su padre a los ojos e intentó transmitir lo que ambos sabían era verdad.

Hugh Everhart no podía sacrificarse a sí mismo. Si Adrian moría hoy, necesitaba saber que los Renegados perseverarían. Que detendrían a Ace Anarquía. Que terminarían esta guerra entre héroes y villanos... una vez más y para siempre.

Deseó poder transmitirle estos pensamientos a su padre. Creía en él y en la organización que había creado a pesar de haber luchado en contra de muchas de sus reglas. No temía morir. Era un superhéroe. El hijo de Lady Indómita... y también de Dread Warden y del Capitán Chromium. Estar listo para sacrificarse por el bien común era parte de la descripción del trabajo.

Y ambos sabían que Adrian no era el superhéroe que esta ciudad necesitaba. Ese era el Capitán Chromium.

Mientras lo miraba, vio algo asomarse en los ojos de su padre. ¿Una disculpa? Volvió a hundir la lanza en el suelo, tomó la cantimplora del aire y destapó la tapa con su pulgar.

–¡No! –gritó Adrian.

Su padre lanzó su cabeza hacia atrás y la bebió.

Adrian observó mientras le palpitaba el corazón, todos observaron mientras el Capitán Chromium volteó la cantimplora para mostrar que estaba vacía antes de lanzarla a la tierra.

Esperaron.

Adrian se preguntó cuáles serían las indicaciones físicas. ¿Sus músculos comenzarían a encogerse? ¿La cadena y la lanza de cromo comenzarían a derretirse al igual que la piedra de Ruby?

El Capitán Chromium quitó la lanza de un tirón y la aferró con su puño mientras pasaban los segundos.

Diez.

Veinte.

Treinta.

El aire regresó a toda velocidad a los pulmones de Adrian y se dio cuenta de que se estaba riendo mientras todos asimilaban la verdad.

No había funcionado.

Su invencibilidad había prevalecido.

–Qué decepcionante –dijo Ace–, pero hay más de una manera de destruir a un héroe –gesticuló hacia el campanario–. Pesadilla, una vez fuiste forzada a ver mientras tus seres queridos eran asesinados delante de ti debido a la negligencia de este hombre que se hace llamar un héroe. ¡Hoy tendrás tu venganza! Hoy, el Capitán Chromium también conocerá el dolor que sentiste y presenciará la muerte de la persona más preciada para él. ¡Sentencio a muerte a Adrian Everhart! Pesadilla, haz los honores.

–¡NO! –gritó Hugh.

Incluso mientras Adrian alzaba su cabeza, rehusándose a acobardarse de su destino, el Capitán Chromium tiró su brazo hacia atrás y arrojó la lanza con toda su fuerza extraordinaria hacia el campanario.

La lanzó directamente a Nova.

Capítulo 43

Nova tropezó y cayó hacia atrás al mismo tiempo en que Adrian la empujó con su codo, derribándola al suelo. La jabalina voló por encima de la cabeza de Adrian, no lo tocó por centímetros y se alojó en una de las vigas de madera que funcionaban como soporte de las campanas. Una nube de polvo explotó en el campanario.

Mareada por el pico de adrenalina, Nova se apoyó sobre sus codos y miró a Adrian boquiabierta. El chico le devolvió la mirada, parecía tan sorprendido como ella.

Honey Harper rio.

–¿Qué fue *eso*? ¿Acabas de salvar su vida? Ay, querido, si no fueras tan asquerosamente noble, yo misma estaría medio enamorada de ti.

Adrian no apartó la mirada de Nova.

–Una vez salvó mi vida –dijo–. En realidad, un par de veces.

Nova tragó saliva. Afuera, escuchó que el Capitán todavía gritaba. El sonido estaba cargado de furia y enojo y la promesa de que aniquilaría a cualquiera que pusiera un dedo sobre su hijo.

Conteniendo la respiración, Nova se obligó a desviar la mirada de Adrian y de todas las emociones garabateadas en su rostro. La intensidad, la franqueza.

Una vez salvó mi vida…

Nova no soltó el arma, aunque su mano temblaba mientras se ponía de pie y regresaba a la ventana. El Capitán corría a toda velocidad hacia la entrada de la catedral. Los villanos estaban de pie inmóviles en las torres occidentales, lo observaban acercarse. Nova no pudo descifrar si estaban nerviosos por el hecho de que este superhéroe supuestamente invencible parecía listo para demoler la iglesia en búsqueda de Adrian. Ellos tenían superioridad numérica, la ventaja del terreno en altura y la familiaridad con la catedral y a… Ace.

Todavía tenían a Ace.

Nova se percató con sorpresa de que Ace no le estaba prestando atención a su archienemigo. La estaba mirando *a ella*. Su boca se movió, pero en medio del bullicio ya no podía escucharlo. Frunció el ceño y le hizo ceñas a Megáfono para que se acercara a él.

Un momento después, la voz de Megáfono retumbó en el espacio cerrado.

–Querías ver una ejecución, ¿no? ¡Que así sea!

Ace le asintió a Nova.

Sintiendo escalofríos, la chica alzó el arma. Adrian no se movió cuando ella apuntó el arma contra su cabeza otra vez.

El corazón de Nova palpitaba en su pecho.

El Capitán Chromium soltó otro grito de guerra. Arrastraba la cadena detrás de él mientras corría, parecía determinado a destruir la iglesia piedra por piedra. Cualquier cosa para detener a Nova. Para mantener a Adrian a salvo.

Fue demorado cuando una serie de vigas de madera se desprendieron del domo abovedado y se estrellaron delante de él.

Gruñó y con un solo golpe, la primera viga se quebró. El Capitán sujetó otra y la hizo a un lado, luego apoyó su palma sobre la tercera viga y la saltó por encima como si fuera una valla. Pero por cada obstáculo que superaba, otro estaba listo para ocupar su lugar. Llantas de goma. Portones de hierro. Bloques de carbonilla.

Ace estaba jugando con él. No le preocupaba que su viejo rival estuviera utilizando todas sus fuerzas para llegar a la iglesia, para llegar a Adrian. Volvió a mirar a Nova con una pregunta en los ojos, esta vez, teñida de sospecha.

Nova ajustó el arma en su mano y apoyó el cañón contra la piel de Adrian. Él miraba hacia adelante, su concentración estaba encadenada a la lucha de abajo. Sus gafas se habían deslizado levemente por su nariz. Nova observó el movimiento de sus pestañas cuando parpadeó y cómo sus hombros subían y bajaban de manera estable.

Oprime el gatillo, Nova.

El arma se tornó pesada. La empuñadura se sintió pegajosa en su palma.

Los labios de Adrian se separaron. Su mirada giró hacia Nova. Seguía sin camiseta, sus heridas todavía sangraban a través de las vendas y Nova sabía que el chico debía sentir dolor. Y, sin embargo, estaba tan quieto. Tan estable.

Solo esperaba. *Oprime el gatillo.*

–Su padre tomó la decisión por ti, pequeña Pesadilla.

Nova se sobresaltó. Ace se había despegado del suelo. Estaba levitando sobre el cielorraso empinado de la nave.

–Y ahora –continuó–, debemos cumplir con nuestra palabra. No hacemos amenazas vacías.

Nova intentó asentir con la cabeza, pero no estaba segura si había tenido éxito. Esta vez, no miró a Adrian. Eso lo haría más sencillo. No verlo. No sentir su respiración atravesándola. No recordar el latido estable de su corazón que ella había sentido una vez al descansar su cabeza sobre su pecho.

Esta vez se movieron los labios de Nova, se dijo las palabras a ella misma. *Solo oprime el gatillo.*

Eso era lo único que tenía que hacer y Ace estaría orgulloso, el Capitán estaría devastado y los Anarquistas ganarían. Su familia finalmente ganaría.

Su propia respiración se entrecortó. Volvió a ser la pequeña niña asustada que miraba fijamente el cuerpo inconsciente del hombre que había asesinado a su familia. Estaba petrificada, era incapaz de mover su dedo para hacer esa pequeña acción que vengaría las muertes de su familia.

Su padre. Su madre. Evie. Le habían robado de manera tan brutal y despreocupada todo lo que ella amaba.

Su brazo comenzó a temblar.

Se suponía que esta sería su venganza y, sin embargo… no era la venganza que había esperado por tanto tiempo. Este dolor era completamente nuevo.

No podía perder a Adrian también.

Un rugido provino de abajo, seguido por un estruendo. Ace se volteó. El Capitán había bordeado la fachada de la catedral y había comenzado a escalar la pared norte. El estruendo había sido provocado por una de las estatuas de los santos cuando cayó al suelo y se destruyó.

Las manos de Ace se cerraron en puños. Descendió hasta uno de los contrafuertes de piedra gruñendo mientras el Capitán se lanzaba del pilar al arco de una ventana. Iba de gárgola a pináculo. Cada vez que aterrizaba, hacía un nuevo agujero en la piedra con su puño, formando asideros para ayudarse mientras elevaba su cuerpo cada vez más.

Ace alzó sus manos hacia el Capitán, pero Nova no sabía lo que sucedería después. Una mano le arrebató algo de su cinturón. Nova jadeó y se volteó. Honey había tomado su cuchillo.

–Por todos los diablos –dijo Honey–. ¡Si no puedes hacerlo, entonces yo lo haré!

Honey tomó la frente de Adrian y jaló su cabeza hacia atrás. Estiró su brazo, lista para deslizar el cuchillo sobre su cuello.

–¡No! –Nova sujetó el brazo de Honey y lo alejó forcejeando. Ambas giraron en su lugar, apretó los dientes y empujó a Honey contra la pared–. Por favor.

Era una súplica patética. Un ruego, una petición desesperada.

La expresión de Honey era de sorpresa, aunque rápidamente se oscureció. Empujó a Nova y la chica se trastabilló, pero recuperó el equilibrio. Todavía tenía el arma en su mano, pero no la apuntaría a Honey. Su aliada. Su amiga.

–Pensé que habíamos superado esto –gruñó Honey–. Él es un Renegado, Nova. Es uno de *ellos*.

–Lo sé –respondió, su voz sonaba débil incluso en su propia cabeza–. Lo sé.

Era lo único que se le ocurría decir. Porque Honey tenía razón y no había manera de explicarle que, en este momento, no le importaba. No podía ni siquiera pedirle a Honey que no lo lastimara. No podía sugerir que lo dejara libre porque ¿a dónde podría ir? ¿Y qué pensaría Ace?

Pero, de todos modos.

De todos modos.

Había pensado que podía hacerlo. Había pensado que... por Ace. Por los Anarquistas. Por su familia. Por este mundo. Podía hacerlo, si era lo que había que hacer para que la visión de Ace se hiciera realidad. Para destruir a los Renegado de una vez por todas. Para que todos los prodigios estén liberados de la tiranía. Para que la balanza del poder se inclinara hacia un equilibrio.

Pero había estado equivocada.

No podía matarlo.

No podía hacerlo.

Y tampoco podía quedarse allí parada y ver cómo lo mataban. No a este chico que le había dado una noche de descanso tranquilo y sin sueños. Que le había regalado una estrella. Que le había dado esperanza.

Él no. Adrian, no.

El rostro de Honey se contorsionó.

Luego, Nova oyó el zumbido.

Apenas había inclinado su cabeza cuando la primera avispa aterrizó en su codo y hundió su aguijón en su piel.

Nova había visto en acción a las abejas de Honey antes, había escuchado los gritos en agonía; pero nada la había preparado para esto. Era como una uña ardiendo clavándose en su piel.

Nova gritó. El arma cayó estrepitosamente.

Un segundo aguijón perforó su muslo. Un tercero, su omóplato. Un cuarto, su espinilla. Cada uno se enterró en ella causando más dolor del que podría haber imaginado. Y no se detenían. Sentía que la perforaban agujas en llamas una y otra vez.

–¡Detente! –gimió, colapsando contra una pared–. Honey… ¡Detente!

Cada uno de sus instintos le decía que corriera, que se lanzara de la torre si solo servía para alejarse de aquí. Pero un pensamiento hizo que se quedara allí a pesar del dolor. Si huía, Honey asesinaría a Adrian.

–*Por favor* –suplicó ahuyentando un avispón carmesí–. Honey… –se quedó sin aire cuando un aguijón se enterró en su pecho–. ¡Esto está mal, Honey! ¡Ya no necesitamos… pelear contra ellos!

–Ah, ¿sí? –gritó Honey–. ¿Qué pensabas? ¿Qué podrías quedarte con este como tu novio? ¿O perdonar a su padre del Consejo? Nunca lo entendiste, Nova. Siempre fuiste demasiado joven para comprender.

Otro aguijón se hundió en la carne suave detrás de la oreja de Nova. Intentó subir su cabeza y su cuello mientras lágrimas calientes desenfocaban su visión. Podía sentirlas en todos lados. No solo a los aguijones venenosos, sino a sus pequeñas patas gateando sobre su piel, sus alas batiéndose contra su cabello, el zumbido ensordecedor a su alrededor.

Su visión borrosa aterrizó en la piel desnuda del tobillo de Honey. Su poder pulsaba a través de ella, con más desesperación de la que había sentido alguna vez.

Solo necesitaba tocarla…

Se lanzó hacia adelante con el brazo extendido.

Honey alzó su pie y enterró su tacón en la palma de Nova y la chica gritó.

–Buen intento –dijo Honey. Levantó su zapato y pateó la mano de Nova para hacerla a un lado–. Ace te dio una orden y si no puedes ejecutarla, entonces lo haré yo. El Capitán Chromium nos quitó todo. ¡Todo! Y ahora… –se volteó hacia Adrian, quien todavía yacía contra la pared con las manos atadas sobre su espalda–. Ahora le quitaré todo a él.

Honey se abalanzó.

Adrian dio un paso al costado. Honey se estrelló contra el marco de la ventana y derribó el farol. La llama se extinguió cuando cayó y el artefacto rodo un par de metros sobre el suelo de madera. Honey giró en su lugar, agitando el cuchillo desagradablemente en el aire. Adrian siguió retrocediendo, esquivó los ataques de Honey tan bien como pudo mientras cuidaba sus pasos sobre los tablones irregulares. La hoja cortó su hombro.

Nova intentó concentrarse, pero sus pensamientos estaban adormecidos por el dolor, sus movimientos eran involuntarios mientras se contorsionaba y se retorcía, intentaba desesperadamente escaparse del enjambre.

Su visión borrosa aterrizó en el arma.

Su cerebro estaba ralentizado por la agonía, todo su cuerpo se sentía como si estuviera ardiendo por dentro.

La espalda de Adrian golpeó un soporte de madera debajo de las campanas.

Honey sonrió.

De repente, Adrian se inclinó hacia adelante gritando de dolor. Una avispa negra trepaba sobre su hombro. Giró intentando liberarse de ella, acercándose directamente hacia Honey.

Un aullido rasgó la garganta de Nova. Alzó el arma, el sudor entraba en sus ojos.

Otro aguijón apuñaló la muñeca de Nova.

Honey alzó el cuchillo, preparándose para hundirlo en el pecho de Adrian.

Nova clavó su mandíbula en otro grito y jaló del gatillo.

El culatazo la hizo volar hasta la pared de piedra. El arma salió disparada de su mano y rebotó contra una de las campanas más pequeñas, la hizo repicar antes de caer por la ventana de la torre.

Nova cayó de costado justo cuando otro agujón se hundió en su rodilla y gimió, deseando que se detuvieran, rogando que se detuviera.

Y, repentinamente, se detuvieron.

El dolor persistió, pero, por lo menos, los ataques de aguijones pausaron.

Nova lloró y tembló mientras los avispones que cubrían su cuerpo comenzaron a volar.

Regresaron a Honey. Regresaron a su reina, cuyo cuerpo yacía encorvado sobre el viejo suelo de madera. Un pequeño charco de sangre se estaba formado debajo de su nube de cabello rubio. Nova parpadeó para hacer retroceder las lágrimas, observaba mientras las abejas se movían sobre el cuerpo de Honey. Parecían estar inspeccionándola.

Nova comenzó a toser. Utilizó su manga para limpiar el hollín de su nariz. No podía dejar de temblar. No podía pensar en mucho más que en la agonía que sentía en todos sus sistemas. Su cuerpo se sentía como una acumulación de heridas abiertas sobre las cuáles alguien había echado ácido.

Una abeja abandonó el cuerpo de Honey, zumbó hasta la campana central y aguardó allí un momento, insegura. Nova gimió y se escudó de ella, aterrorizada, pero la abeja no la notó. Las demás también comenzaron a abandonar el cuerpo de Honey. Al principio, solo unas pocas y luego, levantaron vuelo de a docenas. Se dispersaron a través de las ventanas abiertas de la torre y abandonaron la catedral. Abandonaron a su reina.

Solo una vez que el último zumbido desapareció, Nova supo con seguridad que Honey Harper estaba muerta.

Capítulo 44

Nova apoyó su mejilla contra el suelo áspero de madera y comenzó a llorar. No era consciente de nada más que del ardor, el calor y el dolor. Deseaba poder dormirse a sí misma. Preferiría estar inconsciente y vulnerable a tener que soportar esto. Preferiría estar muerta.

Algo hizo ruido en el suelo y aterrizó en su estómago.

Temblando, Nova abrió sus ojos hinchados y vio el cuchillo. Adrian estaba acercándose a ella de rodillas. Cuando estuvo lo suficientemente cerca, se acostó para que sus rostros quedaran a centímetros de distancias. Había tanta preocupación en sus rasgos que Nova comenzó a llorar con más fuerza.

–Nova –dijo. Gentil. Amable–. Puedo ayudarte, pero tienes que desatarme. ¿Puedes hacer eso?

La chica inclinó la cabeza y tosió sobre el suelo de madera. Las palabras de Adrian parecían lejanas. Imposibles. Nova no creía que pudiera sentarse, mucho menos manipular un cuchillo. Ni hablar de hacer algo útil.

Pero tenía que hacer algo. No podía simplemente quedarse allí llorando.

–Lo sé –susurró Adrian, rozando su frente con la de ella–. Lo sé.

Nova esnifó. Con dificultades para respirar, asintió temblorosamente.

Aunque su piel estaba en llamas y sus músculos estaban tan tensos como una cuerda, colocó sus codos debajo de su cabeza y se obligó a incorporarse, luego volvió a apoyarse sobre su cadera. Se mordió la lengua para contener un grito de dolor, cada movimiento hacía que el veneno ardiera en sus venas.

Adrian se sentó para que ella pudiera ver sus manos. Nova miró fijamente a las cuerdas por lo que parecieron siglos. Su visión estaba borrosa. Su mente se negaba a funcionar.

–¿El cuchillo? –preguntó Adrian.

Nova lo tomó y se aferró a él tan fuerte como pudo con una mano. Con la otra, sostuvo la muñeca de Adrian mientras comenzaba a serruchar las cuerdas. Tardó una eternidad, pero Adrian fue paciente y hasta inclinó su cuerpo lo mejor que pudo para facilitarle las cosas, aunque las ataduras deberían estar enterrándose en sus brazos.

Cuando cayó la última soga, Nova soltó el cuchillo y colapsó con un gruñido. Adrian la volteó y la sujetó en sus brazos. Nova no pudo devolver el abrazo, solo pudo hundir su cabeza en el espacio entre su garganta y su pecho. Estaba llorando otra vez.

Manteniendo un brazo alrededor de ella, Adrian llevó su otra mano a la cintura de Nova, buscaba algo en su cinturón.

Nova estalló en una risa histérica cuando se le ocurrió que esto, todo esto, podría ser Adrian preparándose para traicionarla. Podría matarla con facilidad o atarla con sus propias cuerdas o levantarla y lanzarla por la torre.

Probablemente, se lo merecía.

En cambio, sintió un bolígrafo sobre la piel detrás de su oreja. Adrian se movió levemente y Nova sintió cómo dibujaba algo en su nuca. Después de un momento, sintió algo húmedo, frío y tranquilizador sobre la herida punzante.

Suspiró, prácticamente en éxtasis por semejante alivio.

–El Talismán de la Vitalidad te está protegiendo –dijo Adrian–. Caso contrario, probablemente estarías muerta por tener todo este veneno en tu cuerpo.

–Siento como si me estuviera muriendo –respondió, las palabras se mezclaron entre sí en algo casi coherente.

–Lamento que no haga más para ayudar al dolor, pero créeme, sería peor sin él.

Adrian bajó el cierre de la chaqueta de Nova y se la quitó, removió cada manga con cuidado. La chica gimió cada vez que la tela rozaba contra las ronchas hinchadas.

Adrian dejó la chaqueta en un costado y movió el cuerpo de Nova para que pudiera estar recostada sobre él mientras trabajaba en sus brazos. Nova observó, enmudecida, mientras Adrian utilizaba su propio bolígrafo –en la que había instalado un compartimiento para dardos mucho tiempo atrás– para dibujar una gran lágrima sobre cada una de sus heridas inflamadas, antes de frotarla delicadamente con su pulgar. El dibujo se convirtió en una pomada fría debajo de su toque. Luego, dibujó una serie de vendajes prolijos cubriendo cada herida.

–Esto es un ungüento para el veneno –dijo Adrian mientras terminaba con uno de sus brazos y comenzaba a dibujar una nueva lágrima sobre el otro–. Miel y antihistamínicos. Y esto –dibujó otro vendaje– es una compresa casi helada para disminuir la hinchazón y aliviar un poco el dolor.

Las pestañas de Nova se agitaron. Las sentía húmedas y pesadas por las lágrimas, pero ya no estaba llorando. Aunque su cuerpo estaba adolorido y todavía le ardía, el dolor en su cuello y en sus brazos ya había sido adormecido significativamente.

–Está bien –dijo Adrian terminando con sus brazos. Inclinó su cabeza y Nova podía sentir su mirada sobre ella, pero mantuvo su atención en las compresas que ahora cubrían sus miembros–. ¿En dónde más?

Con una mueca, Nova se inclinó hacia adelante y alzó su camiseta para que él pudiera ver las ronchas en su espalda. Adrian cubrió una por una, con estabilidad y meticulosidad y cuando fue el momento de curar sus piernas, el chico desvió la mirada mientras Nova luchaba por sacarse sus pantalones, siseando y retorciéndose durante todo el proceso. Adrian le devolvió su chaqueta para que pudiera cubrirse cuanto pudiera mientras él curaba sus heridas. Aunque Nova sintió que la modestia era tanto para su beneficio como para el de él, no le importó lo que pudiera ver en tanto hiciera desaparecer esta agonía.

A la distancia, reconoció la cacofonía ensordecedora de una batalla feroz. Aunque parecía estar a kilómetros de distancia, ella sabía que estaba mucho más cerca que eso. No parecía que los Renegados hubieran atravesado la barrera improvisada y se imaginó a los villanos en las torres del oeste esperando a ver si la estructura de Ace aguantaría. Listos para defender su nuevo territorio ganado, con sus vidas si fuera necesario.

Ese había sido el plan. En el caso que los Renegados lograran atravesar la pared de Ace, los villanos defenderían la catedral a cualquier costo. Ace había insistido en que no perderían su santuario. De todos modos, los Renegados estaban débiles. Casi la mitad de sus tropas había sido neutralizada. Defender la catedral debería ser sencillo.

Nova se encontró esperando que los Renegados nunca lograran ingresar. No podía soportar la idea de otra batalla que nadie ganaría.

Para cuando Adrian terminó, el dolor se había convertido en un distante tamborileo adormecido en todo su cuerpo.

Una vez más, Adrian le dio privacidad mientras se ponía de pie y se ponía los pantalones y finalmente se ocupó de sus propias heridas. Nova deslizó la palma de sus manos sobre sus mejillas.

—Gracias —murmuró y sintió las lágrimas acumularse otra vez. Lágrimas de gratitud, pero también de culpa. Una parte de ella quería recostarse en este suelo sucio y antiguo y no hacer nada más que llorar hasta que terminara esta experiencia horrible. Era lo único que podía hacer para permanecer de pie—. No tenías que… después de todo… —enterró su rostro entre sus manos—. Ya no sé lo que estoy haciendo. No sé qué está bien o qué está mal o…

—Nova, detente. Escúchame —Adrian sujetó sus muñecas y las alejó de su rostro—. Solo puedo intentar imaginar cómo ha sido tu vida, pero nada de eso importa ahora. Lo que importa es que eres buena, fuerte, valiente y estas dispuesta a luchar por las personas que quieres. ¿No es así?

Nova lo miró atónica, no estaba completamente segura de que su descripción fuera certera. ¿Quién *era* ella? ¿En quién se había convertido?

—Oscar y Danna están allí abajo en algún lugar. Y mi papá… —su voz flaqueó.

Parecía que había pasado una eternidad desde que el Capitán Chromium había comenzado a escalar la catedral en un esfuerzo de llegar a Adrian.

Estaba peleando contra Ace, quizás en este preciso instante.

Pero era invencible. Ace no podía herirlo. ¿No?

—Ayúdame —dijo Adrian—. Ace Anarquía quiere matarnos a todos. Por favor, ayúdame a detenerlo.

—Es mi tío —susurró.

—Es un Anarquista.

—*Yo* soy una Anarquista.

—No. Eres una Renegada.

—Adrian… —Nova hizo una mueca.

—Lo *eres*, Nova. Si no lo crees, solo tendrás que confiar en mí.

Nova vaciló. Las palabras de Adrian le recordaron algo que Ace le había dicho lo que parecía ser eones atrás. *No puedes confiar en ellos, Nova. No eres una de ellos, por más que desees lo contrario.*

Pero confiaba en Adrian. Siempre lo había hecho. Incluso si era un Renegado. Incluso si no le había contado sobre el Centinela. Confiaba en él.

No estaba segura de cómo era posible que él siguiera confiando en ella.

–Adrian, necesito que sepas que realmente lo lamento. Todo. No fue todo mentira. Mis sentimientos por ti…

Adrian sujetó el rostro de Nova con sus manos.

–Lo sé. Y cuando termine todo esto, tendremos una seria conversación sobre tener secretos entre nosotros.

Nova rio, aunque fue un sonido nervioso.

–¿Cómo puedes seguir confiando en mí? ¿Después de todo?

–Ya no tenemos nada más sobre qué mentir, ¿no? Eres Pesadilla. Soy el Centinela. Ace Anarquía es tu tío. Puede que tú y yo seamos archienemigos. Y, sin embargo… –encogió los hombros un poco resignado–. De alguna manera, todavía quiero besarte.

–¿Sí? –sintió un cosquilleo en la piel.

–Tanto como siempre –y luego, lo hizo.

El beso fue más delicado que los besos apasionados que habían compartido antes, hambrientos y llenos de urgencia. Este fue más paciente. Más conocedor. Completamente desprovisto de secretos.

Adrian comenzó a alejarse, pero Nova lo detuvo, envolvió un brazo alrededor de su cuello y volvió a llevar sus labios a los de ella. Se derritió contra él. Un beso lleno de muchas más palabras de las que el tiempo les permitía decir.

Nova no pudo contener la emoción sobrecogedora de su voz cuando se separaron, la incredulidad y la esperanza que sentía por dentro.

–Estaba segura de que me odiarías cuando descubrieras la verdad.

–Al principio, lo intenté –Adrian hizo una mueca–. Pero, como tú dijiste, todos tienen una pesadilla –presionó su frente contra la de ella–. Tal vez quiero que seas la mía.

El corazón de Nova se abombó, pero no pudo evitar una sonrisa juguetona cuando se inclinó hacia atrás.

–Has estado guardando esa por un tiempo, ¿no?

–Solo un par de horas –le sonrió radiante–, pero estoy feliz de haber tenido una oportunidad de usarla.

Nova estaba tentada a besarlo de nuevo cuando unos pasos resonaron detrás de ellos. El sonido provenía de la escalera de madera. Se abrió la trampilla y Leroy apareció agitado.

–¿Qué diablos está...? –se congeló. Su atención fue de Adrian a Nova y de ella a Honey y a los tablones empapados de sangre. El costado de su rostro se contorsionó con ira mientras subía hasta el campanario.

»¡Aléjate de ella! –gritó y llevó una mano hacia la bandolera en su pecho en dónde había colocado los viales.

–Leroy... –empezó a decir Nova dando un paso hacia él–. ¡Espera!

Adrian alzó su mano. Nova giró justo a tiempo para ver una pared brillante esparciéndose de la palma de Adrian, igual a la que lo había protegido a él y a su padre en la arena. El vial de Leroy estalló contra los ladrillos invisibles y los pintó de un líquido amarillo que siseó y chisporroteó.

Nova reaccionó ante el aroma rancio de una de las preparaciones preferidas de Leroy, conocida por los forúnculos instantáneos que formaba en la carne humana, que comenzaban a descomponerse y pudrirse dentro de la hora.

–Leroy, por favor escúchame. Por favor, deja...

–Te está manipulando, Nova –dijo–. Te está lavando el cerebro para que creas que son los buenos. Confía en mí. Lo único que le importa es salvar su propio pellejo –empujó a Nova a un costado, lejos de Adrian.

La pared resplandeció, la argamasa dorada se dispersó en el aire y Adrian dio un paso titubeante hacia adelante.

–No estoy manipulando a nadie. Me preocupo por Nova y creo que tú también. Si tan solo pudiéramos...

–¿Hablar? –sugirió Leroy con una risa aguda–. ¿Como hablaste con Honey, quien amaba a Nova como si fuera su hija?

–Honey intentó matar… –Nova sacudió la cabeza.

No terminó la oración. En un abrir y cerrar de ojos, Leroy había lanzado un segundo vial. No a Adrian esta vez, sino al suelo a sus pies, donde un charco de aceite se había derramado del farol.

En el momento en que los dos químicos se mezclaron, explotaron la fuerza de un bastón de dinamita. El antiguo suelo tembló como un pañuelo de papel. Adrian gritó y cayó a través del suelo.

Nova gritó e intentó sujetarlo, pero Leroy la detuvo, envolvió su cintura con sus brazos para retenerla. Nova miro fijamente, quedándose sin aire, como el cuerpo de Honey se deslizaba hacia el vacío cuando la madera y la piedra cedieron a su alrededor y el aire se llenó de nubes de polvo que invadieron sus pulmones.

–Es nuestro enemigo, Nova. Tienes que comprenderlo. Espero que lo hagas algún día.

Un golpe seco sonó abajo, una serie de impactos y luego una figura emergió del vacío. Adrian, prácticamente volando. Aterrizó con fuerza sobre una rodilla, justo afuera del agujero. Los tablones crujieron y gruñeron por su peso.

–No, Leroy –dijo Nova, su estaba voz cargada con cruda emoción–. Espero que tú lo entiendas algún día.

Posó sus dedos sobre su piel rugosa.

–Nov…

No vio si el rostro de Leroy mostraba enojo o traición. Lo dejó caer al suelo, los brazos soltaron su cintura y luego saltó hacia Adrian.

–¡Espera! –gritó Adrian, demasiado tarde, la advertencia fue amortiguada por el sonido de la madera partiéndose y crujiendo. Atrapó a Nova en sus brazos. La esquina del suelo, comprometida por los químicos, comenzó a ceder–. ¡Sujétate!

Luego comenzaron a caer. La explosión había perforado el nivel superior de las escaleras de madera y causó una serie de bordes filosos y vigas inestables debajo de ellos. Astillas de madera y polvo de piedra llovieron sobre la cabeza de Nova mientras envolvía sus brazos en el cuello de Adrian, preparándose para que la caída llegara a su fin. Vio el cuerpo de Honey en la siguiente plataforma de madera.

Alzó la vista, hacia donde podía escuchar las campanas que se agitaban sobre sus cabezas y vio al cuerpo de Leroy deslizándose sobre el borde.

El cuerpo inconsciente de Leroy cayó.

–*¡No!*

Adrian aterrizó en la plataforma de madera con un impacto que Nova sintió hasta en los huesos. Utilizó el impulso para volver a saltar. Se sentía como volar. Sus cabezas se golpearon con los escombros que caían. El aire silbaba en sus orejas. Las angostas ventanas de la torre se veían borrosas.

Adrian sujetó a Nova con un brazo y encerró el otro alrededor de la cintura de Leroy. Alejándose del suelo destruido, se tambalearon juntos hacia el borde del campanario, donde una pequeña sección del suelo todavía no había cedido. Nova aterrizó de costado con un crujido desgarrador. El cuerpo de Leroy golpeó la pared de piedra debajo de una de las campanas externas.

–El suelo no resistirá –gritó Adrian mientras el gruñido delator de madera y clavos rebotó debajo de ellos.

Ignorando el dolor en sus costillas, Nova se puso de pie y se estiró hacia el alféizar de la ventana. La argamasa y las piedras le facilitaron encontrar en dónde apoyarse y en segundos había escalado hacia la barra de soporte de la enorme campana de bronce. Se agitó debajo de su peso, la campana sonó como una alarma.

Entrecerrando los ojos a través del humo y de los escombros, vio que Adrian tenía a Leroy sobre un hombro mientras utilizaba la lanza de cromo

que había quedado insertada sobre una viga superior para impulsarse hacia el enorme marco de madera en el centro de la torre.

–No lo lastimes, por favor –dijo Nova, aferrándose a las paredes para mantener el equilibrio.

Leroy comenzó a deslizarse. Adrian apenas lo atrapó gruñendo por el esfuerzo. Logró poner a Leroy a salvo sobre la viga transversal antes de impulsarse él. Dejándose caer agotado, miró a Nova.

Nubes de humo se arremolinaban en el aire entre ellos. La madera continuaba gruñendo y crujiendo en los pisos inferiores.

–¿Estás bien?

Nova rio y se quitó el flequillo de sus ojos.

–No –dijo–. Leroy ha sido como un segundo padre para mí –vaciló antes de añadir–. Ace y él, los dos.

–No quiero sonar grosero –Adrian la miró fijamente–, pero creo que necesitamos buscarte nuevos roles a seguir.

–Tus papás tampoco son perfectos –lo fulminó con la mirada.

–Sé que no lo son, pero, por favor –gesticuló hacia el cuerpo desplomado de Leroy.

Nova ajustó su equilibrio para no sentirse tan expuesta, encerró sus tobillos en los costados de la campana.

–Sé que ahora puede ser difícil de verlo, pero, en realidad, es un buen tipo... –su voz perdió intensidad, se preguntó cómo, en todo este tiempo en el que sentía que se estaba enamorando de Adrian, no había considerado ni una sola vez cómo sería que Adrian conociera a Leroy y al resto de su "familia". Nunca había valido la pena pensar en ello porque sabía que nunca sucedería.

–Bueno entonces –dijo Adrian con una risa seca–. Espero que tengamos una oportunidad de conocernos.

Nova volvió en enfocarse en él, agradecida por que no desestimó la idea categóricamente.

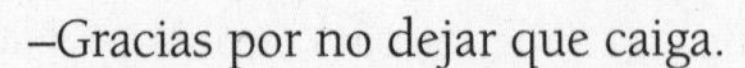

–Gracias por no dejar que caiga.

–Todavía no estamos a salvo –Adrian se asomó sobre el agujero dentado debajo de ellos–. Tendré que transformarme. Soy más fuerte con la armadura del Centinela. Podré bajar con él hacia un lugar seguro, pero no sé si puedo cargarlos a los dos a la vez.

–Yo puedo bajar sola –dijo Nova, asegurándose de que sus guantes estuviera en su cadera–. Solo déjame recuperar el aliento primero.

Presionando una mano en donde el Talismán de la Vitalidad se escondía, se percató de que, por lo menos, su cuerpo ya no latía por los aguijones de las avispas.

Las cosas podrían ser peor.

–¿Nova? –la llamó Adrian con una expresión de preocupación–. ¿Qué planea Ace? ¿Para qué es todo esto?

–Quiere destruir a los Renegados, especialmente al Consejo para que podamos tomar control de la ciudad. Ve a los Renegados como tiranos que oprimen a los prodigios en todos lados y… y no deja de repetir que seremos dioses.

–Y dice que mi papá es arrogante –dijo Adrian con sarcasmo.

Un estruendo repentino sacudió la torre. Nova gritó, estaba segura de que la explosión causaría que la torre de la campana se derrumbara a su alrededor. Luego echó un vistazo hacia la otra punta del techo de la catedral y sintió el corazón en la garganta.

El Capitán Chromium estaba sobre la torre sur, se sujetaba del pináculo con una mano mientras hacía girar la enorme cadena sobre su cabeza con la otra. Ace levitaba sobre la cumbre del techo y utilizaba sus poderes para desprender gárgolas de piedra del edificio y lanzarlas contra su enemigo. El Capitán estaba intentando golpear a Ace con su cadena mientras bloqueaba los ataques constantes.

Nova sintió un escalofrío. No por verlos en batalla, sino porque Ace estaba riendo mientras destruía las tejas de arcilla que cubrían el techo.

–Mi obra de arte, recientemente reconstruida, ¡destruida con tanta facilidad una vez más! –dijo sonando más alegre que perturbado–. Lo único que importa ahora que es ustedes Renegados quedarán enterrados en estos escombros. ¡Será un final apropiado después de lo que me hicieron hace diez años!

–Nova –dijo Adrian–, tenemos que detenerlo. Sabes eso, ¿verdad?

A la chica se le secó la boca.

Era imposible. ¿Ellos? ¿Detener a Ace Anarquía?

Y, sin embargo, sabía que era lo correcto.

No más héroes.

No más villanos.

Inhaló temblorosamente, lo miró a los ojos y asintió.

–Lo sé.

Capítulo 45

Un grito de sorpresa llamó la atención de Adrian hacia los capiteles de la catedral. Su papá estaba cayendo, se tambaleaba por el costado empinado del techo de la catedral. Logró sujetarse de un arbotante y colgó por un momento antes de ponerse de pie. Con un gruñido, arrancó una gárgola boquiabierta de su estructura y la lanzó a la cabeza de Ace, quien siquiera se inmutó y la esquivó con facilidad. Pero, en el mismo momento, el Capitán atacó a Ace con su cadena y lo golpeó en el pecho. El villano retrocedió, su espalda impactó contra el interior del domo improvisado.

–Ace no puede controlar las armas de tu papá, ¿no? –preguntó Nova.

–Nunca pudo –Adrian sacudió su cabeza–. No están hechas de metal normal.

–Sí, lo sé. Tu familia es un poco aterradora.

–¿*Mi* familia? –Adrian la miró boquiabierto.

Nova se atrevió a dejar que se asomara una sonrisa, Adrian vaciló y luego estalló en risas. Largas y cansadas carcajadas.

–Me transformaré en el Centinela –dijo llevando una mano a su esternón–. ¿Estás segura de que puedes bajar sola?

–¿Sabes con quién estás hablando? –Nova sonrió con satisfacción.

Comenzó a hurgar en el estuche de su cinturón cuando el sonido de madera quebrándose y metal chirriando sacudió la torre. Las dos campanas gigantes en el centro del campanario estaban siendo arrancadas de sus marcos de madera.

Adrian jaló del cierre en su esternón y, en segundos, la armadura lo había envuelto. Sujetó el cuerpo inconsciente de Cianuro, volvió a colocarlo sobre su hombro mientras una serie de tornillos se liberaba y caían hacia las profundidades de la torre destripada.

Saltó de la viga, apenas logró sujetarse de la campana adyacente a la de Nova. Se movió por su peso, el badajo comenzó a agitarse. Se sujetó con fuerza a la viga con una mano, la otra aseguró el peso muerto de Cianuro y miró hacia atrás justo a tiempo para ver las campanas centrales elevándose, estaban siendo jaladas de manera antinatural de sus estructuras. La madera cedió con un crujido ensordecedor y las campanas salieron disparadas hacia la pared lateral. Adrian intensificó su agarre mientras las campanas atravesaban la pared de piedra exterior del campanario con un sonido ensordecedor. Piedras y argamasa explotaron hacia afuera y cayeron como lluvia sobre el techo mientras las campanas se agitaban en al aire y se dirigían hacia el Capitán.

Su padre se preparó para el impacto en la cima del contrafuerte. Escondió la cabeza y la primera campana voló por sobre él y se estrelló contra el domo, luego extendió ambas manos y sujetó el borde de la segunda. El badajo golpeó contra el caparazón de bronce. Utilizando la fuerza de la propia campana, giró en un círculo y se la lanzó a Ace.

Ace se agazapó. La campana no lo tocó por centímetros e impactó contra la barrera. Gran cantidad de escombros cayeron hacia el páramo.

Adrian todavía estaba sosteniendo a Cianuro y observando las campanas cuando la torre comenzó a gruñir. Había soportado tanta destrucción como le fue posible.

Miró hacia Nova, pero ya no estaba su silueta en el marco de la ventana contigua.

–¿Nova? –gritó buscando dentro de la torre, pero no había rastros de ella–. *¡Nova!*

El techo sobre él cedió. El alto capitel cayó hacia adelante, arremetió contra las ventanas demolidas, separó vigas. La desproporción de peso comenzó una reacción en cadena que debilitó las paredes. Se derrumbaron piedras y varias molduras de adornos se liberaron y desaparecieron en el vacío.

Adrian todavía estaba buscando a Nova cuando el alféizar en el que estaba ubicado se inclinó y luego, cayó.

Por favor, ay, por favor, que no esté haciendo algo imprudente en este momento, pensó observando el rápido acercamiento del cielorraso de la catedral e intentado determinar un lugar seguro para saltar. Ajustó su brazo alrededor del villano inconsciente.

–Sujétate… –le murmuró a nadie en particular.

Se estrellaron contra el techo que cedió por la fuerza. Fragmentos de la torre granizaron alrededor de ellos y golpearon el traje de Adrian, quien hizo su mejor esfuerzo para cubrir a Cianuro de los proyectiles.

Intentó rotar su cuerpo para colocar sus piernas debajo de ellos y poder utilizar los resortes para absorber el impacto de la caída, pero no había tiempo. Impactaron contra el suelo de piedra dentro de la catedral, aterrizaron con un golpe que repercutió en todo su cuerpo. El resto de la torre atravesó el techo debilitado y se estrelló contra la pared norte de la catedral. Explotó hacia afuera, desparramándose sobre el páramo. Las campanas restantes aterrizaron con tanta fuerza que formaron cráteres en el suelo y fracturaron la piedra.

Adrian yacía entre los escombros, le dolía cada centímetro de su cuerpo.

–Nova –gruñó. Se aseguró de que Cianuro estuviera bien antes de tambalearse hasta ponerse de pie. Apenas podía ver por la nube de polvo que lo rodeaba–. ¡Nova!

–Estoy… bien –escuchó una respuesta débil. Con el corazón palpitando Adrian avanzó dando zancadas entre los escombros hacia su voz.

Estaba a unos pocos metros cuando una campana que había aterrizado dada vuelta rodó sobre la pared de piedra destruida y cayó al suelo con un fuerte golpe.

–*Ay* –gruñó Nova.

Adrian se quedó congelado. Se detuvo para mirar con detenimiento y allí estaba. Su cuerpo estaba dentro de la campana de bronce, sus brazos y piernas extendidos contra los lados curvos.

–Nova –susurró y se inclinó para ayudarla a trepar la campana. La jaló hacia su pecho, aunque el abrazo no era lo mismo ahora que tenía su armadura.

–Tu traje me dio la idea –dijo, su voz amortiguada contra su pecho.

–Ingenioso –replicó–. ¿Estás herida? –después de un momento, se corrigió–. ¿Herida de gravedad?

–En realidad, no –gruñó–. ¿Leroy?

–Está vivo. Deberíamos encontrar un lugar para dejarlo antes de que se desmorone todo el lugar.

Nova se alejó y sacudió algunos de los escombros de su capucha mientras Adrian limpiaba el polvo del visor de su casco. Escanearon la destrucción. La torre que había colapsado causó un agujero en esta parte de la catedral y demolió casi toda la esquina noreste.

El cuerpo de Adrian permaneció tensó, esperaba que llegara la próxima catástrofe. Pero solo oían el constante murmullo de polvo y el repiqueteo de escombros.

–Podemos poner a Leroy dentro de una de las campanas –sugirió Nova–. Creo que entrará y será un lugar tan seguro como cualquier otro.

Cianuro sí cupo dentro de la campana, aunque probablemente tendría una contractura terrible en su cuello cuando despertara.

–Entonces –dijo Adrian observando mientras Nova tomaba los pocos viales de la bandolera de Cianuro y los guardaba en un estuche en su cinturón–. ¿Cómo detenemos a Ace? –Nova frunció el ceño y Adrian necesitó un segundo para recordar que ella no podía ver su rostro a través del visor. Presionó un botón en el costado de su casco y retrajo el protector–. Lo lamento.

Nova sacudió la cabeza.

–No estoy segura de que pueda ser detenido, no mientras tenga el casco. A menos que encontremos una manera de neutralizarlo.

–¿Queda algo del Agente N?

Nova evaluó la pregunta.

–¿Todavía tienes mi bolígrafo? Tengo un dardo con Agente N en la cámara.

–Sí, lo tengo. Si podemos llevarte hasta el techo, ¿crees que puedas acercarte lo suficiente para usarlo?

–Tal vez –respondió Nova–, pero si descifra lo que estamos intentando hacer… destruirá ese dardo como a una ramita.

–Si alguien puede hacer esto, eres tú –Nova lo miró con ironía–. ¿Qué hay de Oscar y Danna? ¿En dónde están?

–Cuando todo esto comenzó, estaban encerrados en el tesoro. Vamos.

Lo guio a través de un tramo corto de escaleras hacia arriba y luego por un pasillo curvo hasta una capilla que era apenas menos deprimente que la que habían utilizado para retenerlo a él.

Luego, Nova se congeló al mirar la habitación adjunta a la capilla. En algún momento, tuvo puertas con vidrios de colores, pero el vidrio había sido destruido. La habitación detrás de las puertas estaba desnuda y ordenada en comparación con la destrucción que había sufrido el resto de la catedra. Y estaba vacía.

–Estaban aquí –dijo Nova, sus botas crujieron sobre el vidrio roto.

–Deben haber encontrado una manera de escapar –Adrian notó cuerdas deshilachadas en el suelo.

–Puede ser –Nova parecía poco convencida.

Compartieron una mirada entrelazada con una pregunta.

¿Encontrar a Oscar y Danna… o intentar detener a Ace Anarquía?

Adrian suspiró y acurrucó una esperanza en el fondo de su mente que sus amigos estarían bien en dónde sea que estuvieran.

–¿Al techo?

La expresión de Nova se endureció y Adrian reconoció la misma determinación que había hecho que se le detuviera el corazón cuando la había visto en las pruebas.

–Terminemos con esto –Nova asintió.

Volvieron corriendo hacia la capilla, pero mientras cruzaban el salón del coro un grito chillón hizo que ambos se detuvieran en seco. Adrian espió sobre la pared que llevaba hasta el altar.

Jadeó y jaló de Nova hacia el pasillo.

–¿Qué pasa? –preguntó la chica.

–¡Aves!

Nova vaciló solo un momento antes de empujar el brazo de Adrian a un costado y mirar con sus propios ojos.

El santuario que rodeaba el altar estaba repleto de cuervos negros gigantes. Había ojos negros brillantes, picos filosos y patas negras escamosas en todos lados. Estaban posados sobre las barandas que separaban el santuario del coro, sobre las molduras de los grandes pilares y en los altos marcos de las ventanas que se extendían hacia la cima del techo abovedado. Sus alas negras tamborileaban en el aire mientras se agitaban en el espacio, era como una ventisca de alas negras. Un clamor de graznidos enojados retumbó en la cámara.

En el centro del tumulto, aferrándose entre ellas en la base del altar estaban Danna y, de todas las personas posibles, *Narcissa*. Danna estaba acurrucada en una bolita, su cabeza estaba en el regazo de Narcissa mientras intentaba protegerse con sus brazos. Narcissa la cubría con un brazo, aunque su propio rostro estaba pálido por el terror y agitaba el otro sin sentido en el aire para mantener a los pájaros alejados.

No estaba funcionando. Las patas de los cuervos se hundían en las extremidades de la chica. Sus picos mordisqueaban las piernas de Danna.

–Ay, *por favor* –Narcissa le suplicó a nadie–. Los pájaros eran la única cosa a la que *no* le tenía miedo.

Adrian seguía intentando descifrar qué estaba viendo cuando una figura emergió detrás de un pilar blandiendo un candelabro antiguo como una espada. Oscar le rugió descontrolado a la bandada intentando golpear a los pájaros mientras avanzaba hacia al altar.

–¡Monarca! –gritó–. ¡Tienes que ponerte de pie!

Tan pronto como Oscar trastabilló hasta el estrado, los cuervos convergieron en un remolino y los atraparon a los tres adentro. Sus alas y sus cuerpos eran tan densos que parecía impenetrable.

Y luego los pájaros se incendiaron.

–Es Phobia –dijo Nova–. Danna les teme a los pájaros y estoy bastante segura de que Oscar le teme al fuego.

La piel de Adrian sintió un cosquilleo ante la mención del asesino de su madre, el fantasma que era espeluznantemente similar a la pesadilla de su niñez.

–Necesito dibujar sobre algo –dijo, tomando el bolígrafo de Nova–. Necesitamos agua. ¿Una manguera o unos rociadores?

–Solo se transformará en otra cosa –el rostro de Nova se retorció.

–Entonces, ¿qué hacemos?

–No lo sé. No es un prodigio normal. Hasta donde sé, nadie ha logrado herirlo de verdad, ni con armas ni con superpoderes –su mirada se hizo más intensa–. Pero… Adrian… si tú lo *creaste*….

–¡No lo creé! –espetó.

Nova se encogió.

–¡Está bien! –dijo apaciguándolo–. Pero solo digo que, si lo hiciste, ¿entonces tal vez haya algo que puedas hacer para destruirlo?

–Salvo que no lo...

Narcissa gritó, un sonido de pura agonía cuando el fuego se acercó. Adrian nunca supo con seguridad cuánta ilusión había en las habilidades de Phobia, pero el dolor de la chica sonaba suficientemente real.

Sintió un escalofrío.

–No lo creé, pero incluso si lo hubiera hecho, sigo sin saber cómo detenerlo.

–Bueno, empieza a pensar en algo –dijo Nova–. Una cosa que sí sé es que la mejor manera de luchar con Phobia –enderezó los hombros– es siendo valiente.

Bajó las escaleras hacia el santuario y enfrentó a las llamas ardientes. Eran tan brillantes que Adrian tuvo que bajar su visor otra vez para soportar mirarlas, pero Nova no se inmutó.

–¿Nova? –podía sentir el calor de las llamas incluso a través de su armadura y ella estaba parada mucho más cerca que él. Estaba asombrado de que pudiera soportarlo. Luego, atravesó el fuego.

Capítulo 46

–¡Nova! –llamó Adrian y su grito irrumpió el silencio inesperado. El infierno desapareció tan rápido como había aparecido.

Nova, intacta, estaba de pie a tan solo unos metros de los demás que estaban aferrándose entre ellos en el suelo. Estaban pálidos y su cabello estaba cubierto de sudor.

¿Por cuánto tiempo los había atormentado Phobia? ¿Por cuánto tiempo estuvieron intentando enfrentar a sus mayores miedos mientras el Anarquista los agotaba lentamente utilizando sus mayores debilidades?

BANG.

Todos se sobresaltaron por el disparo. Era ensordecedor y Adrian se volteó intentando encontrar su fuente, estaba seguro de que el arma había sido disparada a tan solo centímetros de su cabeza. Pero el santuario estaba vacío.

BANG.

Nova lloriqueó y Adrian volvió a concentrarse en ella. Sus ojos estaban cerrados con fuerza y temblaba de pies a cabeza, sus dos manos se aferraban a su cabeza.

¡BANG!

Una sombra se irguió enfrente de Nova. Por un momento, Adrian pudo ver el contorno de Phobia formándose, la capa ondulada, la guadaña filosa, pero luego volvió a transformarse en otra cosa.

Un hombre. Una figura gigante que se imponía sobre la pequeña contextura de Nova. Su mentón era áspero y tenía una barba incipiente. Su cabello blanquecino estaba atado en su nuca. Tenía una salpicadura de sangre seca sobre su ceja.

Estaba sosteniendo un arma y la presionaba contra la frente de Nova.

Adrian sintió emerger dentro de él un odio que nunca había experimentado y lo próximo que supo fue que había colisionado con el costado del hombre. Ambos cayeron. El hombre cayó de espaldas junto al altar, pero el impulso de Adrian hizo que rodara por el suelo. Se estrelló con una columna que se sacudió por el impacto de su armadura.

Del otro lado del santuario, Nova exhaló temblando y cayó de rodillas.

El hombre estalló en carcajadas. Su cuerpo se disolvió en hilos de humo oscuro antes de volver a transformarse en una larga capa negra. El arma se estiró hasta transformarse en un bastón y en una hoja angular.

–Amo Everhart –dijo Phobia, su voz áspera hizo que Adrian se retorciera con desprecio–. Deseaba que nuestros caminos volvieran a cruzarse antes de que esta noche terminara.

Adrian se puso de pie, apoyó una mano sobre un armario con grabados intrincados. Entrecerró los ojos en dirección a la oscuridad en dónde debería haber un rostro y se dio cuenta de que este era el momento que había pasado años imaginando. Había encontrado al asesino de su madre. La justicia estaba al alcance de sus manos.

–Asesinaste a mi madre –dijo entre dientes. La imagen lo atacó sin invitación. El cuerpo quebrado de su madre, su grito silencioso. Volvió a invadirlo el temor, pero necesitaba ganar tiempo. Necesitaba pensar.

Detrás de Phobia, vio a Nova urgiendo a los demás para que huyeran. A Narcissa parecía gustarle la idea, pero Oscar y Danna miraban a Nova con incredulidad. No confiaban en ella. ¿Por qué lo harían?

Pero bueno… ¿cómo era posible que confiaran en Narcissa?

–Eso hice –chirrió Phobia–. Puede que haya sido mi muerte preferida. ¿Sabes cuál era su mayor miedo? –Adrian apretó los puños–. Es fácil de adivinar. Suele serlo con las *madres* –pronunció la palabra con desprecio y aburrimiento–. Temía perderte a ti. Temía que este mundo oscuro y cruel arruinaría a su adorado pequeño. Arruinarlo o matarlo, lo que sucediera primero –soltó una risita–. ¿Te gustaría saber qué fue lo último que vio?

Adrian no dijo nada.

–*A mí*… sosteniendo el cuerpo de su hijo muerto en mis brazos. Me echó un vistazo y comenzó a gritar y luego… solo se rindió. Creo que pudo haber olvidado que podía volar –soltó un chasquido silencioso–. Su grito fue una sinfonía. Puedo escucharlo hasta el día de hoy.

Con un rugido gutural, Adrian levantó el armario angosto y se lo lanzó a Phobia.

El villano se disolvió antes del impacto, desapareció en una nube de humo. El armario cayó de costado, la puerta se abrió de par en par y un surtido de cálices y urnas se desparramaron en el suelo.

Phobia reapareció, elevándose en la cima del altar.

–Te pareces mucho a ella, ¿lo sabes?

Adrian arrancó una estatua de un rincón y también se la lanzó. Phobia la bloqueó con el empuñadura de su guadaña y desvió la figura de mármol hacia el coro.

–También temes perder a quienes amas. Es un miedo común. Uno que comparten los prodigios y los humanos por igual. Pero, en tu caso, hay un elemento extra de… responsabilidad. Tu mayor miedo es perder a quienes amas siendo incapaz de defenderlos.

Adrian saltó hacia adelante, se catapultó sobre el altar. Esta vez llegó a la garganta de Phobia, como si fuera a estrangularlo, pero una vez más el villano se desvaneció en el momento en que Adrian lo tocó.

Reapareció detrás de Danna y sujetó su frente con una mano esquelética. Jaló de ella hacia su capa y posicionó la guadaña de manera tal que la punta de la hoja presionara el punto suave en la base de la garganta de la chica.

–Nada es tan debilitante –susurró Phobia– como ver sufrir a un ser querido.

Adrian intentó invocar el rayo de energía contusivo de su brazo y recordó demasiado tarde que la Abeja Reina había cortado ese tatuaje de su piel.

–¡No!

Gruñendo, Danna sujetó dos de los dedos esqueléticos de Phobia y los dobló hacia atrás tan fuerte como pudo. Los dedos se quebraron en su mano. Phobia siseó y aflojó su agarre lo suficiente como para que Danna se escapara de él. En el momento en que estuvo a salvo, una lluvia de estrellas termo dirigidas rasgó la capa de Phobia. Volvió a evaporarse en el aire al igual que los huesos que Danna había arrancado de su mano. Las estrellas impactaron en la pared del fondo del santuario: una se alojó en la argamasa entre las piedras, las otras dos rebotaron y se deslizaron en el suelo.

–¡Danna, Oscar, salgan de aquí! –gritó Nova. Corrió hasta el altar y recuperó las estrellas termo dirigidas–. Ya no son superhéroes. Si no se marchan, ¡Phobia solo los seguirá utilizando en contra de Adrian!

Oscar la miró extenuado y luego se volteó hacia Adrian.

–Lo lamento, ¿volveremos a hacer esto?

–¿Qué? –respondió Adrian.

–¡Confiar en ella! –gritó Oscar.

Antes de que Adrian pudiera responder, Phobia se materializó otra vez detrás de Oscar. Alzó su guadaña y Adrian jadeó, ya estaba imaginando el movimiento de la hoja sobre la garganta de Oscar.

Pero luego un grito de guerra estalló en furia a través de la cámara y Danna corrió con todas sus fuerzas por el pasillo. Hizo algunas volteretas hacia adelante que la llevaron debajo del brazo extendido de Phobia. Sucedió tan rápido que Adrian no se percató que Danna había robado la guadaña hasta que se lanzó sobre el santuario, desparramando velas votivas.

–Puede que ya no seamos prodigios –dijo Danna fulminando con la mirada a Nova–, pero todavía somos superhéroes.

–Qué encantador –Phobia extendió un dedo pálido hacia ella y la guadaña se transformó en una serpiente en la mano de Danna, quien gritó y la soltó. En el momento en que la criatura tocó el suelo, se dispersó en un millón de arañas negras que se escabulleron en todas las direcciones. Narcissa y Oscar gritaron.

Las serpientes se unieron a la capa de Phobia y parecía que el villano se hacía más alto, como si estuviera atrayendo las propias sombras que lo rodeaban.

La mente de Adrian analizaba sus opciones. Podía saltar alto, levantar cosas pesadas, atravesar paredes de concentro con el puño de su armadura y podía… dibujar cosas. ¿Qué podía dibujar? Todo parecía inútil en contra de Phobia.

–Está bien, *Pesadilla* –dijo Oscar, su voz estaba cargada de desdeño–. Debes conocer su debilidad, ¿no? ¿Cómo derrotamos a este tipo?

Phobia siguió creciendo, la oscuridad lo rodeaba como una neblina. Su cuerpo se estiró hacia arriba hasta que pareció ocupar todo el santuario. Era un gigante hecho de sombras y humo a punto de tragarlos a todos.

–¿Y? –preguntó Oscar.

Nova sacudió la cabeza.

–No lo sé –su pánico era evidente.

¿Cómo matas a un fantasma? ¿Cómo matas a una pesadilla?

–Siempre tan útil –masculló Oscar.

–¡Les dije que huyeran! –gritó Nova.

Adrian dio un paso hacia atrás y estiró su cuello mientras el cuerpo masivo de Phobia se extendía, era un agujero negro viviente que absorbía la luz de la habitación. La guadaña estaba otra vez en su mano, su hoja colgaba amenazantemente sobre sus cabezas.

La sangre latía contra la sien de Adrian. *¿Cómo matas a un fantasma?*

–¿Quieren conocer el miedo? –dijo Phobia, su voz resonaba en todas las direcciones. Su figura los absorbió y los separó del resto del mundo–. Miedo a la oscuridad. Miedo de estar atrapado. Miedo a la muerte. Los domino a todos.

Mientras el santuario sucumbía ante la oscuridad impenetrable, Adrian y los demás se vieron obligados a amontonarse alrededor del altar.

–No te tengo miedo –dijo Adrian atreviéndose a dar un paso hacia las sombras. Sus botas pesadas emitieron un sonido metálico en el suelo de piedra.

–A decir verdad, sí me temes –replicó Phobia acompañado de una risa grave y siniestra–. Pero estás todavía más asustado de saber la verdad –Adrian vaciló y la voz de Phobia se transformó en un susurró–. ¿O ya lo sabes?

Adrian sintió un calor subir por su cuello. No era verdad. No podía ser.

–Supongo que debería estar agradecido –continuó Phobia con su tono áspero–. Es un raro obsequio conocer a nuestros creadores.

Adrian se encogió, retrocedió y colisionó contra la pared.

Es otro juego, se dijo al él mismo. Pero Phobia no estaba jugando con él.

–Es imposible –dijo–. Hubieras muerto años atrás. Te hubieras desvanecido en la nada, ¡como todos los demás!

–Ah, ¿sí? –la capucha de Phobia llegó hasta el cielo abovedado y la oscuridad cubrió la habitación. No había nada más que sombras en todos lados. Se sentía como si la muerte estuviera acorralándonos, succionando la calidez del aire, sofocándolos lenta y dolorosamente.

»Supongo que debería estar muerto –dijo Phobia–, pero fuiste tan inteligente durante tu niñez asustadiza que me imbuiste con una fuente ilimitada de energía. Un pozo sin fondo de poder. Tus… propios… miedos.

–¿De qué estás hablando? –Adrian sintió un escalofrío.

–Solía preocuparme que se desvanecieran a medida que crecieras, pero no era necesario que me molestara. Los miedos cambian, pero nunca desaparecen. En un momento temías perder a tu madre sobre cualquier otra cosa, pero una vez que esa pesadilla se materializó… tomó su lugar otra que merodeaba cerca. Miedo de perder a tu nueva familia. Miedo de que colapsaran los Renegados. Miedo de que Ace Anarquía ganara. Miedo de siempre vivir en la sombra de tus padres. Miedo a perder a más seres queridos. Miedo a ser débil e inútil cuando más importara– soltó una carcajada casi deleitándose–. Tus miedos no tienen fin, amo Everhart, y la vida que me dan no tiene fin.

Adrian intentó tragar saliva, pero era como tragar un puñado de arena. Comenzó a ahogarse.

La resistencia persistía en sus pensamientos *–imposible–*, pero sabía que solo era porque Phobia tenía razón. Le aterrorizaba la verdad.

Porque si él había creado a este monstruo, eso significaba que había creado al asesino de su madre. En lugar de la furia que lo había impulsado en su búsqueda del asesino, lo único que sentía ahora era una angustia profunda y agotadora. Había creado esta cosa. En cierto nivel, *él* era responsable por cada acto impronunciable que Phobia había cometido alguna vez. Su imaginación había producido una criatura sin alma y la había dejado suelta en el mundo. Lo creó para ser un villano, un asesino, todo lo que Adrian despreciaba.

Adrian apretó su mandíbula hasta que pensó que sus dientes podrían quebrarse. Phobia era su peor pesadilla hecha realidad y era completamente su culpa.

Y ahora, Phobia lo asesinaría junto con sus amigos y Nova. Personas por las que daría todo para proteger.

Tenía un cierto sentido de completitud. Adrian se preguntó si tal vez merecía morir ahora que sabía que uno de sus dibujos había sido la causa de tanto sufrimiento. La culpa se asentó en su interior.

Tal vez morir a manos de Phobia sería adecuado. Incluso sospechaba, aunque no lo sabía con seguridad, que todas sus creaciones también perecerían cuando su propia vida terminara. Sería justo, a su manera, que la muerte de Adrian y la de Phobia estuvieran entrelazadas intrínsecamente. Solo se perdería ese momento de satisfacción que podría haber sentido al acabar con el asesino de su madre de una vez por todas. Había perdido su propio anhelo de venganza.

Nova creía que había una manera de que Adrian destruyera a Phobia. Tal vez era esto. Tal vez su propia muerte era la única manera.

–Ah –una risa estrepitosa sacudió la pared–, la dulce valentía de quien está listo para morir –canturreó Phobia–. Pero no te consueles con fantasías de autosacrificio todavía. No te mataré a *ti* –la guadaña gigante colgaba perezosamente sobre sus cabezas, un hilo de luz plateada brillando en la oscuridad–. Los mataré a *ellos* mientras observas y sabes que no hay nada que puedas hacer para detenerme.

–¡No! –Adrian se sacudió hacia adelante, pero colapsó sobre una rodilla. La oscuridad se había espesado en algo tangible y quedó atrapado. Apenas podía distinguir los rostros afligidos de sus amigos entre las sombras–. No… no puedes…

Phobia conocía sus miedos demasiado bien. Sabía que esto atormentaría a Adrian. Estar indefenso, perder a sus seres queridos y ser incapaz de detenerlo, tal cual como había perdido a su madre. Su caja torácica se estrujó, sofocándolo. No podía dejar que esto sucediera. No podía dejar que Phobia ganara.

Luego, repentinamente, lo supo.

O tuvo la esperanza.

Porque si esto no funcionaba, sería el mayor error de su vida.

Tosiendo por la presión de las sombras, Adrian llevó una mano a su armadura y retrajo la armadura protectora. Se plegó hacia adentro de sus extremidades y quedó vestido en los restos de su uniforme de Renegado, todavía sin camiseta y con la piel manchada de sangre seca y cubierto de los vendajes que se había dibujado apresuradamente en el campanario.

–¡Adrian! –Nova gritó a través del abismo. Apenas podía verla en la oscuridad acumulada–. ¿Qué estás haciendo?

–Tengo una idea –gritó como respuesta mientras tomaba el bolígrafo de Nova, la que tenía la cámara oculta para dardos. La abrió y quitó el único dardo cargado con el familiar líquido espeso verde. Se le secó la boca.

–¡No! ¡No funcionará! –gritó Nova–. ¡No lo desperdicies!

Ignorándola, Adrian tomó un libro gigante con cubierta de cuero del altar y lo abrió en el suelo. Presionó el bolígrafo contra las páginas y comenzó a dibujar.

La voz de Phobia resonó en la catedral.

–Estoy impresionado.

La mirada de Adrian escoltó a las sombras hasta el cielorraso, hacia el vacío debajo de la capucha de Phobia, que ahora rozaba las vigas en el techo tan lejos de ellos.

–Para ser criaturas tan insignificantes, su coraje es excepcional. Pero sabes lo que dicen sobre el coraje. Sin…

–… miedo, no hay coraje, bla, bla –dijo Adrian recordando cómo Winston Pratt se había burlado una vez del dicho favorito de Phobia–. Pero ¿sabes tú lo que dicen del miedo?

La capucha de Phobia se agitó alrededor de su rostro escondido.

Adrian presionó su mano sobre el libro y extrajo el dibujo de las páginas quebradizas. Emergió una barra angosta del largo de su antebrazo con una cruz plana en una esquina. Brillaba por brasas en la oscuridad.

Su mano comenzó a temblar.

–Adrian –Nova graznó–. ¿Eso es un hierro ardiente?

El chico la ignoró y se enfrentó a las sombras.

–No se puede tener miedo –dijo–, cuando no tienes nada que perder.

Se le revolvió el estómago incluso mientras inclinaba la marca de fuego hacia él.

–¡Adrian! –gritó Nova con voz aguda por el pánico–. *¡Adrian!*

Se preparó mentalmente y antes de que pudiera arrepentirse, empujó el hierro caliente contra el tatuaje de inmunidad en su pecho. Se le escapó un grito de dolor. Casi inmediatamente, el aroma nauseabundo de carne quemada inundó el santuario.

Cuando retiró el hierro, una X roja y profunda había destruido el tatuaje.

Soltó el hierro con un escalofrío. De repente se sintió mareado por el dolor, puntos blancos se asomaban en su visión, pero la adrenalina lo mantuvo de pie.

Cerró su puño alrededor del dardo lleno de Agente N y buscó en las profundidades de la capucha de Phobia. El fantasma que había atormentado sus sueños de la niñez. La pesadilla que le había arrebatado a su madre.

El monstruo que había creado.

Phobia siseó, por un momento, casi sonó preocupado antes de que sus carcajadas ásperas volvieran a sacudir el santuario.

–No seas tonto. *Tú* temes estar indefenso más que cualquier otro prodigio que haya conocido. Nunca...

Adrian apretó la mandíbula y hundió la aguja en su propio muslo.

Capítulo 47

Adrian cayó sobre una de sus rodillas sabiendo que no había nada más por hacer. O había funcionado o había renunciado a todo por un impulso. Por una posibilidad. Ni siquiera sabia si era una buena posibilidad.

Eso y además le ardía el pecho. Pensaba que podría desmayarse por el dolor y la pérdida de sangre y las sombras de la capa de Phobia todavía lo envolvían. Todavía se cerraban alrededor de sus amigos y de él, todavía los tragaba a todos.

Cuando los efectos del Agente N comenzaron, estaba casi demasiado débil como para notarlos. La sensación lo hizo recordar a estar en el área de cuarentena con Max, antes de que descubriera el Talismán de la Vitalidad y se hubiera hecho su tatuaje. Fue como si una chispa se extinguiera dentro de él. Un escalofrío recorrió su cuerpo. Algo drenaba la fuerza concentrada en sus manos. Los dedos con los que había dibujado tantas cosas increíbles en sus casi diecisiete años.

Los dedos que habían dibujado al propio Phobia cosquillearon hasta que casi no pudo sentirlos en absoluto.

Escuchó una tos áspera.

–No –susurró Phobia–. Esto no… no puedes…

Soltó un alarido mientras comenzaba a desvanecerse. Su capa se esfumó como una niebla en una brisa, una nube de ceniza ondulaba en el suelo del santuario. La capa, los dedos esqueléticos, la capucha sombría y, por último, la guadaña, desparecieron en un bucle de humo en el aire.

Adrian contuvo la respiración. Contó hasta diez.

Phobia no regresó.

Se desplomó hacia delante. El calor regresaba a sus dedos, pero no vino acompañado de la sensación de poder que había conocido toda su vida. Sabía más a allá de toda duda que podría dibujar cientos de flores o miles de armas o millones de dinosaurios y ninguno de ellos volvería a cobrar vida.

Y todo lo que había hecho antes… ¿desaparecería? Todo el trabajo que había hecho al reconstruir la mansión del alcalde… la jungla en su sótano…

Incluso mientras pensaba en ello, Nova jadeó y algo hizo un sonido metálico contra el suelo. Se inclino hacia adelante y levantó su brazalete. El broche volvió a romperse.

La estrella, sin embargo, seguía allí y brillaba con fuerza, indiferente a su victoria. Él también había dibujado esto y, de todos modos…

Detuvo su línea de pensamiento.

No. No la había dibujado. En el mural, la estatua estaba de espaldas, así que sus manos no podían ser vistas. La estrella había estado en el sueño de Nova, no en el de él.

Nova guardó el brazalete en su bolsillo y se arrodilló junto Adrian.

–No puedo creer que hicieras eso –dijo inspeccionando la quemadura en su pecho–. Por todos los diablos, Adrian, ¿una marca de fuego?

–Fue el método más rápido que se me ocurrió –replicó–. No es tan malo. Creo que chamuscó las terminaciones nerviosas. En serio. Apenas lo siento.

Nova apoyó su peso en sus talones, lo miraba fijamente impresionada. No era la primera vez que lo miraba de esa manera, con algo más que admiración, más que respeto. Era más parecido al asombro.

Haría casi cualquier cosa para que ella lo siguiera mirando de esa manera.

Todavía estaba tenso, todo su cuerpo estaba tieso, casi esperando que Phobia reapareciera y aullara su risa macabra.

Pero solo persistió el sonido de su propia respiración agitada y, después de un momento, escuchó la voz de Oscar irrumpir la pesadumbre.

–Eso fue simultáneamente lo más valiente y estúpido que he visto en mi vida.

Adrian intentó esbozar una sonrisa, aunque sabía que era débil.

–Yo creé a Phobia. Tenía que ser yo.

Oscar abrió la boca, pero Adrian alzó su mano.

–Lo explicaré después.

–Hay una lista extensa de cosas que explicarás después –respondió Oscar indignado. Se sujetó del altar y se impulsó hacia arriba, sus piernas estaban débiles. Mientras los demás se ponían de pie, Adrian se preguntó hacía cuánto tiempo Oscar estaba sin su bastón.

Un ruido sordo y lejano sacudió las paredes de la catedral. Adrian alzó la mirada hacia la nave. Durante la lucha contra Phobia casi se había olvidado de que su papá seguía allí afuera, batallando con el villano más infame de todos los tiempos. Sabía que Ace Anarquía era poderoso, pero le seguía pareciendo increíble que alguien pudiera igualar al Capitán.

Luego recordó que su papá había entregado su arma favorita, la Lanza de Plata, cuando la había lanzado contra el campanario. La lanza debe haber quedado enterrada entre los escombros de la torre.

¿Había alguna esperanza de encontrarla? ¿Le volvería a dar la ventaja a su padre? Sin duda, nadie podía vencer al Capitán Chromium, ni siquiera Ace Anarquía.

–Adrian –dijo Nova–. Eso era lo último que nos quedaba del Agente N. La única manera de detenerlo ahora es obtener su casco de alguna manera, pero…

–Yo tengo Agente N –la interrumpió Narcissa.

Nova se congeló y giró hacia ella.

–¿Sí? –dijo Adrian al mismo tiempo en que Nova preguntó:

–¿Por qué nos estás ayudando?

–Podría hacerte la misma pregunta –Narcissa se cruzó de brazos.

–Nos ayudó a escapar –intervino Danna–. Bueno, quiero decir, solo llegamos hasta aquí, pero rompió la puerta y nos liberó. Y ni siquiera tenía que quedarse, podría haberse marchado a través de un espejo en cualquier momento. En cuanto a mí concierne, está unos pasos más adelante que tú en lo que respecta a confianza.

–Todos somos de fiar –insistió Adrian–. Todos estamos del mismo lado –estrujó el hombro de Narcissa–. Gracias por ayudar a mis amigos.

–No lo hice por *ti* –dijo–. Yo solo… –sus ojos viajaron de Adrian a Nova, Oscar y Danna. Se aclaró la garganta–. Mi abuelo era muchas cosas para mí, pero nunca pensé en él como un villano. Sé que hizo algunas cosas malas, pero solo estaba intentando sobrevivir, cuidar de mí y de la biblioteca. No creo que hubiera querido esto para mí y… no estoy segura de que quiera ser parte de esto –su rostro se tiñó de culpa–. Más de lo que ya participé.

–Hoy todos hemos hecho cosas de las que no estamos orgullosos –dijo Nova.

–Habla por ti misma –murmuró Danna.

–Danna tiene razón –dijo Oscar–. He sido bastante increíble hoy.

–¿Dijiste que tienes Agente N? –preguntó Adrian.

Narcissa metió una mano en un estuche en su cintura y quitó un dardo lleno de líquido verde. Adrian lo reconoció como el proyectil que Congelina le había dado, el que había llevado con la intención de neutralizar a Ace Anarquía desde el principio.

–Lo tomé cuando te estaban llevando a la capilla. Supuse que se lo daría a Cianuro, pero –le frunció el ceño a Nova–, después del discurso de Ace sobre convertirnos en dioses, me preocupó que este plan pudiera estar descarrilándose. Pensé que esto podría ser útil en algún momento y… No estaba completamente segura de que confiara en alguien más para entregárselo –después de un momento de vacilación, se lo entregó a Pesadilla–. Por favor, no hagas que me arrepienta de esto.

–Haré mi mejor esfuerzo –respondió Nova guardando el dardo en su cinturón–. Ahora, tenemos que determinar cómo me acercaré a él.

–Solo para aclarar –Oscar alzó su mano–. Estás oficialmente en nuestro equipo otra vez, ¿no?

–Por supuesto que sí –dijo Adrian más a la defensiva de lo que pretendía.

–No –replicó Danna presionando sus manos sobre sus caderas–. Ningún *por supuesto que sí*. Nos traicionó. ¡Dejó que nos neutralizaran! No puede solo…

–Mató a la Abeja Reina –la interrumpió Adrian– y salvó mi vida. Sé que las cosas son un desastre ahora, pero confío en ella.

La mirada fulminante de Danna solo se intensificó.

–Sé que no significa mucho –dijo Nova dando un paso hacia adelante–, pero lo lamento.

Danna resopló, pero el rostro de Oscar indicaba que la disculpa tal vez significaba *algo*.

–Escucha, tendremos que trabajar en esto después –afirmó Adrian–. Ustedes tres –gesticuló hacia Oscar, Danna y Narcissa– vendrán conmigo. Mi papá arrojó su lanza al campanario antes de que colapsara. Es su arma más fuerte y una que Ace no puede controlar. Tendremos que intentar recuperarla y devolvérsela.

–Lanza, campanario, entendido –dijo Oscar haciendo el saludo militar. Inclinó su cabeza hacia Nova–. ¿Qué hará ella?

Adrian giró hacia Nova, quien inhaló profundamente.

–Puede que sea la única persona que pueda acercarse a Ace lo suficiente como para neutralizarlo. Tengo que intentarlo.

▮▮▮

Adrian había estado tan concentrado en asegurarse que Nova estuviera bien después de que el campanario colapsara que no había asimilado completamente la extensión de la destrucción. La torre había colapsado sobre el techo del transepto y dejó una pila gigante de escombros debajo de la línea partida del tejado. El polvo había comenzado a asentarse, pero Adrian se cubrió la boca de todos modos para evitar inhalar demasiado polvo mientras se abría camino en el paisaje engañoso. Podía ver la puerta que llevaba hasta las catacumbas, ahora estaba mayormente cubierta por escombros. Algunas de las campanas sobresalían en el caos, silenciosas en donde habían caído.

–Guau –dijo Oscar, utilizaba un candelabro como bastón improvisado... y posiblemente como arma, en caso de ser necesario–. Creo que encontré un cadáver.

Adrian sintió un escalofrío, no estaba ansioso por ver a la Abeja Reina otra vez. Pero Oscar se había puesto de cuclillas en frente de una de las campanas caídas.

–¡Es Cianuro! –dijo Narcissa.

–Estaba intentando matarme –asintió Adrian–, así que Nova lo hizo dormir. Pensamos que estaría a salvo dentro de la campana en el caso de que la catedral colapsara alrededor de él.

Comenzaron a escudriñar entre los escombros buscando la lanza de cromo. No pasó mucho tiempo hasta que Adrian se percató de cuánto extrañaría la fuerza que acompañaba el traje de su alter ego. Cada bloque de piedra, cada madera antigua parecía más pesada que la anterior. Ya estaba exhausto y no pasó mucho tiempo antes de que sus músculos le gruñeran para que se detuviera. Estaba feliz de que Oscar estuviera allí. Al menos él se había molestado en pasar tiempo levantando pesas en los salones de entrenamiento. A diferencia de Adrian, quien solo se había hecho muy bueno dibujando pesas.

–¡Allí! –gritó Danna parándose sobre una montaña de escombros.

Adrian se apresuró hacia ella y vio lo que quedaba del andamiaje de madera que sostenía las campanas centrales de la torre. La lanza seguía atascada en una de las maderas.

Finalmente, los cuatro tuvieron que hacer una embarazosa cantidad de esfuerzo y gruñidos para liberarla. Cuando la lanza se aflojó al fin, cayeron hacia atrás con un grito y aterrizaron en una pila entre las piedras y la argamasa. Una gárgola rota se enterró en la cadera de Adrian. Siseando, la tomó y la lanzó de vuelta a la pila.

–Fase uno completa –dijo–. Ahora, hay que llevársela al Capitán.

Comenzó a ponerse de pie cuando un par de pies descalzos aparecieron a un par de pasos de distancia. Se quedó inmóvil, dejó que su mirada se elevara por batas doradas hasta que encontró el rostro de un chico probablemente algunos años más joven que él. A pesar de su edad, su uniforme sugería que era un Harbinger, una de las bandas más poderosas durante la Era de la Anarquía.

No estaba solo. Villanos rodearon a Adrian y a sus amigos, incluyendo por lo menos otro Harbinger, varios de los reclusos de Cragmoor que reconoció de la arena y algunos prodigios que recordaba vagamente por haber sido rechazados en las pruebas de Renegados. Pero también había hombres y mujeres que nunca había visto en su vida. Algunas docenas, como mínimo. Algunos cargaban armas: pistolas, cuchillos, una vara alta. Pero él sabía que la mayoría no necesitaba armas.

Quería creer que habían aparecido desde las sombras al igual que Phobia lo hubiera hecho porque ese es el tipo de cosas espeluznantes

que hacían los villanos. Pero no, él y sus aliados habían estado demasiado ocupados en conseguir la lanza como para escucharlos acercarse.

Adrian tragó saliva, demasiado consciente de su ausencia de superpoderes.

Extendió los dedos en lo que esperaba fuera visto como una petición de paz, pero no logró bajar la lanza. En cambio, la utilizó como ayuda para ponerse de pie.

–Mmm, tal vez quieran ponerse zapatos antes de acercarse más –dijo Oscar cortando la tensión–. Hay muchos fragmentos dentados por aquí.

Los dos Harbinger lo estudiaron, pero no dijeron nada.

–¿Narcissa? –dijo una mujer mayor que tenía una escopeta sobre su hombro–. ¿Los estás ayudando?

Adrian miró a su costado. La chica que viajaba entre espejos se puso de pie entre los escombros y enfrentó a sus aliados con expresión de preocupación. Abrió la boca, pero vaciló.

–Sí –respondió Adrian con suficiente convicción como para sorprenderse hasta a él mismo–. Y me gustaría pedirles ayuda a ustedes también –vio algunas cejas alzadas y miradas desconfiadas, pero nadie los atacó todavía y no pudo evitar interpretarlo como una buena señal.

»Hemos sido enemigos por un largo tiempo. Algunos de nosotros –les echó un vistazo a los dos chicos más jóvenes– probablemente nacimos siendo enemigos. Nos criaron para odiarnos entre nosotros. Toda mi vida me han dicho que los Renegados son los buenos y que cualquier prodigio que nos desafíe es un enemigo que tiene que ser destruido. O por lo menos encarcelado lejos del resto de la sociedad. Pero ¿y si hemos estado equivocados? No quiero pelear con ustedes. De la misma manera en que no quiero pelear con Narcissa... ni con Pesadilla –sus nudillos empalidecieron alrededor de la lanza. Sus músculos se tensaron mientras se preparaban para utilizarla en su defensa, incluso mientras le suplicaba al universo no tener que hacerlo.

»Podemos detener esto. Nadie tiene que morir hoy.

–Buen discurso, Renegado –resopló un hombre–. Pero es fácil dar buenos discursos cuando te superan en número.

–Odio tener que decirles esto –dijo Danna parándose al lado de Narcissa–. Pero no somos los que están superados en número. Puede que los Renegados todavía no hayan atravesado la barrera –gesticuló hacia el mundo más allá de la catedral–, pero cuando lo hagan, habrá miles de superhéroes a la carga, listos para demoler todo lo que vean.

–¿Miles? –dijo la Grulla–. Estuvimos en la arena. Vimos los que las abejas les hicieron a sus tropas.

–Hemos recibido refuerzos –dijo Danna–. Han venido desde todos los sindicatos alrededor del mundo. No pensaban quedarse al margen y permitir que Gatlon City fuera tomada por Ace Anarquía.

Los villanos intercambiaron miradas, pero Adrian no pudo interpretarlas.

–Los Renegados tienen razón –dijo Narcissa encontrando su voz–. Cuando los uní, les prometí que encontraría una manera de que tuviéramos una mejor vida. Todavía quiero eso. Todavía creo en eso. Pero Ace Anarquía no será quién los lleve allí –alzó su mentón, lista para aceptar su destino en caso de que sus aliados dejaran de apoyarla–. Tal vez la manera de cambiar las cosas sea finalmente superando la división entre héroes y villanos, en vez de alinearnos ciegamente para una batalla otra vez.

–Lo sabemos, Narcissa –dijo la mujer mayor–. Créase o no, no vinimos aquí desde esa torre para pelear. Ni siquiera con el niño Everhart –soltó una sonrisita en dirección a Adrian–. Nos unimos a esta misión porque es hora de que las cosas cambien. Merecemos una revolución y por eso estamos dispuestos a luchar. Pero Ace Anarquía... solo busca venganza. Solo le importa destruir al Capitán Chromium. No está haciendo esto por nosotros o por un futuro mejor. Esto no es para lo que nos unimos.

–¿Y ahora dices que estamos bajo ataque de miles de Renegados? –preguntó una mujer con largas uñas de madera–. Bueno, ¿qué crees que nos sucederá cuando lleguen aquí? Puedes hablar todo lo que quieras sobre paz y perdón. Los masacrarán a la vista.

–Y los que no masacren –dijo un hombre de tez amarilla fluorescente–, serán enviados a Cragmoor sin escalas –sacudió su cabeza–. No puedo regresar allí, preferiría morir.

–Entonces, bello niño Everhart con bellas palabras –dijo la mujer mayor tamborileando el arma sobre su hombro–. ¿Tienes alguna otra opción para nosotros? Porque tenemos los mismos deseos de morir aquí que tú.

La boca de Adrian se había tornado seca. Tenían razón. Él podía pedir todas las treguas que quisiera, pero, apenas llegaran los Renegados, no se detendrían a escuchar a estos prodigios o a sus pedidos. No les importaba la revolución, la libertad o la aceptación. Esto era una guerra. Sus enemigos debían ser derrotados antes de que pudieran causar más daño.

¿*Él* sería capaz de detener a los Renegados? ¿Podría persuadirlos y lograr que aparten su odio el tiempo suficiente para encontrar soluciones más allá de la muerte y la encarcelación?

Hoy no. No tan cerca de la batalla en la arena. De las muertes, las neutralizaciones y la pelea todavía en curso entre Ace Anarquía y el Capitán Chromium. El odio era demasiado profundo, el cambio llevaría tiempo.

Pero las cosas tenían que cambiar. Y si él no daba el primer paso, entonces, ¿quién lo haría?

–Pueden escapar por las catacumbas –dijo–. Salgan por los túneles hacia el subterráneo. Ya se habrán marchado para cuando los Renegados lleguen aquí. Y si nuestros caminos vuelven a cruzarse… tal vez no sea como enemigos.

–No podemos ir por las catacumbas –dijo Narcissa–. Ace cerró el túnel con una pila de ataúdes de mármol. Para atravesarlos, necesitaríamos…

–¿Dinamita? –dijo una voz cansada y rasposa.

Adrian giró en su lugar. Cianuro estaba sentado de piernas cruzadas dentro de la campana de bronce, sus dedos tamborileaban sobre sus rodillas. Cuando habían estado en el campanario, Cianuro estaba decidido a matar a Adrian. Ahora lo estudiaba con la mirada.

–Mmm… sí –tartamudeó Narcissa–. La dinamita de seguro funcionaría.

–Desafortunadamente, no tengo más –dijo Cianuro–, Pero tengo algunos otros menjunjes que funcionarán igual de bien.

–Está decidido entonces –afirmó Adrian–. Todos saldrán de aquí y cuando esto termine, seré el primero en los Renegados en abogar por tolerancia… o por los derechos de los prodigios… o por lo que sea necesario para terminar esta guerra entre nosotros. Para siempre.

Cianuro esbozó una sonrisa torcida que expuso algunos dientes faltantes. Salió de la campana, rengueó hasta Adrian y puso una mano sobre su hombro.

–Solo recuerda. Si hoy matan a Pesadilla, te encontraré y rociaré tus extremidades con un ácido que consumirá tu carne hasta que solo queden tus lindos dientes perlados.

Adrian presionó los labios, no tanto por el miedo, sino para evitar sonreír. Es gracioso que una amenaza pudiera repentinamente hacer que le cayera bien el tipo.

–Entendido.

Cianuro guio al grupo de villanos hacia la escalera y las catacumbas.

Narcissa vaciló, atrapada entre viejos y nuevos aliados. Con una mirada pidiendo disculpas enfrentó a Adrian y a los demás, le echó un vistazo de arrepentimiento particular a Danna que hizo que Adrian sospechara que el trauma de las últimas horas había hecho más para acercarlas que cualquier cantidad de horas de conversación.

–Tengo que ir con ellos –dijo Narcissa–. Sé que no soy una gran líder,

pero... les hice muchas promesas cuando los reuní y quiero mantenerlas. Se supone que me aseguraré de que las cosas cambien para nosotros, para mejor.

–Lo harás –dijo Danna–. Y no lo harás sola –extendió una mano–. ¿Amigas?

Narcissa exhaló aliviada y tomó su mano.

–Amigas.

–Ustedes dos pueden ir con ellos, ¿saben? Puede que sea más seguro allí abajo –dijo Adrian cuando Narcissa se marchó.

–Buen intento –dijo Oscar–. Ruby está en algún lugar del otro lado de esa barrera. Cuando la derrumben, estaré esperando.

Danna sonrío con determinación.

–Héroes hasta el final.

Capítulo 48

Nova subió las escaleras de la torre noreste a toda velocidad. Cuando llegó a la cima, se asomó por una de las ventanas angostas. Ace y el Capitán estaban en un techo plano que se extendía debajo de una serie de arbotantes de estilo gótico. La cabeza del Capitán estaba inclinada mientras se estrellaba con cada obstáculo que Ace ponía entre ellos, sus puños destruían piedras y gruesos pilares y los lanzaba del otro lado del claustro. A pesar de su fuerza, el rostro del Capitán Chromium estaba enrojecido y sus cejas brillaban por la transpiración. Hasta él se estaba cansando por los ataques incesantes de Ace.

Nova evaluó la base de las escaleras. Había una estatua de una mujer rezando en un nicho dentro de la pared. La mujer fue arrancada de su base y arrojada por la ventana. La estatua atravesó el vitral y llenó el techo debajo de fragmentos coloridos. Pateó los bordes de vidrio restantes, atravesó la apertura y se dejó caer en el techo.

El Capitán se había subido sobre uno de los arbotantes buscando una manera de llegar al villano.

–¡Ace! –gritó Nova.

Que el Capitán casi se cayera del arco en el que estaba era una clara señal de su agotamiento. Sujetó la cabeza de la gárgola para sostenerse.

Nova lo ignoró, su atención estaba en su tío. Todavía no sabía qué podía decir o hacer, pero si iba a neutralizarlo, tendría que acercarse. Quizás hasta podría acercarse lo suficiente para dejarlo dormido, lo que haría todo más sencillo.

Pero primero, necesitaba que bajara al techo.

Ace bajó la mirada hacia ella, sus ojos estaban cubiertos por una fina capa de desconfianza.

–Ah, pero si es mi querida pequeña Pesadilla. Qué considerado de tu parte unirte a nosotros –escaneó la torre detrás de ella–. ¿El chico Everhart nos acompañará?

Nova alzó su mentón y se inspiró en todo lo que había aprendido estos últimos meses sobre mentir y traicionar.

–Está muerto –dijo con voz rígida y serena–. Lo maté, como pediste. Lamento haber dudado antes. No volverá a suceder.

Podría ver a Ace analizando sus palabras. Tal vez se preguntaba si podía confiar en ella.

–¡Estás mintiendo! –gritó el Capitán Chromium.

Nova lo miró y aunque deseaba poder transmitirle que sí, que estaba mintiendo, no podía arriesgarse delante de Ace.

En cambio, alzó su voz y la hizo más fría y severa.

–Cuando murió, todas las cosas que había dibujado en el pasado murieron con él –tomó su brazalete del bolsillo, el broche estaba roto, pero la estrella brillaba como siempre–. Una vez reparó este brazalete –encogió los hombros–. Supongo que es hora de que lo lleve a un joyero.

El Capitán se dejó caer en el techo furioso y tomó la cadena de cromo. Nova apenas tuvo tiempo de parpadear antes de que un extremo estuviera volando hacia ella con fuerza suficiente para arrancarle la cabeza.

Un capitel de piedra se separó de la columna detrás de Nova y se partió en miles de fragmentos al interceptar la cadena.

Nova se trastabilló contra la pared, sentía el crujido de los vidrios debajo de sus botas.

–¿Te atreves a atacar a mi propia sangre? –bramó Ace aterrizando entre Nova y el Capitán. El corazón de Nova se aceleró por la oportunidad, pero todavía estaba a por lo menos diez pasos delante de ella, no estaba lo suficientemente cerca para tocarlo.

El estuche con el dardo del Agente N se sentía pesado en su cadera. Se aseguró de que el cierre estuviera abierto y comenzó a acercarse lentamente hacia Ace mientras él le daba la espalda.

–Basta de juegos, Capitán –dijo Ace, le echó un vistazo a Nova. Ella se congeló al sentirse descubierta, pero su tío estaba sonriendo–. ¿Sabes cómo mi brillante sobrina fue capaz de recuperar mi casco? Me contó sobre tu pequeña caja. Sospecho que pensabas que era invencible al igual que tú… pero no lo era, ¿no? Verás, tenemos una nueva arma, fue la última que hizo mi hermano y la más poderosa.

Nova sintió un escalofrío y deseó no haberle contado nunca a Ace sobre la estrella y sobre lo que podía hacer… lo que ella creía que podía hacer.

–Quizás –dijo Ace articulando con cuidado–, hasta sea lo suficientemente poderosa para destruirte a *ti* –Ace extendió su palma–. Dame la estrella, Nova.

Instintivamente, Nova cerró su puño alrededor del brazalete.

–Nova. Dame la estrella –repitió Ace con el ceño fruncido.

La estrella vibró contra la piel de Nova, casi como un latido. O tal vez era el propio latido de su corazón retumbando a través de sus extremidades.

–Déjame hacerlo –soltó–. Mi papá dejó la estrella para mí. Y… el Capitán Chromium necesita ser castigado por lo que le sucedió a mi familia.

Ace todavía lucía dubitativo, bordeando el enojo.

–¿Sobrina? –dijo el Capitán Chromium con total incredulidad. Hacía tan solo unos instantes lucía listo para partir a Nova en dos, pero ahora su rostro estaba inclinado hacia un costado y una arruga se alojaba entre sus cejas. Miro fijamente a Nova como si la estuviera viendo por primera vez.

Ace se tensó como si se hubiera dado cuenta de que había dicho algo que no debía decir.

–Pero eso significa... que eres la hija de David Artino.

Que él pronunciara ese nombre fue una sorpresa, se suponía que este hombre protegería a su familia. Se suponía que era un superhéroe, pero no había ido.

–Sí –respondió defensivamente–. Lo soy.

–Y no podría estar más orgulloso de ella –añadió Ace y le sonrió con cariño.

Nova intentó devolverle la sonrisa, pero la suya se pareció más a una mueca. Durante toda su vida, había deseado esas miradas de Ace, el reconocimiento por haber hecho algo bien. Él había cuidado de ella, le dio un hogar y una familia cuando todo estaba perdido. Y ahora lo traicionaría.

Pero no había otra manera. Su tío estaba lastimando a demasiadas personas, ya no buscaba un mundo mejor para los prodigios. Lo único que buscaba era su propia venganza.

Repentinamente, el rostro juvenil del Capitán se eclipsó por el enojo. Le mostró los dientes a Ace.

–¿Ella sabe?

–¿Saber qué? –replicó Ace en voz baja y áspera.

–¿Sabe que asesinaste a su familia? –bramó el Capitán.

Nova retrocedió un paso.

–*¿Qué?* –se volteó hacia Ace, pero él estaba observando a su enemigo.

–Una mentira patética y desesperada –dijo Ace–. Diría cualquier cosa para enfrentarnos. Cualquier cosa por salvarse a él.

–Presencié sus asesinatos –Nova volvió a concentrar su atención en el

Capitán–. Mi familia fue asesinada por un intruso, un asesino contratado por las Cucarachas cuando mi papá se rehusó a seguir fabricando armas para ellos. Ace me salvó.

–No –replicó el Capitán sacudiendo la cabeza–. *Él* envió al asesino. Un matón a sueldo que no podría ser rastreado hasta los Anarquistas.

Nova sintió que se le cerraba la garganta. Miró a Ace.

–Sabes que no es verdad –aseguró, pero seguía sin mirarla–. Sabes que asesiné a las Cucarachas como venganza por la muerte de mi hermano y su familia, a quienes amaba.

La expresión del Capitán se tornó casi gentil, pensó Nova, lo que podría hasta ser peor que su enojo. Peor que la sorpresa. La observaba con lástima. El Capitán Chromium, el que no había ido, incluso después de que ella había puesto toda su fe en él… le tenía *lástima*.

–Tu padre se arrepintió de haber hecho el casco –explicó–. Se sentía responsable por las cosas que Ace había hecho. Vino a vernos y nos rogó que detuviéramos a su hermano. Nos contó del casco, antes, creíamos que la fuerza de Ace Anarquía era inherente, pero cuando David explicó que la mayoría de sus poderes eran resultado del casco mismo, nos permitió formular un plan para derrotarlo. Pero David sabía… –vaciló, sus rasgos apuestos se retorcieron con dolor.

»David sabía que Ace buscaría vengarse por su traición. A cambio de la información, prometimos… proteger a su familia –su voz se quebró–. Pero fallamos. Lo lamento, Nova. Lo lamento tanto.

–¡No! –gritó Nova, hasta se sorprendió a ella misma con el exabrupto. Sus ojos se llenaron de lágrimas y las limpió con su puño–. ¡No puedes disculparte! ¿Por qué no nos salvaste? –alzó la voz, diez años de ira acumulada dentro de ella explotaron–. ¿Por qué no estabas allí? *¿En dónde estabas?*

La mirada despiadada del hombre.

Bang.

El pedido desesperado de piedad de su madre.

Bang.

El llanto de Evie, silenciado para siempre.

Bang.

–¿Por qué? –murmuró mientras escapaban las primeras lágrimas.

–Estábamos allí –susurró.

–¡Mentiroso! –chilló.

–Tuvimos a alguien custodiando el edificio donde vivías día y noche. Por semanas –la voz de Hugh Everhart permaneció estable.

–No. Nadie vino. Nadie…

–Lady Indómita estaba allí la noche de los asesinatos.

–¿Qué? –se quedó sin aire.

–También fue asesinada esa noche –dijo–. Y, aunque nunca lo supe con seguridad, siempre me pregunté si Ace había orquestado esa muerte también. Creo que envió a otro villano para distraer a Georgia mientras mataban a tu familia.

Repentinamente, Nova se sintió mareada.

¿Una Renegada había estado allí esa noche? Para proteger a su familia, para protegerla a *ella*…

No solo cualquier Renegada. Lady Indómita. La madre de Adrian.

Phobia la mató esa noche… la misma noche…

Le palpitaban los pulmones, expulsaban el aire tan rápido como ingresaba.

–Lo lamento, Nova –repitió Hugh–. Te fallé. Le fallé a toda tu familia. No pasa un solo día en el que no me arrepienta.

–¿Es verdad? –Nova giró su cabeza concentrándose en Ace.

Él la observó, inmóvil, impasible. Y, cuando habló al fin, lo hizo sin remordimientos.

–Tu padre me traicionó –dijo con la voz grave y tranquilizadora que Nova conocía tan bien desde su infancia–. Le vendió mi mayor secreto a mi peor enemigo. Semejante traición no puede quedar impune.

Un alarido escapó de los labios de Nova.

–¡Lo mandaste a matar! –gritó–. Y a mamá… –un sollozo se formó en su garganta–. Y… y a *Evie*. ¿Cómo pudiste?

–Lo sé –dijo Ace, todavía estaba asquerosamente tranquilo–. Es horrible. Lo sé. Pero tú comprendes cómo funciona nuestro mundo. Es necesario enviar mensajes fuertes en caso de que otros piensen en traicionarte algún día.

–¿Qué hay sobre las Cucarachas? –Nova presionó sus palmas sobre sus ojos–. Me dijiste que masacraste a toda la banda por venganza…

–Y lo hice, hasta el último –replicó Ace. Encogió los hombros con crueldad–. No podía dejar que descubrieras la verdad. No después de haber visto lo que podías hacer.

–¡Lo que podía hacer! –el pulso de Nova se sobresaltó–. Mi padre nunca te dijo que era un prodigio, ¿no? Porque… si hubieras sabido… hubieras intentado transformarme en una villana –su labio comenzó a temblar cuando comprendió que se había convertido exactamente en lo que su padre había intentado evitar–. Se suponía que yo también debía morir esa noche. Solo me salvaste porque…

–Porque vi tu potencial –insistió Ace–. Porque eras mi pequeña Pesadilla. Escúchame, Nova. Sé cuánto amabas a tu familia y cómo la tragedia de perderlos te impulsó todos estos años. Pero considerando todos los talentos de tu padre, era débil. No pertenecía en nuestro mundo. Tu familia no era como nosotros. Y ahora… mira a tu alrededor. Mira lo que hemos logrado, juntos. Hemos destruido al Consejo. Los Renegados son un caos. Pero seguimos de pie, Ace Anarquía y su Pesadilla –alzó sus brazos hacia ella–. Somos fuertes y hoy hemos prevalecido gracias a *ti*.

A Nova se le congeló la sangre con repulsión, con consternación. Entre el tumulto de sus pensamientos iracundos tuvo un destello de claridad. Este momento era por lo que había trabajado toda su vida: venganza.

–No –dijo con voz temblorosa–. *Yo* soy fuerte. Tú eres un asesino y un mentiroso. Te derrotaron una vez. Te derrotarán otra vez.

En un abrir y cerrar de ojos, la calidez de Ace se evaporó y la reemplazó precisión calculada.

–Me entristece haber estado tan equivocado contigo. De todos modos, siempre tendrás mi gratitud por traerme hasta este momento. Y... por traerme *esto*.

Estiró sus dedos hacia Nova. El brazalete salió volando de su mano, la chica gritó, pero fue demasiado tarde para sujetarlo en el aire mientras volaba hacia la palma de su tío.

Nova soltó un grito de guerra y corrió hacia él, ya no pensaba en estrategia, solo en que él no podía tenerlo. *No* podía permitir que abusara del último regalo de su padre...

Ace agitó su mano en el aire. La estrella brilló e iluminó brevemente la atmosfera con ondas eléctricas enceguecedora.

Una fuerza invisible golpeó a Nova y fue lanzada hacia atrás. Su cuerpo cayó, ingrávido, por casi seis metros antes de que su espalda golpeara la pared de piedra de la nave y le quitara el aire de sus pulmones.

Ace rio.

–¡Finalmente! Después de todos estos años limitado solo a controlar lo inanimado. Mi hermano era realmente un genio.

Nova luchaba por respirar, pero sus pulmones no se expandían.

–*¡Nova!*

El grito fue amortiguado en su cabeza, eclipsado por el pánico creciente y el dolor palpitante.

–¡Adrian! ¡Estás vivo! –gritó el Capitán Chromium.

Nova abrió los ojos con dificultad, hizo una mueca por el esfuerzo.

Una figura corría a toda velocidad hacia ella. Alta y de hombros anchos. Tez oscura y gafas gruesas con una lanza de metal en una mano. Por todos los diablos, era la visión más apuesta y heroica que había visto y sintió un terror abominable de que estuviera allí.

Ace lo destruiría.

Capítulo 49

–¡Papá, atrápala! –gritó Adrian.

El Capitán Chromium atrapó la lanza con una mano.

–No seas arrogante –dijo Ace riéndose–. Las reglas de este juego cambiaron –con la estrella en una mano, estiró la otra hacia la cadena de cromo que estaba enrollada no muy lejos de los pies de Adrian y cobró vida. Avanzó como una serpiente hacia Ace y se enrolló alrededor de su brazo. Ace volvió a estirar el brazo y la lanzó hacia el Capitán.

El Capitán la bloqueó con la lanza una vez, dos veces, el sonido de metal contra metal resonó en el páramo. Pero el Capitán Chromium estaba perdiendo terreno, cada golpe lo empujaba más cerca del borde del techo. Miró hacia abajo una vez para recobrar la compostura cuando la cadena se elevó y se encerró alrededor de su garganta.

Adrian gritó y corrió hacia él. Intentó enterrar sus dedos entre la cadena y la piel de su padre, incluso mientras el metal se apretaba con más fuerza. Su papá cayó sobre una rodilla, estaba sofocándose.

El chillido más estridente y escalofriante resonó sobre sus cabezas.

Adrian se encogió y resistió la urgencia de cubrir sus orejas, no dejó de jalar de la cadena. Comenzó a aflojarse cuando Ace desvió su concentración hacia la barrera.

Con un gruñido reverberante, la parte trasera de un camión gigante semi acoplado que estaba incrustado en la barrera, se liberó y cayó. Aterrizó con un estruendo resonante en el páramo, a unos pocos metros del lateral de la catedral y alzó una nube de polvo gigante.

El Capitán Chromium arrancó la cadena de su cuello, la lanzó lejos y masajeó su garganta, estaba agitado.

Adrian entrecerró los ojos hacia el agujero gigante que dejó el camión semi acoplado y asimiló la porción de cielo nocturno. Debería haber estrellas, pero algunas luces artificiales apuntaban al domo, bloqueándolas.

–¿Quién se atreve a interferir? –gruñó Ace.

Como si hubiera sido convocada, una cabeza se asomó por el agujero en dónde el tráiler había estado. Por la silueta que formaban las luces fulminantes, Adrian no pudo distinguir los detalles, pero reconocería ese cabello esponjoso en cualquier lugar.

No sabía si estaba más eufórico o horrorizado.

–¡Lo lamento! –gritó Max–. ¿Están todos bien? No golpeé a nadie, ¿no?

Como respuesta, Ace soltó un grito de furia. Levitó aferrándose a la cadena, inclinó su brazo hacia atrás y la lanzó hacia la apertura. Los ojos de Max se abrieron por la sorpresa y se desvaneció.

La cadena se atascó en la barrera y derribó una rueda de aluminio. Ace se congeló levitando sobre la catedral mientras la cadena colgaba a su lado. Escaneó la barrera, tenso y observador mientras descendía gradualmente hacia el techo.

Un capitel alto y angosto se separó de la torre occidental y se abalanzó sobre Ace quien hizo una mueca y envió la cadena hacia el capitel. La cadena se encendió como si estuviera hecha de oro fundido. Cuando impactaron, sonó como si hubiera detonado una bomba. Una cascada de piedras cayó alrededor de ellos, algunas eran tan grandes como la cabeza de Adrian.

Adrian escuchó un grito de dolor. Parpadeó para liberarse del polvo mientras buscaba en el techo de la catedral.

Max titiló y volvió a aparecer. Había seguido a Ace, intentando acercarse y ahora estaba atrapado en la lluvia de piedras. Alzó sus brazos para protegerse de la explosión.

Ace rugió al ver al chico.

–¡Había esperado volver a vernos! Tú y yo tenemos asuntos pendientes.

Max se sorprendió al percatarse de su error. Volvió a hacerse invisible, pero la cadena ya estaba avanzando por el aire. Se estrelló contra una ventana y se aferró a la pared sobre los vitrales dentados cuando Ace jaló hacia atrás. Piedras volaron hacia afuera dejando un cráter en dónde Max había estado parado.

Adrian buscó en la nube de polvo, su cuerpo temblaba con miedo y adrenalina.

–¡Estoy bien! –dijo Max, su voz incorpórea sonaba un poco agitada–. No se preocupen por…

Ace volvió a agitar la cadena apuntando al lugar de dónde provenía la voz de Max. Se estrelló contra uno de los arbotantes, desparramó más piedras y una gárgola robusta hacia el costado de la catedral.

–No debería ser posible –dijo Hugh, llamando la atención de Adrian hacia él. Estaba pálido y horrorizado, tenía marcas rojas en su cuello en dónde la cadena se había enterrado en su piel. Estaba observando a Ace.

»Nunca antes pudo usar mis armas. Siempre desafiaron su telequinesis.

–Es la estrella –dijo Adrian–. Lo cambió de alguna manera.

Era difícil ver a su papá de esta manera, más débil de lo que Adrian podía imaginar alguna vez.

–¿Crees que puedes detenerme? –bramó Ace–. ¿Un niño?

–Te detuve una vez, ¿no? –Max volvió a aparecer de cuclillas sobre el borde de una torre, sosteniéndose de uno de los capiteles para mantener el equilibrio–. Además, tendrás que matarme para detenerme. Lo único que tengo que hacer es acercarme a ti.

Max se puso de pie con la mandíbula firme. Se elevó del techo y levitó allí por un momento, antes de descender al nivel de Ace. Unos metros más cerca que antes.

La visión dejó a Adrian anonadado. Max tenía puesto un uniforme de Renegado. Puede que le quedara un poco largo de piernas y brazos –Adrian supuso que era el de Ruby–, y, sin embargo, por todos los cielos, su hermano pequeño realmente lucía como un superhéroe.

Adrian escuchó un gruñido y le echó un vistazo a Nova, que había estado desplomada contra la pared en la otra punta del techo, demasiado lejos para que él la alcanzara. Lo inundó el alivio al verla consciente, utilizaba la pared como apoyo mientras luchaba por ponerse de pie.

Quería decirle a Max que fuera cuidadoso, que no se acercara demasiado a Nova, pero contuvo sus palabras. Ella todavía tenía el Talismán de la Vitalidad debajo de su chaqueta. La protegería.

Además, Max tenía suficiente de qué preocuparse al enfrentar a Ace. Lo único que tenía que hacer era acercarse…

Incluso mientras Ace daba un paso atrás y mantenía la distancia entre ellos, agitó un dedo hacia la nave y estalló una ventana arqueada de vitrales. Max se agazapó y protegió su cabeza mientras el vidrio caía sobre él, los bordes filosos rebanaron su piel, un fragmento se alojó en su muslo. Gritó de dolor.

Con un grito de furia, Hugh comenzó a correr, cargó contra Ace con un vigor renovado. Blandía la lanza como si fuera una jabalina, listo para atravesar las entrañas del villano.

Ace se volteó para enfrentarlo, la cadena se agitó sobre su cabeza.

El Capitán Chromium saltó en el mismo momento en que Ace lanzó la cadena contra él. Otro destello del puño del villano hizo que se encendiera el arma.

El Capitán estaba suspendido en el aire cuando la cadena lo golpeó de lleno en el pecho. El aura dorada se expandió hacia afuera, una explosión de luz y sonido quemó el aire en donde la cadena invencible impactó contra el cuerpo invencible del Capitán.

Luego, el cuerpo de su padre cayó como peso muerto y aterrizó rodando al costado de la catedral.

Adrian no estaba seguro de si el grito fue de Max o de él, tal vez, incluso de Nova. No recordaba correr hacia el borde del techo. Una esperanza desesperada brotó en su cuerpo mientras se inclinaba sobre el corto riel de piedra. Imaginó que vería al Capitán Chromium, feroz como siempre, escalando la pared otra vez.

Pero no fue lo que vio.

Su papá yacía de espaldas, con los ojos cerrados, la Lanza de Plata estaba a unos pocos metros de su mano sin fuerzas. Una nube de polvo cubría su cuerpo.

Adrian se quedó inmóvil, esperando. Esperando a que su papá despertara. Esperando a que gruñera, se quitara el polvo y regresara a la batalla.

Pero el Capitán Chromium no se movió.

–Increíble –murmuró Ace–. Recuerdo este sentimiento.

Adrian se alejó del borde del techo tambaleándose. El villano estaba levitando otra vez, sus ojos medio cerrados por la euforia.

–La primera vez que me puse este casco, me convertí en otro hombre. Todo lo que soy, todo lo que soñé ser estaba a mi alcance. Y ahora supero incluso esos límites. El mundo está a mi merced, maleable como la arcilla...

Un siseo de dolor llamó la atención de Adrian hacia Max. Observó mientras Max se quitaba el fragmento de vidrio de su mulso y luego se puso de pie sobre piernas debilitadas, docenas de cortes sangraban en su traje gris. No paraba de toser. Gotas de sudor ocuparon su frente. Pero su rostro seguía arrugado por la concentración y la pared detrás de Ace comenzó a temblar. Al principio, fue una pequeña vibración hasta que, de repente, la gran losa de piedra se liberó de su estructura y arremetió contra Ace.

Estaba demasiado distraído por su propia gloria para notarlo. El bloque lo golpeó en la espalda y Ace cayó de rodillas mientras el resto de la pared se partía a su alrededor.

Por un momento, el villano no se movió y Adrian casi deseó que esto fuera suficiente, era solo un hombre, ¿no?

Pero luego, Ace soltó un grito gutural y lanzó las piedras hacia Max.

–¡Max! –gritó Adrian incapaz de hacer algo mientras las piedras impactaban contra la figura delgada de su hermano. Se cayó y se hizo una bolita al mismo tiempo que la lluvia de piedras caía a su alrededor. Adrian corrió a toda velocidad por el techo en agonía al saber que podía hacer tan poco. Qué no daría para volver a tener los poderes del Centinela otra vez…

–¡No seré derrotado! –gritó Ace–. ¡No por ti! ¡No otra vez!

Adrian se deslizó al lado de Max y comenzó a remover los escombros. Se alivió al ver que algunas de las piedras se movían por cuenta propia, Max las estaba controlando con sus poderes.

–Estoy… bien –murmuró. Claramente no estaba bien.

–Deja de desperdiciar tu energía en atacarlo –dijo Adrian envolviendo los hombros de Max con un brazo y ayudándolo a sentarse erguido–. Concéntrate en acercarte. Eres el Bandido, ¿recuerdas?

–¿No estás listo para rendirte? –preguntó Ace con una carcajada mientras observaba a Adrian y a Max ponerse de pie–. ¡No tienes idea de lo que soy capaz! ¡No tienes idea del poder…! –se interrumpió a él mismo y un brillo retorcido iluminó sus ojos–. Tal vez sea apropiado hacer una demostración.

Adrian y Max dieron un paso hacia adelante y el cuerpo del niño colapsó por el esfuerzo. Adrian se percató de que Max no estaba apoyando peso sobre su pie derecho. ¿Se había roto la pierna?

Volvió a alzar su cabeza y se concentró en Ace Anarquía quien estaba parado en el extremo del techo. La distancia podría haber sido kilómetros.

–Te tengo –dijo Adrian–. Podemos hacer esto.

Una explosión sorpresiva de luz llamó la atención de Adrian otra vez hacia la barrera superior. Sus pies trastabillaron. La barrera se estaba moviendo. Comenzando por la apertura que Max había creado, la cosa entera parecía estar partiéndose. Tuberías, cajas de herramientas, semáforos mezclados con arquitectura y maquinarias, vehículos abandonados y edificios destruidos. Todo se movían hacia la ciudad. Estaba siendo desmantelada, pieza por pieza. El brillo de los reflectores que habían posicionado sobre una serie de camiones iluminó el páramo e hizo que Adrian tuviera que entrecerrar los ojos por su intensidad.

A medida que el agujero se hacía más grande, pudo ver la silueta de la ciudad a la distancia y el cielo nocturno con un leve brillo azul eléctrico sobre el horizonte al este.

Helicópteros de la prensa volaban en círculos. Después de haber luchado en la pequeña burbuja de Ace, era desorientador ser lanzado de repente al mundo real. La confusión duró hasta que Ace gruñó y agitó sus brazos como si estuviera alejando mosquitos. Los dos helicópteros modificaron su curso y cayeron en picada desde el cielo.

Adrian apretó los dientes. No tenía tiempo para preocuparse por si los pilotos tenían paracaídas. Ajustó su brazo alrededor de Max y comenzó a moverse otra vez, cuando escuchó un nuevo sonido: un grito de guerra que provenía de todas las direcciones.

Se le detuvo el corazón. Los Renegados habían estado esperando afuera de la barrera, desesperados por entrar. Ahora que la pared había sido destrozada, no desperdiciaron ni un momento en avanzar por el páramo.

La imagen era hipnotizante: ola tras ola de uniformes grises idénticos. Miles de superhéroes de cada rincón del mundo. Hasta muchos de los Renegados que habían sido neutralizados en la arena estaban presentes entre ellos, listos para ser héroes con o sin superpoderes. Encontró a Tamaya Rae, sin alas, cargando un tridente eléctrico que reconoció del departamento de artefactos.

No era la única. La multitud blandía una multitud de armas y artefactos poderosos. Debieron haber vaciado la bóveda.

La muchedumbre corrió hacia adelante más unificada que nunca. Aunque era un caos, Adrian no pudo evitar buscar a las personas que más quería. Las encontró rápidamente, como si fuera atraído a ellos. Simon. Ruby. Y en el páramo, preparándose para unírseles: Oscar y Danna.

Le alegraba que los villanos hubieran abandonado a Ace y a la catedral. Viendo a los Renegados ahora, Adrian supo que esta pelea se hubiera convertido en una masacre.

Ahora, el único enemigo que quedaba era Ace.

–¿No es encantador? –dijo el villano mirando a los Renegados acercarse. La manera en que lo dijo, despreocupado, casi divertido, hizo que Adrian sintiera un escalofrío en los huesos–. Desafortunadamente... temo que llegan demasiado tarde.

Ace dejó que la cadena de cromo se deslizara de su mano y sostuvo a la estrella con las dos manos. Resplandeció y, por un momento, Adrian vio rayos de energía en el aire, titilando a su alrededor. Luego, Ace extendió sus manos hacia la ciudad.

Capítulo 50

Aunque apenas podía pararse, Nova se obligó a alejarse de la pared. Una rodilla cedió y casi cayó sobre la piedra. Un pedacito de capitel roto quedó atrapado debajo de su rótula y se retorció del dolor. Apoyó las dos manos sobre el suelo y se volvió a impulsar. Se tambaleó de manera inestable por un momento y luego siguió avanzando. Un pie delante del otro, incluso mientras la invadía una ola de mareo. Paso a paso, a pesar de que sus músculos se oponían.

El movimiento en la distancia la hizo dudar, el pequeño impulso que había adquirido casi hace que vuelva a caer. Apenas logró equilibrarse. Se quedó boquiabierta cuando asimiló la imagen.

Más allá de la catedral, más allá del páramo y de la ola de Renegados, más Renegados de los que había visto en su vida, la silueta de la ciudad se alzaba en el horizonte. Cientos de edificios temblaban, se ondulaban y se alzaban en el aire. Nova observó un hotel de varias plantas ser arrancado de sus cimientos. Vio al juzgado con sus columnas romanas desconectarse de los imponentes escalones de la entrada. Vio la *G* gigante iluminada en la cima del edificio de la *Gatlon Gazette* derrumbarse mientras la estructura que la sostenía se mecía hacia arriba. Edificio tras edificio sucumbía ante el poder de Ace causando que fragmentos de concretos llovieran sobre las calles. Se quebraban tuberías salpicando agua y aguas cloacales en los cráteres vacíos de los cimientos. Cables y acero corrugado colgaban de las bases de las estructuras levitantes.

El sistema eléctrico quedó inutilizable y sumergió calles enteras de la ciudad en la oscuridad. Era como observar a alguien apagar las luces vecindario por vecindario.

De la súbita oscuridad escucharon gritos. Gritos de las personas que se acercaban a las ventanas de sus apartamentos y, de repente, vieron el suelo demasiado lejos. Gritos de los que se quedaron abajo mientras percibían el peso amenazante de los edificios sobre ellos, sin nada que impida que caigan.

Fueron los gritos lo que hicieron que los Renegados en el páramo vacilaran. Se voltearon para ver qué le estaba sucediendo a su ciudad. A las personas que habían jurado proteger.

Una extraña sensación de *déjà vu* sacudió la memoria de Nova y pensó en la noche en que encontró a Max practicando su telequinesis en el área de cuarentena. Lo había visto alzando los edificios de cristal en miniatura de su ciudad en miniatura y los dejó levitar en el aire alrededor de él. Fue casi igual a lo que Ace estaba haciendo ahora.

En esa oportunidad, Nova se había sorprendido de que Max fuera lo suficientemente poderoso como para levantar todas las estatuillas de cristal al mismo tiempo, un truco que pocos telequinéticos hubieran podido dominar.

Pero esto…

Miró a Ace Anarquía, su tío, y el enojo y desprecio fueron momentáneamente reducidos por el miedo de quién era él en realidad. De lo que podía hacer.

Gracias a su padre y sus armas.

Gracias a *ella*.

Avanzó trastabillando unos pasos más. Estaba mucho más cerca de Ace que Max y no sabía cuán cerca tendría que estar Max para tener un efecto en su tío.

Sentía un cosquilleo en los dedos, tentados en hacer contacto, en hacerlo dormir.

Pero ¿qué le sucedería a la ciudad si lo hacía? Sin Ace, todo se desplomaría. Todos esos edificios, todas esas vidas. No habría manera de detenerlo.

–Grandes poderes –susurró al percatarse la terrible inevitabilidad de la situación. Ace destruiría a la ciudad. Los pocos que sobrevivieran no tendrían motivos para quedarse, rodeados de escombros y ruinas. Gatlon se convertiría en nada más que una leyenda olvidada. Una historia para dormir que serviría para advertirle a los niños los peligros del poder, tener demasiado o no tener suficiente.

Recordó las palabras de Callum como si estuviera de pie a su lado. *Mató y destruyó y dejó el mundo en ruinas.*

Nova intentó juntar sus emociones en una pequeña bola y hablar con toda la tranquilidad que pudo invocar.

–Ace –empezó a decir dando un paso hacia adelante–. Piensa en lo que estás haciendo. Amas esta ciudad. Quieres gobernar esta ciudad. Si la destruyes, entonces, ¿cuál es el punto de todo esto?

Ace rio profundamente. Aunque no podía ver su rostro, Nova pudo imaginar su expresión: una curva cruel y torcida en sus labios.

–Ah, joven y sabia sobrina mía. Viste lo que pude hacerle a esta catedral y eso fue antes de que tuviera este regalo. Antes de que comprendiera lo que era posible –chasqueó su lengua–. Puedo destruir esta ciudad. Desarmarla ladrillo por ladrillo. Y cuando termine… reconstruiré Gatlon City para que encaje en mi visión de perfección –inclinó su cabeza hacia

atrás como si estuviera disfrutando del sol que no estaba allí–. El mundo aprenderá su lección. Nadie se atreverá a enfrentarse a Ace Anarquía.

La estrella en la palma de Ace pulsó y la última torre se alzó en el cielo. La más alta de la ciudad, el Cuartel General de los Renegados. Su fachada de vidrio reluciente era un ícono de esperanza para el mundo.

Nova observó su ascenso, empequeñeció todo a su alrededor.

–Aguanta, Max.

La voz de Adrian la sorprendió. Max y él habían acortado la distancia a la mitad, pero todavía estaban al menos a cincuenta pasos. Ambos lucían listos para colapsar. ¿Cuánto más tendrían que avanzar? ¿Cuánto más hasta que Ace sintiera que drenaban sus habilidades lentamente?

No sería suficiente. No lo lograrían a tiempo.

En el páramo debajo de ellos, los Renegados estaban divididos. Algunos habían vuelto a la carga, pero Nova sabía que nunca llegarían a tiempo para detener a Ace. Otros se apresuraban por regresar a la ciudad, desesperados por ayudar a las personas atrapadas en la catástrofe inminente de Ace, pero ¿qué podrían hacer ante semejante poder?

Llevó una mano hacia el estuche de su cinturón y encerró su puño alrededor del proyectil que estaba adentro. Calculó la distancia, su concentración iba de Ace a Max una y otra vez.

Apretando su puño alrededor del dardo, Nova se abalanzó.

La aguja estaba a centímetros del hombro de Ace cuando él se volteó y sujetó su antebrazo en un agarre debilitante. Mientras tanto, su otra mano permanecía extendida sosteniendo la estrella hacia la ciudad. Forzó el puño de Nova a la altura de sus ojos y estudió la jeringa. El líquido brillante amarillo se agitó adentró. Ace frunció.

–Este no es el agente neutralizante –dijo.

–No, ese es uno de los de Leroy –dijo Nova–. *Este* es Agente N.

Movió su otra mano hacia adelante y hundió el dardo en el costado de Ace.

Ace soltó su brazo y retrocedió. En ese mismo instante, Nova estiró las manos y le arrebató el casco de la cabeza. Ace gritó por la sorpresa, pero ella ya estaba corriendo a toda velocidad, estrujaba el casco contra su pecho con los dos brazos.

Sus pies se despegaron del suelo cuando Ace llamó al casco de regreso hacia él. Nova lo sostuvo con fuerza, encerró su cuerpo a su alrededor mientras el casco volaba de vuelta hacia Ace y la llevaba con él. Dio una vuelta en el aire. Su hombro se estrelló contra Ace y lo derribó contra una columna.

Nova cayó al suelo, pero su cuerpo se había adormecido por los constantes golpes. Permaneció doblada alrededor del casco, preparándose para volver a ser lanzada por el techo.

Pero no hubo otro ataque.

Se atrevió a alzar la cabeza y vio a Ace examinando los dedos en su mano abierta, su rostro se arrugó, su cabello gris desprolijo.

El Agente N estaba funcionando.

No tenía tiempo. Se puso de pie y estiró una mano hacia la de su tío y le arrebató el brazalete. Apenas pareció notarlo.

A la distancia, el primer edificio comenzó a caer, deslizándose por el cielo.

–¡Adrian! –gritó lanzando el casco tan fuerte como pudo por el techo.

Adrian lo atrapó con una mano.

–¿Qué?

–¡Para Max! ¡Rápido!

Incluso mientras el rostro de Adrian se tensaba por la confusión, le puso el casco en la cabeza a Max. El chico se quedó sin aliento y llevó sus dos manos a la cabeza para quitárselo.

–*¡La ciudad!* –chilló Nova.

Max se congeló. Miro a la ciudad, a los cientos de estructuras que estaban escapándose del control de Ace, comenzaban a caer de vuelta hacia la tierra, reclamadas por la gravedad. Un centro comercial cayó al suelo con fuerza descomunal. La torre de un banco se desplomó sobre Mission Street, cuarenta pisos de vidrio y acero derrumbándose sobre sí mismo.

Max retrocedió al mismo tiempo en que alzó sus brazos hacia la ciudad.

Los edificios en caída libre ralentizaron su descenso y se estabilizaron gradualmente.

Max gruñó. Le temblaba el cuerpo entero.

–Adrian, ¡esto también! –Nova le lanzó la estrella.

Adrian la atrapó y la dejó caer al instante con un grito, sacudió su mano como si lo hubiera quemado.

Miró a Nova y ella le devolvió la mirada, sorprendida.

Apretando los dientes, se inclinó para sujetarla otra vez, pero Max estiró su propia mano y la estrella voló hacia él. Hubo destellos y Nova vio esos rayos de energía otra vez arremolinándose en el páramo como en las etapas previas de una tormenta.

Las extremidades de Max dejaron de temblar cuando la estrella le prestó su fuerza.

En cada dirección, los edificios comenzaron a apoyarse con indecisión sobre sus cimientos.

Nova exhaló y sintió la primera ola de alivio cuando las puntas de sus dedos comenzaron a cosquillear. Jadeó y miró a su palma abierta.

Una sensación de fragilidad recorría sus extremidades, incluso a pesar de la debilidad somnolienta y difusa que se había filtrado en su mente. Se sentía indefensa. Se sentía igual a la vez que se había acercado demasiado a Max en el área de cuarentena.

Presionó una mano contra el Talismán de la Vitalidad debajo de su remera. Debería estar protegiéndola, pero…

El casco.

Estaba amplificando sus poderes. Tal vez el talismán ya no podía protegerla.

Max se concentró en reubicar a los incontables edificios de vuelta en su lugar, parecía no estar consciente de lo que estaba haciendo. Nova dio un paso hacia atrás y luego otro, se preguntaba si tenía la fuerza suficiente para alejarse de él antes de que absorbiera todo.

No llegó lejos.

Nova gritó cuando sus pies se despegaron repentinamente del suelo. Ace tenía una mano sobre su brazo, la otra se encerró debajo de una pierna mientras levantaba a la chica sobre su cabeza. Nova gritó y golpeó los brazos de su tío, agitaba sus manos en un intento de encontrar algo de piel, cualquier piel.

Adrian gritó su nombre, pero apenas lo escuchó sobre su propio pánico. Ace se abalanzó hacia el límite del techo y Nova comprendió que pretendía lanzarla por un costado.

Utilizó todas las técnicas que conocía, patear y sacudirse, intentar formar un blanco más pequeño o mecer su cuerpo de costado a costado. Pero sus pensamientos eran demasiado frenéticos, demasiado dispersos y el agarre de Ace era como un hierro, el frío grito animal de su tío formó un alarido cuando llegó a la cornisa y se preparó para lanzarla al suelo veinticinco metros más abajo.

Algo resplandeció en los reflectores enceguecedores, dirigidos directamente a ellos.

Nova sintió el impacto del golpe en el cuerpo de Ace y escuchó su grito amortiguado.

Aflojó su agarre de Nova y la chica arqueó su espalda para liberarse de su agarre y aterrizó en cuatro patas.

Se quedó boquiabierta.

Ace Anarquía estaba de pie en la cornisa de su catedral. Un dios entre hombres. Un revolucionario. Un visionario. Un villano. Con la lanza de cromo empalada en su corazón.

Nova retrocedió apresuradamente y colisionó con otro cuerpo y un par

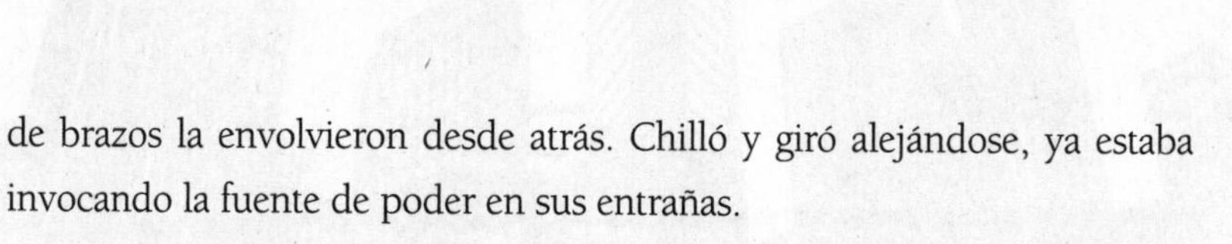

de brazos la envolvieron desde atrás. Chilló y giró alejándose, ya estaba invocando la fuente de poder en sus entrañas.

Adrian la sujetó otra vez, su rostro estaba desencajado por la preocupación.

Nova giró en su lugar mientras sentía la adrenalina abandonar la punta de sus dedos. Ace parecía estar congelado en el tiempo. Su cabeza estaba inclinada hacia atrás. Sus ojos fijos en el cielo brillante. Los grandes reflectores que rodeaban el páramo iluminaban el metal incrustado en su pecho.

Ace Anarquía se inclinó hacia adelante y cayó.

Capítulo 51

–¿Todos están bien allí arriba? –gritó una voz áspera.

Nova se asomó sobre la cornisa y evitó ver la figura quebrada de Ace en el suelo. Sintió una ola de alivio al ver a Hugh Everhart a dura penas de pie.

Con una sonrisa exhausta, pasó un brazo sobre su ceja.

–Una vez juré protegerte. Lamento haber llegado tan tarde.

Nova rio, casi delirante por la gratitud que sentía de que no fuera *su* propio cuerpo el desplomado en la base de la catedral.

–¡Papá! –gritó Adrian lanzándose sobre el riel a unos pocos metros de distancia–. ¡Estás vivo!

–Sí –rio Hugh–. Pero creo que ya no soy invencible –intentó disimular el dolor que era evidente en su rostro mientras su atención iba de un lado a otro del techo–. ¿Cómo está Max?

Nova estudió a Max, observó sus extremidades temblorosas y el casco que era demasiado grande para él. El pequeño Max de diez años, valiente e inteligente, probablemente había robado los superpoderes de Ace

Anarquía y del Capitán Chromium. Posiblemente los dos prodigios más fuertes del mundo.

Y de Pesadilla también, supo con total certeza. No había necesidad de probar esa teoría. Cuando invocó su poder, la fuerza sutil que siempre había vibrado debajo de la superficie de su piel ya no estaba allí.

Nunca volvería hacer dormir a alguien.

Pero lo que la sorprendió más que nada era que repentinamente reconocía a Max de una manera en que nunca lo había hecho. Observarlo era como mirar una ilusión.

Estaba tan quieto como las gárgolas que los rodeaban, su rostro cubierto por el casco, sus brazos extendidos como si estuviera ofreciéndole un regalo al mundo. La estrella flotaba unos centímetros sobre sus palmas encorvadas.

Lucía como la estatua. La que había conjurado en un sueño. La que tenía la estrella en sus manos.

La estrella brilló con más fuerza y, por un momento, pudo ver los rayos de energía otra vez: los hilos de oro cobrizo que su padre podía manipular, los restos de la supernova que le había traído superpoderes a la humanidad. Las líneas seguían allí, pero más dispersas ahora de lo que las había visto antes e, increíblemente, todas fluían en una dirección.

Todas fluían hacia Max.

Nova parpadeó y la visión desapareció. Se quedó mirando fijamente al niño con miedo de lo que podría significar.

–Adrian –susurró.

El chico estaba concentrado en su hermano, su rostro contraído por la preocupación. Nova se acercó un paso y deslizó su mano en la de él, pero el chico hizo un gesto de dolor y se alejó. Nova se sorprendió. Adrian la miró avergonzado y volteó su mano para mostrarle las ampollas en su palma donde lo había quemado la estrella.

–No es tan malo.

Nova entrelazó sus codos en cambio.

–No entres en pánico –dijo–, pero creo que Max puede estar absorbiendo todos los superpoderes que quedan… tal vez en el mundo.

–¿Qué? –Adrian frunció el ceño.

–El casco está amplificando su poder –explicó–. Ya tomó mi poder y el de tu papá –los ojos de Adrian se ensancharon–. Creo que los está tomando a todos.

A la distancia, el último edificio se ubicó en su lugar. Concreto destrozado y acero corrugado partido volvieron a fundirse entre sí. Los esqueletos de andamios y chimeneas deshechas volvieron a trepar a las fachadas. El asfalto levantado de las calles se hundió en niveles parejos y lisos. Paredes colapsadas se enderezaron. Ladrillos y argamasa se fusionaron como piezas de un rompecabezas. El lodo y el agua fueron drenados hacia las alcantarillas. Todo el mundo volvía a unirse como si las heridas causadas por Ace Anarquía no hubieran sido más que una larga pesadilla de la que podían despertar al fin.

La electricidad no había regresado y la ciudad que una vez hubiera estado iluminada por un millón de ventanas iluminadas quedó cubierta por la luz de un millón de estrellas y un cielo índigo. El horizonte brillaba con la promesa del amanecer. Era absolutamente hermoso.

–Lo logró –dijo Nova.

Adrian no respondió. Nova lo miró y vio que su rostro no estaba observando la misma vista increíble que ella. Su atención estaba fija en su hermano pequeño, sus labios estaban separados con un horror creciente.

–¿Qué le está pasando?

Nova siguió su mirada. Riachuelos brillantes aparecieron debajo de la piel de las manos de Max, como venas de oro fundido que desaparecían en los puños del uniforme de Renegado. Había más en su garganta, donde el casco no lo cubría. Brillaban con una iridiscencia que era hermosa y aterrorizante, su calidez pulsaba al mismo tiempo que la estrella.

La estrella también había comenzado a cambiar. Ahora era más grande, casi del tamaño de una nuez y su color había cambiado a una masa naranja rojiza. Era como una esfera de lava líquida.

–¿Max? –Adrian lo llamó con incertidumbre. Liberó su brazo del de Nova y se acercó a su hermano. Ella lo siguió y cuando se acercó, pudo ver los ojos de Max a través de la apertura en el casco.

Se quedó sin aliento en el mismo instante en que Adrian se congeló.

Las irises de los grandes ojos castaños de Max habían desaparecido y fueron reemplazadas por un líquido dorado. Algunas gotitas caían por el rabillo de su ojo como lágrimas.

Un escalofrío cubrió todo su cuerpo.

–¡MAX! –gritó Adrian. Corrió el resto de la distancia hacia él y sujetó su codo. Lo sacudió, pero el niño no respondió. Adrian miró a Nova en pánico–. ¿Qué le sucede a alguien que absorbe tanto poder?

Nova sacudió la cabeza. ¿Cómo podría saberlo? ¿Había sucedido algo así antes? Al estar más cerca de Max ahora, sintió una corriente eléctrica en el aire, una carga que hizo que se le erizara el cabello de sus brazos.

Adrian sujetó el casco, lo levantó de los hombros de Max y lo lanzó a la otra punta del techo.

–Max… –estrujó el hombro del niño suplicando–. Max, háblame. Dime cómo ayudarte.

Por un largo momento en el que Nova sospechó que hasta su propio corazón había dejado de latir, Max permaneció indiferente.

Suspendida a unos centímetros de sus dedos, la estrella seguía creciendo, ahora era casi tan grande como una granada.

–Yo…

Nova y Adrian saltaron y se acercaron a Max. Su voz había sido tan pequeña que era como si hubiera sido desenterrada de un lugar muy profundo.

–Estoy aquí, Max. Habla conmigo –dijo Adrian.

–Yo… no lo… quiero…

Una lágrima dorada cayó de su mentón y Nova estiró su mano instintivamente. Aterrizó en su palma, cálida, pero no ardiendo. Les recordó a los hilos dorados de energía que había visto a su padre manipular desde la invisibilidad y utilizarlos para crear juguetes, armaduras, joyas y… armas.

Lo imaginó sentado solo en su pequeña mesa, hilos cobrizos iluminados entre sus dedos. Le había dicho que había estado trabajando en algo especial esa noche. Pensó que había resulto el misterio, pero no… su padre no había creado la estrella como un arma para destruir al Capitán Chromium. Quería detener a Ace.

–¿Qué estás haciendo, Papá?

–Algo… algo que espero que rectifique algunos de los grandes daños que provoqué a este mundo.

Los grandes daños que le provocó a este mundo.

Sentía tanta culpa por haber hecho el casco que quería contrarrestar el enorme poder que le había dado a su hermano. Así que hizo un nuevo regalo para el mundo a base luz, energía y polvo de estrellas.

La lágrima pareció penetrar su mano y Nova sintió un cosquilleo familiar de poder en la punta de sus dedos. Cerró su puño y tragó saliva.

–La derribaré de su mano –dijo Adrian mientras levantaba los restos de un pináculo de piedra.

–Aguarda –dijo Nova, miró a Max, a la ciudad a oscuras, al océano, al gran mundo más allá.

Una vez, había soñado con una estatua rodeada de ruinas, pero ese sueño nunca había sido sobre destrucción. Era sobre la esperanza que persistía cuando todo lo demás parecía perdido. Era sobre la esperanza de que el mundo todavía podría ser salvado.

Era sobre enmendar los grandes daños que el casco de Ace había causado y cumplir el último deseo de su padre.

Nova volvió a mirar a Max. Observó sus ojos cubiertos de oro líquido y a la estrella, que se había oscurecido a un fuerte rojo carmesí.

Max absorbería todo, cada gota de poder en este mundo. No sabía si esto era lo que su padre había pretendido, pero supo que era lo mejor. Pronto, no habría más prodigios. No más héroes ni villanos. Era el mundo que Nova había deseado, convencida de que era la única manera de que la humanidad lograra algo parecido a la amistad y la igualdad.

Pero ningún humano podía contener tanto poder y sobrevivir. Si Max hacía esto, lo mataría.

Nova se estremeció.

Los Anarquistas creían en los sacrificios.

Los Renegados creían en el bien común.

Nova ya no estaba segura en qué creía, pero sabía que creía en Max. Y en Adrian. Y en ella misma. No podía dejar que esto sucediera.

La superficie de la estrella crujió con fuerza y la hizo saltar. Grietas negras deterioraron la superficie roja como la sangre.

–Está bien, Max –dijo deslizando un brazo alrededor de sus hombros, sorprendida por cuán pequeño y frágil parecía. Estiró su otra mano sobre el brazo del niño hasta que sintió el calor de la estrella debajo de su palma–. No tienes que cargar esto. Puedes dejarlo ir.

Le echó un vistazo a Adrian, quien seguía aferrándose al pináculo y le hizo un gesto con su cabeza para que se acercara. Aunque estaba dubitativo, apoyó la piedra e imitó las acciones de Nova al otro costado de Max y envolvió los hombros de Max con un brazo y apoyó su palma sobre la de Nova.

Hubo otra fractura en algún lugar de la estrella y emitió una ola de energía. Nova la sintió en las articulaciones de sus nudillos y en los espacios entre sus costillas. Poder reencarnando. Fuerza infinita. Sabiduría sin límites. La claridad cubrió su mente y sintió que podría comprender cada misterio en el universo si tan solo se detuviera a evaluarlo. Pero, al mismo tiempo, no quería detenerse para nada. Quería correr, elevarse y *volar*.

Lágrimas entorpecieron su visión al mismo tiempo que la sensación de fuerza se extendía por sus extremidades y comprendió que esto debería ser solo una fracción de lo que Max estaba sintiendo. Potencial infinito. Poder insondable.

En el espacio entre sus manos, la estrella se oscureció. Ya era casi negra con una red de fracturas blancas ardientes.

Este poder, esta sensación no le pertenecía a ella y Max no podría contenerlo mucho tiempo.

–Ahora, Max –dijo–. Solo déjalo ir. Lo haremos juntos.

El niño gimió. Las venas de oro palpitaban debajo de su piel. La estrella comenzó a ceder y luego…

Un destello. Una explosión de energía: sombras doradas, aguamarinas, amatistas, magenta profundo y naranja metálico se dispersaron en todas las direcciones. La ola de impacto cubrió el páramo, la ciudad, los ríos, la bahía y tiñó el agua de un dorado cobrizo hasta donde Nova pudo ver.

Era destrucción y creación a la vez.

Era una supernova.

Y luego… terminó. Luego del cataclismo, la estrella se tornó negra en los confines del brazalete roto de Nova, parecía una piedra volcánica pulida.

Nova exhaló. Sintió que estaba liberando un suspiro que había contenido por diez años. Cubrió la estrella muerta con su mano y observó mientras los últimos remanentes de su luz se desvanecían en los océanos más allá de los puertos de la ciudad. Hubo algunos destellos esporádicos de colores y de brillo debajo de la superficie del agua y luego, todo se quedó quieto.

Por un momento, todo era tranquilidad en el techo de la catedral. Todo el mundo parecía haberse callado mientras esperaba ver qué sucedería después.

Max gruñó y se desplomó hacia adelante. Adrian apenas logró atraparlo antes de que su cabeza golpeara la baranda de piedra.

–¡Max! –gritaron simultáneamente y se arrodillaron a su lado. Adrian lo abrazó y le quitó del rostro su masa de cabello empapado de sudor.

–¿Está respirando? –preguntó Nova buscando su pulso. Las venas doradas habían desaparecido y su piel estaba tan pálida como el papel. Pero sí, estaba respirando. Sí, su corazón estaba latiendo.

–¡Max! –gritó Adrian–. Por favor, niño, quédate conmigo.

Los ojos de Max comenzaron a abrirse, parpadeó con cansancio y Nova pudo sentir su alivio reflejado en Adrian. No solo por verlo abrir los ojos, sino por ver que habían regresado a la normalidad, solo estaban un poco adormilados y fuera de foco.

–¿Fuimos heroicos? –preguntó con voz ronca.

Adrian rio y estrujó al niño contra su pecho.

–Creo que acabas de redefinir *heroico* –dijo entre una catarata de lágrimas.

–¡Max! ¡Adrian!

Nova se apoyó sobre la pared, sentía que pasarían semanas antes de que pudiera ponerse de pie sin que le temblaran los músculos. Se volteó y vio a Hugh Everhart y Simon Westwood corriendo por el techo, aunque Simon vaciló cuando estaba a medio camino, lucía indeciso.

–¿Qué fue eso? –preguntó Hugh, cayendo de rodillas y abrazando a sus dos hijos con sus amplios brazos–. Estábamos subiendo por las escaleras cuando lo sentimos y ahora… –se alejó perplejo–. ¿Qué hicieron?

Nova necesitó un momento para comprender. Había estado tan abrumada por la sobrecarga de poder inexplicable dentro de ella, incluso por tan poco tiempo, que no había notado el cambio que seguía merodeando dentro de ella. Tragó saliva y abrió y cerró su puño. Sus dedos cosquillearon de manera alentadora.

Una risa cayó de su boca. Su poder. Había regresado. Pudo sentir que

Adrian estaba llegando a la misma conclusión. Eran prodigios otra vez. La inundó la felicidad y lo primero que pensó fue que Adrian podría arreglar su brazalete.

Pero ese era un pedido para otro momento. Con una sonrisa de oreja a oreja hacia Adrian, guardó el brazalete en su bolsillo.

La estrella les había devuelto sus dones.

Y, sin embargo, el brazo de Adrian seguía alrededor de su hermano pequeño y nada estaba sucediendo. Nova no sintió ninguna debilidad en su presencia.

¿Podría ser que Max ya no fuera el Bandido?

Simon continuó acercándose a ellos con cautela y parecía avanzar con más seguridad con cada paso que daba y no sentía ningún efecto del poder de Max. Luego, él también comenzó a reírse. Todos reían mientras su familia se amontonaba y se abrazaban en el medio de las piedras y los fragmentos de vidrio roto.

Nova sintió que se estaba entrometiendo en un momento importante así que se impulsó sobre sus pies y trastabilló por el techo. Se detuvo para sostener el casco de Ace. Observó la apertura desde dónde los ojos de su tío la habían observado con cariño y orgullo.

Pero ese orgullo, comprendía ahora, nunca fue por quién era ella. Solo fue por lo que podía hacer. Lo que ella podía hacer por él. Dudó que la hubiera querido alguna vez.

–Era indestructible cuando lo tomé la primera vez.

Nova giró en su lugar. El Capitán Chromium se había alejado de su familia y estaba de pie, con cautela, a unos pocos metros. ¿Le preocupaba que Nova todavía lo odiara? Ahora que sabía la verdad de quién era ella, supuso que era imposible que el Capitán no pensara en cómo había intentado asesinarlo delante de miles de ciudadanos devotos.

–Dudo que tengamos suerte para destruirlo ahora –añadió.

Nova inclinó el casco de un lado a otro. Podía sentir el peso de la estrella muerta en su bolsillo y se preguntó si podrían haberla utilizado para destruir el casco. Pero ahora era demasiado tarde. El poder que tenía la estrella había desaparecido, se había esparcido por el mundo.

–Podemos dejarlo en las catacumbas –sugirió–. Lo enterraremos allí y esperaremos que nadie lo encuentre.

–¿En un ataúd de cromo? –sugirió Hugh y aunque sus ojos titilaron como si fuera un chiste, a Nova le gustó la idea.

–Con Ace.

El humor se desvaneció del rostro de Hugh.

–Cualquier tumba pública será profanada –dijo–. No puedo perdonarlo por lo que le hizo a mi familia... –se quedó sin voz. Inhaló temblorosamente y se obligó a continuar–. Pero *sí* me dio algo en qué creer y por qué luchar. Su visión del mundo no era tan mala.

Hugh asintió de manera comprensiva.

–Un ataúd de cromo para Ace Anarquía y su casco –comenzó a voltearse.

–¿Capitán? –dijo Nova y el hombre se detuvo.

»¿Qué pensaría si... si una villana se enamorara de su hijo?

La miró fijamente, hubo un leve movimiento en la comisura de sus labios, aunque luchó para permanecer serio.

–Para ser honesto, no estoy seguro de que sigan existiendo los villanos –encogió los hombros–. Tal vez nunca existieron.

Se alejó y regresó con su familia. Adrian los estaba observando con un brazo alrededor de su hermano y una pregunta en los ojos.

Nova sonrió, esperando que Hugh tuviera razón. Tal vez no había villanos.

Pero viendo a Adrian y a Max supo que había héroes.

Comenzó a preguntarse si ella sería una de ellos.

Epílogo

Todos fuimos héroes al final.

Por lo menos, eso era lo que le gustaba decir a la gente.

Que, en su humilde opinión, no era más que basura.

Extrañaba los días en los que el Desfile de Renegados significaba algo real. Cuando la gente observaba las carrozas y se sorprendía por lo que representaban. Dones y habilidades que eran verdaderamente extraordinarias. Poderes demasiado grandes para ser cuantificados. En la época en la que la palabra *superhéroe* era más que un elemento publicitario.

Eso fue antes de la "Supernova", como la habían llamado.

Primero, el mundo había estado escandalizado por el regreso del mayor supervillano de todos los tiempos. Pánico y terror en masa, la prensa repitiendo una y otra vez que era el fin del mundo.

Y luego… la destrucción colisionó con la creación. La devastación encontró el renacimiento.

Repentinamente, todas las personas y hasta sus madres tenían superpoderes. Fue el final del heroísmo que ella había conocido, lo que era

bastante triste considerando que no había estado muy impresionada por el heroísmo en primer lugar.

Este año, el Desfile de Renegados tenía un aire distinto. En vez de ubicar a los miembros del Consejo y sus colegas en un pedestal, era para celebrar a *todos* los prodigios, todos los dones, extraordinarios o no. Estaba repleto de una energía animada y de personas diciendo cosas como: "¡Ahora todos pueden ser superhéroes!", entre las otras tonterías que se creyeran estos días.

El espectáculo seguía siendo impresionante. Las carrozas estaban decoradas con llamas, hielo, rayos y fuegos artificiales, torres de agua suspendidas en el aire, objetos desafiando la gravedad y en el centro de todo ello estaban los prodigios: los motores que hacían que todo funcionara.

Descartaron las carrozas de los villanos, ahora eran consideradas irrespetuosas y ordinarias. No estaba completamente segura de a quién debían respetar ahora. ¿A los Anarquistas? ¿A las bandas de villanos? ¿Al propio Ace Anarquía?

Por favor.

En cambio, las carrozas de villanos habían sido reemplazadas por los guerreros que habían perdido: Blacklight, la Abeja Reina, incluso al idiota del Titiritero, lo que era una gran ironía considerando que él mismo había atacado el mismo desfile un año atrás.

Hasta había una carroza con una estatua dedicada a Callum Treadwell.

Su corazón sí se sobresaltó al verla, pero nunca se lo diría a nadie. Increíble, puede que Callum fuera un nerd ridículo, pero merecía algo mejor que ser agrupado con estos matones.

Observaba desde la multitud, a los empujones, de brazos cruzados y fulminando con la mirada a cada carroza que pasaba. ¿Qué se suponía que estaban celebrando? ¿La idea de que todos se habían transformado de civiles indefensos a valientes superhéroes? Era ridículo. Entonces, ¿qué festejaban? ¿La segunda caída de Ace Anarquía? ¿La gran igualdad?

¿El regreso a la mediocridad?

Nadie más parecía comprenderlo todavía, pero ella sabía que pronto lo harían. Los hechos eran ineludibles.

Si *todos* son especiales… entonces nadie lo es.

Una carroza dobló por la esquina y ocasionó un coro de chillidos ansiosos.

El Consejo, claramente, seguía siendo la figura política de siempre. Sin Blacklight, su carroza carecía de cierto encanto: ya no había luces estroboscópicas, chispas ni fuegos artificiales. Más allá de eso, no había cambiado mucho.

A pesar de tener sus propios superpoderes, la gente seguía emulando al Consejo. Escaneando a la multitud, encontró al menos a una docena de disfraces del Capitán Chromium acompañados con varitas iluminadas y máscaras de plástico. También vio un gran cartel que colgaba de la fachada de una tienda.

AUDAZ. VALIENTE. JUSTO. ¿TIENES LO NECESARIO PARA SER UN SUPERHÉROE?

¡SÍ, LO TIENES!

Pero era una mentira. En primer lugar, no todos los poderes eran creados de la misma manera y sabía que una jerarquía comenzaría a formarse pronto, una vez que la palabrería sobre la "igualdad" pasara de moda. Y no todos estaban hechos para ser heroicos, a pesar de que puedan hervir agua con su aliento o hipnotizar cachorros con su kazoo mágico o lo que fuera. No todos estaban empoderados, sin importar cuánto creyeran que sí.

Empoderados. Qué asco. Quería vomitar cada vez que oía esa palabra.

La multitud erupcionó en otra ronda de ovaciones. Apareció una carroza con un modelo en miniatura de Gatlon City hecho completamente de cristal, igual al que recordaba del cuartel general. Era lindo y resplandecía por la luz brillante de la tarde. Le tomó un minuto notar al chico en el centro de la ciudad. Parecía mucho más grande que la última vez que lo había visto.

Max Everhart.

El recluso inolvidable que había visto con tanta frecuencia observando a los Renegados desde las paredes de su área de cuarentena. Ahora era una leyenda. Si *alguien* era un héroe, ese era él. Después reconstruir Gatlon City por su cuenta cuando Ace Anarquía había intentado destruirla.

Lo gracioso era que Max Everhart era posiblemente el único ser humano en el planeta que no tenía ningún superpoder. Ya no más.

Podría haberlos tenido todos, pero, en cambio, eligió renunciarlos.

Regalarlos.

De alguna manera lo admiraba por ello. Pero a veces se preguntaba si se arrepentiría. A veces soñaba con encuentros espontáneos con Max Everhart en los que le podía preguntar cómo había sido tener tanto poder, aunque sea solo por un momento.

De hecho, pensaba mucho en Max Everhart estos días. En algún momento del pasado hasta llegó a pensar que, a decir verdad, era un poco lindo y se preguntó si siempre había sido lindo o si nadie lo había notado antes porque, bueno, nadie había notado a Max Everhart en realidad.

Pero la gente lo notaba ahora y no podía evitar el hecho de que ella también lo hacía. Tampoco le contaría a nadie *eso*.

Luego apareció una carroza pintada toda de negro con luces brillando a través de un millón de perforaciones que imitaban la noche nocturna. Había una estrella gigante de cinco puntas en el centro de la carroza. En una punta estaba Monarca junto a una chica más bajita con cabello pelirrojo que caía hasta sus caderas en una larga trenza angosta. Ambas saludaban eufóricamente a la multitud. En el lado opuesto de la estrella estaban Cortina de Humo y la Asesina Roja. Con su sonrisa atontada, Cortina de Humo apuntó un dedo al cielo y emitió una serie de nubes blancas esponjosas que se doblaron en la forma de un corazón. Un segundo después, una segunda explosión de humo atravesó el corazón con una flecha y la Asesina Roja lo miró con ojos saltones como si acabara de terminar con el hambre mundial o algo así.

En la punta superior de la estrella había otra pareja feliz.

Frunció el ceño. Hizo una mueca de repulsión a pesar de que la multitud festejaba con alegría a su alrededor. La gente decía que ellos eran la prueba. Adrian Everhart y Nova Artino eran la prueba de que podía haber puntos en común. De que la división entre héroes y villanos no era tan amplia como siempre se creyó.

Que el amor conquistaba todo.

No sabía nada sobre eso, pero era claro que esos dos estaban asquerosamente enamorados.

Su atención se concentró en el brazalete de bronce que Nova tenía puesto. Todavía era lindo y una punzada de deseo todavía corría por su cuerpo cada vez que lo veía, pero no con la misma intensidad ahora que la piedra había sido reemplazada. Nunca pudo distinguir qué era lo que le resultaba tan atractivo antes, más que su sexto sentido para cosas valiosas y que la piedra parecía valer mucho más que cualquier baratija que hubiera robado antes. Más que todas las baratijas juntas.

Pero ahora ya no estaba, fue reemplazada por una piedra de ónix o zafiro negro o algo. No podía darse cuenta desde tan lejos.

Circulaban muchos rumores sobre lo que había sucedido ese día en la catedral. Rumores de una estrella, una explosión, una nueva arma hecha por el propio David Artino. Rumores sobre Ace Anarquía, Phobia, el Capitán Chromium y Max Everhart.

Rumores sobre Pesadilla.

En la carroza, Nova se inclinó para hablar con Adrian y algo sucedió entre ellos. Sus ojos se ablandaron y las sonrisas se agrandaron.

Luego comenzaron a besarse y tuvo que desviar la mirada antes de tener una arcada.

Había visto suficiente. Cualquier esperanza del que el Desfile de Renegados siguiera valiendo la pena se hizo añicos. Utilizó sus hombros para abrirse camino entre la multitud, evitando a las personas ebrias de

emoción y cerveza barata y a los niños sobre los hombros de sus padres para una mejor vista.

No sabía con seguridad qué rumores eran ciertos, pero los únicos por los que se molestaba en prestar atención eran aquellos sobre el casco de Ace Anarquía. Se decía que todavía lo tenían y que no había sido destruido. Decían que era indestructible y que el poder que contenía nunca se desvanecería. Hasta había oído rumores de que el casco había sido escondido debajo de las ruinas de la catedral. Enterrado muy en lo profundo en las catacumbas.

Se le aceleró el corazón de solo pensarlo.

Últimamente, había tenido más de una fantasía en la que excavaba semejante tesoro.

Eso si los rumores eran verdaderos.

Un brillo llamó su atención y se detuvo, notó un broche elegante en el blazer gris de una mujer. Era la icónica *R* de los Renegados, adornada con diamantes rojos. Probablemente, no eran gemas reales, pero eran lo suficientemente lindas para que le llamaran la atención.

Se inclinó hacia adelante concentrándose en la joya. Se imaginó al pequeño alfiler filoso atravesando la tela de la solapa de la mujer. Se imaginó empujando el cierre y luego liberándolo y al broche cayendo de la tela.

Se chocó con la mujer en el mismo momento en que el broche cayó hacia adelante y aterrizó en su palma abierta. Cerró sus dedos con tanta velocidad y sintió la punzada de dolor contra su dedo. Hizo una mueca, pero la mujer la miraba con sospechas, así que reemplazó el gesto de dolor con una sonrisa brillante y se alejó entre disculpas efusivas antes de perderse de vuelta en la masa de cuerpos.

En ese momento, sintió que alguien la miraba. Se atrevió a alzar la vista y vio a un hombre entre la multitud con un saco raído sobre su figura robusta. La miraba como si la reconociera, aunque ella sabía que nunca

antes lo había visto. Uno no se olvida de un rostro como ese: retazos de piel con manchas, una mejilla más baja que la otra, una caída en el lado izquierdo de su boca, sin cejas y con cicatrices en relieve entrecruzadas sobre su ceño. Se preguntó qué tipo de superpoder se manifestaría *así*.

El desconocido le sonrío. Era una sonrisa conocedora y torcida.

Sintiéndose cohibida y preocupada de que hubiera presenciado el robo y estuviera a punto de alarmar a los demás –lo que era demasiado arriesgado ahora que *todos* creían que eran parte vigilante–, giró y se apresuró en la dirección contraria.

Esperó hasta que estuvo a media manzana de distancia antes de abrir la mano e inspeccionar el broche. Definitivamente era joyería barata, pero por lo menos le darían algo de dinero en la casa de empeño.

Sostuvo el broche sobre su propia camiseta, justo sobre su corazón y utilizó su mente para deslizar la punta filosa a través de la tela y cerrar el broche en su lugar.

Se llevó el dedo a la boca para limpiar la sangre y metió su otra mano en el bolsillo lleno de los tesoros del día. Una billetera, dos relojes y una alianza de oro. Se sintió un poco culpable por este último, pero sin saber qué le sucedería a los Renegados, supuso que tenía que entrar en modo de supervivencia.

Si en algo era buena, era en sobrevivir.

Guardó sus hallazgos excepto el último ítem que había excavado de su bolsillo, el amuleto de la buena suerte que estaba siempre con ella, escondido por seguridad: una pequeña bala de plata. La bala que debería haberla matado. Cuando era solo un bebé, le había disparado un ladrón que había entrado al departamento de su familia. Esa noche, asesinaron a sus padres. Esa noche, su hermana mayor había desaparecido, o huyó o la secuestraron, y nadie supo nada de ella otra vez.

Esa noche, sus propios poderes durmientes habían sido despertados.

Por supuesto, ella no recordaba nada de esto, solo lo que el personal del hogar de niños le había dicho. Dijeron que el casero la había encontrado cubierta de su propia sangre y a los gritos, la bala estaba aferrada en su puño regordete. Le dijeron que menos de una hora después el propio Capitán Chromium apareció para investigar y declaró a sus padres muertos.

Y los Renegados se preguntaban por qué todos creían que eran ineptos.

Por años, había soñado que su hermana iría a buscarla. O…, en realidad, que cualquiera fuera a buscarla. Pero con el tiempo se dio cuenta de que nadie iría. A nadie le preocupaba una huérfana prodigio más.

Solo podía contar consigo misma. Estaba bien. No necesitaba a nadie. Ella era una superviviente. La bala era suficiente prueba de ello.

Estrujando su puño, volvió a guardar la bala en su bolsillo y se dirigió a la casa de empeño para vender los bienes antes de que alguien la atrapara con ellos.

Sabía que ya no era una Renegada. Muchas personas decían que ya no necesitaban a los Renegados ya que no tenían que temerles a los villanos. Ya no había prodigios compitiendo por poder mientras los no prodigios quedaban atascados en el medio. Podían reclamar el control de su propia ciudad, de su propia sociedad, de sus propias vidas.

Pero solo era una cuestión de tiempo. La ambición regresaría. Las luchas por el poder. Los conflictos. Esta etapa pasaría y los problemas seguirían allí. Solo que ahora, cada bando tendría un ejército más grande con armas más fuertes.

Cuando sucediera, comprenderían que no todos estaban dispuestos a proteger a los inocentes, defender a los débiles y luchar por la justicia. Se percatarán de que algunos prodigios son más fuertes por un motivo. Más valientes por un motivo. Algunas personas siempre estuvieron destinadas a ser héroes.

Al igual que algunas personas siempre estuvieron destinadas a ser villanos.

AGRADECIMIENTOS

Otra saga de libros completa (¡celebremos!), no sé si hubiera sido posible sin el increíble apoyo de tantas personas. Mayormente, quiero agradecerle a mi agente, Jill, quien me ayudó a ver el verdadero corazón de la historia de Nova y Adrian, y a mi editora Liz, quien ayudó a guiarme en este camino, incluso cuando se tornó mucho más extenso y sinuoso de lo que ninguna de las dos esperó. Puede que me hubiera rendido con estos libros sin la sabiduría de ustedes dos y estoy extremadamente agradecida por su aliento constante.

También quiero agradecerles a todos en la agencia Jill Grinberg Literary Management –Denise, Katelyn, Sam, Sophia y Cheryl (¡te extraño!) y a Matthew Snyder en CAA–, ustedes son inequívocamente los mejores.

Muchas gracias a mi equipo entero en Macmillan Children's –Jean, Jon, Mary, Jo, Morgan, Rich, Mariel, Allison, Caithin, Jordin, Katie H., Katie Q. y a tantos otros– quienes son los verdaderos héroes en el mundo de la literatura infantil. Gracias por ayudarme a transformar mis historias en los mejores libros posibles.

Estoy eternamente agradecida por mi lectora beta de tantos años, Tamara Moss, quien no solo me ayuda a ver las debilidades en mi escritura, pero también me da la seguridad y la motivación para hacerlo todavía mejor.

Muchas, muchas gracias a mi correctora, Anne Heausler, por contribuir con tantos comentarios atentos y sugerencias al texto. ¡Siempre es una tranquilidad tener tu visión!

Mi inmensa gratitud a Laurel Harnish, cuya participación en mi concurso "Crea tu propio superhéroe" resultó en la creación de Callum Treadwell.

Callum se ha convertido, en mi opinión, en uno de los máximos héroes de esta saga y fue un privilegio escribirlo.

Muchas gracias a mi increíble grupo de escritores locales: Gennifer Albin, Kendare Blake, Jennifer Chushcoff, Kimberly Derting, Corry Lee, Lish McBride, Lily Meade, Sajni Patel (¡te extrañamos!), Rory Shay, Breeana Shields y Emily Varnell: gracias por todas las tardes de productividad y camaradería, los consejos inteligentes y la amistad.

En último lugar, pero no menos importante, estoy agradecida por mi familia y mis amigos, quienes siempre han sido mis increíbles defensores y animadores desde el principio: mamá, papá, abuela, Jeff y Wendy, Bob and Clarita, Connie, Chelsea, Pat y Carolyn, Leilani, Calli, Sarah, Steph, Matt y Melissa, Ash y Christina, Eddy y Melissa. Estoy segura de que me estoy olvidando de alguien (¡ay, odio esa sensación!). Y, por supuesto, muchas gracias a mis hermosas hijas, Delaney y Sloane, por la calidez y la felicidad inexpresable que traen a mi vida. Y a Jesse, mi esposo, mi mejor amigo, mi compañero de viajes preferido y, en conclusión, mi ser humano favorito del planeta. En las palabras de Sandol Stoddard Warburg: "Te elegiría a ti y tú me elegirías a mí una y otra vez".

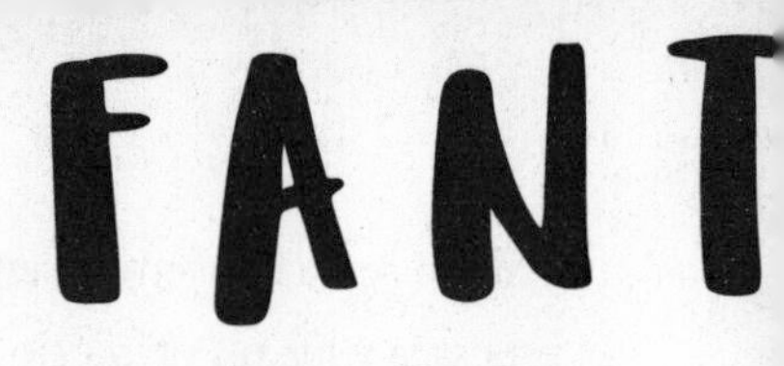

Bandos enfrentados que harán temblar el mundo

EL ÚLTIMO MAGO - *Lisa Maxwell*

RENEGADOS - *Marissa Meyer*

¿Crees que conoces todo sobre los cuentos de hadas?

EL HECHIZO DE LOS DESEOS - *Chris Colfer*

Protagonistas que se atreven a enfrentar lo desconocido

EL FUEGO SECRETO - *C. J. Daugherty* *Carina Rozenfeld*

JANE, SIN LÍMITES - *Kristin Cashore*

HIJA DE LAS TINIEBLAS - *Kiersten White*

Dos jóvenes destinados a descubrir el secreto ancestral mejor guardado

A S Y...

En un mundo devastado, una princesa debe salvar un reino

LA REINA IMPOSTORA - *Sarah Fine*

LA CANCIÓN DE LA CORRIENTE - *Sarah Tolcser*

REINO DE SOMBRAS - *Sophie Jordan*

Una joven predestinada a ser la más poderosa

CINDER - *Marissa Meyer*

EL CIELO ARDIENTE - *Sherry Thomas*

La princesa de este cuento dista mucho de ser una damisela en apuros

¡QUEREMOS SABER QUÉ TE PARECIÓ LA NOVELA!

Nos puedes escribir a **vrya@vreditoras.com**

con el título de este libro en el asunto.

Encuéntranos en